石榴籽丛书

《民族文学》

精品选 2018—2022

散文·纪实卷

石一宁 主编

作家出版社

图书在版编目（CIP）数据

《民族文学》精品选．2018—2022．散文·纪实卷／石一宁主编．-- 北京：作家出版社，2024.5

（石榴籽丛书）

ISBN 978 – 7 – 5212 – 2617 – 1

Ⅰ.①民…　Ⅱ.①石…　Ⅲ.①少数民族文学 – 作品综合集 – 中国 – 当代 ②散文集 – 中国 – 当代 ③纪实文学 – 作品集 – 中国 – 当代　Ⅳ.①I29

中国国家版本馆 CIP 数据核字（2023）第 247613 号

《民族文学》精品选．2018—2022．散文·纪实卷

主　　编：石一宁
责任编辑：韩　歌
装帧设计：书游记
出版发行：作家出版社有限公司
社　　址：北京农展馆南里 10 号　　　邮　　编：100125
电话传真：86 – 10 – 65067186（发行中心及邮购部）
　　　　　86 – 10 – 65004079（总编室）
E – mail: zuojia@zuojia.net.cn
http: // www.zuojiachubanshe.com
印　　刷：中煤（北京）印务有限公司
成品尺寸：170 × 240
字　　数：606 千
印　　张：36.5
版　　次：2024 年 5 月第 1 版
印　　次：2024 年 5 月第 1 次印刷
ISBN 978 – 7 – 5212 – 2617 – 1
定　　价：56.00 元

《民族文学》精品选（2018—2022）
丛书编委会

前　言

石一宁

　　《〈民族文学〉精品选（2018—2022）》是继光明日报出版社2018年出版的五卷本《〈民族文学〉精品选（2011—2017）》之后，编选的又一套作品集。两套"石榴籽文丛"，大致可谓新时代十年《民族文学》的剪影，或许这只是刊物面貌一个模糊的轮廓，却也清晰地印刻了此期间的《民族文学》深深浅浅的足迹。作为国家级的少数民族文学期刊，《民族文学》的这些作品也映现着这些年少数民族作家健步前行的身姿，是新时代少数民族文学的厚重收获。

　　《〈民族文学〉精品选（2018—2022）》仍以中篇小说、短篇小说、散文、诗歌、评论分卷，收入15篇中篇小说、29篇短篇小说、48篇散文·纪实、60首（组）诗歌、92篇评论。2018年至2022年，是不平凡的五年，涵括了改革开放40周年、新中国成立70周年、抗击新冠疫情、打赢脱贫攻坚战、中国共产党成立100周年、中国共产党第二十次全国代表大会召开等重要时间节点和重大事件，《民族文学》设立相关专号、专栏并得到各民族作家们的热切响应。各民族作家们心怀"国之大者"，以对生活的热爱、对人民的深情、对祖国未来的憧憬，倾心谋精品，竭力谱华章，向时代与读者奉献出一篇篇优异之作。收入丛书的这些作品大都以鲜明的民族特色和个性风格呈现中华民族的悠久历史，中华文明的丰富内涵，仁人志士抛头颅、洒热血的悲壮慷慨，人民共和国走过的风雨历程，改革开放的春风吹拂神州大地，城镇化建设、脱贫攻坚、乡村振兴大潮中涌现的新生活、新人物、新情感……这些作品记录历史也反映现实，是中国式现代化进程的美学写照，是历史巨轮庄严行进中的人性絮语、情感唱吟与命运沉浮。诸多理论评论与卷首语，则闪亮着理性的火焰与文学的灼

1

见，是文学思想的结晶与成果。

这五年，也是《民族文学》办刊快速发展、事业继续前进的五年。2019年，为适应新时代少数民族文学繁荣发展的新形势，《民族文学》汉文版进行重大改版，刊物从160页增加到208页，进入刊发长篇作品的期刊行列。自2019年第1期至2022年第12期，《民族文学》汉文版共刊发了15部长篇小说、3部长篇纪实文学，而且大多作品之后已由出版社出版了单行本。2022年发表的维吾尔族作家阿舍的长篇小说《阿娜河畔》、瑶族作家陈茂智的长篇小说《红薯大地》分别入选了中国作家协会"新时代文学攀登计划"项目和"新时代山乡巨变创作计划"项目。这五年，《民族文学》一如既往得到社会各方的关注与激励，北京大学等多家高校图书馆研究和编制出版的《中文核心期刊要目总览》2017、2020年版（分别于2018年、2021年出版），《民族文学》继续入选。各主要文学选刊、各出版社出版的文学年选以及相关文学排行榜，《民族文学》的作品亦颇为常见。

这五年来《民族文学》佳作甚多，但仍因篇幅所限，这套丛书的编选原则是：小说卷、散文·纪实卷和诗歌卷，选入获得《民族文学》年度奖、《民族文学》主办和共同主办的"祖国在我心中——庆祝新中国成立70周年多语种有奖散文征文"奖、"甘嫫阿妞"全国少数民族女性文学征文获奖作品和部分栏目头条作品；评论卷除了收入获得《民族文学》年度奖的作品，主要选入关于少数民族群体创作和文学现象批评的文章以及部分卷首语。在此前提下，还适当考虑民族多样性、90后作家、入选中国作协"中国少数民族文学之星"项目作家的作品；同时，整套丛书中，同一作者只收入一篇作品。长篇作品囿于篇幅只作存目处理。如此这般，挂一漏万的遗珠之憾在所不免，殊为可惜。

《民族文学》是中国56个民族作家共享的文学园地，是铸牢中华民族共同体意识、构筑中华民族共有精神家园的重要载体，《民族文学》的点滴成绩，依靠党和国家的重视和关怀，亦离不开各民族作家、读者和社会各界的关心和支持。这套丛书的出版，亦是这五年《民族文学》办刊工作的一个汇报、一次请益。诚挚欢迎广大作家、读者和各界方家批评和指教。

作家出版社对出版这套丛书的热忱与负责精神，亦让我们深受感动与鼓舞。在此同时鸣谢。

目 录

隐秘之路

王　开（满族）

一

这篇文章诞生之前，我从未留意辽宁的海岸线有多长，辽东半岛连接辽河平原乃至内蒙古草原的路到底有多远。而我酝酿这篇文章并决心完成它的时候，始发现，地处渤海岸边的辽宁，居然有着两千多公里的海岸线，辽河平原向广漠草原过渡的这条路，轻松贯穿欧亚大陆！

说这些管什么用呢？

我的意思是，大海和草原向我们陈述：从新石器时代起，古辽宁就拥有一条通畅的海陆通道，来往着文化的开拓者。只不过，这条大通道不如河西走廊的丝绸之路酷炫，没有霍去病的叱咤风云，也没有文士们风雅千年的诗篇。反之，世界上所有的事情都因了解太少而凸显神秘。

某年夏天，我站在辽宁西部的渤海滩上，吹着风，面迎碣石，眺望着水天苍茫，跨越森林到海洋的心境，抓不着可描摹的须茎。我的背后，坚挺着被时间涤荡的杵柱石窝和宽阔墙基，它们构成一座巨大的宫城遗址，叫作秦行宫。彼时，我脑子里还原的，是始皇帝的船队像飞鱼一样滑翔海面，抛锚旧燕国的海滨封禅寻仙。步始皇帝的后尘，汉武帝来了，隋炀帝来了，唐太宗也来了，天子们不惜全国之力渡海而来，欲逼降高句丽。司马懿伐盘踞辽东的公孙渊"经孤竹，越碣石，次于辽水"。曹操远征乌桓，从"尚有微径可寻"的路线进军，出卢龙塞，出其不意直捣乌桓老巢柳城，也就是今日之朝阳。

曹操胜利班师，返回渤海边，谒碣石而大发感慨。

曹操观沧海的地方景色绝佳，那一片海水，黏着长城、关隘、村庄、城市，黏着忠贞的孟姜女和秦汉盛唐的宫娥，此处漫浸着那么多的婀娜浅笑，倒映着香烛酒肴，曹操为什么只看到耸峙的山岛，瑟瑟秋风中涌起的洪波？我想，这就是孟德坚硬性格的投射吧，天下皆知，孟德胸怀奇志，心里装着四海之滨。

但我纳闷，中原迢迢向大海，谁给众天子当的向导？

这个问题缠绕我很久，有一天恍悟：兴许他们循着那条古生民开辟的海陆大道到达渤海岸吧？

我这么想，是我知道了红山文化与山东半岛的大汶口文化、龙山文化乃至仰韶文化一直保持着扯不断的关系，甚至于，与远隔天涯的南海互生情愫。

二

大汶口文化东至黄海，北至渤海，从地理框架看，当它向北传播的时候，必将与辽东半岛南端相勾连。若稍微留心，你不用费多大力气，就能发现红山文化特征的玉璧与大汶口文化的玉璧样式重叠，继承红山文化的小河沿文化也涌现了大汶口式的镂空豆壶与高足杯。但讲真话，大汶口文化于我而言，只是检索网上的文物图片比对，实地从未涉足。这对我或多或少有些遗憾，我的远祖是齐鲁大地的子民，在那些荒芜的年代，他们循着山东半岛东部（也可能是北部）渡过黄海、渤海登陆，再过榆关，挑着担子徒步跋涉到辽东林区的小山沟里。可惜，亡命求生的细节已被列祖列宗带入坟墓，我只能在祭奠的时候想想，貌似被海水阻隔的两片陆地，其实是天命的成全——如今谁能说清楚，东北人，不，辽宁人中有多少山东人的根源血脉？倘若将文化的联袂具体化，还不是一个家庭的组合，一桩婚姻的缔结，事关子子孙孙无穷尽的香火延续。

仰韶文化给我的印象太深了，如同我张口就能讲儿时读过的《格林童话》，而仰韶文化何尝不是中国的童话呢。

我敢确定，许多人跟我一样，认识仰韶文化从历史课本上的陶人面盆、鱼盆、抽象的几何图形及圆点、曲线、涡纹、弧线等符号开始。这些神秘的纹饰，代表着新石器时代彩陶制作工艺水平，独立出一种文化派别。

红山文化巅峰牛河梁遗址问世之后，人们惊讶地发现，其遗存器物上的各种几何图案，均能看到仰韶文化的影子。人们的目光由此游走于黄河中下游地区，并得到结论：仰韶文化不是孤立的，它有它的姊妹——红山文化，两大区域文化同期先后发育，就像一母所生的两个孩子，一个南上，一个北下，最终相遇燕山南北。

这是何等智慧而温情的拥抱啊，两个婴孩在大地母亲的呵护下，出落得款款动人。

红山文化泛指河北北部、辽西大凌河与西辽河上游流域的整条文化带，核心范围涵盖辽西朝阳、阜新以及内蒙古的赤峰等地，我看到的红山彩陶大多集中于此。

看多了，记忆容易浑浊，大大小小造型奇特的坛罐瓮盆忘得差不离了，唯阜新查海文化遗址的一只夹砂黄褐陶罐在脑子里生了根。是的，多少年过去了，我仍时不时想起那只陶罐的装饰图案——在罐子右下方，一条蛇死死衔住一只蛙的后腿，蛙张开前肢，蹬着左后腿，做挣扎状。偷袭者的阴险和弱小者的不幸，就那样永恒了八千多年。凝视着身上排列密密麻麻圆点的蛙和蛇，我琢磨着，当年制造它的工匠，该生着一颗多么玲珑的心啊，他将日常生活场景完美地表现出来，成为一个族群乃至我们后世膜拜的大师，升华为一个国家古老的艺术杰作。

蛇衔蛙的艺术形象，自查海人创造后，不断被模仿、创新。在甘肃大地湾，红陶黑彩绘壶腹部饰以蛙纹，四肢充网格，身体饰圆点或弧线。在陕西临潼的姜寨，一只陶盆的内壁彩绘两只蛙，圆形身体装饰点状纹……当数量庞大的信息汇聚眼前，我的第一反应是，农耕文化给中华文明的额头烙下数千年的胎记，吐纳着乡土社会的气息，但这并不等于可以忽略渔猎文化的在场，我们必需承认，边地民族动用瑰丽神奇的想象力，创造出令人眼花缭乱的艺术成就。或者也可以说，在中国，农耕文化和渔猎文化早已你中有我，我中有你，倘硬要掰开，谁都不完整。我也特别崇拜李济先生当年的经典论述——"我们以研究中国古史学为职业的人们，应该有一句新的口号，即打倒以长城自封的中国文化观，用我们的眼睛，用我们的腿，到长城以北去找中国古代史的资料。那里有我们更老的老家。"

长城的最大作用，其实就是把中国文脉分为南北。

我还是继续蛇衔蛙的故事吧。早些年，辽西凌源曾经出土过一件战国时期曲刃青铜短剑，剑的尾部悬着一小饰件，与查海的蛇衔蛙陶饰如出一辙，略不同的是，青铜短剑饰件为双蛇衔蛙——那只蛙的苦难又多了一重，敌手一哄而上，吞噬了它的后腿，蛙怒目圆睁，惊恐万状。

我理解，蛇与蛙一而再再而三地发生斗争，本质已发生变化，即不再是普通生活的截取，而是象征了勇猛、矫捷，作为一种文化要素，以氏族图腾的方式在中原与北地流传。

还有一个更大范畴的逻辑，足令我们低头审视自己的匮乏——红山文化和仰韶文化的彩绘技法，与西亚的彩陶风格十分接近。

　　我从一个考古学家那里，听说苏联汉学家列·谢·瓦西里耶夫的事情。此人出版过一本《中国文明的起源问题》，他写道，西亚地区出土的绳纹彩陶容器有两类，即三足鼎及圈足豆，所有的彩陶都有这两种容器。瓦西里耶夫的意思说，中国彩陶很早就与西亚彩陶交叠。西亚古文明史主要集中于两河流域、地中海沿岸，也就是我们口中的伊拉克、叙利亚、土耳其和伊朗，不过，西亚古文明与今天的上述国家在语言、文字和宗教方面没有直接的继承关系（古波斯时期的文化遗存例外），而西亚历史文明非常重要的一环，彩陶文化的萌芽时间距今约七八千年。在西亚彩陶观照下，列·谢·瓦西里耶夫一类的考古学者认为，就时间节点来看，应该是西亚彩陶越境传播到中国，继而渗透红山文化和仰韶文化区。

　　考古学家的著作想必许多人领教过，严谨得一丝不苟，过滤掉趣味性和可读性。他们的话都有来头，权威，但也不是不能挑战。我不知道这位西欧汉学家的学说是不是明里暗里的贬斥，我知道的是，为了证明两者的关系，中国本土的考古学者付出了辛苦努力。

　　除了瓦西里耶夫，另一个人也对古老的东方彩陶产生兴趣。这个人，就是仰韶文化的贡献者之一，瑞典地质学家安特生。安特生是随中国考古队进驻河南仰韶村的，在那里，他迷陷于红陶黑彩的结合，相伴而来的问题也让他思索——仰韶彩陶的纹饰特征与西亚彩陶接近，那么，它们有没有内在关系？或者说，仰韶彩陶会不会从西亚传来？若果如此，西亚与中国的西北地区将留下传播的痕迹——一条文化往来的通道。

　　于是，安特生决定沿黄河上游西行，寻找鲜为人知的秘密。安特生一路奔波抵兰州，在那里，一个地名让他怦然心跳——临洮。

　　临洮，正是河西走廊的丝绸之路要道。

　　安特生迫不及待地雇用一匹马，沿临洮河谷南下，终于在城南的马家窑村发现了更多的彩陶。之后，安特生的脚步踏遍甘青，邂逅更多的彩陶遗址，不过他仍没给出中国彩陶与西亚彩陶到底谁传播给谁的答案。

　　西方学者提出虚拟的理论拍屁股走人，中国学者破解了谜题——从1921年第一次正式发掘，中国至今已发现上万个含彩陶的文化遗址，数十万的彩陶器物。考古学家因此气壮，说，中国彩陶匹敌世界上任何一个国家，仰韶彩陶非源于西亚彩陶，它们应该是沿着流泻古阳光与草原味道的隐秘之路，相互碰撞，相互吸收。

在遥远的过去，红山彩陶—仰韶彩陶—西亚彩陶三者之间，存在一条神秘通道，它就是草原丝绸之路的前身——"彩陶之路"。遗憾的是，我们无法精确画出彩陶之路穿越千山万水的标记，无数人走过的风尘背影，只有时光深深记得。

三

2015年秋天，我在国家博物馆见到了那只传说中的玉龙（是那只墨玉龙，属红山文化核心赤峰地区出土的），瞬间，我整个人有种眩晕感，它泛着乌绿的、夺人心魄的古玉之光，仿佛在诉说着久远的故事——我实在想不明白，红山人，我们聪慧的先民，利用什么手段将一大块玉切割、加工成精致的"C"形，他们怎样测量的角度，怎样计算的尺寸，再加以琢磨，使玉龙看起来完美无憾？而墨玉龙无论怎么看，都比白玉抑或黄绿玉材质的龙更神圣、庄重，更具年代感。

红山文化以玉扬名，大量出土的玉制品让考古学家们瞠目结舌，无奈归纳成"唯玉为葬"。这种现象在红山文化的代表牛河梁遗址最为典型，玉龟、玉璧、玉人、玉龙、玉蚕等，从生产到生活无不触及，甚至女神的眼睛也用玉镶嵌。实际上，牛河梁遗址出土的玉龙，准确称呼为玉猪龙。考古学家考证后说，龙的早期形象是猪。我比较相信这个论断的理由是，牛河梁遗址出土的玉龙胖墩墩、圆鼓鼓，龙和猪形神兼备。远古人崇拜猪，牛河梁女神庙中轴线对应着几公里外的猪首山，也恰好说明这一点。

其实玉龙的前身是石龙，我在查海古人类遗址目睹，说实在的，彼时我有点儿疑心造假，因为那条石块摆成的龙太逼真了，特别是拉开一段距离看，大有呼之欲出的感觉。但后来搜集到更多古石龙的信息，我确信，龙是和土地，和海水云涯，和人类在一起的，作为中国文化的精髓，几千年来影响着世界。

同为红山玉文化巅峰，仿贝玉饰和玉玦则展现别样的风华。

无论图片抑或实物，仿贝玉饰于我都不陌生。这种辽西朝阳市牛河梁积石冢出土的文物，仿真程度极高，细致到贝壳上的横纹也不忘雕几刀。早先，我在苏轼诗《岳下》里读到它："龙鸾画车服，贝玉饰冠佩。"想着它就是冠冕上的装饰。等我在牛河梁遗址见到贝玉饰，对小贝壳的样子也仅仅一扫而过。有一次，我和考古学家郭大顺先生闲聊，郭老跟我说，牛河梁积石冢发掘的玉质贝币，那种贝渤海、黄海均不出产。他意味深长地问我，你明白吗？我大骇，您是说，辽宁的海域没有这种贝类，牛河梁人仿造了另一片海域的贝？八十多岁的考古学家找出一只由淡黄色贝壳串成的杯垫递给我，说，看看。我摩挲着温润如玉石的贝壳垫，却不解郭老何意。

眼熟吗？郭老启发我。

这个小贝的长相和牛河梁的仿贝玉饰一样啊。

考古学家微笑道，前两年我去海南旅游，发现当地有很多这种贝壳杯垫，我就明白了，牛河梁遗址的仿贝玉饰肯定与南海有关。

我再也没办法淡定了。

郭老说，千万不要低估古人的沟通能力，他们完全可以利用海洋相互往来，只是我们无法评判他们采取的什么方式，是人与人的交往，或者思想文化的传播，目前还不好说。但是太多的证据告诉我们，这一切真实地发生过。

辽宁的渤海与天涯海角的南海之间，关闭着一扇秘密之门。

是些什么人在北中国和南中国的大海与陆地间穿梭？

如果说，玉贝币仅限于大中国的南北交流，那么，还有一个充当了使者的文化共生，自然而然地形成"文化圈"。这个使者，是"玦"。

玦这东西，在《荀子·大略》中是这么讲的：绝人以玦。意思是我想和你断交，我不说，我送你一只玉玦，你收到自然就明白了。有趣的是，收到玦的人不翻脸，不恼羞成怒地口诛笔伐，他送上一只玉环，暗喻对方，我也正有此意。这就是"反绝以环"。

"玦"，抑或"环"传达出"君子绝交不出恶言"的理念，玦，讲究的是礼仪，可以是社交，也可以是邦交，是中国风格的处世之道，做人的上等上觉。

在郭老家，我翻阅了不少书籍，其中之一，为日本敬和学院大学人文社会科学研究所出版的《环日本海玉文化始源的展开》，另一本是上海古籍出版社的《欧亚草原东部的金属之路》，两本书一比对，我看到两条极长的海陆线，一条向东沿黄海、渤海延展向日本海，另一条向南延伸到南洋诸岛，这两条线封闭成圆，圆心正是辽西，考古界称为"玦文化圈"。意思是，查海样式的玉玦在漫漶的时光中，向东现身于日本列岛北部、俄罗斯远东地区；向南通过渤海湾或沿太行山东麓，经山东到达环太湖和岭南地区，跨海影响到台湾岛、菲律宾岛及越南和泰国东海岸等地，形成一个由北到南的玦文化大通道。

　　毫无疑问，玉玦最早出现在辽西地区，后来被人带出去，沿渤海、黄海、东海向南传播，依托着海上丝绸之路，将中国的谦谦君子之风吹向海外。

　　但我仍然存疑的，即红山文化制造数量如此之多的玉器，原料从哪里来？全部就近取材于岫岩，还是掺杂了其他地方的？深究之下，果然大有奥妙。

　　有时候，考古需从地质学方面着手，当然，也免不了借助气候学。在辽西玉文化的研究上，地质、气象、考古学者们站在同一个立场上，他们认定，辽西文化遗址的玉料主要为岫岩闪石玉，另一部分来自涉河渡海过草原的贝加尔湖。中国台湾、俄罗斯、日本也都有学者先后提出相同看法。据说，贝加尔湖地区用玉历史万年之久，俄罗斯学者科米萨洛夫和日本学者加藤晋平曾在红山玉文化国际研讨会上，介绍了贝加尔湖地区史前文化中的玉器，举例有的玉璧形近方圆，内外缘薄，具有红山文化玉璧特征。还有的日本学者将赤峰兴隆洼遗址人头骨左眼眶内镶的一块玉和牛河梁面涂红彩、眼镶青玉的女神与贝加尔湖地区史前文化中的实例做比较，认为西辽河流域史前文化与贝加尔湖地区史前人类有着相近的"以玉示目"的习俗。而中国考古界仔细推敲牛河梁中心大墓的出土玉器之后，宣布该玉器原料分为 A 类和 B 类，A 类为黄绿色岫岩玉，B 类为贝加尔湖玉，呈灰白或黑绿。

　　于我而言，对学者们研究成果的最大兴奋点，莫过于贝加尔湖与西辽河流域的情感维系。

　　贝加尔湖曾居住着我的母系祖先肃慎人，贝加尔湖的名字就转自肃慎语"贝海儿湖"，汉代，匈奴、鲜卑控制了贝加尔湖，称其为"北海"，这个海，也是苏武牧羊之地。东晋十六国及南北朝时期，柔然、突厥控制贝加尔湖，名其"于巳尼大水"；隋朝，贝加尔湖被东突厥控制，复称"北海"；唐代，贝加尔湖划归大唐版图，隶关内道骨利干，称为"小海"；唐末，贝加尔湖忽突厥，忽回鹘，仍称"小海"；及至宋，蒙古八剌忽部落掌控贝加尔湖；元代，贝加尔湖划大元帝国版图，属"岭北行省"；明代，贝加尔湖被蒙古的一支瓦剌布里牙惕部落控制；清前期，一度称贝加尔湖为"柏海儿湖"……

　　贝加尔湖，是多少民族心中的圣地呢。

　　俄罗斯作家瓦连京·格里高利耶维奇·拉斯普京在他的《贝加尔湖啊，贝加尔湖》中说，大祭司阿瓦库姆对贝加尔湖这样记述，山上、石房、木屋、大门、立柱、石砌的围墙和庭院，无一不是上帝的赐予……湖里，鳇鱼、哲罗鱼、鲟鱼、凹目白鲑和鸦巴沙，种类之多，数不胜数……人们面对贝加尔湖浩瀚的景观，每每感到惶惶然不知所措，因为，无论是人的宗教观念或是唯物主义观念都无法包容下它……

是的，遥远的贝加尔湖，以上帝的仁慈包容了我们。

四

牛河梁山下的建平，一个不起眼的辽西小城，却拥有县一级行政单位罕见的博物馆，令人对这座小城不敢轻慢。

多年前，我在朝阳朋友的陪同下，穿过楼下小商贩的嘈杂，踩着陈旧的楼梯进入建平博物馆。原本我心里不怎么待见它，暗想着，一个小县，能藏多少稀罕东西。然而，一搭眼，我就知道自己的蠢笨了：那么多青铜器涌入我的视线，精美到让人无语。此前，我虽然了解一些辽西出土青铜器的情况，终究没亲见实物，等到那千年一相逢，"中国青铜器主要在中原"的观念土崩瓦解。一件件端庄、古意森森的器物仔细看过去，我给自己的疑问搞得头脑昏昏——这些青铜器产自哪里？辽西还是中原，倘由中原传播而来，又通过哪些途径呢？若果真产自辽西，冶炼中心在哪里，制造技术为什么中断得无影无踪？我当时唯一能想到的解释，是箕子率商遗民迁徙辽东的故事，我暗忖，没准儿商周时代的辽西青铜器是箕子带来的，因生活不稳定，匆匆埋入地下等待重见天日。

我知道这个胡猜有多不靠谱，箕子纵使带来顶级品质的青铜器，也不至于多到数量庞大的程度，何况这还没算辽西地区全部的出土青铜器。然后，我上网检索一下，果然找到一些信息，譬如中国青铜器由西及东的渐进过程——大约六千年前，土耳其的安列托利亚半岛开始冶金试验，五千年前，合金铜、范铸法、失蜡法相继发明，迅速传到美索不达米亚、埃及、伊朗等地区。也就是说，四千年前西亚进入青铜时代的鼎盛时期，并传入东亚。

再比如，辽西青铜器不排除游牧民族与中原物资交换的窖藏，但更多的带有显著的地域特点，学界称为北方系青铜器，以区别于南方系青铜器。

原来，中国的青铜器分成两大派系，追根溯源的话，它们沿着西亚、东亚的路线辗转而来。

欧亚草原茫茫八千公里，从多瑙河之滨到俄罗斯一直延伸至中国东北，而辽西恰巧就在它的东端。这条路太长了，海浪滔天，风沙漫漫，盗寇出没，要克服重重障碍过来，着实不易。那次和郭老聊天时，我又想起这件事。郭老说，这要追踪草原丝绸之路了，欧洲发现铜早于中国，以铸造青铜工具和武器为主。辽宁朝阳、绥中、兴城、新民、法库、东港等地发现的青铜器，可能是沿着中西亚和欧亚草原地区，经由包括鄂尔多斯地区在内的三北地区即陕北、晋北、冀北，再经辽西山区和辽西走廊、辽河下游一直传播到鸭绿江口。同时，辽西的青铜器，确实在吸收外来文化的基础上，形成鲜明的地域风格。

有了郭老的指点，我终于进一步了解，辽西先民冶炼铸造青铜器的遗址已在牛河梁等地找到多处。考古学者们在牛河梁、北票、阜新，乃至内蒙古库伦、敖汉、喀喇沁等地已发现红山文化时期的炼铜地址、铸铜用的陶范、石范、烧铜炉残片和实物。我还在郭老家的专业著作中看到，西辽河流域的青铜器，有着浓厚的草原游牧文化的审美特性，他们铸造的青铜刀和剑，顶部喜欢做成动物形状，其他用途的青铜器也一样，在装饰图案的选择上，鸟、兽可谓常用造型，鸭、天鹅、鹰鹫、虎、豹、马、牛、獐，无论写实还是写意，形神兼备，烂漫粗犷，体现出边地少数民族刚猛勇武的性格和渔猎生活特征。

独特的地理环境，决定了北方系青铜器的基调，但也不失精致和神采，郭老给我这个外行说，北方系青铜刀剑的刀剑首能加工成铜铃样式，大铃套着小铃，虽经过漫长的时间侵蚀，晃动时仍发出声响。还有铸造难度更大的人首铜匕形器，都表明北方系青铜器的制造技术水平达到难以企及的高度。

北方系青铜器里面，最神奇的是猪圈里挖出来的连柄青铜戈。

严格说，连柄青铜戈叫作连柄连珠青铜戈。

当年锦县（今凌海市）一个村子的农民挖猪圈，不经意间把宝贝挖出来，随手扔给孩子玩儿。好在孩子的爷爷有点儿文化，觉得这东西不寻常，交给文物部门。人们反复研究过这件青铜戈后，表情越来越严肃——这件青铜戈最大特点是柄与戈身皆为铜铸（此前中国发现的青铜戈，柄是木制的），且这件青铜戈的问世时间早于商周，晚于红山文化，可视为北方青铜文明的典型代表，属国宝级文物。而考古学者一致公认的夏家店下层文化的主要分布，就在大凌河上游，东至医巫闾山，北过西拉木伦河，西至桑干河，南至拒马河。这一范围，恰好是辽河平原向蒙古草原的过渡带。

历史上，青铜戈没有实战作用，象征奴隶制国家统一的权杖。因此，围绕谁是它的主人掀起研究热潮，各种学说层出不穷，一个几乎被世人遗忘的古方国屠何重又提及，甚至有人开始更多地考虑辽西地区与尧舜禹、与商周祖先的关系问题。商灭国后箕子为什么率遗民奔赴辽东，也因之顺理成章。

这么大的事，外行保持关注就好，我格外留心的，是戈、短剑这些青铜器从辽西传入朝鲜和日本，又在那里发生新的演变。像燕文化的曲刃青铜短剑、异形铜戈，过海成为朝鲜半岛和日本列岛古代铜戈的祖型。

如此看来，青铜器在中国不断发展，反哺了欧亚、西亚，辐射到朝鲜半岛和日本列岛，而它们之间能够汲取的渠道，就是那条口口相传的青铜之路。

可是，到底是谁在不停地奔走，那条路往来多少商队行旅，舟载马驮，充当青铜文化的布道者？甚至于，武士们驾着战车，挥舞着青铜武器砍杀敌人，使更多的人认识了这种金属武器的锋芒？这样长盛不衰的一条大路人来人往，为什么没有一个英雄出场，传唱一段令人心碎却荡气回肠的爱情？这条青铜大道的两侧，可居住着彪悍多情的匈奴、鲜卑、乌桓、突厥、回鹘、月氏游牧民族啊，莫非他们把高亢嘹亮的歌声唱给了天空之神，大地之神，忽略了脚下的道路。

五

必须说说玻璃和玛瑙了。

五胡十六国时期，东北及东北亚最大的政治集团是鲜卑人建立的燕国，彼时，东西方文化交流更为活跃，以玻璃器、金石等高级宝物类奢侈品作为主要交流内容。与之相呼应的，是北路来的佛教，经西域、河西走廊到辽西、辽东，到达扶余地区的东北古族高句丽，立足发展转而向南，佛音昼夜响彻朝鲜半岛和日本海。

北票，隶属朝阳的辽西县级市，那里有一座朝阳、阜新、锦州三城市生命线的白石水库，水库后横亘着著名的白狼山，曹操击败乌桓的战场。白石水库作为辽西第一大人工湖泊，近十万亩的水域烟波浩渺，每至迁徙季节，白天鹅、灰鹤、黑嘴鸥嬉戏于苇草丛中，景象壮观绝美，更因曾出土"孔子鸟"震惊世界。但若说库区不远的冯素弗墓，恐怕知者寥寥。

冯素弗，北燕王冯跋的弟弟，鲜卑化的汉人。出身皇室的大将军，北燕国的开拓者之一。

这样一个贵族，生在那样一个年代，陪葬品注定多到晃眼。

有人统计，冯素弗墓葬各类文物共五百多件，件件都是精品。不过，我能看到的，除了坠着金叶子的"金步摇"、"步摇冠"和鎏金铜马镫，另有几件玻璃器，其中非常独特的一件，呈淡绿色，因其形状如鸭，又名鸭嘴玻璃注。我先在网上搜索到它，然后按图索骥，跑到博物馆一睹风采。但我并不知晓，这件造型奇特的鸭嘴玻璃注拿来干什么用，今天的廉价玻璃古时为什么视为珍宝。

与郭老的那一次聊天，我方才领教，鸭嘴玻璃注来历不凡——它应该产于今天的叙利亚至地中海沿岸一带，由东罗马柔然国输入，传到北燕冯氏手中，作为盛香料一类化妆品的专用容器。鸭嘴玻璃注即使在当时的罗马帝国，也是制作难度高、形制罕见的精品。而那些让我垂涎的金叶子步摇冠也多为来自中亚、西亚的进口品。

事实上，冯素弗墓的鸭嘴玻璃注及其他几件玻璃器，专家做过相关测试，化学分析是钠钙玻璃，当时的中国尚未生产，来源只能是进口。于是，人们又将目光转向北方游牧民族地区的草原道——十六国时期，关中与中原战乱频仍，商人们已经无法穿越传统的丝绸之路与西方贸易，他们必须开辟河套地区的通道，连接东北亚与西域及欧洲。北燕政权位于欧亚大陆边缘，与东罗马的商业往来经由草原道的可能性极大，商人们将西方商品及文化带至朝阳及周边，也是很自然的事情了。

一件小小的器物，背后隐藏着多少风云变幻，多少惊心动魄。显然，鸭嘴玻璃注是草原丝绸之路的重要物证，东西方文化传播的介质。

因为鸭嘴玻璃注，我的思维跳到朝阳北塔博物馆。多年前，我和一家省内杂志做朝阳文化的专题，专门参观了北塔博物馆，在那里，看到朝阳北塔辽代天宫出土的一件带把金盖玻璃壶，壁极薄，流线造型，瓶底内还套接着一个小瓶，好玩儿得很。我在那把壶面前停留很长时间，围着它转来转去，企图品咂出一段令人怦然心动的故事。然而，它和所有文物展一样，简介只有出土地点、年代及名称，以致我也简单地想，一个玻璃壶吧，也没什么了不起的。可是有了鸭嘴玻璃注的启示，我反思到，我一定又错了。

这只玻璃壶确实大有来历。它产于波斯的萨珊或伊斯兰时代，制作技艺高超，也是作为精品输出的。

一把壶，一下子将事件背景推向波斯第二帝国萨珊王朝。这个大名鼎鼎的王朝，统治过今天的伊朗、阿富汗、伊拉克、叙利亚、土耳其部分地区、巴基斯坦西南部、波斯湾地区、阿拉伯半岛海岸部分地区，甚至控制范围延伸到印度。而它与契丹大辽国的密切交往，通过玻璃金壶反映出来。我猜想，以它的名贵，极可能脱离民间贸易，出现在国礼单上。也就是说，它应该是高规格的馈赠，国与国之间缔结友好情谊的传达。

比之玻璃壶，琥珀似乎更能证实大辽国构筑了连通西伯利亚、中亚和欧洲的交通枢纽，备受辽贵族宠爱的琥珀及制品，很多由波罗的海经中亚传入辽王朝。

琥珀之于中国，大约自唐宋始，文献中波斯、回鹘等西域诸国使团远赴中原献贡，不乏这样的记载。大辽国的《契丹国志》也写道，高昌国、龟兹国、大食国、小食国……至契丹贡献玉、犀、珠、琥珀、玛瑙器。这里所谓的大食，即今天的阿拉伯。但西域和阿拉伯不产琥珀，他们是借着古代贸易之便，将波罗的海的琥珀倒腾到大辽国，贡献契丹贵族，做成美丽的饰品、佛教用品等。作为回馈，大辽国的贸易单上罗列着马、牛、羊、陶瓷和锦绣。

辽产的锦绣叫"番罗"，是辽朝霞锦、云霞锦、绮罗绫的统称。

其实我知道这东西很晚，费了挺大劲儿，也没得见实物，只看到一枚辽代设于朝阳的"兴中府绫锦印"。

契丹人追崇琥珀玛瑙和丝绸近乎疯狂，耶律阿保机为得到华贵的丝绸，号召民众在大小凌河两岸广种桑麻，发展丝织业。甚至于，挑选一批掳来的中原汉民建城，专门为皇室织绫锦，这座城，后来变成渤海边的锦州。有国策号令，民众自然不含糊，契丹丝织业快速发展，竟有十类近百个品种。于是，丝织品成为大辽对外交流的大宗产品，《诸藩志》上说，大辽曾经向十六个有外交关系的国家输出丝织品，连宋朝商人也大批采购辽出产的番罗，使大辽国通往西方的交通路线，成了名副其实的"草原丝绸之路"。

六

辽北小城开原，明代最早开设加强与女真边贸的马市。

我对这座小城不太熟悉，统共去过三四次，给我的感觉，它与辽东山城风光迥异，因地处辽沈平原，坦阔、明朗，尤其秋天，金色稻田包裹着小城，美得惊魂。但我看开原，钦佩的分量占更多——清太祖努尔哈赤兴兵初期，首攻抚顺，再攻清河，三攻开原，三城之中，开原城最为惨烈，大明军民不堪被俘受辱，竟纷纷自尽，投井者、上吊者、服毒者，达十万人之多。这段历史，我不止一次跟人讲过，我说开原是座节义之城，烈士之城。

而开原岂止这一点可书可写。

丝关。开原城的别称。这个名字的含义，就像锦州、银州一样，不用多啰唆，你就知道意味着什么。

开原城设市在明永乐年间。彼时明成祖朱棣外交内政方面做了两件大事：一面派郑和下西洋开拓海路贸易，扬国威于西洋列国；一面令女真太监亦失哈九上北海，招抚女真各部，于辽东都司以北设奴儿干都司，扩张江山版图。

明成祖朱棣还是燕王的时候，为打击蒙古残余势力曾亲征东北，东海女真部落首领阿哈出效忠燕王，随其征战，平定蒙古残余势力后，朱棣娶了阿哈出的女儿为妃，亦失哈就是阿哈出给女儿陪嫁的高级奴仆。

郑和指挥宝船下西洋去了，亦失哈率三千明军，经渤海抵辽东，再经辽河漕运抵开原，会合开原城周围的女真官兵，押运大批丝绸瓷器、铁具茶叶，北上至伊通河，再搬运上船顺流入松花江、黑龙江，招抚海西和野人女真，实现了明王朝政治构想——在奴儿干都司设立数量众多的卫所，辖治远东地区及库页岛，并依托奴儿干都司在元代基础上开辟"海西东水陆城站"交通线。

可惜，意义重大的奴儿干都司于宣德九年（1434年）正式废弃。但是古道绵绵不绝，开原作为中原与东北贸易重镇，转运明代大量丝绸诸物至"海西东水陆城站"运往东北腹地、库页岛，再南下越宗谷海峡抵日本北海道。这条长达千余公里的东北亚水陆贸易通道，一直沿用至清朝中期，中国的丝绸、绢、苎丝等，循此入北海道，再传至日本内地。

细细思量，这条东北亚海陆通道的开凿，要归功我的母系祖先肃慎人。

在帝舜时代，居住黑龙江流域的肃慎人掌握着一条秘密的大道，沿这条大道，他们可以直入中原，朝贡楛矢石砮、东珠貂皮，因之，这条路线命名"肃慎道"。

"肃慎道"始于黑龙江，沿松花江溯水而上，接辽河、大凌河古道，经和龙（三燕时期朝阳旧称），越燕塞卢龙、喜峰口等，入中原。

推及盛唐，肃慎人建立了自己的国家，在政治、经济、文化等方面最大限度地效仿了长安，玄宗赐名"渤海国"。

关于这个渤海国的称谓，我不懂玄宗出于怎样的心思赐予了肃慎人，从地理上看，渤海国都先吉林后黑龙江，并不靠近渤海。若要找个出处，兴许是延续了汉文帝设的渤海郡，但汉渤海郡治河北、山东及天津部分地区，不包括傍渤海的辽西。排除这两个依托，还有一个历史因素可循。

其实渤海国由肃慎人的一支粟水靺鞨建立，隋朝末期，弱小的粟水靺鞨依附高句丽，唐太宗灭高句丽后，粟水靺鞨被迁营州（唐代朝阳市）。到武则天统治时期，辽西契丹反唐，大破营州。危难之际，靺鞨首领乞乞仲像率部东渡辽河，返回故地，在牡丹江畔筑城反击契丹，因功受武则天嘉奖，封震国公。

后来乞乞仲像的儿子大祚荣受封渤海郡王，国改称渤海。

我想，唐王朝册封渤海国，必是从政治愿景出发吧，期望渤海国能够像汉治的那个渤海郡一样有所作为，再就是情感上的笼络，毕竟营州依傍着渤海，是粟水肃慎人的第二故乡。

渤海国王们的确没辜负唐王朝的政治构想，他们继承并发扬了先祖的肃慎道，一百四十多次到长安进贡。还根据国情设置五条主要交通干线，其中龙原道通日本，新罗道通朝鲜，营州道通中原。

"海东盛国"渤海国与日本之间的龙原道，是一条彩色的、柔软的海道，因其以丝绸和棉花贸易为主，称"沧波织路"。

渤海国第二代国主大武艺是个颇具雄心的人，他决意打通一条海上航线，直抵海汉悠悠的日本。于是，他派遣使臣携带国书和珍稀物资乘船下海，一路上斩风破浪，不料误入虾夷，使团十六人被杀，幸存的八人没有放弃，继续航行至日本。圣武天皇对渤海国用生命和鲜血奉上的友谊之花热诚回应，设宴款待渤海国使臣，并说，"沧海虽隔，不断往来"。

第三代渤海国王大钦茂执政时，渤海国都上京龙泉府迁至东京龙原府，即牡丹江畔的宁安和珲春。大钦茂继承其父志向，不断地派人闯海，继续加强与岛国日本的贸易合作。

沧波织路的出现，使龙原府成为渤海国与日本贸易往来的门户，渤海国送去了丝绸，带回了棉花。渤海国派出的使节，大多为文化、技术及农业方面的人，日本天皇则派人到渤海国学音乐、舞蹈，那时候，一大批渤海国诗人在日本扬名，所写的诗歌留在日本国文献中。

鸭渌道，是渤海国开辟的一条朝贡道，从上京龙泉府出发，先行陆路至中京显德府，西京鸭绿府，转海路至山东，再至长安。日本人进入长安，也是"循海岸水行"，穿越对马海峡、朝鲜半岛，抵龙原府，转鸭绿江，进行各种交流活动。

渤海国最驾轻就熟的就是营州道，他们从粟水登船，踏入科尔沁草原，进西辽河源西拉木伦河，再经昭乌达盟（今赤峰）、大凌河谷到营州。

一条东起大海，南抵中原，北接蒙古和西伯利亚的商贸大通道，就这样辗转迂回，沉淀着彩陶、青铜、琉璃玛瑙、丝绸瓷器的颜色。海洋、草原、农耕三大文化交汇融合，滋养着辽西这片土地，成为许多人共享的精神原乡。

张骞的脚步尚未踏进沙漠时，一大批波斯商人已经在辽西用银币做交易；长安城里的胡姬抛着媚眼扭动腰肢的时候，惯弹琵琶的辽东小妇且歌且舞，戳中远征将士的泪点；王维在渭城的细雨中送别元二时，营州少年穿着毛茸茸的狐皮衣服驰骋原野犷地打猎；宋人狂欢于富庶优雅生活的时候，完全想不到辽金三彩的美直逼唐三彩……

这就是辽西，隐匿着辽宁的精彩。它不是普遍认识中的没落与困窘，苍白到言之无物，而是太过丰盈灿烂，一时半会儿你悟不透。若你想读一读辽西，首先要建立文化自觉，尔后自信，心怀崇拜与仰慕，甚至愧疚，重新会晤辽西。

（原载于《民族文学》2018年第1期）

桑多镇秘闻录（节选）

扎西才让（藏族）

一

我生活的这个地方，名叫桑多镇。在藏语里，"桑多"是"大夏河源头"的意思。我四十岁那年，机缘巧合，接触到一本与这个小镇有关的残缺不全的"史书"——《桑多镇秘闻》，薄薄的，近三十页，蜡版油印本，铁笔银钩的简体字，一看就是新中国成立后的新东西。镇志办的主任介绍说："这是一个山东来的陈姓右派分子弄的，听说只印了五十本，大多都散失了。我们保存的这本，很可能是孤本了吧！"我问："那这个姓陈的人呢？"他说："听说在平反后一高兴，就像范进中举那样，疯了。后来就离开了桑多镇，再也没见过，也许死了吧！"他不确定的口吻，引起了我对《桑多镇秘闻》的阅读兴趣，于是借了来，粗枝大叶地翻看。这一看，竟看出趣味来。书里头，对桑多镇的历史，只含含糊糊地做了异常简单的叙述，却将重点放在对小镇趣闻逸事的记录上。比如一则名叫《被占领的小镇》的短文这样写道："柏树长在街旁，如高举绿旗之战士。砂石路上马队走过，微尘低飏，变为旋风。午后，从未发生什么？不，有衰弱伤兵在房檐下呻吟。指挥官，被迫跪倒在对方将领面前。小镇居民，煮了大茶，等待新独裁者撞门而入。"这个信息量密集的文本，一经阅读，就让人产生了无限的遐想。又比如《土司老爷的旧照片》："他坐在中间，戴孔雀翎修饰之宽边毡帽，穿水獭皮做成领袖之皮袍，脚蹬长靴，腰挎黑色盒子枪。左边站立者，显然是其长子，刚从军校毕业，一身戎装，军帽遮住眼睛，嘴唇抿成一字。右边站立者，将礼帽抓在手里，此清瘦老头，留稀疏山羊胡，眼睛微眯，乃来自汉地之师爷。亦能想象身高马大之洋人，于照相机后仔细观察藏地土司之情形。土司神情木然，无地方大员之气派。"我一边翻阅这半文半白的文字，一边想象文字中的场景，觉得有着六百多年历史的桑多镇，在这陈姓疯子的笔下，充满了无边的魅力。

二

根据陈姓疯子的记载，我终于概要地知晓了桑多镇的历史，这历史与我的祖先有关。或许我们都清楚，再和谐的族群，到了一定的时候，就会自然而然地分裂开来。我母亲的祖先，在西藏待久了，就和兄弟闹起了矛盾。结果呢？被对方排挤，在偌大的西藏无法容身，只好离开西藏，从高处往低处走。走了好多地方，都感觉不是西藏的那种氛围。那就继续走，到了这个叫桑多的有河的地方，有点感觉了："这地方，还可以，就地休憩啦！"休憩了一段时间，觉得越来越舒坦，于是我的先人说："停下来吧，就在这桑多河边，建起桑多镇。让远道而来的回族商人，带来粗茶、盐巴和布料。让那在草地械斗中丧生的扎西的灵魂，也住进被诅咒者达娃的家里。不走了，你们要与你们的卓玛，生下美姑娘扎西吉，养牛养羊，在混乱中繁殖，在计划中生育。"就这样，一待就是六百多年，直到皮业公司出现，草原被风沙蚕食。

三

后来，就有了这段久远的传说："情窦初开的罗刹女，在荒凉的高原行走，遇到了来自普陀山的猴子。他们结合了，把后代悄悄地生在蛮荒的雪域，从此，人面猴身的族人越来越多，形成了部落，再也不愿跟随父母离开雪域。在时间森林里，他们中的大部分，化为猛虎、苍狼和豹子。那时，听说马帮还在迷途中行走，土司制度还未出现，那些让人的肢体充满力量的青色盐巴，还沉睡在浩渺的高原湖泊里。藏地的紫色青稞，尚未酿制成酒，民谣在铜质的嗓子里涌现，歌声之后，藏王的后裔在制造冰冷的武器。后来，因为兄弟之间的仇雠，祖先们走出山谷，牵着神骏，举着旌旗，背着羽箭和长矛，穿越了数不清的白昼和黑夜，步行了几千里的非常路，终于找到了理想的土地，在宗师的指引下，休憩于桑多河畔。再后来，大德们晒在阳光下的经卷，被时间翻到第一百零八页，就被风给吹乱了，只剩下纸上的明晃晃的下午。河谷两岸肥沃土地上招惹禽兽的五谷，也在一茬又一茬的生长过程中，成为佳酿，引出了人世间数不清的欢愉。"现在啊，陪伴了我们几千年的酒香，弥漫于雪域大地，仇恨呢，也被人们深深掩埋，大爱陡然出现。就在那草木无数次的枯荣之间，江水也在昼夜里一刻也不停息地哗哗流淌，绕过了神灵守护的雪山，遇到了心仪已久的更为广阔的大野。

四

陈疯子在《桑多镇秘闻》里说，桑多建镇之前，是一片湿地，千百只羚羊和当地零星的土著在此繁衍生息。后来，我的祖先们来了，湿地渐渐变成干地。但这不影响先人们想发展的欲望。于是，羚羊们只好选择给人类让位，它们集体迁徙到了另外的地方。羚羊离去不久，我的祖先们还不曾在新的领地繁衍生息到三辈人，又一批更有破坏力和创造力的垦荒者也来了。他们是躲避战争的流亡者、商人和无家可归的流浪汉，有的骑着白马，有的扛着旗帜，有的什么也没带，只有着强壮而野蛮的躯体。他们与我的先人们结婚生子，建造了寺院和民居。哦，天哪，小镇开始了自己的不得不记录的历史。除了伟大的文字担任起这个伟大的使命，小镇上空，蓝天也担任起书记官的角色，它像块巨大的幕布，总是在人类打瞌睡的时候，把时间老人录下来的场景悄悄播放。那宽大深邃的布景上，湖泊像星星那样闪烁。人，也成为神仙，出没于巍峨的宫殿，又集体消失在海市蜃楼里，那里仿佛就是另一个天界小镇。桑多镇的人们一边劳作，一边繁殖，有时也抬头打量深蓝色的天幕，突然觉得应该感到满足，但也明白那与生俱来的贪欲，总是无法消失殆尽。那花费了祖祖辈辈整整六百年的时间，苦苦追求的理想天堂——香巴拉，其实早就像传说中的魔镜，被神秘之手悄然打开了。但这惊人的事实，却无人注意，也无人知晓。二十世纪二十年代，一个大胡子蓝眼睛的外国人突然闯进了桑多镇。七七四十九天之后，他向世界宣布："我在中国西北的一个小镇，发现了人间最美的地方，这里，最适合人类诗意地栖居。然而，因为人类永不满足的欲望，生活在这个镇子上的居民，还始终认为他们生活在痛苦的深渊呢。"

五

好吧，暂时不说陈疯子记载的久远的事啦，让我给大家唠叨唠叨如今的桑多镇：雨雪后的桑多镇，残雪消融，水渍遍地。天空在林立的高楼间露出寒冷的青色，绘有靓丽女人的广告牌，在高处，那么热闹，又那么招摇。如果我们把这样的景色画下来，就可以回到写实主义的那个时代。如果我们在这样的场景中散步，将回到资本家的儿女漫游世界的那个时代。如果我们从街上回来，围着火炉吃土豆，话稼穑，将回到人民刚刚当家做主的那个时代。实际上，所有如果都是假设，真实的情况，是我在广场的街边高楼上，看到了桑多镇雨雪后的景致：一幅绘有穿着旗袍的女人的广告牌下，一个烤红薯的老人，正准备打开他的摊位，他一直没有时间观察广告牌上的女人的媚眼，更不可能看到她丰腴的大腿所带来的经济效益。不过，他肯定注意到了好多辆从寒风中缓缓驶来的汽车，它们呼啸而来，带来财富和别的什么。

六

再允许我讲讲而今在桑多镇上发生的故事吧。这些故事勾连起来，就形成了桑多镇的秘史。先说第一个故事：斜阳桥上，两个青年在做男人之间的决斗。动的全是拳脚，砸、劈、揪、抓、扇、推、踢、踹、踏、勾、绊、盘……终于，一个流了鼻血，一个失了块头皮，但还是扭打在一起。旁边，有人握紧拳头，仿佛打和被打的就是自己。有人尖声惊叫，捂住眼睛，又从指缝里窥视。有人哈哈大笑，弹飞指头的烟灰。有人忧心忡忡地拨打电话："110吗？快来，发生大事了，有人快死了！"当两个青年停止了决斗，面对面僵持了半晌，然后拥抱着轻拍对方的后背时，旁边的看客早就挤得人山人海。当两个青年相互搀扶着离开时，人们不愿散去，他们要在讨论中决出胜负。小镇度过了一个不眠的夜晚，以至于孩子们上学的铃声，也比平时迟响了半个时辰。镇东俏寡妇的私情，也被迟迟归家的好事者发现了，那个从她门缝里老鼠一样溜出来的龌龊男子，在尴尬的瞬间，成了巷子口的一尊雕塑。当他们的私情暴露在光天化日之下，她的漂亮女儿卓玛草的身心，也在这个秋日，一下子就成熟了。

七

第二个故事，是有关桑多镇某个官员的死亡的。冬夜，微醉的他，骑着自行车回家，路过斜阳桥时，摔了下去，顿时就昏迷过去。寒冷慢慢渗入他的身体，死神到来，惋惜地收走了他的灵魂。人们找到他时，他的身躯已然僵硬，不过还是干净的，像他生前处理过的事情那样。这个男人，生前是地级干部，我们常常在电视上见到他，健康，帅气，能说会道。在地方报纸上，他制造了那么多的社会新闻，然而他的死，是那么的悄无声息。以至于他的朋友，觉得他还走在回家的路上。他的家人，根本不愿相信他突然离开的事实，只是觉得他去了另一个地方。现在，我们能够还原十五年前那定格的画面：零星的雪花飘落下来，有几粒贴在他的脸上，使他有了一种久违的兴奋。他越骑越快，快过少年时的想象和青年时的冲动。他终于高高地飞翔起来！

八

桑多镇的人，是相信轮回的，因此对祖先穿越时空在某个特定时刻的造访，也是深信不疑。让我举一个例子吧。我要说的是镇东后家人的祖先，那个高大威猛的人，那个一脸络腮胡的人，那个在古战场上牺牲的人，于五百五十年后的某个雪夜，一袭长袍读书人模样回来了。真的，他藏匿了沉重的铠甲，带着生锈的气息回来了。后家的后人曾经无数次地想象过祖先回来的情景：这个祖籍江淮的英雄，一身虎皮，外露着钢铁的利爪，内悬着强有力的心脏，野兽一样出现在世人面前。但现在，祖先回来的场景和他们预想的大不一样，于是后家最小的儿子，在低矮逼仄的门口发了一会儿愣，然后跌跌绊绊地跑进院子，高声喊道："阿爷，阿大，阿哥——你们日日夜夜念叨的先人，他，他，他回来了！"后家人哄然拥到院内，啊，回来了，我们的祖先，你看他又落怜又愁肠的样子，是那么陌生，又是那么熟悉。我们是跪着磕头呢，还是站着作揖呢？是该抱着他大哭一场呢，还是抬着他从街东走到街西又从街西回到街东呢？哎，不想了，也不纠结了，无论如何，这个传说中不落怜也不愁肠的野蛮人，在这温暖的雪夜，回来了！这算是第三个故事。

九

演藏戏的人是在半夜来的，那时桑多镇人基本都睡了，只有岗坚宾馆的老板，抑制着沉沉的睡意，安排他们住进来，同时进入房间的，还有几个沉重的箱子。第二天午后，在小镇的广场上，他们搭起来半人高的戏台。当太阳刚刚跌入西边的悬崖，戏台上就灯火通明了。他们脱掉皱巴巴的西装和夹克衫，穿上艳丽的戏服，戴着五色面具，在宽大的舞台上夸张地走动，摇晃……他们把古老的宫廷争斗，演绎成了激情的舞蹈，使戏台下的我们，时不时地发出情不自禁的赞叹。哦，看看，两兄弟顿月顿珠，是月下的两株菩提。哦，天哪，美男子郑宛达娃，是被夺舍的王子，瞧瞧，他的灵魂就在那只杜鹃的体内。哦，抵御外敌的常胜将军正在凯旋而归，可他美丽漂亮的妻子，正处在风雨的山林中。当他们在各色面具的掩饰下拥抱在一起，像同一阵营里的勇士那样鞠躬谢幕时，我们大张着嘴巴不知所措。后来，我们只好失声痛哭，擦干了泪水，作鸟兽散，把他们丢弃在孤单又朦胧的月亮下。藏历铁虎年的正月十五，桑多镇上，偌大的广场像战后的沙场，北风一边卷飞垃圾，一边吹打着收拾道具的他们。岗坚宾馆的老板早就抽身走了，剩下他们，像极了来自古代的被戏装包裹着的茫然不知归途的幽魂。青藏天空下，一场百年不遇的狂雪，正从远方奔袭而来。这是第四个故事啦。

（原载于《民族文学》2018 年第 2 期）

林地居民

苏　莉（达斡尔族）

我一直在想，土狍走的那天，刚刚入冬的阿龙山是不是已经很冷了？

我们在 2014 年 8 月上阿龙山的时候，是大兴安岭最温暖的季节，但是气温最高不过 20℃，是我们心目中初秋时节的样子。

我们到达根河那天已近晚上八点，恰逢根河全年唯一一次全城停电检修，多亏闺蜜雪莲车技高超，带着我们一路摸黑进城，居然在从来没去过的情况下，顺利找到了在根河等着我们的宋仕华老师。我和宋老师的第一次见面就在这样的暗夜里，在这个北中国几乎可算是最北方的森林小城中。

第二天清晨，敖鲁古雅揭开它神秘的面纱，给我们呈现出了一个童话般的世界！这些使鹿部鄂温克人的定居点经过了重新改造，每家一栋二层木屋，漆成暗褐色，有芬兰萨米人住房的特色，据说是由芬兰设计师来设计的。昨夜我们居然就是在这样的木屋里休息的。芬兰的萨米人也是养驯鹿的民族，与萨米人保持如此的一致不知道是出于怎样的考虑，但是敖乡从此的确很有异域感。

空气是湿润的，散发着绿色植物的芬芳。在这个冷极的短暂夏日里，完全不适合任何粮食作物生长，所以人们任凭生命力旺盛的植物自由生发，随它们想把自己长成什么样呢。于是我还看见长得巨高的柳蒿芽在老乡们的院子里。还有他们晾晒的毛皮制品以及搭在院子里的帐篷，一下子就把他们与山林的关系展示得一览无余。

回想在敖乡的那几天，几乎每天都下一场大雨。每天早晨还都会有山雾弥漫，雾气中的大兴安岭若隐若现，那种来自山林的神秘气息至今萦绕着……

营　地

从敖乡去阿龙山，也有近三个小时的路程，宋老师提前联系好了车，我带着女儿和同行的版画家山丹乌恩祺夫妇组成此行采风小组，向着我们倾慕已久的中国最特别的一个族群居住的角落进发。

在阿龙山上，那时只有八个猎民点了。因为上交了猎枪，确切说，这些鄂温克人应该算是牧人，放牧驯鹿的人。那些温顺的驯鹿却也有它们倔强的时候，它们只吃山上最新鲜的苔藓，因此它们决不妥协接受山下被饲养的生活，它们要自由地在林中穿梭，呼吸最清澈的空气。这些与驯鹿相互依存的鄂温克人，这些像驯鹿一样喜欢自由自在生活的鄂温克人因此选择留在山上，继续坚守着自己的传统生活。

据说这个猎民点是巴拉杰依和安道父女新分出来的，盛名已久的玛丽亚索他们的猎民点不在这里。我们去的那天，山上有安道、土狍父女，有柳霞、维佳姐弟还有柳霞现在的伴侣老翟。

帐篷里的规矩则一如既往，以炉子为中心，炉子后方左手边的床是玛鲁神位，是男人睡觉的地方，女人不可以绕着炉子过去，更不可以睡在那里，女人睡觉的地方是门口的两侧。打刀的男人在族群里拥有至高的地位，他可以睡在玛鲁神位，也可以躺在女人这边的床上，但是他躺过的地方女人不可以再躺了。对女人的禁忌还有，男人打刀的时候女人不可以到工作地点去，即便搬迁到别处看到林地里有曾经打过刀的地方，女人都不可以到那里去。

帐篷边上的货架子是他们传统的样式，顺着帐篷门从头至尾摆放，树根冲门的方向，树梢不砍干净，留着树枝，取生命力强、驯鹿健康兴旺的意思。

帐篷外面还有一个蓝色的棚子，算是大家的起居室，吃饭、会客。夏天的时候他们在外面搭的炉子上做饭，厨具、存放物品的桦树皮容器等生活用品都放在外面，两个狍皮垫子也那么随便扔着，下雨也不收回来，就那么随便让雨浇着。

我从文学作品里所感知的敖鲁古雅可能更原始一些，但是当我亲身来到他们之中，发现改变还是存在的，比如他们的帐篷，不再是传统的样子。而且他们还有了太阳能，晚上的时候还可以看电视，给手机充电、照明、听音乐。只是手机基本没信号。仿佛与世隔绝。

据说他们用来烧火的木材也要报批林业部门，不是随便砍伐的。如果来客人了，没处坐，他们会抽出粗一点的木桦子立起来当凳子用，只是这个"凳子"十分不稳定，维佳和柳霞喝多了坐不稳就会向后倒去……

旁边有个原始风格的撮罗子，里面存放着一些食物，不住人。因为里面不生火，可以保鲜。

从那只总来偷吃东西的林中小鸟来看，这里平常的日子会是多么寂静。土狍在我们上山之前特意嘱咐宋老师带些瓜子来，为的是喂这些小鸟。她说，有时候小鸟会直接落到她的手上取食。无奈我们到了山上，人声嘈杂，没能见到那一美妙瞬间。

土狍和安道

之前听宋老师提起土狍，以为是个男的。后来在上山之前的清晨，遇到一个叫侯二的汉人，宋老师说，这是土狍的丈夫，才知道土狍是个女的。宋老师说，敖乡的女人嫁给汉人的也挺多，那些汉人也愿意娶敖乡的鄂温克女人，因为政府对鄂温克人的各种照顾政策也会惠及他们。到了阿龙山上，见到了土狍，没想到竟是一个四十多岁妖娆的女子。戴着一副夸张的红耳环，也很像个超凡脱俗的艺术家。

一起坐在外面喝酒、吃饭。土狍答应给我们唱歌，唱的是鄂温克民歌，好听！她后来和我说，她给她儿子小时候唱鄂温克歌，她儿子一脸茫然，说听不懂，妈妈。让她很沮丧。她的丈夫是赤峰这边的人，土狍说她实在不习惯赤峰这边的天气，太热了！大概从小生活在寒冷的密林中的人无法忍受凡俗人间的热度。

土狍的性格并不像她一开始看上去那么温柔，如果什么话刺伤她的自尊心，她立刻翻脸不认人，决不虚伪。但是后来她越来越喜欢我，说我长得特别像她的一个亲戚，她于是总过来抚摸我的头发，和我贴脸，亲吻我。我实在是没接受过这样的阵势，但是我小心翼翼，生怕让她感觉被冒犯。对于异于我们自身的文化，保持尊重是我们的必修课，决不可以以一己之见去评价他们。

土狍是道爷的女儿，也许，这个民族最后能够留下来的就是这种敢恨敢爱，最直白、最真挚的性格了吧。

安道，就是大家口中的道爷，是这个族群里最后一个会制作桦树皮船的人，也是最后一个会打他们狩猎用的刀的人。如果他去世，这门手艺就失传了。我后来在敖乡博物馆里见到了桦树皮船，像一把长长的弯刀，船身狭窄，仅容一身，想必是为了应对密林中的激流而有如此设计，实在很难想象它在水中行驶的样子。是否像一片落叶漂在水面？他们栖身的河流有个好听的名字，叫作激流河，这个河流的名字经常出现在维佳的诗句中。

道爷的汉语没有维佳他们那么好，多数时候就那样静默地拄着拐杖坐着。可能也是常年受林中风寒的侵蚀，行动不便。但是每当看到宋老师，他的脸上就会露出笑容，还和宋老师玩一种只有他们俩才会玩的碰胳膊的游戏，看了令人动容。

道爷也是这个族群里三个硕果仅存的老人之一，另二位，一个是百岁老人玛丽亚索，一个是芭拉杰依。

我后来在根河小城入口的大幅宣传画上看到了道爷，是道爷年轻时候的样子，背着猎枪，穿行在白雪皑皑的密林中，是那么的英姿勃发，我的眼眶忽然盈满泪水，一个时代，一种文化也许正在渐行渐远……

柳　霞

在阿龙山巴姨猎民点，巴姨的女儿、柳芭的妹妹、雨果的妈妈、维佳的姐姐——柳霞，喜欢喝酒，因此喜怒无常。

柳霞没有牙了，柳霞喝多了就唱歌，唱着唱着就泪流满面……

我后来下山后，在顾桃著名的纪录片里得知了柳霞的故事，《雨果的假期》看得让人心酸，柳霞因为照顾不了儿子雨果，雨果被送到了南方的学校里住读。她想念儿子啊，想念得厉害了就一边唱歌一边流泪。顾桃拍得好极了，即便他们不喜欢他这么表达，但是时间会证明，顾桃的表达是对的，他记录了这个特殊族群一个时期里最真切的样貌。令人感慨万千。

柳霞把易拉罐装啤酒叫作铁罐儿，后来我们觉得这个称呼好极了，就都把啤酒叫作铁罐儿。

在那个蓝色棚子下面，我们和他们在林中共进晚餐，吃着他们特意给我们烤的马鹿肉和宋老师给他们带上山的各种食物，喝着宋老师带来的"铁罐儿"，夕阳穿过密林曲折地投射在我们的身上，炉子里的火散发着热气，林子里密集的蚊子攻击着我们，柳霞唱歌、流泪，喝得坐不稳当，直接从木桩式的凳子上倒过去，后来她现在的伴侣老翟把她搀回帐篷，我们看见柳霞走前麻利地把桌子上的一罐啤酒装进口袋里，让我们忍俊不禁。

土狍也唱歌给我们，忽然我就想起《爱丽丝漫游奇境》里面一个场景：疯狂下午茶那个章节，疯帽子先生那一段，仿佛正是此时我们的样子。

太阳落山，我们也准备睡觉了。

在林间土狍的帐篷里，我和女儿挤在一个床上睡，土狍和宋老师挤在一个床上睡，道爷睡在最里面那个最珍贵的床上，中间的炉火一直燃着，即便是夏天，森林里的夜晚还是很冷的。

我听她们一直聊着久不见面的话题，亲如姐妹，土狍看中了宋老师这次穿上山的一件衣裳，宋老师脱下来就送给了她。

林间的夜晚静谧无声，不知道有没有野物在远处窥视着我们？我因为疲劳睡得香甜。第二天早晨醒来，听早就起来在林子里转的山丹夫妇说，夜晚的星星特别美丽，让他们感到震撼，我觉得好遗憾，错过了如此纯净之夜的洗礼。

然后我们就发现昨天我们带上山的啤酒少了一件，他们说一定是更早起的柳霞把酒藏起来了。不一会儿，柳霞若无其事地来到我们的帐篷里给我们道早安，笑容可掬地说："早上好！"非常亲切礼貌，样子十分憨厚可爱，与昨天晚上的柳霞判若两人，是更加本色真实的她。

柳霞对驯鹿的热爱真是让人动容，营地里留着一头驯鹿，因为脚受伤了，每天都是老翟给这头驯鹿治疗。可是那天早晨，老翟因为头一天晚上喝多了，一直没起来。柳霞担心着那头病中的驯鹿，她把注射用的药和注射器都拿出来了，让我帮她调药，帮她把青霉素溶解抽进注射器里，但是让我给驯鹿注射还是让我打怵，尤其是给动物用的注射器非常粗，我不知道怎么扎进驯鹿的身体里去。

柳霞一直说，它多可怜啊！

老翟终于起来了。土狍我们几个一起去鹿圈给那头驯鹿打针，土狍控制着它，老翟麻利地给驯鹿施治，我们看到那头驯鹿的脚肿得变形了，据说是在山上被偷猎的铁丝缠住了脚。我发现鹿圈里也烧着一盆火，问柳霞为什么，柳霞说是为了给驯鹿熏蚊子的。他们的确把驯鹿当作家人一样看待。

就在柳霞难得清醒的那天早晨，她在那堆要烧火的木材里给我挑了一张桦树皮，告诉我哪里像眼睛，哪里像云，哪里像月亮……

我后来千里迢迢带回了这张桦树皮，因为这是柳霞给我选的，她的音容笑貌就浓缩在这张桦树皮上。

维 佳

在没有见到维佳的油画之前，我实在很难想象面前的这个酒气熏天的男人有什么了不起。他穿着肮脏的衣服，坐在那里总是问我女儿是男的还是女的?

我们上山之前，他们好像刚刚发生了一场"战争"，土狍对宋老师说维佳要打她，见到宋老师就抱住她哭起来，但是不一会儿就在宋老师的劝慰下，他们又和好如初了。

据说维佳身上的酒气可以驱蚊，没有蚊子或是其他小虫会咬他。但是酒还是损害了他的健康，好像他已经不能上山去驱赶驯鹿回家了。那天他也没有施展他诗歌方面的才华。也是的，谁会对刚见面的陌生人就来上一段诗啊。

疯帽子先生般的维佳和我们一起围坐在夕阳中的蓝帐篷下面继续喝酒，我时时会担心他会撒酒疯，因为我对我父亲当年的状态实在太熟悉了。

第二天早晨，宋老师说服已经清醒的维佳给我女儿画一幅画，说他昨天答应过给小孩画一幅的。维佳说，哪有什么小孩？我们找好了桦树皮，给了他一根碳素笔，他说，画什么呢？我们说，画驯鹿吧！

于是他惜墨如金地画了两头驯鹿。

后来在敖乡艺术馆，我们看到了维佳的油画，那种明净温暖，那种美好的情感，那种独特的魅力彻底把我们征服了。这个隐居在深山里的大师，他的作品简直是无价之宝。简直就是梵高再生。从他的画里，能够看出他对森林的热爱，对林中每一束光线的迷醉，对他们这个族群生活细节的准确描摹，在他的画中看到那个桦树皮船，在激流河中静谧的样子简直有如置身天堂，维佳懂得桦树皮船只有在大自然中才是具有生命的，与周围的环境融为一体的。我想象他从小生活在大自然中，那些独特的林地瞬间一一落入他敏锐的心灵，在他的心里发酵着，大自然选中了他为自己代言，为他的民族代言。于是他听从天意，把他的情感全部泼洒在画面上，以他天赋的才华描绘了他们这些林地居民在森林里不为外界所知的生活，这真是一个神奇的事情。

我后来从顾桃的纪录片里看到维佳更年轻时候的样子，他诵读他的诗歌，完全像是一个巫师在替神灵代言的样子，因为那样的流畅、不假思索仿佛并非出自他自己的认真构思，只是通过他的身体这个大自然的传声筒传达给了我们——

我记得幼时跟母亲沿敖鲁古雅河而上／骑着驯鹿来到了乌力楞／在那里我看到了姥爷和姥姥／他们把我举在半空中／不停地旋转

　　我记得那时候的人们／与大自然交谈／仿佛它也有灵魂

　　我还记得／他们向着东方火红的太阳／唱起了感恩之歌／歌声包括鄂温克语言的全部美丽

　　我还记得／我乘着桦皮船沿敖鲁古雅河而下／来到了激流河／激流河的两岸／一面日出一面日落／他们乘坐桦皮船赞美／东方的日出／西方的日落／他们用歌声赞美辉煌的宇宙／赞美大兴安岭的月夜……

　　后来得知他只去中央美院进修过一年的时间，学习绘画，但是因为无法适应城市及学院式的教学而返回山林，回到自己的族群里。多亏他离开了，否则我们想必看不到他的这些发自天性的杰作。

　　有关他的传说都十分经典，比如他也曾参加工作，做过狱警，然后他擅自把同族老乡放出监狱和他一起去饭店喝酒；比如收缴猎枪的时候，他不肯，一直逃一直逃，直到山顶无路可走的时候毅然抱着自己的猎枪跳了下去，多亏一棵大树接住了他……那是不是山神的护佑呢？比如也曾经有女子爱慕他的才华，把他接到海南生活过几年，最后还是因为他无法离开他的山林而放弃了温柔之乡……那是不是山神的呼唤呢？总之，一切的一切，都驱使着他成为这个族群的言说者，我敢于断言，维佳无论怎样生活，他的这些杰作都会以他的独特性在中国乃至世界美术史中占据一席之地。当年我曾经感叹，有谁来保护这个任性的天才？今年我得知他结婚了，终于老天又派了一位守护天使来到他的身边，但愿他一切安好。

　　当我们读到维佳这样的诗句，怎能不被深深打动呢？又有谁能够替代这个特殊的族群这样的表达呢？只有他们自己能够——

　　罐子里的北满森林／窗台上的几个烟头／枝叶上的几多花瓣／春天的雨不来夏天也不来／秋天的鲑鱼还怎么回来／我曾看见湿漉漉的鹿角上人群幽灵般闪现／带走了白桦／带走了北满的森林／如今我两手空空／长满了青苔／一只用来喂鹿／另一只用来怀念／可是啊，阿玛／没有鲑鱼我们该怎么生存

——《北满》

今年四月无雪／扎喇吞枪自杀／过了五月才把酒喝完／六月下葬／挖坑掘折了腰刀／七月猎犬走了就没再回／八月无事／九月熊在地里掰苞米／十月去扫墓／烟头点着了扎喇／十一月女人们先哭了／十二月北边的亲戚来了／一月萨满唱起神歌／熊跑过来要酒／二月汉人过年／三月我们想念扎喇／四月有熊吞枪

——《扎喇》

柳 芭

在敖鲁古雅，我没有看到一张柳芭比较清晰的照片，可是她的气息无处不在。在敖乡博物馆，我们看到了她创立的那门独特的艺术——兽皮画，不大，只有一幅，和她的自画像挂在一起。

有关柳芭的传说我得闻更多些，也更早些。她的经历无疑给这片森林带来更多神秘的色彩。她在世时拍过一个纪录片《神鹿啊神鹿》曾经给我极大的震撼。一个标准的天才艺术家无法适应现代文明而自我毁灭的故事。比如她曾经毕业于中央美术学院，曾经在出版社工作，她的作品曾经被大英博物馆收藏，可是世俗中的一切都让她无法适应，因失去爱人而崩溃，从此开始酗酒而无法自拔，无法工作。只好回到自己的族群里，回到森林中。在疗愈身心的过程中她从母亲巴姨缝制的皮制品中获得灵感，创作出了兽皮画，靠毛色的变化表现这个族群的生活样貌。被惊为天人。

她在世时身边的人都是知道她是天才这件事实的，也在尽全力保护着她，可是那种宿命仿佛任何人都是无法抗拒的，眼看着她滑向那片虚无之地而无能为力，在一个林中月夜，她不幸失足落水溺亡，想想也是十分悲戚的事情啊！

我后来在为他们姐弟专门存放作品的艺术馆，得以见识了柳芭的才华，她真的像一颗璀璨的流星划过夜空。不同于弟弟维佳的画，柳芭的画自带一股忧郁气息，画面偏蓝色，有着那种对外界事物的不安和悸动，但是那种独特又是无人可以替代的。她笔下的月夜散发着神奇世界的光，仿佛是另一个世界一般。想必那些超凡脱俗的林间月夜无数次地诱惑着她，让她不断描摹并深陷其中，最后与这样致命的月夜融为一体。万幸的是她仙去之时留下了这些作品，为我们带来了仿佛另一个世界的消息。

想必这些作品一定可以代替她在这个世间活下来，或许永生！

柳芭留下来的，还有一个美丽的女儿。我们有幸和柳芭的妈妈巴姨和她的女儿一起吃了个午饭。看着她女儿，我不忍心多拍她，只用手机拍了几张，实在不忍打扰她难得的宁静。

我听说这孩子小时候经常待在她醉酒后躺在大路上的妈妈身边，无能为力，只有默默等着妈妈醒来。很难想象这孩子的童年都经历过什么，也许，只有我这个曾经有过酒鬼父亲的人才能懂得。

巴拉杰依

巴姨的名字叫作巴拉杰依，大家都叫她巴姨。她是几个特别孩子的母亲——柳芭、柳霞、维佳。还有一个叫作果佳的，早夭。她现在还是使鹿部鄂温克人里硕果仅存的三个德高望重的老人之一。每天，领导和名人还有游客走马灯似的来看她，大概什么大场面都见过了吧，因此刚开始接触她的时候觉得这是一个很骄傲的老人。

我不知道怎么和她交流，一开始我极力夸奖她那特别的挪威枕头，她说，谁来了都要和她的枕头拍照。

后来，我翻出刚在山上拍的维佳和柳霞的照片，面对她思念的儿女，巴姨渐渐露出属于母亲才有的笑容，很慈祥。

中午的时候，巴姨和柳芭的女儿过来和我们一起吃午饭，她穿着一件咖啡色的连衣裙，刚开始是不容易被人察觉的，仔细看，才发现那件裙子非常时尚，非常考究，她配了一双短靴，特别漂亮。我们才发现老太太的审美趣味真是不得了的，所以她才有这样不同凡响的儿女。

巴姨是他们鄂温克人里难得的非常智慧和充满理性的人，她的画也与众不同，很难想象是一个七十多岁的老人画的。她自己做的民族服装，也非常高贵漂亮。

那次听说她在撰写回忆录，而今年，这部让我们充满期待的书已经出版了。后来我才听宋老师说，当年巴姨特别想让我帮她做一下文字的润色，只是我那几年生活在巨大的生与死的挣扎里，宋老师没有忍心告诉我。据说巴姨为此对宋老师非常不满。我听说之后却感觉欣慰，没想到老人能够如此信任我。

驯　鹿

我们上山那天，驯鹿不在家，柳霞说，它们吃黏坛子去了。现在正是黏坛子生长的季节，驯鹿吃了黏坛子会长膘的。

黏坛子是一种蘑菇，平常的驯鹿只吃长在石头上的苔藓。我们第二天去往岩画山，看见了这种植物，长得像地毯一样铺满了石头，踩上去那个松软绵柔啊！

看到岩画山这边这么多的苔藓，给我们带路的土狍说，明年把家搬到这边吧，但是她又担心苔藓多的地方偷猎的下套儿的也多，去年，她损失了三头驯鹿，现在，驯鹿一万多元一头，损失不可谓不大。现在家里就有一头脚受伤的驯鹿，无法和鹿群一起上山了。

我们去往岩画山的时候拉上了老翟和维佳，让他们去找鹿。鹿好几天没回来了。可是维佳在车上发现了我们带去祭祀用的酒，说笑间就喝了好几个"铁罐儿"，等到了岔路口，维佳已经又喝多了。老翟他们俩没能把驯鹿找回家。

我们从岩画山回去的路上，土狍突然发现了自己家的驯鹿，她说："这不是我们家姑娘吗？"我们急忙下车追赶，但是驯鹿不肯停下，只听得丛林里驯鹿脖子上的铃声悦耳，叮叮当当的，就是拍不到一个完整的画面，但是看到驯鹿像丛林里的精灵一般自由穿梭，心里忽然生出一种感动。

后来土狍用各种奇妙的叫声叫住了一头叫"月儿"的母驯鹿，那头驯鹿真温顺啊，可着我们拍照，被拍完它又去找它的同伴，一起在丛林里穿行去了。真像是家里的孩子正在外面玩耍，忽然家里来客人了，孩子被叫回来见客，一阵礼貌的寒暄完毕，孩子又回到自己的世界中。

它的脑门上有个月牙，因此而得名。

那些驯鹿都有自己的名字，土狍认识每一头驯鹿，听她谈起它们真像是她生命的一部分。最好玩的是他们给一头被白岩松喜欢并抚摸过的鹿起名"白岩松"，经常大叫："快去把白岩松抓过来。"还有一头母鹿被起名叫"孙树文"，他们经常喊："给孙树文挤奶吧。"……孙树文是一个和他们经常来往的森林警察。

驯鹿走得极快，一会儿就消失在密林深处，所以赶鹿回家是个非常辛苦的劳动，翻山越岭地跟着鹿走并把一群驯鹿赶回家，必须几个人一起配合才能行，一个人是无法完成的。宋老师曾经跟着他们去赶过鹿，手上拉着绳子越过一个沟坎的时候摔倒了，差点被快步行进的驯鹿拖死，让她想起这件事就非常后怕。

我们最后下山的时候，看着空空的鹿圈，想象一群美丽的生物在里面的样子，真是美好！

岩画山

岩画山在距离巴姨猎民点五十公里的密林深处，我们把维佳和老翟放下岔路口之后继续前行，路上总能遇到采山货的人，骑摩托的，也有开车的，他们这里把采山货说成是"采秋"。现在，正是野生蓝莓成熟的季节，也是松果、稠李子、牙各达、各种蘑菇成熟的季节，这些不辞辛劳的人们跑这么远来采山货其实真是不容易。原来会觉得蓝莓怎么这么贵呀，现在觉得真不贵了，要我跑这么远，采一点就累得不耐烦了，蓝莓还很娇贵，容易坏了。我原来计划采野果回去，后来决定不采了，买还是划算些。

岩画山的确非常有气场，是鄂温克人的祖先崇拜的场所。他们认为，岩画是他们的始祖留下的印迹，有着他们留下的讯息，通过这些岩画，他们与自己的祖先取得了联系。

我们遵照土狍的指导给他们的祖先敬献了酒、水果、水烟，还学着鄂温克语祷告，告诉祖先神，我们都是谁，来看望他们来了，等等。然后我们开始看岩画，拿着带来的水泼向石壁，那些红色的古老的印迹开始显现。上面的图案被认为是画着驯鹿，爬到岩画山上面的一处夹缝里的岩画，描述的是狩猎的场景……

这些古老的印迹真是神奇！

我们又转到后山，我拍了一组照片，从照片上看，那奇伟的山好似一个健壮的人站在那里，周围还围着几个人，用肉眼却看不那么准确。特别像一个守护者，守护着鄂温克人的精神家园！

岩画山的色彩非常漂亮，山丹老师说，这天然的颜色直接可以入画了。

真是令人肃然起敬！

冷极、偃松林和敖鲁古雅乡

在去往阿龙山猎民点的途中，须经中国的冷极点。据说这里是中国的冬天最冷的地方，零下50℃。那得有多冷呢？雪莲说她刚去阿里河的时候第一次在那里过冬天，穿着平常的冬衣站在外面，瞬间感觉自己是没穿衣服出来的！那是阿里河，这里恐怕比那里还要夸张。不亲身经历，真的很难想象。倒是现在全年最温暖的季节，这里白天的最高气温也就是20℃左右，的确十分凉爽。

离冷极点不远，是一片偃松林，据说只有偃松才会生产松树子，也只有这么高寒的纬度才会有偃松生长。多么神奇啊，在长达半年之久的寒冷里，它们默默忍耐，积蓄力量，只在这短暂的温暖季节孕育出那样甘美的果实。这片偃松林因为在路边上，大概是为了游客欣赏方便，修了木质的栈道，沿着栈道前行，一片原始森林的美色，这是哪个公园都无法营造的林中生态。

林中还长着一种草，叫杜香科草，也叫平顶香，可以做香料。这是山里的鄂温克萨满熏法衣的唯一的香料。的确，那种清香十分浓郁，山上的猎民点周围都是这种草，遍地。想想山上的鄂温克人，在大自然最美好的馈赠里安然地、自由自在地生活，真的好奢侈啊！

而在山下的敖鲁古雅乡，现在不只是原来猎民的定居点了，基本上是个旅游文化村，有博物馆，定居的猎民有的把这些政府分给他们的房子租出去，有的开个家庭旅馆，有的卖点山货，以及各种驯鹿皮、牛皮之类，据说基本上都是芬兰的驯鹿皮，因为敖乡鄂温克人基本不杀驯鹿。

每天早晨八点，都有一群牛出现在宋老师工作室边上的草场上，和干旱的锡盟草原相比，这里的牛是多么幸福啊！敖乡附近的小河清澈甘甜，这个世界上最寂静的角落，随眼望去，皆可入画，天地大美！从附近的小山俯瞰敖鲁古雅，多少神奇！这是我二十年里一直都想到达的地方，那年夏天终于得以近观其详。至今难忘。

在敖乡闲逛，看到土狍家外面随意摆放的茶壶，非常漂亮，看起来她的生活里其实不乏精致，但是，尽管敖乡如此美丽怡人，他们还是选择山上的日子，也许，那里有一种呼唤在他们的心里永不停歇。

宋仕华

我相信在这深山之中一定是有一种看不见的神秘力量存在，一旦被这股强大的力量选中了，一个人的一切就都被改变了。

我觉得宋仕华老师就是一个被选中的人。现在，我必须要说一说宋老师了。

这次的敖鲁古雅之行如果没有宋老师，我们很难进入猎乡的深处。

说起我们的相识十分传奇，想必有缘人在机缘到来的时候会以各种不可思议的链接方式碰头。我们就是这样。

事情的缘起是我的一个大姐姐塔娜因为爱摄影而来到敖鲁古雅，又因为不认识上山的路就在路边随意找了个人问路，这个人就是宋仕华老师。宋老师送他们一行上了阿龙山，这样认识了。塔娜大姐回来后来看望刚刚出院的老金，说鹿胎膏对肾病有好处，说宋老师手里有最真纯的鹿胎膏，把她的联系方式给我了。因为买鹿胎膏而得知宋老师在做兽皮画，想起早年间知道的柳芭，我立刻对宋老师产生了浓厚的兴趣，在网上交流到最后成了无话不谈的好友。

我们刚上山那天，宋老师先行一步去了营地，我们在路口等她时，柳霞醉醺醺地冲下来向我们吼着："干什么的？你们怎么上来的？……"直到宋老师过来和他们解释、介绍，柳霞这才转嗔为喜，表示欢迎，并和宋老师拥抱在一起。

后来看到顾桃的纪录片才知道，当年，顾桃为了上山，在山下等了半个月，和这些鄂温克人交朋友直到取得他们的信任。他们对外来者不十分信任，总觉得这些外来者都是来这里猎奇的，回去后各种歪曲让他们很生气。

看宋老师空间里的一些生活记录，让人很是感慨，她在猎乡能取得这些鄂温克养鹿人的信任真是太不容易了！我看到她在猎民点上给大家做饭，各种饭，包饺子、擀面条、做馒头、烤列巴。干各种活，劈木头、锯木头、搬家、喂驯鹿、挤鹿奶，冬天的时候去河里刨冰取水……宋老师身材娇小，并不多么强壮，她只是在尽自己最大的诚意和猎民们相处。

她也曾经跟着男人们去找鹿，累到要虚脱。她是那么地热爱这些可爱的林中精灵，把她的热爱反复地缝进她的兽皮画里。

巴姨的皮活一流，用各种小碎皮做皮靴直接启发了她女儿柳芭制作兽皮画，令人惊叹。

然而，同样嗜酒如命的柳芭，没有能把这门她独创的来自森林的艺术继续下去就坠河而亡，这之后，没有人能够继续这门独特的艺术，因为它很考验一个人的艺术感觉，也很考验一个人的手工是否精细，更考验一个人的艺术想象力。

宋仕华原来做过很久幼儿园老师，心灵手巧，做各种手工不在话下。因为一直和孩子们在一起，所以一直保持着纯真的童心，这对搞艺术是很重要的先决条件。虽然她是汉人，但是久与鄂温克等少数民族接触也养成了直来直去的性格，尤其是宋老师对待朋友，几乎可以倾其所有地真诚。于是她被选中了，冥冥之中，她被一种力量呼唤，迷上了兽皮画。

巴姨说，宋老师做兽皮画不是她教的，说她一看就会，她只教了她怎么熟皮子。宋老师的兽皮画比柳芭的兽皮画更为开阔，她可以缝制一个庞大的迁徙场景，长达 2.5 米。里面有人、驯鹿、森林，甚至还有驯鹿背上的摇篮、女人，周围用黑熊的皮做边，令人震撼。

这些兽皮画都是用犴和驯鹿的腿皮缝制的，因为只有腿上的皮子才有变幻的色彩，而现在不允许狩猎了，这些材料很难寻找，宋老师有时会从网上订购芬兰的驯鹿皮，但是芬兰的鹿皮会经常没有腿皮。她一直在用她早年间一点一点攒下来的皮子做画，她的兽皮画经常因为没有材料而被迫停下来。由于材料的匮乏，她说，在她的有生之年能做五六张兽皮画就不错了。

除了制作兽皮画，宋仕华还独创了一种毛剪画，利用兽皮毛色的变化，剪出各种森林里的场景，描述使鹿鄂温克人生活中最常见的驯鹿、撮罗子、森林等画面，极为生动，令人拍案叫绝。

一个被选中的人还有什么好说呢，她会千方百计地向着那个呼唤狂奔而去，百折不回，直到拿到她想要的，内心才会平静下来。所有的辛苦都成了回忆，所有的委屈都化作温暖，所有的感动都会从她的手中流出，化作人间的至宝震撼人心。

巴姨后来给她取了个鄂温克名字"讷克勒斯"，意思是最小的女儿。想必巴姨内心深处也希望自己能有一个这样的女儿吧。宋老师所有的作品都要被巴姨认可后才算完成，她们俩是亦师亦友亦母女的关系。巴姨在生活中也越来越依赖宋老师的照顾了。也有人质疑宋老师的身份，为她不是鄂温克人而排斥她。但是我理解她对鄂温克文化的那种热爱，和那种天注定的使命感，她就是被上天选中的人，她其实别无选择。无论会有多么艰难和委屈，她都会义无反顾地走下去的。我知道。

我就是敬佩巴姨，不但她的儿女都是天才艺术家，收了一个这样的徒弟也成了世间最独特的艺术家。她简直就如天使一般。

过客

对于阿龙山的敖鲁古雅鄂温克人来说，我们只是过客。他们对我们的身份没有什么好奇心，什么作家、画家的不感兴趣。但是我们说自己是达斡尔人，是蒙古族人，的确获得了直接的好感。想必少数民族，尤其是北方的少数民族还是有亲缘关系的，即便是完全的陌生人也会莫名地生出亲近来。尤其我们是宋老师带来的，他们对我们的来访还是充满了善意。

当三个艺术家——一个鄂温克的维佳、一个达斡尔的山丹、一个蒙古族的乌恩祺一起坐在蓝色的帐篷下面谈笑，是多么难得的相聚！围坐在一起吃饭，是人际交流最古老也是最有效的方式。也是艺术家们互相观察的最直接有效的方式。学着柳霞的说法，我们喝着"铁罐儿"，坐在圆木上啃着肉干，的确惬意。再待下去，我们是不是也会嗜酒如命呢？

临行前的那次午饭，我们从岩画山上下来，都很激动。乌恩祺老师喝酒不再克制，尽情地表达着他的感受。土狍一下子和我们无比亲近，柳霞喝一点就醉了。

女儿穿上了土狍的鄂温克服装，真的像土狍说的特别像萨米族的小姑娘。

土狍给我用她手机拍了一张照片，似乎是我此去敖鲁古雅最美丽的一张留影，其他的都是一脸疲惫，土狍这个家伙真的很有艺术天赋。

然而乌恩祺毕竟是真正的艺术家，不久即露出他的赤子情怀，手舞足蹈起来。临别之际，他忽然向安道跪拜，眼含热泪，令人动容！

这些碎片，在二十四小时之内匆匆而过，然而留下的烙印可能久久都不会消失。所谓因缘际会，也可能都是前世的安排。我们和他们相处的一天里，十分小心，包含着尊重和善意，但是到了最后离别的时刻，面对土狍热情的拥抱，我一下子热泪盈眶……我对土狍说，我会再来的！

临别之际，我看到土狍的披肩晾在林间，想起波兰诗人辛波斯卡诗集的名字——《万物静默如谜》和《我曾这样寂寞生活》……

结束的时刻

回来以后的秋天，我把在山上给他们拍的照片都发给宋老师，请她转交土狍他们。正好那天土狍下山了，就坐在宋老师身边。我至今记得宋老师传达的土狍当时说给我的一句话，她说苏莉不好好在呼伦贝尔待着，跑通辽去干吗？这句话一下子击中了我，忽然觉得自己这样背井离乡的意义何在呢？

不久之后，忽然传来噩耗，说是土狍在赶驯鹿回家的时候累死在了山里……

我实在无法接受这个事实，难过了好久，想起土狍给我的拥抱，泪流不止。我为他们这个如此脆弱然而不无任性的族群忧心忡忡，也许我们谁都无法阻止某种宿命的行进的步伐，可是我们应该做些什么呢？我们可以做些什么呢？

万物静默如谜……

（原载于《民族文学》2018 年第 3 期）

最后的一幕

向　迅（土家族）

一

那个冬日的上午，我见了祖母最后一面——在知客司仪当众宣布孝子孝孙见祖母最后一面之时。在此之前，她已经在一间黑色的屋子里躺了两天两夜；在此之后，她将永远躺在黑夜里。

她的儿子们已站在高脚板凳上躬身围着她，脸含悲戚地、耐心细致地为她盖上了一床又一床颜色鲜艳的带花的廉价绸面，大概还精心地为她整理了一下仪容。估计在他们的记忆中，他们还从来没有在母亲面前显示出如此好的耐心。

我和众多堂兄堂妹们立在五叔家堂屋的角落里，望着两三个昼夜以来不曾合过眼的父辈们忙碌。他们一个个神情肃穆，满眼通红，举止庄重，言语短促而哀伤。他们在同一时刻苍老了十岁。年纪最小的叔父，抹了好几把眼睛。

我的父辈们，在十一年前失去了父亲，又在这一天失去了母亲。

他们一下子变成了孤儿。

轮到我们这一辈的时候，我迟迟迈不开脚步。我与另外一个自己暗自做着一番激烈的思想斗争。

我不敢面对那个时候的祖母。

我怕见了她，晚上会做噩梦，尽管她是我的祖母——事实上，这种担心并非杞人忧天。之后的许多个夜晚，只要我一闭上眼睛，我所看见的那一幕，就从我紧闭的眼前跳跃而出。我拼命地暗示自己不要去想，可那一幕竟是那么顽固，活像一个挥之不去的幽灵。我因为恐惧而彻夜不眠。

可另外一个我，又不断提醒我，不管怎样都要踏上那条板凳，与她见上一面。最后的一面。"她是你的祖母。"

堂兄堂妹们一一从我面前经过。我在他们脸上没有看到恐惧。他们沉默着从我面前返回，一脸哀伤地离开了堂屋。在越来越空旷的堂屋里，我像一个无处可躲的人，被一盏聚光灯照耀着，被无数双雪亮的眼睛盯着，被逼上了一条绝路——实际上，大概没有一个人注意到我吧。

我权衡再三，终于鼓足了勇气，长吸了一口气，踏上了那条高脚板凳。像是有人给我下达了一道命令。但我知道，是一股无形的力量把我推了上去。

我见到了祖母。她被大红大紫的绸缎簇拥着，头上戴着一顶青色帽子，像一个正在睡梦中过着富贵生活的地主婆。这种绫罗绸缎的生活，一定被她奢望过，现在终于心愿得偿。

她更像一尊菩萨，甚至像一个被包裹起来的"刚出生的老妪"（马尔克斯描写乌尔苏拉老年时的样子）。

她的面目是那样端庄，神情是那样安详——跟她坐在椅子上打盹儿时没有什么两样。如果她换个地方躺着，人们肯定只是觉得她睡着了。

谁也不会把这个面目安详的老太太，与那个被人们视为巫婆一般古怪的怪老婆子联系起来，与那个令儿子们头疼让儿媳们避之不及的老妪联系起来，与那个既诅咒过儿子也诅咒过孙子的老人联系起来。

我必须得承认，这么多年以来，我从未改变过也从未掩饰过对祖母的态度，我不喜欢她。在我的心底，她不是一个好邻居，不是一个好母亲，也不是一个好祖母——如前文所述，她过去的所作所为给我留下了阴影。

奇怪的是，当我在这一天面对如此安详的祖母时，我在不安与恐惧中忽然发现，所有的恩怨与前嫌，都在这个时刻获得了冰释；所有的误会与曲解，都在这个时刻得到了澄清；所有的阴影与暗面，都在这个时刻自动消失了。

所有的事情都已不再重要，所有的事情都已成为遥远的过去……

猝不及防地，我的眼里涌起一股酸涩，眼泪就要掉下来——真相像一道闪电，像一把刀子，总是残酷地把我们从表象抑或幻象中强行带入到必须面对的现实面前。祖母就要上山了。

四天前的那个晚上，我们去看望祖母时，她还躺在堂屋后面的那间屋子里，躺在她睡了多年的床上呢。而几天不见，她就已躺进了永恒的黑夜之中。在空间上看，她只不过是从卧室移到了堂屋，只不过换了一个睡觉的地方。以前，她无数次从卧室走向堂屋走向院子走向田野，最终都回到了那间卧室，但这一次不一样，她将像一阵风像一朵风中的菊花一样消失在田野。

那大约是我长大成人以后，第一次走进祖母的卧室。那是一个陌生的狭小的几无陈设的房间。自然，卧室里的东西都不属于她，那间卧室更不属于她。从某种意义而言，她更像是一位寄人篱下的寄居者。

那天的祖母神志清醒，还能把上身微微抬起，还能挥手示意，还能表达自己的想法。彼时，小幺将一套叫人刚刚从镇上捎回来的崭新的睡衣拿给她，她一个劲儿地拒绝："不要——不要——买这么多做什么呢！"

我们兄妹好几人，簇拥在祖母局促的卧室。她将头高高抬起，冲着我们傻呵呵地笑——与她多年来的笑容几乎一模一样——她已经不能下地行走了，她已经卧床两个月了，她已经吃不下什么东西了，可她还在冲我们笑。跟身体安然无恙似的笑。

虽然已不能一一叫出我们的名字，但她依然把一个祖母的慈祥馈赠给了我们。那是她最后的礼物。

那一天的祖母，气色虽然看起来不错——甚至给人以某种错觉而对她不容乐观的前景产生不切实际的幻想——但仍然流露出前所未有的衰老迹象：满头白雪，是那样的苍凉。

那两天，小幺百思不得其解地问，祖母的卧室里，为什么总飘荡着一股令人蹙眉的异味？尽管幺婶给祖母认真地清洗过身子，置换了干净的床单与被单，可异味依然。父亲解释说，那是因为祖母长期卧床所致。他还说，再健康的人，卧床两月，身上也会散发出异味。

当时，我是认同父亲的看法的。动物在熟睡之时都会发出难闻的气味，人也不能例外。祖母躺了整整两个月，无人与她说话，而她又不能自由活动，睡觉便成为她迫不得已的功课，以至于她的身上一直散发着熟睡动物的气味。

现在，我有无数个理由相信，那种让小幺百思不得其解的气味其实是死神出入祖母的房间时遗留下来的气息。奄奄一息的祖母，日夜被这种气息笼罩着。惹得像幽灵一样出没的乌鸦，昼夜不停地在村庄上空盘旋鸣叫。

记得四五岁之时，觉得乌鸦"啊啊啊"的叫声独特，便咿咿呀呀地跟着叫。祖母说，学乌鸦叫，嘴巴会变臭。你肯定不想嘴巴变臭。（直到我将这两句话写出来，我才发现，她警告我们的口吻竟与赫塔·米勒在《低地》中所写的那位祖父吓唬孩子的口吻完全一致。）我们便闭嘴了。

现在，我们把嘴闭得更紧了。因为祖母在乌鸦漆黑的叫声中消失了。祖母一定是被乌鸦的叫声驮走了。可恶的乌鸦。该死的乌鸦。

二

许多个冬天之前，祖母就已被我们遗忘。她独自生活在一片黑暗中，被巨大的孤独包围着，吞噬着。

"现在要么是在这里坐着，要么就是在底下门口坐着。"她坐在五叔家的电视机前很无奈地对我们如是说。她皱着的额头间，含混的眼神里，净是叹息。

不知道从哪一年开始，她就成天坐在一把椅子上打盹儿，仿佛有人捆住了她的双脚，直至暮色像命运一样从屋檐上降落下来，她才缓缓起身回到室内。

而可耻的时间像一条无家可归的狗，在她的眼皮子底下窜来窜去，就在她坐在门口打盹儿的时候，就在她望着远方发呆的时候，就在她与陌生路人搭话的时候，可她对此毫不知情，就像她对自己身体的败落视而不见一样。

祖母或许从来不曾预料到，以前不能容忍丁点儿瑕疵，总想在儿媳面前树立至高无上的家长权威的自己，有朝一日竟会变成一个老态龙钟耳背眼花手无缚鸡之力的老太太，变成一个经常给儿子添乱的多余人，一个可有可无的角色。

祖母变成了一团无人呼吸的空气。

在孤独的晚年，没有一个故交登门拜访，与她一起追忆往昔，没有一个儿孙愿意聆听她的唠叨。因此，她不得不将平生往事尘封于心底，同时不得不保留她对现实生活的看法——一旦她发一下牢骚，就会招致儿子的责备，她学会了喃喃自语。

事实上，早在十二年前，自从祖父离开后，祖母就过上了这种无人问津的生活——尽管祖父还在世时，他们就已分居多年，但毕竟还有人不时跑过来跟她说说话。那个时候，她独自一人居住在两间低矮的老房子里。白天在那几分养老田里操劳，晚上用一盏孤灯照亮灶台，照亮独居者的凄凉晚景。

那个时候，我的父辈们就已很少与他们的母亲交流，除非她在生活上遇到了非常棘手的问题，他们才踏进她的家门。他们再也不曾像小时候那样，把针尖般大小的事都从心窝里掏出来与他们的母亲分享，再也不会与她就某一件事进行商量。他们一定认为，他们的母亲，我们的祖母，已被时代淘汰出局。

我们这一辈人，与她更是存在天然的无法逾越的代沟。

在我的记忆中，没有一个堂兄堂妹试图与她进行真正意义上的对话与交流。每次遇见她，或专程去看望她，我们都只是礼节性地与祖母寒暄几句。之后再无言语。我们把她当成一团空气晾在角落里。

刚开始，她像一把不会说话的椅子，郁郁寡欢地坐在被我们忽视的灰色地带。但当她对这一待遇习以为常之时，她渐渐将自己坐成一尊菩萨，傻呵呵地望着我们笑，或者凝望着某一个点，一动也不动，像是进入了沉思的神秘状态。

祖母自然知道被人遗忘的后果：一旦退出对家庭事务的管理，就会变成一件碍手碍脚的摆设，一个包袱，一个任务——在我们那儿，大家都把家里的老人当作任务，哪一天把老人送上山了，任务就算完成了。

就像刚刚失明之时不甘心就此退出家庭生活的乌尔苏拉一样，祖母也曾极力想将自己从那种百无聊赖的生活中，从那种深渊般可怕的孤独里挽救出来，以表明自己虽然年事已高，但并非百无一用。

2014年端午节期间，我就见她试图帮五婶收拾晒在院坝里的粮食，结果被阻止。因为一不留神儿，她就可能摔个跟头。前车之鉴，让五婶怕了。

一个孤独的老人，是很容易把记忆弄丢的。当一个老人因为无人对话而只能靠反复咀嚼记忆以打发时间时，记忆很可能发生错乱、游离，甚至背叛、丢失。

2013年，祖母已显露出意识模糊的端倪。大年三十的晚上，我耐心与之交谈，想从她的口中抢救一些有价值的记忆，却是枉费工夫。虽然她也做出了全力配合我的姿态，但她的回答总是驴唇不对马嘴——她一个人断断续续地追忆着年轻时候的往事——惹得我们哭笑不得。

第二年正月，伯父在一个大雪纷扬的黄昏给我讲述了一个更为可笑但也更可悲的故事：祖母在年前摔过一跤，卧床不起。伯父前去探望。祖母和他谈论起他的兄弟们。结果她怎么也想不起老三的名字了。"你猜她怎么说？反正是住在公路上边的那家……"伯父听了如坠雾中，过了半晌才明白他母亲的语义指向。

时间似乎还可以追溯得更早，不记得是2011年，还是2012年年底，祖母就不认识我了，她以为前去看望她的，是我的一位堂弟。

三

"上了年纪的老鼠是灰色的，身体臃肿，像是它们一辈子只受到爱抚似的。

它们无声地窜来窜去，沿着脚步拖出又长又圆的痕迹……"

当我在赫塔·米勒的短篇小说《低地》中读到这段话时，我以为她写的，是我晚年的祖母。

晚年的祖母，与一只上了年纪的灰色老鼠确实有着太多的相似之处，身体臃肿，行动缓慢，神情呆滞，无声无息，像一团向时光深处蹒跚而去的灰色的影子。她咀嚼食物的时候，尤其像一只老鼠，只见她不剩一颗牙齿的嘴巴嚅动着，腮帮子一鼓一瘪的，像有一只小动物在里面拱来拱去。

可她没有变成一只真正的老鼠，而是变成了一只可怜巴巴的足球。尽管她在八十余年的岁月里从未见识过这种黑白相间、外形呈网状结构的球，更不知其游戏规则，可他们的命运，实在毫无二致。

我已不能确定祖母究竟是在哪一年哪一月变成了一只足球的，但可以肯定的是，我那时尚且年少，对于人世间的纷争和亲人间的微妙关系还懵懂无知，而她已不再年轻，毕竟她已是许多个孩子的祖母。

还可以肯定的是，即使有孙辈不嫌麻烦地给她解释足球是怎么一回事，即使对于球类没有一点概念的她也完全明白了游戏规则，她也一定不会把自己与一只被踢来踢去的足球联系起来。

"我这一生养育了七个儿子，怎么会变成一只足球呢？"她一定会这样说。

祖母不可能知道真相。"她的一生都过得糊里糊涂的，对于生活没有一点把握。"大家都这么说。

事实上也是这样，就在她奄奄一息之时，就在她即将与世长辞之际，她仍然不曾摆脱作为一只足球的可悲命运。那个看不见星星的凌晨，她的儿子们正站在黑夜中争吵不休。他们激烈的措辞，像星光一样迸溅。

他们争吵的主题，更像是一个永恒的母题，因为这么多年来，它从未发生改变：我们该怎样赡养自己的母亲。

祖父一早就确定了赡养他的人选——他的第四个儿子，我的四叔，一个习惯默默做事而不事声张的人，一个可以托付终身的人，但赡养祖母的人选一直不曾明确。祖父曾多次召开家庭会议，对几个儿子软硬兼施，但直至他离开人世，祖母也没有得到妥善安置。

祖母的养老问题一直悬着。"她的不幸遭遇，都是她咎由自取。如果她的嘴巴不那么厌烦的话，她是可以安度一个幸福的晚年的。"不仅局外人这样认为，她的儿子们也这样认为，她的孙辈们也这样认为。

可嘴巴长在她的脸上，谁也管不了。或许连她自己也管不了。多年以前，婶子们在串门谈天时，时常提起祖母的那张嘴巴。

那张爬满了皱纹的嘴巴，总是会发出咕叽咕叽的声音。听起来，就跟老鼠在黑夜里咀嚼粮食时发出的声音一模一样。

那张咕叽咕叽的嘴巴，总喜欢对儿媳们的所作所为指指点点，品头论足。实际上，她的儿媳们，无论在哪一方面，都不比她逊色。

正是这张在婶子们看来喜欢无中生有，喜欢在鸡蛋里挑骨头的嘴巴，把它的主人变成了一位长舌妇，变成了一个不受欢迎的人。

最让她们难以忍受的是，祖母喜欢当着这个儿媳的面，夸另外一个儿媳的好——在她们看来，婆婆含沙射影的话，无异于打了她们一记耳光。虽然心里不快，却又不好发作；祖母还经常在外人面前，在不合时宜的场合，数落她们的不是。然而，她上午说出去的话，下午就传到她们的耳朵里了。

记忆有时候是残酷无情的——在我的记忆中，好像没有哪位婶子不曾与祖母发生口角的。在经过长时间的忍气吞声之后，忍无可忍的她们，受够了的她们，终于对"恶婆婆"的压迫进行反击了，并在无形之中形成了一个联盟。

她们甚至背地里为祖母送了一个十分形象的别称：怪老婆子。每当她们谈起祖母，总是说：怪老婆子……怪老婆子……

就这样，在不知不觉间，祖母被儿媳们孤立起来。她对此可能有所觉察，可她并没有对自身的言行进行反省，也没有意识到与儿媳交恶的严重性，依然我行我素，嘴不饶人，以至于与儿媳们越来越疏远。

因为那张嘴巴，祖母不仅失去了儿媳们的好感，也伤透了儿子们的心。

有几年，她和祖父与交恶的儿子们形同陌路——即使狭路相逢了，也互不言语，甚至与祖父一道，怂恿并默认外人与自己的儿子大动干戈。多年以后，当母亲偶尔回忆起那一段段不堪回首的往事时，仍然心有余悸。

祖母终于尝到了自己亲手种下的苦果——在年老之时，没有一个儿子愿意接纳她，没有一个儿媳愿意接纳她，大家都怕她的一张嘴巴，而她最疼爱的幺儿在一个她从未到过的地方做了上门女婿，一年也难得见上一面。

祖母的嘴巴，把老年的她变成一只旋转在空中的足球。

多年过去，我同样已不能确定，祖母究竟是在哪一年哪一月跟着幺叔一家生活的。幺叔那时在镇上的水泥厂工作，是他们兄弟中唯一一个有着正当工作和稳定收入的人。幺婶也很贤惠。两口子将日子过得很红火。

祖母若一心一意地跟着他们，理应会享几年清福的，但她管不住自己的嘴巴，不仅与幺婶发生言语上的冲突，还经常在其他儿子面前告幺婶的状，在其他儿媳面前数落幺婶的不是，以至于勉强维持的婆媳关系渐渐失和。

在一次激烈争吵之后，幺婶一气之下远走他乡，数年不归。幺叔不得不辞去工作，将女儿托付给一位婶子，就此踏上了漫长的打工之路，至今漂泊在外。毕竟孩子不能没有母亲，一个家不能说散就散了。

这个事件影响深远。幺叔家好端端的新房，由于长久无人居住，已经显现出破败之相，门窗油漆剥落，门锁锈迹斑斑，室内尘灰遍地。更重要的是，祖母再次成为无依无靠的孤家寡人，不得不一个人生活。像一个孤老。

被巨大的孤独笼罩着，祖母该咀嚼出苦涩的味道，并在反刍中意识到自身的问题。可在几年之后，五叔将祖母接到家中后，她依然管不住自己的嘴巴。

正如你猜测的那样，祖母过得并不愉快——可以预见，无论她住到哪个儿子家，都不会过得愉快——过不了多少日子，就会听见她的哭泣声自五叔家传出。

但无论如何，祖母终究有了着落，就像一只在空中不停旋转着的足球终于落到了草地上。所有人都松了一口气。人们总喜欢在一件悬而未决的事情得到缓解之时松一口气。可意外还是发生了。

如果不是发生这次致命的意外，祖母将活得更为长久，长命百岁也说不一定。当然，也就不会出现我的父辈们在黑夜中为了他们母亲的赡养问题而争吵不休的那一幕了。她也就不会跟着受辱。

2014年冬季的一天，八十二岁的祖母在楼梯上一脚踩虚，随着一阵沉重的闷响，身体臃肿的她，跟一麻袋粮食一样，从楼梯口滚落到了一楼冰冷的水泥地上，动弹不得。

这一跤，比往年的任何一跤都要严重，不仅摔坏了她脆弱的尾脊骨，还摔碎了她作为一个人的尊严——她从此卧床不起。据说还挫伤了神经，导致大小便失禁。总之，问题比想象的还要坏。

五婶每天服侍祖母的床榻，一个多月下来，渐感吃力。于是，五叔向他的同胞弟兄们提出，要么轮流照顾他们的母亲，要么由他的妻子一个人照顾，但他们得向她支付一定的护理费，按月结算。

祖母至死没有逃脱作为一只足球的命运。

那大约是她的宿命。

四

事实上，早在半年前的端午节期间，我就在祖母身上发现了某些不可抗拒的东西。

那一天——那是怎样遥远的一天啊——祖母坐在五叔家一楼的客厅里笑意盈盈地接受了我们的拜访。那时正值中午，一道炽热的阳光从门口铺过来，直铺到祖母灰色的鞋子上，竟跟长了脚一般。祖母臃肿的身体，被从地面折射而来的光笼罩着。从这条阳光之河的另一岸望过去，坐在彼岸的祖母周身被一圈光晕环绕。但在言谈之间，我的内心还是受到了不小的震动。

那种震动，来自我对祖母的打量，来自时间对一个人悄无声息地风蚀。

说不清楚是什么原因，在我的记忆中，祖母一直是那样老，也差不多一直是那一身装扮，仿佛她这饱受争议的一生不曾年轻过，但也没有继续向前滑行，仿佛她衰老的步伐，就此停留在了某一个固定不变的点上。

说不定，祖母在无意之中发现了某种不再衰老的秘方，并偷偷服食。这不是没有可能。她以前住着的那几间光线暗淡的老房子——多年以前，我们一家也在那住过——在潮湿的雨季，瓦椽与房梁会在夜间秘密地生长出花纹绮丽的蘑菇。

说不定，祖母就是服食了那些蘑菇。据孩子们猜测，那些蘑菇，很有可能就是传说中的灵芝，但无人敢用舌头品尝。就连最大胆的孩子也不敢。他们把它们遗弃在了记忆的废墟里。

我以为偷偷服食灵芝的祖母是不会继续变老的，可就在这一天，我惊奇地发现，祖母满月般的脸已经坍塌败落，就像么叔家粉饰一新的房子，有一天忽然就油漆剥落殆尽，蛛网遍布角落了；一双被一圈皱纹包围起来的眼睛，已经浑浊无神，暗淡无光了；一双哆哆嗦嗦的腿，已不能很好地支撑她的身体，不大听她的使唤，她因此经常跌倒在地……

祖母的身体，已经被无孔不入的时间风蚀成一座废墟，犹如西格弗里德·伦茨笔下的那个已经倒塌、没有叶片、一动也不动的四月里的风磨。这不免又让我想起去世之前的乌尔苏拉：她日渐一日越发瘦小，变成胎儿，变成木乃伊，到最后几个月仿佛裹着睡衣的李子干，那永远高举的手臂活像蜘蛛猴的爪子……

祖母虽没有像乌尔苏拉那样变成胎儿、木乃伊与李子干，但确实与之前的模样迥然有别。一时间，不同时期的祖母从一个遥远的地方向我走过来。

那个是在一架外形黝黑锃亮、柜门上镶有黄铜环扣的碗橱里像魔法师一样给我变出一个红扑扑的苹果的祖母。那时的苹果树早已落光了叶子，光秃秃地站在厨房外边的空地上。她神秘地叮嘱我，苹果要偷偷地吃，不要让别人看见了。

那个是在一个秋天把我和堂弟堂妹从祖父大大咧咧的骂声中解救出来的祖母。那一天，我们相约去偷祖父的苹果，没想到刚刚爬上树就被他逮个正着。在他的骂声中，我们像猴子一样跳下苹果树，躲在树下茂密的魔芋林里不敢吭声。

那个是在我放寒暑假后，千方百计要为我张罗一顿饭菜的祖母。哪怕我拒绝去她独自居住的那间老房子，她也不生气，总要花一个上午的时间烧火炒菜，然后用一个包袱装着提到我们家的院子里来——打开包袱时，腾腾热气与菜香味儿从碗盏里扑面而来。

那个是在早春时分提着一篮子鸡蛋来给父亲过生日的祖母。那个是在池塘里淘洗洋芋的祖母。那个是在院子前边晾晒衣服的祖母。那个是正唱着摇篮曲哄堂妹睡觉的祖母。那个是在清晨站在门口梳洗的祖母……

当然，在所有的祖母中，让我记忆最为深刻的，是那个在一个夏秋之际的日子祖露着一对如同布袋般的乳房的祖母。

时至今日，我仍然不知道该怎么描述那个被尘封多年的日子，那个注定了要被我永久记忆的日子。

事情是这样猝不及防地发生的：当我坐在堂屋后面的客厅里和祖父聊天时，竟意外地发现在厨房准备午餐的祖母，赤裸着上身。我赶紧移走目光，再也不敢抬头望向她，即使她时不时走到客厅里来提炉子上的水或到壁橱里拿东西。

我只是感觉到一团月光在我眼前移动。

祖母变成了一个发光体。

更让我措手不及的是，吃饭时，祖母也没有穿上衣裳，她依然赤裸着上身坐在我的对面。她不时给我碗里夹菜。她炒的菜，都是我爱吃的。我没有理由拒绝。祖父坐在我的旁边，与我谈着话。一副见怪不怪的样子。

尽管刻意回避，可我仍然在无意间瞥见了祖母。她像一尊圣母像般坐在我的对面。一对布袋般的乳房静静地垂挂在她尚且丰腴的胸前。活像两条被去了皮的冬瓜。祖母的脸上和手上早已爬满了皱纹，但乳房上没有。

那是我平生第一次看见女人的乳房。我感到羞愧，难为情，无地自容，脸红耳赤。多年以后，当我再次回想起那幅画面时，仍然手足无措。

记忆中的祖母，喜欢在后脑勺上盘一盘民国的发髻，把头发梳理得一丝不乱——那大概是她在出阁前就已养成的习惯——发髻间斜插着一个印有蝴蝶图案的褐色发夹。

她年轻的时候，大约也是个美人。

五

我的父辈们从未在我面前提起过祖母年轻时的往事。大约是因为我从未向他们请教这个问题，他们也就觉得没有义务主动告知——或许他们认为根本没有这个必要；或许祖母的早年生活，对她的儿子们而言，也是一个谜。当他们开始记事时，祖母已彻底沦为一位唠叨不尽的家庭主妇。即使她曾给他们留下过较为深刻的记忆，你也很难证明，那些记忆就是经得起时间考验的。尤其是在他们各自有了家室以后，他们的母亲一而再再而三地干预他们的生活，时常因为一些鸡毛蒜皮的事与他们大动干戈，继而与他们形同陌路，甚至故意制造事端，让他们兄弟失和，水火不容，他们也就更不愿意多说一句。

我从他们的态度里看得出来，他们在内心里并不认同他们的母亲，甚至对她糊里糊涂的一生充满了轻视和否定。

我也从来不曾想过要去打听祖母的过往。那么不明事理的一个人，我实在没有多少心情去追溯她的人生。

谁也没有想到，祖母竟在最后的岁月里追忆起了她在年轻时代鲜为人知的经历。而作为讲述者的她，已与将过去和现在完全混淆的乌尔苏拉无异。

事情发生于我在前文提及过的 2013 年大年三十的晚上。我和兄妹在给她拜年请安之后，专程向她打听我们家族的历史，她却顾左右而言他，沉浸于对自己往事的追忆之中。尽管我多次打断她的追忆，试图让她走出往事的泥淖以回答我们的问题，然而，一脸惊讶的她，在茫然不知所措地打量了我们一眼之后，又开始了喃喃自语般的讲述，直到我们感到厌倦，继而起身告辞。

我们都对祖母带有自传性质的讲述充满质疑。

虽然她的讲述不仅像屋檐下的雨珠子一样断断续续，有多条线索相互交织齐头并进，而且因为跳跃性太大使得前后左右的内容听起来并没有多少逻辑关系，甚至是互相矛盾的，但我依然像一个技艺超群的炼金术士，从一大堆冗繁无用的话语迷障中分离出了她的黄金岁月。

她的过去，果真如她所说吗？在祖母的追忆中，在她嫁给祖父之前，曾有一段风光岁月，理由是她受到了时任乡长周桂菊（音）的器重。

她的原话是这样的："周桂菊培养我，她到哪开会都会带着我。她坐在主席台上说话，我也跟着说话。"——在当代语境中，祖母无异于扮演着乡长机要秘书一类的重要角色。

有意思的是，周桂菊当选乡长一事，在祖母的叙述中，也与她的支持紧密相关，两者之间甚至构成了因果关系："那时乡里开会选举，大队的人集中在一起，我就标她的名字，结果她当了乡长。"

祖母继续说："我驻在村里，他们都听我安排，虽然我不识字。我开会，安排生产，都有工分。"——她已经说得足够清楚了，那个时候，她的身份差不多就是一个驻村干部。她所需要做的事情，就是全心全意地开会与安排生产。

然而，她出众的才能并没有在中国最低级别的政治舞台上长久地施展下去，而是被浪费在了烦琐的家庭事务中与望不到尽头的苦日子里："来到这里时，要服侍他奶奶。把饭做好了送到床上，每天（给她）洗三遍（身子），端屎端尿。日子苦啊。那么大一家人，全靠我一个人。"

"上面两个学生，五花寨两个。黑天哒。每天晚上，我要打一个魔芋豆腐，一个细豆腐。第二天天不亮就背出去卖。"她还谈及去山上打柴的往事，"我每次背三捆柴，这么粗，细的不要，全部是这么粗的。"她一边声情并茂地讲——担心遗漏任何一个细节，一边把双手合在一起比画柴火的粗细。

忽然，她拐了个弯，数落起她去世多年的丈夫，她的表兄，我们的祖父，挖苦他是一位手无缚鸡之力的无用书生："他爸爸小时候吃面糊长大的，奶水都被他二哥吃了，没有一点力气。背背不起，挑挑不起，连走路都不行，只会算账，躲在家里读书。"

如果不是祖父娶了她，她的人生肯定是另外一番气象，她也就不会吃这么多苦。她在心底一定是这么想的。

祖母不时用粗糙的手掌揩着眼角浑浊的泪花，并不失时机地感叹命运："我就是命不好。命不好，喊天都不行。""苦了一辈子，就是现在好玩一点了。可是现在吃饭摔跤，上厕所摔跤。冬天穿得厚不要紧，夏天穿得少，一摔就摔坏了。"

"我就吃亏没有读书，不识字。"祖母总结道。眼看着我们就要起身告辞，她又突兀地补充了一句，"我一个人把那么大一个家撑着。"

我曾向父辈们求证祖母所忆之事的真伪，但他们对此都只是付之一笑，并没有正面回答我。然而，种种迹象表明，他们并非首次听到她的故事。

我最终选择了相信，毕竟任何一个人都拥有在晚年追忆美好岁月的权利，只是暗自吃惊——一如十余年之前，在与祖母的闲谈中，我忽然为从她布满皱纹的嘴巴里冒出来的"思想"二字感到震惊不已。

原来被我们遗忘了多年的祖母，被我们认为终其一生都碌碌无为的祖母，也有一段被光环笼罩的过去，而且她在人生最后的岁月里仍对这个光环充满怀念，并将之当成一笔记忆遗产，讲述给了她的孙辈。

我在祖母身上窥见了时间的秘密。哪怕你是一堵密不透风的墙，它也有本事将你变得千疮百孔，面目全非。它有的是耐心。没有它扳不倒的牛。

六

晚景凄凉的祖母一定不曾预料到，她的葬礼会是那么隆重。在长达八十二年的人生岁月里，祖母也不一定见识过如此隆重的葬礼。

前来吊唁的人络绎不绝，马路上的鞭炮声此起彼伏，厨房里的流水席一桌紧接一桌。五叔家前方的院子里坐满了披麻戴孝的人——没找着地方坐的，只能站着。在他们的脸上，你看不到一丝悲伤。

他们更像是来赶集的，会友的，甚至像是参加一个古老的盛大的节日。他们三三两两聚在一起，问询着彼此的近况，嘻嘻哈哈开着玩笑。就是我们直系亲属，偶尔也会从悲伤中抬起头来，露出一个短暂的笑容。

被遗忘多年的祖母，通过这一不同寻常的方式，终于从毫不起眼的灰色地带重回到了生活舞台的中心，从狭小的卧室走到了宽敞明亮的堂屋——仿佛从幕后走向了前台；她通过这一举足轻重的方式，重新唤起了人们对她的记忆——人们在交谈中，或多或少都会提及她。尤其是她的几位同辈人。

祖母是他们的一面镜子。

那两日，祖母隆重的葬礼成为村子里毫无争议的话题。那是人们给予亡者的礼遇。

但知情者都知道，在这条新闻的背后，隐藏着太多太多的故事。这些故事，犹如不敢见光的黑幕，将我的父辈们，甚至是将我们整个家族，推上了风口浪尖，推到了一盏周遭坐满了观众的聚光灯下。

大家一早就预料到，五叔和幺叔会借我的婚礼之便，将伯父和叔父们召集在一起，重议祖母的赡养事宜。

在反复的讨论中，大家一致否决了按月坐庄式的轮流照顾祖母的方案——祖母年事已高，身子骨原本就脆弱，而且带病在身，经不起折腾。况且搬来转去，折腾的不仅仅是肉身——大家都同意每月凑份子，支付给五婶。

我们都说："这么多儿子，如果连一个妈都养不起，岂不让人家笑话。"只是每个月究竟支付多少数目，父辈们尚没有形成统一口径，毕竟还需与五叔商酌。

大家就像一致否决第一种方案一样，一致推举自认为口才出众的幺叔去与五叔商谈。熟谙五叔脾气的婶子们都对她们的小叔子说："你常年在外，好说话一些。如果大家都去，肯定煮成一锅粥。"

那几日，我忙于自己的婚事，无暇顾及更多的事情，也就不知道幺叔是否与五叔在商谈的事情上预过热——不过想想那幅画面，就觉得滑稽。

事情的真相或许更为滑稽：他们几兄弟在我结婚后的那个凌晨正聚集在五叔家的院子进行激烈的谈判，意识迷糊的祖母，在他们的争吵声中撒手人寰了。

祖母或许是真的被尚未痊愈的伤痛折磨得油尽灯枯了，又或许是在昏迷之中感知到了她的儿子们还在为她争吵不休，但是她又无力劝阻，只好选择离开。事后，就有人有意无意地说，祖母是被她的儿子们气死的。

遗憾的是，祖母的离开，既未消除横亘在他们兄弟之间的隔阂，也没有让他们醒悟，他们在另外一条歧途上越走越远：他们先是在如何操办祖母的葬礼这件事上大吵起来——无非是操办葬礼费用的摊派问题——之后又在祖母下葬的日期上出现严重分歧。

迷信风水的五叔，抱着几本风水学与算命绝学一类的书籍，自行推算了日期，坚持要将祖母沙到坡里，等到来年三月再行安葬；而伯父、父亲、四叔和幺叔则坚持在腊月二十四这一天安葬祖母。

"否则，我们就不管了。"他们撂下这么一句气话。

腊月二十四，正是五叔请来的道士先生选定的吉日。而五叔之所以又推翻这个日子，按照他的兄弟们的说法，他是太执着于他所收藏的那些算命术书籍了。

　　在那两日，双方各持己见，互不让步，几兄弟的嗓子都在那两天因为争执不休而严重受损——说起话来，沙哑，陌生。知客司仪——他们的叔父，以及诸多同族兄弟都纷纷从中说项，早点下葬吧，免得祖母受苦，但五叔依然一意孤行。

　　谈判的过程显得漫长而又艰难。尽管势单力薄，并不占理，但五叔还在做着最后的博弈。在腊月二十三日为祖母守灵的那个晚上，他还抱着一本风水学方面的书急不可耐地找到我，企图说服我，进而用我的意见来说服我的父亲、伯父、四叔和幺叔……

　　五叔最终还是被迫接受了既定的方案，祖母的葬礼也才得以在二十四日上午如期举行，再未出现其他波折。

　　我们的父辈并没有在他们父母亲的墓前立一块墓碑。据说不立墓碑，不刻墓志铭，是我们这一门向氏的传统，但没有人能够道出一个令人信服的原委。只是有人说，这一祖训现在已有所松动。"传统，总还不是人定的？"他们说。

　　那个冬日的正午时分，当成千上万发礼炮从田野里前赴后继地冲上天空，在树梢间密集地炸响，并弥漫开来一大阵刺鼻的烟雾时，祖母所有的儿孙都站在那个空旷的院落里，凝望着那无比庄重的一幕。

　　那一幕，极有可能是这块土地上有史以来最热闹的一幕，最隆重的一幕。

　　至少在我的记忆中是这样。

（原载于《民族文学》2018 年第 4 期）

草木一秋

连　亭（壮族）

通常，世界上的人被分为两种，一种是被关注、被谈论、生活在聚光灯下、参与时代进程的人，另一种是容易被遗忘的、处在高楼大厦的阴影、奔走在瓦舍草木丛中的人。前者令人羡慕，后者令人感叹。

我经常在不起眼的地方看见这些令人感叹的人，他们所生活的边缘世界以一种奇妙的方式打开着，你走进去读它的时候，会觉得这里存在生命最具有震撼力的篇章。在这里，我找到了治愈孤独的灵丹，这只巨大的孤独怪兽曾经像影子一样缠着我，现在它被一阵风刮走了。

像影子一样的人

每天，山河都会从不失手地吞噬落日，这些事一天天地发生在树木逐渐缩小的远方，我望不穿，但能感觉薄暮正在悄悄地降临。它小心翼翼地放下帷幔，从各个隐蔽的地方蛇行而出，像湿气一样沾满人的皮肤，又不动声色地爬满房子、院子、水井，撩动着山河、树木、云朵和天空。它从四面八方朝我涌来，又在风中轻轻散开。它随着落日的消失而慢慢加重，开始是橙黄，接着是昏黄、灰黄、灰黑，最后成为一张巨大的纯色黑幔。它遮笼了我，包括我内心的隐秘。

有时我怀疑是风吹来了黑夜，它是个会画符的巫师，将墨水涂满天地间的一切，直到清晨的露珠将墨水洗净，太阳重新照亮人间。这个怀疑很快遭到否定，因为白天也有风。白天的风除去蒙蔽在家具上的尘土，却并不阻碍我看见事物。我对着天上的星星充满疑惑，为什么只有它们不被遮住呢？从地面到星空，存在什么不同？为什么地上的灯会灭，而天上的不会？行路的人没有回答我，行人各自回屋，回到收容自己的角落，回到风声比野外小得多的地方。我站在旷野上，朝着家的方向奔跑，景物的颜色和轮廓隐没在黑暗之中，我什么也看不清，我什么也不需要看清。

这样日复一日，年复一年。我的年龄随着树的年轮增长，树的年轮随着落日的光晕生长。大河辽阔，青山辽远，风使一切变得苍茫的同时也给一切安上了翅膀，山河跟着来去自如的风向远处迢递，只有沉默的村庄像刺猬般蜷缩一方。人们一如既往地在薄暮降临时各自回屋，不论是风和日丽的阳春，还是酷暑难耐的炎夏，抑或秋凉似水、寒风肆虐的季节。

我从哪儿来？村庄从何处至？为什么登上再高的山也留不住落日？为什么跟着河流走多远都找不到风的巢穴？薄暮常常倚门相待，收拢我小小的影子，我必须跑到灯下才能重新把它找回。而母亲，即使是在没有停电的夜晚，也要在偏房里点亮一盏如豆的油灯，这颇像藏人点酥油灯的风俗，母亲不是藏人，她说她点灯是为了深夜回家的先人能看见自己。先人是谁？先人就像影子一样，要靠灯来照见。这很奇怪，影子明明是幽暗的东西，却只存在于光明的旁边。每当深夜被憋醒不得不爬起来上厕所时，走过偏房的门我都不敢往里看，生怕撞见先人们的影子，我承认我对他们心生恐惧。

村庄中有个独眼人，总在薄暮朦胧中从家里走出来，额头亮着的猫灯，仿佛是他的另一只眼睛。我曾问他在夜里哪只眼睛看得更清楚，他说他从来不用眼睛看。"那干吗还要点灯？""点灯是为了让别人看见我。""你不用眼睛看你用什么呀？""我用耳朵听，它们像眼睛一样亮堂。"他在薄暮中听到什么？白天用不着点灯，于是白天人们似乎看不见走在阳光中的他，而在薄暮中额头上的灯照亮了他的存在，看见他的人都问他几句好，甚至停下来和他谈谈庄稼，说说菜园子。薄暮收拢了我的影子，却照亮了他的声音。

有人对我说，很多声音在薄暮中会变得更清晰。比如生活的气息，锅碗盆瓢，铿铿锵锵。比如母亲的呼唤，悠长绵软，温润如水。比如归鸟的翅声，扑扑啦啦，风中有声。再比如蝙蝠的叫声，花朵的凋谢声，庄稼的拔节声，夜行人的脚步声……呵，夜晚的确有那么多声音啊，它们像风一样舒展开来，像薄暮一样合拢起来，它们多么丰盛啊！

收破烂的、卖冰棍的摇着铃声沿着黄土路走远了，讨饭的、借宿的敲着破碗出现在村口。他们闻着饭香朝着有炊烟的人家走去，蹲在人家门外喊门，沙哑的声音应和着厨房里锅碗盆瓢的声音。"有人在家吗？"门里的人虽知门外的人明知故问，但还是把门打开，端出一碗带汤的饭来，倒到铿然有声的破碗里。夜里这些讨饭的会借宿在草垛、柴房、牛棚甚至只是干爽的墙角边，没有人知道他们打哪儿来，也没有人记得住他们长得啥模样。村里人说起他们，只是一面嬉笑一面耸耸肩。曾经有个别处来的妇人来村里问："可曾见过一个左脸带刀疤的讨饭人？""讨饭的？"被问到的人重复一遍，"你问的是哪一个？我们这里一天要来好几个讨饭的。""脸上带刀疤的。""脸上带刀疤的这阵子也来了十几个呢！"妇人到底也没打听到什么，因为村里人从未留意讨饭人的模样，从未弄清他们叫什么名字，就连他们走过的路、睡过的地方也没有留下一丝他们来过的痕迹。讨饭的给村里人留下的唯一印象就是：他们是在薄暮中才能看见的、敲着破碗的、面目模糊的一群影子。

我时常要在薄暮中摸索徘徊，渐渐地我的耳朵也获得了眼睛的能力。我和额头点灯的人擦肩而过，我的耳朵和他的耳朵一样充满声息。各种晚风冲击着我的皮肤和神经，各种声息舞动着在黑暗中点亮的灯火。我在厚实的土地上，不断遇见头上举着火种的人，在自己的旅途上点燃光明的人。我和他们越来越接近，如同树木与天空越来越接近。

变成兔子的人

2016 年我时常生病，住了两次院。在医院里，我睡的是 20 号病床，穿的是 20 号病服，胸前挂的是 20 号牌子。那些日子，我失去了名字。医生、护士找我时喊的是 20 号，周围的其他病人也喊我 20 号。"20 号，该你检查了！""20 号，量体温了！""20 号，该吃饭了！""20 号，你是哪里人？"大多数都是命令句，只有少数是问句。这种问句基本上是病友发出的，带着医院少有的情感热度和色彩温度，仿佛泥土厚重的黄颜色，让人倍感亲切。医院最多的颜色就是白色和蓝色，白色是墙壁和床单，蓝色条纹是病服，只有病友之间的交谈带有生活的颜色。

这一病，查出我没有左肾，并且左腹有长宽几厘米的积液，造成腹部的坠胀与疼痛。医生说我的左肾没有发育，是因为母亲怀我三到五个月的时候受到致畸因素的影响。我问母亲，我在她肚子里生长到三至五个月时，她受了什么刺激。她说什么也没有，一切都和平常一样，我让她仔细想。几天之后她想起来，那段日子她养过兔子，并且这些兔子都离奇地死了，此后她就再也没养过兔子。

兔子！什么都和平常一样，只有兔子不一样！兔子全部死了！它们死了，我的左肾没有发育，我的肾脏畸形！这些兔子带走了我的左肾，改变了我的人生。我的左腹没有肾脏在跳动，所以我脾弱，肠胃弱，每个月都肚子痛。呵，兔子！它和我的命运交缠了那么多年而我竟没有发现，现在它和我待在白色的病房里，此后仍将与我的人生牵牵绊绊。在我结婚之前，我从没这样深刻意识到，世界上还有这样的一件事与我休戚与共、甘苦同当。

刚开始时，医生说必须施行手术排除左腹的积液。后来医生发现，这些积液只是暂时出现，并且像兔子一样鲜活，只要我身体恢复它们就会自动排出，并且像兔子不吃窝边草般不危害我的性命。多么乖巧的兔子，闪着红色的眼睛，竖着灵敏的耳朵，在我空荡荡的左腹制造着声息。它在我醒着的时候发出咕噜咕噜的声音，在我睡着的时候也发出咕噜咕噜的声音。我在咕噜咕噜的声音中坠入梦的深处，在梦中我变成了一只眼睛发红的兔子。我左奔右突，上蹿下跳，想要胜过狐狸、豹子、猎犬、狮子、老虎……我弱小，但我有速度；我愚笨，但我有足够灵敏的修长耳朵。我在荒草丛中寻找多汁的嫩叶，在低矮的土坡构筑自己的巢穴。高兴时我迈开腿欢快地奔跑，难过时我在阳光下晒晒发红的眼睛……

这样的梦做得多了，我渐渐有了兔子的属性。比如我的听觉异常灵敏，任何细微的声音都能被我捕捉到。那些等着看我好戏的人在背后咬耳根子嚼舌头，哼！屏蔽，屏蔽，耳不听为净。小鸟儿在远处的树上叽叽喳喳，听到了，听到了，虽然隔得远！花朵悄悄睁开了花瓣，多么轻微啊，但我听到了。蝴蝶的羽翅在空气中扇起了气浪，在耳膜留下一个意犹未尽的省略号，那些细微的花香乘着翅膀扑鼻而来，浸润肺腑……

后来我和一个疯子成了朋友。出院后我在南方的一座城市上班，单位的人对我不好不坏，秩序井然的工作节奏让我们少于交流，等级森严的职位差异更是让人不谈感情。总之，工作后的生活和在医院里的生活一样单调、乏味，直到我在薄暮的雾霭中遇见越来越多的疯子。

第一次见到疯子是在夏天的一个黄昏。我下班回租屋要经过一条街巷，街巷有银行、店铺、裁缝铺、米粉店、饭店、服装店……她穿着睡衣坐在银行前的瓷砖地上喝水，喝完她用手蘸水在地上画了一张人脸，嘻嘻哈哈地对着人脸说话，仿佛在逗乐一个孩子。水迹干了，她就重新蘸水补画，然后继续着她与画之间的密谈。她不像个乞丐，她的衣服极其干净，每天都换洗。她也不是流浪汉，她从不缺吃的。她又不像住在附近的人,因为她的亲人从不出现。我每次都在固定的地点碰到她,看见她一个人自得其乐地自言自语。

街巷里没有一个人理会她,街巷里全是赶路的人、吃东西的人、取钱存钱的人、逛服装店的人。她神态自若地说着自己的话,睡自己的觉,比我见到的任何人都过得快活自在。有一天,我路过她身边时,她抬起头来,冲我微微一笑,像跟熟人打招呼那样说,你回来了!微笑衬得她的面庞极其美丽,使得我忘记了她是个疯子。我在想,她从未和街巷里的任何一个人说过话,她突然跟我说话,一定是因为她看到了我身上具有兔子的属性,一定是因为我能听到她的自得其乐中富足的世界。

遇见第二个疯子时是在一家休息厅。休息厅在省立图书馆后面,我周末去图书馆看几本书,然后在休息厅休憩一阵子,吃吃饭,喝喝水,然后坐公交车回租屋。去了多次之后发现,休息厅除了偶有几个生面孔,大体上却总是那么些人。我经常坐在进门右转第四排靠窗的桌子,前面是经常到图书馆复习考试的复读生,后面第一排是一个退休老大爷,第二排是头发留得很长的男子,第三排是个秀气的女大学生,左边是一个面容姣好的长头发女子。长头发女子安静地坐在那里,什么书也不看,不吃也不喝,只是目光掠过我,看着窗外的一棵树。我开始很奇怪,既然她要看树,为什么不直接坐在靠窗的位置,但我发现她每次都坐在左手边的位置,即使窗边有多余的空位。休息厅里没有人管她,所有人都埋头专注于自己的事情,我最后也习惯了总是有一双眼睛幽灵般掠过我,落在窗外的树上。

有一天我对面坐了一个不认识的大婶,她以前从没出现过,估计是来帮孩子借书的。她刚坐下不久,就发现长头发女子一直在看她。开始她只是把头扭到一边去,后来她发现这样没有用,因为一刻钟之后,长头发女子还是那样定定地看着她。她开始坐立不安,以为自己身上出了什么问题,就开始上上下下地查看自己有什么怪异的地方。看清楚后发现没有,于是她很恼火,就瞪了长发女子一眼。长发女子对此没有任何反应,仿佛看不见她似的。大婶有些恼羞成怒,就嘀咕几句"有毛病啊,老这么看人"。长发女子像听不见似的,仍然眼睛直勾勾地看过来。最后大婶气愤地站起来,走到长发女子旁边,恶狠狠地说了句"疯子",就气急败坏地离开了。长发女子受惊般惊醒过来,不知道发生了什么事,而周围的人都齐刷刷地看着她,羞红了她半张脸。几分钟后,我听到左边传来轻微的啜泣声，扭头一看，是长发女子在哭。她哭的时候，像极了一只受伤的小兔子，我走过去轻轻安慰她，给她递纸巾。她告诉我说她不是在看我，也不是在看那个大婶，她是在看一棵树，一棵她和别人一起种下的树。我点了头，抱了她一下。她哭的时候说的每一个字都是含糊的。我后来才知道那棵树是她和她丈夫种下的，我左边的位置是她和丈夫以前常坐的位置，从那里可以看见整棵树的样子，以及树顶冒出来的公园寺庙的塔尖。而她丈夫，死于一次军事演习之中。

我遇到越来越多的疯子，有的穿着花裙子，有的穿着打领带的西装，有的提着装满青菜的篮子，有的背着轻便的双肩包……他们是各色各样的人，住在各色各样的房子里，在生活中几乎没有任何交集，但他们都有一个共同的特点，那就是他们的眼睛满含清澈的泉水。这使得他们会在生活遗漏的某个间隙里，在某个无法预料的瞬间，突然流下温润如玉的泪水，睁着一双兔子般发红的眼睛。

正在消失的人

小时候，我和外婆住在陇头湾，跟小美一家挨得很近，隔着一片香樟树，树下经常拴着几头母牛，小牛们要么在附近转悠，要么躺在母牛身边。

小美的哥哥比我大几岁，经过我家门前时，我经常跟他打招呼。他是个英俊的小伙子，走路充满自信，他在学校是个好学生。看到他，我会喊一声"放学啦"或者"上学啦"，他则会微笑着说"小美等着你呢"，然后迈开大步继续往前走。学校就在十公里以外的镇上，对于我和小美，那是个神秘的地方。那个方向的树林，常常升腾着一片朦胧的暮霭，隐藏着一个我们所不知道的世界。后来小美的哥哥在通往那片暮霭的路上走着走着，就不见了。人们说，他去了远方的城市，过上了好日子。远方有多远呢，比镇上还远吗？这里的日子不好吗，为什么要去了远方才是过好日子？大人们回答不了我的问题。于是我只有自己亲自走上那条路去寻找答案。

住在村口的"碎医生"，他和那些瓶瓶罐罐打交道多年了，他和村庄的病痛打交道也多年了。他熟知那些脆弱或坚强的人的私密病痛，懂得该给谁配什么药，他甚至不用烦琐地诊断和询问就能准确地开出药来，抗生素、止痛片、消炎片……这些药物让他在村里名声显赫衣食无忧。可是有一天，"碎医生"被一个女人悄无声息地带走了。人们以为他只是出去玩几天，不久就会回来。凭着这么多年的生死情谊，他们坚定地认为，他们离不开"碎医生"，"碎医生"也离不开他们。直到"碎医生"很久没有出现在村子里，直到他们由于病痛疼得"哎哟哎哟"地乱叫却求告无门时，人们终于明白自己被抛弃了。

就在"碎医生"失踪不久，我的二伯，他失去了妻子。我的父亲，他失去了母亲。风中多出了两个瘦弱的身影，而村庄里，这样的失去越来越多，这样瘦弱的影子越来越多。多年后我发现这些失去和"碎医生"无关，这些瘦弱也和"碎医生"无关。有很多东西，生来就是要失去的，有很多的人是被岁月削去血肉而瘦下去的。明白这些事之后，我不动声色地看着这一切，不动声色地记录着这一切，不动声色地陪伴着这一切。人们已经习惯收敛自己的悲伤。这些悲伤的人，他们蹲在村庄的影子里，慢慢浓缩枯萎，直到他们也成了正在消失的人。

家乡一直在变。有些变化令人欣喜，有些变化令人忧虑。熟悉的事物、熟识的面孔在一天天变少，就像我身上家乡的印记在一天天变少一样。金钱，事业，远方，最后是死亡，那些不知名的事物慢慢带走了我所爱的一切。渐渐地，家乡成了一个念想。就像父亲是母亲和儿时的我的念想一样。

我小的时候，父亲经常在外地打工，每次都走得匆忙。过完年，母亲才刚拿下神案上供了十五天的柚子，父亲就草草地收拾行李出门。父亲做这些的时候，我总是胆怯而又小心翼翼地看着他，希望他能多待些日子。我可怜巴巴的眼神什么也改变不了，父亲还是照行不误地走向公路。他穿着被汗液浸染得发黄的T恤，肩上扛着行李袋，跨着大步沿蜿蜒的小路朝前走。我偷偷地跟在他后面，一直跟到村口，又在村口呆呆地看着父亲拿着行李袋笨拙地挤上车，消失在远方。

母亲是个瘦弱的女人，个子很小，五官比一般农村妇女漂亮，但由于不爱笑显得面容凄然。她老是穿着草绿色的粗布衣裳，天才蒙蒙亮就拿着镰刀消失在晨雾中。她沉默寡言，不像其他农妇那样喜欢大声说话，或者三五个凑一堆东家长西家短地说个不停。若说她不愿与人交往，毋宁说她是太忙了。大多数时候，作为女儿的我，也只能默默地看着她出门干活时刚毅的背影和不得闲的双脚，并且同样沉默地按捺住内心的渴望。我渴望看到母亲像其他孩子的母亲一样，喜欢大声说笑，喜欢逗孩子玩，或者哪怕是笑着和我说一会儿话也好，可她总是愁眉苦脸地干呀，干呀，干呀，从不理会我内心的渴望！那些暮色苍茫的傍晚，望着延伸向田野的村路，我清楚地知道，太阳下山以前，母亲是不会回来的。

有时我会被欺负我的大孩子追赶到树林里，那是让所有孩子恐惧的地方。那里平时没人敢进去，包括追赶我的人。他们等候在篱笆外，不敢越雷池半步。而我在破败的老屋中气喘吁吁地听他们在不远处嘲笑我。"那房子经常闹鬼，她死定了。"他们总是这么说。

那里有一个荒芜的院落，长着一棵茂密的榕树，树下是一圈落满树叶的空地，躺着一只气喘吁吁的老狗，对着榕树和老狗的黑屋子，住着一个孤独的老人。所有的小孩都怕住在黑屋子中的老人，他的院子里停放着一口棺材。那口棺材与草缠绕在一起，油漆已经剥落殆尽。那是老人为自己准备的棺材，他是个鳏夫，年轻时没钱娶老婆，一辈子攒的钱只够给自己买棺材。

其他小孩都把他当成鬼，可是这个鬼，却会把自己为数不多的红薯分给我吃。每次去过树林里的老屋回家，母亲都会向我询问老人的情况。她的热情里，带着妇人们特有的善良和同情。她很巧妙地问我老人的身体好不好啊，米够不够吃啊。从母亲细碎的问话以及唠叨中，我惊奇地发现，原来老人年轻时当过兵，他的父母去世得早，早年的恋人也已在他当兵的年头嫁给他人，他无牵无挂，自己凑合着过了一辈子，挺不容易的。我不无浪漫地想，一个当过兵的人，怎么会娶不到老婆呢？除非……除非他不愿意娶别的女人！啊，想到这一点，我忽然觉得老人身上有了神圣的光芒。那光芒是许多人不能够看见的风景。我这样想着，忽然间对老人有了好感，甚至觉得他荒草一样芜杂的胡子也很可爱。

有一天，树林里响起了一阵鞭炮声，惊飞了刚刚归巢的林鸟。老人走了，带着一点人世的遗憾。鞭炮声后，他和他的棺材被抬到山上去，在那里埋掉一生的荣辱。有些东西被埋掉了，有些东西却不会。

很多人死了，没有人知道他们的不甘，除了那些围绕在逝者身边短暂暴发的泪水。这些泪水，都是从散落的田地里汇集而来的。村民们为了各种各样的活不停地奔波劳碌，在柴米油盐中蹒跚前行。他们清楚，不能为了什么人和事去耽搁一株庄稼的生长。但是他们愿意为在乎的人停下手中的活计，去痛快地流一次泪水。在我的好友死去之前，我从没花心思想过村人对待死亡的态度。当我看见他们流下泪水而又很快擦去重新投入劳作时，我震惊了。一个村庄对一个人的消失，竟然可以如此从容。人们在田地里边忙活边谈论一些人的离去，他们奔走相告，放下手中的农活赶赴一个人的葬礼。他们走向葬礼的从容，就像他们出门去地里干活一样。人要经历多少的世事沧桑，才可以练就这样的态度啊！

有一天，他们告诉远方的我，那个养育过我的人走了。他们说话的语气，就像是说田里的庄稼枯死了一样。我想起了，很多张生动的脸，还有轻轻的、淡淡的、草木灰的漠然的味道。他们走了，我写下几个字：草木一秋。谁都不例外。他们活着时，像庄稼一样茂盛，该开花的开花，该结果的结果。他们走了，像秋天收割后田里剩下的秸秆，被翻进土里，变成下一季稻的肥料。

（原载于《民族文学》2018 年第 5 期）

挖掘者

绿　窗（满族）

一

隆冬腊月，我给大弟打电话问他是否回家过年，大弟说正在山上刨药，黄芩、苦参、苍术等。大地冻得梆梆的，怎么下镐？母亲一听就难过起来，大弟出过矿难，腰椎是一排钢钉支着。大弟却淡然道："慢慢刨，找阳坡湾，咋也弄点生活费不？"

大弟是煤矿工人，煤挖光了，矿山被迫关闭，就像一辆高速列车突然刹停，来不及防备的人们纷纷被甩了出去。生命在惯性的驱使下一向安于现状，现在却面临安置、买断、分流，年轻的转入大型煤矿，或组织出去包活计，老弱病残还未转过魂来，他们迷茫地等待。但解决方案迟迟下不来，这的确太有难度，从上到下都着急，有时连最低生活费也难以保障。效率是一个有弹性的词，它可以催促流水线上的工人透支身体，也可以消耗闲散无用的耐心，让他们自己挖掘自己。熬不住的人，拖着伤残的身体去外地打工，大弟一个人养家也陷入困境，但仍满怀期望。

总会有办法的，矿区就像他的亲人，亲人不可能太决绝。他越过矿区的废墟，到静寂的山里刨药，一镐又一镐，似乎掘的不是药，而是煤。四野空旷，只有他的镐声在山谷里颤抖。

二

大弟只有八升命。他一次次偏离父亲预设的路线，本可以衣食无忧，环境和条件更好，但就是没那个命。大哥有一斗命，初中考试全乡第一，虽说因为成分不好，没得到大队推荐，上不了本地高中，但他总能从石缝里钻出来，一直向上生长，阳光就对着他微笑。他到远乡读书，每周回家背一兜子棒面饽饽和咸菜疙瘩，毕业后做了乡村民办教师。生活艰辛，并不妨碍他继续攻读师范、专科、本科，转正中学教师，一路晋职到高级教师。大哥以励志的方式把自己的命运填满，大弟却总也填不满。

母亲挨肩养下三个姑娘后，大弟隆重降生，父亲乐得亲自下灶侍候母亲月子，那个傍晚，他喝着小酒满面红光。大弟聪明，有灵性，却也淘气。一年春耕在草丛中打死一条蛇，偷偷埋到粪堆里，老光棍叔管给垄沟上粪，一锹铲断了半条蛇，"妈呀"吓倒。光棍叔没少吃我家的药，喝我家的开水，烤我家的火盆，抽我家的烟丝，又随口把痰吐我家地上，但他愣是看着我父抡起牛鞭子开抽大弟，而不劝一句。大弟卧在垄沟上连连翻滚，不求饶不吭声。

就这倔脾气。初二时大弟与班主任发生了嫌隙，老师停了他的课。他回家不敢说，早晨照旧背着书包上学，在学校附近的树林里转悠打鸟。他使用弹弓的功夫很是了得，凡被他看中的鸟逃不过。这天上午战果丰硕，午间他背着一书包鸟儿进教室，得胜将军一样掼在课桌上，大大小小花绿蓝红，还有少见的青靛儿蓝靛儿，共四十八只！同学们嗷嗷惊叹，聚拢过来，从来没见过打这么多鸟。

这时老师进屋了，脸色铁青，一番怒斥后召开了全校师生大会，以把鸟穿起来挂在大弟脖子上的方式来昭告"破坏地球生态平衡"的罪名。那些鸟似乎突然活过来，支楞着尖嘴啄他的脖子。

大弟的脸像红布一样，第二天就不去念书了。父亲骂、打，断了几根棍子，甚至拽着他两条腿拖出院子，拖到街上，他身上脸上都是血痕，贵贱打死也不去。父亲趴在柜子上一夜没睡。

大弟撒丫子往山上跑，种地、割柴、扛大个、挖菜、捡蘑菇，一刻不闲，他在享受他的生命乐趣。父亲是个崇书人，不喜欢他这野性，不久，就教他学习中医来收心回性。眼看着《汤头歌》背得滚瓜烂熟，打针输液手轻针准，正要尝试学习针灸时，大弟却和村里人出外打工去了。

三

大弟的第一个工作是一家砖瓦窑，干这行的被称作"窑驴子"，他十六岁，不到一米七，是条瘦弱的小驴。

窑里闷热，新出的砖五六十度，出砖工浑身是灰，汗水肆流，手上戴着皮夹子，熟练地截砖，装车，身上都是烫坏的累累疤痕。

砖车要装满二百块，叫一丁，车就叫丁车，铁质，五百多斤重，每块砖五斤，一丁车两吨来重。拉砖工弓身一步步挪，青筋暴胀，肋骨绷紧，腹部劲力回缩，像一堆蛇不安地怒视。到窑口，拔出丁车插销，一只脚踩住丁车腿，手腕向下按压车把，一丁砖自动立起来。他们每天必须出够三万块砖，要做到夜里十二点。道路凸凹不平，尽是砖头瓦块，大弟有时几乎跪在路上爬，手抠破了，膝盖磨破了，内心一定充满了吼叫与哭声，但都淹过伤口咽进肚子里。

"窑驴子"流行话：冬天穿着夏天衣，一年吃了三年饭。然而辛苦几个月并没有换来一分钱的工资，差点把小命扔那儿，要么继续干，要么走人，窑主的强势总能得逞。他们带着满腔的愤恨离开了，多年后都不愿想起那牲口一样的日子。

除了家乡，他们对外界知之甚少，不懂维权，苦难只能由自己埋单，还要庆幸留条命。村里有两个男人，一个出去之后就蒸发了，留下妇人小孩苦等；一个从工地高高的脚手架上掉下去，他的父亲只见到骨灰盒和两万块钱。然而，外面的诱惑似乎不可抵挡，更多的人还是出发了，也许自己命好呢？就像广平兄弟俩，一个带了不花钱的媳妇回家，一个成为当地的上门女婿，后来又盘下老板的店面。就算十个人里只有一个小有成就，他们都愿意冒险，一如阿拉斯加的淘金者。

那是上世纪九十年代初期，我家里种着十几亩地，要交公粮和多项税款，弄不好还倒贴钱。父亲拖着中风后的身体，成天灰着脸，挂杖门前。弟弟仍四处打工，建筑队锄大泥，砸钢筋，拼死拼活，后来去了另外一家砖厂，照样累惨，但工资发得出来，吃得饱，心情舒畅些了。实在缺乏油水时，有人偷农家的鸡，收拾后加点盐，用泥巴带毛糊住，放在烧砖窑口处焖熟，嫩香四散，大家一起吃喝说段子，算劫来的一点小乐。他的血汗钱还了家里的千元老账，也支付了我的部分大学生活费用，花这些钱时，我就会想起他佝偻着腰身拉着一车车砖蜗行，再看到建筑工、"窑驴子"、煤矿工，他们都是我最亲的兄弟。但大弟不觉得苦，很快蹿到一米八，也壮实了许多，整个人透出青年人特有的光彩。

四

命运之神似乎向大弟招了招手，大伯所在的煤矿招工，大弟和村里一个年轻人去了。试用期满签上合同，这意味着，他不再是四处漂泊的临时工，而成为堂堂正正的合同制工人。他不再是农民，他有一个显赫的大家庭背景——矿区，村里姑娘可以多瞅他几眼了。

本来安排井下安检工，他认为钱少，主动申请去了开拓区，相当于全矿的犁铧尖头，最重要，危险系数也最高。大弟的工作流程是这样的：

入井前，首先参加班前会，值班工长布置工作任务和注意事项，强调安全第一，生产第二，强调每一入井人员必须携带矿灯、自救器、矿工靴，严禁携带烟火，绝不能穿化纤衣服等。虽然矿区条件偏于落后，但严格执行"一通三防""一炮三检"制度。开拓工来到工作面后，先由瓦斯员检查通风、瓦斯及有害气体，当班组长到工作面检查支护、帮顶是否安全；合格后开拓工开始工作，接好风、水线，上好风锤，开始打眼；完毕后，瓦斯员检查工作面瓦斯，不超限，再由安全员和爆破员进行装药；完成后，瓦斯员继续检查瓦斯，不超限才能进行爆破；爆破后瓦斯员最后检查瓦斯，不超限，开拓工方可进行出碴，钢架支护，完成风巷和运输巷工作。接下来掘进区圈采面、掘横川、打眼巷，开拓与掘进二区都是为采煤区服务的。

大弟参与打眼、搭支架、清理巷道，不吝力气。一米八的个子在井下很吃亏，低矮不平的巷道，一个工八小时下来，已经说不出是什么滋味。大弟是条硬汉子，他受过的苦和罪比同龄人要多得多，这对他来说不算什么。他当了一个光荣的"煤黑子"，"煤黑子"不好惹，一个人也敢和一群痞子招呼，大板锹挥起来哐哐有力，人壮气粗，运好命盛。

大弟从一个农家子锻造为一个挖掘者，虽然一样地出大力流大汗，但身份是不同的。他还可以往高处走，好似踏上了通天的台阶，在他眼里，黑色比黄色更高贵。虽然种地是日光下的劳作，端自己的饭碗，而挖煤是漆黑的深井下劳作，端公家的饭碗，但是为国工作和为己工作截然不同，初中未毕业的弟弟，也是有雄心壮志的。

五

身是挖煤工，心还是农民的。才攒下一点钱，大弟就受到买户口的蛊惑。非农业户口对普通农民的诱惑力太大了，那才是市民，真正脱掉一身黄土坷垃味，是说媳妇的筹码，也有机会在矿区分房。三千多块钱一个，他办了，那时他一月工资才几百块，需要抠出一两年的牙缝。

随之，家里归他的责任田没了，归他的房基地没了，他也彻底断了回到乡下生活的念想。他并未觉得是多么大的损失，相反，以一个城里人的身份回乡看看，心里装着满满的荣耀。祖坟无疑是冒青烟了，逃学的孩子终成大器，让人刮目相看。

那些年父亲一直在割田，大哥考学，大姐二姐嫁人，我上大学，大弟买户口，小弟上学，家里大片的田地不管贫瘠与富饶，一个山坡一个梁头地失去了。失地似乎是祖传的，中医老太爷率领十几个孩子辛辛苦苦开拓过近百亩良田，爷爷被诬陷关进了伪满洲国监狱，老太爷一块块好地割了出去换银子救赎。老太爷锥心般难过，但拎得清，人命比土地重要。

我不知道父亲面对土地一块块失去有多复杂的情感，但当时土地的价值并不大，就是丰收也离致富遥远。耕耘者，被贴上了底层和卑下的标签，到城里总被投以歧视的目光，像被高山斜睨的沟壑中勉强挣扎的野草丛林，无法比拟山顶一棵草。

户口成为衡量一个生命高低贵贱的准绳，农业户口就像只有八升命，神仙也弥补不了这天然的缺憾。大弟摇身一变成为非农业户口，忽觉神清气爽，虱子也爬得耀武扬威。他后来给媳妇也买了户口，因为孩子的户口只能随母亲。同样，媳妇也失去了家乡的土地，但他们没有愁云，煤矿仿佛有挖不完的黑金子，足以养活他们一辈子。国营企业，当然是打不破的铁饭碗，不怕天旱地涝，是乡下人眼中的神话。

那年头就算有钱也未必能买到户口，还要凭关系，一张纸就能决定命运。纸是最神奇的东西，粮票、布票、户口页承载着生命的幸福，就像"爱新觉罗"四个大字承载着避暑山庄的荣耀。大弟的户口本犹如当今的不动产证，决定了妻子的容貌，生活的幸福度，家庭的荣誉感。我们的生命是维系在纸片上的。这也许是个哲学问题。

大弟不是一个哲学家，但他是一个社会学家，他知道带着娇妻还乡时，来自家乡的社会艳羡指数会提高数倍，亲戚朋友的热情度也会攀升。

六

当文字像一束光追逐到黑暗深处，挖掘者只是柔软的吃土虫，蜗行的蚯蚓，夜幕降临才露出头呼吸下星空，拖几片残叶换食谱。蚯蚓造福大地，可爱的"煤黑子"给人间挖掘火种，每天面对生死和疾病的多重考验，他们必须要有坚韧的意志力。

井下潮湿幽暗，长年晒不足太阳，易致脾肾功能衰弱，他们是最应该补充维生素 D 的一族；常暴饮暴食，致胃肠功能紊乱；狭窄的坑道导致强迫性体位，造成肌肉和骨骼不可逆转的损伤；穿着棉衣干重活，一身臭汗，脱了衣服强风寒气立刻直刺骨头；粉尘茂盛，口罩就是摆设，还有爆炸逸出物，氮氧化物、一氧化氮等不良气体。井下呼吸，意味着肺叶不设防，各种有害物质长驱直入，对肺泡和气管来一场痛快淋漓的大屠杀。

瓦斯的幽灵在隧道里徘徊，不知道哪天这哥们儿突然翻脸爆炸。更危险的是井下开采破坏了原煤及岩体的初始平衡，导致局部应力集中，如果支护不及时或方式不正确，冒顶秒秒间发生。挖得越深，地压越大，哪怕顶板出现一个小缝隙煤渣就会强喷，甚至大面积崩塌。

每一步向下的掘挖，都是触摸深渊的牙齿，每一天，"煤黑子"都在向上帝不停地靠近，越发需要虔诚与敬畏。挖掘者也许就是自己的掘墓者，但更是修行者。

八九百米深井下去，压抑感越来越强，大弟是不怕地狱的，他习惯了在长长的隧道里蜗行摸索。尽管工友们每一次下井都有焦虑感，脸色凝重，但看来仍是若无其事的样子。没有强大的心理是做不了挖掘者的，挖掘者像他挖掘的煤，就是要在地壳的深处承受莫名的压力，抑制对黑暗的恐惧，封锁内心深处的渴望，不让自由的灵魂喷薄而出，反倒是升井后尘世的浮光令他们茫然，黑黝黝的面孔透出些许惊讶。

挖掘者在某种情况下成为一种道具，有些地方，女人把男人逼到矿上挖煤，她们吃喝玩乐打麻将，吸高档烟。一旦有矿难，可获高额赔付，那时女人对着挖掘者的尸体大哭一场，好让他完成作为道具的最后一次使命。再找对象还是非挖掘者不嫁，越是危险的煤矿，矿工反而越抢手，女人主动倒贴。挖掘者并不觉得悲哀，生命价值似乎就是建立在纸质货币的考量之上的。

十几年，煤炭行业空前繁荣，大弟的身体也开始出现不良反应。腿寒，腰、肩椎间盘突出不必说，相继出现萎缩性胃炎，严重的口腔溃疡，齿龈出血。强大的劳动应该增加营养，但几乎所有的挖掘者都舍不得吃喝，只消耗自己。

他竟满足。挖掘者的满足点很低，幸福总是触手可及。和小煤窑比，那些矿工更悲惨，为了多背几次，坑道矮低，常常爬行，出来很久直不起腰，后来再也直不起来。很多人因矽肺不得不提前退休，挣扎在死亡线上，花光挣到的钱还负债累累，甚至被家庭抛弃。那些只有八升命的"煤黑子"！

<h1 style="text-align:center">七</h1>

然而煤鬼还是向大弟伸出了爪子。

那年八月末，他正在井下进行 30° 上山掘进，坡度大，赶上六槽滑溜子煤，煤质松软，不需打眼放炮，就溜上去十余米远。他和组长在工作面负责架木支护，十点多，已顺利棚上了四架。本想做点杂活就下班，这时值班工长来到工作面，说这条件不打眼不放炮，顶上光滑如镜，怎么也得弄它十架八架的。说干就干，大弟很快挖好柱窝，在巷道右帮上准备立柱腿。

突然，工作面大面积溜煤，又猛又多，栽树一样大弟被直接埋到胸部。运气真不佳，刮板运输机坏了，煤捡运不出去，组长急了，赶紧和组员拿铁锹拼命往外豁煤。很快，大弟露出了腰腹，只剩双腿被埋，大家都松了一口气。但是更大量的煤石顺坡塌下，立刻把他灌顶，那一瞬，他本能地拱起腰背。煤鬼不依不饶，一条半米厚两米长的顶板岩石崩落，砸坏了前探支护，重重落到大弟的脊背上。

工友们喊他，他一应声，立刻鼻子嘴灌满煤面，他的意识一度虚脱，仿佛回到烫人的日头下，他挂着那四十八只五彩的鸟儿接受众生批判。他在这一刻忏悔，他伤害了那些无辜的生灵，或许这就是报应。他乞求上天原谅，孩子还小，他希望孩子成为一个读书人，能够在阳光下工作。

他很快休克，不知道现场惊心动魄。组长救人心切，想几人合力把巨石顺坡移开，若真那样的话，大弟会被碾成煤饼。恰好两个电工闻讯跑到现场，及时阻止了。他们先用木头顶住巨石做支护，再小心实施救援，用铁锹豁煤，用手拼命刨挖，搬挪，手肘血淋淋，仍然一次次插进煤堆，决不停下，决不放弃！

井下人都知道，此时冒顶还可能继续发生，如果更大的煤层塌下来，他们会全军覆没，因此就是跑了也情有可原。但是听到被埋者的惨叫，谁能迈得出逃命的腿？因此一般冒顶事故往往牺牲数十人，其实最开始不过是几个人被埋，大家拼命营救而遭遇毁灭。他们粗粝的外表下都是血红的肉心，是一个人一个整体，他们挖的是煤，挖的又是人性，越深入地心，彼此贴得越近，是对方的光与力量的支撑，谁有事都是大家有事！这是矿工骨子里的东西，自古牢牢嵌入的基因！

露头，露胸，露腰了，大弟苏醒过来，继续挖，露出了双腿，考虑到越快越好，他们问："把双腿拽出来能行不？"大弟想能活着就万幸，腿就放任吧！他们拔萝卜一样吼叫着把大弟完整拽出来，矿工靴留在煤堆里。上苍眷顾，腿没事！

最短的时间，二十多分钟，大弟给挖出来了。老电工迅速用刀子割了风筒，穿上两块板子，将他平放，他们一路喘息不停奔跑到井口，救护车早已等候在外。

煤鬼最后一刻松开了爪子。苍天在上。

八

大弟捡了一条命，落下暗疾，他不抱怨什么，他也只不过是倒下的又一个兄弟，每天前进的路上，都踩着别人的幽灵。

说那日早起大弟有点懒懒的，但从来没有误工习惯，也就照例上工。到矿区听到各处都在放炮祭祀，这才意识到是特殊日子，农历七月十五，民间说的鬼节，一般工人都忌讳不来上班，尤其下井，大弟想来之安之，谁知就意外了。幸好煤石是滑下来，令脊柱一点点受压变形，造成腰椎第一至二节压缩性骨折，右横突一至四骨折，左横突第一节移位骨折，腰部剧痛。

大弟原来多强壮，秋收玉米二百多斤大麻袋，两个人都抬不动，他一个人撅起来就走。现在他的力气在腰间断了。

事后他们回忆，月初家里来个男人收破烂，走时神秘地说大弟印堂发暗，这个月要小心灾星，且他泄露天机，应该给点钱求破。大弟给了钱，但心里觉得硌硬，十分小心，眼看差一天到月底了，竟还是没逃过，民间真有灵验者，还是神佛怜悯凡人，要化成走街串巷的普通人来度化？

大弟有佛缘，我在大佛寺请了开光菩提手串送他，保佑平安，愿那些矿工兄弟都有佛祖保佑。而他更多检点自己，努力修为，反思过去。

这次的劫莫不是与从前的杀生有关？比如打鸟，杀蛇。他不怕蛇，见蛇必抓，蛇从左边袖筒进去，从右边袖筒钻出去；顽皮起来就把蛇剥皮，肉送人，他自己从不吃，蛇皮挂树上吓唬人。似乎他身上释放信息，蛇见了他不敢逃跑，老老实实等他捉。蛇在乡间叫长虫，是长仙，保家仙，本不能轻易动。

经此大劫，大弟的野性收敛许多，弹弓砸碎，钓鱼从不钓小鱼，遇有水蛇、草蛇愣往跟前凑，只拿棍子拨开，说声去远点，像哄小孩一样，晚上则细心抄写《金刚经》，一家人清简度日，平安即好。钓鱼时他真正忘了自己的所有身份和苦难，成为群山之草木，万物一水滴。他钓鱼，也在被生活垂钓，他们互为诱饵和成果，不可把握，但他的精神是自由的。

休养两年后，领导照顾他做一线辅助工作，瓦斯检查，洒水消尘，没有重体力劳动，但仍然长期处于阴冷的井下，每天第一个下井，最后一个升井。认真、严格、心细，不管做什么，他让人放心！

井下工作二十八年，他的生活与身心发生许多变化，外界更是变化剧烈。国内经受价格低廉的进口煤冲击，全球煤炭行业突然间萎缩了，惶惑感席卷而来。

九

大弟所在的煤区原本富饶，二十世纪八九十年代达到高潮，月产量九十万吨，到大弟上班，还保持六十万吨。但私营煤窑主突然暴发，几百家蜂窝一样插入山体，掠夺性挖掘，煤山日夜轰响，那声音昭示着繁荣，亦可说是畸形与恶性，鼓励个体经营而又乏于管理的尸香魔芋花，越硕大释放的臭气越多，引来各路虫豸，花很快就萎谢了。

当加大力度大肆清理了小煤窑后，煤层空了，不空也得关闭，突然间生机勃勃的矿山偃旗息鼓了，可怕的寂静笼罩着这片暗灰的大地，焦虑、诅咒、躁动、失落，袭击所有相关的人家。

大弟护家如护犊子，他有自己的安然活法，别人怜悯担心，他并不沮丧，一家人在一起就好，苦一点也不分开，每个人都是一团小小的火焰，互相温暖着日渐衰弱的身体。

七岁那年大弟患急性痢疾，针灸人中处，一扎一个窟窿，都已经备上草席了，他幽幽醒转过来！三十年后再次面临矿难而不死，冥冥中还是有神仙保佑的。他一直勤勤恳恳，不怨社会，身处困境而不妄自菲薄，哪怕下一餐饭没着落也充满精气神，他一直这么努力地生活。

十

过年，村里当年一起去煤矿招工的伙伴来看大弟。伙伴活得滋润，面相年轻，并无沧桑感。

当年他嫌累，嫌下井危险，工资低，又好喝两口，不够酒钱，如何养家？两年后他选择离开矿山，也没花钱买户口，没放弃老家的土地，四处打工，到底寻个当工头的好差事，月挣万八千，家里媳妇打理田地，在玉米价格高的时候，也有不菲收入。一儿一女，富足安乐，关键是后顾无忧，他还有一片属于自己的土地，想种什么种什么，想怎么种就怎么种，这是多大的恩惠。他还有新农合保障，还有种田种树补贴，再老还有低保，或者万一被拆被占，还能有更多补贴，脚下多么坚实。虽然乡村不改革不转型，也将是一片废墟，至少土地实实在在。

一走一留，命运这般不同。同样拼了性命打天下，打了许多年，甚至大弟更努力，但到头来身如浮萍，体如糟糠，糊口的工作也下马了，他无法对自身身份界定，但他尽力维护着尊严。

"八升命不能求一斗，一步赶不上，步步赶不上。"他嘲笑自己，当年因打鸟破坏地球生态平衡而退学，现在又因挖煤破坏地球生态平衡而失业，典型的八升命，不管怎么努力，也填不上那两升，命中缺失的圆满，就像永远没有十五的月亮。他后悔不曾听老爸箴言，时间不能回流，他再也不能到山野上无拘无束地奔跑了。

在煤矿，他成了局外人；在生养的村庄，他也成了局外人。他觉得一生都在挖洞，不只向地球深处，还向内心深处，那洞深深不见底，似乎已能听到岩浆发出的喇喇声。

十一

煤去镇凉，疮痍满地，瘦高的他站在废墟之上，像一只焦急等候春信的鸟。

他去矿区问询解决方案，照例无果，或给出个大约的日子，人就在大约中抱着希望挨日子。山上、街区下面据说都是洞，不知何时何处会塌陷，有些地区已经由政府发钱搬迁，有些地方任由塌陷，能走的都搬走了，风风火火的矿区迅速瘪了，人心萎缩得更快。街头空空荡荡，只剩下一种麻木，就像挖掘者升井后的表情。

昔日的矿区已长满荒草，他觉得这也是好的，将来会长满树木，长成森林，会飞来很多只五彩斑斓的鸟儿，让黑黑的矿区落满五彩缤纷的叫声，他再也不会惊扰它们的快乐，也不会抛弃它们。

"当某种技术或者工业走到尽头的时候，那些待业的人们确实是不幸的。"科尔曼在《精神的力量》一书中说道。我不知道科尔曼的"确实"二字里包含了多少种感情，是同情？是无奈？是悲愤？是控诉？我们只是隧道里、轨道上的小车，只能沿着一个方向前进；我们的状态取决于车子的速度和轨道的曲度，或者直行，或者被甩出。

我们也不断向深处挖掘着自己，直到身体出现一个洞口，我们从洞口向外窥视太阳的光芒，它似乎锋利得能够割伤眼睛。我们不能够直视我们自己，只能不停地挖掘，直到将灵魂挖出一个巨大的透明的窟窿。

十二

面对一座城，英剧《名姝》里那个老鸨说："这座城市是我们用肉体建造的！"而挖掘者可以说："我们温暖过所有苍凉的城市。"但都是曾经了，"煤改气"方案进展迅速，许多乡村都已是无烟村。

春天，我给大弟打电话，他仍在山上刨药，刨的防风，不值钱。他和工友们还在矛盾中等待。

大片的废墟尾矿已然开发成绿色园林，有更多的鸟儿栖息，还有的地方做光伏发电。每一个项目诞生，他们都欢喜一阵，昔日的矿区在悄悄地改变。解决方案虽然还没有下来，但至少空气里充满了阳光，他对幽暗的隧道深怀恐惧。

啃噬是个小光芒一样的词，黑暗中不停地咬，身体充满了坑洞与疼痛，现在轮到阳光下嘴了，是辣痒痒的舒服，一口口吐出的钙质渐渐填满了缝隙，骨与肉贴得更紧。但作为几十年的挖掘者，他的四周仍是黑色的围墙，要么墙自行消解，要么他冲出来，这需要时间。

六月无闲人，大家聚在老家给老妈整修房子，没告诉大弟，也没人攀他。夜晚看北斗星舀水中天，乡村的夜黑得踏实，有地守着好歹也是依靠，大弟怎么办呢？

这时他的电话响起来："总刨药也不是法，不想再等了，能帮着在城里找个工作不？"

大弟心上的那堵黑墙终于坍塌了。我立刻问寻市里的保安工作，不管吃住月工资才一千六百元，没法养家，看来还要继续等下去。但相信，人挪活，精神会再次长满。不久大弟托亲戚找到了饭店电工工作，离家两小时路程，两千多块，管吃住，就干上了。至少先养家，大家也都松了口气。

暑期，煤矿解决方案也最终下来了，上面考虑了他的身体，给安排了轻省工作，但是离家千里之外，无法照顾家庭孩子，他选择买断工龄，交完养老保险也差不多没了。但老了总算有一份保障，他感恩，内心安然，继续返城打工。

而矿区逐渐被绿色包围，矿工们的肺在清新的空气中也一点点生出红色。尽管收入菲薄，他们也会带着家人在新建的园林里走一走，脚下，黑色的长长的隧道像巨树的根，探向四面八方，挖掘者在自己亲手挖掘的根上生活。窑驴子，煤黑子，都已成过往，一切不如意都将会被埋葬，只剩下阳光和微笑。

（原载于《民族文学》2018 年第 6 期）

太行山作证

金海洋（朝鲜族）

胡家庄战斗

在高耸的太行山山脚下，有一个叫胡家庄的村庄。当年朝鲜义勇军和日军激战的"胡家庄战斗"就是在村庄和太行山接壤地带展开的。如今，在旧战场遗址，有座高耸的纪念碑迎风告诉人们，当年中朝两国的热血青年们，一起战斗在这里，一起流血在这里，更有四位朝鲜义勇军年轻将士和十二位八路军战士牺牲在这块热土上。

艾青为牺牲的朝鲜战友呼唤：

> 亲爱的战友们，／请安息吧！／在为自由而战斗的中国土地上，／阳光与云影将抚拂着你们的坟墓。／我们将继续你们留下的事业，／带着永远不会顿挫的意志，／战斗着——／直到我们最后的一口呼吸。
> ——《献给反法西斯斗争中殉难的朝鲜烈士们》

1942 年 12 月 12 日拂晓。天刚刚朦胧亮，村民们和朝鲜义勇军战士们还在熟睡。突然，村角响起猛烈的机枪声。原来，在前几天黑水河战斗中，日军受了损伤，为了报复，一百三十多名敌军，其中包括八十名日军和五十多名伪军，带着迫击炮包围了朝鲜义勇军分队驻扎的胡家庄。每晚不让他们安宁的朝鲜义勇军，是日军的心患和眼中钉。

朝鲜义勇军战士们从地铺上爬起来，各自抓起身边的长枪，准备突围。外面晨雾弥漫，伸手不见五指。出乎敌人意料，队长金世光决定选择难走的西北高处突围。他们走出村子不远，前面便传来日军的脚步声，晨雾中的对手小声询问："谁？"金世光用熟练的日语答道："他们向下逃跑了，快追！"只听见焦躁的日军立马向下移动，而义勇军战士们趁机向西北转移。但很快日军感觉受骗，转身追赶过来。近距离枪战是难免了。义勇军分队留下部分战士掩护射击，让多数人冲出包围圈。

这时，驻扎在邻村的八路军听到枪声突击过来，在敌人包围圈外，冲击日伪军的防线。在胡家庄东部开阔地开始了你死我活的激战。

就是在这次突围战中，留下来掩护战友们撤退的战士里，韩清道、朴哲东、孙一峰、王现淳四位同志英勇牺牲。此外，金世光和赵烈光负伤，另有两个同志失踪。而其中的一位失踪者正是金学铁。

金学铁一直掩护战友们撤退，突然被日军子弹打伤大腿骨，从陡坡滚下去，一头撞在岩石上昏了过去。醒来发现，自己已经躺在敌人的担架上，被送往元氏县城。金学铁回忆道："受伤的腿沉重得简直像一条木杵，喉咙干渴得像在被火烧，出血过多的恶心和伤处的疼痛是非常难忍的。"

金学铁随即被押送石家庄日本领事馆看守所关押审讯。

在太行山深情俯视的战场上，八路军将士们为救出义勇军战友开展了殊死的战斗，他们的血和朝鲜战友们的血凝结在一起。太行山永远记住了他们年轻的容貌和骄傲的身姿。

日军撤走后，胡家庄的乡亲们对朝鲜义勇军战士们的牺牲悲痛万分。往日和他们一起亲密生活的场景历历在目。他们离开父母兄弟到陌生的异国他乡，为抗击共同的敌人——日本侵略者流血牺牲。

为了朝鲜烈士们的遗体不被日军糟蹋，乡亲们决定将牺牲的四位青年的遗体转移到安全的根据地——赞皇县。但路程相距百余里，且走大道万一被日军发现，乡亲们性命也难保。自愿参与的八名胡家庄农民，用担架抬着四位青年的遗体走上了崎岖不平的山路。一路躲过日伪军的哨所，千辛万苦到达赞皇县，终于将四位英烈安葬在根据地安全的山坡上。谢谢你们，朴素的胡家庄的乡亲们。朝鲜人民永远不会忘记你们。

时隔七十多年的今日，朝鲜义勇军四位年轻的烈士依然躺在中国的大地上，鼓舞着我们的心。

石家庄日本领事馆拘留所

虽然朝鲜义勇队（1947年7月改名为朝鲜义勇军）直接受彭德怀的八路军司令部指挥，但同样是在石家庄，日军却把八路军战俘和朝鲜义勇队战俘分离关押。八路军战俘营规模较大，相对而言日本领事馆看守所规模较小。因为当时朝鲜被日本占领，日本把朝鲜人战俘当作国内反日政治犯看待，因此强制关押在日本领事馆看守所。经军事审判，朝鲜义勇队战俘或被就地执行枪决，或押送日本本土监狱关押。区别在于如果纯属战俘送日本监狱，有侦探特务嫌疑的就地枪决。

金学铁经几次审讯被归属纯战俘，等待军事审判押送日本监狱。金学铁受枪伤的大腿经简单处置捆绑，流血止住了，但炎症不予处置。原因是金学铁强忍伤口的疼痛，绝不写日军索要的"悔改书"。金学铁自豪的，正是自己能够坚守久经考验的中共党员的信念。

金学铁被关押一个月后的一天傍晚，看守所走廊尽头的铁门哐当打开，有新的战俘送进来。金学铁从自己牢房的铁门上的小窗口往外一看，愣住了。是自己的亲密战友马德山被押送进来。见到战友的喜悦却因相会场所而瞬间转为忧虑。马德山见到金学铁却喜出望外。因为"胡家庄战斗"以后，金学铁一直生死不明，而马德山今日确认了金学铁还活着。这就足够狂喜了呀！马德山被关押在隔壁牢房。马德山又名李源泰，1911年生于朝鲜庆尚北道。

马德山被提审多次。后来令马德山吃惊的事终于发生了。马德山由于日语不熟练，听倒可以，说就困难了。审讯他的日军军官对他说："你作为大日本国民为何反对天皇？你们朝鲜人当中也有不少效忠天皇的青年，前途无量。"之后，他叫唤一名日军军官的日本名字，让他进来。当这位日军青年军官进屋，马德山不敢相信自己的眼睛，眼前竟是自己的朝鲜义勇队战友申容纯（又名柳斌）！原来申容纯是日军潜派进朝鲜义勇队的特务。日军军官说："他就是你们朝鲜青年的榜样。"并让申容纯担任马德山的审讯翻译。

马德山被俘是在北平（今日北京）。他是到北平招募朝鲜青年加入朝鲜义勇队的，算是征兵人员，并无刺探日军军情任务。但是，申容纯在翻译过程中故意把马德山的供词引向军事刺探的方向，令马德山不安。马德山虽不能说日语，但都能听懂，故警告申容纯给予正确翻译。但申容纯还是执意歪曲翻译，想置马德山于死地。因为马德山的被俘正是申容纯告密所致，活着会是他的严重心患。气极之下马德山端起身边玻璃烟灰缸砸向申容纯的脸，申容纯头部被砸中出血。这下审讯一泻千里，马德山完全成了军情刺探特务。

有一天早晨，马德山的牢房门打开，马德山被叫出牢房。在经由金学铁牢房时，马德山通过小铁窗投进一个纸条。马德山被押走后，金学铁展开纸条，上面写着："学铁！我最亲爱的战友永别了。我今天被押送北平执行枪决。是申容纯的出卖使我被俘。你千万要活着，为我报仇。"

纸条被金学铁的眼泪弄湿了。他把纸条和眼泪一起吞下肚里，也把永恒的仇恨吞下肚里。当时规定执行枪决一定要在被俘地。马德山 1943 年 6 月 17 日在北平东厂胡同 28 号日军监狱就义（日本内务省警保局《特高月报》昭和十八年一月份记录）。

但上天是不公的。申容纯在日本投降后，公开从日本返回首尔，声称自己是从日本监狱释放出来的，以此作为抗日将领享尽富贵。半个世纪后，当金学铁有了机会访问首尔，与往日抗日同仁聊天时偶然知道了申容纯的踪迹。天公又一次不公的是，申容纯刚刚去世半年。终究未能为马德山报仇，是金学铁毕生的憾事。

押送日本

金学铁被日本军事法庭以违反日本《治安维持法》为由，判十年徒刑，押送日本长崎监狱服刑。先安排一趟列车由北平前门火车站直达朝鲜釜山。

1943 年秋，在北平火车站，有一年轻的朝鲜军官，挂着双拐，被两个日本宪兵押送，走上开往釜山的列车。目睹此场景的北平市民，以敬佩的目光为这受伤的青年抗战战士送行。那年，金学铁二十七岁。

当年，中学刚毕业的金学铁，满怀抗战激情，正是乘此线路从釜山始发的列车来到了北平。那时，金学铁是伪装成假期旅行的日本学生，穿的也是日本学生的柔道服。这免去了很多日本宪兵的盘查。何况金学铁日语娴熟，真可以假乱真。

经北平短暂停留，金学铁便直奔上海的"韩国临时政府"。但到了上海才发现"韩国临时政府"已经转移到后方重庆。幸好，金学铁和上海地下反日组织联络上了，加入"义烈团"上海地下组织。从此，金学铁开始了从事反日恐怖行动的动荡生涯。

经几年地下恐怖活动，金学铁和同志们一致意识到，抗日需正规化军事斗争，需要正规的军事组织。于是义烈团领袖金元凤和蒋介石商议，决定让一百多名年轻的朝鲜革命青年加入黄埔军校，学习军事知识和接受高等军事训练。当时黄埔军校的校长是蒋介石，黄埔军校第三任政治部主任周恩来也经常在军校演讲。金学铁觉得蒋介石校长的训话很乏味，而周恩来的演讲很精彩，令人振奋。当时金学铁已经是中共地下党员，意识形态慢慢开始成熟，马克思主义思想在他心中生了根，彻底摆脱了投奔抗日队伍初期的"王政复原主义"。

黄埔军校毕业后，一百多名黄埔毕业朝鲜年轻军官，于 1938 年 10 月 10 日在汉口创建了"朝鲜义勇队"。当时周恩来和郭沫若前来祝贺并致辞。周恩来致辞的题目是"为东方各民族的解放而斗争"。"一百多名不愿做亡国奴的年轻的朝鲜革命者，以无比激动的心情倾听了那铿锵有力的声音。"金学铁后来如此回忆道。消息由《新华日报》翌日刊出。朝鲜义勇队一直在华中、华东抗日战场的最前线参加战斗。由于朝鲜义勇队大部分队员都会日语，经常以分队在各个不同战区分散活动，在前线对日军做宣传工作。如深更半夜在两军对峙地带投掷手榴弹叫醒日军官兵，然后用喇叭形喊话器用日语提醒日本士兵醒悟，不要受军官和政府的欺骗。同时由女性战士用日语热情歌唱日本民谣，以引发日军的思乡厌战情绪。后来日军战俘反映，听了乡歌大家都流了泪，而且还收藏了朝鲜义勇队散发的优待俘虏的日文传单。

不久汉口沦陷。郭沫若在其《洪波曲》中，是这样描述即将沦陷的武汉的，朝鲜义勇队坚持做着最后的抗日抵抗：

"我的车子在经过后城马路的时候，写标语的人还在继续着工作。他们三五成群有的扛着沥青或油漆，有的扛着梯子，勤勤恳恳地在那里争取时间——工作。我得承认，这是我最受感动的一幕。"

1941 年 6 月初，为了吸纳华北朝鲜青年以扩大队伍，朝鲜义勇队北上陕北与八路军会师，接受彭德怀八路军司令部直接指挥，在欢迎朝鲜义勇队的大会上彭德怀致欢迎辞。彭德怀说："我代表七十万十八集团军全体指战员热烈欢迎你们。我们的武器库将给你们开放，任你们挑，任你们拿……"

被两个日本宪兵押送的金学铁，透过车窗望着分离多年的朝鲜大地，感慨万分。幸好日本农民出身的老宪兵发了慈悲，金学铁事先给朝鲜元山的妹妹发了个电报，让妈妈和妹妹能在火车上和久别的儿子和哥哥见上一面。

车窗外，山峦像波涛一样流逝过去，就像流逝的岁月，就像流逝的青春。金学铁期盼首尔车站，也害怕妈妈看到流血的腿。当年是背着守寡的妈妈，偷了家里仅有的生活用钱，前往上海参加革命的。如今却在被押送日本监狱的途中来见妈妈，受伤的不孝的儿子，会给妈妈如何的伤害呀。

火车停了。妈妈和妹妹快步走上列车。喜悦和心痛同时袭上心来。妈妈倒很镇定。妹妹却哭作一团。妈妈的目光从双拐移向受伤的腿，这可是自己唯一的儿子呀，妈妈可不想拿儿子的一条腿，去换取国家的独立什么的。儿子也不期待什么高尚的母亲。妈妈就是妈妈。唯一的，叫金学铁意外和失望的是，在短短的见面后，母亲和妹妹就在下个车站下了车，匆匆离别。当时金学铁不能理解其中的缘由。解放后才得知，她们只因没有钱买更长远的车票，不得不匆匆下车。当时妈妈的心是在怎样地滴血呀。金学铁至死不忘此事。

日本长崎监狱

金学铁在日本长崎监狱同样受到歧视，受伤的腿不被予以治疗。治疗的条件同样是写"悔改书"，表示忠于天皇。受伤的腿夏天生蛆，只好用筷子剔除。收监两年多，换了监狱长。金学铁立刻写了张请愿书，写道："日本也讲医术是仁术，本人不求治疗，只求截肢为盼。"所幸新监狱长答应给做截肢手术，于是，两条腿的金学铁成了一条腿的金学铁。从此，金学铁便开始了长达半个世纪的独腿生涯。当然，后来挂双拐成了"三条腿"。金学铁开玩笑说。

金学铁擅长日语，也熟知日本文学。因此很容易和看守们结交。他们常给他带图书馆的书和报纸，外边的消息自然是乐意提供的副产品。有一次，看守说："学铁，嘻嘻，你想不想看看你那截断的大腿？"原来在监狱旁无主坟地埋下的大腿，因埋得很浅，叫野狗扒了出来。金学铁当然乐意看看自己的另一部分。结果看守用长棍挑起大腿骨殖，在金学铁面前晃荡。两人都心满意足了，才送回原地深埋了。金学铁对看守说，这下再也不会见到太阳了，可惜呀。无论所处环境如何恶劣，金学铁从来没有失去幽默和乐观。

长崎监狱原本在市内。大家都知道长崎后来被美国的原子弹夷为平地。监狱也完全消失。那么金学铁怎么活下来了？原来，市内监狱人满为患，部分在押战俘被迁到郊外关押。金学铁也被迁到郊区因而加倍受罪。然而这个受罪倒成了幸运事。1945 年 8 月 9 日，美军出动 B－29 轰炸机将代号为"胖子"的原子弹投到日本长崎市。

那天，看守慌慌张张跑来告诉金学铁说，市内不知什么炸弹下来，建筑全都烧掉冲毁，人也死了多半，原来的监狱无影无踪地消失了呀。金学铁拍了一下剩下的那条腿喊道："我该出狱了！"把看守吓了一跳。

1945 年 8 月 15 日。监狱内预先通知有重要广播。正午，日本天皇向全日本广播。但由于监狱内的广播效果很差，无法听清天皇说的是什么。但广播还没结束，狱中内外一片哭声，日本人集体放声大哭。金学铁马上明白了，知道天亮了！

后来才得知详情，是日本天皇通过广播宣布，接受《波茨坦公告》，实行无条件投降，结束战争。1945 年 9 月 2 日上午九时，标志着"二战"结束的日本投降签字仪式，在停泊在东京湾的美军战列舰"密苏里"号主甲板上举行。日本新任外相重光葵代表日本天皇和政府、陆军参谋长梅津美治郎代表帝国大本营在投降书上签字。

1945 年 9 月 20 日。天气灰暗。阳光微微透过云层照射下来。金学铁身穿粗布半大衣，单只脚穿着很薄的单鞋，拄着可笑的粗壮的双拐，走出了被关押三年半的长崎监狱大门。新鲜的自由的空气令人窒息。离别被埋葬的那条腿，自己和自己告别。半个世纪后，金学铁到日本早稻田大学演讲。日本报刊称金学铁为：来找寻自己坟墓的战士。

（原载于《民族文学》2018 年第 7 期）

乌兰牧骑，好像一匹马

季　华（蒙古族）

车是三套。四周还绑了架杆，为的是多装些东西和人。沿着草原上三道凹两道凸的勒勒车道向前走，马蹄、串铃、车闸和车轮的行进就混响出一种节奏，让人听了想唱。便唱了：我们是红色宣传员，战斗在内蒙古大草原……先是一人，后是多人，唱完一遍还唱一遍，唱过一支又一支。歌声稀疏下来时，必是有人睡了，多是女队员，她们一困乏，那是在哪里也是能睡上一睡的，而车一颠或过河马蹄出水响时却又醒来，煞有介事地叫，令河上的雾都纷纷地散，往天上去，变成云——那云下，遥远的山峦处，已是有村落的簇绿在近着。

马车多是停在学校，假若有的话。是北方乡村那种极简陋的小学，多只有一两间旧房子，二三十张课桌，一二三四五年级全有，一个老师包教。院里会有一堆烧火的牛粪，一个吊着钟的破铁轴，若是有个自制的篮球架子已是极好。男队员大多住这儿，四张桌子正好对一张铺，再加上些道具箱子，关键是比在老乡家自由，也干净。女队员则住在村上，当然是全村相对干净的房屋，要找她们也容易：有她们居住的院门口必是有一堆女人和孩子相围，院落里也必是有窈窕的影儿和衣裳的虹在飘逸。

但还不能歇息，连行李也来不及打开。因为这一段时间是要用来做事：卖书的要去摆开书摊，理发的要去给人理发，为五保户军烈属挑水洗衣打扫卫生之类也不能少，还要排练新节目，对词、合乐、抄曲子，要是有空闲还可以洗洗衣服，天天走，人也洗不上澡，回家着一身虱子是经常，母亲就叫把衣服脱在门外，而后用开水烫，冬天就冻上一宿，说虱子怕冻的……如此种种，做着做着，就到了霞色漫天，该吃晚饭。

找一块平坦地方，四角栽四根木杆，后面的两根挂幕布，前边的两根之间拉一条线，线上挂三两个铁丝捆的棉球，那棉球一定要大，要瓷实，再将其用柴油浸过，便有一双粗大的、但必是村里有头有脸人的手去拈了火柴，颤巍巍地划，划个三四下，才划出一小点亮，然后往那棉球上去。呼地，点燃了，一团更大的亮！火球在人们的欢呼中摇摇晃晃，摇得淌落的油也燃着火苗并发出快活的声音。既然都明亮了，人也来了，演出该开始了。

是，演出开始了。照例是开场式开场，有朗诵和慰问之类的话，然后舞则舞，唱则唱，一场难得的欢乐和引人入胜要一直持续到夜的尽深处。有时观众离开时东方已泛了书中常说的那种鱼肚白，鸡的头遍鸣叫也已四起。

第二天，又是这样。第三天，第四天，第十天，第十五天，仍是如此。在下乡的季节，这样的情形一次可持续二三十天以上，而一年中，总要有十几回。

我就在这些人中间。

我的乌兰牧骑下乡生活的普通一日，就是这样的。只是遇有特殊，就不是这样了，比如，下雨、下雪；比如，翻车、陷车；再比如，发生一些意想不到的事儿。经常发生一些事儿。那样日程就会被打乱。但有一点不会乱，演出不会乱，即使天上下刀子也会照常演，乡亲们看一次演出不容易，那是不会变的。

当时可能因为年龄小，连我们自己也不十分清楚"乌兰牧骑"这个名字的由来。老乡们多把它与听说过的一个西部城市的名字相混淆，每到一地总有一群孩子这样喊：乌鲁木齐来了！乌鲁木齐来了！也有知晓的人纠正他们：什么乌鲁木齐，是乌兰牧骑！也是后来了，才得知详细。是有个叫乌兰夫的人，意思是红孩子，在上世纪五十年代，他为解决农牧民看书看报、听广播看演出难的问题，提议建立一支文化服务队，就叫乌兰牧骑。于是，这棵汉语意为"红色嫩芽"的小苗儿，就这样种下。还有之前对草原牧改运动的终止，之后的收养南方孤儿，都是此人之举。老人们讲，那时及以后不短的一段时间，牧民家里都是挂他的画像的，节时人们用民族礼仪敬他，平日也不忘把对他的感激放进随意看向他的目光，和手中总向他擎起的斟满酒的银碗……

是在多伦诺尔。我十三岁。有些小，是太小了。一日在操场玩，被老师叫进办公室，让一些陌生人审看一番之后，测测身高，捏捏骨骼，再唱一段那时判断人嗓音好孬与否必要唱的"要学那泰山顶上一青松"之后，便被告知，录取了，你被录取了。原来是县乌兰牧骑要排演样板戏，挑选演员，我就被选上，离开学校，走进了它。我的乌兰牧骑生涯，自此开始；我的一种做梦都未曾料想过的生活，自此开始。我当然不知，这一进入，一开始，就是一生。

那是一座旧庙宇。大殿就做了排练厅。都是一群生个子马，只有队长指导员算内行，是从县剧团调来的。他们用管剧团的老方法管我们，也就是意料之中的事了。并没有分具体角色。大家首先要做的事是练习基本功。先学走台步，拉山膀，云手；再学压腿，踢腿，毯子功，翻筋斗。当然，不是真正意义上的筋斗，是最简单的虎跳和鱼跃前滚翻。教我们毯子功的老师是剧团的小武生，会翻蹦子小翻儿，只是他的小翻儿有些落地不稳，有很大的不确定性。果然，我们的虎跳和鱼跃前滚翻学成之日，却是他因事故住进医院之时。那可算是个奇异，把栽进腔子的头，又从里面拽出来，而且完好无损。从此毯子功改到城边马号里练，那里有一大垛草，草垛上可以任你折腾。

再就是练声。也是老方法。晨时到冰冻的河套，趴在那里，口对着冰，吗吗吗吗吗，咪咪咪咪咪，以冰化为佳，言之让冰的清脆气息充分地润泽嗓子。嗓子可能是得到润泽，但肚子却受不住，许多练声的人都跑肚，还有河岸上的人家也天天骂，说狼似的嚎，叫人睡不成觉。我的嗓子除此练习之外还要额外受到队长的特殊调理，他天天拉着京胡，要我不住地唱样板戏里那些高亢的经典唱段：狱警传，似狼嚎，我迈步出监；穿林海，跨雪原，气冲霄汉；要学那，泰山顶上，一青松啊啊啊……他叫我站在他的左侧，以便他拉弓的右手可以随时停下来去摸我的肚子，以检验发声的方法对否，我的丹田之气运行正不正常。正是隆冬，他的手凉极了，还粘满松香。他的每一次触摸都让我寒噤不止，过一会儿肚皮便黏得粘住衣裳，再加上早上的趴冰，肚子的正常功能很快就失去了。我的嗓子也失去了。用行话说，是没嗓子了。对一个没变过声来的孩子用那样的方法，是唱得太久，太过了，把本来本质很好的声音唱没了，失去了。他后来再也不找我唱，全队的人，他谁也找不来到他的京胡或二胡前再唱一唱了。

经过很多事。有了很多波折。总算迎来收获：革命样板戏《沙家浜》全剧，终于上演。

还是出问题了。用行话说，是砸锅了。具体的已有些记不太清。好像很多。好像锅砸得很大。主要有这样两处：一是郭建光撑船出来，刚一上堤岸，就掉进了阳澄湖。那是由于所谓堤岸其实是一排染成绿色的道具箱子，前后摆些竹扫帚拆下来的竹条做成的芦苇，当时有一个箱子盖儿没盖好，郭一踩上去，人便不见了。二是剧的尾部我军攻进敌司令部，那座极有江南水乡特色的古典建筑。电影京剧《沙家浜》里此段的越墙动作是高难度的空翻、侧空翻等，而这在我们是天方夜谭，做不到。也并不只我们，在许多省市级剧团，那也是做不到的。我们选择冲进敌巢的动作是拿手的鱼跃前滚翻，那很因地制宜，切合实际，这样，既不像有些业余剧团演的那样举着刀枪嗷嗷叫着冲进去而没有任何难度，又尽可能地展现了我们的最高艺术水准。就这样定的。排练时也很好。可是那天，大部队过去之后，一个战士一个鱼跃上到墙顶，却是没滚翻，没过去，压在墙上。于是，墙倒了。接着，房子也倒了。再接着，整个建筑的布景都倒了。锣鼓家伙还在敲，枪声效果也在响，人却在喊：关幕，快关幕……就这样，不止幕，是整个戏，彻底关住。

喧嚣过去，一切又回归原本。这个乌兰牧骑，好像一匹马，在沙漠和风暴里狂奔一阵儿，又回到草原。在经历一些风雨之后，它好像成长了，成熟了，也不再排大剧，而是改排折子戏，排那些农牧民喜看的小歌舞、小戏、曲艺和民族器乐类节目；也不只在城里演，而是走向更边远的牧场乡村。

我也成长了，从战士甲升到叶排长，又演了一段沙四龙，又演《洗衣歌》的班长，演多了。乌兰牧骑的队员就是这样，什么都要学，都要演，跳舞的也要唱歌，也要上乐队，演剧的也可能上独奏、独唱，还要兼打鼓敲梆子。会吹笛子不行，还要会拉马头琴，弹好必斯，拉二胡，有时一场十六七个节目，人均要上十几个。也没有专门的创作团队，所有节目均是自编，自导，自演。我的成长还表现在创作上，以及对舞蹈、器乐、表演等一类专业技能的不断参与和掌握。还不到二十岁，已可以带着队伍外出学习，领着队员下乡演出。想想也真是后怕，多么大的责任，即使领导让你去，让你干，你也是要掂量掂量的！出了事怎么办？学不回成果怎么办？发生矛盾怎样处理？有了问题谁来承担？不知道。没想过。还是年轻，太年轻。有一天，真出事了。人命关天。不过，它的严重和可怕后果，是我在后来才意识到的。当时没有，没想到。是过了很多年才后怕，才想到的。

记不清是哪年了。只记得是秋天。我领着二十几个队员下乡演出，来到一个偏僻村子。一切都很正常。演出在夜幕降临后开始。不正常是在演出刚刚开始之后到来。有一个女队员说她肚子疼，还呕吐。便给她吃过药，调整了节目。很快，又有一个捂着肚子过来，又说肚子疼，也是呕吐。又给吃了药，又调了节目。接着，又一个，又一个，再来一个，已经七八个。都吃了药，安慰了，但节目已调不过来，群节目多，队员都是一专多能，哪个节目也缺不了。只有忍着。只有坚持。必须保证完成演出。不能演出或终止演出那样的事，在当时，我们的意念里，那是决不可以发生的。队员们可怜极了，也可爱极了，互相搀扶着，鼓励着，一边捂着肚子，一边呕吐，一边演出。还要说话，还要笑，还要有激情，有女孩子背过脸哭，转过身却又得乐。就那样，把一场两个半小时的演出坚持着演完。以为是急性肠胃炎，但很快觉得没那么简单，因为除去一两个人，几乎所有人，包括我，都有了症状，都在呕吐，肚子疼。终于演完了，人躺倒一大片。乡亲们觉到可能是食物问题，给煮来了绿豆汤。就喝汤。吃些自备的不太关乎的药。只能这样。只有如此。没有电话。没有卫生院。没有大夫。村子距公社几十里远，一切只有等到天明。

总算到了天明。又一天了，新的太阳升出来。我一看我的队员：都在！都活着！

后来，才搞清楚，是一个粗心的老乡用盛过农药的水桶打了水，熬了茶，而那茶又进了我们的肚子。一切皆是万幸，若是所兑农药再稍浓一些，便足以要了二十几个孩子的命。

没什么。不算什么。也没有责难。只是休整一下，又下去了。艰苦的经历把人的意志已锤磨得像了芨芨草，坚韧得折也折不断。没有人不懂得那是天职、义务，是应该的，从而也就没有人不淡然对待。只是以后在饮食上心有了余悸，再不忘去厨间叮嘱一番。

单位又搬家了，从一座庙宇，搬进另一座庙宇。也是又将大殿做了排练室，又住进一排不见阳光的庙房。好些的是多了几十平米的木阁楼，它容纳了女队员们居住。

就是这样，不能是别的样。是真的有些简陋，有些艰苦。冬天排练室没有暖气，只点一个汽油桶改的煤炉，而排练是要穿单衣，于是只有不停地跳，才可以止住冷得抖。也没有地板。跳跃的身体落到地上，蹾得关节疼，做动作只要挨到砖地，就会擦掉一块皮。也没有镜子。让你无法看到你自己的动作与形体。也没有升降把杆儿。就在大殿的柱子上钉几个大铁钉，搭上一根木椽子，把着，扶着，压腿。也没有像样的乐器、服装、练功衣鞋、音响、麦克风……却是有了一辆马车和三匹马。这是我们自己的车马。坐一辆自己的马拉的车总要比坐那些不摸根底的哪个公社或生产队的马拉的车要放心得多。尽管大家的梦想是一辆胶轮拖拉机，之前下乡每坐它一次就好像过年。有了一辆旧的解放牌汽车，那已是大以后的事了。

马要吃草。而买草就要花钱。三匹马一年要几万斤草，要很多钱。为了省下这笔钱，自从有了马车，马吃的草便由我们自己打。

在水草丰美的滦河岸边，寻几片草场，搭几个窝棚，男队员抡钐刀打草，女队员拣草铺子，做饭。从没有打过草。根本就不会打草。不过，不怕，可以学。那时我们年轻，不怕吃苦，不怕难，什么都想学，也都学得会。那时那个并不侈靡和物欲的世界，也不知都给了我们一些什么，让我们那样心甘情愿为它去追求，去做事，好像不那样就对它不起。还不止打草。还有种地，收割，耪地，撒籽，打场；还有缝制服装，修理乐器，画布景，做道具……都学会了。都可以做。打草很快也学会了。调理钐刀，垛草垛，都会了。我们打的草，草茬子比牧民打得更低；我们垛的草垛，再大的雨也不会漏垛。记忆中那是怎样的一个场景啊：头上蒙一块大白布巾，腰中系一根绳子，绳子一头拖着一个水瓶。抡着钐刀向前打，一个人开头钐，一个人扶稍子，打过一段儿，刀钝了，该磨刀了。便坐下来，磨刀。蚊子一下扑过来，把露着皮肤的地方都糊满。白布巾起了作用。一边打蚊子，一边磨刀，一边将那瓶里的水喝一半儿，吐在磨石和刀上一半儿。磨完了。刀快了。磨石掖在腰里，抖落白布上一层的死蚊子，又去接着打。脚上穿着高勒胶靴，不然有蛇可能钻进裤腿；晚上睡着耗子从你身上过，还哼着你听不清词的歌。早上时身体是在露水里浸着的，直到阳光把它晒干。而那个阳光呀，它映照下的草场，那才叫好，温暖，宽敞，就像天堂一样！打下的草，隆起高高的草圪垯，在阳光下闪烁鲜亮。它们被晒干后，又被草叉拣成草铺子，草铺子又被垛成草垛，草垛在草茬呈现的格式化的原野上如同一枚枚棋子，星罗棋布，不知含蕴了多少玄机，也不知是何等智者才可将其下得。那草垛又是变了颜色的。鲜亮没了，变成稳重的绿，又变成青，又变成黄。在秋日下，它会一直这样变，直至成为像毡房在傍晚时具有的那样的金，璀璨的金。而它的内里，却又返回绿了，发着草的经过时光研磨的醇香。牧民们打草打到下霜，而我们则快要打到上冻。多打一些草，可以补充经费不足，还可添置几件新乐器。这一年，是 1976 年。秋雨大，滦河发大水，过不去河。粮食吃完了，不能去城里买粮，也没法过河去借粮。河边有一片菜地，种着萝卜，便只能吃萝卜。天天吃萝卜。顿顿吃萝卜。吃得人都不能再见萝卜，看一眼也要呕个不止。萝卜也给不了人很多气力，一个个虚得几乎趴进地里。但那也是要干，也是不会停歇，哪怕装一下病偷一偷懒。就那样，直到把草打完。

同时还为草场上的牧民演出。有时给一个人也演一场。多是演的人要比看的人多。我记得很清楚，就是那次，回城时节气已晚，天都冷了，马车在河里陷住，出不来。后来马也疲累，连套也不抻。时间已太久，若再耽搁下去，车会越陷越深，一车的乐器行李就会被水冲走。不知谁想个主意，拿出来号，几把同时吹，号声惊了马，拼命地拉车，再加上人推，总算把车弄出来了。却想不到，没有完，那日的窒碍，还没完，还有更大的。车刚驶上河对面的山梁，就在一条沟里翻了，辕马四腿朝天，人或甩出去或压在车下。好在有架杆，把车支住，人从缝隙里，才一个个地钻出……那一天，后来被历史铭记。到了距城不远，有人来接应，对我们这样说：……毛主席……逝世了……

我是已有些老了，是老怀念青春的时候，总想，那些岁月，苦却投入的日子，不正是由于青春，在乌兰牧骑的时光，和艰难，和苦，和苦中作乐，和一些现在想起很奇葩的事，才有了光彩，有了美，有了难以忘却吗？青春好啊，小鸟样不可束缚，奔马样不能停歇，它是力量和热度，是戴在哪里都光芒不歇的珠宝。多少下乡途中，马车和勒勒车那是不屑坐的，要走，拉开大步，沐浴天光，走。寒冬腊月，在露天，在四面透风的羊圈里演出，也是要穿得单薄，保持形象，怕臃肿影响演出效果，失去一个演员的美。在风雪里走，冰雪在脸上冻成冰，人走得渴，就揭下那脸形的冰来吃，咔嘣嘣，还说不冷，说甜，说好吃，好像真的不冷，真的甜，真的好吃。其实不是，是那青春把冷温热，将苦浸甜，是青春的缘故，使平常的生命升华成不平常的美好……

还想，是什么在支撑着人那样做呢？当时，更多的只是直觉，而现在才愈加地清晰了——是同心同德，是回报和感恩。穷乡僻壤，远离文明，缺少欢乐，你去为他们演出，他们充满感激，便迎你迎出几十里，跟你一个地方一个地方地走，一场又一场地看，给你住最好的房子，做最好的饭食，冷了点旺炉火，送来皮衣，热了撑起阴凉，送来解暑的汤，而你在这些之后就发生感动，用更加的真诚去回报，用更大的热情回复他们的滴水之恩。不不不，那哪里是滴水，农民牧民，是苍生父母，是涌泉，是高山和大江大海，用如此的微薄去回报，已是不足挂齿……

想起一件事。在东乌珠穆沁，队员们去为一户牧民演出。演出时那男主人正襟危坐，一言不发，好像很无动于衷。演完后他却带着全家人来敬酒，他说他从未享受过如此待遇，一家人独看一场演出，他说他为我们给他的待遇而感动，他要把一头牛送给我们……真送了。不要不行。而在当时，那户牧民家并不富裕，总共也是没有几头牛的！

又想起"文革"，在多伦诺尔，一位代课的教师带领学生在欢迎我们时喊口号，他先喊的是向乌兰牧骑学习，向乌兰牧骑致敬。我们很脸红，有些臊，但也勉强跟着喊。他又喊出乌兰牧骑万岁，这下不敢跟着喊了，想自己做了什么，怎可受如此之敬。后来，听人说，那人被批评了。又听说，被开除了。又听说，给抓起来了。再后来，就不知怎么样了。

这样的日子，我过了十年。以后也并没和它分开，无论在多伦诺尔或是调到盟里，与它总又有了近二十年的亲近。算一算，距最初的进入，已是四十余载。今年，这个乌兰牧骑已年届六旬，已满一个甲子，而我是多么巧，竟是与它同龄。

可是我，是不想与它同龄，不想与它再有纠葛了。一个人的生命里，有了那一段刻骨的极深，已经足够，再多就难以承受，没能力承受了。那不是坐拥，是要用青春、热情，用坚韧和无愧去换取的，而现在，我的那些可用于换取的东西已经不多，已快没有。每当我看到那些前面的老队员，比如，在全国第一支乌兰牧骑所在的西苏尼特草原见到伊兰等老前辈，在什么地方或场合见到与我一同经历那些的老大哥老大姐，如，吹笛子的伟纲大哥，跳舞的淑芝大姐，那个压塌敌院高墙的兄长，可以写剧又演剧的泽民大哥等，很多人，很多同事，见到他们有的已两鬓霜白，步履蹒跚，但在说起当年时仍滔滔不绝，那样的纯粹和向往，我便再也无法按捺，要哽咽，要流泪。我知道，我是感慨了。虽然他们现在仍十分健康，有的仍在发挥热量，做着业余文艺的辅导，可是，这些，我都仿佛看不到，感觉不到，仍然是要去想他们的当年，那或热血沸腾，轻歌曼舞，或自信不疑，侃侃而谈的样子，还有他们年轻的面容，那绰然的风姿，把那些往现在的他们身上套。但是，可叹的是，只是想，只是套，也只可以那样做，而他们，多么可怕，明明在那里，我的面前，却是回不去，永远也回不去，再回不去了。

他们最可赞美的年华，给了它。

而我也仍能明显地觉到它给他们的，即，那种感觉，它仍存于他们之身，它已将他们的人生影响并指引。它还将继续这样做，直到他们的一生一世。

我有时会对着那些年轻队员走出宽阔的排练厅，走向漂亮的大巴车的身影凝视良久。我不是想找回自己过去的影子，而是想寻觅一种作为他们，一个乌兰牧骑队员，必不可缺的东西。

即使今天，连梦里也只是它了。不是下乡，就是演出，不是伴奏忘记曲子，就是跳舞做错动作，而多又是在误场或穿不上服装时被急醒。便再也回不到睡梦里，任思绪往那记忆的深处去了。

（原载于《民族文学》2018 年第 8 期）

我无法对时光守口如瓶

格桑拉姆（藏族）

一

这几天重读萧红的《呼兰河传》，不由得在这远离黄土地的赣江之滨，想起家乡来。我的家乡和女作家的呼兰城一样，也是个小地方，但小而紧凑，有它自己的味道。

很巧合的是，我家乡的名字也源于一条河。大河自西向东呼啸而过，把玲珑规整的小城分成两半。河水很急，拍打着河岸的石头，发出很大的哗哗声。走在桥上，河水的声音甚至会盖住人们的交谈。这条河的颜色清白透亮，河的形态又蜿蜒细长，所以名字叫白龙江。我小时候常常会幻想着这就是唐僧的白龙马曾住过的河。

我家乡的名字就是用了这河藏文名的音译——舟曲。

河岸两侧，有舟曲城最繁华的街道：十字街。每天清晨，就会有卖热豆腐的人在这里摆开小铺位，很多去上班的人路过这里都会吃上一碗热豆腐再走。铺位上的凳子不够，大家就捧了碗三三两两地站着把豆腐吃完。老板在一屉白花花蒸腾着热气的豆腐前，一边同他的常客搭着话，一边挥舞着大勺忙碌着，调料碗红红绿绿一字排在手边，醋，盐，香菜末，最后泼上油辣椒，一碗色香味的诱惑便在瞬息之间诞生。排队买的人，站着吃的人，把老板紧紧围在中间。多少年来，吃热豆腐的人和卖热豆腐的人都已经换了几拨，这样的场景却依然是早晨十字街上不变的印记。

小城多山，十字街向北的路，就顺着山势缓缓爬上去，路的两边排满了商铺和低矮的楼房，楼房之间窄窄的巷子千折百回，许多不为人知却绝顶好吃的美食都藏在这里。舟曲城郊的村民若是进城来采购，在这一条路上就能买到所有所需。有的店铺门口音响里终日放着欢快悠扬的藏歌，整条路都能听得到。路的最顶端是一片较平坦的平地，那里有舟曲最大的超市和最大的广场。夏天，太阳下了山，空气渐渐从炽热变为温润，吃过晚饭的人们就聚在广场上说话乘凉。从十字街上走到广场这里，一路上几乎能遇到所有亲朋好友。人们互相问候着，聊着家常。老太太们排成整齐的方块队形在跳广场舞。四处可见摇着扇子的孕妇，推着婴儿车漫步的母亲，蹒跚学步横冲直撞的小孩和跟在他们身后担心却也快乐的父母。白龙江清凉的河风穿过热闹的人群，平静安宁的气氛也像风一样，久久停驻着。

我所有的儿时回忆都是在白龙江北面的城中。因为，外婆家就在北面靠东的城里，一座叫皇庙山的山上。

二

外婆家有点像北京的四合院。院门是两扇旧旧的木门，木头表面的红漆已经剥落得不像样子，大片地显现出它原本的黄白色，使那红色简直成了点缀一样。院门上贴着门神和对联，它们都是用糨糊贴上去的，我在门外玩的时候，常常用手忍不住去撕。如果对联或者秦叔宝本身就要掉下来了，那我更是全部撕干净才高兴。

进了院门，就是外婆家的院子。外婆家院子的左手边，是一个四四方方的厨房。厨房里有水池和水龙头，院子里也有，排水渠部分裸露在地表，部分用青石板砖盖着。那露出的部分常常有水流着，像一条小河。我最喜欢折外公放在院子里的大扫帚上的竹条，用它打排水渠里的水。那个大扫帚上的竹条几乎要被我折光，有几次被外公发现，他冲我吼着，要来打我，我知道他不会，于是假装害怕尖叫着跑开，然后笑得上气不接下气。

关于那排水渠，还有一个故事。也是在过年，街上卖着各色花炮。我一直都只玩点了火就像仙女棒一样闪着各色光的那种，而"真正"的花炮，只能让三哥玩给我看。我常常是躲得远远的，看着他点着了那小小的一截引线，便又怕又期待地大喊："快扔！快扔！"有时候三哥为了吓唬我，故意点着了很久都不放，我害怕得跺脚，他却看着我笑。

那次，三哥为了逗我迟迟不扔手里的花炮，他只顾着看我如何尖叫，没想到花炮已经马上就要在他手上炸起来，他在慌张中把它胡乱扔了出去，结果花炮不偏不倚就落在那排水渠里，恰好之前外婆倒了一盆水在那里，积了很多的水，于是水渠里炸出了很大的一个炮花，吓得三哥也像我一样叫起来。他叫，我看着他被烫红的手，凑热闹似的，也叫，也笑。

排水渠被青石板砖盖住的部分也同样好玩。排得整齐的七八个青石板横穿了院子。我从这头跳到那头，再从那头跳回来。单腿跳，双腿跳，换着花样。我尤其喜欢其中踩上去会响动的那个。人一踩上去，就会哐啷哐啷响。每天清晨，当石板笨重的晃动声在我半睡半醒间朦胧地响起时，我就知道，是外婆开始做早饭了。

厨房是紧挨着排水渠的。它低矮，四方，满满堂堂，四面的墙和屋顶用报纸糊着，那也是和对联一样，一年糊一次新的。因为整年的烟火熏染，整个墙都一齐变成了暗黄色。正午时，会有金黄的暖阳从东面一个很大的窗户里投射进来。到了晚上，从房顶垂下来的灯亮起来后，厨房就彻底浸染在这混沌、温暖的昏黄中了。后来，当厨房的墙变成了漂亮洁白的瓷砖，那种让人昏昏欲睡的舒服和踏实却似乎也随着老旧的昏黄色一起消失了。

厨房饭桌和椅子上，布满那些已经长大的孩子们留下的刮痕，橱柜面柜也是旧的，但显然比桌椅少受戕乱，要干净新鲜得多。厨房的角落里堆满了大大小小的瓦罐，那里面大都腌着我最喜欢的各种咸菜。那些瓦罐或精致，或粗笨，但看上去也一样老了。

冬天，厨房就是我最喜欢的地方了。住惯了暖气房，看着外婆生炉子，用火炉烧水、做饭，简直就像变魔术一样。厨房中间架着炉子，外婆用火钳夹煤块扔进炉去，便有纷飞的火星溅出，旋即像白絮像雾团一样地消失在空气里。吃饭时，大人在餐桌上吃，还有的端着碗到客厅去了，只有我的饭放在炉子上面。外婆说我吃饭慢，饭容易凉，在炉子上有火烤着就没事了。可是我觉得大人们在一起笑着说着，我却被排除在外，这是外婆惩罚我吃饭慢的一种伎俩。

外婆生火做饭的炉子是漆黑锃亮的颜色。炉子下面有一根伸出的铁棍，顶端有圆柄，可以拉进拉出。三哥说抽动这根铁棍可以让火烧得更旺，所以只要外婆生火，我就使劲抽拉它，一会儿也就没力气了。火炉的肚子上还开有一个小厢子，拉开厢子门，里面经常热着牛奶、肉之类。我知道那是给我和外婆的。我是小孩，外婆是老人，我们都需要吃热的东西。母亲告诉我，有一次因为我玩渴了想立即喝娃哈哈酸奶，外婆要帮我热，我等不及地哇哇大哭起来，让外婆一阵手足无措，就用一壶开水把娃哈哈放进去热暖了。母亲知道这件事骂我太馋，可是外婆却护着我。她一直很护着我。

因为这个炉子，冬天的厨房俨然替代了客厅。晚上，尤其是过年的时候，那里总是坐满了四处来的许多我认识和不认识的人。常客会推开院门，大老远就问候着，然后直接进厨房来。如果是第一次来的客人，外婆就会迎出去把客人带到厨房来。他们来了，常常会聊到很晚。外婆总是坐在她的有软垫的板凳上，边数着念珠边听来客说话。有的客人说起话来又好听，说的事又有趣，我就能一直坐在大人腿上呆呆地听很久。

<h1 style="text-align:center">三</h1>

外婆家大门外有一道长满槐树的长长的斜坡，是进出门的必经之地。夏日晚上散步，连风都是温热的。大人们走在后面，慢慢地，比平时更慢。于是我就一个人冲下去，等到了下面，还不见他们来，我大声喊，为没来由的快乐放声笑着。等到他们终于出现在我的视野里，我急得不能多等一秒，必须要亲自跑上去接他们才行。我是在省城长大的孩子，每一年我都是那么急切地盼望放假。一等放了寒暑假，便从兰州坐很长时间的车来到外婆家，度过一年中最热闹最自由的时光。

在外婆家，最欢喜的是早上起床一拉开窗帘，那充满无穷无尽乐趣的天地，唰啦一下便在面前。

那个院子，我简直没有和它分开过。

从我们的房间窗下一直到院门，有一个长条形的、有我两手臂张开那么宽的花坛。花坛里种着外公常年如一日悉心爱护的一切。最高的是两棵树。一棵是石榴树，还有一棵是什么我忘记了。我常常踩在树底端的枝杈上往上张望。

我最爱的事情是在花坛里蹲着玩土，一玩就是一整天。我喜欢用土做生日蛋糕，摘几片叶子做点缀，再画上花纹。最高兴的是做玫瑰蛋糕，可怎么也不敢摘外公养的花。虽然外公对我一点也不严厉，但是似乎每个大人都有点怕他。他的生活永远恪守着既定的规律，一时不停地忙碌着，同时驱使着院子里的一切人事都按着那规矩来。外公起床了，所有大人就都不敢再赖床。外公习惯了中午吃米饭晚上吃面，倘若换作是别的花样也可以，但是如果颠倒了顺序，那是绝不可以发生的。外公的衣服即使旧到不行，穿在身上却永远那样纤尘不染，褶里平展。

平时穿的衣服，绝不会穿着它去喂鸡搬花，要另换一套。他从未做过迟到的人。母亲是外公最小的女儿，我自然是他十个孙子中最小的一个。我生得太晚了，并不知道太多外公的故事，但也常常听人说起点滴过去。外公当年也是威震一方的人物，他曾经带着一大家子人从动乱的过往中走来，从饥荒，从困苦中走来，想来他已经习惯了严于律己，律人。

外公养了很多花，一盆一盆的，摆在花坛上，花坛下。花的品种似乎有些单调，大多长着黄色的花瓣。没有很漂亮的样子，只是常年地开着。偶尔有一两株红色的，对于热衷于做玫瑰蛋糕的我来说就尤为抢眼。客厅里倒是有几盆挺拔的君子兰。有一年除夕看春晚，我看着电视里的载歌载舞，兴奋得自己也跳起来，结果一屁股坐在了一盆君子兰上。外婆听见声响跑来看，吓坏了。母亲也说那是外公珍爱的名贵的君子兰。她们怕外公生气。可是第二天，外公看着折断了的花枝，只是叹了口气，却并没有责骂我。

外公实在是过于一丝不苟了。养花本是生活的消遣，可是照料花的外公却那样认真严谨。他带着被迫去做这件事但又想做好的神情，小心翼翼地浇水，小心翼翼地根据太阳的方向挪动花盆，小心翼翼地端详它们，仿佛它们是有人命令他守护的珍宝。他那样肃穆，使养花简直成了他的负担。但当他看着黄色的小花在太阳下呈现出迷人的光彩，看着蹲在土堆里玩水和泥巴的我时，脸上也有着若隐若现的自得和惬意，一下子柔和了外公平日里不苟言笑的眉眼。虽然这样的情形很少出现，但我仍记得那个时候，高高瘦瘦的外公站在院子里，简直像极了一个孩子。

是的，夏日就是这样一场旷日持久的狂欢。等最热的夏天过去，我就离开了。等再一次回来，院子里的颜色都不见了，外婆已在厨房里架起炉子。是冬天了。

四

一入秋，一入冬，母亲便常常担忧外婆的身体。

其实，外婆在夏天也是不好过的。记得暑假里，晴朗的上午，外婆右手摇着转经筒，左手捶着膝盖说："早起的时候膝盖就疼起来啦，今天一准是要下雨的。"然后，等太阳完全落下去之后，雨果然就下起来了。

那时候，我看不见外婆身体里的疼痛，我骄傲的是我的外婆有旁人没有的本领，她说下雨，就一定是要下的。但母亲就一定会从她的屋子里跑出来，嚷着要外婆添条秋裤穿。但即使是添了裤子，每天变花样给我做早饭的外婆，逢到下雨天，仍没有办法很好地站起来。

雨就这样和外婆的病有了关联。也许，就是从那个时候起，关于雨的不愉快的记忆因此而起，使得小时候很喜欢雨的我，现在却最烦阴雨天。

北方的雨一向是凌厉的。再怎么热得厉害的空气，经雨水冲刷而过，轻而易举地就荡然无存。年老的外婆在岁月里经历了太多的风雨，它们已经消耗完了她身体的能量，当寒冷和潮湿向她袭来，她便一年年地失去了招架之力。外婆疼痛，却疼得十分认命。她把自己看成自然的一部分。

外婆加了一条毛裤，又去翻找一件不知放到哪儿了的坎肩。她确乎是太老了，擅长听从，又常常遗忘。院子里，孩子们这个来了，那个走了，她都是听他们说，看他们走，如顺应无法左右的天气。有时候她一见他们，便急急问：吃了吗？有时候知道问也没用，便不开口。她已经倾其所有，她再也无力把温暖馈赠给别人了——尽管，长长一生她习惯了如此。在从前的年月，吃食极金贵的日子里，她都不曾拒绝过门外的乞食者。她曾经忍受过最可怕的痛苦，却从来不忍目睹他人的痛苦在她面前发生。是的，我的外婆有这世上最慈悲柔软的心。她是五个孩子的母亲，是一群孩子的祖母和外婆。年轻的时候，她给丈夫做饭，给孩子和孩子的孩子做饭，拉扯大一个个稚嫩的生命，然后目睹他们远去。直到最小的我也渐渐长起来时，外婆已在这周而复始的使命里耗尽了气力。她做不动饭了，只是常常用干瘦温热的手抚摸我的脸和额头。

而老家的秋天是时常下雨的，甚至夏天。北方的风雨终于随着那些冷起来的人和事，长久地停驻到了外婆的生命中，它们不走，她便一直疼痛着，于每只手脚，每处关节。她惆怅，不安，恐慌，我知道外婆像小时候的我怕鬼一样，怕着寒冷。但我怕了，可以跑回到母亲身边，而她只能瑟缩在温暖周围。

<h1 style="text-align:center">五</h1>

外婆家的院子靠北，是并排的几个房间。中间是大客厅，两边都是卧室，三哥住在东边的卧室，窗外是高大的葡萄架。西边有花坛有石榴树，那房间一直以来都是母亲的，后来便也成了我的。母亲说她在这里度过了生命中最灿烂飞扬的

几年。曾经,她是舟曲这个小城最漂亮时髦的女孩之一,穿着花裙子,挽着女伴的手在大街上放声大笑与歌唱。母亲的青春,闪闪发光的九十年代。

我还记得第一次看到那个老影集时的感受。在那之前母亲永远只是母亲,我从来不曾想到过原来在还"没有我"的时候,她曾是这样的一个眼里闪着好奇、憧憬与淘气的少女。照片中,母亲换着各式各样的发型。短发,盖住半个脸的刘海,三七分波浪卷,还有,在今天看来也丝毫不过时的贝雷帽、阔腿裤、镶着蕾丝边的百褶裙……我几乎是眼睁睁看着她从少女变成了我的母亲!

一日日老去的母亲依旧时常穿花裙子,爱唱爱笑爱玩。到了周末,倘若是春天的时候,她会极欢喜地说:"我们赏花、踏青去!"黄河四十里风情线,春天的时候飞满了柳絮,虽然很烦人,但那柳树却绿得那样好看。如果是夏天,母亲就会约上家里有和我年纪差不多小孩的人家一起去爬山,爬到山顶,大人们喝茶,我和小朋友们就发了疯似的乱玩。一年四季,我出去玩的次数总会比同龄的孩子多很多。

记得有一年夏天,在这房间里,我午睡醒过来,一睁眼看见床边站着外婆。她笑眯眯地看着我和母亲,好像母亲也是和我一般大的宝宝。突然她变了脸色,指着母亲说:"这是我的妈妈,不是你的。"我一时震惊了,立即更紧地靠到母亲怀里,嘴里虽然嚷着:"不是你的!不是你的!"眼睛却一直在打量外婆和母亲的神情。外婆一脸坚定,母亲则无声地默认着。她们都那么看着我,仿佛很同情我怎样面对这一终于被揭晓了的真相。恐惧中夹杂着被背叛的愤怒,我跳起来往外赶外婆,同时大放悲声。见我哭了,她们却一齐笑了,母亲把我抱回被窝,我在泪眼模糊中一边抽泣,一边看着外婆打自己手掌心:"谁让你抢宝宝的妈妈!"我这才渐渐明白过来,她们是在逗我玩。于是我笑了,外婆也笑了。

许多个夏天,舟曲的夜晚热得令人难眠。任凭母亲给我唱多少歌,讲多少故事都无济于事。从小我就是一个入睡难的孩子,母亲常说她唱啊唱啊唱得嗓子都要哑了我才睡着。那天晚上,我更是闹腾到很晚。实在没有办法,母亲索性把我从床上抱到院子里的藤椅上。从白龙江上吹过来的风,柔柔的,习习的。我发现舟曲的夜空星星很多,比兰州的更大更亮。远处还有狗互相应答似的叫声。母亲开始轻轻低唱,应景似的:"竹子开花了,喂!咪咪躺在妈妈的怀抱,数星星……"

我记得那晚的歌。

那时候，我还从未意识到母亲和我之间会有什么变化。我不曾想过，总有一天我和母亲之间，还有比她去外地出差、开会更长的分离——直到高二那年的秋天。

那个秋天，是母亲病得很重的一个秋天。高二，我已经开始承受学校施加的准高三的压力了。每天最放松的事情，就是学习间隙趴在母亲的床上和她一起听歌，玩闹。但母亲却病了。

太阳一天比一天更早地落下，黑夜一天比一天更早地开始。我在深秋的深夜握着母亲因疼痛而滚烫的手，第一次感到自己对于生命在被蚕食着衰老的惊恐。我第一次隐隐意识到，肆虐在我外公外婆生命里的寒风已注定般地从母亲身体里掠过，而我却不能一直紧攥着她的手。去南昌读书的前一天晚上，与母亲的临别之夜，夏日晴朗的星空下，我和母亲一首接一首听着齐秦的歌。这是她姑娘时期最爱的歌手。

六

快过年了，太多的外来人口都回了老家，平日里喧闹熙攘的城市一下静了下来，像个孤岛。家的四面窗外都是林立的瘦高大楼，虽然离得近，彼此却毫不相干。到了年下，家家户户都开始张罗吃的，从隔壁传来的菜刀与砧板相撞的咚咚声在我耳中清晰可闻，并几乎响彻整个腊八节之后的日子。对面人家的厨房是看得见的，我便经常好奇他们在忙碌什么。一天比一天更近除夕，那一家备下的年货都囤在箱子里，箱子都已快堆成座小山模样了。即使我出生的年代已远离清贫和亏欠，但也为"年"所带来的丰厚之气而欢欣快乐。

我喜欢过年。但我喜欢的年是在外婆家。

除夕的早上，母亲刚帮我套上新棉衣棉裤，我就迫不及待地从房门里奔出去。为了让大人们更早地注意到我身上漂亮的新衣服，我又跳又叫又跑，不断地缠着他们同我说话。三哥照旧在贴春联，时不时要踩到一个吱呀作响的黄椅子上去，外公带着专注而担忧的神情背着手在那里看。外婆和父亲母亲则在厨房里忙活着。我感到无聊了，就往皇庙山更高的地方跑去，那里是姨妈家，小舅家。

姨妈家的客厅里，有一个特别神奇的电暖气。插上电，里面就会有红得晶莹剔透的石头散发出热量。我和林姐姐、冬哥哥围着那些红石头，什么也没做就开心起来。林姐姐的声音特别好听，她跟我一起玩"两只小蜜蜂"的游戏时，冬哥哥时不时捣乱。但过不了一会儿，他就会被赶去写作业。他时常一个人在二楼写作业，大人一般不会让我干扰他。有一次我悄悄上楼，踮起脚看他的书本，他带着极为苦恼的神情，凶凶地骂我："看什么看，以后有你遭罪的时候呢！"

姨妈家的厨房里总有许多好吃的。当然我最爱吃的还是熏腊肉了。姨妈挑一块带肥多肉的大骨头给我，我便对着它下很久的功夫，吃得满脸是油。正月里冬日的下午，远处不断地响着炮竹的噼啪声，风从姨妈家门前的葡萄架上呼啸而过。炉子上的水壶噗噗地响着，窗玻璃上已起了薄薄的雾。

我和亲戚家的馨姐姐非常要好。我回兰州后她还经常写信给我。她那时正是上中学的女孩子，言谈举止和我这样幼稚的小孩有多大的不同啊。馨姐姐写信的纸上有粉红的桃心，上面用彩铅涂上缤纷的颜色。馨姐姐有一个草莓形状的手机。馨姐姐有一起写作业的同学……像这些在她眼里再普通不过的许多事情，我却觉得充满了梦幻般的色彩，有着一切我对"长大"的小心翼翼的盼望和猜想。带着这样的小心思，馨姐姐成为我童年最崇拜和热爱的玩伴。她给我洗脸扎辫子，教我唱歌跳舞，我们几乎整天整天地待在一起。因为她，小舅家也成了我一个人最常去的地方。

后来，我越来越少回家乡，我们彼此很少有机会再见面。我终于成为和馨姐姐一样的中学生，大学生，而她都已做了母亲。高考后回到舟曲，从小舅家那条熟悉的小巷里走来的大肚子准妈妈，是我的馨姐姐。再见面虽然一样地亲切，却分明恍如隔世。

数年之后，再次踏上那片土地，再次回到那个院子，外公外婆更加地老迈了。石榴树下，我看见那个童年的自己，从母亲曾经的房间走出来，踉踉跄跄扑向所有的快乐。我看着她，小小地占据了整个的院子。我终于知道，一些门对我是永远地关闭上了。

譬如，此刻，明月悬于正空，遥远的黄河之畔的父亲母亲，和我在同一片月光下。而在更远的家乡，我的外公外婆，和更多的亲人们，也正在打量着月光之上的天空。月光下，白龙江一定比往日更清亮澄澈。它穿过小城，翻腾着，激荡着，向东流去。流过那些过去的亲爱的岁月。

（原载于《民族文学》2018 年第 8 期）

面房间

黄立康（纳西族）

封　面

我就是我，是颜色不一样的烟火

——张国荣《我》

房间是隐喻。

世间万物都是"房间"，供我们栖居，或将我们放逐。我们每个人也都是"房间"，我们是自己的匠人、钥匙和锁。

曾经，我——一个小城男孩——带着小地方人特有的谨慎，悄然成长。我小心翼翼地打开各式房间向里面窥探，我的审视如粗拙的蜡笔描画了我的外部世界。与此同时，我也常常打开幽闭的自己与心对话。我想，这就是成长。

A1

你离开我，就是旅行的意义

——陈绮贞《旅行的意义》

这是 A 面，一盘磁带、一个人、一个房间、一个世界的 A 面。

A 面是外向的，它刻录着一个侧面的声音、一个人的视域、一个房间的极昼和一个世界的纷繁。按下开始键，调高音量，你将听到一个小城男孩清唱的独白。你可以为我的独白配上清浊起伏的木吉他声，我将为你讲述我青春的挪威森林、迷茫的 1984 和而立的平凡世界。

人会一瞬间变老，也会在某个瞬间突然察觉自己的存在，像蜜蜂刺针的锋芒在我脑海中忽地闪现，十四岁时，我策划了一场"暴动"：我决定自己一个人睡。在我决定一个人睡之前，我都不是一个人睡。我有一个异卵双生的双胞胎哥哥。异卵双生子，是基因的冷幽默。我们是双胞胎，可从生下来就开始不像，我们不相像的程度甚至让自己怀疑我们是否真的是双胞胎。"我们是双胞胎"——像是在讲笑话。因为生晚了四十五分钟，我的存在更像是哥哥的附属品，我的世界是哥哥世界的惯性，仿佛他是本体，我只是喻体；他是元命名，而我就是衍生物。以名字为例，无论是"双红双喜""双生双康"，还是"阿大阿弟""老大老二"，我都是顺带被定义的那个，哥哥是我的心跳，我是他的影子。但世人总习惯将双胞胎看作一个整体，忽略了他们的独立。和其他双胞胎一样，我们拥有许多"同样"：同样的父母、老师和朋友；同样的衣服、饭菜和玩具；同样的房间、床铺和被子。我怀疑我们连梦境和梦魇都因共享而相同。有一天，我突然渴望拥有我独属的物件，打上我的烙印，并且由我命名。这小心思渐渐膨胀长大，我终于看清了我的所需：自我。夏榆的《黑暗中的阅读与默诵》里面有句话："无法战胜工具，我就无法战胜劳役；无法战胜劳役，我肯定也无法战胜我的命运和处境。"时间是我们隐形的工具和秘密武器，所以，理所当然，我需要有独立的时间和空间。第一步，我要得到一间独立的房间来盛放我独属的时间。

母亲边帮我搬床，边说我"搅精"，"搅精"在我们方言里是"鬼点子多、能折腾"的意思。鬼点子多就多吧，能折腾就折腾吧，我固执地搬出了哥哥的房间，激动地陷入了期待的自我中。独自入睡的第一个夜晚，自得的安然随着熄灭的灯渐渐融入涌动的黑暗中，我的眼睛和耳朵却像打开了门的房间，我发现了我拥有一双寻找光明的易惊眼睛和一对倾听黑暗的胆小耳朵。整晚，我被窗外的风吹草动惊扰，然后在轰鸣的心跳和潜伏的惊惧间迷糊入睡。第二天的我形容憔悴，神情萎靡，像是一间遭了贼的房间。

我的房间在二楼，在白天，它褪去无形无相、张牙舞爪的样子，回归原本。褪色的红漆地板，粗糙的粉刷白墙，涂成浪漫蓝色的天花板，被木条分成一格一格的正方形——囚禁蓝色的监牢。一床一柜靠墙，一桌一椅临窗，简易的家具组成了我简单的房间，这就是我的陋室，而我是房间的心跳。有我在的时候，房间才是醒着的，我离开，它便沉入梦中，不知道它的梦中是否梦到我的归来。我单调无色的青春假期，多数时间是在房间里度过的，练字、抄歌词、唱歌、照镜子。冬天，放在被子外的手冷得如遭针扎，只好左右轮换着拿书，又舍不得睡去。我要感谢那段枯燥的岁月，我想，我安静均匀的呼吸，是房间入定冥想的吐纳。我在墙上画画，给房间化妆。我还学着弹吉他，想让房间从窗户里唱出为赋新词强说的愁曲怨歌。

走出我的房间，就可以看到我家的院坝和厨房。我家住在云南省迪庆藏族自治州中甸县建塘东路 312 号，是一栋两层带院子的钢筋水泥楼房。房子样式大概是按九十年代流行的建筑样式建造的，整个小城，除了宽大厚实的藏房，我所见的民居基本都是这种样式：一栋石脚地基、钢混房架、砖墙瓦顶的两层楼房，一层的独立厨房，两面围墙，围墙开一道大门，中间是院坝。这种样式的房屋带有纳西民居的特点，但又异于纳西族"三坊一照壁"的传统民居，简化外在形式，强化内在构造，就像那生长在高原的松树，为了抵御高原严寒和烈日，变得松针短硬、枝叶紧密。当时的房子都没有带着厕所。进入新千年，大家都开始在自家院子里建冲水厕所和化粪池，城市文明竟是以这样的方式首先注入小城生活。2013 年，我家推倒了老房，在原来的地基上修建新楼房。新楼房将地基一分为二，一半是自己住的带小院坝的二层楼房，一半是外租的三层六套六十平方米公寓式套房。那时小城镇的人们已经普遍接受公寓式单元房的存在，而在几年前，我们甚至无法在紧挨着厨房客厅的厕所里正常代谢。

我家四周都是一些外形有异、内在神似的庭院，它们一家挨着一家，连绵成一片，组成了一个叫"建塘"的小镇。建塘镇与藏族聚居的中心镇（独克宗古城）毗邻，像是两间相邻而又风格迥异的房间。我家是我读小学五年级时才搬到建塘镇的，和我同班的邻居告诉我，建塘镇有另一个藏语名字：司哥洛，是"狐狸村"的意思。我喜欢这个名字的美丽，带着轻灵和狡黠。

俄罗斯套娃是和"围城""丰乳肥臀"一样精准的隐喻。我，我的房间，建塘东路 312 号，建塘镇，中甸城，就像是一个个相貌相似、身形不一的俄罗斯套娃。小镇中甸套着司哥洛，司哥洛套着建塘东路 312 号，312 号套着我的房间，我的房间套着我。2002 年，我考上了云南师范大学去到昆明，我离开了与我气息相通的房间和血脉相连的土地。十八岁我将远行的那一天，天气寻常，我像平常一样出了家门，和约好的朋友坐上夜班车，然后，一去不回，再也无法一层一层地回到那最初的房间里。

陈绮贞用她那古典吉他第四根弦的唱腔，唱着《旅行的意义》："你离开我，就是旅行的意义。"

你离开我，我离开你，这就是我的旅行的意义，而我在时间之旅里丢了房间的钥匙，这失去就是乡愁。

A2

血管里响着马蹄的声音

——亚东《康巴汉子》

我开始了我的旅行，一个个房间风景般向后掠去。有的房间敞开着门，有的半掩，有的紧闭；有的房间窗扉紧掩，有的昏暗，有的明亮。有些房间我走了进去，驻足、小憩，留下残印与碎梦，然后转身离开，我是个过客。有些房间我一直走在里面，一直往深处走，走到天涯海角，走到地心山尖，走不完、走不出、走不透，我是个归人。有些房间，我终其一生，也无法走进去，如同你爱的那个不爱你的人。

沿途掠过一帧帧风景，如风似云。世上那么多山峰，那么多峡谷，那么多河流，山的那一边还是山，峡谷的下面有溪流，溪流汇成河，河流冲出江，大江东去，聚成沧海。可是，在某个时间的垭口，我突然看清了我的命运：我这一生，永远都走不出云岭山脉；我这一生，永远都绕不出金沙江流。我生在这里，也将归于这里，像尘土、像树木、像卵石，流云去了还会回来，雨水一直停在这里，它注满了我们盛水的土缸，一瓢一舀，光影晃动。我的心将先于我的身体和灵魂找到这里，这里是离路和归途的终点，这里是故乡。

2016年，我到了江西婺源。黑白交叠的徽式建筑安居在烟雨之中，恍若山水的留白，我孤舟蓑笠，无梦入痴绝。明清遗留下来的时光，就那样静默地站在我眼前。房间的拐角处聚着一大片黑暗，这让徽式老宅生出幽暗深远的质感。每当我往路过的老宅里望去，如同探望一口古井，里面光影凝固，寂静无声。博尔赫斯写过："房子实际上并没这么大，使它显得大的是阴影，对称，镜子，漫长的岁月，我的不熟悉，孤寂。"黑暗是相似的。我站了进去，却无法隐遁，我的气质和血脉无法填补老屋黑暗里的渴望和寂寞，我不属于那里，我的归处在南方，云之下。

衬出古屋庄严肃穆、深远难测的，不是还原时光的细腻雕刻、黑白水墨的粉墙黛瓦、真容斑驳的门窗栋梁，而是厚重潮湿的黑暗与寂静。沧桑不宜见光，怀旧不适透亮，在古村边，我遇见一所房子，依旧是"粉壁黛瓦马头墙"的外观，但内里却是现代的大块玻璃、刮瓷墙壁和亮洁瓷砖。那些柔和光影构筑的轻盈醉意和稠密痴梦，被蛮横撞入的光线给冲淡了，惊走了，留下一地落寞，满屋苍白。

离开途中，我与同乡司朗伦布老师谈到滇西北各自民族的房间，谈到各族房间里的心脏——火塘——布下的光与影，谈到隐在房间暗处的信仰和家神。许多个世居民族在滇西北繁衍生息，这些世居民族有自己的语言，有自己的神话，有自己的禁忌，当然，也有能体现自己文化和存在的房间。

"文化"首先应当是"物化"。古篆的印章，掩病的团扇；传情的民歌，达意的文字；鲜艳的服饰，朴实的建筑——物是我们进入文化、进入精神的媒介。最后，我们得出一个结论：房间是形式，也是精神。关于"形式"，孟京辉有这样的观点："形式就是全部！当我们谈到形式时，根本没有内容这个对立面。"一个房间的"形式"体现着一个民族文化和精神的外显，房间在那，文化和精神也就在那。房间有个人的气息，也有群体的气质，房间是你，也是你的民族。

我在藏区长大，我未能谋面的外公就是中心镇（独克宗古城）藏族。每年，父母都会带上我们兄弟去给中心镇的亲戚拜年，如此，我便得以遇见粗犷宽大的藏房。藏房三面土墙，土墙由泥土夯筑而成。我见过藏民夯筑土墙的情景，他们唱着欢快解乏的歌，边筑边唱，似乎是想将结实的歌词和欢快的情绪都夯进土墙里。这是我们一生的房子啊，一生的房子，我们将在欢快的歌声和辛勤的劳动中，迎接她的诞生。

我站在表舅家一楼客厅门口向内窥探，在我们纳西族的教育里，别人的房间是不能随便进的，脚下的禁忌，高处的神明，不能冲撞。这客厅正处在高原寒冬的深处，冻成冰块的黑暗透出阴冷，让我的窥探缓慢而艰难。我先看到了神龛，随后一股浓郁沉静的藏香味传来，像一堵逼近的冰墙。一个巨人站在客厅中央，阴冷的风和幽暗的云围绕着他，他仿佛从天地初始就站在那里，立地顶天。那巨人是藏房的中柱。如何形容那中柱呢？纳西族史诗《黑白战争》中有段文字形容东族王子阿璐的盛世美颜——"美男名阿璐，直树无疙瘩"：英俊的男子叫阿璐啊，他的容貌像高直无痕的大树。美即实用。实用主义的作用下，房间成为外部力量和内部精神的统一体，所以，我可以说建筑史也是人类史。在酷寒辽阔的青藏极地，我们需要什么样的房间托身其中？在炎热偏僻的河谷江岸，我们需要什么样的房间融入自然？而在时间长河里，又要以什么样的张狂与敬畏，才能记得自己究竟是谁？毕加索说："绘画不是用来装饰房间的，它们是战争的武器。"我们的武器，就是我们朝夕相处的房间，它将告诉我们，自己是谁。

司朗伦布老师家乡在梅里雪山脚下，他长期致力于德钦非物质文化遗产的保护工作，对滇西北的藏族文化有着独特深刻的理解。他向我提到，藏族房间里的"神龛"是精神、信仰和文化在生活中的体现，它在那里，精神、信仰和文化也就在那里，族群的精神通过"房间"形式的存在而保持一致。除此之外，精神文化需要传承，这也需要借助"建筑"（外在、形式）才能存在。在他的家乡，建新房时必须将灶房（厨房）与隔壁房间的木墙设计为可拆卸的活动墙，以备特殊的情况使用。哪怕主人一生只使用一次，也必须有这一"形式"存在。一些特殊的日子，结婚或节日，将灶房木墙拆下，两个房间合二为一，围绕着火塘成为聚会之地。聚会席间，会有睿智幽默的老人"主持"，将当地的历史、哲学、风俗、祝福等内容，通过歌唱、寓言、故事等方式，讲述给族人村民。这样的时刻，房间便是文化存在的形式，是文化传承的载体，或者说房间就是一种文化，民族精神就存在于房间这一"形式"里。

房间是文化传承的载体，这是房间的意义。大学时代老乡会，藏族同乡们都喜欢在喝酒前唱首歌。喝酒不唱歌这在他们看来是忌讳，他们说起藏族谚语："喝酒不唱歌，如老牛喝水。"那就继续唱吧，恍惚间，我仿佛坐在温暖结实的藏房里，宴会正欢，笑声盛满银碗。文化和酒，一起注进了我的身体里。

A3

唔吔哎，带我到山顶／唔吔哎，美丽的村庄

——太阳部落《带我到山顶》

姓氏
血脉之匙
你的座位，与
坐骑
时间之舟

同事是彝族，某次我们聊到各自的姓氏，我写下了上文简短的诗句。

《哈姆雷特》开篇平地起惊雷："生存还是毁灭"，扣响了人生的命题。毁灭不急追问，生存才是难题。生存代表着血脉的传承，而血脉的传承离不开家族的庇护、婚姻的供养和姓氏的继承。

姓氏的延续就是血脉的延续。

宗祠、牌位；家谱、碑文；姓氏，字辈。姓氏的墙檐将族人的字辈和名字围拢，也将家族的血脉圈在一起。同姓同宗，同宗同族。我曾经将三江并流的云岭山脉比作母亲的皱纹，这里是大地最缓慢最忧伤的所在，而我们就生活在这极端的环境中，如同在刀锋上行走，注定了我们的存在带着极端的锋芒。

我们在时间里迁徙，循血而居；我们在山川里奔袭，生死血地。姓氏如同精心设计、反复锻淬的徽章，它和血脉一起传到我的命里，成为胎记和刺青，成为盾与矛，它是你我的骄傲和荣耀，也是你我的枷锁与桎梏。

家谱上记载的姓氏——你进入家族血脉的密匙，你在火塘边的座位，你有别于他族的徽章。如同你行走云岭、囊渡金沙的坐骑，它也是你魂归祖地的最后凭证，它将代替你的肉身，穿过墓碑，归根，复命。

姓氏是血脉的房间。

如何记忆层叠的姓氏辈分，以此辨别世袭的血脉？同事在他记事开始，每天都要"数家谱"。家谱是族群的记忆，安放着姓氏的源头，传唱着血脉的记忆。从古至今，来龙去脉，尊贵长幼，记载着祖先姓名，你必须将家谱熟记于心。据说，重视父系血脉的民族，"数家谱"是儿子才有的殊荣。与相隔久远的远亲相认，与别的家族交往，都需要吟唱、说唱家谱。不是人人都有家谱，家谱的传承需要历史的沉淀和家族的兴旺。苦难的家族，家谱是一种希冀的奢侈；兴旺的家族，姓氏是王者的荣耀。

我问同事，他少年时代成长的木楞房给他留下的最深印象是什么。他的回答充满思念，他说，火塘里冒出来的各种味道总是盖不住妈妈的味道，木楞房永远不会消失的是妈妈的味道。前年，同事在丽江城里买了新房，火把节的时候，杀羊招待我们。他说有房子才有幸福感，以往在学校破旧的廉租房里没有家的感觉。虽然新房子不是传统的彝族木楞房，没有火塘、没有祖先的牌位，但好歹有个牵挂的地方。在城里生活，他和其他兄弟的活法不一样，没办法太讲究。同事是一个很有想法的人，他省吃俭用，将儿子送到泰国去留学，让儿子走上了一条与族人不同的路。他女儿也正读大学。儿子放心，女儿贴心，我们都说他是人生赢家。但同事也有自己的担忧，他忧心的是儿女的婚事。

当我们身处发展飞速、观念蜂拥的时代，自我幸福和家族传承似乎很难调和。同事说他看到过一些人和事，为追求自由而脱离家族，为此付出了昂贵的代价。当你的自由，换来的是众叛亲离，就像鱼离开水的自由，不叫自由。同事说，家族为你提供保护，只要你说出自己的姓氏，说清自己的家谱，只要有本家族的人在，天南地北你都不会饿着。有困难只要说出来，族人都有义务帮忙。我想起范稳《水乳大地》的章节："宗教庇护一切"，而于我们，家族庇护一切。

每个人都有维护家族荣誉和血统的义务。要维护家族的荣誉，拥有姓氏的座位，你必须保持血统的高贵与纯洁，因为血脉是固执而无失的验证。

对于我同事的家族，他们以血脉维护姓氏。

姓氏是血脉的堡垒。

家谱的书写，缓慢而悲伤。我的家族也有家谱，陈旧，纷乱，自上而下，像树根。族谱正中自上而下写有"奉报本音黄李门中历代宗祖之神"的字样，这说明我的家族共尊的祖先有两个姓氏："黄"和"李"。可我研究家谱发现，家族中还出现过另一个姓氏："和"，我的家族有三个姓氏。为什么一个家族的姓氏会有如此奇异的变化呢？我的高祖姓"和"，曾祖、祖父、父亲姓"李"，到我这一辈，家族中所有的儿子姓"黄"，所有的女儿却又都姓"李"。

姓氏关乎血脉，不是随手涂鸦的儿戏，不能随意更改。族中长辈给出一个模糊的解释，名曰："三代归宗"：有女无子的家族为了传宗接代，招上门女婿，所生的孩子随女方姓，第三代后，归宗回姓上门祖先的姓氏，以示对祖先的尊重。

李密《陈情表》里形容自己悲惨："门衰祚薄，晚有儿息"，但李密没有遭遇家中无儿的绝境。在我们民俗里，家中无儿等同天灾。没有儿子，生前门庭衰落，死后无儿立碑。我推测家族曾遭遇过两次家中无儿的旱灾，只好招上门女婿延续香火。七代之前，李氏家族招"黄祥"上门，三代姓"李"后，应归宗姓"黄"。不幸的是，刚好到第三代家族中又一次面临有女无儿的局面，不得已招高祖"和俊"上门。按"三代归宗"的习俗，第四代的族中男性归宗回姓"和"，可"黄"家的血脉如何能湮没在家族的苦难中，所以，到我这一辈，族中男性都"归宗"七代之前的"黄"姓祖先。

我们以姓氏维系血脉。

姓氏是血脉的渡口。

各自的姓氏连接着各自的血脉，各自的母语连接着各自的祖先，各自的古谣呼唤着各自的神灵。姓氏的苦难，血脉的苦难，像漏风滴雨的木楞房里小心看护的微弱火星，轻轻放上干枯的松针，易燃的松木，好围着火塘，熬过凛冬等春来。

无论是以血脉维护姓氏，还是以姓氏维系血脉，生存还是毁灭的命题，让我们的存在方式走向极端。同事说，他家族里的一个兄长曾语重心长地对他说："血统是我们仅剩的东西了。"这句话闪电般穿过了我：

与彝人对话

我们，彝人

失去了天空

失去了太阳的骄傲

雄鹰的孤独，失去了高山牧场

花朵、羊群与云阵，失去了苦荞上

悄声行走的四季

我们失去的，还有冷泉

罐熬的热茶，枕边的风雪

失去木楞房里跳动的火塘和木头的温暖

失去酒香与故乡，失去古老的歌谣，祖先

　　的舌头

最终，我们将失去母语，失去归途

通往来世的魂路缥缈，如同

失去时间

我们，彝人

所剩的无多，唯有

今生的血脉

是我们生存唯一的甲胄

仅剩的代价

A4

让我变苦。把我数进杏仁中

——保尔·策兰

在北岛《时间的玫瑰》里读到德语诗人保尔·策兰的诗，文中还写道："同为德语诗人，里尔克虽一生四海为家，却来自'正统'，纠缠也罢抗争也罢，基督教情结一直伴随着他；而策兰则来自边缘——种族、地理、历史和语言上的边缘，加上毁灭性的内心创伤，使他远离主，放弃主。"生于东欧、犹太人、二战、德语，几个名词划定了策兰的界限：苦难和边缘。读这篇文章时我正因左耳在昆明住院，文字为我打开了一个甬道，穿过字行，我得以窥视我的滇西北、金沙云岭间的故乡血地和民族历史家族过往。

因为亲戚大多住在金沙江沿线，每年春节，都要回老家拜年。以长江第一湾为界，父地拉马落在东，母地士旺在西，悠悠岁月长，共饮长江水。我们先到拉马落，上坟、走亲戚，然后逆江而行，去母亲老家上江乡士旺村。车由东北转向西北，过长江第一湾便是金江乡地界。我有两个姓"唐"的朋友是金江乡傈僳族人，2010年春节，趁着顺路，我决定到朋友家走走，认个门。

金沙江沿线世居民族众多，生产形态和社会形态差异明显的各民族在不同的海拔高度呈带状分布，像色彩鲜艳的彩带绕着云岭山脉。沿江聚居的多是汉族和纳西族，一个村子一般由两三个家族组成。山腰间聚居的是傈僳族，而在山顶的高山牧场，彝族人聚居在此。朋友在中途的吾竹镇等着我们，当皮卡车行进在马道般崎岖狭窄的土路上时，我仿佛来到了"黄鹤之飞尚不得过"的蜀道，提心吊胆绷紧神经。

路到了尽头，步行上山十多分钟后才到他家。朋友家的房子是金沙江边常见的两层木架楼房，但没有大门。我心惊于贫穷的尖锐与顽固，沉默地跟着朋友走到他家火塘边。火塘对着门，略高于地面，由几块砖围成方形，内置铁架，铁架上的水壶和蒸锅熬煮着汤水和岁月。时间如烟，一层一层、年复一年地浸染，都毫无例外地凝上了一层厚厚的黑尘，"时光带走了所有发光的事物"。火塘里飘出烹烤野鸟的香味，那香味混合着山野草木的自然之气，在火炭的熏烤下，溢出火塘。那香味是一种真正的野性之味。有朋自远方来，烤鸟肉吃。突如其来的客人吃光了朋友家人"下扣子"捕到的鸟。我爱人吃得津津有味，她的童年和我一样远离了山野，而且她的童年里没有一个弹弓奇准的孩子王。

大概是看到我刚进家院时脸露惊异，朋友说起他们村房屋的建筑特点。朋友是一个有文化情怀的人，喜欢石艺和根雕，会弹傈僳族的乐器"起本"，对傈僳族的历史文化也有些研究。他说他曾以他们村为例，比较过金沙江沿岸各族的房屋特点。他研究过傈僳族几种住房形式：竹篱房、木楞房、土墙房。在他们的建房习惯里，大门并不是必需的"模件"。

为什么会形成这样的意识呢？真正的历史隐藏在房间的暗处。这意识源自民族生存的苦难，它像胎记。云南迪庆傈僳族作家李贵明的《铁血三江》，记述了横断山区傈僳族反清斗争的史实。那些流传至今的故事、诗歌和民谣，讲述着傈僳族人水深火热的苦难生活、激烈持久的反抗之战和失败后被屠城焚寨的残酷遭遇。"1804年开始，居住在河谷地区的傈僳族人为了逃避屠杀，纷纷躲进高山和半高山地区。由此引发了傈僳族历史上第二次大迁徙，上万傈僳族人从金沙江、澜沧江畔迁入怒江流域，维西傈僳族地区一度成为人口空白地带。"

个人生命和族群荣誉才是最宝贵的，其他无法带走的事物都是身外之物。传统是为生存服务的。朋友说，他们对财富的囤积意识不强，随后他说了一句俗语："生了孩子，才下扣子。"这里面有历史的原因，也有生存环境的原因，烽火狼烟，泥石流频发，躲避战乱，随时迁徙。就这样，大门这标志门庭兴衰的"模件"，便成为不能承受的生命之轻。

每个人都觉得自己生不逢时，时运不济，但那些真正的乱世，活在惊惧与饥寒中的祖先，在朝不保夕的忧虑、血光弥漫的恐惧间喘息。像金沙江的大浪，一次又一次地拍打着石块，要活下，石头必须顺流，必须低头，必须圆滑，必须坚硬。曾经在这片山川里，哪个民族不是身陷苦难？苦难淬打出我们的性格。因为生活在仞山之上、刀锋之下，我们没有睥睨天下的霸气，没有沃野千里的大气，没有古都重镇的王气，没有深宅大院的贵气和精气，没有诗书熏养的才气和灵气。一方水土一方人，我们身上透出山野之气，平和自乐，谨慎计较，这气质来自养育我们的山川城镇，来自隐于暗处的历史。

谈到云南，谈到我的滇西北，"多元"是一个出现频率较高的词。形容丰富多彩，"多元"常用作褒义，但是我们忽略了刀锋的另一面——多元意味着边缘，多元造就了边缘。散居在滇西北山川的民族，生于多元，也活在边缘。去另一个朋友家是我自己开的车。我在村口问路，闲坐的村人操着江边口音语气调侃地说："哦，唐家啊，你沿着这条路一直往上，路顶头那家就是了。"我一路上山，路被两所房子挡住，我看见朋友和他身后的大门。这个村子绝大部分村民是汉族，大概是受汉族的影响，朋友家有一个气派的大门。

每个民族既像刀锋，也像刀背，在多民族汇合的地方相交碰撞。繁衍，扩张，交锋，僵持，在这场血脉的战争中，刀背藏身，刀锋伤人。你必须亮出你的锋芒才能应对这场对生存之力的考验，有时得把自己变成刀背，钝厚、力沉，才能在旷日持久的血脉战争中，走过千年。普米族诗人鲁若迪基在他家的火塘边为我们讲述他疼痛的母语。他的小村只有三家普米族，其他人家都是彝族，耳濡目染，诗人既会普米语，又会彝语。一日将尽，少年诗人回到家，与小伙伴玩耍的兴奋还没有消尽，不自觉地在火塘边讲出一两句彝语。每到这个时候，他慈祥温和的母亲便暴怒着用竹条抽打他的腿脚，那细韧的疼痛，如同刀锋刮过皮肤，深深镶进骨头里。这是母语带给他的疼痛，这疼痛在时间里变成了他的骄傲，让他在悬崖的边缘俯瞰大地，对空放歌。

"让我变苦。把我数进杏仁中。"在一个边缘人的自语中，我甚至读到了自己。边缘，像一道悬崖，身前万丈深渊，身后远离腹地。往前一步，你会变成其他族，转身向后，你远离了你民族的中心。无法进入腹地触摸核心，无法从容也就无法包容。有时候，你觉得自己像一只蝙蝠，非禽非兽。

边缘——这个在我内心深处沉潜的词，如蚌心的沙，我以痛为供养，试图将它含成珍珠。边缘如同炎症，侵蚀着我，让我虚弱。边缘如我，我即边缘。

对我来说，边缘，赋予我巨大的撕裂感，它更像是一个放逐之地。

我有个不自觉的习惯，吃粑粑（馒头）时，再"泡"（第一声，蓬松之意）的粑粑我都要掰成小块，然后捏成硬实的面团才入口，就像藏族人吃糌粑。母亲说我的这个习惯来自身上流淌着的"藏族血"，我未曾谋面的外公是藏族。外公在我母亲一岁时就去世了，但血脉里保留的记忆是不会丧失的。我的血统驳杂，纳西、白、藏、汉，如同支流汇成我的血流。血管里流着四色血，我仿佛有了四个灵魂、四种底色，四把锋利的刀总是割伤我自己。

藏族作家阿来说他在两种语言间流浪，我想，我也站在母语和汉语的边缘，像站在刀锋上，上刀山。在内心深处我认定自己是个儒生，在汉字的世界里有着自己的江湖和隐地，但灵魂提醒着我，我的归处缥缈，归期遥遥。

"越远离，越清晰。"我明白了，边缘是我的属性。我甚至站在方言和普通话的边缘上，说话时我克制地回避着暴露出处的声调和尾音，下意识地纠正着有异于普通话的发音，并且不自觉地引用成语，而非引用家乡俗语。我说："捉襟见肘"，母亲说："羊尾巴遮不着羊屁股"；我说："王小二过年"，母亲说："七个葫芦只剩一个瓢。"

我站在边缘的险境，或许是一代人的困境，也是这片山川的苦难。

A5

默达，哦默达（可怜了，可怜的鹰）

——纳西唱调

"纳西人顺从地把自然看作是巨大的庙宇。"

白郎的文字像一道纯澈的天光刺穿遮眼的黑云，刹那间，星河移动，大地摇晃，高山崩裂，沙石俱下，睡卧静坐在大地上的山神河伯纷纷起身，探身向我逼来。他们或垂手微笑，或抱臂怒目，将我围在中心，俯视着我。

记忆比想象重要。少年时代，我站在故乡老宅的院子里吹口哨，父亲呵斥了我，他说："不兴在屋头吹口哨，鬼会来。"我不知道父亲是想以恶制恶好纠正我的小流氓做派，还是真有其事让他引为禁忌。很多年过去了，每当我得意忘形想要吹响口哨，父亲的话就会在脑海中响起。以鬼之名，确实让儿时胆小的我噤了声。恐惧更接近人性。我躲进老宅正房堂屋的黑暗里，压低呼吸，竖着耳朵听风吹草动。老房子的气味包裹着我，岁月沉积下的微酸霉味让我安心。老宅是"三坊一照壁"的纳西民房，正房为两层，一楼正中为堂屋，左右起居室。二楼左右两间可起居可贮藏，但正中的房间必须保持空敞，我们纳西人将家谱和牌位供奉在这个房间里，并且我们笃信，祖先和家神也都静立在这房间的暗处，看着我们，护佑着我们。

就这样，我们生活在一个神鬼潜行的世界里。

神话是原始思维的隐喻，纳西族形象地将世界缘起隐喻为巨蛋孵化——巨蛋破壳，世界起源，万物创生。不同颜色的巨蛋孵生出不同的族类，神明和鬼怪并非来自异世界，他们在天地初始时就与人族同时降生，甚至他们早于人族降世，他们是世界的原住民，栖身物中，隐身暗处。

有神灵就要有供奉他们的庙宇。万物有灵，自然为庙，纳西人的庙宇建在滇西北的河川间，也建在纳西人心里。在历史的现实中，纳西族周旋于几个强大民族之间，而在精神的世界里，纳西人则处在神鬼交接的缓冲地带。纳西族作家人狼格写道："我看见过的许多纳西山乡是魔幻与现实重叠交织的。"山有山神，水有水神，风中飘荡着殉情的情鬼，我们保持着敬畏与谨慎，信仰神明，有时讨好鬼怪。

为什么我们会相信有神鬼存在？供奉家谱的房间凝结着的阴凉仿若庙宇的大殿，我跨过光影相隔的门槛，融进庙宇的静谧之中。道生于安静，我听到一个声音隐隐传来：过去、现在、未来，所有的存在其实都指向此刻得失的时间；神明、鬼怪、祖先，所有的神鬼关乎的都是你我现世的灵魂。

人狼格在他文集的序言中写着："许多事件都是与灵魂休戚有关的。"曾经，我们的祖先相信万物有灵，人，自然也是有灵魂的。在我们死后，东巴会念经将我们的灵魂送往祖先居住的神山居那若裸，转化为一个灵魂生命体——"家神"，而非正常死亡的亡灵，东巴会将他们超度往雪山背后的"舞鲁游翠阁"（玉龙第三国）。纳西族称一个总是坐不住的人为"没有家神的人"，这因果似乎就是在强调神明与灵魂之间微妙的关系。魂有归处，生便笃定，神鬼的本质关乎你的灵魂，这是神谕。

灵魂的有无，这在现在是一个尖锐的问题。我一直认为探讨灵魂是一件秘而不宣的私事，是读书人的迷信，但在以前，这是个像呼吸般重要而又轻盈的事情。我丢掉了敬畏，也就失去了安然。如果我也能像我的祖先那样坚信万物皆是神灵，那我将会是一个幸福的人，我将与万物称兄道弟又相敬如宾。可是，我不是自然之子，时代的大浪将我推向世界，世界太大，超出了我的理解能力，我成为一个总是猜疑的人。爱是怀疑，信仰是怀疑，知识是怀疑，我对世界缺乏信任，我怀疑存在的一切，包括我自己。我像个需要喊魂的人，或者，我是一个没有灵魂的人，处在焦虑与游离之中，世界被我拆卸得支离破碎，没有一面完整的镜子能让我照出清晰完整的自己。

此心安处是吾乡，我知道，我必须做出选择了，寻一条路求索，择一城终老，立一座庙皈依，好让自己的心安然踏实。如果说神鬼的本质是灵魂，那灵魂的核心就是安宁。想获得安宁，首先你必须选择去相信。如果我的肉身是一座庙宇，那庙宇会以什么样的形象出现？是教堂道观，是佛寺山川？云南大地上有三万多个神灵，那么多的神明，哪一个更接近你的灵魂？

小时候，父亲总喜欢在家门口放一块石头，他说石头里有神住在里面。我不敢回嘴，心里却讥笑父亲迷信。后来阅读、经历，有些道理渐渐从万物中浮现。儒家、藏传佛教、道教、天主教、基督教、东巴教都曾出现在纳西人的精神世界里，就灵魂而言（灵魂的另一个名字叫"心"），儒释道是内向的，不论是强调"性灵"的道教和佛教，还是注重"礼仪伦理"的儒家，他们都偏重通过内心的探索和精神的体悟，完成对存在的终极追问，达到由内而外的平衡和圆满。克己复礼为仁、修心、参禅，都是围绕着"心"展开，《佛陀》里写道："每个人必须从自己的存在中寻找真理。"

东巴文化则是外向的，他强调对外在——"天"——的遵从，纳西民间至今流传着"纳西祭天大"的俗语。"天"在纳西人的原始思维里，和儒家的"大同"、道教的"道"、佛教的"梵"一样，都被认为是对世界内在规律的概括，是"宇宙原型秩序"的化身。因为"牲祭"和"天启"的特点，东巴教被归为"原始宗教"，传世经文中的故事也被定义为"劝诫故事"。

"原始宗教"——这一划定让东巴教看起来像是老古董，布满灰尘，气喘吁吁。地理环境、经济发展、政治需要制约了东巴文化的发展，当物质发展到一定阶段，精神需求也会随之改变，而当物质发展缓慢滞后，精神则成为维系生存的关键。2016年，和朋友到中央民族大学博物馆参观，几乎每个展厅都有纳西族的物件展出。从服饰文字，到器物宗教，纳西族创造的文化独特鲜明，让我震惊又骄傲。一个小民族能在恶劣的生存环境中不断繁衍生息，并创造出大文化，我不得不寻着根追问脚下的大地究竟有怎样的神力和灵性？

你不能忽略：真相其实比你想象的要简单，越简单，越接近本质。

万物有灵，尊敬自然，心怀感恩，和谐共处。我想，纳西文化中的东巴精神是世界性的，也是本源性的。这精神与世界许多民族的精神相似，也和当下全人类面临生态恶化而产生的思辨相契合，我们所秉持的生态理念，或许是社会发展必然回归的源头。

十月，我们在东巴王故里的铁杉树之王的旁边"祭暑"，几个年纪和我相仿的东巴在一口泉眼边焚香念经，木烟氤氲，香雾四散，恍惚间，我仿佛置身于一座巨大的庙宇中，画满象形字的东巴经书里安坐着一尊尊神明，念诵的停顿处，有我虔诚的拜服。我想起了聂鲁达的诗句："你从所有的事物中浮现，充满了我的灵魂。"是的，神明从所有的事物中浮现，充满了我的灵魂，那一刻，天地安静祥和，充满灵性，我像回到故乡老宅二楼正中的房间里，正对家族的牌位，也正对着护佑族人的家神。房间里凝结着一层积年的霉味。我恍惚看到那家神在黯淡的光线中静立，有着与我相似的轮廓。我终于看清了我自己。家神的声音从另一个世界传来：善待万灵，物我和谐。我知道我什么都不必说，灵魂是不需要表达的，让你安宁，就是灵魂的话语。

尾　页

2012 年，第一次出云南省，第一次坐飞机，我去了西藏。

2014 年，杭州，上海。2015 年，成都。2016 年，北京，江西。

我在书房墙壁的地图上标注想去的地方，地图涂画得像我的手稿。

我在地图下面写：遇见自己。

（原载于《民族文学》2018 年第 9 期）

牧人、水手和海岬老人

铁穆尔（裕固族）

牧人和大海

大约在 1995 年，我在慈父般的罗布藏皂巴先生的引导下，在祁连山腹地康隆寺附近，找到了老歌手孜勒丹拉姆（汉名耿翠英）。她孤独地住在一间黄泥小屋里。她的小屋是那么干净整洁，绝对是深山第一家。她属于尧熬尔人中的柯尔克孜氏族。我在那里录了许多歌谣。有一天她对我说：

"在我很小的时候，就听老人们常说，我们的歌谣来自库库淖尔（青海湖）。库库淖尔有湖神。在更远的地方有那'梦幻般白浪滔天的大海'，那里有很大很大的鱼，像这里的山一样大，还有海神，还有善良的海岬老人（haral awa）。海岬老人会指引猎人、水手和渔民走过险滩和沼泽……孩子呀，你是什么地方也能去的人，你会见到大鱼，还会见到海岬老人……"

孜勒丹拉姆去世已经很多年了。我常常想起她说过的大海、大鱼、海神和海岬老人。在两千多年前的中国，庄子也说过大鱼："北冥有鱼，其名曰鲲。鲲之大，不知其几千里也……"海神是早期的叫法，也许信奉佛教后把海神叫龙王。而海岬老人也许曾是个活生生的渔猎民或水手，也许本来就是山神水神之类的神祇，我还没有探究到深处。

尧熬尔人认为世界的中心或根本是一个大海，信奉佛教后叫作"苏木尔达莱"（须弥海）。2015 年在德令哈，张承志阿哈送我一张以库库淖尔为中心的地图。我惊讶地看着这个奇异的地图，上面还用拉丁字母清晰地写着我的家乡夏日塔拉。我想起尧熬尔牧人中流传的以库库淖尔为中心的大地观。

牧人不知道有灯塔，但他们说大海里有海神和善良的海岬老人，他们常常引领猎人、水手和渔民。

群山草原上的牧人关于海的诗歌和传说极为丰富，牧人从来没有忘记大海。

那些没有见过海的牧人也会熟稔地讲述或歌唱大海。在尧熬尔人的创世长诗《沙特》中说：

> 在久远的往昔 / 天地还没有形成 / 后来在一个茫茫大海中形成了天地 / 最初天地在一个金蛙的身上 / 金蛙降临宇宙 / 天地形成了三十三层……

在世界各地很多原住民中都有关于人类在大洪水中毁灭后又在大海中重生的传说。创世史诗的特点都是在说，海、生命和宇宙是永恒的。

2017年春末的一天，在远离大海的内亚腹地祁连山，在群山草原小镇夏日塔拉。斡尔朵河东岸的牧民老歌手，巴岳特氏族的拿木琪来做客。她从小在她的母亲——乃曼部落著名的歌手札西兰姆那里学到许多歌谣和掌故逸事，还有历史传说。那时候，她常帮母亲挤牛奶、放牧、拾牛粪和背柴。严厉的母亲教她歌谣，如果几遍学不会就受到拳打脚踢的惩罚。常常有母亲的伙伴们来看望他们，他们在黑帐篷里聊天，拿木琪帮母亲烧火做饭，帐篷里的火熊熊燃烧起来，来客们说起了久远的往事，有时一首接一首地唱了起来，有人在哭泣有人在唱……

矮小瘦俏的拿木琪学会了许多歌谣，记下了那些历史传说和掌故逸事。高山大河间的游牧生涯和宛若昨日的血与火的历史，养成了她篝火般炽烈奔放的性情。

每次她讲完故事都要唱几首古老的歌谣。这一次她唱的是尧熬尔古歌《盛开在大海上》：

> 圣者的光芒在大海上盛开 / 我们的信仰就是光明和真理 / 鞴着漂亮马鞍的 / 是高大的红马 / 带来宝贵智慧的 / 是我们的喇嘛和经卷
> 骑着那高大的红马 / 在广阔大地奔驰 / 点燃那星星般的酥油灯 / 祈请仁爱和平……

这是没有见过大海的腹地牧民所歌唱的大海。歌中说的就是牧人的理想，牧人的理想就是友爱和平。孜勒丹拉姆和拿木琪这些歌手就是为了让千世万世都知道牧人是和平友爱的，草原曾经是美好祥和的。

人们认为游牧人"强悍好战"的刻板印象和真正的游牧人相去甚远。

几年前在台湾听过原住民歌手胡德夫的歌。

胡德夫的父亲是卑南族，母亲是排湾族。他说他要从自己寻找力量，寻找歌谣的源头。在山林和大海之子的浑厚苍凉声音中，徘徊着一个悲天悯人的灵魂，那也是遥远的北半球牧人深沉的心。

　　在太平洋的风中／我们自然而尊贵／唱出仁义、和平的歌……

胡德夫的歌声在台湾绿色的热带山林中回荡。一只小野兽倏忽从眼前跑向远处，像风一般地消失在天际的山林。它就像是台湾原住民的歌谣，渐渐消失在太平洋的风中。大海般无尽的是孤独，还有爱和恨，生与死。海是没有办法开垦的，海不像草原被人们挖得千疮百孔，但海会被污染。

胡德夫曾说他要用声音、文字、行动这三种方式来表达原住民的想法。他曾参加过许多次原住民的公益活动。最后，台湾当局立法提高了原住民的行政阶位。原住民在教育、母语、卫生、居住环境等方面得到了相当的尊重。这是在胡德夫们的努力下争取到的。

　　太平洋的风一直在吹……
　　吹动无数的孤儿船帆／领进了宁静的港湾／穿梭在美丽的海峡上／吹上延绵无穷的海岸／吹着你吹着我吹生命草原的歌啊／太平洋的风一直在吹／最早和平的感觉／最早感觉的和平

"梦幻般白浪滔天的大海"

我曾在《车凌敦多布如是说》中写到天神和地神，大陆和大海：

　　苍天之神汗腾格里！大地母亲于都斤·额客！还有我眼前的高山草甸草原，还有我的视线之外那无边的大陆和梦幻般白浪滔天的大海！……

2017 年的春季，我接到黄晓晨兄让我们去崂山的信。

秋天，中国海岸线第一座高峰崂山。我的脚下是海岬山岩，眼前是太平洋的边缘黄海。海水涌动，拍打着岩石，白色浪花溅起，那是反抗、挣扎和咆哮，还是歌唱、舞蹈或狂欢……

这就是"梦幻般白浪滔天的大海"之一角。那么，海岬老人在哪里？

就像我一直在大陆的怀抱中，海一直在我的心中。每一次写到牧人和草原时，海其实一直没有离开过我的灵魂。但每当我看着眼前的大海时，感觉是做梦。虽然我已经见识过东海、波罗的海、黑海、里海等。

花岗岩山峰、海湾和海岬组成的崂山形成于白垩纪地壳构造运动。树木和土壤覆盖的全是奇石怪岩。这里很久以来就有人以采石为生，曾有许多采石场。海边的石头院墙，依山就势的乡村，山中的道观，古树和岩石。渔民在山海间劳作。

海边渔民用山上的石头建房屋，草原牧人用牲畜的毛织成帐篷。草原之子和大海之子。海鸥和秃鹫。

王明伦说起过崂山的历史，这里最早的居民开荒拓地，耕海犁田，一直是山林农业和渔业为主。历史上的屠杀和战争不会回避海边的崂山。王明伦本人就像是崂山的海岬，迎着风浪更显内敛沉静。

当牧人的后裔和渔民的后裔相聚时，当我们和胶东半岛的兄弟姐妹们欢颜笑语时，当我们和黄晓晨在山道树荫下说起伟大的信徒法显，他九死一生在崂山登陆时，海岬老人可能就在远处凝视着我们，目光无限悲悯。

从崂山又到了海南岛。

椰子树和棕榈树，海岛上的猴子，海水中的海豚，从大海中打捞出的珊瑚和古代瓷器，其中有蒙古帝国时代的青花瓷。

老牧人常说，牧人看天地万物要多一双眼睛，那就是要用灵魂的眼睛。

牧人和水手的共同点很多，其中一个明显的特点，那就是凡事喜欢直截了当，平常言语不多，几乎看不到那种喋喋不休的人。尤其是常与马为伴或常漂泊在海上的水手或渔民。作为对从前的牧人和水手的怀念，摘录我的旧文《一个牧人写作者的记忆》中的段落如下：

> 牧人和水手一样，真正的牧人骑着马在茫茫的群山草原上终其一生，而真正的水手是海边出生海里度过一生的。他们都有一种难以言传的独立不羁的气质，他们说的是大海、草原、群山和蓝天白云的语言，他们和风

雪、广漠的星空、孤独与沉默为伴……

曾经的群山和草原

把目光从海边转向祁连山的腹地。

夏日塔拉东边属于肃南裕固族自治县，草原和牧民的状况差强人意。牧人们仍在冬春、夏和秋三季牧场轮换放牧。不同于过去的是到处都是纵横的铁丝围栏，彩钢简易房和帆布帐篷代替了过去的黑帐篷和白毡房。

一个早晨，我们从祁连山北麓的夏日塔拉东边乘车向西，想去看看已经被开垦的夏日塔拉西边的大马营滩，还有单于城遗址和仅剩的马群。我们家的冬窝子里，寂静无人。大姐他们早已到了夏营地。冬窝子的青草在蓬勃生长。

我们一直往西，到新城子再折向西南，进入夏日塔拉西边的马营沟。马营沟是焉支山（燕支山）和巴彦喀拉山之间的平川草原，如今早已开垦为耕地。大片的褐色土壤中，矗立着大型喷灌设备。当年养过几万匹马的大马营滩如今基本都被开垦为耕地，军马场已经由军队交给地方企业。2001 年，山丹军马场整体移交中国牧工商（集团）总公司管理，由军队保障性单位向社会化企业转变。现为张掖市规模最大的中央驻地方企业。

这里就是我父亲曾经感叹过的大马营滩草原，丰茂的野草上的露水打湿了他骑在马上的腿。他曾从高高的牧草丛中悄悄靠近黄羊，而那大群的黄羊却丝毫没有察觉。曾经是这样的草原。

焉支山头笼罩着蓝灰色云朵，山下我们遇到一个马群，约有二百匹。牧马人叫马儿里，年仅二十岁。是青海大通县的回民。他说他们有二十多人来到山丹军马场打工放牧。他说马群没有草吃，焉支山上现在禁牧，昨天赶上马去放，很快被管理人员撵了下来。他说现在场里还有一千多匹成天关在马厩里喂草的马，那些马被圈的时间长了，病倒很多。只能请兽医来看。马还被用来抽血，制造……

马儿里放牧的马群在啃食着公路边低矮的草，大多都瘦骨嶙峋，眼神呆滞，神情疲惫。好多马驹连去年的旧毛还没有脱，说明到了夏季马的膘还没有恢复过来，而时间已经到了马该脱旧毛长膘的时候了。

我们不由自主地走到饥饿的马群中。不管怎么说，漫步在马群中，内心总是涌起一种奇妙的愉悦和欣慰。那是不同于任何山水美景的。恍惚间，在眼前这片曾经的草原上，好像浮起匈奴突厥和蒙古时代草原上的马群，冒顿单于的五色骑兵集团军……

　　　　胡马胡马，远放焉支山下，跑沙跑雪独嘶，东望西望路迷。迷路，迷路，边草无穷日暮。

　　唐朝诗人韦应物的诗就是这片草原的预言。汽车在焉支山下飞奔。大马营滩上星罗棋布的是军马一场、二场、三场、四场和总场。再往西就是焉支山西边山脚下的单于城（永固城），单于城南控唐蕃古道的关隘扁都口（大斗拨谷），险要的地势赫然在眼前。被开垦的大马营滩草原再也看不到从前的模样了。

　　一天的旅程结束，我们返回故乡夏日塔拉东边，肃南裕固族自治县境内。这里好歹还剩下了一片可以游牧的草原。虽然算不上辽阔，虽然还有帐篷、牦牛绵羊，但是做奶酪酥油的牧人家已经很少，牧人们也只有在赛马会上才能纵马驰骋那么一会儿。

　　地球上的兄弟姐妹们呵，你们能保住那最后几片绿草地和干净的水源吗？

　　在夏日塔拉小镇，我见到西斌兄弟，他一直为牧村的事务忙碌不堪，他告诉我的一件事是防疫站通知各村牧民去领害虫熏杀剂"磷化铝"。上面通知牧民选择旱獭多的草原，把剧毒"磷化铝"埋在旱獭洞里，再把土填上。很多旱獭被毒死，西斌说他看见死去的旱獭样子非常痛苦，用自己的爪挖瞎了自己的双眼后才死去……

　　资深牧人不认为旱獭对草原有害。且不说这个，单就人对牲畜和野兽的冷酷残忍，早已导致人对同类的冷酷残忍。

　　2017 年深秋，从崂山回来后，我不断听到祁连山生态保护的话题，城镇和牧场上的人们都在议论着祁连山生态移民的事。自治县境内，第一批牧民 149 户已经搬出祁连深处的牧场。我没有去搬迁的现场，只在手机微信的视频中看到了被拆的牧人冬窝子房屋，从深山里赶出来的牦牛群，还有牧民和牲畜挥泪诀别的视频。

　　我的思绪在刹那间飞到了一千年前的祁连山，那些匈奴人正在离开祁连山……

　　在那个时代，内亚牧人不断迁徙，他们走向最后的海洋，最终的目的是消灭战争和动荡，寻求最后的和平。群山草原的牧人和大海中的渔猎民，这些在大自然中的原始文化本质是包容、友爱与和平。

如今，祁连山的牧人和古代匈奴人不同的是，牧人们离开祁连山腹地的牧场，要到祁连山下的城镇和乡村去生活。

几个月过去了，2018 年的 3 月，我收到黑河以东正南沟的藏族牧人环阔尔兄弟的微信，他曾从军三年，后来又当过村长。微信中，他讲述了搬迁户面临的种种艰难和他们无比渴望重返家乡，重新开始以前牧民生活的心情。

在远离大海的地方

冬天，祁连山北麓群山中的夏日塔拉小屋。

从窗子里看着巴彦喀拉山梁那边过来的暴风雪，我匆忙从院子里抱来一捆柴，烧旺了壁炉。外面，刹那间天地一片漆黑。暴风雪横扫祁连山的沟沟壑壑。此时，崂山海岬是什么模样呢？那"梦幻般白浪滔天的大海"是怎样一番情景？海岬老人在哪里？

今年春天祁连山地区又有点干旱。暮春时节，走在我家冬窝子的草地上。青草在公路旁、铁丝围栏间、山冈原野上顽强生长，风在群山上空呼啸，那匹孤独的褐色老马不时在嘶鸣，它看见铁丝围栏那边还有几匹马，但它无法翻越铁丝围栏。牦牛群里乳牛在呼唤刚生下几天的小牛犊。绵羊的咩咩声从远处传来。幸存的旱獭在山坡上叫。只有飞翔的凤头百灵还是自由的，它在空中起劲地歌唱。天空和大地上还有许许多多的声音。

夜深人静时，我总感觉那个呼唤的声音又从漆黑的旷野上传来，像是一个遥远的回音？是谁在轻轻呼唤，呜咽般的声音带着无限悲悯。这个声音来自那梦幻般白浪滔天的大海吗，还是遥远夜空里的银河？……

又是一个晴朗的傍晚，看不见月亮，只有牧人之星玛勒奇奥登在祁连山的阿米冈克尔神峰之巅熠熠闪烁。

无论是平静的星月夜晚，还是有风暴雨雪的夜晚，牧人和水手的内心会是怎样的呢？草原死了，牧人和骏马将往何方？大海被污染了，水手和渔民将往何方？挽救这一切都还来得及吗？……

（原载于《民族文学》2018 年第 10 期）

对岸的师父

此　称（藏族）

站在坡上的人已经走了，只留下一个令人心痛的消息！

他走后不久，天空恰如其时地下起雨来。田地里昂向天空的麦穗，也低下了沉重的头颅，之后，我只听见雨声越来越大，雨珠滴落在屋顶的木瓦上，似乎有成千上万的生命，绝望地坠向大地。

我把正厅里的火盆打翻了，又去把茶桌上的酥油茶壶砸到地上，壶嘴被砸歪了，剩在里面的茶水满地溅开。睡在桌下的小猫醒了过来，以为有食物掉落下来，猛地蹿到我的脚下，抬起头，一脸馋相地看着我，我抬腿就是一脚，它被我踢到墙上，惨叫一声后，可怜兮兮地从窗口溜到外面的雨水里。还不能解气！又想不到更好的发泄方式，只好抬腿用力踢打粗壮的木柱，不过几下脚趾钻疼，似乎有血从鞋里渗出。

最后，我实在太累了，瘫坐在地抱头哭着，哭着哭着，愁情还在，眼泪却没了，双眼非常干涩，用手背搓揉，都弄不出一滴泪来，哭声也失去煽动力，像一只半死的病鸡，继续哭闹下去显得有些尴尬或做作。但我无法突然收场，一定要让家人明白，我此刻确实悲痛欲绝。要让他们害怕我会疯了，让他们害怕我会死去。

那天我去山上捡菌子，山上下了一天的雨。我和同村的人一起，雨水滂沱时，在高大的杉树下生火取暖，顺便把捡来的菌子烤着吃，大家拿各自的糗事和艳史开着玩笑，感觉非常快乐，让人渴望能在雨水里一直待着。等雨势渐小，又埋好火堆钻进林子里，继续在雨水和泥泞中寻找菌子。

身体又一次被淋透了，顺头而下的雨滴钻到胸前，钻到后背，钻进单薄的布裤里面。挪步前都要构思，怕要承受没有必要的不适。我尽量不让湿透了的裤子粘到皮肤上，利用步伐让裤子与皮肤隔开。

爬完一座山坡后气喘不已，但又不敢站着休息，年长的人说，被淋透后，无论如何都要保持走动，不然会更难受，休息时间过长了，甚至可以致命。

　　我就这样挪步回家，太阳没有落山之前，顺利回到了家里。村里的天居然晴着。

　　那天家里只有爷爷和妈妈。她已经为我烧旺了炉火，并在火炉上为我熬了一锅热气腾腾的米粥。我享受着米粥，跟他们聊一些在山里的见闻——早上上山时，邻居卓玛脚底打滑，摔在一棵栎树旁边，没有受伤，裤子却被树枝扯破了；同学扎西没有被雨淋湿，到了山上后，他就在山崖下生火坐着，他打算等雨停了再去捡菌子，但雨下了一天，他也在火堆旁边坐了一天，所以今天他毫无收获；二哥又在赌博了！我们到了山顶时，他和他的伙伴们才从村里出发。等我下山时，看见他们在一个山洞里打哈金，二哥表情不悦，暴着粗口，好像又输了钱。

　　"我有点累，明天不想去捡菌子了，想休息两天，可以吗？"我对妈妈说。

　　"早该休息了，都是你自己要去捡。明天让你哥哥杀只鸡，好好休息两天吧。"

　　"外面是不是有人在喊我家？"爷爷竖起耳朵对向窗口。

　　我趴到窗口确认时，确实有人在喊我的名字，见没人应答，他又喊我妈妈的名字。

　　我跑到门外跟他对喊道："大哥，听见啦！有什么事？"

　　"你的……到啦！雨太大了，我就……"

　　"什么？雨太大啦！我听不见，你再说一次。"

　　"……书到啦！雨……我。"

　　"我真的听不见，你再大声一点吧！"

　　"你的通知书到啦！你考上了第一中学，3月1日要报到，雨太大了，我通知书先不送过来啦！"他歇斯底里地喊道，我终于听清楚了。

　　"知道啦！辛苦你了。"说完后，一股愁绪涌上心头，但我还是带着这个消息回去了。

　　我把我考上一中的事情说给妈妈。妈妈说："别说这事了，好好休息吧。"说完后，我看见她满脸忧愁，低着头把放着毛球的竹篮拿到前面，开始捻起毛线来。

　　小学升学考试已经过去两个月了，大家都在猜测各自的分数，有些同学不信自己能考上中学，有些同学则相信自己能考上。只有我，既无法确定自己能否考上，也无法确信如果考上了，家里能供我去读。这两个月，我的心情非常复杂。

　　"求求啦！我想去读。"我说。

"你看家里一分钱也没有，不仅我们家，整个村子多数人家都没钱，怎么供你呢，一年上千元呢，就算我们有心借，能借的人也没有。"妈妈眼里有泪花。

我其实早就知道，即使我们考上了，家里也没法供我们去读。

我低着头，瞄向爷爷，他也低着头，默不作声。我看向妈妈，她表情凝滞，心不在焉地捻着毛线。正在这时，邻居的一位叔叔跑到我家了，他先用激动的语气向我表示祝贺，说村里读书人少，你能考上重点中学是全村人的荣幸。他离开前向我透露，邻村的卓玛同学已经收到通知书，跟你是一个学校，她家已经决定供她去读了。

我终于耐不住了，用哀求的语气跟家人说："让我去读嘛，我会好好读书。"妈妈的回复一成不变。

"家里羊那么多，卖掉一些就可以供我了。"

"你能找到买主的话，当然可以去读。"妈妈说的不无道理，那些年我们有太多珍贵的东西，却没有任何渠道可以换成金钱，可恶的金钱。

"你们可以向二舅去借嘛，等我毕业了可以双倍还他。"

"二舅哪来的钱啊，他前面回家时，没发现他在为钱发愁吗？"妈妈说。

"我不管！一定要供我去读，我一定要去读，如果你们没法供我，我就死给你们看。"

"儿子，安静点，家里的所有东西都给你，你也想不出办法，确实没能力供你。"妈妈说得决绝。

那时我想继续读书，并不是因为如饥似渴地向往知识，像现在一样，我并不清楚知识究竟指的是哪些东西，它能给我的生命带来什么，通过知识，我能避免什么、得到什么，我并不清楚。我想去读书，只是因为想跟小伙伴们玩，想和邻村的卓玛一起玩下去，我太喜欢她了，我难过时她会前来安慰，我发飙时她会躲去一边，等我想跟她玩时，她又笑脸相迎。有时我装病，她会在一边急得不行，所有这些太让我喜欢她了。如果不能继续跟她一起，活着有什么意义呢？我觉得我无论如何要去读。

"我一定要去读！"我哽咽着对妈妈说。妈妈的回答比先前还要决绝，我跟她一起绝望了。

不知道哪来的怒气，我突然好想砸坏整个世界！先是火盆遭殃，之后是酥油茶壶以及可怜的猫咪和无辜的柱子。我胡闹，是要检验家人的底线，我想通过这种方式让他们亮出底牌来，看他们是否真的供不起我。但即使我要上吊，那时家里确实想不出办法供我继续读书。我的眼泪流干了，终于发觉自己的胡闹是徒劳的，开始可怜起在一旁低头沉默的母亲来，虽然她不哭，但感觉她比我更悲伤。

我太累了，不是因为整日在山里采菌子，而是下山之后发生的一切。

之后我睡了好几天。母亲怕我睡坏了，把做好的饭菜放到我枕边，我为了气她，故意不吃，摆出一副要死的样子。她离开房间后，我狼吞虎咽吃了下去，然后继续装死。她会把空碗盘收回去，重新做饭给我送来。

我醒来时已经是正午了。默算了一下，我好像已经睡了四天，其间我做了很多梦，醒来后什么都记不起了，太混乱。

热辣的阳光照进我的房间里，我听见几只布谷鸟在远山鸣叫着，窗外的田野里，有人在拿着锄头翻地，声音饶有节奏，我甚至听见秋风吹拂麦地，发出温柔的响声，劳作的人们有说有笑，幸福地割下金色的麦子。我第一次感受到了来自田野的美和温暖。

大闹一场后，我感觉自己心情舒畅，开始理解母亲了。她如果有办法供我，一定会毫不犹豫的。但那时，我家和村里的多数人家一样，真的没有金钱，那时候，村庄与金钱绝缘，要水果有水果、要蔬菜有蔬菜、要粮食有粮食、要牛羊有牛羊、要美女有美女，但就是没有金钱，我也不知道是怎么回事。母亲如果可以卖血，我相信她会去卖血供我，但去哪里卖血呢？

我终于想通了，我要全力做活，让全村人对我刮目相看。我要挽起袖子下到麦地里，及时割下成熟的麦穗；我要在春天时，播下所有闪光的种子；我要拥抱温厚的土地，不管刮风下雨，都是我的收获日。我终于想通了，我要成为一个幸福的农民。

我起床洗脸后，拿上一把镰刀走向田野，除了爷爷，全家人都在田里做活，一个个挥汗如雨。见我来了，都停下了手里的活，瞪大眼睛，似乎亲见神灵下凡，弄得我有点不知所措。

"我要跟你们干活了！"我友好地说道。

爷爷坐在田垄边休息，一见到我，他就向我走来。他用手摸了一下我的头，然后说道："放下镰刀吧。我带你去见鲁荣爷爷。几天之后，你又可以读书了！"

我蒙了，不清楚爷爷的意思。我以为爷爷想了什么办法，可以送我去县里读书了。因为通知书上写着，鉴于路途遥远，边远考生可以延迟一个月入学，难道幸运之神真要来到？但我激动不起来了，我好不容易说服自己走向田野，镰刀把柄温润，拿着还怪舒服呢！我没有回答，也没有去割麦，待在一边默不作声。爷爷也没有跟我交代清楚他的意思。

第二天，哥哥扛着一把锋利的斧头，深入林地砍回一截白桦木来。中午时，他把那截白桦木扛在肩上，毕恭毕敬地放进自己的木工坊里，然后从古旧的木箱里取来手锯、刨子、凿子，开始鼓捣起来，我不知道他要做什么。平时去山里砍好木头后，可以用一根皮绳拴住一头，拖拽着带回家里，省时省力。到家里时，木头脱尽外皮，被石子磕伤得不成样子。但这次哥哥像迎接圣人一样把木头扛回家里，我觉得有些奇怪。

我正要跟哥哥攀谈时，爷爷从里屋走了出来，他右手拿着一饼被干树皮包好的酥油，左手拿着一条洁白的哈达。他对我说："走吧，带你去见鲁荣爷爷。"

"见鲁荣爷爷干吗呀？"我问道。

"你要继续读书啦！快去吧。"

我跟从爷爷来到鲁荣爷爷家，他家的土狗凶猛地向我奔来，我迅速从一旁拿起一块石头砸去，正好砸到狗头上，那只土狗惨叫几声后，夹着尾巴逃了过去。鲁荣爷爷走出家门，看见被狗吓到的爷孙俩，连忙道歉，说脱链已有两天了，一直没来得及拴上，实在是不好意思，如果咬伤了你俩，这狗必死无疑。爷爷说，有惊无险，不怪狗，不怪狗。

到了里屋后，爷爷开门见山地说了："鲁荣师父，前面也跟您说过的。我家没条件继续供他读书。想让他跟您学藏文，以后做一个安确，就算不成，也希望您先教教他。"

我才恍然大悟，原来爷爷说我可以继续读书，不是要把我送到县里的中学去读，而是要跟着鲁荣爷爷学习诵读经文。也就是说，我要跟从鲁荣爷爷做一名安确。

安确可吃香啦！几村人排着队来邀请你前去念经，不仅受人敬重，还能拿到不菲的报酬。安确是村庄的精神领袖，但凡遭遇精神困境的人，都会来找安确求解。村子里，每年要做的法事和祭祀活动可多了，规模大的人们去寺院邀请僧人，小一点的都会找安确，比如祭祀活动啦、念经啦、择吉日啦、为经幡开光啦，都会找安确，这是一个光荣的事业，只有幸运的人才能成为一名合格的安确。

再说了，鲁荣爷爷不仅在我们村子里出名，他在方圆百里的几十个村里都很出名，因为他不仅会念经，还会看藏历、正骨、配制草药、绘画、设计佛塔、打铁、养蜂，他简直无所不能。每天前来找他的人络绎不绝。谈不上异常激动，但我确实挺开心的。

"好呀好呀，前面不是说好了嘛，如果他没去学校读书，我就要招他为徒。"鲁荣爷爷看着我，毫不犹豫地说道。我爷爷把手里的酥油和哈达敬献给他，要鲁荣爷爷该打则打，该骂则骂，实在不行，放弃便是。

拜师仪式算是完成了，鲁荣师父叫我第二天前来学习，他先要教我基础藏语拼读，等我掌握了拼读规则，就可以直接学习诵读经文。等学会诵读几部经文后，就可以跟着他到处念经去了。他不仅要教我念经，还要把他掌握的一切教授给我，希望我有缘能够传承他的衣钵。他让我清楚地看见了未来，我受宠若惊，不知要如何感谢他的恩德，只有低下头，双手合十表示感谢。我和爷爷激动地回了家。

回到家里时，哥哥把一个长方形的木盒子交给了我，盒子上了绛红色的漆，还没干透，漆味刺鼻。哥哥说："这是你的书盒。"

"明天鲁荣师父会给你经书，你要把经书放到这个木盒里。切记不得损坏经书，因为学完了要完好交还过去，这是规矩。"爷爷说。

我才知道这是书包！经文的印制方式不同于我以前见过的装帧方式，字句是横着排版的，每一个独立页面都是长方形，所以我们的"书包"只得用木头来做了。如果用布料来做，真不知道书页会被揉成什么样子。这个书盒还有很多用处，比如暴躁的老师惩罚学生时，会用这个木书盒打你的头，气急败坏时，经常会把木盒打裂了。我听爷爷说，鲁荣师父招收过不少徒弟，多数人被书盒打回家里了，没能成事。书盒还便于翻页诵读，读完的页面规整地放到盒盖上，永不混乱。还有，你可以背着这个书包乱跑，也不怕损坏里面的经书。当然，它质量上乘，你学完所有东西，它不仅不会破旧，反而会越来越有光泽，美感十足。

哥哥说那天他还上山去找了刺猬毛了。他把两根细长的刺猬毛装在书盒里。

"刺猬毛象征敏锐、聪慧、尖利。你学藏文时，用它指着字句，会事半功倍的，你的领悟力会提高，你的记忆力会提高。"爷爷补充道。

第二天开始，我就跟着鲁荣师父学习藏文拼读规则了，学得还算顺利。师父每天都会鼓励我，不仅没有打过我一根指头，还搞得我学习藏文，是为了他好似的，每次我学完归家时，给我塞很多食物，还温和地提醒我明早要按时前来。说我是他最中意的弟子，只要我愿意学，他愿意把一切教授给我。

有一段时间，我跟他学习描画花草。我画得非常糟糕。正在沮丧时，师父右手提着两桶油漆，左手拿着几支画笔和漆刷交到我手里。

"我家经堂里的壁板还没上漆，你拿着这些帮忙画一些图吧。"我没吱声，也没拒绝，木然接过这些工具后，来到他家经堂里，自以为是地在壁板上画了两对花瓶和几朵狰狞的花朵。

等我画完时，才发觉师父已经站在一旁，他说："画得很好，但要注意对称，传统绘画里的很多东西，美感都基于对称，只要你懂得这个规则，其实画画也并不艰难。"

鲁荣师父也不是全年都出外念经，他要分担家里的活路，夏天时上山放牧，冬天时到江边牧羊，我会跟着他到处走，他上山放牛时我跟着他，他到江边放羊时也跟着他。很多人说，鲁荣师父脾气不好，会经常发脾气，但对我一次都没发过，顶多是他在放牛时，气急败坏地殴打着调皮的奶牛，但等他挤完牛奶后，又会和颜悦色地教我藏文。

我学完了《皈依颂》《大白伞盖经》《普贤行愿品》《度母经》《兜率天百尊》等基础经文后，觉得自己快要赶上师父了，经常不自觉地骄傲起来。师父温和地说："别急，别急，还远着呢。"他问我了解《皈依颂》的内容吗？我当然一无所知。师父虽然正字法厉害，但出于传统，他只教我作为一个安确该学的东西——只诵读不释义。就是说，我只会快速诵读，但我不知道我读的是什么内容。师父答应我以后会给我释义。

但是，一只毛驴，一只可恶的、造孽的毛驴让我中断了学习。

我正在学习《地神忏供》，这是进阶课程，学完了，我就可以应邀去念经，可以拿到报酬了。每家每户都会邀请安确诵读《地神忏供》。生活太繁忙了，人们无法长年按照教义和星相去行事，难免积下很多有违天理、不合时宜的事情。但是，诵读几天《地神忏供》，就可以消除所有罪过。比如，一月折草、四月捕鱼、七月屠宰、十月动土，都是不合时宜、不合天理的。诵读《地神忏供》，就是向大地致歉，忏悔自己给大地和世界造成的所有伤害。学完这部经，我就可以为民消灾了！我学得比先前更要刻苦。

我正坐在路边诵读着，时不时抬头看看羊群有没有从山里归来。这是邻居的田地，妈妈要我前去看羊，因为田地的围栏不牢，我家的羊从山里归来后，径直走向邻居们的田地里，把长势良好的庄稼践踏得不成样子，所以我家每天都要有人前去看羊。那段时间，我边看羊边学习念经。

念到一半时，我看见有几只山羊正要入侵邻居的田地，急忙把书盒放到一边，跑去把羊赶往山里。等我把羊赶回山里了，放心地走回来时，我看见那只该死的毛驴正在啃着我的经书。这是一部手抄经书，是师父的师父为他留下的。古旧的藏纸上，那些漂亮的字迹美若天书。我慌忙跑到驴跟前，这畜生已经把经书啃坏了一半，还在理直气壮地啃咬着，丝毫没有罢休的意思。我拽着还没放进驴嘴的页面，想要从可恶的驴嘴中解救出神圣的经书时，那驴死活不肯放嘴，还在心安理得地啃咬着。我看经文已基本没救了，便不再拉拽。但我的怒气上来了，痛恨起眼前这只造孽的毛驴来。我拽住它凌乱的鬃毛，用一根尼龙绳把它拴到门口的柱子上，然后用一根粗大的木头暴打起来。刚开始，毛驴没有反应，木头打在它身上，似乎是在给它按摩似的。这让我更气了。我更疯狂地暴打着，最后，毛驴终于呻吟了、倒下了，我才收了手。

但因为手抄经书被驴啃坏了，第二天，我没敢按时去师父家学经，我不知道该怎么交代！我不想在师父面前提起一只愚蠢的毛驴。于是我从家里出发后，在半路玩了一上午就回家了，家人以为我已经完成功课了。但连续一个月，我都没有去师父家学经。直到有一天，师父亲自找上我爷爷，问起我连日逃学的缘由时，爷爷也不明就里，气冲冲地找到了我，我把事情解释清楚了。

翌日，爷爷又带上一饼酥油和一条哈达，拽着我前去师父家。

"毛驴犯了错，小孩不懂事。请师父继续教他。"爷爷把酥油和哈达放到茶桌上。

师父停住正在摇动着的经筒。面无表情地看了我一下后，说道："经书可以再找，时间不会等人。"

我爷爷又连忙为我道歉，说鲁荣师父是这个世界上最善良的人。

师父要我第二天开始继续前来学习。他说："再学两天，你就学完《地神忏文》了，正好邻村有一家人邀请我去念诵这部经，我会带上你一同前去。"我很高兴，终于可以出师了。

师父继续说："今天之后，你就要把自己当成一名安确，安确也有很多规定，一不能偷盗施主的钱财，二不能敷衍读经。读经很累，有时候，没有道德的人会跳页诵读，这种便宜是要遭天谴的。你会挣到钱，但永远不能向施主要价，不管你读了几天，有多累，施主给几百块你要坦然接受；施主只给你一块钱你也要欣然接受，这是安确的生存之道。如果做得好，你会受人尊敬、衣食无忧、内心平和。"我若有所悟地点着头。

"这次是你第一次正式去念经，一定要认真对待。到了那边时，我再教你相关仪轨，你会觉得很有意思的。这次过后，以后有人要读这部经文时，你就可以独立完成了。"鲁荣师父语重心长地对我说道。

母亲为我找来干净的衣服，要我洗好头发，穿上新鞋，体面又干净地完成第一次工作。她还上山为我烧香祈福，祈请四方神灵保佑我，让我成为一个光宗耀祖的安确，成为这个村子不可或缺的智者。等我学成了，我家门口将人流如潮，人们会前来邀请我去念经，去做祭祀活动，去为亡者度灵，去解救那些被神灵和命运捐弃的有情众生，让他们找回丢失的信心和希望。

清晨，我等着师父叫我同去时，一位哥哥跑来找我了。

"你想不想去城里读书？"他神秘地问道。

"怎么可能去城里读书呢？是哪个学校？"

"有一批县上的艺术家来我们村子录制原声音乐，他们说如果有对藏文感兴趣的孩子，他们可以介绍到县里的公益藏文学校，全部是免费的，叫普利藏文学校。我跟他们介绍了你，如果你想去，马上就可以去。"他说。

我低下头，沉思了很久，但那时我才十五岁，想不到更长远的东西来。过了一会儿后，我说："我想去！"我想不起当时想去的理由，就像我现在不能理解自己想回去的理由。

我跟家人协商好了，决定去县里读书。他们说如果学得好，我可以进入国家单位工作。我有点向往。那是不是意味着我有机会永远幸福、快乐？我激动得忘了善良的鲁荣师父。

几天后，我出发了。二叔送我去县里。我们从村里出发时，村里的男女老少都在为我送行。年老的奶奶们手里捧着一篮子的鸡蛋，争先恐后地交到我手上，要我做个好人。还有些人从衣兜里掏出皱巴巴的零钱塞进我手里。到最后，我实在拿不过来了，就对他们说："我没法拿啦，你们回去吧，谢谢你们！"

我和二叔来到江边时，鲁荣师父在牧房前挤奶，二叔上前说了我的情况。师父说："他爷爷跟我说过。"我不知道该说什么好，我想起自己的失约。师父专注地挤着牛奶，我过去站在他旁边，低着头，手心冒着汗。这几天，我没有去找过师父说出我的想法，也没有征求他的意见。

"到了那边要努力！"师父双眼盯着母牛的奶头，冷冷地说道。

"师父，我走了。"我怯怯地说，内心沉重。他专心挤着牛奶，没有回话。

我和二叔蹚过一条河，连日降雨，河流汹涌。对岸的师父，还在不慌不忙地挤着牛奶。

我和二叔走出了村子。

（原载于《民族文学》2018 年第 12 期）

心是所有的千山万水

纪　尘（瑶族）

一

河流是绝美之物。

异乡人顺着河道前行。那河道，有时流水潺潺，有时则只是绵延数公里的干燥卵石。

这是摩洛哥东南部的某个峡谷，蜿蜒无尽的山路如饥饿的巨蟒，磅礴的崇山峻岭则是被其盘绞的永远吞不下却也永远不肯放手的猎物。

一切都那么深：山峦的阴影、无花果浓密的枝叶，还有那个以手当秤掂量着卖巴旦木的老人的皱纹。

一头身披彩锦的骆驼突然出现在公路，一个身穿厚袍的男人正吃力地蹬着自行车在后面追赶。每当甩出一段距离，骆驼就停下张望，当快被追上时，骆驼又赶忙跑开。看到这一幕，异乡人笑了，一辆汽车经过，减慢速度，里面的乘客也笑了。

笑声不大，却仿佛是这世界唯一的声音。

车在拐弯处消失了。骆驼终于停下。当男人经过，那粗重的喘息声成了世界唯一的声音。

他和它重回到巨岩下。地面的几堆香料和无花果干，原封不动。

这就是他一天的工作：等待。等车停下，等有人骑上骆驼照一张相，等那些灰扑扑的土特产被人领走。

可这儿不是游人如织的马拉喀什（Marrakech）。这儿甚至不能算是镇子。河道那边，几个古旧村庄零散地分布在谷地，河的这边，几家客栈和一间香烟按根卖的小卖部临街而立，其中那间写着醒目"WIFI"的客栈，三天里只接待了一个中国客人。

但总会等到的，不是吗？等到旺季，等到那些自驾而来、仿佛流动的欧元般的德国人或法国人，甚至，哪怕只等到一个省吃俭用的背包客，也不算虚度——在这荒疏大地，任何一张新鲜面孔都如同一份馈赠。

何况，这世上，谁又不是在等待中度过一生呢？等成长，等一份体面的工作，等一间温暖的房子，等着去爱和被爱……因着希望，人们心甘情愿；因着希望，人们望穿秋水，哪怕，"希望"不过是上帝用以安慰孤独人类的虚拟奖章。

一些黑点在山岗缓缓移动。

它们在那里很久了，由于遥远和缓慢，异乡人过了很久才察觉那些是山羊而非石子。一个骑着毛驴的年轻人出现：头缠白巾，满脸青春痘。

"Bonjour！"异乡人说。

"Bonjour！"年轻人说。驴子慢了下来。

这是法语的"你好"。在这个国度，英语不管用。管用的是法语和阿拉伯语。不过，村里的一些孩子会在"bonjour"之后，随即用也许是他们仅知道的英语说"1欧元""铅笔"或是"巧克力"。孩子有时等几分钟后离开，有时会远远跟上好一段路，偶尔，也会有孩子捡起石子充满敌意地投掷。

"Bonjour！"异乡人又说。

"Bonjour！"年轻人又说。驴子停下了。他眼睑低垂，满脸通红，完全不敢正视对方。

"祝你平安。"片刻沉默，异乡人微笑着用英语再说。她会的法语不超出五句。他没吭声，应该是没听懂。毛驴开始缓慢前行。她回了一下头，却发现他正在回头看她，然后，非常突然地，他从驴子背上跳下，目视地面，双手下垂——他以为她想拍照。

异乡人摆摆手，努力想让对方明白自己只是问个好。他羞得眼睛都快合上了。片刻之后，他抬头飞快瞥一眼，然后快速翻身上驴。这回驴子走得快了些。她回了两次头——每次都碰上他正在看她，随即又立即垂下眼帘，扭过头去。

一些孩子的笑声远远传来。

那个村庄，在半山腰，清一色的土黄，清一色的泥巴房。钢筋水泥是不存在的，在这古老山坳，泥浆混合某种干草秆茎，晒成泥砖，亲戚邻里相互帮助，一个个简单的"家"就出现了。

那是一个小卖部，昏暗、窄小，灰扑扑的货架上摆着些鸡蛋和便宜糖饼。异乡人要了一瓶水——瓶身留下她清晰的指痕。是啊，这样的地方，除了偶尔误撞而入的旅人，谁会买水喝呢？就算在非斯（Fes）那样的大城市，普通百姓也不会买矿泉水。许多街巷都有公共饮水处：龙头会有一根绳子拴着个塑料杯。人们渴了，就拿起杯子冲一下，接上一杯。也有老人推着大陶罐——里面盛着清凉山泉。人们要么直接瓢饮，要么拿用过的空瓶装，价格约合人民币五角。

几个孩子和妇女坐在小卖部面前，目光谨慎，但没有立即避离——对方不是男性。

"Salamalaykom！"异乡人说。

"Alaykomsalam！"人们回答。

这回是阿拉伯语。孩子停下来，安静地依在大人身边，黑溜溜的眼睛小草叶尖般不时瞟过来瞟过去。

傍晚的阳光变得可以忍受。人们在温柔的光线里静静坐着，谁也没再开口，谁也没离去。

异乡人掏出杏仁。她展开手心，向人们示意。而其他时候，比如那些用英语说出"1 欧元""圆珠笔"或"巧克力"的孩子，她通常摇摇头果断走过。

一位年轻的母亲试探着拿了一颗，接着，另一个女人也上前拿了一颗，接着，每个人都上前拿了一颗。她们在她身边坐下，安静地吃着，目光渐渐柔和。

又坐了一阵，一位中年妇女从小店走出，她笑声朗朗，毫不客气地从异乡人手中拿走最后的几颗杏仁，然后笑着示意：到家里喝茶。

那间房子，光线昏暗，一根没有灯泡的电线孤零零地悬吊在天花板，两张铺着花毯子的沙发、一张小茶几、一个小木柜。一位面目端庄、穿着得体的柏柏尔老妇人出现。她笑容腼腆，目光明亮。

没有任何一句话是可以相互听懂的，但通过手势，异乡人仍是弄明白了：她们想看看她住的地方，看看她那在遥远国度的家人。

于是她翻出一些相片。人们惊叹着：那些山林和湖泊，那些街道和商铺，是另一个难以置信的世界。

那个下午，异乡人留下了整个摩洛哥期间唯一被允许甚至是被欢迎的妇女影像。她们捂着脸咻咻地笑，相互打趣。她们的眼差涩清亮如童真。一位年轻姑娘开始翻箱倒柜——那张小小的身份证，用两层碎花布小心包着。姑娘对着证件一笔一画认真写下了一系列阿拉伯文。

那地址，异乡人最终没用。第二天，她坐班车到一小时之外的镇子，将相片晒了出来。

这一次，人们不仅端来茶，还有面包以及珍贵的黄油。

老妇人怀揣相片，不断地看，然后小心放进衣兜，过一会儿又拿出来再看，再小心放进衣兜。这举动她至少重复了五次。异乡人留意到，老人那天的服饰相当华美，头巾也换过了，精心地围绕在苍老面庞。她甚至坐在同一张椅子上，保持同一角度——照相的人曾表示，从窗棂射进的霞光使她看上去非常美丽。

老人不可能知道异乡人还会再来，但她准备着——为一个毫无把握的隐约期待，一个得以被关注的暮年片刻。

暴雨过后的天空云霞满天。

回客栈的路上，一段路被水淹没。急流从山谷奔下，经过路面，冲下山崖。几位柏柏尔妇女在路边等着，虽然水不过及膝。她们不可能提高裙襟。

几个男孩卷起衣袖，扎起裤角，从谷地搬来石头然后扔进水里。几个西方人饶有兴趣地看着这一幕，不时举起手中相机。

异乡人放下背包，卷起裤角，加入搬石头阵列。孩子们因此而更加热情高潮，搬的石头越来越大。

很快，一座"石桥"便搭好了。人们小心地踩着石头走过。几只山羊到来，不知所措地茫然四顾，然后也依次轻灵跳过。然后是一头驴子、一个背负山柴的妇女、一个抱着手鼓的年轻人、一个拎着袋仙人掌果的老人……

月亮升起来了。

异乡人走在空旷的泥土小路，步伐平稳。

二

流水不曾停歇。

溪流两岸，有着许多小食摊。食物是千篇一律的摩洛哥传统食物 Tanji。人们把土豆、胡萝卜和洋葱等放在圆椎形的陶罐里煮，蔬菜下面，一般埋有羊肉或鸡肉。每个摊点都从溪流引出一条水管，循环浇灌着塑料桶里的水果，那是为了保持新鲜凉爽。

也有卖首饰的，东西大同小异，但店主永远会对你说，每一个都是纯手工制造并开出不菲的价格。当然，你可以讨价还价，精于此道的话，最终只需出价的三分之一。

山路崎岖无尽，所有东西只能靠人力或驴子运输，但摊点仍是从最初的宽敞入口摆到了几小时脚程外的峡沟深处。

一阵乐声从山林传来。

那个年轻男人的摊点，只有几个冒着热气的 Tanji 和一小桶水果。他坐在那里，专心致志地盯着手机——音乐正是从那儿传出。当有人经过，他就抬起头，淡而机械地说一声：你好。他的位置非常不好，身边既没有潺潺流水也没有宽敞平台，就在一棵树下，边上是山石，而其他摊点，大多拥有一段清澈而平缓的水域，人们甚至可以坐在水中吃喝，把脚泡在水里。

几小时后，当人们回头经过，他仍坐在那里，几个 Tanji 原封不动。他抬头，淡而机械地说"你好"，然后低下头，换了一首歌。

这样寂寞的摊主远不止他一个。那就是他们的一天。他们的许多许多天。这不是旺季，游客稀少。

溪流尽头的那个摊点除外。那是人们费尽苦心抵达的最后之地。即便瀑布的水流小得可怜，并且水潭远不及路上的美丽清冽。

路上的一对情侣，那位女孩怎么也坚持不下去了，她浑身汗湿，面色苍白，摇摇欲坠，可男友却一再鼓励：再坚持一会儿，再坚持一会儿。女孩难受得几乎要哭出来，但为了抵达，她再次强撑着站起。

在瀑布面前，人们终于松懈下来。

他们吃吃喝喝，有说有笑，而那个唯一的遥远的小店，生意火爆。人们不是不饿，但为着这个目的地，人们心甘情愿忍受着，仿佛只有到达，享受才是理所当然。

"目的"总是人努力的强大动力。人们活着就是为了抵达——某个地方、某个身份、某种成就。尽管真正的终点只有一个，而那个绝对的不需任何努力也将抵达的终点，将彻底消解一切的劳碌与期盼、依附与拥有。

很多摩洛哥男人围坐水边，个个浑身湿漉：一些刚从水里上来，一些在水里不断用手机自拍。每一个都神情满意。

一个女人突然脱掉外衣。她身材肥胖，双乳丰硕，小小的黑色比基尼几乎什么也包不住。她说西班牙语，是为数不多的几个游客之一。

随着她的挺进，水里的男人纷纷游离开来，拍照的垂下手，不一会儿，水里便只剩下那女人和两个处于青春期的当地男孩。他们坐在浅水里，神情兴奋又紧张。岸上的男人停止了大声聊天，他们默默吃着东西，不时交头接耳、窃窃私语。

一对西方情侣在水边停下脚步。那位女子已脱下外衣。她的比基尼是蓝色的。但突然，情侣匆匆掉头，回到岩石披上衣裳。从始至终，他们没有下水。

与西班牙女人同行的是两位男性，他们也下了水，但渐渐地，他们的声音也压得越来越低，并有意无意与女伴拉开距离。他们很快就上岸了，神情有着隐约的尴尬，仿佛熟悉的朋友一下变得陌生并令人难以忍受。

女人依然不慌不忙，怡然自得地在水中漂来荡去。十几分钟后，她笑着上岸，视若无睹地经过一个又一个男人。水珠顺着她的丰硕身体不断滴下，莹光闪烁。男人们垂下目光，一言不发地继续吃着食物，缓缓吐出烟圈。

山林清幽，流水潺潺，空气中却隐含有一种莫名的轻微却确凿的压抑。

他们的目光有着微微的愠怒和轻蔑。

她终于离去。离去的时候，她也仅仅是在身上披了一块浴巾。

但一切都不同了，响亮的说笑又响起，人们又开始接二连三跳进水里，自娱自乐，仿佛随着那具半裸躯体的消失，出了差错的世界又回到正轨。

某种轻微的类似药草的味道飘漾而来。

离瀑布不远处有一片种满果蔬的园地，园地中间的空地，有一个破旧棚子。一位模样端正、举止儒雅的白衫男子正在生火，一位满头白发的老人在捡拾熟了的西红柿。

除了满目果蔬，几块巨石之后还有一片令欧美人士趋之若鹜的植物。植物郁郁葱葱，在充足的阳光下茁壮地舒枝展叶。当它们成熟，那些毛茸茸的花簇就会被摘下，一些直接分包在小塑料袋中，以五六欧元一克的价钱卖给来自世界各地有此需要的人；另一些则经过一遍又一遍地揉搓锤敲，让浆液一再浓缩，最后，达到极高纯度的浆液成为深色巧克力般的固体——它们的价格会比原始花簇高得多。尽管如此，与欧美行情相比，仍可算物美价廉。

一些人甚至从孩提时代就开始从事这项工作。他们坐在香气四溢的园地，跟长辈一起日以继夜，重复无尽的单调锤敲声，从童年一直延续到成年、到老年，而那些"巧克力"则以形形色色的的方式出现在各个城镇。

　　几乎每个客栈，都有着些眼神迷离、沉默少言的客人坐在角落，像进行工艺制作般将"巧克力"慢慢掐成碎点，均匀混撒在烟丝中。他们深深地呼与吸，神情平静放松，仿佛世上所有的烦扰都已随烟而散。游人如织的城市街头，那些卖甜点的流动小贩，他们托盘里十几款成分各异的甜点中，总有着一两款是专卖给"懂行"的客人的——甜点里面，包裹着大麻脂。

　　老人已在山林独居数年。偶尔，当朋友来访，比如那位白衫男子——他是一位正直的老师。他们会一起喝喝茶，吸上几口，谈天说地。于他而言，山石后的那片植物跟其他果蔬没什么两样：都是生存资料，都是粮食。只是一部分提供给肉体，而另一部分，提供给精神。它们并不比香烟和酒精更罪恶。植物本身从无罪恶可言。它们不过是自古以来就存在的世间万物之一，人类自古以来就不断使用：祈福或疗治。

　　异乡人经过瀑布、园地，经过一个又一个安寂村庄。

　　一片古老的废墟之地，几个男人坐在唯一的一棵橄榄树下吞云吐雾。当她经过，一个男人站起来，笑容热情，但很快，他又重回到树荫下。

　　她知道他想兜售什么。但她提前给出了答案——早在对方开口之前，便已轻轻摇了摇头。她只是不需要。仅此。

　　异乡人踏上古堡，安静俯瞰山谷间那座美丽的蓝色之城。

　　此刻，阳光明媚，万物生长。

三

　　骆驼沉默地列队缓慢前行。

　　它们背负的，不再是沉甸甸的古老的香料和盐，而是来自世界各地肤色各异的游客。他们背着双肩背包，足蹬运动鞋，头上如骆驼主人般缠着头巾。

　　这头巾，在千万年的大漠生涯里，就是阳光、风沙、星辰，就是撒哈拉的严酷与壮美。那些围裹着头巾的沙漠子民的脸，粗粝端庄，阴影下的黑色眼瞳，如戈壁般一览无余，又如沙漠之井般深不可测。

　　但现在，头巾更确切的用途是"异域风情"。它们在那个寂寞的沙漠小镇色彩鲜艳，迎风招展，等着成为那些说德语、法语或是说中文的游客的囊中之物。

沙漠如此古老，小镇却是年轻的。

不足两百米的一条街，挤了十几家饭店和商铺。每天晚上九点左右，就会有一辆从马拉喀什出发的长途大巴抵达。车上的游客大多都已事先订好一晚两天或两晚三天的沙漠之旅。内容包括参观曾被不少电影取景的古老村庄、骑骆驼、夜宿沙漠营地并观摩传统表演。

曾几何时，在约旦玫瑰色的沙漠里，也是如此这般布满了形形色色的营地。不同的是，那里忙碌的经营者是贝都因人，而这里，是柏柏尔人。

贝都因人是古老的。柏柏尔人是古老的。异乡人的民族身份——瑶族，是古老的。

人类如此古老。我们睿智又疯狂的大脑，已历经了几百万年的进程。

晌午，天上仿佛挂着九个太阳。

两个背包客在烈日下慢慢走着。这样不参团也不进行任何预订的旅者不多。这样的旅者意味着——要赚他们的钱并不容易。但那个骑自行车的男人还是停下了。他掉转车头，跟了上去，努力用法语表达：他朋友家有一间便宜空房。

背包客相互看了一眼，点点头，跟在了自行车之后。他们穿街走巷，走了很久很久，终于，他们在一家客栈面前停下——客人不愿再走了。男人快速丢下自行车，跑进客栈，用阿拉伯语急切地向掌柜表达什么。显然，他希望拿一笔中介小费。

但他没成功。背包客又离开了，因为赚贵，他们重新走在来时的路上并表示：自己找地方就好，不用麻烦了。他们不再跟着他，而是反过来，他跟着他们。沉默而固执。

但这里不是马拉喀什也不是非斯。那些地方，到处都是令人头晕目眩的拥挤和盘旋无尽的迷巷，到处都是缤纷色彩和在生存之缸酝酿已久的人类浓烈的欲望和激情，在那种环境下，那些见缝插针、一路尾随的小贩很容易就令游客心生压力。他们不断拒绝，最终还是摇着头掏出小费，只求清静。

这里只有空空如也的蓝天和一望无际的沙砾。几棵枝叶稀疏的棕榈树下，骆驼们安静伏卧，当傍晚到来，它们便会在主人的吆喝中站起，将那些被烈日晒得筋疲力尽的游客驮到沙漠营地。

背包客在一家饭店坐下。他们满面通红、汗流浃背。一个递给服务员一枚硬币，买了一支香烟，另一个则仔细查看菜单，搜索是否有完全的素食。

男人站在饭店门口，沉默地依靠在破旧的自行车旁。他无法再跟下去了——除了"Merci"（法语"谢谢"），那两个人什么也不会给。他判断失误，白白浪费了一小时。可，没钱为什么要旅行呢？不是有钱人才会千里迢迢跑来看这些一无所有、铺天盖地的沙堆吗？这两个人，背个大包在大太阳下找便宜客栈，连买水都货比三家——没钱的人看这些做什么呢？难道草地和森林不更美吗？难道努力工作赚钱不更重要吗？

男人失望而困惑。他一生的世界就是这片茫茫沙地。他从没热爱过这里，但也从不曾憎恶。他只是顺天命而作，就像那些在沙堆留下精致爬纹的沙漠甲虫。朝阳升起之前，甲虫会爬到高高的沙脊上，瑜珈师般久久倒立，等着空气中稀薄珍贵的水汽在壳背上终于凝聚成水滴并滑进口腔。

他和它们一样，每天为生存千篇一律地重复着。

曾几何时，这里有的只是零散的驼毛帐篷。那些疲惫的驼队，在深幽的空旷中点燃篝火，煮茶、弹琴、整理行囊。驼队之所以在此停留，是因为要很多很多天之后才能再遇上绿色和水。

然后，慢慢地，路修好了，慢慢地，车子多了，稀拉平常的骆驼开始被不断捕捉进相机并有了新工作，而一遇狂风就会漏满沙尘的帐篷，则成为游客的新宠。

静谧被打破了，那些来自俄罗斯的旅客一大早就骑着沙地摩托出发。他们全副武装，在烈日下以快于骆驼无数倍的速度在丘陵间飞沙走石，沉醉于西伯利亚不可能有的别样速度与激情。于是，曾经只有动物和人类足迹的沙地，平添许多横七竖八的车辙。

四四方方的水泥房、身下埋着黑色水管的植物，有门卫和狗的星级酒店……荒芜的游牧之地，自此升起日新月异的海市蜃楼。

小镇成了撒哈拉之门。只要愿意，你可以沿着这里一直走到阿尔及利亚、乍得、埃及、利比亚……11个国家，940万平方公里，沙丘戈壁延绵无尽。

沙漠无垠，那么，生活的尽头又在哪里呢？如果你走得更深一些，会发现不知怎么死掉的骆驼那风干的骨骼，还有一些大小不同、形状各异的石块。在这里，沙子要多少有多少，石块却是稀缺之物。它们东一块西一块斜插在浅浅隆起的人为的沙堆——每一片石块，代表一个逝去的生命。没有鲜花、没有香烛、没有字迹。另一些还未使用的石块则随意堆在一边，等着下一位逝者的到来。

石块是沙漠子民生命的纪念碑，是人们终其一生拥有的最后的献礼。

风吹过，尘沙飘飘荡荡、四面八方——不断叠加的沙层将使沙堆越来越平缓，界限越来越模糊，而石块，被埋得越来越深。

四

空气中散发着刺鼻的膻味。

那些马，在40℃的高温下长久站着。它们双眼布满蚊蝇，嘴角白沫渗露，足踝处勒痕累累，一些甚至深可见肉。为了便于控制，主人会用绳索将它们一前一后两条腿拴绑在一起，使它们无法迈开大步。当一侧的腿被勒伤，主人就换绑另外的一侧。

马车装饰华美，里面常常半躺着昏昏入睡的主人。尽管广场人来人往，但马车那么多，大巴和的士那么多，因此工作的很大一部分内容就是等待。

异乡人走近一匹马。马主人立即从车上跳下，殷切询问。但他失望了——她关心的只是那匹马。她伸手在满是疤痕的马脸轻轻摩擦，像个遭受良心谴责的罪人般满脸歉疚。很明显，她不会乘坐马车，尽管那个大包看起来相当沉重，而她看起来也已经走了很久。望着那张漂亮的脸，他突然生起一阵无名怒火——生活如此艰难，她却如此矫情地去同情一匹马，同情——一个工具。

这里是马拉喀什，出名的旅游城市。正是那些从四面八方涌来的游客滋生了大量就业机会，同时，也滋生了严酷竞争。没人愿在烈日下整天待着，没人愿意整天跟动物为伍。顾客不是上帝，但他们口袋里的钱，是物质的最高神灵。

他脸色阴沉，冷眼以对。她意识到了他的不悦，停止了动作。他回到马车，冷眼瞅了瞅伤痕累累的马儿，闭上眼睛。

异乡人穿过德吉玛广场。

大大的遮阳伞下，坐着些身着长衫、头缠布巾的男人，他们面前摆满了倒扣的筐盘。每当有人经过，他们便掀开筐盘——里面的蛇一下立起头部，不安地扭动。尽管模样可怕，但绝不会使你受伤。它们早已失去了自卫能力。它们被人从沙地洞穴拖出，拔掉毒牙，不停接受耍蛇人独有的刺激挑逗。

人类喜欢在安全范围观看和戏弄一切令人畏惧的事物。

远远地，一个游客举起相机，但才按下快门，一阵粗暴的呵斥便随之而来。

一个身着蓝衫的耍蛇人离开太阳伞，快步迈到游客面前——他必须为相片付钱。游客一再解释并试图证明，他拍的是整个广场。但没用。耍蛇人的工作内容之一便是四处搜索那些朝这个方向举起的相机。他的呵斥声响彻广场，一只手持续强硬地伸在游客面前。他知道这些所谓的来自发达国家的家伙根本没有应付争执的经验。他们只能自认倒霉，只能为自己无心的愚蠢付出代价。

一只小猴子冷不丁蹿到一位中年女游客身上。这份突如其来令她不禁打了一个趔趄。接着，一张笑脸出现在眼前。耍猴人说，来，亲爱的女士，合一个影，很便宜的。

天气那么热，猴子却穿着紧身衣，屁股下包着厚厚的尿不湿。小猴望着它笑容满面的主人，双手神经质地紧揪着脖颈的铁链，眼神满是由惊恐而来的驯服。它，还有广场上众多它的同胞，木笼和铁链就是它们的全部世界。和那些马儿一样，和身边那头随时都可能倒下的骡子一样。那骡子，已病了三天，舌头已完全耷拉出口腔，却仍被迫拉着满车的货艰难行走。

异乡人看着这一切。

在某座深山，她曾在一道宽浅的峡沟与一个牧羊人相遇。那儿有一个用石头围成的整齐的羊圈，一个半人高、面积约为五平方米的窑洞——里面有两张毯子、一个黄色水壶和一袋发黑的无花果干。洞口的土墙边，有一个烧水用的铝壶、一个红色的泡茶壶和三个玻璃杯。

一只小狗在烈日下大声吠叫，但很快那吠叫声就转为婴儿般的持续呜咽。它拼命摇尾巴，一下直立一下匍匐，竭力表现一切可能得到关注的讨好和服从。它瘦弱的脖子系着根不足一米的绳索，绳索另一头，连着块厚重的垫子。如果它足够强壮，能够拖着垫子一起走，那么就并不算失去自由。但事实上，它根本无力拖动。它瘦小、虚弱、浑身布满吸血的蜱虫。

把垫子弄得沉重不堪，是牧羊人的有意为之。这样它的行动就极其有限，就无法离开这片炎热荒凉，就只能任它不幸的生命消耗在无尽的守候和等待之中。

异乡人在小狗面前蹲下。小狗舔了舔她的手，立即伏倒并翻露出肚皮——那是彻底臣服的表示。环顾四周：除了三个杯子，什么盛水的东西也没有。于是她拿出路上捡的空罐头，用石头将锋利的金属开口砸平（为避免割伤小狗舌头），将矿泉水倒进去——极度饥渴的它恨不得将罐头都一气吞下！而当它抬起头，眼睛充满了令人痛苦的信任、温柔和毫不悲愁的当下的欢乐。

牧羊人笑看着这一切，随手扔了几颗腐烂发黑的无花果。小狗不顾一切吞咽，在泥地疯狂搜索嗅闻。那些可怕的甜果，便是支撑它幼小生命的主食。

牧羊人一直在殷切倒茶。一双大眼没有惊讶、没有温存、没有不安也没有解读——很实在坦白的一对视觉器官。他一直在看——她的脸、手臂、小腿。至于小狗，他既不喜欢也不讨厌，也不是存心要伤害。他只是漫不经心，只不过认为那是件会呼吸的工具。而他，只是像使用一件工具一样使用它——就像许多其他人一样。工具的存在价值难道不是只取决于"有用"或"没用"吗？唯一要注意的，就是保证工具还能运转。至于其他的，跟生活有什么关系呢？

而在非斯，你走在路上，常常有殷切的来路不明的人冷不丁出现在眼前，笑容满面地朝你手里塞上几枝薄荷——为了减轻即将闻到的浓烈腐臭：参观那个巨大的、举世闻名的露天皮革染坊，几乎是每个游客到非斯的"打卡点"。

当然，那些莫名其妙接下的薄荷是要收费的。同样，那些热情地邀请你免费到他们家阳台以更好观看染坊的人，最后也是要收费的——只要你拍下任何一张相片。人们不可能不拍照。这些地方也许一生就来一次，这样"壮观"的工艺操作，一生也许就看这一次。

在那座拥有 7000 多条街巷的巨大古城，层出不穷的皮具店密若繁星，你甚至看不见那些低头前行的驴子的身体——小山般的动物皮已将身体完全淹没。这些驴子，活着时不断运输皮毛，然后某一天，它们的皮也将以同样方式背负在其他同类身上。

还有身上落满粉尘的挑夫，他们在拥挤的巷子疾速前行，一边大声吆喝"闪开、闪开"。他们也是运输工具——沉甸甸的动物皮使他们弯腰弓背，汗如雨下。

成千上万的死亡、成千上万的血腥恶臭、成千上万不分昼夜的劳作……就为了给人制造一个月甚至一年才用几次的包包或仅是装饰摆设。

购买络绎不绝。参观的人络绎不绝。这世界，从没有任何物种像人类一样对死亡充满恐惧，也从没有任何物种像人类一样如此热衷于观看和参与杀戮。

一个金发碧眼的中年男人停在一头断了只前蹄的驴子面前。"唉，生活真艰难。"他叹息道，像是对驴子又像喃喃自语。他来自德国——最受当地人欢迎的国家。因为德国人鲜少讨价还价，并从不吝啬给小费。

在德国，你从不可能看到屠杀现场，动物保护法也非常完整。他们只是用干干净净的双手将不计其数的粮食白白扔掉。仅一个小小的乡镇超市，每天扔掉的粮食就达上百公斤。因为一些莫名的数据，因人们无度地囤积。按法律，那些"垃圾食品"是不得给任何人食用的，尽管被扔掉的整盒鸡蛋中，只有一个稍微损裂。水果也一样。肉也一样。而面包，不被允许隔夜。

异乡人目视这一切。这发生在世界各地不同又同样的一切：占有、损耗、浪费。

薄荷被揉碎了。

异乡人转身，一任那个试图领她进染坊的男人千呼万唤。

一条狭窄隐蔽的巷子里，一位女孩倒下一杯薄荷茶。女孩来自美国，已在摩洛哥待了一年半，是客栈的员工。

"无论如何，我爱摩洛哥。"女孩说。年轻的脸上满是喜悦激动。

"是的。"沉吟一下，异乡人答。

五

长长的海岸线，辽阔得平坦无垠，你可以这样一直走，一小时、两小时、一天、两天……直至几百公里外的另一个城市，甚至，另一个国家。

马儿们静物般立在空旷沙滩，随着旅游业兴起，它们的主人心甘情愿脱下长衫，骑着它们离开大山，于是，这片永远吹拂着海风的一望无际成了它们的长久栖地。

日复一日，马儿早已熟知自己的工作路线，知道该在何时撒腿狂奔又该在何时收缓。比如那个岸边丢满塑料瓶的浅湖，总有无数海鸟安静停歇，马儿慢慢从中穿过，鸟儿们依次飞起，湖面便漂荡着成千上万的洁白精灵。湖边有一个古堡废墟，大多时候访客只有一些山羊。它们瞪着纯洁又不带情感的眼，咩咩叫着奋力爬上枝干，或是尽可能直起身子，贪婪地啃噬被湖水滋养得碧绿的嫩叶。

有时，在废墟某个隐蔽处，新来者会发现由于有人突然出现而骤然分开的亲密身影。那是某位年轻的马主人与他金发碧眼的女客人，或是年轻的沙地摩托司机和他的女客人。他们神色尴尬，故作镇静，骤然分开的躯体因荷尔蒙而散发着某种强抑的微妙的激烈。

而港口，清晨和傍晚总是忙碌的。那里气味腥浓，地面湿漉，人们将打捞来的鱼虾分箱装集，发送到饭店或是就地零售。成千上万的海鸟与野猫无休止地争夺被扔在地的新鲜鱼肠。港口对面有一座小小的孤岛，岩石因落满鸟粪而斑驳发白。傍晚，鸟儿们那落叶般盘旋的黑色剪影，仿佛受到深不可测的巨形涡流吸附，一队队、一列列，依次消失于天际，不时的孤绝鸣叫像从海底深处一般遥远地传来。

"你从哪里来？"一个皮肤黝黑的男人笑容满面。他礼貌地将经过的女士拦下，礼貌地请求：可不可以看一看她那枚漂亮的戒指，也许对他的设计灵感有所帮助。这一路上，各种商贩已用相同理由把她的耳环、戒指、牛仔裤甚至头巾都赞美了一遍，但真正目的只是让你停下，观看他们的商品并最好买些什么。

你从哪里来——总是这样开始。无论哪里，无论当地人还是外地人，无论十年前还是十年后。

她想起那个瘦削苍白，食量像猫一样小，总是沉默地在角落慢慢卷着烟叶的大学生。一个经过多次漂洗的白色布袋，装着一个老旧的既不能上网也不能拍照的诺基亚，以及一本薄薄的克里希那穆提。在同一个多人间住了很多天以后，他才一点一点告诉她，他来自德国。去年，他的哥哥死在了墨西哥，今年，年已半百的父母开始正式分居。

她想起那个骆驼般吃苦耐劳、已在路上走了几年的背包客。他总是开玩笑，总是希望接近漂亮姑娘。他戴眼镜，文质彬彬，每天都手洗衣服并把还没干透的衣服穿在身上。他也来自德国，这回要用一年时间从西到东走一圈非洲。"很快就要开始冒险了。"他说。他指的是搭乘毛里塔尼亚那趟无与伦比的世上最长的煤矿火车。

那火车，长达 2.5 公里，因此也就没有所谓的火车站可供停泊。当然，它开得极慢，所以人们还是可以抓紧时间跳上去或跳下来。火车开在空寂的撒哈拉，十几小时车程，只有茫茫戈壁和沙漠。当然，还有永不改变的璀璨星空。

火车只有头几节有座，价格便宜，但如果能够忍受剧烈颠簸和无尽尘埃，那么就可以免费睡在煤矿石上。他选择睡在煤矿石上。

出发前，他告诉她，除父母外，他从没跟任何人生活过一周以上。说，感到有一点紧张；说，他是个孤独的人。

她想起那个圆脸韩国女孩：衣裳总是很宽，烟抽得很凶，国际象棋下得很好，每天大量吃水果，咀嚼响亮。女孩用了两年时间疯狂打工，就为了到埃索维拉（Essaouria）冲几个月浪。女孩说自己已二十八岁了，但从不知道什么是爱情。只能想象。

你从哪里来？——意大利、德国、中国、日本、墨西哥、以色列……人们回答，然后同样发问。

你从哪里来？——这只是一句问候，一个开场白。由此引出的，是一连串各式各样或坦白或隐晦的个人历史。人们将历史打包进行李，扛在肩上；人们期望着，远方的风和阳光能将忧伤吹尽，将故事漂白。人们希望——从此自由。

世界如此辽阔。可无论从哪里来，到哪里去，所有走过的路，都只是内心轮回无尽的版图。可人们依然渴望穿越，以理想、以汗水、以战栗、以我思与我在。

人们于是抵达，在清晨，在晌午，在深夜。在梦里和梦外。他们走进简陋小店，吃着廉价食物，饱览各样风景。他们高谈阔论，或是默默在小本子上书写，他们身携耳机和书籍、滑板和爱人的相片。

他们马不停蹄，身携整个世界。

而另一些——那些叙利亚人、缅甸人、印度人、摩洛哥人……那些鲜少有人发问、永远守在家乡守着粗粝的岩石和贫瘠的玉米地的人们，远方是什么又有什么呢？

曾经的约旦沙漠里，那个认为约旦大得不得了的贝都因人，当某天突然看到世界地图，发现自己的国家竟几乎只是一个点，惊讶难过得几乎要掉下泪来。

曾经的巴基斯坦，那个有着一双美丽绿眼睛的小伙，不停地问每一个碰上的中国人：可不可以写一个邀请函，也许那样他就有机会到国外看一看。多年以后，小伙终于去了一趟圣彼得堡。那段时间，他的 facebook 上，异国的相片铺天盖地——那将成为他平凡生活的长久自豪。

而那位总是神色忧戚的黎巴嫩姑娘，不顾一切地工作，只为了不顾一切地离开。因为曾经，由于宗教信仰不同，她被迫永远地与爱人天各一方。

心是所有的千山万水。

现在，异乡人走到了西属撒哈拉。

南下的路上，至少历经了十几次严格的关卡盘查——即便是在这样一望无际的巨大荒凉中，仍有着人类固执冷漠地对峙分离：西撒人和摩洛哥王国各自寸步不让。

一个足球突然滚落到面前。接着，一个小小的身影旋风般骤然显现。

"Bonjour!"清亮的声音响起，但她还来不及回应那身影就又从身边飞过去了。她甚至没看清他的眉眼，仿佛那问候只是一块不经意甩过的瓷片，仿佛除了那个久经沙砾磨损的足球，这世上再无他物值得关注。

一支驼队海市蜃楼般渐渐显现。它们身驮囊包，步伐缓慢沉稳，两个头巾紧裹、只露出双眼的男人身体微弓，长长的白袍旗帜般不断鼓动飘扬——就像千百年前那样。

一阵大风刮过。滚滚尘烟中，孩子仍固执地继续着一个人的球队，骆驼稳定地继续朝着东方行进，时隐时现。

一种难言的理解，一种莫名却深沉的温柔，芽苞般缓缓在心间膨胀、升起。

异乡人抹掉额头的汗水，重编了一遍辫子，将背包加固系紧。

一个新足迹出现在沙地。

（原载于《民族文学》2019 年第 1 期）

呼苏木奇

阿依努尔·吐马尔别克（哈萨克族）

当我从聚会的族人那些熟悉又模糊的面孔中，仔仔细细地打量小爷爷的时候，我才第一次认真审视父亲家族的血脉。

祖父早已经在 2004 年那个寂静的夏日离去。我依稀记得，父亲那一日赶着祖父圈里的几只羊去远处放牧。几只老羊低垂着的头，也让人莫名地气短起来。那是家在牧区的伯父提前送来的"牺牲"，预备着在祖父的葬礼上宰杀待客。

那一年，父亲兄弟几个都抱怨着日子过得很紧，不肯提早拿出钱来筹备那场可以预知的葬礼。圈里的这几只羊，是我们仅有的筹备。

祖父病重的时候，父亲和我都放了暑假，跟着做医生的母亲一起搬到祖父家里，为着方便照料祖父。对于那个夏天最深的印象，就只剩下父亲不再发亮的旧皮鞋和那几只静默地等待着牺牲的老羊。偶尔，父亲在圈外点燃一根烟，长久地不言语。

那一日，父亲又在午后去牧羊，只有年轻的叔叔陪床。八家户的土地总是那么干涸，刚刚洒下的清水被地面吸收得干干净净，如同那些扎进祖父身体里的针剂，收效甚微。我在屋外的葡萄架子下跳方格，跳着跳着，屋里就传来惊慌的哭声……

我已经忘记那几日的慌乱和疲惫。我穿着拖鞋给客人倒了一次又一次清洁双手的清水，再由同宗的亲人招呼他们入席……等葬礼结束了，我缓过神来，发现脚底已经沾满污泥。

两天以后，家里与祖父同庚的几位长辈传来消息——我们可以进行最后的告别了。我跟着叔伯们，依照次序跟遗体告别。

我学着姑姑的样子，在祖父的额头轻轻地抚过，祖父的额头冰凉，有点像石头的质感。祖父生病时已经枯瘦如柴，一米八的身高蜷缩成婴儿一样无助的姿态，父亲常常两臂一张，就把祖父从病榻上抱起来。

祖父如同石头般冰凉的额头，连带着他饱经沧桑的清瘦的脸，让我觉得极度不真实。我还想再回过头去，再抚摸一次祖父的额头，却因为害怕打扰祖父而犹豫着作罢。我后来知道，在我们和祖父最后一次作别之后，祖父的同庚、亲家等几位有着重要身份的人就要清洗祖父的遗体，用白布包裹，等待着送往墓地安葬。

祖父早就吃尽了苦，临终前被病痛折磨得形销骨立，他早已干瘦的身躯，经过那样郑重的清洁，不知道有没有得到安宁。

祖父被埋在了八家户的哈萨克坟地。他算是高寿，早些年，他的数位亲兄弟早已经陆陆续续地住进了哈萨克坟。

哈萨克坟紧挨着公路。我三四岁的时候，和祖母坐车经过，她早就告诉我，经过墓地要为亡人祷告，要郑重地祈求亡人的安宁。从那天起，我没有一次敷衍过墓地的祷告。只是那时候，我不曾想过，有一日祖父也要在这里长眠。祖父走后三年，祖母也睡在了这里。

我常常疑心，祖父的胡子枯白枯白的，就是因为生活在八家户这片枯白、无望的土地上。

我工作以后，开始做一点整理哈萨克老人口述的工作。在一个雪后的冬日，我和父亲终于又沿着八家户凋敝的村庄一路开车，去一位与祖父同宗的爷爷家里采访。

八家户牧业一队的牧民早已通过政府的抗震安居工程，盖上了一模一样的新房子，稍不留神房子就错过去了。我们一边开车，一边顺着一排房子数着号码，数到47号，就是我这位爷爷的屋子。

那天雪很厚，天刚亮没多久。牧业上的老人总是起得很早，天还不亮就要点亮家里的火苗。这一星火苗里，是带着某种仪式感的，不早早点亮，仿佛就错过了什么。我们透过铁门探头去看，屋子门口没有脚印，屋顶也没有炊烟，显然老人并不在家。我们望着圈里哞哞的两头牛，只好败兴而归。

第二天，我又天不亮就出门访客。和前一天一样，除了圈里的两头牛，迎接我的只有牧业队冬日里冷冽的带着点牲口味儿的空气。牧业队的老人早就领上了养老金，过着富裕、安逸的生活。这位爷爷的独子在城里当医生，几个女儿都出嫁了。他和老伴儿全是为了这几只牛羊，守在牧业队不肯走。

"可惜你爷爷没有赶上好日子，辛辛苦苦一辈子，日子好过了，他已经变成了一抔黄土。"我和父亲在屋前的芦苇丛边聊天。冬日里雾气朦胧，秋日倒伏的芦苇在冬日的积雪里也显出一点苍凉。父亲的香烟一明一灭，我很少见到父亲这样剖白心迹。

父亲那个年代的人把所有的柔情都给了儿女，对父母、兄弟却甚是粗粝。想来这都是因为父母贫苦，做子女的也如同浮萍在人世沉浮，哪里能有那么多温柔的情意。我心头一酸，想起祖父病重，为了照料那几只待宰的羊，父亲还要每天在戈壁放牧。

正在踟蹰，屋后面的邻居出来了。他告诉我们，冬天正是婚礼忙碌的时候，因为婚礼上要有德高望重的长辈为新人做祷告，爷爷早就被接到隔壁的镇子去参加婚礼了。

我很失望，想着不知道何时才能见到老人，多聊聊父亲家族的那些故事；又觉得很有趣，谁能想到牧业队里的空巢老人有着这么丰富、忙碌的晚年生活呢？

带着一点对祖父隐约的念想，我和父亲离开了牧业队。父亲偶然说了两句心事，大概也不大习惯，一路上不再说话。

过了几天，在一个婚礼上，我终于见到了老人。顺着老人的故事，我厘清了父亲的家族来时的路——那是一条沿着古老牧道走来的艰辛的路。

我隐约知道祖父婚娶很晚，和祖母差着一些年岁，一直到了二十七岁上，才娶了年仅十五岁的祖母。那时候，祖母家里突逢变故，祖母的父亲骤然离世，只留下寡母和一个年幼的弟弟。族里的长辈就决定把祖母嫁给祖父，让他们孤儿寡母把祖父一家作为依靠。

那是 1951 年，祖母几乎是个孩子。她穿着母亲亲手缝制的嫁衣，头顶是哈萨克女孩最骄傲的头饰—— 一簇猫头鹰的羽毛。祖父的胞弟都还年幼，祖母跟着小叔子们在呼苏木奇的牧场上玩耍。她新失了父亲，又还是个孩子，婆家的人都不肯责备她的稚气。只有公公每日放牧归来，在毡房附近弯腰捡起随处掉落的羽毛，交给妻子。羽毛是那么光洁，一如少女天真娇憨的脸庞。妻子接过来，再将羽毛一一别在儿媳妇的帽檐上。

祖父有一个在草原上出了名的美丽贤淑的母亲，叫吉别克——丝绸之意。这位闺名叫作"丝绸"的老祖母像珍视自己的少女时代一样为儿媳妇的青春保驾护航。我猜想那是祖母最后的少女时光，在呼苏木奇牧场上闪着最后的光。

这段故事里祖父出现得很少。但我知道，就在这一年，精河县建立了八家户牛场，专门养牛。精河县的地方志上写着这是一个县级单位，直接归畜牧厅管辖。那个年代轰轰烈烈的决策总是很常见，一不小心就改变了人的一生。

我的这位小爷爷告诉我，八家户牛场的建立是因为国家要抗美援朝，新疆打算养一批牛来支援朝鲜前线。从伊犁拉来的几千头牛在八家户安了家。祖父一家还有这位小爷爷一家都从呼苏木奇牧场上搬到了八家户，成了牛场的成员，帮国家放牛，一个月能有三十块钱工资。

在八家户，祖父度过了他一生中最年轻力壮也是最为荒唐的岁月。祖父打马一去常常就是十几天。偶尔回了八家户，不肯立刻回家去，又将马儿拴在别人的家门口，再去寻欢作乐一番。欢声笑语从别人家里传出来，祖母这边却只有凄风苦雨、孤儿寡母。

我年幼的时候，住在祖父母家里。祖父早已失明，只有一点光感，又年迈，祖母因为小了一些岁数，倒还硬朗。祖母常常像祥林嫂一样讲一个故事：那一年，你祖父打马一去就是十几天，我在家里苦苦支撑着。到了邻居家赛马取乐的日子，邻里都去了。我远远地望去，你祖父的枣红马也拴在马桩上，我知道他早已回到八家户，却贪恋那一点欢乐不肯回家。而我，脚上的旧靴子早就穿破了，你祖父哪儿知道家里缺什么。又过了一段时间，小叔子去伊犁探亲，为我带回来一双新靴子……

因为哈萨克人避夫家名讳的礼仪，祖母一生都没有直呼过小叔子的名字。他们幼年时就在呼苏木奇牧场上一起玩耍，后来举家搬迁时，又一同搬到了八家户，小叔子心疼这位嫂嫂。而祖父，却把柔情给了祖母之外的每一个亲人。

"你就算了吧，老太婆。当着孩子的面，你说些什么？男人能有什么脑子，哈萨克人能有好日子，靠的都是女人的智慧。"祖父总是急切地打断祖母的话，又小小地辩白一下。这里边当然有哈萨克男人到老了也不肯放下的一点俏皮——一点点甜言蜜语就把多日的怨言轻轻地拨过去。

祖母年幼丧父，嫁给祖父，生育了十个儿女，一生都在辛苦操劳，年老后，一生的苦楚都涌上心头，自然像祥林嫂似的。

不过哈萨克男人那种孩子气，我却是知道的——只要有良驹和美酒，他们就能像草原花骑那样，一个阿吾勒接一个阿吾勒逛下去。在家里辛苦操持的，往往是瘦小、坚韧的女人。哈萨克男人总是贪玩荒唐，但到了某些时刻却不忘赞美女人，心甘情愿地把自己的姿态放低。就是这一点诙谐、机智，让哈萨克男人有那么点可爱。

我们这个部落的名字——柯宰，正是数百年前率领部落抗击外敌的先祖柯宰母亲的闺名。以女人的名字作为部落的名字，在哈萨克的部落体系中也是极为少见的。然而，草原上的女人身上，总有着说不完的传奇。我们家族里，那位美丽贤淑的吉别克——丝绸老祖母，也占据着重要的位置。

我很小的时候，祖父就跟我说起吉别克老祖母的故事：

吉别克母亲在冬日的雪灾里冻伤了双手，两只手的手指全部冻烂，待到痊愈，只剩了手掌和半根拇指。

吉别克母亲是一位有名的织女，她用手掌和残存的拇指夹住针，一针一线地缝制花毡和衣物，我们家的毡房总是最光鲜最好看的。

吉别克母亲最是勤劳。她在牧场上日夜忙碌，赶制奶制品，硝羊皮制衣，匍匐在地面上烤馕。

吉别克母亲持家有道，牧场上来来往往的客人都知道只要去了吉别克家里，就绝不会饿了肚子……

吉别克老祖母早已作古，埋葬在呼苏木奇牧场那处清净、悠远的所在。祖父已经到了胡子花白的年纪，可说起吉别克老祖母，他仿佛还是那个在呼苏木奇策马的荒唐少年，打马一去数月，再回来，母亲美丽的身影还在毡房前守候着。

在祖父的故事里，父亲这个角色是消失不见的，只有吉别克母亲，是生命里永不磨灭的记忆。

我年幼，故事听一半就睡着了，对吉别克老祖母的传说只剩下了一星半点的记忆。一个哈萨克的女孩子，无论如何叛逆，如何接受了新世界的洗礼，生命的底色里还是会留下一点草原女人的留痕。我常常想象吉别克老祖母用残损的手在毡房里不停地劳作，想象那微低着头颈，用虔诚的姿态缝制斑斓花毡的女人……

待到我和小爷爷聊起，终于知道丝绸老祖母的双手为什么会在冬日里冻残。

那是 1946 年的冬天，祖父是年仅二十岁的少年，祖父的弟弟刚刚出生，尚在襁褓之中。国民党的军队来了，一路西进。在呼苏木奇上空，飞机轰鸣而过，炸弹扔下来，一圈一圈的牛羊就无助地死去。

无助的不只是牛羊，还有那些平凡的牧人，他们并不知道外面的世界发生了什么，就遭遇了灭顶之灾。整个牧场的牧人都在族里长辈的带领下，翻越呼苏木奇，向伊犁逃去。

那一年冬天很冷，吉别克老祖母身上只有单衣，她把尚在摇篮中的儿子架在自己的马鞍前，一手护着摇篮，一手牵引着马，也一路逃去。经过五夜的奔逃，飞机终于停止了轰炸。

他们在森林里短暂地躲避，待回过神来，吉别克老祖母的双手和我那尚在襁褓的小爷爷的一只手都严重冻伤了。森林里缺医少药，到处都是尸体，根本无法医治。族人们只有把毡毯盖在身上遮体避寒。吉别克老祖母双手冻伤，渐渐地只剩了手掌和残缺的拇指，小爷爷的一只手也自此残缺了。

我猜想双手残缺的吉别克老祖母，在祖父兄弟心中无疑是生命里最完美的女人了。她把摇篮横架在马匹上，护着幼子在飞机轰炸下奔逃的样子，总是一次次浮现在我眼前。

轰炸结束之后，祖父一家投靠到伊犁的富人家里，牧马牧羊，聊以度日。过了两年多，才回到呼苏木奇牧场。

在呼苏木奇牧场，整圈的牛羊，早已经被炸死。祖父在一个富裕的维吾尔人家里放牧，逐渐积攒了自己的牛羊，才重新支起了属于自己的那顶毡房，有了自己的家。

在人世间飘零已经不易，更何况生逢乱世，又贫苦无依，自听说了这段故事，我的心里总是泛着苦涩。祖父母从未曾提起过这段往事，我只当他们年轻时一个是荒唐少年，一个是年幼无忧的少女。

呼苏木奇是见证了我们这个家族血泪和欢笑的地方。祖父举家搬迁八家户农场之后，呼苏木奇牧场就没有了我们的至亲。呼苏木奇这个名字，伴随着旧故事，却常常出现在家人的口中。

夏日里我和妹妹总是去呼苏木奇消夏，待个一两天。跟夏牧场比起来，呼苏木奇牧场实在是纤弱、稀疏的，全然没有大牧场那种气派。

"呼苏木奇牧场根本不是什么水草丰茂的大牧场，哪里值得那么留恋？"我问小爷爷。

"呼苏木奇是穷人的牧场。它有漫山遍野的野兽，穷人家都打猎，打来了猎物给孩子吃。它有干净的水源和俯拾皆是的木柴，把孩子们派出去，一会儿就带回了整桶的水、干燥的柴火。还有你的祖母，她才十五岁，脸如满月，帽顶的羽毛总是一闪一闪的。呼苏木奇的好处啊，只有我们那个年代的人才懂。"小爷爷的回答与我想象中并不一样。

我把呼苏木奇的角角落落转遍，试图找出一些遗迹。祖父当年的脚步自然不会留下痕迹，只有那些年代久远的人物和故事，带着一点往日的余温。祖父、吉别克老祖母和那些家族里令人着迷、心酸的故事，都是尘世的沙砾啊。

（原载于《民族文学》2019 年第 1 期）

散板十五章

杨启刚（布依族）

拒绝融化的冰

你就是有炽烈的光芒，也燃烧不透我内心坚固的外壳。我在自己的世界里已经沉睡很久，我的琥珀心已经不愿意沾上俗世的尘埃。

我冰清玉洁的内心，已经习惯于在零下的温度里享受自然的清新。

我的世界多好，没有疾病，没有喧嚣，没有嘲讽与讥笑。甚至，没有人间的烟火，没有尔虞我诈的心机，没有战争与流血。

晶莹剔透的外表，是我抵抗这个世界的武装。我的硬度是一枚抵御风声的鸟鸣。起风时刻，我就静静地躺在冰冷的土地上，我没有泪水需要流浪，我没有奢望让这个世界接受我的背叛与孤独。

我拒绝太阳。一个人的世界多好，干净、纯粹、晶莹，不动声色，独自冥想。就是小鸟站在我的身上歌唱，我也不会惊动它的抒情。就是它用小喙啄动我的心脏，我也会忍住淡淡的忧伤，不让一滴泪水，在这个冰冷的黄昏，流过那些岁月的梦想。

我的生命只有一个季节，我的使命只是在风中承受诋毁与打击。

即使在人间最冷酷的日子里，我也拒绝做一个投降者，永不叛逃自己的疆域，永不在自己的国土挂上那面醒目的白旗。

我拒绝与白昼同流合污，在高高的山冈上，让风，吹散一世的阴霾。

当阳光莅临，我会关闭所有的出口，只留一条通向人间的暗道，等候子夜时分的一枚雪花，再次把我轻轻唤醒。

即使最后化为一摊水，尸首全无，也要回到英雄的故乡。

从此以后

你进入庙堂，我回归乡野。

三月隆起的春风，没有腥潮的气息，空旷的乡村，再次闩上紧闭的门扉，最后一声鸟鸣，在空气中稀释重金属的摇滚，群山封锁了它们漆黑的耳膜。

而我此刻正在觥筹交错的酒桌上，品味城市五彩的虚幻，泡沫与冰冷。

摩天高楼上空，今夜的最后一次航班，正贴着黎明的翅膀飞翔。而翌日的机场里，一浪高过一浪的呼吸，让这座城市陷入春天的低谷。巨大的轰鸣声，是这座城市最后挣扎前的喘息与咆哮。

我更替着角色，在不同的时段和季节，交换着不同的思维。我的兄弟和姐妹，朋友与对手，让我在城市逼仄的钢筋水泥丛林里狼奔豕突，找不到乡间芬芳的呼唤，看不见百年老屋里的那缕炊烟，袅袅地究竟要飘向何方？一条瘦成绳索的小河，此刻，它结成圆圈，正在勒紧自己的脖子，做自戕前的演练。它已经丧失生存的河床、泥沙与水草，对这个世界充满敌意。

你从此寻找不到山峦的松针，锋利的刀片，随时见血封喉。明晃晃的玻璃墙体上，光斑的污染，像一只上下攀爬的壁虎，寻找不到最后的归宿。黑夜永远破解不了白昼的谜语，正在深入每个人惶恐不安的内心。

你是进入庙堂呢，还是怀揣他乡，在城市与乡村的缝隙之间游荡？

车流不息的夕阳下，夜的面目狰狞可憎。

从此以后，谁也寻找不到指针飞奔的走向。

渐渐被遗忘的月光

蓝天褪下青衫，天空暗淡下来；漂泊多年的月光，却没有如期而归。

我奔跑在自己的花园里，碰落了一些玫瑰散落的香气。那些带刺的月季，用荆棘刺破了一条河流的梦想。

夜，渐渐转入岑寂，虫鸣不再。油菜花簇拥的村庄，早已被一群蜜蜂破门而入，它们嗡嗡的声音，是驱赶夜幕的利器。

多么漆黑的村庄啊。零零星星的灯盏，把忽明忽暗的窗棂修饰得更加苍凉。正月未去，年轻人早已远走他乡，城市的灯红酒绿，是另一个诱惑的人间天堂。

老弱病残的乡亲们啊，只有你们挪不动早已疲惫的双眸，永远都离不开这片湿润的土地与村庄。

生长于斯，病老于斯，就是一把枯骨，也要沉睡在高高的山冈之上。就像那年出走的月光，清冷，孤独，凄凉，在漆黑的寒夜，闪烁着幽暗的微光。

一个人在黑夜里徘徊太久，他的心，就会变得冷漠，自私，毫无温暖的念想。就连空中的琼楼玉宇，也是那么地惆怅空旷。

幼时的月光，此时，不知躲藏在哪株古老的大树旁。那群窃窃私语的萤火虫，也正避开夜的圈套，飞行在低矮的草丛。

没有月光的子夜，一盏孤灯，寂寥地悬挂于古老的屋檐之上。

城市庞大的身影，已经丧失田园抒情的主题；一地破碎的月光，泼洒在城市嘈杂喧嚣的中央，早已没有乡村淳朴圆润的模样。

农历十六的苍穹啊，虽是一轮满月，却也不再那么皎洁明亮。

我只能低头悄悄叹息，举首啜泣张望。

村庄离我们越来越远，远得只有一个词的距离，远得中间只能夹着一弯孤月。

远得只有伸长怀念，心里却近得一片荒芜。

月色苍白，村庄微凉，它们正在渐渐地被一代人慢慢遗忘，被另一个星空悄然埋葬。

弄

我只愿意在自己的田园，做自己的王，我没有一统天下的奢望。

我只守卫我的江山，我没有铁蹄，去践踏另一个王侯的疆域。

我每天上山狩猎，下海捕鱼。用一朵花，喂养我的萧笛；用一幅画，描绘我的内心。

起风时，就用一叶小舟驶回大海与岛礁。

此刻，美人鱼只用呜咽的哭泣，告诉我深海之处的黑潮与泥沙。

我的宫殿已经年久失修，朱红的大柱，被一群白蚁侵蚀。

我早就知道，终有一天，我的王朝会丧失在贼臣的掌心。他们唯唯诺诺、躲躲闪闪的眼神，让我窥视到了他们长褂里面隐藏的贪婪与凶险。

此刻，宫墙外的卫兵，正在春天的柳絮里，擦拭自己手中长满锈迹的长弓。

年老色衰的城池，怎能抵挡一把野火的焚烧？

那些虎狼出没的海岸线，一群草寇正持刀而来。他们的身后，骷髅旗闪烁着寒冷的凶光。一门长炮，瞄准的是，年代久远的江山。

我已经收拾好残破的江山，准备在一座古寺里陪伴青灯，度完一生。门前那株风中摇曳的寒梅，正在暴雪里一层层地褪下素白的花瓣。

一个小僧走过，悄然拾起一粒香火。他的身后，雪，一直在低低地下……

此刻，夜幕正在降临，我的王国，已经悄然退朝。

大殿外的门楣上，已经弄不清众卿苍白的脸色。

去年夏天的花枯萎，当然是你不可抗拒的命运。

但是有阳光，你的生命就会延续；你的种子就会绽开胚芽，拱开坚硬的土层。

去年夏天的花啊，正在沿着一条河流悄然而上；那些河畔的青草，是你儿时的伙伴，是你娇羞的低语，是你的伴娘！

起风时，我看见你的花骨朵在浅浅地笑，脚下的黑泥，油亮得可以明媚一个世界。

所有的花，都不会全部在夏天微笑着绽放。

夏天的花，其实也只是花的影子，和花的尸骸。

它们有着强烈的光照，是光斑下的紫红，是紫红里的香气，是香气里暗藏的小秘密。

去年夏天的花，比今年夏天的花更加鲜艳。饱满的阳光下，我牵着向日葵沿着湖边散步，百合与月季陪伴左右，紫薇和石榴是两位好姐妹，栀子花与凤仙花躲在一旁哧哧地嬉笑打闹。

就像我此刻的心情，整座城市都酣然沉睡了。只有我，伴着窗前的海棠与茉莉，在构思去年夏天丢失的花瓣。

在初夏的子夜，我窥视花的阴影；白昼里，我抒情花的娇媚与靓丽。

去年夏天的花啊，它是我的情人，更是我的一群好姊妹。

我要恳求阳光，不要灼伤她们单纯的眸子；我要让她们仅披一件婚纱，就能果断地嫁给这个季节。

其实是没有去年夏天的花的。

花，它只是一个字典里潜伏的名词，仅用一个"爱"字，就完全能够让我怜香惜玉。

照　见

黄昏的一场微雨，落在暮春深处。

你们开始出行，游山，玩水，一掷千金，你们不再宠爱山珍海味。五谷杂粮，路边野菜，成为这个季节的首选，成为雨后不可倾诉的暗语。

海拔千米的高原上，山岚送来满坡的野杜鹃，一级级石阶上，颤抖着不可攀越的足音。

山下的停车场里，车们趴成一堆，做短暂的休眠。但它们最后的命运，树们心知肚明，心照不宣。

只有红樱桃，用亮晶晶的眼睛，向我诉说桑葚的乌黑与甜蜜。

我喜欢桑葚。它让我真实地遇上自己。它真的乌黑，紫黑，胡乱潦草地摆在小巷深处，也不会自惭形秽。

又像极了我的油黑的泥土，面色黝黑的父老乡亲。

他们在这个季节里，只会点瓜种豆，打田插秧，只会把腰弯得与土地一样低微。他们言语不多，就连蚂蟥使劲地扎进他们的血管，也只用一把秧苗，就轻描淡写地扫下瞬间的痛苦。

没有尖叫，没有惊呼，与你们的想象和夸张，隔着一张身披的蓑衣。

是啊，你们站在山巅，雀跃、欢呼，手执张扬的野花，摆成多么优美的造型，发布在微信圈里，昭告天下。

夜幕降临之际，炊烟升腾。桑树已经抖落一身的雨滴。

你们携带着风的尘埃，回到钢筋水泥浇灌的城里，回到空气污浊的人群！

这个季节，多么地需要一粒饱满壮硕的桑葚，来滋阴养血。肝肾不足，血虚精亏的朋友圈啊，更加需要明目和补血……

此刻的村庄，正在等待黑豆与玉米，正在盼望桑葚的如期而至。

堂屋的神龛上，许多年了，祖先们仍然端坐着沉默不语。

清 水

必须有一个词，来衬托你窈窕的身影；必须有一位含情脉脉的少年，温柔地捧起你如花的脸盘。

这个世界相生相克。沿着一条清水，我在山北，可以寻找到一株名叫雪莲的仙草；而在山南，一朵虫草正伏在干涸的沙砾上，艰难地吐露笑靥。

夏天悄然而至，我们不再龟缩在冰冷的巢穴里。当栀子花的清香飘满大街小巷，一朵小小的茉莉，也正抚摸着广玉兰光洁的额头，给它一个星形的五瓣初吻。

不论是有形的，还是无形的。一滴清水，或者一池清水，都是前世修来的馈赠。而城市庞大的面具下，可以称为清水的，在水龙头生硬粗粝的阀门里，它已不再是纯粹的清水，它添加了太多修饰的名词。比如漂白粉，比如呛人的气味……在停水的季节里，它甚至还释放出锈迹斑斑的黄水，让空气跟着蒙羞。

正如清水不清，一种意象正在吞噬着健康的身体。一种无法抵御的疼痛与寒流，正在袭击大脑的中枢神经。

而在离群索居的远山深处，人迹罕至的丛林里，一条欢快的清水，正在轻轻地拍打着圆润的卵石，叮叮咚咚地流向前路未卜的远方！这里的清水已经不仅仅只称为清水，它永远只是一幅轻描淡写的水粉，定格在画框之外的记忆深处。

它未被污染，也没有遭受人为的粉饰，更没有为了一次暗夜里的献媚，而改变它的本质与流向。

清者自清，浊者自浊。

横亘在我们面前的，只有硬骨，或者屈膝，投降于一次失败后的埋伏。

毅然跨过去，或者做最后的权衡，都会让一条清水名声扫地，或者嵌入殿堂。

实际上，我此刻不是在抒情一条河流，也不是在赞美河流里的水清。

我是在想象一位女子，她拥有清水一样柔软的骨，拥有清水一样明亮的眸，更拥有清水一样纯洁的内心，拥有这个尘埃世界里所不具备的，那种久违的宁静！

在这个嘈杂的世界，我无法考证一条河流背后深藏的来路与清白。

我考证的结果，水至清则无鱼，无鱼则至清。

我不能让一条浑水里的鱼，就毁坏了一条流水清澈的一生。

七月，闪电是冰冷的

我无法用"冰冷"这个词，来掩盖七月的酷暑。

就在这个七月的最后一个夜晚，我看到了闪电。看到了闪电中暗藏着的愤怒的火星，正在撕开夜幕的狰狞与丑恶。

疫苗与死亡，正在成为七月的主题。我已经用哭泣和经幡送走了几位亲人、朋友，与尘世。

崔健的声嘶力竭与田馥甄的柔情蜜意，聚光灯般地扫射在我变形的面孔。我已经不会捧着鲜花赞美土地，我已经习惯于用麻木来抵抗这个世界的虚伪、俗气与浑浊。

就连闪电，也是冰冷的，它已经唤醒不了我的四肢。

在黑夜，我只能以一匹孤独的狼的方式，对着苍天哀嚎！

而河岸的对面，一座废弃的空城正在被密密麻麻的蒿草包围。

断裂的烂尾楼顶，几粒鸟鸣也显得稀稀落落，溃不成军。

一朵野花，顾影自怜地在风中；它紧紧地抱着自己干瘦的身体，瑟瑟发抖。

远方的篝火，没有温度，没有跳跃的火苗；更没有诗歌，与远方。

就连闪电，也是冰冷的。

它自己抽打自己瘦小的身子，用黑夜无语的河流，来掩饰自己蓄藏已久的泪水。

七月，没有来路。

在暴风雨来临之前，那就用一束惨白的闪电，来照耀这个凄苦的世界吧。哪怕只是冰冷的呼吸，瞬息之间的喘息，也决不轻易地向世俗妥协和投降。

我无法拯救整个人类，我只能拯救自己日渐衰老的灵魂。

在七月，也只有闪电，仍然还是冰冷的。

你听，这喧哗的水声

我已经在山中住了千年。

一间茅屋，一顶斗笠，半壶浊酒，几滴月光，静悄悄地陪伴着我。

我已经习惯于山里的清寂，习惯于与潺潺的溪水相拥。

那些喧哗的水声，不是我所需要的！

那是尘世遗留的谎言，用表象来掩盖它的虚伪与慌张。

在山中，我早就听不到喧哗的水声。

我双耳不闻凡尘的俗事，我已经不会与那些心怀鬼胎的人世对话。

那么多条肮脏的河流，它的流向早已违背了最初的旨意。

你听，这喧哗的水声，把半山的鸟们惊飞；那河床下的暗流涌动，早已掏空一个人的操守。

盛夏的流水，已经成为哗哗的记忆。

秋天又到了，一切又归于沉寂。

但我总是听不惯山下的岁月，拥挤、嘈杂、倾轧，不像山中的日子，点一支檀香，泡一壶清茗，奏一曲古音，那些随手可摘的果子，就挂在树丫上叮当作响，众鸟觅食时，总会看到它们小小的脸庞上，写着满足的啼鸣。

我的那把名为"玄月"的古琴，此刻正惬意地躺在爬满青苔的小溪旁，酣然入睡，不留半点倦怠，不带走梦中的一声低吟。

那些喧哗的流水声，在一条条没有设防的深谷里，全无踪影。

没有回音的废墟

大地沉寂。我不能仅仅只用黑夜，轻描淡写地就来修饰天空的坠落。我更不能轻易地用世界末日，来证明我对这个词语的仇视。

此刻，比我的思想更冰冷的，还有现象。残垣、断壁、晚霞中的残肢，以及躲藏在沙砾里低低的抽泣，那只是表象，是一张白纸，画上尖耸的教堂，弥撒时刻到了，却没有一个信徒，前来秉烛诵经。

一个人的虚空，完全被空旷所围剿。一匹瘸腿的狼王，夹紧秃尾，哑声于荒原的尽头。庞大的鸟群，只会迁徙于风中的呼啸。甚至于一朵云，它也急切地降落于草丛之上。

流浪的猫，仅仅盲从于一条干鱼的诱惑。夜路越走越黑，没有黎明前的一缕曙光，像往事一样呼唤。子夜的风，虽然只是一条轻飘的绳索，但它仍然轻而易举地勒死了每个出入山巅的灵魂。

经幡已经拯救不了低飞的虫鸣，时间的暗河从来就没有停止过它的侵蚀。横冲直撞，是它的本性；暗藏杀机，也是它的本能。

我们唯有选择逃离，但已经无路可走，无心可行。绝望中的空旷，直接绞杀了一个人内心的旅程。

洞窟是一枚心酸的独眼，它只能眯起眸子，来眺望远方的狼烟；它也只能试探着伸一伸僵硬已久的躯壳，来一声长吁与短叹。

只有大海阴沉的喘息，在悬崖之下若隐若现。就连浪花的头颅，也举不过呜咽的白帆。

荒原的地平线上，若隐若现的，是狗尾巴草孤独的阴影。

我此刻只能表态，呼吸，已经成为一种奢侈。

那些早已流尽的泪水，已经风干为一粒琥珀，隐身溶岩，不再发光。

九月在浆果的蜜汁中醒来

这个世界还有蜜汁吗？

众花凋零，一卉独秀。九月的风声，开始封锁穿过平原的鸟群。树叶已经褪下蝉鸣，蚂蚁的触须正在探寻松香的来路。

九月仍然还是去年的九月，只是山中的浆果不再酸涩。当然，甜蜜，或许本来就是它的旨意。只有剥开岁月的尘埃，才能看到内心的果核。浆果没有奢望，但它冷暖自知。它早就知道它的旅途与归宿，与一粒红尘相比，它庆幸山中没有荒废的阳光，让阴暗藏身于沼泽的淤泥。

醒来，或者睡去，都不是我们唯一的选择。我们最终所期盼的，无非就是一枚浆果挂在树梢，它没有被生活之重所剥离，它的甜与蜜，都是发自内心的亮堂，不被谎言所欺骗，不被所谓的道德底线所绑架。

九月，也仅仅只是另一个季节的开始。它无意于替代它的同胞，它只是顺着一条独径，走向它所需要的浆果，走向它的另一种甜蜜。

周而复始的，只是一个名词，只是回眸一笑。那些流水东去，也不过是一场庆典连着一次祭祀，在寒秋之外制造另一个梦魇。

九月，在浆果的蜜汁中醒来。它独自轻欢，独自酿蜜，用一罐秋风中的阳光，来制造一个季节特殊的韵味。它不愿意就此沉寂下去，山巅的野花烂漫，也诱惑不了它的心脏；一条闪着银光的溪流，是它的甘美之源。

只有群峰之上的悬崖，那株千年古树的枝头上，一只鸦雀，无声地一头栽进秋风之眼。

夕阳之外，一枚浆果，暗自抽泣。

秋意正浓，风声掠起，鸟鸣已经渐渐远去。

落叶用灵魂诠释秋天

再高耸的大树，残叶也要落回大地。

再金黄的落叶，最后的结局都是一捧泥土，都是一个季节之后落寞的尾声与告白。

每一片树叶，都是一个灵魂的舞蹈；当疲惫的休止符戛然停止，漂泊者一生辛酸的记忆里，只剩下随风而坠的惆怅与伤怀。

没有落叶而下的季节，不能称之为秋天。今夜，是游子归乡的季节！我孑然一身行走于低垂的黑幕，我眼里噙满的每一片落叶里，是否都蕴含一个四季的轮回？

我无法仅仅只用一片薄薄的落叶，就轻描淡写地诠释秋天；就像我无法只用一个苍白浅显的灵魂，就能够诠释浩瀚高远的天空。

秋风渐紧，鹤舞苍穹，漂泊已久的灵魂，已经寻找不到归乡的途径与出口。

日益衰老破落的村庄里，只有村口那株气喘吁吁的银杏，还在抖动一身金灿灿的落叶，铺满一地的金黄，期盼着远方的游子，前来祖先的神龛上，重新拾起故乡深处的灵魂。

落叶仍然还沿用灵魂诠释秋天，秋风却用岑寂回答沉默的土地。不卑不亢的是田野上的稻穗，一柄弯曲的镰刀，便割断了思乡的泪滴，还有那一堆堆翻晒的金黄，闪烁着秋后最后收藏的泪光。

当一枚落叶的灵魂被击碎，早已丢失于疾走的夜风中，那山峦深处隐藏着的，只能是秋天的低语，暗河里的一声叹息，还有天空之上寒鸦的几粒哭泣。

风吹来的时候

我不知道，风吹向哪个季节？是冷风，还是热风，抑或是，和风？

大风起兮,我只能选择一种方式与之抗衡!

风声鹤唳之时,我正疾走于夜色之中,目的地已被黑幕所包裹,我看不清前途的方向,更无法辨别最终将走向哪里?

风,正以迅雷不及掩耳的速度奔袭而来,我唯一能够做到的,只能是盘膝而坐,双掌合十,两眼微闭,口吐莲花,祈祷一个人的平安。

风起于青蘋之末,暮光之城的每一株闪电,都是一种明亮的指向。立或不立,倒或不倒,都仅仅只是一种暗示。

行走于风中,谁能避开风的欺凌,谁又能逃避风的宰割?

风中有朵雨做的云,那也只是一则寓言而已。只能是一种意识,只能是,当你趔趄之时,还有一阵紧迫的风声,能够撵着你拖起疲惫的身躯向前奔跑,吹醒你即将倒下的肉体!

前路漫漫,遥遥无期。风月无边,只是一种稍纵即逝的幻影;唯有一缕清明之风,令你沉醉其中;而一阵妖风的咒语,则会使你魂飞魄散,溃不成军。

风吹来的时候,我独立于山巅,只有以无言来应答。它会吹向哪个方向,又吹向哪个季节,我都无法把控。唯一能够面对的,我只能静观其变,以不变应万变。

风,是一种状态;而我,则是另外一种状态。

风,越吹越远;山冈的尽头,几滴鸟鸣,忽明忽暗;直至一粒秋雨,以一种惆怅的方式,在暗夜里悄然潜行。

风,没有停止,没有多余的前戏,一切皆在它的掌控之中。

荷在霜降之时退出池塘

晚秋已经登堂入室,重阳之后的微雨已经哭泣了九个时日。我看不清铅灰的天空中,究竟有多少声鹤唳。

我知道,季节的凋零与更替,会扼杀多少人的泪水。池塘里的荷,已经是进入晚年的半老徐娘。它的容颜易逝,红颜褪尽,绿裙已经变成一堆蜡黄的皱纹。

唯有身材,还是骨感少女的情怀。

我不该在这个季节,前来目睹它的落魄;那些低垂不语的莲蓬,也掩藏不住岁月风霜的摧残。

而那些深藏于淤泥之下的身体，是怀孕之后的丰腴，是荷的生命的另一种延续。

水面的清澈，与水底的浑浊，这是两个绝然不同的世界，就像阴与阳、黑与白、人与鬼。

做一枝荷吧，亭亭玉立如少女，没有半点心机，只存一分清纯。在百花纷纷隐匿的时节，悄然在炽热的酷夏现身。

花季只是稍纵即逝的一阵夏风，一缕荷香，成为夏日里的主题，成为池塘里浅浅的一帧风情。

我不说"残荷"，那会玷污了它的花蕊与初心。玷污了多年以来，它一直在我心中作为女神的那个位置。

荷在霜降之时选择退出池塘。藕，终于用泥土包裹的方式，粉墨登场。它与荷的短暂分离，只能以平静的一湖秋水来告终。

藕断丝连之后，是十指连心的分离。

荷向来没有逃跑的欲望，就是轻叹几声，垂头而去，那也是一种幸福之后的痛感与自白。

它的眼帘之下，一节莲藕的深呼吸，正在黑暗的幽冥中，保全着自己一生的清白！

见面如水

在白昼与黑夜的缝隙之间，君子之交淡如水，小人之交甘若醴。

沿着这条千年河床，走进暮秋深处的芦苇荡，没有喧哗，没有纷争，更没有无中生有的恶言相向。

一壶清茗，两杯薄酒，三两前尘旧梦，构成了今日的十年一晤。

江湖往事已经随风而逝，那些年少的轻狂，随着一把逍遥剑的折戟，那满山急促飘落的白雪，早早地就已经纷纷扬扬地掩盖了烽火岁月。

见一面，也就少一面。不见，也是另一种相见！

相忘于江湖，只是一句无奈的泪滴与托词。

人心之大，早已大过了一统江湖的野心。

后会有期，也可能是，遥遥无期。

大漠的狼烟四起时，我只能看到你孤独的身影在猎杀，只能看到漫天的风沙，偷袭了你腰间的佩剑。

　　从血迹中突围之后，你的疲惫消失在荒原的尽头。

　　江南的一叶扁舟之外，一介白衣书生伫立船头，只会用蘸满泪花的狼毫写下：见字如面，此去千里，生死未卜，兄当保重！

　　此时岸边的枯树，已经摇落了一地泼墨。

　　月亮升起来了，惨白得像我们的离愁。那些风中低垂的芦花，像三更里招魂的经幡。

　　有些人，一生根本就不需要见面。

　　而另一些人，一别就会泪如雨下，一别就知道此行便是永生。

　　那身后的残缺之月，正随着簌簌的秋叶顺河而下。

　　一条水与另一条水的距离，早就已经注定了它最后的结局。

　　一个人与另一个人的江湖，是迥然不同的两个世界。

　　你走之后，我的江湖不复存在。

（原载于《民族文学》2019 年第 2 期）

刻在卵石上的小羊

法蒂玛·白羽（回族）

女儿偎在我胸前低声说："不能杀那只羊，我喜欢它！"

两小时前，我们从屠户那里买来一只羊，举意宰牲。羊是我们入圈挑选的。当时，女儿一进屠户家的院子，便挣开手冲进篷布搭建的羊圈，"哎呀，好臭！"她小手捂住鼻子，在一地腥膻燥臭的排泄物中倒退了几步，一双眼睛却兴奋地探视着惊诧慌乱的羊群，像闯进了一个新世界。

圈里仅有十来只羊，深冬时候，土生土长的藏羊就不好卖了，屠户们到牧区走乡串庄赶来一些喂养，但天气太冷，羊不上膘，卖不上好价钱。屠户不停地搓着手，他的鼻尖和脸颊冻得通红，缠在脖子上的黑毛线围脖挂着一层白霜。"最近太冷了，羊冻死了两只，这群羊怕是要亏本了！"他边说边用力一挥，搭起羊圈的厚门帘，"这样看得清楚些，你们挑吧。要不，我进去把羊往前赶一下？"他侧身挤进羊群轰了一下，受惊的羊四处乱窜，混乱的蹄下搅起一股腥膻的烟尘，女儿吓得往后退了几步。

混乱中我们几乎同时瞅见了一只羊。

真是奇怪！那只羊一直笃定地站在原地，一动不动，它体态匀称，骨骼清健，披着一身厚厚的白色卷毛，两只干净漂亮的角向上翻卷着，仿佛挑着一束光亮。它仰头注视着我们，在昏暗的羊圈里，像探进心底的一双眼睛。就是它了！

挑好了羊，屠户骑夹住羊身，双手握住两只羊角，像握着三轮摩托车的车把一样，将羊牵出圈房，羊在他的胯下顺服地走，拉下一路黝黑瓷实的羊粪蛋，像是在排解紧张的心情。走出狭长阴冷的巷道，屠户从兜里取出一截细麻绳，动作麻利地将羊的四蹄绑到一起，受缚的羊无力地卧倒，几个人合力将羊抬进小车的后备厢。羊安静顺从地卧在里面，伸着脖子，湿漉漉的眼睛泛着波光。"这样行吗？三百多公里呢！"我担心地问。"没问题，"屠户自信地说，"这些羊从昨晚你们打电话后再没添过料。知道是举意的羊，就没敢再喂。羊空着肚子，一般不会出问题。

"你们去哪？"他问。

"东乡，高山乡岔巴村。"我说。

"哦，远着哩，走一段把后备厢开一下，让羊吸吸空气，能平安拉到。"屠户率直地拍着胸脯，眼角深匿的狡黠也褪去了商人本色。"砰"的一声，关上车厢，我们第一次载着一只羊到三百公里外的高处。

无边的空寂中，万物沉淀为一片深沉的浅褐色。浪涛般翻滚的山褶沟壑，逼人静默。近处，萧杀的北风抖动着钢针一样竖在黄土峁梁上的野草，那些旧年的草棵，早已干枯，它的任何一点组成部分都容易破碎，然而它们依旧保持着青葱时候的完整模样：草穗上的芒刺分明可辨，籽粒潜藏其间。在干涸的黄土高原，水是无形的，浮尘在些微的惊动中总是扬得很高也很远，天地的边际混为一种色系，无尽苍茫。

车沿着国道 213 线一路飞驰，像一只甲虫从青藏高原爬进黄土高原的褶皱里。从东乡县城进入"锁达"公路开始上山，过了"汪集"便一头扎进东乡的腹地了。不同于青藏高原群山的峭拔逼仄，这块地理上不适宜人类生存的地方，这片十年九旱的令人心疼的山乡，目力所及处汹涌着黄土的波涛，没有一线溪流，没有一片河滩，每一座裸露的山体上层叠的梯田，水波一样荡漾，昭示着求生者在面朝黄土背朝天的绝境中给予生命最大的珍视。车在山顶飞驰，后备厢里的羊突然没了任何响动，我心里一紧，将车停到路边，迅速打开后备厢，一股刺鼻的膻腥让人屏息，只见羊瘫在里面，憋闷的车厢里一堆排泄物染污了它腹部的卷毛，那里灰乎乎湿答答的，变得不再洁净蓬松。

"小羊！小羊！"女儿奔过来，怯怯地伸手抚摸，羊的腹部随着呼吸均匀起伏，瞬间缓冲后，它仿若获得新生之力，迎着阳光仰起了头颅。

这是一只牙口刚长满的羊，刚刚在议价时，为了多赚一百块，屠户拖住它的下颏掰开它的嘴唇，展露了它的牙齿。我第一次那么仔细地看到一只羊的牙齿，它们齐整洁白，每一颗之间几乎没有缝隙，像编排紧密的手工艺品，那咀嚼过无数草棵的牙齿打磨得净如白骨，只是净白，没有珐琅质的光泽。

矗立山巅，举目眺望，可以清楚地看到不远处高山顶上飞檐斗拱的一座建筑和散落在山弯里的烟树和人家，浩渺烟霭之中山脊上的几棵瘦树庄严挺立，像孤硬的鳍，仿若这黄土海里养着鲸鱼，养着蛟龙。女儿捧来一捧躲在阴坡上日久不化的积雪，举到羊的唇边，嗅到清冽的雪气。羊歪着头，嘴唇拱到女儿捧雪的小小掌心里。女儿欢喜地看着羊，湿润的舌尖情不自禁地舔着自己的双唇。

"妈妈，我喜欢这只小白羊……可以不杀它吗？"她可怜巴巴地望着我，恳求道，"答应我呀，妈妈！"

"你还记着这个吗？"我从贴身口袋里拿出那颗摩挲得油润的青卵石，石头带着我的体温传递到女儿手中，那只笔法稚拙的羊，在石头上清晰完好地翘着两只明亮的角，一笔绕成的羊身和刻得歪歪扭扭的四蹄让它看上去跃跃欲试，想要蹦出石头，跑到山野里撒欢。

"妈妈，那只走丢的羊，不会就是这只吧？"女儿歪着头，娇嫩的脸蛋轻轻蹭着温热的石头。

"或者，就是我们今天带来的这一只。"我说。

一年了，那只叫"花儿"的羊和那双婴孩般清澈的眼睛总会不时浮现在我眼前，迫我陷入沉思。有时在读到一行动情的文字时，有时在饭桌上夹起一片肉的时候，有时抬头无意瞥见窗外的星星时，她总会瞬间揭开记忆的帷幕朝我微笑，像背负阳光和阴影的顽童一样，咧开嘴角，灿若编贝的牙齿轻咬着下唇，清纯无虞地微笑。我不知道她的名字，可能叫"发图麦"或者"阿伊莎"又或者"桃儿""杏儿"也不一定，但我知道她的羊叫"花儿"，她亲口告诉我的，白色的小羊，黑耳朵黑蹄子，像朵绣着黑丝绒边的小白花儿。

那是去年，我在东乡高山拱北过尔麦里，仪式结束后大家到餐厅就餐，鱼贯的人群把餐厅挤得水泄不通，管事者嘴边搭着一只大喇叭，伸着脖子踮着脚，大声指挥大家落座："不要挤，不要抢，菜准备得很宽展，坐不上的等下一轮！"嘈杂中我被人流裹挟着挤到一张桌子跟前，顺势坐下，身旁围坐着七八个妇女两个娃娃，每个人略带兴奋的目光瞟着面前苫着白塑料布的大方桌，桌上摆着两指宽的油炸盘馓、油香、小块垒起的素面饼和一次性口杯，各人抓起一只杯子放到跟前，性急的娃娃等不及就伸手抓那桌上的盘馓吃，女人用筷子敲她的手背吓唬她，娃娃不干了，仰头张嘴哇哇大哭起来，好像受了多大委屈似的。老阿姨就站起来忙给娃娃掰油香，哄她，同时又谦让大家"口到"开吃。

从小到大，一年中总会享受到几次这种表面无序实则井然的大聚餐，因为某个节日或特殊日子，素昧平生的人们聚到一起，融入在共同的一个情节里，而这种聚会，最终会在一顿丰富或简单的聚餐后自然分离，纵然相逢不相识。身旁穿蓝格子上衣的女人眼尖手快，坐下后又把手中的包放到跟前的凳子上占位，她眉眼和善，左脸颊上蹲踞着一颗醒目的黑痣。她略带着涩地说："大姐，帮忙占个位，我去领个人！"不等我答应，她便奔出餐厅。年轻的义工高高提着壶口冒着白气的大茶壶给我们倒水，茶叶浮起又潜落，最后沉到杯底，那个女人没来，接着油汪汪的爆炒羊肝伴着四溢的香气上桌了，女人还没来，老阿姨端起碟子往两个空位前的小碗里各拨了几块羊肝进去。

"娃们会抢光，给她们留些口到。"她低着头，垂着松垮的眼角，自顾自地解释着。

冬日正午的阳光透过餐厅的大玻璃窗扑进来，稀释了热腾腾的食物乳白的香气，人都罩在一片暖洋洋的迷蒙中，那些深灰的藏青的黑色的身形几乎连成一片。对开的餐厅大门里突然跃进一个鲜红的身影，像一枚从天而降的红果，撞人眼目。是一个穿红衣服的女孩，约莫十六七岁的模样，细高个，她跟着穿蓝格子上衣的女人朝这边走来，她很瘦削，阳光从她身后托举着她，仿佛她是个阳光捏出来的人，只是暂时穿上了一件红衣裳。

女人领着她从门口挤过来，侍者端着摆满手抓羊肉的托盘经过她们身边。我看到她深深吸了一口气，苍白的脖颈上喉头蠕动。女人侧着身牵着她的手穿过餐桌的间隙走来，她欢快地左顾右盼，那模样像只闯入林间的小鹿。女人利索地拿起座椅上的东西，拍着她单薄的肩膀让她坐下，她这才回过神来，笑着坐到我们中间的那个位置里。一盘手抓羊肉举过头顶放到桌子中央，她盯着红白相间冒着白气的肉块，垂涎的目光像只探出去的小手，在热气氤氲的盘子边沿跃跃欲试，然而她并没有伸手去抓。她在肉食浓郁的香气里很郑重地拿起摆在面前的筷子，夹了一小块已经冷却的炒羊肝放进嘴里。不知为什么，她嚼得很慢，像掉光了牙齿的老人一样让人怜悯。女人夹起一块热气腾腾的羊肋条放到她面前的空碟子里，接着又夹了几块放进去，她涨红了脸羞涩地对大家解释说："我是个病汉……"这时她又夹起一小块羊肝嚼起来，依然嚼得很慢很仔细，让我想起物质匮乏的小时候，为了能让一颗糖的甜味更持久一些，孩子们总是放到口中抿一会儿，又吐出来包在纸里，等口中甜味消失殆尽，再抿一会儿。

"她这里长瘤了。"女人指着自己戴着头巾的脑袋说，"孽障人，越来越记不得事情了，连话都说不全了，连她大都认不得了，唉——"女人无限悲悯地发出一声叹息。

她没听到似的，事不关己，低着头完全沉浸在食物的滋味里，几缕乌黑的发丝垂落脸颊，也顾不上撩去。红衣服映着她苍白的面颊和脖颈，仿佛细颈樱桃红的瓷瓶里插着的一朵白莲花，说不出的洁净。她仔细地吃完炒羊肝，拿起一块羊肉，她侧着头盯着那块羊肉看了又看，不知道如何下口的样子，忽然她笑了，那一笑宛如初生婴孩般清澈动人。她双手捉着那块一拃长的带骨羊肋条，覆在羊肉表面的脂肪上还冒着点点油花，她捉着它，像拈着一枝丰饶的花枝，她低下头深深一嗅，双唇噙住一端，婴儿般吸吮起来。桌上除了两个小娃娃，大家都放下了筷子。

我的胳膊被人轻捅了一下，身边的大妈从桌底递给我二十元钱，悄声说："给病汉娃娃。"我恍若初醒，也赶紧拿出出散的钱，但是我不忍打断她吃那块羊肉。想起小时候过宰牲节时，轻掩门扉，等出散的人来敲我家的门，相识或陌生的人都会笑眯眯地在我掌心里放一块羊肉，我用母亲教我的话说："费心了！"对方仍会笑眯眯地回敬一句："不费心！"我举着手心里尚有余温的一小块肉，雀跃着奔进厨房里，将它放进搪瓷盘里，它和其他出散的肉块挤在一起，像很多温暖的人挤在一起，然后，那些天的饭会格外香。

我偷偷瞄着她，她低头吃那块羊肉，依然嚼得很慢，她吞下一小口肉，就会满足地微笑，动人的笑意始终挂在她薄薄的嘴角。她吃完肉又吸吮净骨头上残留的油脂，才恋恋不舍地将光秃秃的羊骨丢到桌下垃圾桶里。看她满足地舔着嘴唇，我将两张纸币递给她，她受惊般身体朝后一倾，定定地看着我像观察显微镜下的一只草履虫，神情却是笑眯眯的，完全是上一秒钟的模样。

"快点接着啊！"身旁的女人用胳膊肘推了推她，"攒够了钱去看病！"她懂了，伸出纤细的手指接过钱，嘴角弯弯上翘，露出月牙一样清亮的笑容。过了一会儿，她像是突然记起什么，将手伸进衣兜里摸索着，半天掏出一块石子来，青色的卵石，已摩挲出一层油润的光亮，她将带着体温的石头递给我："花儿，黑耳朵黑蹄子。"她说，声音轻虚虚的，像一株柔嫩的植物，让人觉得她的喉咙好久没发过声了。

"唉——"身旁的女人无限怜悯地叹息，"花儿是她发病前养的一只小羊，她心疼它，不让家人宰那只羊，就把羊藏进路边一个洋芋窖里，结果，那只羊丢了。"

"花儿，黑耳朵黑蹄子，丢了。"她又说。她指着放到我手心里的卵石，我惊讶地发现光润石头的一面刻着一只笔法稚拙的小羊！

女儿一路恳求着不肯宰羊，并开始掉眼泪，我问她："不让宰它，你是要带回去养它吗？""不！"女儿坚定地摇摇头，"我要给它一片高高的山坡，永远有绿草的山坡！"

一片高高的山坡，永远有绿草的山坡！也许那时候她也想给"花儿"找那样一片洁净的丰饶之地吧？在无尽循环的自然法则中我们总是试图留住一些东西，但最终什么也留不住，只有在那高高的山坡上，草永远是绿的，美和爱是共生的，是恒久的。我心里一动，急急搜出包里磨指甲的尖头小锉刀，左手牢牢地将卵石握在手心里，右手握着小锉刀，笨拙地在卵石的另一面划出一根线条。从未刻过石的手，握着不能刻石的刀，刮拉着石头，心手不一的笔法逃遁着找不到着力点，刀在石面上划下粒粒灰色粉尘，我感觉心里有股深沉的力量正划向四野。终于，我也浅浅地刻上了一只羊，虽然笔法笨拙抽象，四蹄犹如竹节，羊角犹如弯刀，可是女儿却笑了："我要留着它，一直一直留着！"她兴奋地翻转着卵石的两面，"看，它们不孤单了！"

羊从后备厢被抬下来突然解开麻绳的时候，它浑身筛糠般战栗，每一根毛穗子都在瑟瑟发抖。帮忙的人问我们从哪里来？我说，甘南。"费心了，亲戚！"他真诚地道谢，蹲下身来抚摸颤抖的羊。宽大的手掌埋进羊毛里抚弄着，羊受到抚摸，渐渐稳妥下来，院里也备好了宰牲的刀子和清水。羊被牵着从拱北大门走到后院，一大群红嘴鸦飞来落在不远处的一段院墙上，不似乌鸦般看见了让人心生沮丧，同样是形体相仿的黑鸟，但那些红喙黑羽、身形轻巧的鸟儿天生有股高贵的气质，就是围挤在墙头等待觅食，一个个也都仿若穿着燕尾服的绅士。从前听老人说过，如果逮到红嘴鸦，用火烫一下鸦嘴，那只鸦就能像鹦鹉一样学舌，不知道是不是真的。

跨进后院，离宰牲地十步之遥的时候，羊突然不肯走了，四蹄死死蹬着，脖颈伸得很直，试图全力挣脱。来人从后面推了它几下，羊又奇怪而顺从地走向那里，仿佛几秒钟间它的内心翻云覆雨，又或者听到了远方的召唤，羊顺从走去。宰牲人将它按倒在地，细细捆住它的三只蹄子，留下的那只，是供它挣扎的。我已很久没有看到过宰牲的场面了，每年宰牲节都是家人去宰，我负责给邻里亲人舍散，有时也选择代宰，对方会发些宰牲的照片过来，也不忍细看，只是祈祷着更多人能在这种循环往复的温暖里得到关怀和爱。

诵念过后，宰牲人先提起汤瓶洗了羊的脖颈处，没有准备毛巾，他用宽大的手掌朝下抚住羊的眼睛，然后念了泰斯迷，利索而有力地落刀，那只没捆住的羊蹄凌空挣扎着，骨骼仿佛要挣脱血肉皮毛和躯体的羁绊，一堆黝黑的粪球从尾部滚落。我想捂住女儿的眼睛，没想到她却很镇定，她看着羊，一只手用力握着那枚卵石像要捏出水来，另一只手紧紧握住我的手，手心潮乎乎的，已渗出汗来。

　　记忆中第一次见到宰牲的场面是在与女儿相仿的年纪，只记得那天是宰牲节，我们穿着新衣，嚼着糖果，欢天喜地地等待屠户牵来宰牲的羊，我们期待着像别人那样笑眯眯地将一小块肉放到邻家小孩的手掌心里，好让我们的心紧挨着另一颗温暖的心。那是一只什么样的羊呢？不记得了，只记得赶着羊来的是我那矮小得像只旧汤瓶的大大。大大是个老屠户，但看着却不像个屠户，别的屠户都是虎背熊腰，裤带上别着刀子的肥腻大叔，大大却又小又弱，看上去扳不倒一只羊，他怎么能当屠户呢？宰羊时，怕添乱，我们几个小孩都被轰出院里，我清晰地记得，当我忍不住好奇地回头，瞥见老屠户将雪白的毛巾苫到待宰的羊那双眼睛上，那片雪白毛巾似一道白光，映得老屠户又麻又皱的脸瞬间变得洁净温暖。

　　无聊的我们在门口玩，那时候好事的孩子总是很多，一只长腿蜘蛛爬过来了，好事者抓住便要揪条腿下来。残腿在地上，像镰刀，不停弯曲弹跳，一群孩子就围在那里看着。"哎呀！娃们，可不能这么玩！"不知何时，老屠户将头塞进我们围成的圈里，他阻止道。"一条蜘蛛腿而已，你自己刚还宰了一只羊呢！"不知是谁低声嘟囔了一句，老屠户怔住了，像是被一根鞭子猝不及防地抽到痛处，他单薄的身子从内里轻轻颤抖了一下，一双蒙翳的眼睛瞬间黯淡得像一粒灰石头，他什么也没说，勾着头默默走远了。

　　大约十多年后，家里又请老人宰过一头牛，那时老屠户早已不再当屠户了，他变得越发矮小卑微，穿着黑布鞋的脚踩过地面时轻飘飘的，像是怕无意中踩到一只虫豸。许是因为他太老了，或者是那天的宰牲刀磨得不够锋利，一刀下去牛挣扎得更厉害了，老屠户惊得朝后退了几步，又上去拼尽全力按住狂甩的牛头，那头牛弄得他浑身是血，那头牛证实着他的老迈无力，那瞬间看见的仓皇，仿佛一些真相。宰牲后，他虚弱地坐在凳子上，垂着头半天不说一句话，他反复看着自己的手掌，仿佛那只宰过无数只牛羊的手掌里藏着命运的神秘和无常，藏着过往的无奈和挣扎，藏着他一生中所有难解的注脚，他静默着，那种静默是一种权威。我叫了一声："大大！"他暮地抬起头，干枯深陷的眼眶里盈满清亮的泪水。

　　时间将一切带走，又带回来；将老人带走，又将孩子带来。老屠户已故去多年，时光将他的影子雕刻在我的眼底，我也曾因为宰牲流血而难过过，只是当那种温暖得以循环往复的时候，我懂得了宰牲与爱之间并不是浮留在表面上的矛盾，而是更深的温暖和守护。红嘴鸦纷纷飞到遗留着血迹和内脏的地上安静地挑挑拣拣，羊肉已切好，灶间的大锅里烧了满满一锅水，大喇叭里传出拐着弯儿似的难懂的东乡话，大致意思是召唤山下村庄里的大人娃娃们赶来过尔麦里，宰牲了！不一会儿，闻声结伴而来的娃娃们挤满了廊檐，像一群挤在黄土窝窝里的洋芋蛋一样，他们乖巧地扔掉手中的秸秆和泥巴，放弃同伴间难分胜负的争执，带着他们的"小尾巴"弟妹，从山下奔来，笨重的"棉鸡窝"也拖不住他们兴奋的脚步，黄土小道顷刻扬起一片呛人的尘烟。他们围坐在一起，个个层层落落穿成小粽子，脸蛋冻得紫红，眨巴着小眼睛，吸溜着清鼻，叽叽喳喳地讨论着什么。女儿试图靠近他们，起先她蹲在他们身后的台阶上，渴慕地望着那群背影。这时，其中一个女孩回头看见了她，她将信息迅速传递给其他孩子，孩子们混乱的队伍整齐地朝两边挪开，空出一个位置来，女儿像只小鹿一样蹦跶进圈子里。

我走过所有的角角落落，盼望着那枚红果突然撞入眼际，深冬清冽的阳光薄而寡淡，仿若久未擦拭的铜镜，黄尘遮挡了它的劲道和力度。我走过大殿平整的水泥廊檐，走过东西两面高耸的砖墙，走过后院摆着一排汤瓶的水堂，走进那间偌大的餐厅，最后走进厨房，哪里都不见她！火苗在灶洞里欢快地噼啪作响，煮着羊肉的锅边升起缕缕轻烟，仿佛巧舌，舔舐油烟熏黑的屋梁。

一个胖胖的女人站在锅台前握着漏勺准备撇肉沫，她围着碎花围裙的臃肿体态让人想到母亲的气息和田野里黝黑的沃土。她和善地微笑着朝我点头："亲戚在找啥呢？"

"哦，一个人，我找一个人。"我的头脑突然丢失了线索般不知该如何向她问询。

"啥样子的人？"她笑眯眯地问。

我于是如此这般地简述了去年遇到的那个阳光捏出来般洁净的人儿。她无奈地摇摇头："忆不起，怕不是我们庄里人。"我忽然想起那只叫"花儿"的黑耳朵黑蹄子的羊，我告诉她，女孩有病，养了一只羊，不想宰，就藏在路边洋芋窖里，结果羊丢了。

"哦，是她呀，再见不着了。"女人说。我的心如水一般凉下去，内里的幽暗无边无际，到底还是没能再见啊——

"那娃娃命大。"女人说，"今年公家来村里大病救助，选上她了，听说做了手术，一直在兰州住院呢……"她的声音不大，在我听来却犹如滚雷，犹如破晓！

我按捺住心头的激动，走出灶间。外面的天地在眼前豁然亮堂，薄薄的阳光给世界镀上一层金色，那金色仿佛始发于遥远的混沌之间，它沿着山峦高低起伏的脊梁，沿着黄土沟壑的波峰浪谷，万马脱缰，拂过高原的烟尘，拂过村庄夯土的院墙，拂过牲畜的犄角，拂过孩童的脸蛋，整个世界都被它拂照着。我悄悄找了一处高地，坐下。万千思绪在胸中涤荡奔涌，喉咙里涌上一股复杂的滋味，我根本就说不清它是什么味道，我只是努力吞咽着，不让喉头哽咽。

羊肉熟了。

那群馋嘴的小孩热乎地挤在一起，盘里的羊肉冒着阵阵香气，女儿小小的身影在他们中间，在雾气里融成一片，从背后望去，那排小小的身影，像春天的高岗上冒出的草尖一样晶莹闪烁。

（原载于《民族文学》2019 年第 3 期）

像风一样

阿　舍（维吾尔族）

　　我从来不知道风是从哪个方向吹来的，我甚至搞不清楚晨曦与夕阳的位置，在那个罔顾时间与哀愁的年纪里，功课是我最讨厌的事，回家是最无可奈何的选择，所以每个清晨醒来，逃离一切避之不及的管束，便成为我如一只风扇般呼呼旋转起来的最大也最持久的动力。只有那个外面的世界，只有那个浑天黄地的戈壁滩——戈壁滩上的水渠、林带、菜地、沙包、鱼群、伙伴、游戏，以及悄然到来的新鲜事和新面孔——每一天可能带给我的乐子，才能抒顺我躁动的四肢，让我的眼睛、大脑与内心返还于造物原本赋予她们的使命中去。

　　但是风是从哪个方向吹来的，我仍然不知道。严冬寒风，春季连天连夜的狂风，夏日白昼的热风与夜晚的凉风，它们一阵儿将戈壁滩吹得荒枯无望，一阵儿又吹来浓郁的沙枣花香，一阵儿又躲在葡萄叶子的阴影下偷吻那些一天比一天饱满的葡萄粒。它们飒飒不尽无始无终，来去之间瞬息即变，我也从未想花费心思去弄清楚它们的方向。但是，当有风吹过，当站在每一处有风吹过的地方，即使被风中的沙尘迷住了眼睛，即使风暴遮罩住整个天空，我都能够感觉到风带来了什么东西，风的里面一定飞舞着许多我不曾知晓的事情，以至于在很长一段时期里，我以为是风，而不是时间，为我送来那些令我着迷和发疯的外部世界里的乐趣与奇妙。

　　尤其是那些随风而至、在风中越发独立的人的面孔，他们比家门前那片迎风歌唱的白杨树林带，比在沙丘上行走的风帘，比撞在土坯房墙壁上的飞沙走石，更使我铭刻下那段时光里的戈壁天日。

一

　　刚上五年级，"公检法"大院陆续来了一些年轻人，他们有的是大专生大学生，有的是有一技之长的特殊人才。他们多来自二百公里外的城市或者县城，生活条件和自然环境都比我们的沙漠小镇要好得多，所以来到我们这里，人人都有一种为时运戕害、不向命运妥协的清高与不甘，兑现到个人身上，就有了各种令人耳目一新的表现。有人玩世不恭，有人闭门不出，有人独来独往不吝张扬自己就要远走高飞的志向。而我，最初看见他们的时候，只是被他们干净时尚的容貌吸引，至于他们渴望什么，或者有志于改变什么，似乎就跟我没什么关系了。而大人们，不管这些新来的年轻人最初有多么不近人情，都从不把他们的骄傲当回事儿，因为，大院里的哪一家不也曾经是这样的呢？哪一家不是走在远乡僻壤上的异乡人呢？哪一家不都得在命运不公的惋叹声里，给戈壁滩的风沙吹个透心爽呢！

四月里的一个周末清晨，起床后洗了把脸，我去院子里解开警犬露露的铁链，吆喝它出了门。前不久团部电影院放了一部印度电影，青春漂亮的女主人公命运十分悲惨，但是她养的一条家犬能够多次救她于危难之际。我为女主人公流了好些眼泪，深受触动还有另一个原因，就是警犬露露像极了电影里的那只狗。于是，我也幻想着，有朝一日露露能够成为我的保护神。成为保护神一定得经过训练，所以我趁着清晨路人稀少，带着露露出门一试它的身手。露露至少有百分之八十的德国黑贝血统，除了自家人，谁见了都吓得发抖。每天放学回家，只要推开院门，露露便会一甩链子朝我猛扑过来，待到身前会忽地一下一跃而起，两只前爪就搭在了我的肩上。它立起来的个头比我都高，然后它又臭又长的大舌头就朝我脸上舔过来，亲热得我躲都躲不开。对我如此，对外人可就不一样了，连大院里揣着枪的老公安进我家门，都得绕着走，都吓得脑袋缩到了肩膀里，看着又可笑，又痛快。但是这样放出去撒野，一旦咬到人我可就闯了大祸。

好在路上无人。已经四月底，戈壁滩的杨树仅仅长出指甲盖大小的叶片，柳树的枝条倒是绿了，但芽头仍贴着枝条不肯打开。又是个大风天，走出巷道，我回头望了一眼道路的尽头。风把四野的尘土一帘帘地掀上天空，又一鞭一鞭地驱赶它们，那些飞腾在半空中的沙尘便一股股地成了一群受惊狂奔的骆驼。道路尽头，除了遮住视线的沙尘，除了给风吹得形销骨立的枯草，什么也没有。我往另一方向的"果园路"而去。到底是警犬，出门时我随手在院子里捡了只空药盒让露露叼在嘴里，又嘱咐它不能咬出牙印，一路跑下来，它真就做到了。果园路一边是果园，一边是林带，因为树高草深，风就在这里做起更大的乱子。沙枣、旱柳、杨树，还有遍地的芦苇、碱蓬和野麻，一边张牙舞爪东摇西荡，一边发出无数个疯子声嘶力竭的怒吼声。幸好露露陪伴着我，不然我说什么都要拐头回家。这条路上素来人少，平常一人走都会瘆得脊背发凉，更何况一群癫狂状的草木在我的头顶做群魔乱舞状。露露叼着空药盒，低头默默走在前面，它明显看出我的害怕，体贴地放慢了脚步。风似乎更大了，一个劲地朝前推搡着我，那些高大的沙枣树喀喀嚓嚓地响着，几乎要被风吹断了腰。突然，露露停下脚步，抬起头盯住前方，喉咙滚出一串雷声。我上前靠在露露身边，手指套进它的皮项圈内，担心它冲出去咬到什么人。我带着露露往前走，一心想看看，前面是何方神圣。

　　一个女孩，不，是新近分配来的大专生有丽。有丽个头很高，足有一米六八的样子，即使离她三十米远，我也能看清那件穿在灰色西服下面的红格子衬衫。真让人吃惊，有丽在读书，大星期天的，她竟然不睡懒觉。有丽站在路边一个半人高的石碾旁边，手里捧着书，大声念着一连串的英文句子。风在她的四周咆哮，野草在她身旁痛苦地抽搐，大树的枝条在她头顶疯狂地甩来甩去，各样风声纠缠在一起，大得好比能将人一口吞掉的洪水，而她竟然毫无所惧，竟然仍在放声朗读。我隔着马路，站在有丽对面，心想为了远走高飞，她下的力气比风都大呢！露露真奇怪，它一向是要冲着陌生人示示威、显摆一下它的厉害的，这一刻却安静地坐在我的脚边，和我一起眯起眼睛凝望着有丽。有丽看着我们一人一狗这样打量她，撩了撩被风吹乱的刘海，扑哧一下笑开，对我说，我知道你是谁，你家狗真威风。

　　这以后，我和有丽成了朋友。说来也是奇怪，我们"公检法"大院里的这群孩子，没一个是学校里的好学生——淘气、贪玩、成绩差、性子野、爱闯祸，有丽却不知怎么瞄了我一眼，单单与我要好起来。

　　任何时候，有丽看起来都又整洁又漂亮，似乎戈壁滩的风沙从来吹不到她身上，似乎每一缕都绕过她吹到了别人身上；最主要的，是她心里揣着一团火，书桌上除了堆满法律专业书籍，还有几厚本英语书。下了班，她多数时间把自己关在屋里，学习、读书、写信、发呆；她的宿舍窗外，永远是一片疾风吹劲草的景象，望着那片荒野，有丽或许还悄悄地哭过鼻子，但这也许恰好又成为那团火继续燃烧下去的动力；当然有人追求她。公安局、检察院、法院，还有司法局，四家单位都挤在一座破旧的苏式建筑里，人们在一间接一间的办公室和长长的回廊里来回走动，有对她暗生情愫的年轻男子，有喜欢揽闲事的中年女人要给她介绍对象，也有流里流气的世家浪子挑逗她，都给她回绝或者怒拒。

骄傲的人大多寂寞。有丽不喜欢戈壁滩，一心盼望早日回城，于是刻意将自己与外面的世界隔开。但是青春需要欢乐和伙伴，长久的寂寞偶尔会击垮一个人的意志，也会扭曲人的性格和心灵。或许，还有别的原因，回城的希望遥遥无期，她因为看不到希望而突然松了劲，突然生出一种融入人群的渴望，突然打算撤去内心与周围世界的樊篱……于是，有一天，竟然答应和我一起去看电影。

吃过晚饭，嘴一抹我就往有丽宿舍跑。推开门，屋里芳香扑鼻，清凉湿润，她一定是把冲过头发的第二遍清水洒在了砖地上，空气中因此还有一种好闻的属于少女身体的洁净气息。这种味道是那么亲切动人，又那么陌生庄严。我顿时蒙住，屏住呼吸站在门边，不敢迈出脚步，一边为自己的灰头土脸感到羞愧，一边担心自己沾满尘土的双脚玷污了屋里的清洁。平生头一回，我感到当一个女孩是如此美好，但又同时因为这种美好而感到莫名的担心。

我呆立在门边看有丽，她脸冲着我擦头发，嘴角一扬，笑着说，傻愣着干什么，进来呀。她的皮肤原本白皙，这一刻浸透了水分，更加灵动鲜美，因为洗头，衬衣领向内掖得很低，露出很大一片脖颈，平常不觉的乳房那么醒目地圆鼓鼓地凸出来。她那么好看又那么好闻，搞得我很难为情，这就闪开视线，踮起脚尖走进屋里，坐在床尾的一只方凳上。

擦好头发，有丽开始往脸上抹雪花膏，对着脸盆架前的一面小方镜，她手指轻移，耐心地把脸蛋儿抹得又光又白，又在嘴上涂了一层凡士林，然后将掖在颈椎底部的衬衣领翻出来，一边在镜子里欣赏自己，一边抚搓领子与肩头的褶皱；整理好衬衣，她开始梳头发，戈壁滩空气干燥，她乌黑的卷发干得很快，眨眼间就蓬松地披在肩上；接着我眼前一亮，有丽从皮箱里拿出了一件驼色风衣，简直跟《追捕》里高仓健的那件一模一样，这还不够，转眼间有丽不知从哪里变出一条鹅黄色纱巾，而后一抬手让它轻轻系在颈间。

我从不知道出门看电影还需要这么梳洗打扮，也从没注意过周围有谁在看电影时和平时大不一样。干吗要这么打扮自己呢？我的心里有了疑问。为一场电影，还是别的什么？她是要去见什么人吗？晚上要发生什么事情吗？这个发现让我兴奋不已，各种猜想让我喜欢她这样同时又不喜欢，我矛盾极了。

有丽戴着墨镜双手插在风衣兜里快步走，我跟在她身旁甩着手快步走。有丽又高又白，我又矮又黑；她香喷喷的，我土渣渣的。我俩依次穿过镇中学和学校家属区，然后是一个大而平坦的中小学操场……我们边走边说，说什么我完全没有印象，但从我的角度望过去，她迎着晚霞绽开笑容时的洁白牙齿，以及被黄纱巾裹住一半的灵巧下巴，多年来始终印刻在我的脑海里。我开心极了，能和有丽这样一位骄傲的姐姐一起看电影，似乎比电影本身重要几百倍。一个非同寻常的伙伴，一个拽得目中无人的朋友，这足够满足我渺小的虚荣心。

买票入场，坐下后我四处张望，看看有没有认识的伙伴或者同学。哪知看来看去，没有见到一张熟悉的脸，反而平添许多烦恼。电影院真是越来越破烂了，好几处内墙墙皮开始脱落；水泥凳也有倒塌的；地上的虚土里掺杂着瓜子皮花生壳以及糖纸；原本雪白的幕墙已经发黄，下雨留下的浊黄色水印丑陋地挂在上面；舞台上，半大的娃娃们你追我打大呼小叫……我又一次感到羞愧难当，这种破地方怎么配得上有丽这样的观众，真希望她什么也没有看到。

还有更让人无法忍受的事情，我瞎看乱瞅的时候，猛然发现许多不三不四的目光落在有丽身上，有和我一样大的同龄人，有男人，更有女人……我顿时明白过来，有丽的装扮果真太招眼，来这种破地方，谁会穿得这么时髦和漂亮呢！无论在哪里，无论什么时间，人们都不喜欢和他们不一样的人。刹那间，之前那个因为有一个非同寻常的伙伴的虚荣心荡然无存，替而代之的是不安和担忧。有丽会因为受不了这里的破烂和不友好的目光而离开吗？

天黑下来，电影开映。与夜空黑色的幕帘一起降下的，还有突然不知从哪里冒出来的人，这些人大概都是不买票溜进来的，进来就往前挤，有的干脆一脚站上水泥凳。没多久，我们便被硬挤到前面的人堵得什么也看不见。

有丽说，走，我们上前面去。

穿过层层人墙，我们找到一个落脚处，并排站下。不是什么好电影，有丽为什么这么大的兴致呢？看看四周，我似乎比她更确信她不属于这里，似乎比她更讨厌她身旁的那些人，那些戈壁滩的土包子，那些不三不四的视线，那些落满裤管的土，那些围着我们像灰尘一般落下来的蚊子……但是有丽为什么这么固执呢？电影真的那么吸引她吗？我什么也没能说出口，只在心里一遍遍地为她惋惜。

蚊子越来越多，我被咬惯了，没觉得什么。有丽很快受不住，干脆用黄丝巾将头和脸包起来，然后眼睛重又死死盯在了银幕上。光束闪动，银幕上的光芒回映在有丽脸上，我偷偷望了她几眼之后，突然对她产生了一种从未有过的畏惧心理，因为那一刻的她对于我来讲，是那么陌生那么难以理解。

真正让我害怕的事情终于发生了。一个年轻人不知何时挤在我和她之间，他默默站了许久，我才发现他的存在。他抽着烟，个头很高，黑亮的脸隐藏在夜色之中，我瞄了他好几眼，却连他脸的轮廓都看不清。

你是哪的？怎么从来没见过你？年轻人嗡声嗡气地问有丽。

有丽目不斜视，不理他。

电影有那么好看吗？我看你比电影里的人好看。

有丽仍然没吭气，片刻，一扭头，拉住我的手，说，走。

我以为走的意思是离开电影院，谁知有丽拉着我，绕了一大圈，又在舞台的另一端站下。这一次，我再也忍不住了，说，咱们回家吧。有丽却更紧地握了握我的手，说，别害怕。

那条黑影又挤过来，这一次，他站在了姐姐的那一侧。

交个朋友吧，我跟了你一晚上了，你跑不了。

有丽的回答真像个外交官，谢谢，我已经有朋友了。

有了也没有关系，多交个朋友总有好处。

我拉拉有丽的手，意思是我们快走。有丽却纹丝不动。突然，她冲那年轻人说，你最好离我远一点，不然马上会有人把你铐起来的。

年轻人朝四周望了望，声音明显松了劲，哟，胆子挺大，想吓唬人。

有丽一点儿不慌，看着他，说，那你试试吧，看看再跟着我有什么下场。

这回年轻人成了哑巴，幽暗中我感觉他身体晃了两晃，转眼没了人影。

那天晚上之后，我由衷地崇拜起有丽，在她的坚定和胆量面前，那些女孩子的——柔顺、温存、娇气、胆怯，以及装扮自己的狂热，似乎都丧失了必要性。但是我仍然无法完全理解她，电影并不好看，而她如此出众却能忍受置身于那个破烂的电影院，她和电影院里的观众格格不入，她敏感白皙的皮肤被蚊子咬得很惨，但她却那么固执地看完了整场电影，这到底是为什么呢？我只能胡乱猜想——难不成她是为了完成一次侦查任务吗？因为小镇前阶段刚刚出了一件大事，一个女孩被轮奸，人就是从那个露天电影院被带走的。

不到两年，有丽真的远走高飞了，回到她日思夜想的城市。大院里没有人感到意外，大人们都说，有丽啊，不达目的是决不会罢休的。我有些惆怅，因为许多时候，有丽比爸爸妈妈更了解我在想什么。还有，她在咆哮的大风中捧着书本大声朗读的那一幕渐渐成了我的一个依赖，似乎记住那个形象，我就有可能成为像有丽一样与众不同的女孩。但是，现实中的有丽却在急剧地变化着。有一天，我来到有丽所在的城市，那时她已经结婚一年，丈夫是她的同事。下午三点，太阳晒得人睁不开眼睛，我穿过有丽工作单位的一片空地，往她的新居走去，路边的石榴花在热风的吹拂下像一朵朵舞动的小火焰。我满怀就要见到有丽的喜悦，更想看看心高气傲的她到底嫁给了一个什么样的男人。有丽还像从前一样精神焕发，皮肤又白又亮。进了门，有丽朝里间看了一眼，冲我飞来一个眼神，是说——她的他在睡午觉，我们得小声一些。这之后的两三个小时里，有丽从水房提了三担水回来，收拾完厨房之后，又洗了一大盆脏衣服，她一边压低嗓门和我聊天，一边任劳任怨、不知疲倦地揉啊搓啊，任由她的他震天响的呼噜捶击着我们的耳膜。直到我该离开，那男人仍旧气壮山河地呼噜不止。这之后，有丽与我几无联系，直到我考上大学，忽然听到她的消息。消息是好消息，说她升了职，短短五六年就坐上了单位的第二把交椅，但是带来消息的长辈，言辞中对有丽充满不齿之意，说她"不择手段""六亲不认""不达目的决不罢休"。就像当年无法理解电影院里的有丽一样，这些传闻与流言也令我难作判断。那一刻，我再一次感受到了当年有丽远走高飞时的惆怅，再一次想起有丽在戈壁滩乌蒙蒙的大风天里，在那条树高草深的荒僻小路上，捧着书本大声朗读英文的孤零侧影。

二

就是有丽离开的那两年，戈壁滩上的沙尘暴骤然增多。风暴多在春天，但是那一年六月底里的一天——棉花已经挂蕾，豆角和黄瓜已经上架，葡萄一串挨着一串，已经结满绿豆大小的果实，早上天空还只是飘着一层灰白色的沙尘，到了下午三点，教室和家里便黑得什么都看不清。学校被迫放假。回家路上，感受不到风，沙子却像绒毛细雨，无声地掉落。最初，我们还有些兴奋，在路上磨蹭着，一边互相嘲笑对方鼻孔和嘴角边的尘泥，一边打量着天空，这种稀奇的天象就好似有谁带我们来到一个陌生之地，令人好奇会有什么新鲜的事情发生。后来我们被大人厉声轰回家里，明令不准出门，说什么风会把娃娃卷走的。两天后，我们感到害怕了，因为渠水断流，棉蕾大片大片地掉落，豆角与黄瓜都给吹断了秧，葡萄串串大多数只剩下光秃秃的细枝丫。狗和鸡比人更加忧郁，不吃不喝也不叫，露露还呶儿呶儿地哭，烦得我上去给了它一巴掌。听不到多大的风声，但是每个人都能感受到，风在很高很高的地方形成一个旋风圈，把戈壁滩与外面的世界隔绝开来。果然，连续三天，班车停运，穿行在戈壁与沙漠之间的218国道，几乎见不到车辆的影子。要去城里办事的人一个都出不去，外面的人也进不来。有人自己害怕，还要把恐惧像甩鼻涕一样甩给大家，这就到处说——从前塔里木盆地边上的许多小城郭都是给黄沙在一夜之间埋掉的，我站在一旁听，觉得这人先把自己埋掉好了。

　　没有办法，只能默默等待风暴过去。第四天中午，昏黄的天空还在落着没完没了的绒毛细沙，死寂数日的大院突然传出一片嘈杂，我半是期待半是惊慌地冲出院门，看看发生了什么事。就在马路和巷道交叉处的十字路口边，几位身穿制服的叔叔围住了一个人。我跑到跟前，一看，那人简直就是个鬼！大概一寸长的头发全给风薅得立起来，里面全是黄灿灿的沙子；他戴着一副厚瓶底眼镜，镜片蒙了层灰，但是仍然能够看见镜片后面的黑眼珠，这双眼睛太小了，顶多有鸡的眼睛那么大，睁得圆滚滚的，像是给吓傻了一样；他的脸给抹了一层灰土，耳朵里黑黑的，也钻满了沙子……总之，整个人就像用土捏成的泥人而后又在干土里滚了一把一样。事情终于弄清楚，这个从风暴里钻出来的"土人"前来我们司法局——他的新单位报到，班车走到上面团场遭遇风暴，不得不停下，他在招待所里待了三天，算算被耽误掉的三天时间，便自己背起行李，沿着218国道一路步行而来。听完他的讲述，大家围着他长吁短叹——真不要命，那戈壁滩上一旦起风，几分钟就能把人活埋掉的啊！

　　这个从风暴里钻出来的"土人"叫利飞，那以后我们都叫他"风暴叔叔"。但是，"风暴叔叔"洗干净后，却是斯斯文文白白净净一副读了不知道几麻袋书的学者模样，一点儿也不"风暴"。他不大爱说话，见人多是节制地点头微笑。他的家在我们小镇的西南方，路上大概要坐七八个小时的班车，下班后，他几乎不与大院的其他叔叔一起打牌吹牛，他和有丽一样，喜欢钻在自己的小屋里鼓捣什么。

　　风暴早晚是要过去的，过去之后，人们就还像从前一样生活。这段时间，小镇上的电视插转台开始转播日本电视连续剧——《排球女将》，每周六晚播放三集，那时候我们家还没有电视，所以每次得到附近的一位老师家看。

　　活像给卷进了飓风中，看完前三集，我差不多已经失了魂。那个蹿上半空击破挂在木杆上的排球的小姑娘——小鹿纯子,她——圆鼓鼓的脑门、微翘的嘴角、倔强又满含憧憬的眼神、神奇的弹跳天赋、灿烂的笑容,还有她的大方、热情和勇敢,完全将我迷倒。回家路上,夜空清朗,繁星似锦,小路朦朦胧胧,晚风钻进路旁稀疏的芦苇丛中,仿佛迷路的小兽,发出细碎低暗的呜咽。一路上我没说一句话,整个人迷迷瞪瞪,脚在走,魂魄却随着《排球女将》主题歌的旋律在飞,直到小伙伴在前面连声喊我。

三周之后,我的疯魔症开始爆发。先是暗暗学唱《排球女将》的主题曲,因为歌词没有翻译,只好死记硬背模仿日语发音;这之后又突然发痴,幻想着要是能谱出一张主题曲乐谱就好了,因为家里有一台暂为爸爸保管的电子琴,望着它,我整天做着白日梦——成为一个电子琴手,激切地弹奏着这支《排球女将》的主题曲。它真是太好听了。

但是,到哪里找乐谱呢?怎样谱下这支电视连续剧的歌曲呢?冥思苦想,只有一个办法:找懂谱的人把谱子写出来。但是谁懂音乐呢?音乐课老师住得太远了,再说他从没注意过我。后来只好问妈妈,问之前想了又想,怎么编出一个可信的谎言,好吧,就说要学简谱。妈妈啊,果然上了当,那天中午,她抱着一沓厚厚的卷宗正要走进大屋,一听我说要学简谱,张口就答,司法局那个利飞,会拉小提琴,简谱和五线谱都懂。

什么?"风暴叔叔"会拉小提琴,我怎么从来没听说过啊!真是太激动人心了!当即,我扔下手里的作业,一路飞奔,喘着气敲开了"风暴叔叔"的宿舍门。

进了门,我先自报家门,叔叔好,我是谁谁的女儿。叔叔可真是个好人,小眼睛在玻璃瓶底厚的镜片后眨了两眨,听到我的要求,既没有嘲笑我,也没感到吃惊,只略微一顿,微笑着说进来吧。

我很惊讶叔叔没有嘲笑我,敲门之前我是做好心理准备的,即使被挖苦个一两句也不退缩。这一刻,我嗵嗵的心跳声渐渐平息。"风暴叔叔"说你先等等,我把手里的东西写完。他在方桌上写字的时候,我坐在他身后的一只板凳上,片刻,心中再次翻腾起来,要是能把谱子写下来,要是我能弹奏出整支歌曲,要是我能把小伙伴都震住……

突然间我感受到了一股稠厚的温暖,这种感觉之前也曾有过,却远远不像这一刻这么清晰和强烈。它是什么呢?它是一种陌生人的好意、理解与接纳。这些天,虽然幻想了无数次,但我一直以为,自己的行为很荒唐很可笑,肯定会被人耻笑的，因为谁都不会这样做，因为连我都为自己感到难为情。现在，叔叔竟然同意为我谱曲，他真像电影里的艺术家，那么善良，那么有修养。

没几分钟，"风暴叔叔"转过身，都没让我说说为什么要谱曲子、谱下曲子要干什么，就直接问我，你会唱那首歌吗？会。那好，你来唱，我来记谱。说完叔叔起身，从角落里翻出一只电子琴，比一本书大不了多少。我瞪直了眼睛，这是什么东西？电子琴还有这么小的！简直跟玩具一样！见我一脸诧异，叔叔说，这琴音准，你唱，我弹，谱子就出来了。

这下该我出丑了。要知道我天生音准极差，平时除了小声哼哼，从不敢在人前开口。小时候有天晚上家里围了一圈大人，叫每家小孩挨着唱歌，轮到我，我唱了一首"生产队里来了一群小鸭子"，唱到一半就把所有人惹笑了，最后得到的评价是，你唱歌真跟鸭子叫一样。

我的脸开始发烧，脑门像顶在一只火炉上，"风暴叔叔"的眼睛透过两只玻璃瓶底，期待地望着我。他一脸严肃，像是在思考一道极其难解的数学题。啊，说什么都得出丑了。我不敢看"风暴叔叔"的小眼睛，他的小眼睛什么时候变得这么乌黑明亮了呢。垂下眼睑，深呼吸，我终于唱出了第一句。叔叔认真地听，听完想了想，说，再唱一遍，别紧张，音调不用起那么高。这回我好多了。叔叔又让我唱了两遍，然后一个音符一个音符地在电子琴上弹出来。他每弹出一个音符，我的心就要快乐地跳一下，一下又一下，最终就跳到了嗓子眼儿上。叔叔说，我把第一句弹出来，你听听哪儿不对。确实有一个不对的音节。叔叔让我重新唱，我唱了又唱，叔叔听了又听，忽然明白过来似的，自己开口唱了一遍，我一听连连点头。叔叔说，有一个地方你唱错了，说完，他微微一笑。

这样，我们胜利谱出了《排球女将》主题曲的第一句，看着叔叔的手指在琴键上滑动，我高兴得出了一身汗。然而接下来进行得并不顺利，因为我的音准越来越差，叔叔一遍遍听我唱，弹出来的乐曲却总有错误，那些地方就像我们看完电视摸黑回家的小路，坑洼不平，让人生出猛然失足的惊惶。叔叔极有耐心，侧着耳朵仔细听我发出的每一个音节，偶尔会因为我发音不准而生出一种愕然的表情，但即刻一闪而逝。

时间不知过去多久，等到谱出最后一句。等到叔叔将整支曲子完整弹出，我已经没有勇气再去纠正其中的错误，那些一度腾空而起的愉悦，此时降落为深深的愧疚与失落。

音乐不会青睐我这样一个五音不全的人，叔叔也一定在心里明白了我是一个与音乐无缘的孩子，多么好听的歌曲，因为我却被谱得乱七八糟错误百出。但同时我多么感激叔叔啊，整个下午，他只字不提我的音准，一丝表情也没有透露出来，又赠予我连我父母都不可能有的巨大耐心，他是多么好的一个人！

谱曲结束了，叔叔把誊写好的一张乐谱递给我，说，你先拿着，再把歌子练练，不对的地方回头再来找我。我双手汗淋淋的，将拿在手中的乐谱都浸湿了。我知道即使以后能把这首歌曲唱好，也不会再来找叔叔的。

唱歌或者弹琴，这个关于音乐的憧憬已经悄然破灭，但我并不为此惋惜或者伤心，一点都不，因为这只是由电视连续剧而引起的一个魔念而已，此刻它的魔力已因我的蠢笨而解体，它乍起又乍落，不曾抓取我太多情感。让我愧疚的是这首被我毁掉的歌，我希望"风暴叔叔"能听到原来的它。所以，拿着乐谱，我没有立即离开，而是近乎急切地告诉叔叔，学校某老师家有电视，这歌电视里唱得特别好听。这一次，"风暴叔叔"真的乐了，嘴边的皱纹像水波一般荡开，他点点头，答应我有时间就去看。

三

自从买了电视，每个有电视节目的晚上，我家都像集市一般热闹和拥挤。

一个月色皎白的夏日夜晚，清凉的风在敞开的窗户与纱窗门之间来回穿梭。放电视的外屋坐了满满一屋人。除了大人，再都是"公检法"大院大大小小的孩子。父母们都是天南地北的内地人，都是迫不得已留在戈壁滩上的沦落者，但是我们这群孩子，已经变异成戈壁滩上说着一口土话的塔里木人，我们都对自己的血脉发源地近乎陌生，都在这片"荒凉得像月球一样"的戈壁滩上玩得不亦乐乎。这些小伙伴——不管大小——进出我家全都一副所向披靡的模样，吵吵嚷嚷，或立或坐，有时候闹得连电视都看不安稳，这时才会被家长大声喝住。这天晚上，银白色的月光流淌在院子里，让屋里看电视的人都觉得身后躺着一面亮晃晃的镜子。还有干燥清爽的晚风，阵阵袭来，顺着敞开的窗扉，轻轻拂过每一个人的肩头。真凉快啊，这风吹的，有人发出喜滋滋的感叹，仿佛人生所求不过这一点有电视、有朋友、有风吹来的幸福。

风突然大了，窗帘给吹得噗噗噗打在了墙壁上。但转瞬又小了，又轻手轻脚缠绕在每个人的膝间。我被风搅得有些不安。电视看到一半，猛然发现先是个头最高的男孩小武突然站在纱窗门前，片刻后，一声不响离开了；随后，女孩小霞回头扫了一眼，很快也起身出了门，紧接着是另一个女孩燕子。

不知道他们要做什么，这个发现让我感到新奇。我不假思索跟了出去。

他们像是要去别处，看到我黏在身后，只能改变计划。穿过庭院，绕到我家葡萄架的另一面，他们在葡萄架后面的菜地田埂上停下了脚步。一阵风来，扫过葡萄架上的藤蔓，厚密的叶片立即发出一片鸣响，簌簌——沙沙。见我没眼色地站着不动，小武似乎不大乐意，独自站在一边，一个劲儿地直咂嘴。我一心想知道他们要做什么，所以双腿牢牢杵在原地，根本不理小武的烦躁。片刻，小武令我吃惊地点着了两根香烟，默默地依次递与两个女孩，而后自己也吸起来。

风明显大了许多，葡萄藤在响，围墙用的枸杞条在响，窝棚里的鸡也被吹醒动弹几下，甚至头顶的月亮，仿佛也被风吹着往前跑了一大截。刹那间，我似乎明白了什么——自己已经被他们划分在他们的小团体之外。

失落中连着一丝模糊不清的羞耻感，自己到底为什么被往日最为亲密的伙伴排除在外的呢？这是什么时候发生的事情？他们推开我，到底要做什么呢？

你回去看电视吧，别跟着我们，不然会学坏的。小霞对我说。

我又惊讶又尴尬，一时不知如何对答。而他们三个不再出声，垂着头站在菜园的阴影里，像是对一个无法更改的判决久久默哀。那一刻，连一贯肆无忌惮的风都躲得无影无踪，大概它也不好意思看到我这么丢脸吧。

被驱逐的感觉真是糟透了。我离开他们，丢了魂似的回到屋里，坐在后排他们留下的空座位上，完全不知道电视里在演些什么，只是感到身后满院的月光像大渠的水，无声又可怕地在往高涨。而一缕又一缕的习习凉风，则从月光之侧潜至我的脚边，变作一根根孤单的思绪，缠绕着我的双脚，一遍遍地提醒我，院子里的小伙伴啊，他们一天天地都发生了变化。

事实上之前我已经觉察到什么。借着家里大人来我家看电视的时机，这些率先进入青春期的伙伴闯入了一个令我困惑的世界。但那是什么呢？一定是因为我的蠢笨和难看吧，让他们瞧不上我，觉得我不配和他们一伙，才被他们这样毫不留情地一把推开的。但是，他们到底要做些什么事呢？凉风还在我的脚下徘徊，它一定知道他们全部的秘密，但是我还听不懂风的语言。

四

夏日的傍晚真是美好。没有电视的晚上，做完作业我会跑去对面小渠边玩水，会跑到排水渠爸爸放拦网的地方听一听鱼儿蹦跳的声音，然后钻到葡萄架下，摸一摸那串只有我知道位置的葡萄又长大了多少；有电视的晚上，要赶在电视开播之前把作业做完，然后帮妈妈烧两壶开水灌在暖瓶里，再去大院里溜达一圈，问问几个最要好的伙伴今晚来不来看电视，若能来，我可以给她们留两个靠前的位置。

那一天恰好周六，下午我在小渠边洗衣服，小红挑水回来，看见我，妩媚一笑停在了路边。小红先是问我晚上有什么电视，之后眯着眼瞧了瞧西垂的太阳，嘱咐我电视连续剧开始前一定去家里叫她。

那段时间，电视剧开始之前会有一些戏曲节目，大人们喜欢，小孩子家都不爱看，于是正好凑一块儿玩攻城游戏。战场就在我家院门外，你喊我叫，你追我跑，院墙简直都会被震翻。那天晚上，戏曲节目的时间格外长，我们一帮小屁孩在外面玩到天完全黑透才被叫进去看电视。

这阵子要是来阵凉风就好了，吹干我们身上裹着尘土的泥汗珠，好让我们不要像只讨人厌的脏猴子被大人们嫌弃。可是一丝丝的风都没有，小伙伴们只好浑身淌着热汗进了屋。我呢，一个转身，跑去叫小红。我们两家离得很近，腿快一点，两分钟就到。奇怪的是，小红家的院门从里面死死顶住。我啪啪啪一顿猛拍，没有人应答。小红家院子大，屋里听不见敲门声很正常，于是我动手自己开门。小红家院墙烂了洞又懒得补，正好可以伸进手去拔开门闩。门一开我跳了进去，有间屋亮着灯。去推屋门，屋门锁着，啪啪啪我又敲，还是没人应。这就奇怪了，明明亮着灯哪。

循着灯光，我凑到窗户跟前，这一看，吓出一身冷汗，透过窗帘留下的一条缝隙，小红红着脸，阿涛从后面抱住她，将她往床上拖。小红表现得又情愿又不情愿，两个人你拉我扯，像是要打架一样。站在窗外，我的腿都软了，张嘴愣了半天，然后拔腿就跑，跑出院门又拐头回来，像拔开门闩那样又把门拴上。

整个晚上我都魂不守舍，不知道该不该再保守这个秘密，他们俩在干什么？小红会不会吃亏？阿涛是不是想欺负小红？我都无法回答。小红的妈妈和妹妹们都在我家看电视，望着她们完全沉浸在电视节目中的头影，我该怎么办呢？

因为不知道怎么办，所以我什么都没说。

第二天早晨，我早早等在小红家对面的小渠边，她每天都会站在渠边刷她的一口白牙。她是我们这群伙伴中牙齿最白最亮的一个。

水渠就在白杨树林带的下面，清晨的凉风因为浸上稀少的夜露，要比晚风更加清凉。沙沙沙，哗啦啦，翠绿的树叶在蓝宝石般的天空下迎风歌唱，这是清晨的戈壁滩最好听的声音。我背对着小红家的门等她，或者她的家人。我不知道自己在等什么，最好，别有什么坏消息。没有多久，小红果然出来了。她笑眯眯看了我一眼，然后开始刷牙，刷到一半，她突然想起什么，问我，昨天晚上，让你来叫我看电视，你怎么没来？

我怔怔看着小红，想看出任何与昨晚那让我目瞪口呆的一幕有关的任何迹象，但是什么也没有。小红始终笑眯眯的，嘴边粘着一圈白花花的牙膏泡沫。清风卷着杨树叶的味道，将她用电丝自己卷出来的一头卷发吹得乱七八糟，她把刷牙缸里的水倒在手心一点，抬起手臂压了压在风中跳舞的头发，这个动作让她顿时由一位刷牙的少女变成了一个懒洋洋出来倒尿盆的少妇，也令我对她产生了极大的不满。

见我傻看着她，小红一边慢吞吞刷着她的牙齿，一边异常开心地朝我挤眉弄眼。晨风滑下青白色的杨树树干，不依不饶地拨弄着她满头乱糟糟的卷发，我同样不依不饶地审视着她，这就又发现她的另外一个秘密。因为起得早，小红大概知道不会碰上外人，所以她连胸罩都没有戴。她裸着上身穿了一件月白色的乔其纱衬衣，薄衫之下，胸前春色一览无余，而随着她刷牙的节奏，一对俏乳一下又一下地，带着使人无比心悸的颤动，一次又一次地顶撞着衣襟。不晓得怎么回事，因为看见隐现在衬衣下的那对尤物，我立刻想到昨晚从身后强抱着小红的阿涛，当即就头晕目眩地低下头去。真是让人脸红啊。

这之后，风还是日夜吹拂着我的小镇，还是在某个春日令天空毫无预兆地变成了土黄色；还是可以整整两个夜晚如同鞭子般抽打在家家户户的窗棂上；甚至是在我们的上学路上，一条细如线杆的龙卷风会在蓝天下拔地而起，当我们正疑惑于它的美丽与壮观，它却已经沿着一条神秘的曲线迅速飘移过来，在我们拔腿逃跑的一刻，一把将我们拽进它的肚腹，然后把无数的沙粒、草屑、虫尸、粪渣砸在我们全身上下。

经历过戈壁滩的风，我们大概都成了风的孩子，都渐渐明白人大概也像风一样，一阵子来了，一阵子走了，而我们，就在每个人、每件事物的到来与离开之间，在每阵风的起落之间，记住了一些永恒的生命瞬间。譬如小红，说来也真是奇怪，就在那个夏日的清晨之后，关于她的记忆便转瞬即逝，所有关于她的一切骤然化归为零——她与阿涛后来怎样，她是如何离开小镇的，我一概莫知，就好像她真是一缕清风，吹过那个清晨，便永远地消失了。

（原载于《民族文学》2019 年第 3 期）

老屋新歌

唐克雪（瑶族）

　　二十世纪八十年代，我在《民族文学》发表了一部中篇《孤楼》。主人公五松婶的原型，就是我老家屋后那座孤楼的十三婶。母亲九十一高寿那个夜晚，事隔二十多年后我又住进了老家木楼。桂北瑶山入夜早，但客人们离得晚，睡下时看手机，已过子夜。母亲入睡了，透过木板传来她轻微匀称的鼾声，像山歌那般动听的鼾声，令晚辈释然的鼾声。以老人这样的鼾声，十年以后晚辈们再聚瑶山为老人家祝寿的愿望，会变得现实。

　　将睡未睡之际，听两声鸡啼，是我最久远也最温存的记忆。果然，在我最期盼的时刻，远处不知哪家木楼，不知哪只善解人意的公鸡，居然为我高唱了足足半分钟，"喔——"，又长又洪亮的歌声，震得整个瑶山都荡漾起来了。鸡的歌声此起彼伏，陪伴着熟睡的人们，续写瑶山悠长的故事。

　　随着这多声部的大合唱，便是那一阵沧桑而饱满的歌声——是的，是村里或许比母亲都长了几岁的十三婶绵延了数十年的歌声，在公鸡们的大合唱之后，在寂静得掉一片树叶都能听得清清楚楚的瑶山的深夜，又开始了她孤独而充满期待的独唱。

　　探头窗外，依稀的星光下，瑶山肃然在一片恍惚的朦胧中。

　　十三婶年轻时是村里最漂亮的媳妇，与此相对应的，那就是她的男人——我们叫十三叔的天保，当然就是村里最出色的男人。天保作为村里最出色的猎手，是我父亲参与组建的桂北游击队大松山支队最优秀的狙击手，曾在村里通往鲤鱼渡的榕水河口，一枪将两个不可一世的日本鬼子打落榕水河。新中国成立后天保同大多数游击队战士一样，编入正规军南下解放海南岛，又北上参加抗美援朝，最后耐不住对家中漂亮老婆的思念，想方设法回了瑶山。回了瑶山后方知生活同原来的不一样了，吃饭睡觉全围绕着生产队的集体劳动，靠工分到队里领取口粮，进山打猎成为秋收后猎手们最奢侈的想法。

天保便在一次进山打猎时，同他最优秀的儿子天送，一去不回。

在此之前，在天保半山腰的木楼里，曾是我们这一代孩童的天堂，那是因为天送。天送继承了他父亲的伟岸强壮，我们同龄的孩童，一般两个联合起来与他摔跤，最后被压在山地上的，一定不是天送。天送的枪法也是我们所无法比拟的，他的枪法和力量，是他得以在我们这些孩童羡慕忌恨的目光下扛着猎枪傲然进山的资本。

然后，那个秋后，进山的猎手们都赶着黄昏的夕阳回村了，除了村中最优秀的猎手天保天送父子。

第二天、第三天……整整三天三夜，天保天送父子都没有回来。队里的民兵，还有能够走得动的男人，都帮着进山寻找，找了整整一个秋天，生不见人，死不见尸。

那时候，山里还时有棕熊、猎豹、野狼甚至华南虎这些食肉兽的踪影，但这些家伙正是优秀猎手天保父子寻找的尤物呢。即便父子俩失手于这些豺狼虎豹，但人骨以及他们的猎具，还有父子俩的衣服，怎么着也能留下一些蛛丝马迹，给哭得昏天黑地的十三婶一个交代吧。

没有，什么都没有。不久后，人们称之为"文革"的大规模的阶级斗争这根弦被绷紧了，村里的红卫兵抢了民兵的权，打过游击解放过海南岛抗过美援过朝的天保，为什么突然放弃革命回村了？为什么在两个阶级的斗争进入白热化前夜突然失踪？为什么活不见人死不见尸？一定是这个革命队伍的叛徒带上他的儿子最终走上反党反人民的死路投敌了。

红卫兵把已经在昏天黑地一般的孤苦中生活了好长好长日子的十三婶列为"五反"（即地主、富农、国民党反动派残渣余孽、右派和不思改悔的坏分子），拉到盘王庙广场进行革命大批判。无论怎么样，天保打死鬼子的历史不容置疑，红卫兵被村里的老人们一顿臭骂，这样的斗争算是无疾而终。

而十三婶，那个曾经是村里最漂亮的女人，从丈夫和儿子一去不回的那一天起，她的生活就同以前完全不一样了。天送下面还有一个叫天赐的儿子，这个儿子不如说是天赐给这个苦命女人的灾难——他从出生那天起就有先天性的哮喘病，一直病恹恹的样子，同虎虎生威的天送形成天壤之别。为了天保仅存的这条病秧子，十三婶有一天终于走出了木楼。她拖着已经不敏捷的步子，在阳光下艰难地打点着她的自留地，然后跟着生产队其他成员，一块儿上山下地挣工分，领取她和天赐的一份口粮。

所不同的是，在一年的秋后，在山里都闲下来的日子，一个万籁俱寂的深夜，那坐落在半山腰上的木楼里，从不在人前唱山歌的十三婶，居然唱起山歌来了。她的歌声，开始时没有多少人能听懂，包括母亲，她可以在盘王庙里唱三天三夜，山里能够流传的歌，她没有不会唱的，但十三婶的歌，她说她一个字也听不出来。十三婶唱的曲调与母亲她们在盘王庙里唱的也有一些不同，母亲她们唱的大都是盘王爷开创瑶家幸福日子的赞歌，以及日常生活中男婚女嫁、和睦相处的内容，曲调昂扬且带着一点颂歌旋律。十三婶独自吟唱的，一定是与她的生活有关，与一去不返的丈夫和儿子有关。

在此就要强调一点了，不管人们如何猜测天保天送父子的下落，也不管红卫兵民兵们曾经为此对她的不敬，十三婶，这个村中曾经最漂亮的女人，是从不相信她的丈夫儿子一去不回的。她不止一次在人前表示，天保进山打游击了，天送也跟着他爹打游击去了，他们总有一天会回来的……

这个话，刚开始从十三婶嘴里说出来时，村里人大都会笑笑。而我们这些半大不小的孩童，则有时趁着十三婶不在时，问哮喘不已的天赐，你爸你哥……昨晚上回来啦？这话要是被十三婶听见，准会招来她一阵不明其意的开怀大笑。这种笑，有时竟让我们这些孩童毛骨悚然，不寒而栗，以致抱头鼠窜。

这样，当我们得知十三婶夜半时分在她那孤独的木楼里孤独地吟唱山歌时，我们都会睁大眼睛，完全不相信半疯半癫状态下的十三婶，还能够唱歌！于是，我们就有一天晚上坚持不睡觉，并坚持着一种莫大的勇气，悄悄地蹲在半山腰那座木楼外的古枫树下，等着这样的歌声来临。

准确点说，十三婶的歌声，是在山里头一轮鸡鸣之后开始的，通常是，鸡鸣之后，山里的木楼都还在酣睡，就像是公鸡们给十三婶适时地走了过场，半山腰上的那座木楼里，那悠长得令人有点窒息的曲调，便悠悠地渗出木楼，散入星光点点的夜晚，准点到几乎可以秒钟来计算。

鸡啼三更，也就是说，十三婶的歌声，通常是在凌晨三点左右伴鸡鸣而始的。

母亲最终解码了十三婶的歌。她跟父亲说，一定是嘴硬心硬的十三婶心里也不得不认了天保父子的命了，日里满装着期待遥望出山的路，夜里满怀着忧伤抒发寸断的衷肠。苦命的十三婶，不用这样的歌声打发日子，如何挨过这悠长的夜！

那之后不久，父亲替我虚报了两岁入伍当兵，几年后退役，又读了几年大学，当我以我们那一方瑶山第一个大学生干部"衣锦还乡"时，我差不多忘了夜半唱歌的十三婶了。那时候我提着一大包糖果饼干之类的点心进村，回家的路上，每看见一个人，就散一些糖果饼干，算是给村里人的见面礼。在孩童时曾经牵住我们目光的那条通向半山腰木楼的村路上，我与一个腰已有些佝偻，但精气神尚未凋零的老阿婆相遇。我下意识地躬身上前给一声问候，并从袋里多掏了一份礼，充满敬意地递上前。她开始时有些愕然，然后灿然地一笑，接过薄礼，有些含糊地说了一句什么，便迈开匆匆的脚步，匆匆地往半山上的那座木楼赶去。这样，我才想起常常夜半唱歌的十三婶。

到家后母亲告诉我，那确实是十三婶。时隔多年，村里人对一去不回的天保父子已完全淡忘了，患哮喘病的天赐也终于在一个苦冬里离开人们怜惜的目光回了天堂。只有十三婶，一身轻的十三婶，在后来包产到户分给她的一亩三分地里，这么多年来就像一阵阵风似的，日出而作，日落而归。人是老了，而身子骨反倒更结实了。唯一不变的，还是常常地伴鸡鸣而起的歌声，经久不息。

那时候，我已经在战场上经历过弹片击伤后的疼痛，也在战场上见过战友脑门上流下的鲜血，在考场上经历了千军万马过独木桥的悲壮，体验过站在竞技场上天之骄子般的豪迈，也饱尝过失意时在人们冷嘲热讽里的那种种酸甜苦辣，已经对十三婶的悲痛乃至天保天送父子风一样消逝在狩猎途中的人生异常，都能够站在他人角度进行人文高度的思虑了。对十三婶中年丧夫丧子却能"越活越好"的日子，情不自禁地生起一股由衷的敬意。

在母亲九十一高寿的这个夜晚，再听到十三婶忧伤但充满期待、悠长但饱含生命辛酸的歌声，我的心久久不能平静。人生之痛不如十三婶，生活之苦不如十三婶，但我们很多人常常为了事业上的一些不顺，人际上的一些不公，心情上的一些不爽，而把自己锁在闷骚得不能再乏味的心楼里，闷闷不乐，自寻其烦。与十三婶相比，我们这些人或许真是白白地读了那么多的书，以致身在福中不知福呢！

天亮之后，我是义无反顾地朝半山腰那座孤独了大半个世纪的木楼走去的。莽苍的桂北瑶山沐浴在一片温暖的秋阳中，曾经被砍伐一空的大松林，这些年随着瑶山人也开始烧液化气而重新获得新生的苍绿，自山顶漫延到半山腰，使十三婶那座孤独的木楼烟在一片绿色的温馨里。木楼沿着山腰劈崖而起，支撑着整座木楼的是几根由合抱粗的大松木构成的楼柱，同其他人家一样，通常关养着鸡、鸭、猪、牛这些家庭不能缺少的牲畜家禽。楼上一排三间大屋，正中的是屋堂，同其他人家一样长年燃着柴火的火塘，此时也还在冒着轻微的柴烟，象征着这一家的人间烟火尚未灭熄。

从这座经历了差不多一个世纪的木楼看，这座木楼的男人，毫无疑问是当时当地最有影响力的汉子，那个带着儿子居然一去不还的天保！此时，经历了人生最大痛楚却每天凌晨以歌声迎接黎明的十三婶，正安详地坐在楼台上的阳光中，借着阳光专心致志地用膝盖托着一个竹簸箕，挑着明年的花生种。那种专注，丝毫看不出这是一个接近百岁且在半个多世纪里没有睡过一个囫囵觉的老阿婆。

站在这里，能够清楚地听到山脚下一如既往向东流去的榕水河的水流声，村子里其他人家孩子的叫喊声，还有公鸡打鸣母鸡下蛋时的欢闹。

十三婶连头也没抬，就以她特有的低沉而清楚的声音对我说："你昨天给我的糖，我还留着。你要是想吃，就在神龛上，你长高了，一伸手就能拿到的。"

我大吃一惊。显然，十三婶记得的情景，应该是三十多年前我大学毕业"衣锦还乡"时送给她的那份"见面礼"。事隔这么多年了，那一份薄礼，她居然还记得。我压抑不住地抬头探向她楼台里的神龛，果然，那上面堆了好些糖果饼干类点心，但显然，那是村里有心的晚辈送给十三婶的礼数，她舍不得吃，或吃不完，摆在那里孝顺盘王爷了。

我这次带来的是母亲特地托我带来的寿餐。我们这一带如今的家宴，通常是吃三天唱三夜还要分一份剩下的肉食，昨晚的寿宴，十三婶可能是喝多了油茶，提前回屋了，因此母亲嘱我将一碗她特地让人留下的荔浦芋扣肉带给十三婶。我将扣肉放到神龛前的四方桌上，用竹篮盖好。

我总想跟十三婶说些什么，比如想问问她夜晚唱的歌。但她始终无比专情地将注意力用在她明年的选花生种中。我感到，此时，说啥，对十三婶都没有什么意义了。半个多世纪的期盼和忧伤，都历史一般写在她蓄满沧桑的皱褶里。就让阳光与十三婶多待一会儿吧。我相信，未来的岁月无论有什么样的风霜雨雪铺洒眼前，十三婶都会以自己独有的歌声，跟着瑶山的日夜抒发自己对现实满满的无奈，对未来美美的憧憬。

后来，在一份学生考卷中，我读到了苏联作家高尔基写的一篇小说，主人公的命运同十三婶出奇地一致。我深为震撼的同时，也深深地感到，无论你在哪个国度，也无论你处在哪个时代，命运的酸甜苦辣都有可能意外地降临，重要的是，你能否拥有十三婶或高尔基笔下那老妇人这瑶山一般的坚韧和乐观。

（原载于《民族文学》2019 年第 4 期）

写意阿云嘎

布仁巴雅尔（蒙古族）

海　风（蒙古族）译

其实，我和阿云嘎早在二十世纪八十年代就相见相识。《花的原野》编辑部为庆祝内蒙古自治区成立四十周年，在伊克昭盟杭锦旗举办全区蒙古族作家创作会议，我有幸参加。那时的伊克昭盟是个贫穷落后之地，放眼一望，尽是光秃秃的戈壁荒漠。我们乘坐的班车像嘎吱嘎吱作响的牛车一般走在蜿蜒的沙土路上，扬起漫天沙尘，车轮忽而陷入沙子里，一路推推扯扯，吃力地前行。一大早急匆匆喝完早茶即出发的我们直到过了晌午才风尘仆仆地赶到东胜，终于松一口气。晚上五点左右，《阿拉腾甘德尔》编辑部的莫·哈斯巴根喜笑颜开地来到我们住的旅店，用他独有的风趣语言说道："老布啊，盟里的一位领导要为你们接风洗尘，千万别到外面去吃，乖乖地待在这儿吧！闻名遐迩的科尔沁离这里至少有几千里地吧？若不是酷爱文学创作，千里迢迢来我们这穷乡僻壤，那真是活受罪呀！"说罢哈哈大笑。

我们几位都与莫·哈斯巴根初次相见，但他就像老朋友一样称呼着"老布""小高"，一下子拉近了距离。

我问："喳，莫·哈，你们哪位领导要接待我们？"他说："是你们的大舅哥呀。他岳父是你们盟政协副主席、统战部部长，叫阿日斯楞还是巴尔斯来着，反正差不多。作家阿云嘎是我们盟委副秘书长，你们也许认识他吧？"

"只读过他的作品，本人没见过。"

"哦，他简直称得上人中俊杰，虽然是个当官的，可对文学创作情有独钟。"我从莫·哈斯巴根的话语里依稀看见阿云嘎的形象。

这番介绍所言非虚，初见阿云嘎，只见他果真魁梧高大，英气逼人，头颅、毛发、脸庞、耳鼻、肩膀与高大的身躯完美相称。他身材虽然魁伟，但脚步轻盈，话语温和。

在接待宴上，阿云嘎说："蒙古族同胞们光临我们家乡，就让我们欢聚在一起，唠唠家常。"接着说，"喳，第一杯酒干了！"咕嘟一声一饮而尽。他讲话不带官腔官调，亲切真诚，使我们的宴席气氛热烈起来。

那是一次难忘的相见，阿云嘎侃侃而谈的情景仍历历在目。他说，什么样的作品才能得到读者的青睐？比如长篇小说《清澈的塔米尔河》开篇时，有个男人载着蒙古包，赶着牲畜沿着河岸走。此时故事虽然没有展开，但是这个从大老远赶来、看上去已筋疲力尽的男人会倍加吸引读者的兴趣，使他们好奇，这到底是什么人？他要去哪里？要去做什么？肖洛霍夫的作品《一个人的遭遇》开篇时只描写了战后第一个春天俄罗斯辽阔美丽的自然风景，第一段里没有出现任何人。在第一句里描写顿河上游辽阔的风景之后，突然笔锋一转一下将读者的目光聚焦到十分狭小的空间里，交代到"道路就简直无法通行了"，便向读者巧妙地暗示赶路人即将出现。这样开篇不平铺直叙，而是将作品的线索逐步呈现，引起了读者们的阅读兴趣。

阿云嘎聊得兴起时，拿起酒杯，朝大家一举，咕嘟一声，一饮而尽。他右手边备着打火机，左手拿烟，点燃了深深吸一口，快要燃到烟蒂烫到手时，又抽出一支点燃了，亮光一闪，动作流畅自然丝毫不影响交谈。整天与盟市领导们开会议事的他抽的是什么烟呢？我好奇地瞄了一眼他的烟盒——大青山，顿时感到熟悉又亲切。

宴席在继续，文学话题在展开，阿云嘎不仅就作品开篇的技巧列举了外国经典作品，还谈到作品的总体结构，他将眼镜提到额头上，说："要波浪式推进。要让矛盾时而激化，时而缓和，使叙述节奏时而激进，时而平稳，故事情节时而强化，时而舒缓，有轻重缓疾地部署结构……"我的眼睛不由发亮。他是说，作家既要把持读者的心，又要留给读者足够的空间。作品若过于拖沓则会影响读者的兴致，可过于紧绷又会让读者感到阅读疲劳呀。一篇小说若不激起一两个波浪怎么可以呢？尤其是长篇小说，若不激起很多波浪，如何紧紧按抓住读者的心，使他们为作品中的人物牵引，投入到作品中的故事情节和矛盾中去呢？

我第二次见阿云嘎是 1999 年 9 月末，通辽市文联主席布和德力格尔突然给我打来电话说："阿云嘎的岳父——盟政协副主席阿日斯楞去世了，我们现在就去参加他的追悼会吧！"

其时，阿云嘎被选为内蒙古文联主席已有五年之久。他最忌讳为私事麻烦朋友，有事总会自己悄悄地处理。

他的岳父阿日斯楞主席是赤峰阿鲁科尔沁人，一参加工作便来到哲里木盟，在哲里木盟的建设中功勋卓著。他身材高瘦挺拔，穿着像军人般整齐，走路时双手总是背着。他讲起蒙古语不掺一个汉语，说起汉语，不带蒙古调，蒙汉兼通，水平极高，是个德高望重的老领导。

二十世纪九十年代初，通辽市的蒙古族有个习俗，一到腊月二十三小年时，都聚在一起，祭火欢庆。阿日斯楞参加聚会，总是在最后离开。他讲话音色清亮，使听者感到舒畅；休会时，他不像别人那样说"休会"，而是用文言文说成"会休矣"，引得参会者们哈哈大笑。

阿日斯楞酷爱民歌、安代舞、乌力格尔。一旦有旋律响起，他就会伴着节奏，将右手放在膝盖上，大摇大摆地打着拍子，摇晃着头，深醉其中。

记得我从鄂尔多斯回来后，去位于内蒙古民族师范学院南门的理发店理发，一进门就看到坐在镜子前理发的阿日斯楞，他问我说："一个多月没看见你了，出差了吗？"他指着旁边的椅子，"坐这儿，聊聊天！"

"是的，我去鄂尔多斯参加文学创作会议，昨天才回来。"

"那见到阿云嘎了吗？"

"见到了。他把我们当成从亲家来的人，摆下丰盛的宴席，接待了我们。"

"你以前认识阿云嘎吗？怎么知道他是我的女婿？"

"以前没见过，这次有幸得以认识。"

"你们以后多来往。他是个十分可怜的孩子，听说他只见过亲生父亲一次。他小时候有一次来了个牵骆驼的陌生人向他问路，于是他直立着，为其指路。那路人夸赞道：'真是有教养的聪明孩子。'然后掏出一大堆糖块，放入他的衣兜里，抚摸着他的黑发，久久凝视。据说这是阿云嘎在村子前第一次见到父亲，也是最后一次。母亲为他说明缘由时他才晓得那是他的父亲。父亲可能认出了儿子，但对一个孩童说什么呢，久久注视了他一番，眼里噙满泪水，离他而去。说来阿云嘎也是有福气的人，他的养父是个大好人。"说到这，阿日斯楞心满意足般深深松了一口气。

德高望重的领导阿日斯楞就这样走了。我怀着沉痛的心情，泪影婆娑地走入追悼会现场。真可怜！那场面让人不忍一睹啊，他的掌上明珠，他倍加疼爱的姑娘乌日娜由两个女儿搀扶着，为失去慈父沉痛万分，阿云嘎在一旁，默默地站立着，偶尔深深吸口烟，吁声叹气。他心事沉沉，噙着眼泪，操办着火化遗体等后事。在追悼会后的答谢宴上，阿云嘎代表亲属发言，他向大家深深鞠躬，嗓音嘶哑，心情沉重地说："首先，感谢培养和淬炼我父亲的党和政府；再感谢父亲的同事，特别是参加追悼会，目送父亲驾鹤西去的全体同志；还要感谢为延长我父亲的生命，奉献医术，不分昼夜，辛苦付出的全体医生和护士……"言简意赅，但道出了欲言之事、心中之意。

第三次见阿云嘎为我留下了更为深刻的印象。我负责通辽市文联和《哲理木文艺》的工作之后，他几次去通辽视察工作。一次是中国文联曲艺家协会、内蒙古党委宣传部、内蒙古文联及通辽市市委宣传部、通辽市文联联合，决定在蒙古族曲艺艺术大师——琶杰、毛伊罕的故乡扎鲁特旗为两位大师竖立纪念碑，阿云嘎为此事专程来到通辽市。吃完晚餐后，经验丰富的自治区理论研究室主任白音那老师找到我，十分认真地询问："阿主席明天的讲话稿你们准备好了吗？"

我匆忙说道："没有啊，没人吩咐我们写讲话稿呀。"

白音那老师态度坚决地说："唉嘿，那可是正厅级领导啊。这次还是代表自治区党委宣传部来的。这是你们策划举办的活动，你们不提前准备好领导的讲话稿，他到时候讲什么呢？"白音那老师平时总是笑眯眯的，我第一次看见他如此义正词严。

"多亏兄长提醒，但别说准备讲话稿了，我们就连想都没想到。喳，如果必须要准备的话，今晚我来起草吧！"我匆匆推门而出，正巧碰见阿云嘎。

阿云嘎对我说："嘿，您也在这里呀？我是来看白音那老师的，他是曾经修改我作品的恩师，也是你们家乡的元老、著名的曲艺艺术专家，请你们多多关照啊。您快回去休息吧，明天还要到你们故乡不是吗？"

"过去兄长是您的老师。可如今您是老兄长的领导。刚才白音那老师问我有没有准备您明天的讲话稿。"

"为著名说书人琶杰、毛伊罕竖立纪念碑一事非同小可，而且中国文联副主席、曲艺家协会主席罗扬要来。我的讲话稿你们就不用管了，但你们需要准备好他的讲话材料。我们之间无所谓，还是好好协调嘉宾们的事吧。"他确实是多年担任秘书长的老手，深知基层工作人员的辛苦，一句话就为我们解除了精神负担。

越学识渊博的人，越谦虚，我从阿云嘎的身上看出这一点。他的讲话不那么长，主要讲了打造文化品牌，以及如何保护、继承文化遗产和发扬传统文化。正如他所讲："琶杰、毛伊罕——不只属于内蒙古，不只属于蒙古族。而是属于中国乃至世界的两位曲艺大师……"

就在我调到内蒙古文联之前，阿云嘎为评选全区旗县文联工作会议的典型而再次到通辽。

其时，我们市委接待局都有规定：从自治区来厅级领导，由相关单位报给接待局，在该领导临走之前，市委书记或市长前去做汇报，进行接待；若来副厅级领导，由分管的市委副书记、宣传部部长或副市长出面接见，听取相关建议，进行接待。一旦市接待局着手操办，便对该领导的作息、出行、饮食进行周到安排，细致到该领导几点起床在宾馆的哪个雅间，由哪位领导陪同喝早茶；上午在哪个会议室，由哪个领导出席汇报工作的同时听取来自自治区领导的建议；下午又从宾馆的哪个厅由哪位领导陪同乘坐几号轿车，去哪里视察……将所有安排分发给相关人员，人手一册。

因此他每次来都特别叮嘱说："不用跟上边的领导讲，我们还是自自在在地做自己的事情吧！"

我接到通知便去市宾馆，安排阿云嘎的食宿。

女服务员问我："要来什么客人？"

我说："自治区文联主席要来。"

女服务员又询问："是什么级别的领导？"

"是厅级领导。"

"正的，还是副的？"

"和我们市委书记、市长同样级别的领导。"

"那能预订豪华套间。"

"一宿多少钱？"

"888 元。"

"不行。我们的那位主席不住这么贵的房间。"

"不是由市接待局负责接待吗？"

"我们这位主席不喜欢热闹。"

"那可以预订行政套房。"

"多少钱？"

"666 元。"

"还是不行。"

那位女服务员好奇地说："嗨，其他单位的人一听说自治区哪个厅长要来，几天之前就联系我们，要求我们留着最大的套房。同样是厅级领导，你们的领导咋这样？没办法，那只能预订440元的标准套间。"

翌日，阿云嘎进入套间吸着"大青山"说："嘿，布主席，这么大的房间有什么用？赶紧换个单人间！您不是不知道我们文联很穷，日子过得很拮据。"

我说："要报给市接待局吧，您坚决不同意。我们文联再穷，也能付得起您几宿的房钱。"他却说："嘿，我这是走公差，为何让市文联掏住宿费呢！"

次日早上，我与市委的王明义书记、宣传部部长闫鹏等人请阿云嘎喝早茶，前去宾馆敲门时没有动静。我想，他可能因疲劳睡过了头吧。就去找服务员开门，但那姑娘告诉我说："您一走，那位高个子领导就把房间换到三楼的单人间了。"

我们走进303房间时，他正津津有味地读着艾特玛托夫的中篇小说《查密莉雅》。

我问他："阿主席，王书记和闫部长来看您了。您为何换了房间？"

他说："唉，那么大的房间没用。这单人间蛮好的。喳，请两位领导坐这里。"他硬是让我们两位领导坐到沙发上，自己却坐在床的西南角上，坐得床都陷下去了。

来通辽之后的第二天晚餐过后，他对我说："老布啊，已经跟你们的领导吃了几顿饭。该讲的都讲了，该聊的都聊完了。明天晚上，能否跟你们通辽市的作家们坐到一起？我们都是搞文学创作的人，要说的话很多……"

"当然可以，我们作家都听说您来了，纷纷打听能否有机会呢？喳，那就安排在明天晚上吧，要不明天下午召开个座谈会？"

他说："不用，老布，偶尔喝点酒，畅谈文学岂不好？"

我立即通知了十几个作家，扎鲁特旗、科左中旗的几位青年作家也正好来到通辽。他们大多只读过阿云嘎的作品，未曾见过本人，所以都想与他见面。可一入座，大家却鸦雀无声。不仅如此，他们介绍自己时，都紧张得满脸通红，嗓音颤抖。

幸好阿云嘎的妻子乌日娜姐也应邀出席，她说："嘿，你们不都是作家吗？老阿从呼和浩特出来时就对我说，这次再忙也要与哲里木的作家们聊一个晚上。

今天他是以一位老作家的身份与你们坐在一起，请大家开怀畅谈吧！他还是你们的姐夫呀，不要太拘谨！"这番话，打开局面，"姐夫"这一词拉近了大家的距离。

我们当中的一位好奇地问道："听说，阿主席在小的时候曾被认定为呼毕勒罕？"

"是的。我三岁时，与另一个小孩一起已被选为小呼毕勒罕。可恰逢解放，我们两个谁都没来得及被鉴定。但亲戚和邻居们开始对我刮目相看了。我们家人也开始特别注重我的饮食，亲戚给我买的礼物也跟其他孩子不一样了。一天，我外公领着我去引见给乌兰葛根（活佛），葛根接受顶礼膜拜时让我坐在身旁。

"一个小孩儿，懂什么呢。我好奇地看着葛根给人灌顶，有时，看到摆在案上的糕点、奶皮子、奶豆腐和糖果，我不由伸手。哪里懂什么宗教？只是看到乌兰葛根白白的脚丫子，感到惊讶。一天，乌兰葛根叫我的乳名说：'喳，沙金诺日布啊，革命来了，我不能再领着你了。好好学习蒙古文和汉文，将来对你有益！'然后把我交给外公送回家。那座阿云嘎的寺庙至今依然存在，我先后去施舍过两次。"

满桌子人的目光都聚焦在若无其事地说话的他身上，好像是被吸铁石吸住一般。大家可能都在想，若他真坐上呼毕勒罕的宝座，肯定是一位法相庄严的呼毕勒罕。

有人问道："您的首篇作品是哪一个？"

"其实，刚开始我写诗歌。那是'文革'快要结束的时候，我在《内蒙古日报》上发表了诗歌《鄂尔多斯沙漠的春天》。后来又写了《五七抒怀》《牧区大寨乌审召》等诗歌。但不久我感到自己并没有写诗的才华和感觉。1976 年 11 月 11 日，我的第一篇小说《鹰飞不去的沙梁上》发表在《内蒙古日报》，写的是学大寨的故事，时代色彩很浓。描写为了征服连雄鹰都无法飞越的沙漠，拼死与天地斗争的大作战，写作手法也模仿了那些反映为征服大自然，勇敢'战天斗地'的作品。"

在座的作家们兴致盎然，有一位作家问："您最喜欢自己的哪个作品？"

他说："我对小说《"浴羊"路上》最为满意，我试图深入描写人性和心灵。在当时仅仅以政治、道德或某种社会意识形态标准评判作品好坏的倾向普遍而严重。我这不是说不能写此类作品，但一旦形成这种习惯的话，作品的艺术质量必然就下滑！"我对他的作品《"浴羊"路上》至今都记忆犹新，小说写的是浴羊路上三个十六七岁的男孩喜欢上同行的两位姑娘，他们喜欢与两位姑娘接近，又不愿让其他男人接近，他们心中萌生了一种异样的冲动和矛盾，因而感到伤心、羞涩，甚至失眠、流泪的成长故事。

那晚的聚会，与其说是酒席，还不如说是一次文学讲座。在座的青年作家们并非饮酒陶醉，而是因受到作家前辈的文学启发而感到欣喜、深深陶醉！见到这些基层的青年作家，阿云嘎也非常高兴，他说："不聊文学了。老哥为你们唱一首《献给妻子的歌》，是为纪念与你们乌日娜姐结婚四十周年而创作的。"他看一眼身旁的妻子，笑容满面地站起来。

"喳，我们的'厨房歌手'阿云嘎先生要给大家献歌一首，让我们鼓掌欢迎！"乌日娜姐又风趣地说，"这位先生别处不唱，一进厨房就会唱歌，所以，我称他为'厨房歌手'。"阿云嘎唱道：

> 您是为我系领扣的手儿
> 您是我远行时送行的目光
> 您是我酒醉时暗流的眼泪
> 您是他人向我媚笑时的戒律
> 在这悲喜交加的世上
> 您是我命中的伴侣
> 您是我远在旅途时的梦
> 您是我从远方归来时的门扉
> 您是在我枕头上鸣唱的鸟儿
> 您是赤红心脏跳动的心率
> 在这悲喜交加的世上
> 您是我命中的伴侣
> 您是我两位老人的拐杖
> 您是我两个孩子的一片天
> 您是照亮我狭窄寒舍的太阳
> 您是我生活七个音符的旋律
> 在这阳光灿烂的世上
> 您是我一生的伴侣

阿云嘎就是如此与基层作家们亲密无间，将他所掌握的文学创作知识传输给青年一代的作家，当作自己的一种神圣的责任。2006年我调到内蒙古作家协会，负责日常工作。我和阿云嘎的办公室正好挨在一起。有一天，他右手里夹着烟，左手拿着发表吉·清河乐小说的《花的原野》杂志，走进我的办公室，欢喜地说："老布，您认识这位青年吗？他的小说写得非常好。"他把杂志递给了我。

　　我说："听说过他的名字，作品没有系统读过，好像是赤峰市翁牛特的青年吧？"

　　"看样子，是个读过很多中外经典名著的青年，文学基础可以，艺术手法也运用得当，构思新颖，正探索着摆脱老一套的创作手法。您是作家协会的常务副主席，要关注这种新出现的青年作家！"

　　我问他："那您认识这位青年吗？"

　　他道明来意："不认识啊。第一次读他的作品，觉得很有滋味。以后有什么机会，可以特别推荐他去学习！"

　　也是在几年前，我担任《哲理木文艺》杂志主编时，一天他打来电话说："老布，您可能知道在你们库伦旗额勒顺苏木达产淖尔嘎查有一位名叫扎·哈斯巴根的青年作家。可怜啊，他在学生作业本的背面写了作品寄给我，很明显是偏僻贫穷地方的人。如果你们杂志有稿纸，拜托您寄给他几本可以吗？以后，您来呼和浩特，我替那位青年给你敬三杯酒！"阿云嘎给人的感觉是平时不太爱管闲事，从不因自己的事麻烦别人，却如此怜惜和关照着基层的青年。

　　其实，我认识扎·哈斯巴根。他是《哲理木文艺》已故老编辑扎拉嘎木吉的同乡青年。我曾为看望这位年迈的老师去过达产淖尔嘎查。阿云嘎的猜测是对的，达产淖尔嘎查四面环沙，小轿车难以驶进，十分偏僻，离通往额勒顺苏木的柏油路有十几里远，只能把车放置在野地里，跨过沙漠，步行进去。在同乡老编辑扎拉嘎木吉的鼓励下，扎·哈斯巴根一直创作小说和散文，曾发表在我们杂志上。

　　这位青年怎么认识阿云嘎了呢？我问阿主席说："你们是亲戚？"

　　他说："什么亲戚呀，这位青年给我寄来新写的小说，若加以修改的话，还可以。我提出建议，给他回寄过去了。老布，请多关照扶持基层的作家吧！他们整天为庄稼和牲畜操劳，晚上在忽明忽暗的油灯下写作呀！"

几天后，我正打算依阿云嘎的嘱托给扎·哈斯巴根寄稿纸，他本人却来到《哲理木文艺》杂志社。

我对他说："嘿，你行啊，自治区文联主席都知道你。"

他害羞似的红着脸，看着袖子说："我喜欢读阿云嘎的作品，于是想让他修改新写的小说，写了几次信，没敢寄出去。后来，下决心试试，提心吊胆地寄了过去。出乎意料地，收到了他的修改建议，我高兴得整夜没睡，按他的嘱托修改作好作品，寄给了《花的原野》，结果发表了！"他说话时，眼里噙着泪水，心情很激动。我立即将一捆稿纸递给他。远在几千里外的阿云嘎都牵挂着扎·哈斯巴根生活的困境，真让身旁的我们感到汗颜。

阿云嘎曾多次对我说："我喜欢冷峻、粗犷的作品。"这大概与他的成长经历有直接关系。"文革"时期，将他视作亲生儿子一般呵护抚养的养父惨遭批斗。那时，没人理会他们一家，可他一担任盟委委员、秘书长，自称亲戚的人整天络绎不绝。

他说："我时常想念故乡的人们。他们是那么可怜又可爱。他们不求你得到什么东西，不想弄点钱财。整年种地放牧，用辛苦挣来的钱过好日子。他们不与你钩心斗角，不会骗人，更永远不做坏事，发生争斗，也不搞什么冤假错案或谋财害命，反而将此视为极度罪孽，遇到什么事，都遵守天道。"还颇有感触地说，"我作品中出现的那些普通人在生活中都有原型。我们只有从他们的立场去审视社会，以他们的观点剖析社会，作品才能成为佳作。"

"说到普通老百姓，我永远忘不了一件事。几时想起，几时就会心跳加速，似乎对他欠了债般痛心！"他给我讲起自己经历的真事。

那是在八十年代初期，阿云嘎担任盟委副秘书长，分管落实政策办公室。有一位姓张的年轻人来找他。他是住在市区的农民，"文革"中被当作强奸犯被法院抓捕，后来因为事实不清又被释放。但罪名已传开，连说媳妇都难了。年轻农民来找他，是为了平反昭雪，澄清事实。但是法院那边没有他到底有没有罪的明确判决。他多次去找法院，但法院的人对他瞪起眼说："已经把你放了，还来找我们干什么！"年轻农民没办法，这才找到盟里的落实政策办公室。

阿云嘎对他严肃地说："你这事跟政策没有关系，与法律有关系。谁抓捕了你，就去找谁吧！"说完打发他走了。

过了几天，年轻农民又来找他，拿出一个鼓鼓的信封放到他的办公桌上说："领导，里边是一些证据材料，请您过目！"说完起身就要走。

"站住，把它拿走！"阿云嘎大声喊道。

年轻农民踌躇一阵，泪水顺着他的鼻子流下来。

他说："没有办法呀，领导，平民百姓没有其他法子了。这一百块钱也是我多日捡煤卖的钱啊……"说完，他嗷嗷大哭。

可怜啊！只见皱巴巴的一百元钱从信封一角露了出来。

年轻农民看到自己最后的希望已落空，心灰意懒，抽噎着："我们平民百姓就这样，有话没地方说，有事难以澄清！"说完，将信封怀揣起来，迈着沉重的步子，讪讪而走。

"从表面看，我没有一点错。我有什么理由收一个农民辛辛苦苦挣的钱！假如那位年轻人不是一个平民而是哪位领导介绍过来的人，我会对他冷漠吗？敢对他要态度，赶走他吗？人的虚伪就在这里。如果对一个蹲冤狱的年轻农民说几句暖心的话，安慰几句，告诉他可以将中级人民法院误判的事向高级人民法院上诉的话，不管对那位年轻农民能起到多大作用，至少能给个心理安慰嘛！我每每想起此事，都会感到懊悔不已。"他的自责之情溢于言表。

阿云嘎真心关注平民百姓，关心他们的观点立场、希冀，他的作品里出现过很多农村偏僻牧区的普通人物形象，让人觉得这些人物就生活在身边。

举办会议、讲座时，几时邀请阿云嘎，他便会几时赶过来，从不摆厅级领导的架子。

在 2013 年年中，中国作家协会鲁迅文学院在呼和浩特举办了内蒙古少数民族青年作家培训班。可天公不作美，连日滂沱大雨使北京的老师们不能及时赶来，一个月前制定的授课计划突然有了变化。鲁迅文学院的成副院长急得给我打来电话说："布主席呀，看今天这雨是停不了了。现在怎么办呢？明天上课的老师没有喽！"

"成院长啊，现在是晚上九点了呀。明天早上八点就要上课，去找谁呢？现在才邀请有些失礼吧？"

"当然是那样。可事已至此，没有其他办法了，只好麻烦您了。"

求谁好呢？要是有影响的蒙古语作家，还要会讲理论。我束手无策之时，首先想到的是阿云嘎。

"我想到讲课的老师了，成院长。此人一定能行，青年作家们也喜欢听他的课。"

"是谁？快讲！"一向谦虚的成副院长一高兴，声音也高了许多。

"内蒙古文联原主席，国家一级作家，用蒙汉两种语言创作的，享受国务院特殊津贴的专家阿云嘎。"

"嘿，临时请那么有名气的人，能行吗？"

"他是十分体谅别人难处的老作家，日前刚将反映保护民族文化遗产之艰难的长篇小说《满巴扎仓》全文发表在一期《人民文学》上，正在火候上，可以请他讲讲创作这部长篇的心得体会。"

"那太好了。请您现在就替我们邀请阿主席！"成副院长呵呵笑了。

晚上十点，我拨通了阿云嘎的手机。他已关机。对了，我想起他说的话——人退休以后会忘记开手机，忘记星期几，忘记刮胡子。他的两个女儿都已成家，为各自的事业忙碌，他与老伴留在家里。于是乎有了足够的创作时间，就如饥似渴地扎进文学创作里了。

其实，我应该亲自去他家请。但雨下得没有间隙，与其冒雨去闹腾老领导，不如直接给他家打电话。

"嘿，是布仁巴雅尔吗？有什么急事在夜里来电话呢？"他嗓音嘶哑地说。

"无事哪敢惊动大作家，阿主席还没有休息吗？"

"啊哒，你说什么呢。这么早休息了，这革命工作做还是不做？"

"呵，您依然年轻啊。革命的火热激情尚在。"

"喳，有什么重要指示？请开尊口。"他似乎晓得我有急事。

我们是亲密无间的知心朋友啊。虽然在人们面前显得严肃，但私下总是互相调侃。记得在文联旧楼上班时，我们俩的办公室紧挨着。一天，我怎么都打不开办公室的门，正焦急上火，后边有人拍着我的肩膀说："年轻人，别急！哥哥还有几年啊。"我回头一看，阿云嘎挎着合身的大黑包，微笑着站在我后面。天啊，我这是在鼓捣他的办公室门啊？我竟然能如此糊涂，只好不好意思地朝两步之外的自己办公室走去。可没过几天，换成他在那里用钥匙捣弄我办公室门。这回我像猫一样蹑手蹑脚地走到他后边，拍着他的右肩膀说："老兄啊，中国再缺什么，也不缺人。您如果在主席位置上坐腻了，就直说，接替您的人就在不远处哦。""嗷嘿，我这是在捣弄你的门啊？我就奇怪了，怎么弄也不开。喳，请你开门，下午没有急事，我给你讲新故事。"

我知道，他肯定是写了一部新作。这已成为他的习惯，一旦新作写完，就去找作家、评论家审读，收集意见。还将作品的故事情节讲给朋友们听，仔细观察作品能否引起他们的兴趣，情节设置是否符合主人公的性格，或者还有什么需要改进的地方，否则他内心里就没底。

其他民族的朋友见到我们毫无拘束地相互调侃，总是惊奇万分。有时他们会问："你们没有领导和下属的区别吗？"

阿云嘎就对他们说："我们在工作时比谁都规矩，但私下就没有那么多拘束了。"

我对他直接说明晚上打电话的缘由："明天上午九点您需要讲课喽。"

"给谁讲？"

"给青年作家们。"

"唉，你老兄我没几个故事，不讲不行吗？"

"阿主席，您不会不晓得'十年树木，百年树人'吧。"

"那讲什么呢？"

"《满巴扎仓》。"

"嗯，作为老者，还是讲讲自己创作生涯的得失和经验吧。"

大约九点时，他来到内蒙古党校教学楼下面。可怜，匆忙之间他连雨伞都没带。说是七点从家里出来的，整整走了两个小时。

我坐到教室最后一排，不由为他担心，在毫无准备的情况下讲什么呢？

"先说说创作的感受……"他用低沉的声音开了腔，以自己的小说《沙漠那边是十三世纪》为例说明如何在作品里把握和描写细节。接着，又围绕作家的创作风格展开，他说，作家的风格不是知识或技能，而是一种特征。不模仿他人，在叙述角度、语句应用、对人和环境的理解认知方面都表现出自己明显的特点……

讲到这儿，他顿了一下，摸了摸衣兜，他是一天抽几盒"大青山"的人啊。接着他似乎提醒自己这是在课堂，看看时间说："嘿，到十点半了？怎么样，需要休息一会儿吗？"可青年作家们似乎意犹未尽，都说："老师，请您接着讲吧！"

他笑了，又摸了摸口袋。可能在想，这帮年轻人只顾自己，不顾我这老头。

"一个作家必须要有艺术灵感。这是成为作家的根本条件。那么，什么是艺术灵感？当你看到普通的人和事物之时，突然心情激动，引起美妙构思的那种特殊感知即是艺术灵感。有句话说，作家不是创造美好的，而是感知美好的。要感知美好，艺术灵感会起到重要作用……"

从老作家阿云嘎的讲座中青年作家们懂得了在总体结构方面，调整好作品的轻重缓疾，把握好风格，运用好力度，风趣地展开故事情节是引起读者兴趣的最明智之举。作家因受到生活中某个事物的刺激，时常会激动。这其实是在你心灵深处蕴积的某种感觉在突然苏醒、开始被调动起来的预兆，这便是阿云嘎再三强调的"艺术灵感"在降临。此时作家的形象思维已进入最佳状态，莫要错过，立即开始动笔写作至关重要。如果不能把握住这机遇，形象思维立马会受到束缚。阿云嘎认为，塑造人物形象是准确地找到主人公的心理、性格的踪迹并表达出来的过程。在这个过程中，为主人公担上太多的"任务"，强行通过主人公来完成作者的诸多想法则会成为不伦不类的东西。既有缺陷又有性格特点，没有理想化或概念化倾向的人物形象才能让读者眼前一亮，印象深刻。

他还讲到，一部优秀作品不仅会树立有血有肉的鲜活形象，还能从中看见一幅完整的真实画卷。契诃夫的一篇短篇小说里写，一位画家在宾馆给一个妓女画裸体画。那画家画不下去了，走到妓女面前，去摸索一根根数她的肋骨，引得妓女咯咯直笑。画家生气地说："你为何嬉皮笑脸？"妓女依然咯咯笑着说："你的手凉。"在这句话中那妓女的形象就变得鲜活生动了。

阿云嘎对蒙古文小说的题材宽度和内容深度方面存在的问题，做了深刻剖析。他说，题材范围的狭窄，与我们的作家们只关心当下面临的问题或重大事件有关。

文学是反映生活的，但生活当中除了问题和事件，还有许多元素。比如爱情、理想追求、困惑、思念、悲伤孤独、欢心快乐……收放自如地反映这些，同样有认识生活、启迪民智的价值。我们可以写为爱情痛心疾首的年轻姑娘，斩断情丝、伤害妻子的男人，可以写为实现理想目标而努力奋斗和遭受挫折，甚至可以写狼的勇敢、狐狸的狡猾、狗的诚实、牛的憨厚……优秀作品其实不在于写了什么，而在于如何写。

他认为，内容深度的搁浅，表现在过于表面化的人物形象。作品不能停滞在说明主人公的社会地位和人性好坏这一层面上，而需要在塑造人物形象深度上倾注笔墨，触摸更深层的意义。

从二十世纪八十年代开始，发生在牧区的两个历史性变化是：将土地和草场承包给个人和牲畜的商品化。对游牧民族来说，他的一切基于牧场，民族风俗、思维特征、人际关系都来自牧场的丰腴土壤。当千百年来归属于大家的牧场被一片片地分割开来归到个人，多少年来被牧民视为生活依靠的牲畜突然变为买卖的商品时，谁都无法阻挡牧区的生活也随之改变。"在巨变的时代产生精湛的作品"，出现在牧区的这个巨大变化是否会触动蒙古文学的新突破？或者在考验蒙古族作家的文学功力？为要实现这一突破我们究竟要注意什么呢？

阿云嘎的眼睛眯缝成一条线，眉头紧蹙，似乎有风云在他的脸颊上狂卷，话语宛如泉涌：小说是一个民族的心灵秘史。难道骑着摩托车疯狂行驶的人们不怀念那骑乘骏马时的威风吗？怎么看待为草场纠纷，亲戚间骨肉相残的情景？怎么评价去南方饭店唱歌跳舞的姑娘？伤心折磨、困惑忏悔、忧伤徘徊，民族的传统道德、传统思维、传统习俗面临前所未有的激烈挑战，为我们民族的心灵深处激起思绪浪花，激起某种向往，为我们的文学提供了挖掘不尽的丰富题材。他更进一步指出，一个民族面临的问题是整个人类面临的普遍性问题。环境的破坏、竞争中的悲伤、现代化进程中人性的变异、价值标准的迷惘、人与自然之间关系的变异……不只是蒙古族面临的问题，需要从整个人类的角度去观察，要与整个人类的命运一起联想。这既是我们深化作品内容的重要方法和路径，又是蒙古语小说的突破点所在。

外面雨声簌簌，雷声滚滚。教室里纸笔摩擦沙沙作响，掌声雷动。他讲座的结尾部分——"从文学巨匠的作品中所获的心得"更是激发了青年作家们的兴趣。"《静静的顿河》的开头真美！'麦列霍夫家的院子在村子的尽头。牲口圈的两扇小门朝着北面的顿河……'平实的叙述不仅让我们清楚地晓得这一家的位置，还描绘出实实在在的环境及氛围；海明威的两部长篇小说《丧钟为谁而鸣》和《永别了，武器》写得那么干净利落。"他所说的"干净利落"是指，故事线索清晰，情节简约。

我们民族在本质上是个豪迈的民族，望眼欲穿的苍茫戈壁、辽阔的荒野、酷暑、严冬、风暴、积雪、冰雹……蒙古人生存的自然环境即是考验他们豪情的竞技场。通过千百年来的历史变迁，他们所遭遇的战争、杀戮、仇恨、威逼、阴谋等为他们的血液里融入不屈的壮志和忍耐力，不计较得失，不为那些威逼和阴谋而悲伤，尤其是无与伦比的承受能力均是蒙古族豪迈精神的踪迹。

但这些特征未在我们的作品里占据主导地位。我们为何只看见茫茫的绿草原、蜿蜒流淌的河流、洁白的蒙古包，却看不见人踪罕至的雪山、磨破驼队蹄掌的荒凉戈壁、铺天盖地的大风暴？我们为何只看见在系绳上哞叫的母牛和牛犊、在棚圈里咩咩叫的羊羔，却不去注视盘旋于高空的雄鹰、为觅食而奔走荒野的狼呢？我们为什么只看见母亲慈爱的目光、亲密爱人的娇羞笑容，却不注意愁云密布的脸颊、放射仇恨之光的眼睛？我们何故只看见卑微的一面、却看不见英勇的秉性？在回忆传统之时，只看见落后困境，却难以认识力量和向往呢？

豪迈是生命的内在力量，应以人本性的呈现来体现。杰克·伦敦文集的序言中说的"请聆听荒野里狼的嚎叫，那就是杰克·伦敦的作品……"看到此番话，不觉得是为我们暗示某个因素吗？

我们的作品越来越脱离了豪情壮志啊！我们的作品在严重缺乏民族精神呀！

真正成熟老练的作家在一部作品里创造一个世界，这个"世界"不是指我们的现实世界，而是文学世界。艾特玛托夫曾在自己作品里创造了很多奇特世界，他在《查密莉雅》里创造了一个成长男孩的内心世界；在《花狗崖》里创造了人为生命顽强拼搏的世界；在《一日长于百年》里创造了低阶层劳动人群的生活和精神世界；在《死刑台》里创造了探讨社会、生命、宗教和竞争的哲理世界。读艾特玛托夫的作品，就会清楚地看到我们蒙古语小说的差距。我们一直在书写本民族的弊病，一直在反映本民族所遭遇的诸多困境，但一些作品一直飘浮在表层上，没有深入到人的本性，没有从全人类命运的高度去观察问题……

阿云嘎总结自己二十几年来的小说创作，在内容上有三个转折——即从社会问题转向民族命运；从描写本民族弊病转向悲情和懊悔；从悲情和懊悔转向对生存境况的观照。在表达手法上有两种变化——从致力于剪辑结构，到开始注意氛围和风格；从追求抒情式的叙述，转为淳朴叙述。这三个转折、两种变化是在创作实践中，尤其阅读和学习中外经典作品之后产生的。

接着他讲出创作中的三个迷失的建议。象征的迷失：象征方法作为一种创作方法早就存在，但它只是与其他表达方法处于同等位置，难以替代它们，更不能替代塑造人物形象的重要性甚至现实主义创作宗旨。表达的迷失：直接表达思想是文学的大忌。但我们的作品中直接道明思想内容的现象比比皆是，这恰似在美女的脸上写下"我是美女"一般，纯属粗鲁的方法。文化的迷失：文化思维存在于人的思维的最深层，它只能通过人的日常行为来表现。只有塑造出蒙古人形象，才能表现出蒙古文化思维。若不能说，只要祭拜敖包赛马，只要在饮酒唱歌，或者只要拉着马头琴吟诵诗歌，就表现出蒙古族文化思维。要成为文学作品，必须努力塑造蒙古人的形象，而放下人物形象，去追求蒙古文化思维，我觉得实在有些不妥……

阿云嘎确实是一部让人读不尽的巨书，他总像湖水一样宁静稳重。他常常用作品激起千层浪，再默默潜入创作。他至今出版《僧俗人间》《有声的戈壁》《留在大地上的足迹》《燃烧的水》《拓跋力微》《锡尼喇嘛》《满巴扎仓》《草原上的老房子》《天边那一抹耀眼的晚霞》等九部长篇小说；一部儿童中篇小说《幸运的五只岩羊》；一部评论集《小说创作谈》；一部短篇小说集《大漠歌》；一部选集《有声的戈壁——阿云嘎小说精选》。短篇小说《黑马奔向狼山》《半圆的月亮》被《小说选刊》选载，短篇小说《狼坝》被《十月》选载。他的《吉日嘎拉和他的叔叔》《大漠歌》《"浴羊"路上》等三部短篇小说分别荣获"索龙嘎"奖一等奖，短篇小说集《大漠歌》获第六届全国少数民族文学创作"骏马奖"，长篇小说《满巴扎仓》获全国"朵日纳文学奖"大奖，作品《赫穆楚克的破烂儿》《天上没有铁丝网》获得《民族文学》年度奖；2016年，长篇小说《满巴扎仓》获得"乌兰夫基金民族文化艺术优秀作品奖"，长篇小说《天边那一抹耀眼的晚霞》在《民族文学》发表后获得2016年度"中国作家出版集团奖"的"优秀作家贡献奖"。

尤其发表在2013年第12期《人民文学》杂志上的长篇小说《满巴扎仓》成为《人民文学》杂志自创刊以来，汉译少数民族母语创作的长篇小说全文发表的首例。2014年中旬在北京召开该长篇小说研讨会时，《人民文学》杂志副主编徐坤曾激动地说："起初计划将具有13万余字的该长篇小说删减到将近一半，作为中篇小说发表，但读完作品时，要删减六七万字，成为不可能。优秀作品就是这样，你不论从何处删减，故事情节就变得不完整。所以，要发表就得全文发表，若不发表就会留下很大遗憾……"

他曾担任伊克昭盟盟委委员、秘书长，伊金霍洛旗旗委书记，内蒙古文联党组书记、主席，内蒙古自治区人大常委会常委等职务，如此身兼要职、工作繁忙之人，却四十年如一日坚持利用业余时间进行文学创作。由此可见，创作在他心里占有何等重要的位置！

　　真正认识人并非易事。他说，他与我结交二十几年，在文艺战线上并肩工作十来年，才"认识"了我。而我在三十年后的今天才得以真正认识、理解他。

　　他如今已成为历经七十个春秋的老作家，血压高，血糖高，血脂高，但依然在饮酒，抽烟，写作。

　　当我对他说："血糖高的人与烟酒无缘喽。"他却笑逐颜开，若无其事地说："唉，老兄我不是毫发未损地活过七十了吗！若实在不行的话，动个手术也能多活个十年嘛！这人吧，不想当官，不贪得无厌，就会变得简单多了。有句名言说'若是该死的病，医生也没办法；不该死的病，阎王爷也没法子。'做我该做的事，心情乐观豁达，一切顺其自然！"

　　他不玩麻将，不打扑克牌，不下棋。只是每天喝半斤酒，抽三盒烟，吃几块肥肉，一旦打开电脑坐下来就两耳不闻窗外事，整日忙于创作，像从前一样。

（原载于《民族文学》2019 年第 6 期）

那年我们去西藏

黄松柏（侗族）

挥挥手，离别家乡

金秋八月，晴空朗朗。十一位来自贵州六个地区、六所师专的应届毕业生，齐集贵阳八角岩宾馆。我们将离开生养的家园，代表贵州自愿去神奇的西藏高原当一名教师。那是大地复苏阳光明丽，处处展露希望和生机的公元 1980 年。

二十世纪八十年代初，我们尽管只是师专毕业生，那也是时代骄子。我们考大学时，贵州录取率当时不到百分之三。教学好的中学也就能考上一两个。1978年我们田坪中学就考上我一个人。当时，谁家孩子考上了大中专学校，哪所中学有人考上大学，乡邻都很羡慕，极尽夸赞，学校也名震一方。我们毕业了，很多中学、单位都争着要我们。那时候各行各业都在发展，如春江千帆、百舸争流。缺人才，争人才也正是时候。当时学校动员毕业生去西藏工作，说西藏怎么缺人，年轻人应该有理想抱负，应该到祖国最需要的地方去。可报名的还是不多。原因是好多同学是结了婚才考上大学的，走不了。有的是带着工资有单位来上大学的，还是走不了。还有其他原因不能去的。所以爽爽朗朗能去的就那么几个人，而且去的人必须要道德品质好，身体好，学习好。我一看这些情况和条件，觉得自己很合适应该去。自己是高中时的班长，大学的团支委，绝对的中长跑冠军，学习成绩也过得去，关键是平时最信奉"为祖国的崛起而读书"，所以报名了，所以去西藏成了定局，舍我其谁。

在八角岩宾馆，《贵州日报》、贵州人民广播电台采访我们为什么这样那样，我们每个人都说了心里话。记得我只说了两句："国家每个月十九块五养我们，让我们读完大学，毕业了必须报效国家。爱国，就是要为国家做点事。"也有人说："男子汉四海为家，生在这里，长在这里，死在这里，有什么意思，何况国家召唤，正逢其时。"还有人说："趁年轻闯荡闯荡，男人总是要有点经历的，西藏海拔高，看星星一定比贵州大，比贵州亮。"

热热闹闹的一席话，没有豪言壮语，没有悲悲戚戚，没有任何离开家乡的痛苦，没有任何去远方追求什么的欲望。我们心中非常坦然，也非常淡然，对待去西藏似乎是平常而又平常的事，根本没有把进藏看成是关系到前途、命运、生死的抉择。一句话，国家需要，条件适合，必须去。

离开贵州的前几天，省教育厅领导带我们参观了黄果树瀑布等风景区，省领导设宴招待了我们。当时省长同志给我们敬了酒，与我们照了相，《贵州日报》以醒目的标题，配以赴藏人员的合影发了消息。八月初的一天，暮色已至，远近的村庄已经朦胧，我们上了火车，不约而同地伸出手，对生养我们的贵州大地挥手告别，突来的依恋之情，全部含在眼里，也尽在不言之中。从此，我们从云贵高原到青藏高原，踏上了伸向世界屋脊的路。

八千里路云和月

我们在成都西藏三所休整了几天，西藏昌都教育局的同志来接我们了。客车驰过成都平原，过了雅安，山越来越多，川藏线的凶险逐步向我们招手。第二天我们开始翻越四川境内的二郎山，刚到山脚下，我们年轻的心开始激动，小时候我们就会唱"二呀嘛二郎山，高呀嘛高万丈"，今天我们要身临其境，并且要把它踩在脚下了，我们当然心潮澎湃，因此，忍不住同声唱起《二郎山》来。满载歌声的客车在山腰盘绕着，车到了半山腰，司机甩了一句："你们爱唱，到时候我看你们哭都哭不出来。"车到了一定高度，刀削般的万丈悬崖横在我们眼前，我们以为还得从其他地方绕路过去，哪知车就朝着那悬崖方向开去。我们眼睛瞪得大大的，看着前方。只见一条黑线在半崖间穿过，如一根横挂的绳子，飘在半山腰。我们明白了，那就是我们要通过的公路。心开始紧缩，手使劲地抓住牢靠的地方。车内半点声音也没有，似乎在等着死亡的临近。到了崖边的水帘洞，一挂水帘罩住了外面视线，只听到水声哗哗飞泻至崖底，真叫人心惊。那一段路真像司机说的，别说唱，哭都不敢哭。它深不见底，高不见顶。路是从悬崖中凿出来的，远远地看那段悬崖，就像老虎张开的巨嘴，我们从老虎的嘴里穿过。到了山顶，我们四处一望，尽收雄奇与惊险。山坳里有密密匝匝的丛林，崖上倒挂的枯木古树，几丝白雾处，几株苍劲的松柏傲然而立，真有无限风光的韵味，看到这里，不由得想起了那些用生命和鲜血凿开二郎山的英雄们，对他们肃然起敬。

　　还未到山下，大渡河就开始以咆哮的涛声迎接我们，我们燃起新的激情奔向泸定。泸定其实是一个很小的古镇，它四面临山，整个开阔地沿河而下只不过五六华里。当年叱咤风云的翼王石达开率部来到这里，遭清朝重兵包围，全军覆灭。毛泽东率军北上抗日，蒋介石梦想着叫毛泽东当第二个石达开。可梦毕竟是梦，我们的红军以绝地重生大无畏英勇气势飞夺泸定桥，战胜了敌人，在我党我军的史册上、中国的军事史上都写下了惊天地泣鬼神的壮丽史诗。我们站在泸定桥上看着翻滚如雪的浪花，心沉醉在金戈铁马、枪炮隆隆的历史遐思之中，无不赞叹红军的英勇。扶着铁链我们走过铁索桥，又在原红军机枪阵地照了相，心中滚过莫名的自豪感。

　　第三天，我们住在康定。康定那个小城真不错，民风古朴，小城典雅。服务员态度温和，尽管都是藏族，大都会讲汉语，而且语音很好听。特别是女性讲起话来温柔、亲切。她们跟我们闲聊，问我们是哪里人，为什么要进藏，女朋友同意进藏吗？还给洗了几件衣服，我们备受感动，觉得康定的女孩子好漂亮、好懂人情，因此，我们都情不自禁唱起那首百唱不厌的康定情歌。特别是唱到"李家溜溜的大姐人才溜溜的好哟"，那动情、那投入，无法形容。我们有些人还开起玩笑，说一定在康定找个女朋友。可惜时间太短，第二天下午，我们就离开了康定。后来谈起康定，还时时讲起那几个女服务员的美好以及康定的动情。

　　越走越荒凉了，车开几个小时见不到一个人，前面总是山等着我们，几天的颠簸跋涉，车里再没有了歌声，大家一脸菜色。车开始翻雀儿山，开了几个小时还没有到顶，转了一座山峰又一座山峰，我们开始感到发凉，后来越来越冷，把所有的衣服都穿上了，还是冷。

　　车到山顶，海拔 5000 多米。我们个个脸色蜡黄，脑袋闷痛，耳朵嗡嗡响，喘不过气来。恨不得车快点往下开。也怪不得我们那么难受，我们贵州说是高原，可我们去西藏这几个同学，家乡驻地超不过海拔 600 米，我们玉屏才海拔200 多米。司机在鼓励我们："坚持住小伙子们，一个小时后就好了！"来接我们的西藏昌都教育局的老刘说："这是高原反应，是缺氧造成的，大家不要紧张。"可我们心里实在没底，大家都不敢闭眼，怕不知不觉地永远睡去了。离开成都的第八天，我们终于到了接近昌都城的喇嘛山，此时夜幕已经降临，我们伸出头往下看，迫不及待地想一睹西藏第三大城市的风采。只见昌都点点灯火映在昂曲河和扎曲河里，两条河把昌都分割成几大块。昌都并不大，根本没有我们想象的那样宽阔和应有的规模。这是昂曲河和扎曲河带来的冲积平原，就像两条河在这儿奇遇后，生下的伟大的儿女。澜沧江汇流形成之后，从这里浩荡东去。看见了昌都心中有些怅然，也许是现实与想象的距离造成的落差。八天的路程，高山大河，雪野草地，披星戴月，日夜兼程，吃不好，睡不好，我们又大都是第一次出远门，心理上和物质上都准备不足，因此，身心疲惫不堪。不过终于顺利到达，心里也有一种踏实感和宽松感。

十一根红蜡烛

　　昌都寺庙的钟声，袅袅飘散于四周的空间，显得非常悠远而宁静。在通往寺庙的路上，无数的善男信女在磕着长头，他们从千里之遥一步一拜，用自己的血肉之躯匍匐丈量着自己的信仰。当然我们来到昌都绝不是为了朝圣拜佛。来干什么，尽管没有豪言壮语，但心里是清楚的。我们学的是师范，教书育人，理所当然，这应该是我们的心匍匐的目标吧。我们去西藏之时正是大批老教师内调之时，各中学急缺教师。因此，我们没有任何人提出要跳槽去干其他行业。没有哪一个不服从分配。这一点，深得昌都人事局领导的赞扬，说我们顾全大局，有事业心、有敬业精神。奔赴岗位前，一向豪爽的胡大哥，代表大家向领导表示："请领导放心，我们贵州十一人来到西藏，是代表贵州来支援西藏教育的，我们服从分配，让我们去哪儿，就去哪儿，既然来了，就决心把一百多斤交给西藏。"几句话落地有声，表达了服从分配、努力工作的决心。

　　当天晚上我们十一人在昌都饭店吃了一顿，我们喝得酣畅淋漓，尽抒胸臆，讲了一些要为贵州人争光争气干好工作、同生死共命运的话，说到动情之处，男子汉们都放声大哭起来。现在回想起来还那么真切，感动。那天晚上，映在澜沧江的星子真大、真亮。

　　我们互相握手分别、叮嘱保重，登上了各县来接我们的汽车……胡、熊分到扎木县，余分到丁青县，杨分到察雅县，我分到左贡县。其他五位许、霍、殷、张，还有一位杨留在昌都一中和三中。从昌都到左贡，坐在解放牌汽车上颠簸十一个小时，灰头灰脸，连吐的口水都是黄的，鼻孔里钻满细沙。在路上喝的那碗酥油茶全吐了，头重脚轻，脑袋又涨又痛，感觉自己可能撑不下去了。就想，

"天啊，我什么也没干就受不了了，我能继续坚持下去吗？"到了左贡，学校领导早早等在那儿了，第一句话就是，辛苦了，黄老师，语文课终于能排下去了。学生和家长见有老师来了，非常高兴，拉着我的手说："这下好了，我们有人教书了，真感谢你呀老师。"洗漱完毕，又在藏族老师家喝了一碗酥油茶，吃了点东西，觉得心里踏实了，有了些精神和气力。

晚上，想起学生家长欢迎自己的热切面孔，想起校领导那期盼的神情，想起藏族老师招待自己的那份真诚，心里又涌起热血，不管怎样，也要尽自己最大努力，当个好老师，自己暗自下了决心。

带着情怀，到西藏当老师有原始动力，尤其是体会到藏族学生和家长对我们的信任和对知识的渴求之后，更是增加了我们一种神圣的使命感，也平添我要干好教育工作的决心和信心。我学的是中文专业，教三个班的语文兼一个班的班主任，忙得不可开交，一天都泡在工作里，根本没有什么八小时、课里课外之说。有时吃饭都是在办公室啃个馒头了事。修改作业总忙到十一二点，每天晚上都得同寝室的藏族老师催几次，才能躺下。也许是年轻，或者是有一种精神支撑，根本感觉不到累和苦。我们同学之间互相通信说："看到学生懂了，听到家长在社会上表扬自己，那心里总有一种幸福感，有一种使不完的劲。"那时候我们确实干得很投入、很认真，真有一种蜡烛般的献身精神。

许某，老父生命垂危，想见远在西藏的儿子最后一面，可是终究没有见到，因为他的儿子在教着一个毕业班，实在脱不开身。当接到电报知道父亲去世后，他的儿子只有对着家乡的星空暗自流泪，作了三个揖，独自痛哭一场，第二天又给他的学生上课去了……

邓某，得了病毒性感冒。高烧四十度，靠输液活着，可是他刚刚能走动，就拔掉输液管偷偷跑出了医院，走上了讲台……

杨某，为了不耽误学生上课，从芒康坐敞篷汽车到昌都，途中翻车于左贡，差点丢了性命，因为冬天水冷，最后还是落了个风湿性心脏病，好多年未能痊愈。

胡某，他学生在考试期间扭了脚。在掏钱给学生治疗的同时，还亲自从三里远外把他的学生背进考场去考试。

黄某 1981 年 10 月初的一天下午，在玉曲河畔，突然听到喊救命的声音，他跑过去一看，发现一名学生被大水卷走了。他毫不犹豫地扑进洪水翻滚的河里，凭着他从小练就的良好水性和坚强的毅力，总算把学生救了上来。当他穿着浑身湿透了的棉衣和皮鞋爬上岸时，嘴唇乌紫几近休克……那个学生是位藏族老干部的独生子，叫阿旺次成。

1982年全地区中等学校统考，我们十一人再度齐集昌都，见了面那亲切劲，孩子似的，你捅我一下，我拍你一下，师道尊严全然不顾了。我们在一起热热闹闹，什么都说，可就是没说给学生们复习哪些内容，怎么复习，实际上都是留一手。尽管大家一起来自贵州，但对彼此能耐了解甚少。因此，大家都把此次考试视为弟子"论剑"。难怪大家封锁信息，保密内容。

统考结束，弟子较量难分伯仲，但总的来说，我们各自所在的学校总成绩和升学率比上年有很大提高，我们管的毕业班，升学率在95%以上，很多学生考入内地重点中专，一时间在地区引起不小轰动。老教师见了我们说"后生可畏"，一些领导见了我们说"这帮年轻人不错，有事业心"。

统考过后，我有幸提为县中学教导处副主任，还入了党，我们一起来的老师大都评上了先进工作者。我们十一人像十一根蜡烛默默地燃烧着，燃烧的是我们青春的热血、对教育的痴情和对学生无私的爱，无数的人在我们的一片温良的烛光里焕发出智慧的光芒，走向灿烂的人生。

向命运挑战

> 我要是死了／就在荒原上倒成一堆白骨／让不屈灵魂和燃烧的心／随意联想一部悲壮的故事／／我要是死了／就在戈壁滩上变成不绝的驼铃／让桀骜的苍鹰和滴血的脚印／读懂一个跋涉者的追求／／我要是死了／就在雪峰挺起不化的雪雕／给未来的攀登者／作为一面探路的旗帜……

这是我后来发表在《民族文学》上的一首诗。它不仅是我精神追求的反映，也是我们这些贵州来西藏十一位老师的精神追求，它是永远进取向命运挑战的宣言。说实在话命运对我们并不青睐，这当然并不是指我们走上了西藏之路。可是既然走上了这块土地，客观上有很多艰难的命运等着我们。

记得在西藏第一年的冬天，零下二十多度，可我连棉衣都没带。白天烤着火还冷得打寒噤，晚上被子薄，没大衣盖冷得睡不着。要进藏时听大学老师讲，进西藏的同志一般组织上都会发皮大衣，所以我也就没带棉衣。座谈时领导问我们还有什么要求的时候，大家都异口同声地说没有，我看大家都没提什么，觉得自己提出要皮大衣也不好意思，也就不提这事了。那年冬天好在我有一个在武装部当兵的老乡叫卯明忠，他看见我冻得缩头缩脑冷得受不了的样子，就把他的皮大衣送给我穿了，才度过一个寒冷的冬季。想起那时候的我们进藏，什么都不图，什么都不要，纯粹地为当老师而来，就像一个匍匐殉道者。

身处异地他乡的游子们，总有一种难以排遣的思乡之情。我们这一拨人都是干了两年半才批准休假的，那些日子，我们觉得好漫长，好想家，特别是分在县中学的我们乡思之苦更甚。每当学生放假了，藏族学生、老师都回家去了，校园空空荡荡，寂然无声，往往自己一个人看着瓦蓝瓦蓝的天空发呆，或者孑然立于大操场的白雪之中，灵魂却飞过千山万水，想贵州的家园，贵州的父母、兄弟姐妹，有时眼泪不知不觉地掉了下来。其实想和哭都没用，不过那也是一种排遣。假期是我们思乡最切之时，因此我们总是盼着假期快点结束。一开学大家都把精力投入工作，把感情寄托于学生，把对家乡的思念化作对学生的爱护和帮助。学生有了进步，工作有了成绩，自己从中寻到一种快乐和幸福，以此冲淡思乡的情感。

"这够呛，那够呛，最苦在路上。"在西藏生活上工作上的艰苦，我们都能克服，但现在想起几次川藏线上奔波的苦和险，还有几分余悸。每休一次假，总要经受一次生与死的考验，或者叫不死也得脱层皮的折磨。从昌都到成都漫长几千里，在路上得奔波一个星期，有时为赶路，十多个小时吃不上一顿饭，由于高山反应，还吃不下去。路上旅店卫生条件实在不敢恭维，一进店一股说不出的气味刺激得你吃不下睡不着。等困极了，眼睛刚合上，驾驶员又叫着起程了。这样折腾七八天，谁受得了啊。如果这样能安全到达也是万幸。倘若在冬天遇着雪封山，车困在茫茫雪野，前不达村，后不着店，那才叫苦啊。一困七八天干粮吃完了，又冷又饿，搞不好就得死人。有一次，我被困雀儿山五天，客车上所有的干粮都吃完了。最后只得号召共产党员积极行动起来，上山挖地老鼠用汽油烧了吃。最后，总算渡过那一关。还有我们胡某有次休假时所乘的汽车在中途翻了，车翻时把他先抛出车外，而且抛进一个低凹处，车翻了几个滚然后盖在他身上，由于他摔的地方地势低，因此，没压着他，唯独他大难不死……

我们有几个同学来西藏后，对象嫌太遥远就吹了，开始痛苦得喝酒洒泪，慢慢地只得接受理解。在西藏也的确不适合与内地女子处对象，别说人家进藏不方便，就是写封信也得半个月才能到。等待爱情成了我们的宿命。

贵州进藏的十一位，在西藏生活、工作、婚姻方方面面都留下了沉重而艰难的步履。但我们没有后悔，没有沉沦，没有屈服于命运，只是义无反顾地走自己选择的路，努力给自己的心一个有说服力的交代。

悠悠西藏情

从世俗的物质利益来讲，我们的确什么也没有得到。但回首西藏，总有剪不断的悠悠之情。总怀有很多的美好和怀念。我们谁没有喝足了那儿浓香的酥油茶、青稞酒，谁没有享受了那可口的牛羊肉，谁没有得到藏族同胞深切的关怀和帮助，谁没有得到那儿领导的鼓励和安慰？西藏给我们的恩惠很多很多，给我们的情意很厚很厚，我们从心底感激那块土地，感谢那儿的人们。

想起藏族老师们对汉族老师的深情厚谊，他们放假回校，总是不忘给汉族老师带上家乡的土特产，农区的带桃干、梨干、葡萄干、青稞酒，牧区的带牛羊肉、奶酪。吃好了喝好了，拉着我们唱起歌跳起欢快的踢踏舞、锅庄舞，让我们幸福其中，欢乐其中。

西藏八月要坝子，好热闹，好有情趣，也特别体现对教师的尊敬，尤其是对内地援藏教师的尊重。一般在"八一"这一天，全县机关干部放假到绿色的大草原欢乐一天，各家都带上好吃的，人人穿上节日服装。蔚蓝的天空下，草原上凸起朵朵白色的帐篷，到处是歌舞，到处是欢笑。喝酒时，首先县委书记、县长带头给援藏教师敬酒，接着是机关干部，牧民群众。敬酒时个个情真意切，盛情如火，叫你不得不喝。有时还给你唱起自编的敬酒歌："远方的客人，你来西藏传播文明，教育我们的子弟千辛万苦，敬你这杯酒啊，表达我们的一片心情。"这情景常常感动得我们热泪长流，也激起我们效命边疆教育的热情。

几次我病了，学生、家长请医送药，送吃送喝，看我的人络绎不绝，几个藏族学生陪我至深夜，直到看着我睡着了才悄悄离开。还有藏族老大妈特意为我到寺庙祈祷，愿我早日恢复健康。真是不是亲人，胜似亲人。

我在西藏干了八年，有的干了十多年。这期间，我们失去了很多很多，但也得到了很多很多，我们无怨无悔，我们做了该做的一切，我们没有愧对家乡父老，没有愧对西藏这块热土，我们为这一段生命历程内心感到丰满和骄傲。我们至今想念西藏，让我们由衷祝福：西藏，我们感谢您给我们的一切，并愿您在繁荣昌盛、文明富强的路上迈开更大的步子。

我们一生一世深情地注目那方天空。

1980年，代表贵州援藏的大学生是：胡天灿、熊钊、杨彰业、杨艳红、许义良、张鲁军、余朝全、殷复军、霍文祥、邓则刚、黄松柏。

"谁言寸草心，报得三春晖。"今年，是庆祝共和国七十周年诞辰的美好时刻，我写下这些文字，算是对我与我的祖国一段人生故事的回顾，也是祖国儿女对祖国母亲心路历程的汇报。写到这里，我想起了《我和我的祖国》里的几句歌词：我和我的祖国，一刻也不能分割。我和我的祖国，像海和浪花一朵，浪是海的赤子，海是浪的依托……

（原载于《民族文学》2019年第7期）

陶然亭，剪辑的往事

查　干（蒙古族）

千里结缘

怀旧，是一种顽症，无可救药。抒写这篇小文，便是病发的一种症状。有些记忆是不宜去触动的，一旦触动便令你的心，即刻沉入深潭，无论你如何挣扎，就是浮不到水面上来。有些记忆则给你插上双翼，海阔天空地飞翔，春风春雨地飞翔。所以，学会剪辑是一种智慧，当然克制在里面。

1980 年的秋末，陶然亭公园里草木开始凋萎，风中飘着一些不知所向的叶片，恰同我茫然无助的心。我们这些编创人员，从八方四面会聚到一起，筹办《民族文学》杂志。草创，这一词语便可替代千言万语。

领命最先住进陶然亭公园慈悲庵的，是我和我的族兄特·达木林。他原先是内蒙古《草原》文学杂志社的主编，兼内蒙古作协的秘书长，他思维敏捷吃苦耐劳，在以后的年月里，他是我们中的一头老黄牛。他蒙汉文字兼通，一手好字，办事果敢爽利，是我们办事人员中的带头人。他和我们同吃同住，亲密无间。他有很好的办刊经验，在刊物的字里行间，都流淌着他辛劳的汗水。他是主任，但从不端架子搞特殊，所以以后的日子里，他被人称作"好人"是众望所归的。

我们二人，住进慈悲庵文昌阁的那一天，秋风落叶遍地皆是，此刻，除了身影别无他物，只借得两张床两个暖水瓶，度过了最初的一夜。老年庙宇那种陈腐的朽木味，使我们的幽梦，充满了出世色彩。他笑着说，嘿，我们两个蒙古"喇嘛"最先住进慈悲庵，有意思有意思。

以后在置办办公用品和生活用品的日子里，我们吃遍了公园周围的小餐馆。方便面充饥，则是常有的事。我们尝尽了白手起家的苦滋味，但也乐在其中。其间，中国作家协会有关领导和工作人员，给予我们的关心和帮助是多方面的，想起来，至今心热。那时我们四顾茫然，人生地也生，一切从零开始。

经过一段时间的忙乱筹措之后，编辑部可以开始运作了。应该提到的是，刊名题写者为文学前辈茅盾先生，这对我们是很大的鼓舞。接着贵州的苗族作家伍略来了。云南大理的白族作家那家伦来了。中央电台国际部的朝鲜族翻译家韩昌熙来了。《北京日报》郊区版的汉族编辑家王文平来了。著名长篇小说《红岩》的责编汉族老大哥许国荣等人也先后来报到了。这是最初的编辑人员阵容，为了一个共同的事业，我们走到了一起。

我们虽然是作家翻译家编辑家，但当文学编辑，经验都有些不足，好在有达木林和许国荣兄指导，很快进入了角色。这是后话。那时，达木林、伍略、王文平、那家伦和我，就住在慈悲庵里，而年轻的尹汉胤却住在云绘楼，都过着苦行僧的日子。这里是文物保护单位，不能见星火，吃饭要到公园北门外的舞蹈学院。

慈悲庵，始创于元代，又称观音庵，位于湖心岛西南不远处。是公园一处重要景点。清康熙二十四年（1695 年）监管窑厂的工部侍郎江藻在慈悲庵内建亭，并取唐代诗人白居易"更待菊黄家酿熟，与君一醉一陶然"的诗意为亭题名"陶然"。因为这里自然景色优美，又颇具野气，渐渐成为文人墨客宴游觞咏之地。园内保存有自战国以来的多个朝代的历史文物和多处古寺观祠，除此之外，这里还是李大钊、毛泽东、周恩来等革命先驱从事过革命活动的纪念圣地。

在这样的文物古迹之地办刊物，是意料之外的事，当然，租金也不菲。庵门朝东，离门几百米处，便是湖心岛的最高处，岛上有山、有亭、有树、有花更有迷人的远处风景。云绘楼与清音阁则在庵的西南方向，中间隔一座小桥。慈悲庵地处高地，站在墙内可俯瞰湖面上的千百只游船。船里有人喊，"嗨！看啊！庵里不见尼姑，却见还俗的和尚哎，他们也想谈情说爱吧？"显然，他们是情侣，在调侃我们，这使我们乐不可支。京城有句俗语："成不成，陶然亭。"就是说，谈情说爱者很看重此地，也迷信于此地。山北麓，有革命先驱高君宇与石评梅之墓，这对情侣就长眠于此。常常有年轻情侣们来此游览，并把山上的蓝色小野花采摘下来，祭祀这对先烈，此情颇为感人。

夜晚，公园里静极。静得能听得见自己的心跳，甚至能听到一片柳叶的飘落声。月光在湖面上荡起鳞片似的波纹，搅得蛙声此起彼伏。还有蝉歌顺风四散，在枕边，伸手就可抓一把，这是我们的催眠曲，我们苦中取乐。

苗族作家伍略兄与我，常常对坐在陶然亭的长廊里，海阔天空地聊，记得他多次谈及与作家沈从文的书信来往之事。他的创作也深受沈老从文的影响，写家乡的人和事，他得心应手，佳作不断。而乡愁，则常挂在他嘴边。他端起白色大茶缸，很有诗意很有节奏地饮茶，动作极富仙风道骨气，他不修边幅，穿着随便，平时寡言，烟抽得凶，中指和食指像是被野火烧过的干枝，几乎没了弹性。我劝他少抽，他只是友爱地笑笑，并不回应。在静夜的慈悲庵中，那一亮一灭的烟火，就属于他。他是一个可信赖的人，绝无小人嘴脸和阴毒肝肠。因了种种原因，几年之后他回贵州去了，后来被选为贵州省作家协会副主席，多年以前他不幸离世，从此与我们烟水相隔，他那一明一灭的烟火，也移到天界去了。

到天界去的，还有特·达木林兄，他离开编辑部之后，任中国作家协会创联部副主任，后来患顽症离世。他这头老黄牛，从此音信全无。很多美好的记忆，却永久留在同事们心中。陶然亭公园里的湖水，一定还记得他，他常常租用一只小游船，带暖水瓶上船，静静地看来稿，他不划船，由微风吹动水面，使船轻轻地摇啊摇。聚精会神的他，很少抬头，有事找他，却无法与他联系，因为他听力极差，我们只好去求助与他相近的游船上的人，去用船桨击打他的船身。

有一次，我们俩被邀去湘西，参加那里的"湘泉笔会"。一天深夜，宾馆附近的农贸市场里，突然传来鸡鸭猪羊们的凄惨叫声，仿佛在相互告别，搅得我一夜无眠，又气又恼。而他，早晨一骨碌爬起来，十分舒心地对我说，好！这里真是安静。气得我只有瞪他的份儿。还有一次，我们在国务院第二招待所同议创办刊物之事，突然楼外雷声大作，惊天动地，震得我们耳膜生疼。他老兄也听见了，却说，霍咿！有人来敲门呢！就只顾开门去了，让我们哭笑不得。

他耳背，眼力却极好，腿脚也灵便，走起路来脚下生风。有一年，我们去爬黄山，三万九千级石阶，我们爬了八个小时，才到了山顶。而他，中间还去爬了鲫鱼背、莲花峰和天都峰。晚饭后他又去看"妙笔生花"，而我已经双腿麻木不能动弹了。这样一个精力旺盛又热爱生活的人，不料，先于我们而去，不能不叫人扼腕。

之前，在筹办全国一个大型文学创作会议和创办刊物的那些日子里，只有我们三个人住在国务院第二招待所，星期日夜晚，常去看足球比赛、去看某某的跑马场，街边小餐馆里去吃担担面，早晚玩飞碟。那时的我们，是快乐的不隔膜的，亲如兄弟，这不能不令人怀恋。回首之间，我们都已白发苍然，记忆中留下的，不会仅仅是一生一世的得意往事吧？

如今，如烟往事，大都随风远去了。那一株最先开花的、春二月的连翘，仍在湖心岛的山脚下寂寞地盛开着，花色未改，清芬依旧。我们是老相识，它应该还认得我，虽然我两鬓业已落霜。

今日我独自冒着丝丝小雨，再度前来叩动慈悲庵紫红的大门，一下、两下、三下，轻轻地。哦，陶然亭，你不会闭门谢客，不会不接受我久疏的问候吧？

临水闲说慈悲庵

慈悲庵，临水。卧于高台，显得仙风道骨。常有欸乃之声挂于耳际，引人入水乡之梦。从地面仰望，只能望到它的飞檐和瓦片。庵东侧有一宽宽的台阶，台阶右侧有一石碑，刻有《陶然亭记》，一步一步登去，可考验脚力，抬头见一株古树，苍然而立，转身，见两扇朱红大门闭着，需轻轻地叩。这是一处修心养身之地，鲁莽和轻佻，与它的幽境不合。庵里，一片静寂，只有紫燕和麻雀飞来又飞去。假如有风翻墙而入，会掀起一股又一股古刹浓重的朽木味，使你一下子与古时岁月，拉近了距离。

1980年初秋，我与几位来自全国各地的作家同事，在这里参与筹办《民族文学》杂志。住在这里的有六位，其中五人，都是离乡背井者。分别来自贵州、云南、新疆和内蒙古。此庵为古建筑，又是国家级文物保护单位，我们住得提心吊胆，唯恐对它有什么损坏之事发生。庵里只有一个小型锅炉来烧水，有专人负责，火，是严防之例。而每日三餐，则走二里多地，需到北门外的中国舞蹈学院食堂去食用，生活条件相对清苦，笑称自己为胡须尼姑。

办公环境倒很优雅。古香古色、花草树木、湖水扁舟，样样不少，是个看稿、编稿的清静之地。看稿子累了，还可以俯瞰清幽的湖水，以及远处的亭台楼榭。或者，下得庵去，坐于湖边林荫处，看水鸟与小舟，共游涟漪扩散处。

"成不成，陶然亭"是一句民间俗语，此说不假。观察发现，恋爱中的年轻男女，此处的要比其他园林多很多。因而，也多了几分青春朝气和相依相偎的湖上剪影。湖心岛北，有一石碑静静地立在那里，革命情侣高君宇与石评梅，就长眠于此。慕名而来的情侣们，常常采一些山上小野花，供奉于他们的墓碑前，其中寓意不言自喻。

每当月朗星稀之夜，这个较为偏僻的园林，显得尤为谧静而达雅。时有欸乃之声悦耳，噪杂的市声，与此隔绝。只有蝉噪此起彼伏，使夜色显得更为空阔，高远。偶尔，从游船里也传来一些歌声，譬如《莫斯科郊外的晚上》《在那遥远的地方》之类。说也奇，每当歌声一起，蝉噪便戛然而止，仿佛有谁突兀撤了一下音箱开关。我疑心，蝉们或许有极丰富的音乐细胞，不但自己善于歌唱，也会醉心他乡音乐。

当夜色深沉，收园，整个公园便沉浸在一片寂静里。月光柔美，树影婆娑，偶有夜鸦横空飞过，嘎嘎，叫两声，飞到湖对岸的树林里，隐去。

我和苗族作家伍略兄，则刚改完将要刊发的一叠文稿，悄然走出居室，左拐，走十步，面对面坐在陶然亭的紫红长廊里，端一杯羊岩勾青，海阔天空地聊将起来。谈资从孔孟老子到李白杜甫，王羲之欧阳修以及艾青巴金和沈从文。想到谁，就说到谁。

伍略兄著作甚丰，尤其写麻风病村落的文章堪称一绝。《麻栗沟》就是其中一篇，此文后来被评为贵州省二十世纪二十部最佳文学作品之一。他的另一篇小说《夜渡无人》故事情节迂回曲折，有着诗一般的内在魅力。而他的中篇小说《良家妇女》好像还拍成了电影。他出生于贵州夜郎凯里苗乡。根扎在故土，文字的枝叶当然茂盛。他与苗族前辈作家沈从文，来往甚密，飞鸿不断，可说是忘年交。

当湖风微微然吹来之时，在月光下，见他的头发乱若秋草，鬓角上一闪一闪的，是一片秋霜。时年他年仅四十的样子。他不修边幅，衣着随便，烟瘾极大，好饮茶，绿茶为最。饮用时，不是用玻璃杯，而是用军用大白瓷缸。夫人罗星芳是著名艺人，常有电话监督他，嘱咐好好自理生活。他憨憨一笑，说，没关系，放心啦，算是汇（回）报。对此，嫂夫人也无可奈何，万里之外，她的监督鞭长莫及。伍略兄，人善良而敦厚。他信服老聃，《道德经》随口就能背上一段来。这一点上，我们爱好相同。他向往有朝一日去得终南山讲经台下住上它几个夜晚，受一些仙风道气熏染。他这一愿望，如愿与否，就不得而知了。后来，我倒是登过终南山，在讲经台下，住了一夜。那晚我想到了他，还自言自语地隔空捎话。在天国，他或许有些感应吧。他曾经说，老子的思想，对他的文学创作起着潜移默化的作用。他，大巧若拙，不好为人师，也不夸夸其谈，平时少言寡语，不争强好胜，生活极为简朴。

记得有一天晚上，我俩在陶然亭里倚栏而坐，聆听亭外细雨绵绵。他说，这般细雨让他想起《道德经》第八十一章里一段文字："信言不美，美言不信。善者不辩，辩者不善。知者不博，博者不知。"而后他念释文："诚实的话不一定动听，动听的话不一定诚实。世间的好人不会花言巧语，能言善辩的人不一定是好人。聪明的人不一定博学，见识多广的人不一定真正聪明。人生的修行重在于行，而不在于辩。"他说，就像这亭外细雨，老老实实无声无语地下，滋润万物，却无虚浮之态。而狂风暴雨则不然，来势凶猛，易成洪水，百害而无一利。

表面上看，有些木讷的他，学识却十分厚重而不予张扬，是个真正的知识之人。这与身边一些轻佻张狂、半瓶咣当之人，形成了鲜明的对照。

又有一夜，乌云压城，夜黑无边。风之脚步不知止于何处？空气里除了闷郁就是潮湿。我和伍略兄，坐在陶然亭长廊上，饮茶观天，很少有话，各想各的心事。突然他开腔，说，查干兄，我在构思一篇小说，叫作《黑洞》。就像现在，夜深若洞，仿佛要吞掉整个世界似的。人心里，不也有这样的黑洞吗？假若没有真、善、美来把持这个洞口，人世间将会是黑暗一片。我说，甚好，题材厚实，寓意深邃，假若把握得好，一定是一篇妙文，将会对人心产生深远的影响。然而他，没来得及完成，就匆匆辞世而去，不能不让人扼腕叹息。这是后来的事。

那一年他因工作缘故，离京回黔。后来曾任省作协副主席一职，并主编一家大型文学刊物《南风》。次年，他来参加全国人代会，我还催促他赶快下笔，完成《黑洞》的写作，不宜再拖延。他憨笑，说，大概框架是有了，在琢磨一些细节和人物勾勒。

谈话中，他对陶然亭念念不忘。他说，陶然亭那个地方，值得我们一辈子记着。那是一个让人开悟之地。人一旦坐在那里，思维就格外地活跃起来，可上天入地，索古探今。他说得极是，一代一代名士骚客，一代风流：江藻、林则徐、龚自珍、梁启超、谭嗣同、秋瑾、孙中山、李大钊、毛泽东、周恩来、高君宇、石评梅们，前后都曾留于此亭，谈天说地，道古论今，赋诗吟诵，恐怕都不是偶然为之的吧？清诗人龚自珍于1919年在科举中落第，来陶然亭壁上题诗一首，《题陶然亭壁》："楼阁参差未上灯，菰芦深处有人行。凭君且莫登高台，忽忽中原暮霭中。"来发泄心中的忧郁之情。

陶然亭的确是一处可感、可念、可忆的地方。这些年，我几乎每年都去一趟陶然亭，追忆那些清风明月中的倾谈之夜。故人已去，岁月依然，令我伤悲。

前些日子，微信里看到一个获得戛纳奖短片《黑洞》的视频。此片，长不过三分钟，却道出一个深邃的生存道理：主角正在加班，复印机突然坏了，踢它两脚，竟然复印出一个黑洞，一个可以隔空取物的黑洞。他把它放在一边，将饮料纸杯放在上头，出现了一个洞，伸手摸出一杯饮料来。他拿起印有黑洞的这张纸，一捅，竟然可以穿越。他试着贴于门上，门上出现一个洞，可顺手开门。贴在冰箱上可取出冰激凌，贴在钱柜上可取出一叠又一叠的钱币，于是他被贪婪驱动，干脆爬进钱柜里去，想把所有的钱都取出来。不料，钱柜门自动闭合，印有黑洞的纸片掉落下来，他被黑洞永远地吞没了。此片，构思巧妙而寓意深刻，一睹让人惊心动魄。假若，远在天国的伍略兄，也能看到此片，对于他小说《黑洞》的开笔与人物勾勒，一定有所启发，果如斯，不亦一件美事乎？

诗人与小花帽

新疆，的确很遥远。古称西域，是有道理的。假如乘 T69 次特快，从北京西站去往乌鲁木齐，得用 33 个小时 46 分钟。全程 3105 公里。三十多年前，我第一次飞乌鲁木齐，飞了近四个小时。说是顺地球自转飞，多飞半个小时。据有关资料称：新疆，原始的称呼叫"柱州"。新疆大部，自西汉便属于中国。汉称西域，意为中国西部的疆域，这一名称自西汉出现于我国史籍。1757 年，清乾隆帝再次收复故土，把这一片土地命名为"新疆"，取"故土新归"之意。

然而，新疆遥远也不遥远。地理距离和心理距离，往往是成反比的。尤其我接触到新疆维吾尔族著名诗人铁依甫江和克里木·霍加之后，心理距离一下子缩短了很多。1981 年，我们创办《民族文学》杂志之后，便收到大量来自新疆的诗稿，当然是翻译稿。译者为郝关中、王一之、艾克拜尔·吾拉木等。其中"柔巴依"居多。何谓"柔巴依"？它是波斯诗歌的一种形式。"柔巴依"一词，源于阿拉伯文，意为"四的组合"，亦可译为"四行诗"。由于受波斯文的影响，维吾尔等民族中，同样存在"柔巴依"这种形式的诗歌写作。十一世纪成书的《突厥语大辞典》里也收录了不少完整的民间四行诗。十五世纪之后，代表诗人有鲁提菲、纳瓦依、克里木·霍加。诗人郭沫若，曾译作"鲁拜"，每一首四行，独立成篇。一般一、二、四行押韵。近似汉族诗歌中的绝句。"柔巴依"虽然只有四行组成，形式较为简单，但它可以表现出深刻的哲理和崇高的理想。古代诗人鲁提菲、纳瓦依、翟黎里、诺比提，以及当代诗人郑炜、铁依甫江·艾里耶夫、克里木·霍加，多有这一体裁的佳作。

铁依甫江·艾里耶夫（1930—1989），新疆霍城县人。生前他曾任自治区党委宣传部文艺处副处长、自治区文联副主席、自治区作家协会副主席。1979—1983年，任第三届中国作家协会副主席及民族文学创作委员会主任。曾出版诗集《东方之歌》、《和平之歌》、《唱不完的歌》（后由艾克拜尔·吾拉木译成汉文出版）、《祖国颂》、《迎接更美丽的春天》、《铁依甫江诗选》等多种。他的《爱情抒情诗》和《故乡抒怀》先后荣获全国少数民族文学创作奖。他在六十年代创作的《祖国，我生命的土壤》等一批格调雄浑、气势磅礴，充满爱国主义激情的诗篇，标志着他的创作达到了一个新的高度。他被誉为爱国主义诗人，是众望所归的。

　　我第一次见到他，是在中国作协一次大型会议上。他戴一顶十分精美的维吾尔小花帽，坐在主席台上，眼睛炯炯有神，微笑着，与旁边的人耳语。是啦，诗人与小花帽，这一奇特的印象，就此留在我的心中，至今清晰若新。之前，我已几次编发过他的"柔巴依"，印象极为深刻。他是一位标致的美男子，脸膛宽阔，显得很魁梧，会唱歌，会跳麦西来甫舞，极吸人眼球。

　　克里木·霍加（1928—1988），维尔族著名文学翻译家、诗人。全称为阿不都克里木·霍加耶夫。新疆哈密人。曾任新疆作协副主席、翻译刊物《桥》杂志主编。《诗刊》编委、中国作协理事。他的文学生涯，是从文学翻译工作开始的。1956年出版的《黎·穆塔里甫诗选》是他较早的译作。稍后，又将郭沫若、艾青、贺敬之等汉族著名诗人的诗作，译成维吾尔文。而《周恩来青年时代诗选》《红楼梦》前三十回及《杜诗一百首》皆出自他的译笔。他也多次参加过毛泽东诗词维吾尔文版的翻译工作，并与他人合译《红岩》《李自成》等长篇小说。他自己出版的诗集有《第十个春天》《春天之歌》《春天、土壤、种子》《春风带来的诗篇》《克里木·霍加诗选》等多种。他在六十年代创作的歌颂祖国、歌颂人民的抒情短诗"柔巴依"颇具特色，哲理意味甚浓。后来，我为他编发的"柔巴依"，几次获全国文学创作奖项。他脸膛稍黑，右眼内侧有一颗痣，人很安静，内敛，豁达，不缺乏激情。每次与他约稿，总是如期送稿，并有真诚致谢。他也总戴一顶小花帽，显得很亮丽，也诗意。从他身上更能看出，诗与小花帽的有机结合是多么有趣。

　　在1985年，新疆维吾尔自治区成立三十周年前夕，我与同事朝鲜族诗歌翻译家韩昌熙，赶赴乌鲁木齐，去约有关庆祝自治区成立三十周年的各门类文学作品。自治区作协秘书长张孝华，是一位十分干练的女士。我们商量决定有关各门类作品的体裁以及具体撰稿者人选。当然，首先向诗人铁依甫江和克里木·霍加登门约稿是必须的。然而，患癌医治之后，情况乐观的克里木·霍加，却出国访问去了。当克里木·霍加夫人高哈丽雅，听到我们将专程去看望并约稿时，当即决定，第二天的上午，在乌鲁木齐市的南山牧场，他们的休养地毡房里，接待我们。当日清早，秘书长张孝华带着作协主席铁依甫江，驱车前来接我们。南山牧场是乌鲁木齐市有名的天然牧场，也是避暑、疗养、游览的风景区。清代大学者纪晓岚曾有诗："牧场芳草绿萋萋，养得骅骝十万蹄"，这里是雪峰插云，冰川晶莹，群山蜿蜒，峡谷深邃，林草葱郁，溪瀑淙淙的迷人之地。高大的云杉，在这里那里，团团齐步向前，威武而雄壮，让人浮想联翩。

嫂夫人高哈丽雅，早已等候在那里。她是典型的塔塔尔美人，一头金发，白皙的面庞，甚为出众。她微笑着说欢迎欢迎，并优雅地一一握手。她说，昨晚与克里木通电话，说二位是尊贵的客人，也是多年的诗友，从远方来，要热情欢迎他们。毡房的长桌上摆满了新疆特色的各类食品。稍后，高哈丽雅嫂夫人，用维吾尔语不知与铁主席说了一些什么，便走出毡房，张罗宰羊。宰杀剥皮，清除内脏，不到三十分钟，就收拾利落，那个麻利劲儿，看得我们大为惊讶。而后，点火，架羊，开始烧烤。一股肉香，即刻飘满山野。铁主席，亲自主刀，割肉成片，放在我们前面，并幽默地弯腰：请！高哈丽雅嫂夫人，却递来马奶酒，一人一大碗，香气醉人。而后，她与铁主席，以及临近毡房里的朋友，跳起欢快的麦西来甫舞。于是，我们起身，也跳起麦西来甫，动作有些迟钝、滑稽，但嫂夫人以眼神鼓励我们。我们勉强合着节奏跟着跳，虽然跳出了一身的汗，却非常开心。当我们趁着夜色，离开南山牧场时，嫂夫人送我们每人两顶小花帽，又递来马奶酒，为我们送行。此刻，月光柔柔地照耀着整个南山牧场，以及这一顶白色毡房，如梦如幻。我突然想起李白的诗句："明月出天山，苍茫云海间。"自古至今，无数文人墨客，踏足这一片神奇的土地，留下极多脍炙人口的美好诗文，来赞美它，而本土著名诗人铁依甫江和克里木·霍加，以及后来的艾克拜尔·吾拉木等年轻歌者，又以他们充满哲思意味的"柔巴依"将生养他们的这一片故土，尽情描摹，热烈赞颂，其情何其感人。

（原载于《民族文学》2019 年第 7 期）

不落的船歌

杨俊文（满族）

> 他们和鱼
>
> 挂在一张思念的网上
>
> ——题记

松花江以临近终点的喜悦，开始放慢奔跑的脚步，最后与淡墨色的黑龙江相拥在一起，但彼此似乎都不肯改变自己的身份，在合二为一的数十里行程中，倔强地保持着各自鲜明的本色缓缓流淌。而一个曾经择水而居的"鱼皮部落"，尽管早已走出那个遥远的岁月，却依然可见她为数不多的后裔，正以恒久不变的生命原色，深情地守望在三江口岸，并与祖先的目光邂逅在鱼儿跃动的江波之上。

就这样，赫哲人让似乎模糊的民族印记开始渐渐清晰起来……

神秘的根脉

最初的记忆来自那首《乌苏里船歌》，觉得赫哲人是快乐的江上渔者，后来知道狩猎也是他们的生活方式，便以为这个民族仍滞留在原始与落后的边缘。久有的好奇生出一种向往，最终让我走出歌声里的记忆，真实地走进赫哲人的生活。

暮春时节的同江，大地辽阔苍茫，日光无限，天空没有一丝云彩。驱车前行，有一种向历史的深处行驶与沉落的感觉。黝黑而丰腴的土地，泛出一片片新绿，壮硕的树木和奔腾的江水，带着古老的饱满，守候着生活在这里的人们。

当第一眼看见黑龙江的时候，我迫不及待地停车跑到岸边，俯身捧起一把江水。江水忽然变得分外透明，我兴奋地用江水沐手洗面，然后扬起头来，慢慢地睁开双眼，顿时觉得是通体透彻的一次沐浴，又像是连自己也说不清的一种仪式，一种即将面对一个未知的神秘之地的超前施礼。

同江市与东接的抚远县，南邻的富锦、饶河县，都是赫哲族主要聚居地，而同江地区的赫哲族人口，占了我国赫哲族人口近三分之一。对一个只有五千多人口的民族，往往会因其人口的数量而称之为弱小。但赫哲人听后的表情，会露出几丝不解的神色。他们对"小"当然毫无疑义，与基诺族、珞巴族、门巴族、独龙族和鄂伦春族相比，赫哲族人口在"六小民族"里，数量且排在倒数第二位。而对于"弱"的定论，他们却是心存不甘。也许是一种文化的古老，让他们看到了向着自己延展而来的不同寻常的根脉，并缘着这条根脉找寻到了祖先高大的身影。

走进同江市赫哲族博物馆，像是有一支先民的脚步，踏响出历史的回声。那回声自时光深处传来，竟然绵连几千年而不息。很难想象，舜禹时被称为肃慎的民族是怎样的容颜，也不知为何从汉魏到明清，只因了朝代的更迭，却变换出挹娄、勿吉、靺鞨、女真等称谓。至于靺鞨各部中，被称为"黑水靺鞨"的一部，怕是因为他们的身影就闪动在黑龙江黑色的江面上。带着"黑水"的野性，从唐朝的黎明走来，一直走进辽金的黄昏。康熙二年的某一天，在一部叫《清圣祖实录》的卷帙里，最早出现了他们的新名字——"赫哲"。赫哲族语意表达的是一个地理的方位，就是远离朝廷的"东方"和"下游"，即三江流域的广大地区。赫哲族就是江流下游的东方的群体。

依照赫哲人的传说，他们的祖先原本生活在黑龙江的上游，由于人数众多，每年都有人携家带眷向下游漂流迁徙。族中有约在先：凡是先行在前面的人，要用草把扎作箭头，示意顺流向下的方向。就在黑龙江与松花江的交汇点，谁知一股江风却偏偏开了个玩笑，将草把箭头吹转向松花江方向，后来的赫哲人便掉转筏头逆水而上，最后在沿江两岸居住下来。

如同无数条支流汇成三江的浩渺一样，自从被称为"野人女真"的人群，在乌苏里江两岸和黑龙江右岸分布开来，赫哲族便已形成了多源多流的族体。赫哲人无人不知，本民族的人口远不该是今天的人数，只是在沙俄兵船用枪炮声恐吓的那个夜晚，一个不平等的条约，使得黑龙江以北、外兴安岭以南六十多万平方公里的大清国土被俄割占。当年抗击沙俄的赫哲族的后人，则被无情地阻隔在黑龙江两岸，至今已长达一百六十多年。对岸的两万多同胞虽然与赫哲人是相同的血脉，但他们自称为"那乃"。

无论赫哲族的族体注满了多少历史的风雨，或在今天与故土上的所有民族怎样相容一起，"鱼皮部落"仿佛是她不变的身世。没有史书明确记载，赫哲人从哪个朝代起，将"乌提库"（赫哲语为鱼皮衣）用来御寒遮体，当然也不可考据起于何时，他们开始正式采用鱼皮作为制衣制鞋的材料。在博物馆的展品前驻足、徘徊，觉得赫哲人的生活与鱼皮是那么密不可分。在江中飘荡的渔船上，摇橹和撒网的渔民穿的都是鱼皮衣裳，而接下来的一些绘画、照片及各种展品，几乎都有鱼皮的衣物展示，或带有丰富的鱼皮元素。鱼皮靰鞡、鱼皮手套、鱼皮帽子、鱼皮口袋、鱼皮绑腿、鱼皮烟荷包……即使是一身兽皮的猎装，也少不了鱼皮制成的套裤。

　　眼前的一切将我的思绪牵入一个遥远的年代，随之现出一幅纵贯天地的画面——"游鱼在水，奇宝在林，珍禽在天，神兽在山"，"棒打狍子瓢舀鱼，野鸡飞到饭锅里"。三江的鱼儿和森林中的走兽飞禽及各类山珍，为赫哲人提供了不竭的生命供给。他们世代共享着这天赐的丰厚福祉，却不知不觉地让自己的脚步停止在东方的地平线上。因此，他们很难看到流域之外的广阔世界，不知晓在南部的原野上会有五谷飘香的气象，以及布衣加身的人们是怎样与土地相依为命。直到有一天，陌生的船只将赫哲人眼中的边界冲开一道豁口，稳稳地停靠在晾晒渔网的岸边，这才让他们开始有了惊羡的发现：那船体远比自家的渔船大出几倍，船舱里的物品——布匹、毛线、麻绳和各种金属的器具……眼前这些稀罕的货物，牢牢吸引了他们习惯于发现鱼儿和野兽的目光。我想，从那时起，赫哲人一定会觉得外面的世界广大无边，觉得那世界一定不是只有江水和森林，而用来制作衣物的材料也不是只有鱼皮和兽皮。当他们用鱼儿和山货换回布匹，用布匹裁制出的衣服换下鱼皮衣的时候，才发现布衣着身的爽适。

　　最终走进新中国民族大家庭中的赫哲人，再也不是包裹着鱼皮的身影。现在，除了遇到属于自己的传统节日，赫哲人和其他民族的人们一样，没有任何装束上的区别，饮食起居也看不出有何种不同。随着民族的大融合，在一个多民族聚居地，每一个人都难免被不同的潮流和习俗裹挟，那些坚守与放弃，融合与背离，都在日复一日地发生着。而在多种文化的夹缝里，本民族独自的东西能够顽强生长，一定是蕴藏了强大的基因与强大的魅力。赫哲人的目光像是从未迷茫，他们与生俱来的灵性与豪气，如石头，似水流，有一股极大的力量在暗中较劲，依然是那么安然而快活。

但所有的赫哲老人都记得，自己曾与父辈一起生活时的家的模样。那个家就在江岸和森林的两端，一端是叫作"地窨"的房子，房体深陷于地下，草把和泥土盖住了露在地上的房顶；另一端是叫作"撮罗子"的尖顶屋，将几根木杆交叉并捆绑一起，然后用桦树皮、草帘子和兽皮紧紧围起以遮蔽风雨。当地出土的一块石板上，竟然刻有它的图案，使之成了族群的某种徽号或象征。尽管赫哲人在东方会看到最早升起的太阳，但阳光之手却不轻易伸进他们的房屋。如果不是看到几张泛黄的老照片，无法想象如今的高楼明牖会有如此粗陋的前世。

奔腾不息的江水，与光阴一起流逝，而数不清的往事旧话，却永远停靠在岸上，在赫哲人的心里存活着、生长着。

走进每一个赫哲人的家中，总会听到他们对一种古老文化的描述，其中鱼皮又是他们津津乐道的话题。据史料记载，"赫哲，衣服多用鱼皮而缘以布色，边缀铜铃，亦与铠甲相似"。尽管保存的鱼皮衣和鱼皮制品依旧散发出隐隐的鱼腥，但赫哲人会觉得那才是他们生命中最具回味的气息。似乎只有这样的气息，才会让他们找寻到祖先留下的足迹，进而为蕴藏在骨子里的粗旷、坚韧和智慧的基因解开密码。当苦难的阴霾彻底消散，江波上荡起赫哲人开心的笑声，同一种血缘固有的本能，或是血缘里不变的亲情，时常让他们回首远去的岁月，追怀祖先沧江撒网和莽林射猎的悠悠往事。

十几条无力抗击风浪的渔船，终于疲惫地驶离浪花飞溅的江面，成了街津口一家展馆的展品。这要感谢当地的一位农民，将赫哲人打鱼用的各式船只收藏在一起。他叫徐国，今年六十二岁。没想到，他从二十岁起，便对赫哲族文化情有独钟，先后花去几百万元，走村串户收集赫哲族过去的物件。一个空间并不宽大的展厅，限制了对展品清晰的分类，看上去略显几分杂乱，但里面陈列的物品，仿佛架起一座时光之桥，让人真切地看到赫哲人正从遥远的岁月里，手持鱼叉和弓箭迎面而来，耳畔似乎传来江上的笑声和林中的呐喊，最后，在明媚的阳光下舒展着雄健的身躯。徐国也记不得看似平常的石、陶、木、铁等文物收自哪里，他只是相信专家的鉴定结果，那些东西与赫哲人久远的生活息息相关。简约而抽象的天地日月、山川草木以及动物、神偶的图案和塑像，无声地告诉参观者，赫哲人是那么崇拜大自然，心中如此笃信"万物有灵"，似乎每一件展品里都浸润着他们对生命的敬畏和对神灵的虔拜。

目睹几支锈迹斑驳的长矛，我的思绪从对捕猎的联想，忽地飞至一部电影的场面。面对穷凶极恶的沙俄侵略军，傲蕾·一兰率领达斡尔族及各部落奋起抗击，而在手持弓箭、挥舞长矛怒吼的队伍里，就有赫哲人首领鲁依勒·艾辛。他是我第一次看到的赫哲人，一副威武勇猛的形象，率众誓死与侵略者展开拼杀。那时我当然不知道，扮演艾辛的演员尤金良，竟然是一位地地道道的赫哲人，还参加过抗美援朝战争，后来又当过街津口赫哲民族乡第一任村主任和乡长。

展厅里没有解说员，徐国便充当了解说员的角色。他如数家珍般的叙说，像是他和每一个物件都有着长久的亲近，哪怕是看似品相粗粝的小东西，在他的眼里也会视为珍宝，并讲出一段与赫哲人相依相伴的故事。展厅里当然少不了鱼皮制品，但这些制品已经有了文物的气象。七八套鱼皮衣依次在展壁上排开，在下方一块木牌上标注出清晰的字样：清末鱼皮衣。

只有持续宁静的快感，一种被唤醒的最深刻的欲望，如此亲近地凸显在参观者面前。我发现，展览馆里的所有物品，似乎都静静地躺着，但都没有入睡。它们完美地醒着，像是要唤醒前来的每一个人。

在外人的眼里，徐国不惜重金的收藏有些不可思议。人们时常看见有人到这里参观，可徐国至今也没有得到应有的收入。即便如此，他对赫哲族物品的收藏还是兴致不减。我在与他的一次通话中，忍不住问他究竟是"为了什么"，朴实的一句话道出了他的初衷："把这些东西留下了，赫哲族的历史就留下了。"

这是一种原始的愿望，更是现代文明对历史的回溯。这种传承意识如同族人的生育意识一样，顽强而平常。其中向世人提供的远古与现实与文明与文化一脉相连的新视野，却如一件件鱼皮制品，斑驳而高贵。

看来，镌刻在赫哲人心里的图腾，已不仅是有形的生命的画像和神偶，而是远远超越了对那些具象的祀奉，变成了对一个民族的根脉和岁月的膜拜。

船头上的记忆

在赫哲族聚居的街津口乡整齐的街道上行走，不时有轿车或摩托车、电动车从身边往来驶过，这情形禁不住让我一次次地猜想，驾车的哪一位是当地的赫哲人呢？我试图通过这样的猜想，去寻找他们背后的故事，并在今与昔的对比中，看到这个民族生活变迁的轨迹。

从赫哲族作家孙玉民的讲述中，我真切地找到了这个对比，而且是那么鲜明而生动——

很早以前，三面环山、一面傍水的街津口住着一位老人。某年夏天，贪婪的黑龙将所有的鱼儿全部关押起来，禁止渔民捕捞。老人怒不可遏，手持鱼叉与黑龙格斗，终于将黑龙制服，鱼儿便游了回来，后来老人就变成了石头，永远站立在那里为渔民看护这片富饶的山河。也许是这个美丽的传说，吸引了孙玉民的祖父，让他漂泊不定的渔船，早早停靠在街津口的莲花河畔。其实，那时的街津口还是荒无人烟，祖父打鱼要去下游二十多公里，一个叫"得勒气"的地方。被赫哲语译为"胜利"的得勒气，不过是临江的一处网滩和山地。但那里既可以种玉米，也可以打鱼，据说鱼多得伸手就能抓到。祖父边在江上打鱼，边在网滩后面的山里烧炭、打桦子（把木头劈成块便于燃烧），用烧好的炭和劈得整齐的木桦子，与过往的商船交换布匹和盐。祖父和祖母带着他们的五个儿子，就往来于得勒气和街津口之间，几乎没有去过其他地方。

祖父的生活延续到父亲，依然是不变的生活，只是免去了山里烧炭和打桦子的辛劳。待到父亲年迈的时候，孙玉民已和爱人打鱼多年，成了名副其实的渔民，经历了与前辈一样的江上感受。

看孙玉民的外表，谁也不会想到他的身影曾穿行于江风浪里。他体态瘦削，说话的声音很轻，五十七岁的年纪，却还留有几丝腼腆。但他是赫哲人中打鱼的能手。

深冬时节，江冰足有一人多厚，他冒着凛冽的寒风在江上打冰眼，然后将鱼钩坠入其中，虽然会钓出好多的鱼来，但双腿冻得几乎失去了知觉。后来，他发现寒冬里的江冰逐渐变薄，只有半米左右的厚度，以致出现了"明冰"现象。"明冰"，顾名思义就是透明的冰，薄得能看见冰下流动的江水，打鱼的人稍不留意就会踩塌下去。为了一份收入，他在捕鱼经验丰富的父亲带领下，就在明冰上凿冰下网，每天会从碧绿的明冰里捕到狗鱼、白鱼、鲤鱼、哲罗、细鳞、雅不赤哈等各种鱼，重达三四百斤。冰消雪融之际，满江的冰排顺江而下，鱼儿便随之兴奋起来，纷纷迎着冰排游走。孙玉民知道，捕鱼的最佳时节已经来临。他满心欢喜地驾驶木船，追着鱼儿逆水而上，娴熟地撒开渔网。一张网有十几米长，一趟网撒下去长达几百米。此时，冰排如崩裂的山石迎船扑来，小小的船体被大小的冰块撞击出噼啪的声响。而就在这样的响声里，他无数次享受丰收的喜悦。

一张照片摄下了孙玉民江上撒网的情形。江面如镜子般平静，他站立船头撒开渔网，身姿还带有几分优雅，那散开后的网，似淡淡的一枚荷叶，盛开在江面上。这个画面给我一个误导，那就是在江上捕鱼不同于海上，江水平缓，不会遭遇惊涛骇浪的威胁。没想到，孙玉民一次江上遇险的经历，却让我感到江的险恶。

八十年代初的同样一个季节，冰排开始拥挤着向下漂移，孙玉民的渔船在冰排的撞击中奋力上行。不知是卷起的阵风，还是江水固有的冲力，冰排下行的速度突然加快。就在他准备撒网的瞬间，冰排如一把把利剑，被起伏的江浪裹挟着，凶狠地劈向他的船头。这条木船的筋骨显然已经衰老，无力抵御这突如其来的重击，船头像是被嗑开的一粒瓜子，倏地炸裂开来，旋即涌上半舱江水，幸亏船身偏向了江岸，被岸上的几位兄弟拼命拽住，才使他幸免于难。

孙玉民讲遇险像讲一件平常事，语调轻松缓慢，好像遇险也是一件再正常不过的事情，眼神中流露着固有的坚定。也许是遭遇了那些艰辛与磨难，才使他对江上的一切无所畏惧，与江上的渔民共同延续着祖先的生活。

稠李子花开的季节，鲟鳇鱼开始在江中唱主角，在松花江、黑龙江和乌苏里江三江流域的七十多种鱼类中，数它的体积最大。捕获鲟鳇鱼，是每个渔民心中的渴望。孙玉民的渔船，和渔村里所有的渔船一样，在政府的扶持下，靠手摇橹的木船全部改为铁制的机动船，舵柄与螺旋桨为一体，行船的速度比以前大大加快，捕鱼效率也随之提高。那段时间，常有捕获鲟鳇鱼的消息传来，虽然重量大都在几十斤，但足以让主人兴奋多日。孙玉民在羡慕中期待着。

这一天终于到来。太阳快要落山时，橘红色的余晖洒在江面上，江水变得异常温顺。孙玉民先是看到网漂下有水花微微泛起，而后水花越来越大，像是有一个巨大的物体正从江底跃然而起，接着是一个宽大的鱼脊的轮廓，在水中渐渐显露出来。还没等他缓过神儿来，江上便有人高喊："上大鳇鱼啦！——""上大鳇鱼啦！——"附近的两条渔船不约而同使足马力，冒着浓重的黑烟，一齐向水中荡漾的巨大的影子围拢过来。

没有《老人与海》里那位老人的孤立无援，赫哲人在长期的渔猎生活中，早已形成了互帮互助的习惯。孙玉民和爱人用力起网，大家携手帮助往上拽，一条大鳇鱼终于被拖至船上。到岸后用秤一量，鳇鱼重达四百六十斤。他当即把鱼卖给了水产部门，每斤两元，共获利九百二十元。在那个年代，这该是一笔不小的数字。孙玉民买来酒菜，酬谢帮忙的渔民，并分给网滩上的所有乡亲，让大家分享捕获大鳇鱼的喜悦。后来，他还是有些许的遗憾，因为他不知道那条鱼身怀丰厚的鱼籽，要比鱼肉贵出几倍的价钱。当孙玉民的故事时常被街津口人津津乐道时，一条一千一百多斤的鳇鱼被本村陈中华夫妇捕获，刷新了当地捕获鳇鱼的历史纪录，才让他丝毫没了出人头地的感觉。

孙玉民确是出人头地的人物。打鱼时他是渔民，从船上下来他是作家，而且是赫哲族中唯一的中国作协会员。他早在乡文化站工作，出于对本民族文化的热爱，围绕赫哲人的渔猎生活和悠久历史，写了大量的小说和散文作品。没想到，他的作品不完全产生于案头，有些竟然是出自小小的船头。所以，他对船头有着不尽的情思。他说渔民下网要在网滩排号，所有渔船都要依次在岸边等候。这令渔民焦急的时刻，恰恰让孙玉民的思绪飞扬起来。每次在等候的间隙，他都要拿出纸和笔，静静地伏在船头，开始进入文学的想象，构思并书写赫哲人的故事。这个时候的他就像是一个沿水而来的行者，走累了便上船小憩。

他的作品是那么亲近江水、渔船和往来于江上的人物，字里行间似乎浮荡着江风的气息。他也写射猎的赫哲人，写他们为追捕猎物表现出的智慧和勇敢，但那样的生活早已成为他的记忆或是老人们讲述的往事。八十年代初期，赫哲人在政府的号召下，主动交出捕猎的枪支弹药，森林里再也没有枪声和猎物挣扎的哀嚎，"万物有灵"已由心中的信奉变成行为上生动的真实。他还是得意于江水对船体的拍打，觉得这种拍打像是生命的律动，而在律动中跳出的文字，又总是让他感到欣喜与惬意，甚至觉得眼下的江流是文学的流淌，而自己正是这个江流之上的泛舟人。和他相比，反倒让被困在城市的我感到自己无比呆板与枯燥。

他和爱人一起把我领到他家，让我看他们新建的房子。院子里长满了许多叫不出名字的杂草，一个储藏烧柴的棚子歪斜着，看来在原地已守候了多年，房前也少了一条通至屋门的路径，进屋需在野草上踩踏过去。这情形让人觉得他对家园的荒芜似乎不屑一顾。房子高大宽敞，屋子里却很是整洁，东侧的一角专门隔出一处空间，置放一张宽大的写字桌，连同上面的电脑和堆放的书籍，展示了他作家的身份。孙玉民说，现在要做的事太多了，房子盖完了，忙得没时间整理院子。他边说关于打鱼的事情，边把我带到院子的东南角。一条铁制的淡蓝色的渔船，足有八九米长，顺东西方位陈放在那里，船的四周却见不到野草和杂物，像是他特意为这条船做了环境清理，使它生出一种展品陈列和供人欣赏的意味。

虽然赫哲族渔民的身影和祖先一样，依然闪动在江面岸边，且在每个渔汛中，他们都会展露出喜悦的神情，但古老的单一生产模式，让赫哲人渐渐想到江中鱼儿的命运，想到鱼儿不再蜂拥而至的那一天，甚至想到撒下千万张网却见不到几条鱼儿的情形。一种从未有过的忧虑，在鱼儿和自己命运的联系中变得日益深重。最终，他们还是将生活的目光从江上放眼到岸上的田野，以及时常有人前来光顾的村落，于是，种植业、养殖业、旅游业，在十多年里如雨后春笋般发展起来。

我在一处网滩看到，那里住着十几户渔民，几条渔船有秩序地等着下网。每条船要等候半小时到四十分钟。在岸上的简易房屋和江边的渔船间，渔民们有说有笑，表情很是轻松，没有一丝焦急的神色。因为除了打鱼，他们还有好多致富的门路。

而孙玉民的心似乎还系在他的船头。他对宽大的船头抚摸着，又轻轻地用手在上面深情地拍打。这动作像是一位老人对久别归来的孩子，将苦苦的思念全部表达在温暖的抱怨里。"你看，这新船的船头多大、多平展！在江上趴在这儿写作，该有多过瘾啊！"在他的眼里，江上的渔船虽然幽暗而晃动，但真实如土地，踩上去就有一种舒心的踏实感。他看起来并不怎么健壮，但给人的感觉就是浑身充满了力量，一种江河与大地的质朴的力量，粗粝、生动、野性，纯净得看不到一丝杂质。他感叹自己和老伴不打鱼了，像是这船头派不上用场。大女儿孙俊梅在哈尔滨师范大学毕业后，考进乡政府当了公务员，他将这条船给了二女儿，让她保留了渔民的身份，似乎要留住自己在江上的影子。

孙玉民有个自称为文化活动室的地方，设在租用的两间房子里，墙上贴满了彩印的图片。图片上有他和国内著名作家的合影，还有一些作家给他的赠言，是全部按照他设计的样式印制的。我用手机拍下他和《民族文学》原主编叶梅的合影，并用微信传给了叶梅。不一会儿，我的手机便出现她回复的文字：请代问玉民好！祝他写出不负时代、不负民族的更好的作品！我随即将手机交给孙玉民看，他的眼睛顿时湿润了。他说叶梅是他的恩师，《民族文学》给了他巨大的创作动力。我在与叶梅老师的一次接触中谈及此事，她说"恩师"是言重了，但后一句倒是他的心声！

连接活动室的一间房，摆满了透明的玻璃展柜，里面摆放着制作精美的鱼皮画。孙玉民说那些鱼皮画都是出自他的手，而且搞鱼皮画制作长达二十年之久。我俯下身来，细细地欣赏鱼皮画绘制的图案，上面有娴熟的江中撒网，奇妙的凿冰叉鱼，还有金鸡站立江岸，引颈报晓。一幅画上有位妇女，身穿精美的鱼皮衣，用瓢在江中舀鱼，左手边的盆里装了满满的鱼，在她身后的"撮罗子"前，燃起一簇火焰，预示着主人马上让鲜活的鱼进入"塔拉哈"（火烤生鱼）程序。这画面和一幅张弓射猎图，又让我沉入岁月深处。孙玉民说，自己制作的鱼皮画，是用鱼皮复活一种记忆，一种属于自己更属于赫哲族的记忆。

是的，从苦难中走过来的赫哲人，又何尝没有这样的记忆呢？关于江浪、林涛，关于地窨、撮罗子，关于风霜雨雪，关于在岁月中走远的先辈……他们每一次对甜蜜的品尝，都免不了唤起对苦难的回忆，而当收拢了思绪，回到眼前灿烂的现实之中，便会感到甜蜜的味道愈加浓厚。他们就是在今与昔的两者之间，反复地品味着、感动着、幸福着，续写着自己民族的历史。

其实，透过一个人、一个家庭的故事，我已经看到了这个族群行走的路线，并在他们起初慌促、杂乱、漂浮、沉重，而后来渐渐变得平静、有序、稳健和欢快的脚步中，真切地感受到这个民族脉搏跳动的节奏与回声。也许这样的对比纵向得过于直观，还缺少足够的观察视角，但是我想，赫哲人会在心中时常出现一组组对比：明亮与阴暗，饱暖与饥寒，精致与粗陋，繁华与蛮荒……远比我探访到的例证生动而丰富。

出门不远处，但见江水悠悠。在船头上歇息的渔民，面对江水，面对远处的青山，似乎是一个个深刻的思想者。

两个女人的守望

铭刻在心上的记忆，一定会留有某种深刻的影子。比如对故乡，一盘石磨、一株古槐、一条小溪，甚至一只老狗，都会成为凝固的视觉符号。在赫哲人尤文凤的眼里，似乎只有出自母亲手上的鱼皮制品，才是她记忆中最鲜活的部分，而且让她生出对这个民族的深切情爱。

坐落在同江城西南的华龙小区四号公寓，尤文凤住在没有电梯的顶层六楼。六十几平方米的面积，一排在办公场所才能看见的铁柜，占据了多半个房间的位置，如果不是那张床，看不出这是她的居家。在佳木斯市博物馆专设的赫哲族文化展馆里，我就知道了尤文凤的名字，并把她与鱼皮衣制作技艺紧紧联系在一起。

如果要追溯鱼皮衣制作技艺的起点，那一定是始于完全依赖自然资源生存的古老时光，而尤文凤只知道母亲，并深知母亲对她的言传身教。不知是哪位祖先立下的族规：赫哲人制作鱼皮衣的手艺，传男不传女，传女只传长媳。母亲尤翠玉作为尤氏家族的长媳，在承受繁重家务的同时，却幸运地得到了家族鱼皮衣制作的传承。至于母亲是怎样在奶奶点亮的微弱的油灯下学来这门技艺，尤文凤知之甚少。她兄弟姊妹七人，上有一个哥哥和一个姐姐，下有四个弟弟，最初母亲让她帮做鱼皮衣，是为了赚钱给她的弟弟说媳妇。那时大马哈鱼几毛钱一斤，做女款鱼皮衣每套需五十条马哈鱼，男款的需五十六条，卖一套鱼皮衣能赚五千元，够得上娶一个媳妇的花销。十三岁的尤文凤被母亲叫到身边，还没有要学会这个技艺的愿望，更不知它会对一个民族的文化有何影响，她只是看到母亲的含辛茹苦，想为母亲解愁分忧，以减轻背负的生活压力。确切地说，尤文凤的鱼皮制作技艺，最早是源于对母亲的同情，从内心对一种艰辛和苦难的不忍。而母亲却看重她心灵手巧，又肯于吃苦，便把她由帮手的角色迅速转为自己的亲传弟子，耐心对她传授这门技艺。在后来的几年里，她帮助母亲买鱼、扒鱼皮、熟鱼皮，直至裁剪、缝制、纹图，很快成了鱼皮衣制作的行家里手。

当第一批国家级非物质文化遗产名录里有了"赫哲族鱼皮制作技艺"的字样，省城的博物馆便有人登门，要求订制鱼皮衣，尤文凤开始意识到母亲传授过来的技艺，已经具有文化的意义。那年，在一片热烈的掌声中，她领取了文化部颁发的证书——"赫哲族鱼皮制作技艺代表性传承人"。当时，有专家告诉她，鱼皮文化虽然产生在北纬四十五度以上的区域，为许多民众所拥有，但历史走到今天，只有我国的赫哲族和俄罗斯的那乃族保留下来，而数赫哲族的鱼皮文化保存最为完整。从此，一门出自尤文凤手上的技艺，便注入了一种自觉与责任。她开始走出家门，到同江、抚远、饶河等赫哲族聚居地和省市的大学里讲课，讲述鱼皮衣的前世今生，传授其制作的技术要领。

她在一个抽屉里取出钥匙，将铁柜的门轻轻打开，捧出几件鱼皮衣。我看她那恭谨的神态，像是要面对神祇的现身。她把鱼皮衣轻轻铺展在床上，随之是一阵滔滔不绝的讲解：用马哈鱼皮做的衣服纹理美，用哲罗鱼皮和狗鱼皮做的，打猎不透风，打鱼不透水，用怀头鱼皮做的靰鞡耐磨，只有胖头鱼皮制成的线，缝制鱼皮衣才又柔软又结实……

我还是喜欢鱼皮衣上水纹与云纹的装饰。赫哲人因离不开江的生活，而对于水的崇拜便视如对生命的呵护，所以服饰上离不开水的图案。那图案似抽象而夸张的一朵朵浪花，紧致有序地连缀在一起，宛如一个个跳动的音符。自然界里的风霜雨雪，又像是神灵多变的表情，给这方土地上的人以吉凶祸福的预测。所以，赫哲人在江上捕鱼，还需仰望头上的天空，关注云的千变万化，这就有了对云的敬畏。水与云的纹饰组合，仿佛是赫哲人对天对地虔诚的俯仰祭祀，并已成为图案绘制的基本元素，融于赫哲族鱼皮文化之中。有的鱼皮衣上点缀着各种兽和禽的图案，日月星辰、山水火风映衬其间，透过这样的装饰，像是纯朴的自然之子，要对原生态的宇宙万物做出全方位的思考。

尤文凤的鱼皮衣，毋庸置疑，它一定有了艺术或文化的含义，而且因为对这个含义的品味，会让人生出无限的遐想，想到它诞生和延续的年代，以及与那些个年代里的人们相关的故事，甚至还有故事中新奇生动的细节。这些从鱼身上脱颖而出的衣服，本身就带着深邃与神秘，是脱胎于游动的一种凝固的形式。看着，忽然觉得鱼的涅槃是多么美丽、美妙而又令人战栗。

我没有想到，尤文凤作为民族文化的传承者，却在不计个人利益得失中如此不遗余力。无意间问起她的丈夫，她的脸色即刻消失了笑容。几年前，一直支持她的丈夫不幸离世，使她的精神受到沉重打击。她强忍悲痛，照常奔赴各地讲课。尽管政府每年给她一部分扶助资金，但她还要自己花钱租房，去市场买鱼皮原料，召集学员无偿传承技艺。现在，已有一批人不同程度地掌握了尤文凤的鱼皮衣制作技艺。

尤文凤设计的鱼皮服饰，在本世纪初就作为演出服搬上舞台。但她不会想到，竟然有大学的专业团队，将鱼皮服饰再现于北京的舞台。就在我离开尤文凤家时，我的一位朋友，东北电力大学艺术学院院长陶瑞峰打电话给我，说他和服装与服饰设计专业的师生，正在北京召开发布会，展演以赫哲族鱼皮文化为主基调的鱼皮服饰作品。来不及把这个消息告诉给尤文凤，但她坚信，鱼皮衣制作技艺绝不会消失。"无论如何，为了我的民族，我不会放弃责任！"她说这话时，语气异常地坚定。

与尤文凤同样做赫哲族文化传承工作的六十九岁汉族老人刘升，正拖着脑血栓后遗症的病体，为一份遗嘱日夜忙碌，四处奔走。

"谁让你嫁给了赫哲族人呢！赫哲族的文化要失传了，你不能眼睁睁地看着，一定把传承的担子担起来！"从同江市卫生部门退休后，刘升不止一次听丈夫尤根深对自己说这样的话。身为同江市人大副主任的尤根深，对本民族的文化感情甚笃。在一个飘着秋雨的午后，刘升正在家中做剪纸。她很早就喜欢剪纸，灵巧的手握一把小小的剪刀，一会儿就能剪出生动的人物或鸟兽。由于患病后肢体活动受限，她的动作虽不那么灵活，但她的手还是灵巧如初，剪出的一幅赫哲人江上撒网图，依然栩栩如生。尤根深进门后，怔怔地看着这幅剪纸画，然后突然面对老伴，深深地鞠了一躬。刘升一时不知所措，她知道丈夫从未对自己开过这么大的玩笑。尤根深却是一脸严肃："我有个事要拜托给你，请你把我们赫哲族的文化抢救抢救吧！"刘升深知，丈夫爱赫哲族文化犹如爱自己的母亲，便连连点头应允。丈夫为她买回纸、笔、橡皮，又翻出厚厚的书来，摆在刘升面前，像是对待一位即将上学的孩子。

刘升就这样以蹒跚的脚步，走在"上学"的路上。她不怕自己摔倒，但她万没想到，最先倒下的却是她的丈夫，而且再不能让她扶起。八年前春寒料峭的一天，因病入院的尤根深，带着对家人的不舍和对赫哲族文化的挂牵，永远地离开了。按照丈夫生前的遗嘱，尤根深的骨灰埋在街津山（赫哲族发源地之一）下，与长眠在那里的母亲朝夕相伴。这让刘升更加感到，丈夫的生命之根，就深扎在赫哲族的土地上，并正以不灭的灵魂凝望着妻子对一个嘱托的承诺。

外面响起一阵雨声，雨珠顺着微风的吹拂，轻落在玻璃窗上。

刘升停止了讲述。她像是在倾听一种声音，一种在雨声中、在她的肺腑里发出的声音。她说自从丈夫走后，他说的话时常响在耳边，而且越来越清晰，尤其夜深人静时，不知在耳边要反复多少遍。其实，刘升早已对赫哲族的历史和民俗产生兴趣，而丈夫的嘱托又如一簇火把，为她点亮了追寻的方向，使本来轻松的喜爱变成了沉重的责任，又使一个庄重的承诺变成了无悔的恪守。

刘升开始沿着这个方向跋涉。她把著名民族学家凌纯声的著作——《松花江下游的赫哲族》，看作赫哲族文化传承的宝典，一章一节，一段一句，潜心研读，唯恐偏离了正宗的根脉。她全新地看到了赫哲族文化的丰富灿烂，并在现实生活与文字描述、个人感悟与理性阐发的对比中，看到了赫哲族文化清晰的根脉。她确信，这就是丈夫让她传承赫哲族文化行走的方向。

每天，天没放亮，她就起床来到楼下的工作室。这是当地政府特意为她租用的两间房子，如果不外出，她整天就在这里读书、做剪纸、带学员。墙上和走廊挂着她的剪纸画。剪纸画大都是系列作品。从捕鱼狩猎，到古老传说、山水风光，乃至常见的生活物品，都是她创作的题材。她的作品构图新颖，线条细腻，人物神态很是生动。她将一幅长卷展开，那是由几十幅剪纸画组合成的一个神秘世界，倏地飘散出一种隐秘而奇异的气息。刘升告诉我，这组《赫哲萨满祭祀授神图》，让她整整构思了两年，与徒弟一起创作了半年时间。记得小时候，我在辽西农村看过跳大神的人，那神鼓和腰铃伴着含混不清的咒语一响起，心里骤然间充满惊悚，而眼前神态各异的剪纸萨满，头戴配有鹿角的神帽，手持神具，却变得那么可爱了。

平日里，刘升每完成一件剪纸作品或鱼皮制品，都会在心里说一遍："老伴，你看啊，我又有新作品了！"有时自言自语，让心里的话变成声音。她说，只有这个时候，我对他才有话可说。

作为黑龙江省第一批省级非物质文化遗产代表性传承人，鱼皮文化、狩猎文化、剪纸文化等十二个门类，是刘升传承的主要内容。她在四季里拖着沉重的脚步，走进十几所院校，开展赫哲族文化传播工作。谈话间，她的手机铃声两次响起，听得出来都是邀请她讲课的。

谈起赫哲族文化，她脸上就有一种抑制不住的喜悦与兴奋。如果不是她女儿含泪告诉我，真看不出她的生活还有那么多的酸楚。她买鱼皮、兽皮和纸张，包括治病买药，不仅花销不少，而且欠下十几万元的债务。其实，她如果把自己的作品卖出去，完全可以获得一笔可观的收入。很长时间，一件镂刻的巨幅鱼皮画和几件萨满神服，常让远道而来的人驻足预购。但她舍不得，不情愿，因为那是在她手上托起的生命。"上帝留我，是让我把赫哲族文化抢救回来。我要把它们留在同江，我这么做，是为了有一天要对老伴说，赫哲族的文化回来了！"告别时，她又把这段话一字一句地重复了一遍。

活着的伊玛堪

它从古老的江河莽原上传来。一声"啊郎——"，牵出一个流转千年的故事。

暮色笼罩的网滩和密林，渔猎归来的赫哲人紧紧地围拢着说唱艺人，如醉如痴地品尝着一场精神盛宴。当"给根"的声音一落，"克——克——克——"的应和声随之响起，而后又是艺人往复交替的说唱。在那动人的说唱里，总能描绘出莫日根（英雄）的威猛无畏，渔猎中的斗智斗勇，婚姻上的自由追求，传说里的怪诞神奇……

伊玛堪，这一作为赫哲族独创的口头说唱艺术，不知为赫哲人带来多少感动和振奋。即使在封江后的寒冷中，他们也要为听一段伊玛堪，乘坐狗爬犁从几十里外纷纷赶来，挤在一户人家的屋子里。听着听着，他们或是淌下悲伤的泪水，或发出一阵欢快的笑声。

我还是第一次知道，伊、玛、堪这三个字连在一起，便是艺术，是艺术中一种极具诱惑力的说唱，而且是不见文字的恢宏史诗。很多民族都有它的史诗，比如藏族的《格萨尔王传》，柯尔克孜族的《玛纳斯》，蒙古族的《江格尔》，这些民族史诗大都是对某个或几个特定英雄的歌颂，而伊玛堪作为赫哲人的口头史诗，歌颂的却不是一个特定的人，而是一个英雄的群体，以及这个群体和族人色彩斑斓的生活，相比起来更显得多元与立体。它似乎就是一个民族基因的延续，民族精神得以前行的路径。无论时代如何变换与发展，也不管族人走得多么遥远，只要这个声音还在，它就是故土对游子的召唤。

伊玛堪之于赫哲族人是一种前世，说和唱都是对前世的扮演，对英雄、对生死、对欢爱、对神圣、对荒芜、对时间……每一句话和每一个音符，都是一次深情的回眸，都是对逝者的一次复活。说唱者就像站在一个深不见底的洞穴口，唱一声便是一次张望，说一句便是一次凝神，深邃的洞穴里随之呈现出一种美丽的神性。

带着滚烫的历史温度，伊玛堪还活着，并以其民族记忆和文化象征的非凡意义，被誉为"北部亚洲原始语言艺术的活化石"和"人类文化多样性的一个活标本"。它活着便是幸运。试想，有多少古建筑已被夷为平地，多少传统的艺术之花已凋蔽枯萎，"人亡艺绝"的悲哀又让多少人捶胸顿足？即使昆曲和纳西古乐尚存，京剧已经不再气若游丝，也免不了让人心生痛惜。许多事物，都在面临失传的威胁。当钢筋、水泥、玻璃、塑料、硅胶、橡胶这些时代的潮水漫过大地的时候，幸存下来的该是多么地幸运！

永远的热烈与寂寞，永远的荒凉与丰饶，伊玛堪带着江水和森林的表情，从遥远的岁月深处一路走来。当尘嚣散去，一片安静的天地露出来，它显得尤为圣洁和高贵。在被机械的现代裹挟的世界里，一切雕琢都显得苍白无力，而看似蛮荒之曲的说唱，却在历史的缝隙中得以流传，便有了永恒的意义。它是大地的作品，民族的作品，既是伟大的文明，又蛮荒俚俗，充满了人间气息。

但是，伊玛堪在穿越了历史的道道樊篱后，最终还是被岁月的风撕扯得凌乱疏落，有的甚至已不知去向。即便如此，透过那残留的微弱而奇妙的声音，依然会让你看到赫哲族独特古老的生活场景和不同寻常的爱恨情仇。

年龄稍长的赫哲人都知道，听伊玛堪曾经是他们世世代代最舒服最快乐的娱乐方式，是生活中不可或缺的东西。这与东北的汉族人聚在一起，茶余饭后喜欢听上一段大鼓书是一样的。如果听不到伊玛堪，赫哲人便如同食用没有醋和盐的"拉铺特克"（生鱼片）一样索然无味。那么，一个既没有他人乐器伴奏，又没有自己抚琴弄弦，仅凭口头上的说说唱唱，怎么就会通至祖先的灵魂，并把今天与过去一同联结在这声音的纽带上，而且联结得又是那么顺畅而坚固？现在的赫哲人没有想到，伊玛堪竟然承载了特有的民族精神，更没想到它会被戴上"中华民族文化的瑰宝"的光环。

至今仍传递这种声音的人，当然会对我产生吸引。在街津口乡，本想拜访伊玛堪国家级代表性传承人吴宝臣，不巧的是正逢他外出讲课。按照当地掌握的代际划分，花甲之年的吴宝臣已是第三代伊玛堪说唱传承人。弟弟吴宝利和乡里的几个干部接待了我，详细地介绍了他的情况。

大家交谈的屋子朝向江边，望过去，能看到大片树木和黑黝黝的江水。不知为什么，置身于这暖融融的春日，却让我忍不住想起了冬天，想起在这极寒之地，再汹涌澎湃的江水也会被严寒冻僵，而伊玛堪却没有变成凝固的声音。

从他们的讲述中，我开始发现传承的力量，仿佛看到一段湍流的行程。至于在湍流的上游，只能追溯到一处不远的源头。

吴宝臣的记忆里，只有他的三爷爷。三爷爷名叫吴连贵，于清光绪三十四年生于三江口莫勒洪阔渔村，以打鱼为生，能讲述十余部长篇伊玛堪，有的篇目能一连说上几天几夜，是远近闻名的伊玛堪说唱艺术家，曾受到周恩来总理的接见。当年歌唱家郭颂到同江采风，是他用一支竹箫吹奏的一首曲子，成了《乌苏里船歌》曲调的基本元素。吴宝臣小时候最大的快乐，就是听三爷爷说唱伊玛堪。三爷爷去江上打鱼，一去就是五六天。吴宝臣关心的却不是三爷爷归来时的鱼舱里有多少鱼，而是期盼着能给自己说上几段伊玛堪。当三爷爷又去打鱼时，他会站在家门口，久久地望着三爷爷远去的背影。

伊玛堪说唱便如一粒种子，深埋在吴宝臣幼小的心灵里。他也遗传了父母的文艺天分，只要听上一段，就能背得出来，让吴连贵对他偏爱有加，时常把他带在身边，向他传授伊玛堪的说唱艺术。后来，吴宝臣当了军人，因会说唱伊玛堪成了部队的文艺骨干。退伍那年，不可褪去的伊玛堪情结，使他放弃了留在长春发展的机会，毅然选择回到家乡街津口。在乡文化站的工作，给他提供了表演伊玛堪的很多机会。

2011年，当伊玛堪的申遗文本被送上北京飞往巴黎的飞机，多少赫哲人的心开始悬在空中。他们知道，上级政府为之付出多少努力，喜欢和热爱赫哲族文化的人，又有多少心血付诸其中。吴宝臣在焦虑中想象着，想象着在联合国教科文组织总部里，伊玛堪的声音戛然而止的那一刻，会响起一片赞许的掌声。当年11月28日，那个让他期待而又惧怕的会议终于结束了。他无法马上知晓会议的结果，只是在忐忑中相信自己的感觉。当接到申遗成功的电话，他的泪水顿时模糊了双眼。这是他和多少赫哲人的企盼啊！他情不自禁地在家中跳起《萨满神曲》。

当在一阵欢庆后沉静下来，吴宝臣和他的家叔吴明新、吴明祥和姐姐吴彩云，谁也没有忘记吴连贵老人在生命垂危之际现出的一幕：他边喝水边回忆伊玛堪的说唱，喝下一口，说出一句，再喝一口，唱出一声。虽然从杭州来的落户知青、后来成了伊玛堪研究专家的黄任远先生，经常跑到吴连贵家里，记录、整理了大量伊玛堪说唱片段，但老人满腹的说唱艺术，也不知随他最后的一口气咽下去多少？

也许是老人最后的那声叹息，留给了吴氏家族最深的警醒。他们像是面对一个传家之宝，默默地坚守着吴连贵的艺术遗产。渐渐地，当对家族的情感上升为一种使命，一种超越家族而面向整个赫哲民族的使命，他们传承伊玛堪的脚步，开始迈向一个个赫哲族文化传习所，迈向大专院校，迈向赫哲人居住的每个地方。他们开始为本民族有语言而无文字心生纠结，并预感到伊玛堪艺术单凭口耳相传，"人绝艺亡"的悲剧不可避免。于是，毕业于中央民族学院的吴彩云，通过将赫哲族语言同汉字发音对比，采用国际音标进行赫哲语推广。微信群里有上百人，在她每周规定的时间里，跟着她一起逐字逐句地重复着祖先的声音。

就在吴氏家族伊玛堪传人的身后，在四面八方那些叫不出名字的人的身后，同江一位直率、智慧的赫哲族汉子尤俊生，暗下决心，再也不让赫哲族的文化被岁月带走，再也不让过去的一切只成为口头上的回忆，便把他见到的听到的赫哲人的所有文化活动、重要事件和典型生活场景，全部用音像保存下来。

雨中的白桦树闪着银光。就在这声名显赫的江边，山在行，船在行，传承人的脚步踏响在山水之间。我想，他们苦苦守候的终极意义不是追求不朽，而是以守候三江流水的方式，让后代子孙和有缘之人听到它，并在想象中完成对它的追思和再创造。这份执着多么像《木竹林莫日根》里的唱词："我骑着阔力，飞过千层云、万重山；我骑着胡萨，飞过千条河、万条江；我要去寻找——木竹林莫日根的踪影。我要把他的故事，给大家歌唱！"

离开同江最后的晚餐，选在江边一家小饭馆。说起伊玛堪，同桌一个六十多岁的赫哲族妇女，眼睛突然放出明亮的光泽。她说自己也是伊玛堪传承人。当大家请她说唱一段伊玛堪时，她的表情毫不羞怯。她从座位上站起，深情地望着窗外的江水。忽如裂帛一声，那曲调就是三江的调子，森林的调子，飞鸟和走兽的调子……她说唱时，那声音是流淌的江水，停下来便是生养族人的土地，禁不住让我想到金戈铁马，想到走兽和围猎，想到鲜美的鱼和荤香的肉，以及丰腴的女人，还有地域中寒冬里的飞雪与盛夏里的莲花。

次日早晨，明亮的阳光洒满江面，不时有渔船轰响着驶向一轮朝日，伊玛堪优美的吟唱又在耳边回响——

> 我们从遥远的地方走来
> 谁也不知道走了多远
> 走啊走，一直走到出海口
> 人们管他叫黑龙江
> 黑水黑土都在东方
> 我们对别人说呀
> 我们是赫哲族人
> 那意思就是生活在东方
> 一代一代的老人都对孩子们说
> 我们居住在日出的东方
> ……

（原载于《民族文学》2019 年第 8 期）

撒拉尔舌尖上的词语密码

撒玛尔罕（撒拉族）

清洁的火焰

火焰是燃烧的，热烈的，是焚毁的。

在撒拉人的生活中，当"奥特卡玛"（撒拉语里是喻词，是"火焰般"的意思）这个词从他们的舌尖上发出来时，火就是耀眼的美，清洁的美，更是仇恨的目光，锋利的剑。

有一年秋天，我驱车赶往循化参加一位堂兄的新房落成贺宴，撒拉人生活的这块川地，正好处在青藏高原边缘地带的小积石山下，发源于巴彦喀拉的黄河犹如奔腾的马群，扬鬃奋蹄，嘶鸣着从山下泻涌而过，撒拉人就生活在这条河流两岸。他们的村庄与北方大地上所有的农户人家一样，大都是坐北朝南的土木结构房子。这种房子冬暖夏凉，宽敞明亮，深得撒拉人喜爱。这天前来贺房的人很多，年岁相仿的亲戚们聚集在院子里，谈论新房的底基，几十道花槽及木工的雕技，有人不断地竖起大拇指赞叹"奥特卡玛，奥特卡玛"。这是我从小就经常听到的一个词，我周围的男子，只要平常看到美丽的、值得赞美的事物，总是这么赞叹。相信这种既不夸张又恰到好处的赞美之词像夏季凉爽的泉水，从祖先的唇齿之间一直连绵到了今天。当他们窥望俊俏的女子时这么说，看到美丽的景色，绝伦的技艺，包括房屋和桥梁，甚至一把锋利的刀，或者一座高山都会这么说。总是把一切美好的东西或者棱角分明的东西，时时刻刻与火焰联系在一块儿。"奥特卡玛"到底是怎样的一个词呢？它源自哪里？我从内心深处感到一种莫名的疑惑，那是怎样的一团谜？

还是一次婚礼现场，前往女方家送礼念"尼卡亥"（撒拉人举办婚礼时的证婚词）的年轻人们，一路上都在谈论新娘的美艳容貌，"奥特卡玛"不断地从年轻小伙子们的嘴里蹦出来。这时候，如果你仔细观察这群年轻人说出这个词时的表情，那种满满的幸福感，从心底里如潮水般翻涌而来的羡慕感，撒拉少年特有的那种欲说还休的羞涩感和相视即能会意的神秘感，在他们的脸上绽放开来，一种复杂的抑制不住的青春激情从眼神、嘴角荡漾而来。

"奥特卡玛"这个从唇齿间喷射出来的火焰，从古至今，始终燃烧在人类文明发展历史的高空，照耀人类的探索之路。在古希腊的神话里，宙斯为报复普罗米修斯拒绝向人类播撒火种，妄图使人类永远生活在黑暗里。普罗米修斯机敏地找来一根茴香秆，把它伸到驰来的太阳车上，带着闪烁的火种回到下界，造福了人类。远古突厥人认为火是万物之神的创造，是祖先力量的体现，他们相信火是清洁者的神圣力量，保护人类的生息繁衍。七世纪初叶玄奘大师路经西域时就有记载："王及百姓，不信佛法，以事火为道。"这一段记述，记载了突厥尚火的事实。蒙古人更是坚信万物万事是被火净化的，无论王公贵族还是平民百姓，礼尚往来的礼物都得从两堆火之间通过，以示净化，避免邪恶和巫术。而哈萨克人举行婚礼时，新娘要往毡房正中的火炉里洒一碗酥油或者羊油，以火焰满室为吉祥。塔吉克人遇重要节日会在门口点燃芨芨草堆，穿新戴花，众人唱震撼人心的火之赞歌，跳舞姿奇异的火舞。

火给人类带来光明和热量。它是光明、幸福、洁净和慈爱的神，是驱散黑暗和一切邪恶的力量源泉。在撒拉人的眼里，火是至净至美的目光，是清洁所有污秽的泉水，是美丽端庄的新娘，更是刀锋般锋利的仇恨，愤怒中吞噬和摧毁一切的灾难。

当有一位身材高挑、穿着时髦、长发飘逸、羞涩漫漫的女子用纱巾捂着嘴角从巷口惊鹿般跃过时，年轻的男子会说：啊，真是火焰般的女子。这个火焰是美丽的、贞洁的、青春的，更是一种扑向男子心灵的情感豹子，是浸润男子心扉的清泉，或者是一场期望中的细雨，是追求的渴望。当看到一座建造考究、雕技纯熟、高大阔气的房子，男人们准会说：火焰般的房子。这种火焰是端庄的、令人赞叹的，是对匠人技艺的赞美，更是对主人家的精心设计和苦心修建付出的劳动汗水的赞颂。

撒拉人会把锋利的刀锋赞美地说成是火焰，把男子的仇恨和愤怒的目光形容成喷射的火焰。当遇到难以解决的棘手问题时，他们就说手心里捧上了火焰。当有灾难降临或者惹上口舌是非，就说某人头上点着了火焰。

我想起远古苍茫的历史。撒拉人祖先的那段故事不得不从欧亚大陆的中心撒马尔罕讲起。

撒马尔罕的历史最早可追溯到公元前五世纪，善于经商的粟特人把这座城市建造成了一座梦幻般的都城。粟特人在撒马尔罕的历史上留下了灿烂的文化和辉煌的艺术，他们信仰袄教，崇拜火的图腾。他们把辉煌鲜活的艺术雕入壁画，把信仰和文化一点点渗入周边民族，也深深地融入了撒拉人祖先的血缘和骨髓，撒拉人尊崇火、敬畏火的精神元素也跟粟特人崇拜火的信仰有一定关系，无论撒拉人的祖先是否崇拜过火，但在精神层面一定受到过袄教的深远影响。

记得很小的时候，孩子们总是喜欢在午夜的巷子深处，聚集在一起玩一种游戏。吃过晚饭，领头的孩子准时站在巷子中央的土堆上唱一首古老的民歌："小伙伴们，快来呀，今天来玩的给一双鞋子，明天来玩的给一双袜子，快来呀，快来呀……"玩的游戏，就是小伙伴们先分头捡些树木干枝或者干草破布，堆到一起把它点燃，然后排成长队摆出很多种姿态，按顺序在火堆上跳来跳去。或者，在空旷的打麦场上点起一堆篝火，围成一圈，讲述从祖母那里听来的遥远故事，唱着从老人屋里学来的歌谣。故事大都与迁徙有关，与战天斗地的英雄和王子有关，与情伤肝烂的爱情有关，与火焰有关。讲完唱完故事的小伙伴们深夜回家，必须先站在院子里的炕洞前熏熏烟火，驱驱邪恶才能进屋睡觉。这是千年的规矩，也是撒拉人从小就铭记在心，与火焰的一种契约，俗成的一种约定。

他们还用火来驱邪，叫魂。

我见过一次驱邪，同学半夜从亲戚家里带回几张油饼子和肉份子，回到家里就歇斯底里地又吼又叫。大多有经历的撒拉人都知道这是中邪，缠上了不干净的东西。同学的母亲赶忙点燃了破布破鞋，用烟熏烤同学的脸，嘴里还念诵着经文。她说："熏一熏就会好。"果然第二天就好了。我自己还经历过叫魂，我小时候面黄肌瘦，身体非常虚弱，祖母断定我邪恶缠身，选定皓月当空的午夜时分，点燃我穿旧的衣服，嘴里念叨着，从大门口一直把冒烟的破衣服拖到我的炕前，她说："回了魂才能长得更结实。"

撒拉人绝对不会往神圣的火焰里丢弃粮食或者其他食物，说那是对火的一种亵渎，是对食物的不恭不敬；更不会往火堆里撒尿或者泼洒不洁净的东西，说那是对火的一种蔑视，是对清洁的污染。在撒拉人眼里，火永远都是清洁纯粹的，它不仅焚烧罪恶与邪念，还把最美好的认知和愿望燃烧成诗意的梦幻，理想的境界，把最美好的一切都说成"奥特卡玛"。

奥特卡玛，撒拉人最清洁的词。

火心要空

撒拉人有一句谚语叫"火心要空，人心要实"。

我从小就喜欢帮做饭的祖母捡柴烧火，喜欢看祖母厨房里升起的每一缕炊烟。其实，我也有自己的目的，就是想尽情地玩一次火。那时候，小朋友们都有一只自己的"小火炉"，他们先在家里，或是到村子的水渠边凡是有垃圾的地方，寻找一种能够制作"小火炉"的铁皮罐。制作方法非常简单：就是在铁皮罐下端用铁钉打开十多个通气孔，再用铁丝安个提手就可完工。我老是钻祖母的厨房，就是想多掏点火种，燃起自己的"小火炉"。我喜欢看一簇簇微微燃起的火苗，那些星星点点的火种，只要留点空隙给它，只要有风，闪闪烁烁，呼呼作燃，令人振奋不已，引人无限遐思。

祖母从不让我在灶膛里多放一根柴火，她说："祖父三更上山打柴艰难，要节约用柴。"她又说，"把火心掏空，火心空了，火势才旺。"成年后，祖母的这句话一直萦绕在我的脑海里，火心到底能空几何？人心到底还能空几何？

在中国人的处世哲学里，空则清，清则灵，囤则积，实为满。中国书法、篆刻、国画、建筑等领域，都非常注重空与实的艺术变化。就像书法中空笔与实笔的艺术运用，空与实同样具有艺术表现的魅力，大都根据创作需要，欲灵秀超脱则空大于实，欲浑然厚重则实大于空。一个字里有空实，一幅作品中有空实，一场人生和整个社会历史也有空与实。

撒拉人对"火心要空，人心要实"的命题思考，随着时间的推移，在不断地变迁演绎中走过了千百年。尽管付出了鲜血和生命的代价，却在苦难和悲壮中成就了撒拉人的生活态度和繁衍艺术。假如细细地品读，又有多少壮美的故事在空与实的变幻中书写和疼痛？当撒拉尔面临是民族灭亡还是迁徙东方的严峻选择时，智慧的三位长者为求得部族安全，名义上以工匠身份通融议和，随入蒙古大军举族东迁，实则保全部族血脉，以求日后兴旺发达。他们失去了苦难的家园，长途跋涉，历经艰难险阻，尝尽人间苦头，在青海省循化县安下新家。他们用勤劳的双手开疆拓土，征服黄河，与藏族、汉族求同存异，繁衍子孙，写下了可歌可泣的悲壮历史。他们在这段历史的转折取舍上，究竟为撒拉尔空出了怎样的空间，又为撒拉尔填满了怎样的实呢？

我在挖掘撒拉尔历史时发现，祖先们定居循化街子之后，跟随驼队东迁而来的女子因路途遥远，途中大半劳累而亡，部族的女子越来越少。怎么办？向周边的其他民族求婚！但他们面临的最大难题就是信仰，周边的藏族、蒙古族大都信仰佛教，与撒拉人的信仰格格不入。祖先们三番五次地上门求见部落头人，用智慧和人格赢得信任，用善良和真诚铺开道路，甚至鼓励英俊少年私会美丽藏女，攻取情感堡垒，最终以只接受习俗不改变信仰为契约条件，娶得第一位藏女，撒拉人从此真正成为中国今天的撒拉族。

祖先们空出的不只是祖先清洁无瑕的目光，掠夺者污浊不堪的贪婪，不只是情窦初开四月怀春的姑娘小伙的爱情，不只是猛兽般向天咆哮，桀骜不驯望而生畏的风暴。在那方狭小的心空里，空出了一条穿透的通道，空出了回旋的余地，使撒拉人的心，世界的心，一点点变得清灵豁达。

火心是纯粹的，它宁愿为悦己者烧净自身的血肉与骨骼，也要在火焰的燃烧中看到涅槃的凤凰，远古神话的舞蹈。在火焰华丽转身的瞬间，火心变得天宇般浩荡，仙女般妩媚。把愤怒化作焰舌吞噬你的村庄，孤独你的午夜。它伸开迸溅火花的五指，把痛苦和死亡逼进你的喉咙和身体。

火心里有爱，爱得干净彻底。

火心里有恨，恨得粉身碎骨。

只要你给它留点空间，只要点燃，它就会熊熊燃烧。只要它能够燃起，就能迅速形成燎原之势，任由自己千姿百态地肆意蔓延，狂傲不羁并且所向披靡。当撒马尔罕的天空被火焰烧红的时候，他们向着东方，一路跋涉逶迤而来，心怀东迁的使命；当面临清朝政府灭族的威胁，他们流下屈辱的泪水，宁愿发配边地也不甘于苟且偷生，心怀民族的未来。撒拉人在自己悲惨的历史峭壁上，用胆识和魂魄留出了一片转身舞蹈的空间，燃起了民族兴旺的火焰。

是啊，火焰。在天上也是无数恒星高擎自己的火焰遨游宇宙，它们也有自己的燃烧，需要空空的火心，它们孜孜不倦地运行，是寻找燃烧的空间还是失散的伴侣？整个夜空就是一段美丽的神话，每一颗星星都在宇宙空旷的心宇间旋转，在空空的心宇上燃烧。

哦，我找到了火心的秘密！

撒拉人的火心，空出的是容纳天地的旷达，汇聚江河的疆域，空出的是胸怀的宽广与眼光的辽远。撒拉人的人心，实的是宁可为正义头破血流，也不愿玷污真理的旗帜，实的是宁愿舍去性命也不愿违背自己的承诺，实的是为求生存也能隐忍求全。

撒拉人心里的那条火心，目光里的那束火花，始终伴随着那遥远的、清脆的、响彻撒拉尔天空的驼铃声：叮当，叮当，叮当……

激荡撒拉人的心！

谚语里的生活

年少时，我生性顽皮，祖父怕我去河边游泳，总是在耳边唠叨："好水手淌在黄河，好猎手绊在山崖。"尽管我不懂其中的道理，却也知道，离家一公里之外的黄河确实淌走了很多村庄里的俊朗青年，两岸的山上也绊死了不少捕猎石羊麝香的人。

好水手，好猎手。我陷入深深的沉思。仿佛看到东迁途中，祖先正在经历帝国骑士的追踪，神圣的经典正在面临部落盗徒的掠夺，血雨腥风的浸泡。仿佛看到突厥王奥古斯汗正在千人大帐奖赏自己的孙子撒鲁尔，馈赠改变整个部落命运的永世纪念。仿佛看到民族英雄苏四十三揭竿而起，连破河州数城，围攻兰州数月，两千义军重创数万清军，宁求一份尊严而牺牲生命，绝不求全，一代英主乾隆皇帝曾为撒拉人的精神深感震惊。日本侵略祖国，也是撒拉人的这一帮好水手、好猎手们跟随马彪师长挥戈东下，跃马中原，驰骋沙场，日寇闻风丧胆，多少民族英烈为国捐躯！

从战争的血泊和迁徙的苦难中走来的撒拉人，在别人慷慨赠予的土地上苦苦挣扎，顽强求生，他们用征服沙漠戈壁的勇气和胆魄，与汹涌澎湃的黄河较量，与险象环生的森林比试。在拼搏的瞬间，欢腾的午夜，那浪尖上、河岸边、田野树林里、小巷灯盏下曾发生过怎样的爱恨情仇？

这是个与苦难与使命与诺言有关，与缥缈的红纱巾和浪尖上的舞姿有关的民族。他们的爱恨情仇，痛苦与欢乐，深深的失望和重燃的希望，与静静流淌的黄河有关，与羊肠小道与跋涉与成功的喜悦和呐喊有关。

我时常在想，假如把时间的指针往前再推五百多年，撒拉人又是一幅怎样的生活图景呢？他们应该过着靠水吃水、靠山吃山的恬静生活，依旧是这条河流，是这波浪……

依旧是这河流，在波涛间沉寂。黄昏的夕阳如一滴鲜血染红了西边的天空，两岸的村庄在四月的季节里盛开着杏花、梨花和桃花。村庄沿着黄河两岸依次排开，在树木和花海的映衬下显得错落有致，别有一番情致。村庄的巷口，白衬衫黑夹袄的男子和花衣裳绿盖头的女子，拖着长长的影子，相互嘱托祝安，正在依依道别。

男子即将远行，女子情断肝肠。

一群"好水手"陆续从清凉的土巷子里涌出来。月亮还是那前半夜朦胧的月亮，像刚刚哭泣的女子的眼睛，些微泛红。他们背负娇艳女子的目光和期待，腰间别一把锋利的斧头，披一身夜色，深入孟达山的森林，把最长最直最粗的松木砍下来。他们哼着古老的无词之谣，把一根根原木运到黄河岸边，迎着积石峡的晨光，用皮绳或者牛毛绳把木头扎成木排。凭一身胆气，跳上浪尖，把性命系给木筏，把一排又一排木筏运往下游，舞出了撒拉尔的勇气和豪气。

一群"好猎手"也从村口走来，沿途一遍遍低声诵读着忏悔词。他们说最见不得血，听不得婴儿般的呻吟，心里的那根弦啊总是阵阵发紧。他们一点点感悟生活的经纬，血与火的苦难，用悟出的道理织成狩猎的大网。他们用曲张有度的处世哲学和诚实耿直的秉性，削成猎杀的箭追逐黄羊、獐子，狩猎于茂密繁盛的森林深处。他们捕捉山鸡、锦鸡和野兔，安身于青石林立的河滩边地，把家人全部的欢乐和希望系在网上，注在箭上。

我曾在青藏天路的施工现场，采访过一位撒拉族小伙，他是青藏铁路建设队伍的一名技术员。当我们说起知识、技术和困惑时，他眼含激动的泪水跟我说：祖先说得好啊！好水手不只是耍个浪尖子，还要探个水深哩；好猎手不光爬个山尖子，还要量个崖宽哩。也曾在广州翻腾着热浪的街巷深处，看到过撒拉族女子撩起绿盖头，甩开膀子拉拉面的情景，那青丝下滴淌汗水的脸，令人顿生怜悯。但她说：把拉面拉成丝线那才叫个撒拉艳姑！

我缄默无语。为创造光荣与梦想的撒拉人缄默，为大都市里的辛勤劳作，角逐场上挥洒汗水、孤独与辉煌的撒拉人深深缄默。

撒拉人啊！男子的气概里依然遗存突厥的风骨，血管里奔涌黄河的韧性，骨子里融透王者的气质与智慧。女子的心灵里依然流淌泉水般的圣洁，高雅的举止里渗透柳条般的柔灵，葡萄般的眼睛里满是水灵灵的情意。

岁月是一条长河。只要有一条延绵流淌波涛汹涌的河流，有一条荆棘丛生幽静延伸的山路，撒拉人的好水手、好猎手层出不穷，他们将创造更加灿烂的辉煌。在先人用爱情、鲜血和死亡铸就的一句又一句千年传承的谚语里，我沉入午夜的灯光，心怀莫名的感激，更有一种无言的尊崇和敬畏，一颗浮躁的心顷刻间归于处子的安宁和圣洁。

撒拉尔民歌

每每听到这种悠扬绵长的撒拉尔民歌，就像站在积石峡夏季的黄河岸边，蓝天碧日，波浪轻轻地拍打着心灵，田地里灌浆的庄稼俨然幸福的花朵，在大地散发一种诱人的味道……

我从小就喜欢在宁静的长夜里，躺在自家的屋顶聆听录音机里播放的撒拉尔民歌。从峡口吹来的风空空地掠过身边，闭上眼睛仿佛就能闻到从古色古香的篱笆楼里飘出的浓浓的熬茶味，月光斜斜地照亮一棵老榆树和悬挂在木房子里的一把老弓箭，白冠男子轻托着耳腮坐在树下唱起悠悠情歌，绿盖头的女子舞动身姿，羞涩像一抹晚霞漫上脸颊，村庄中央，静静地弥漫着老祖母竖起的炊烟……

也许我的血管里流淌的血液与黄河有着某种契约，某种与生俱来的渊源，只要听撒拉尔民歌，就仿佛回到了祖先的家园，那种扑面而来的亲切感、幸福感、满足感就像祖先的目光一般温暖地照在我的脊背上。

聆听撒拉尔民歌，眼前总会浮现一幅画面：错落有致绿苗如茵的田园，三五成群拔草的艳姑，瓦罐里烧茶的男子，镰刀和木犁的日子。最让人着迷的还是撒拉男子眯着眼睑凝望的神情，真是与先天的血缘传承和后天黄河波涛的塑造不无关系。

撒拉人的民歌是忧郁的。旋律优柔舒缓，悠远而惆怅。朋友总说那是一种蓝色浪漫的忧郁，心怀忧郁的人总有淡淡的怀想，初涉人世的天真懵懂，情窦初开的青涩甘美，还有遭受伤痛的苦味回忆，都是富有生活、富有故事的人。夜深人静的时候，撒拉尔男子就坐到村头的大树下或者田埂上，用带有磁性浑厚的歌喉倾诉心中的思念和爱意："阿里玛，开开的花儿是白白的，长哈的叶子是青青的，结哈的果子是红红的，阿里玛，才是个哥哥的阿里玛呀……"相信此刻，村里某家的北房阁楼里，姑娘眉宇间泛起一丝淡淡的红晕，正在缎面上刺绣戏水鸳鸯的针线，在半空停留了一下。

撒拉人的民歌又是忧伤的。那是从滔滔黄河和汩汩骆驼泉水的苍凉里奔流出来的调子，那是撒拉尔这个苦难的民族在岁月的折叠中深深烙印在额首上的民族密码和朴素哲理。忧伤的民歌带着泥土浓香，略带粗犷豪迈的声音在积石峡谷连绵不绝。忧伤的民歌里有筏子客挥手远去的背影，有撒拉女子圣洁的凄凉、淡淡的忧愁。撒拉人有一首哭嫁的民歌叫"撒赫斯"。过去的年代，待嫁的姑娘都要专门抽出一定的时间跟老人学唱"撒赫斯"。出嫁那天，新娘被众人簇拥出大门扶上马时，都要哭唱这种民歌。哭歌中埋怨父母嫁她过早，哭求婶嫂们为她说话，间接地诅咒媒人的心肠。那歌声如怨似诉，断断续续中伴有长时间的抽泣声，颇有感染力，往往令送亲的亲人们抹泪自责。

我的诗人朋友马丁在众人聚会的场合，总是唱起一首传唱了六百多年的撒拉尔民歌《榆树》："……半夜以来啊，半夜以来，总是睡不着啊，睡不着。为什么睡不着啊？是因为你那竹子般的身段，你身上那独有的气息，是因为你那葡萄般的眼睛，樱桃般嘴唇，睡不着啊，睡不着。"马丁每当唱起这首歌，都会清清嗓子，定定神韵，闭起眼睛身临其境般缓缓唱起，歌词带来的情绪好像一下子触碰到他最敏感的那根神经，歌声里有伤感，有忧愁，有划入肌肤的爱，更有望穿天涯的渴望和思念。他唱歌的表情极为凝重，似乎承载了六百年来撒拉族男女封建专制恋爱婚姻的痛苦和无奈，那歌声如泣如诉，如痴如醉，引得全场阵阵掌声。

我总是在茶足饭饱之后，与外地的朋友讨论撒拉尔民歌，它不像藏族"拉伊"那样悠长辽阔，不像维吾尔族情歌般热情奔放，更不像科尔沁草原上的民歌那样豪爽、粗犷。聆听撒拉尔民歌，就得从悠远的调子中渐渐深入其美妙境界，靠自己的悟性悟出道道。我跟朋友讲，你至少得身临其境认认真真地听三次。第一次就能听出一种辽远的忧伤和隐隐的痴情，第二次听出一种苍凉和悲伤，而第三次才能真正听到撒拉人那泉水般清澈见底的爱意，绸子般绵长柔软的情肠。它既不是旷野里声嘶力竭的拖腔，也不是吟花弄月才子佳人式的吟哦。它是原始的，荒凉的，野性的，辽阔的，雄奇的，它带有某种诵经般神秘色调的质朴哼唱，是内心剧烈涌动，出口成歌时又分外委婉无言的哼唱。又仿佛言犹未尽，只有千年万载的伫望，只有彻头彻尾的沉醉，只有长歌当哭的感怀，才能倾诉得干干净净。

撒拉人的民歌，始终如一只精灵在我的每一根神经里缓缓爬行，爬向我的血管，爬入我心灵里最柔韧的部分。像一张硕大的猩红色帐幔，在河流与炊烟，在乡间小巷和时间的碎光里，时时覆盖我，窒息我。那样凄凉、委婉和哀伤，迫使我掩面低首，号啕大哭。聆听民歌的人更是感思至深，腮边淌下串串泪来，孤独的心灵在翅膀的飞翔中真正找到了宽阔无边的天空，飞翔变得如此淋漓而酣畅。

撒拉人的民歌，伤痛和沉静的美。

（原载于《民族文学》2019 年第 8 期）

学做一颗星星

艾贝保·热合曼（维吾尔族）

孩提时代，到了炎热夏天的夜晚，我们都喜欢爬上屋顶睡觉。露天凉快，没有蚊子叮咬，更主要的是，我们特别喜欢听邻居李大伯当老师的儿子给我们讲故事。我们四五个人，并排仰躺在高高的屋顶上，风一吹，树叶窸窸窣窣发出奇妙的声音。远处的山岗，猫头鹰一声接着一声啼叫。院外的渠水像筛子筛着沙子，刺啦啦刺啦啦，一阵一阵传入耳朵。偶尔有此起彼伏的狗吠，或者草滩上的毛驴也不甘寂寞，昂嗤昂嗤拖着长音叫几声。

乡村的夜晚没有万家灯火，星星点点的微弱灯光，萤火虫一样时明时暗，大地笼罩在一片漆黑和寂静之中。可我们抬头仰望星空，则是一片如梦似幻的奇妙世界。仿佛把辽阔无垠的海洋搬到了天上，那么高远，深邃，浩渺，壮阔，好似无边无际的深蓝色天幕，一瞬间打开了数以亿计的一个个天窗，像一双双明亮的眼睛，闪烁着奇异动人的光芒。

就这样我们每天早早爬上房顶，仰躺在落满尘灰的褥子上，等着夜空一颗颗星星闪烁。我们越是对星空充满好奇，星空越是奇幻无比，极具诱惑力。我们总有一个奇特的感触，太空再寥廓，再博大，也容不下如此稠密繁杂的星宿群。我们发现，星空的壮阔无边永远超出我们的想象，星宿的天赋定力让夜空充满了无穷魅力。像潮涌却无乱象，似飞沙却不迷茫，各行其道，疏密有致，辉映成趣，相得益彰。一派欣欣向荣，一片繁花似锦，宛如一个大家庭，子孙满堂，富丽堂皇，其乐融融，万寿无疆。那么宁静、和谐，那么安详、融合，像一个盖世无双的大磁场，聚拢满天星斗，造就伟大辉煌。

仰望着如此美轮美奂的蓝色星空，不是歌唱家，都想情不自禁唱一首赞美的歌；不是书画家，也会触景生情画一幅心中最美的画。星空给我们插上翱翔的翅膀，放飞思绪，追逐梦想。从懵懂孩童到有志青年，再到而立年岁，我们都是在一次次抬头仰望星空的洗礼之中走向成熟和进步。进而言之，就是在不断学习和深造的过程中完善和提高自己。星空教会我们如何包容和交融，星空也教会我们如何发光和发热。越是不断被繁星似锦的夜空带来潜移默化的熏陶和感染，越是心境如洗，胸襟开阔，仁者爱人，秉性豁达。

星空无止境，学海也无涯。一个是遥不可及，博大精深，无穷无尽；一个是上下五千年，源远流长，光辉灿烂。当我从一个农村放羊娃，梦幻般成为全村唯一一名大学生，十八岁第一次出远门就来到齐鲁大地、孔子故里，感受圣地学府和斯文在兹的文化传统，体认洙泗弦歌、学而不厌的历史遗风，以往那点贫瘠的知识，是真正意义上的才疏学浅，不足挂齿。尽管打小就接受国家通行语言文字教育，直到走进高中学堂，总是以学习好、有出息而沾沾自喜。跨入大学门槛之后我才猛然发现，知识原本如此浩如烟海，灿若星辰，无边无际，无始无终。平生第一次走进学校图书馆，我就被汗牛充栋的藏书震撼了，林林总总，从古至今，线装书，精装本，大块头，口袋书，中国的，外国的，一本本，一册册，一堆堆，一摞摞，一个书架挨一个书架，一个藏书库连一个藏书库，仿佛闯入一个眼花缭乱的知识的宝库，五彩缤纷，目不暇接，处处闪烁着智慧的光芒，时时弥漫着诱人的墨香，让我沉浸在前所未有的喜悦和激动之中。

作为国家恢复高考后第一届大学生，我像海绵吸水一样，夜以继日发奋吸收着知识的营养。正如孔圣人所言：三人行必有吾师，从老师到同学，都成了我学习和敬慕的榜样。四年同窗，寒来暑往，却如白驹过隙，弹指一挥间，虽尽最大可能，依旧只学到一点皮毛，仿佛茫茫星空一颗不起眼的小星星，微不足道，不足挂齿。可我还是感激不尽，刻骨铭心，这四年难忘的内地大学生活，在我的整个人生道路中像一盏指路灯，引领我行进在洒满阳光的征途上。就像来自天南地北的师长和同学们包容、辅助、引领我这个来自偏远省份的少数民族子弟一样，我也想通过自己坚持不懈的努力和进取，回馈和报效这个充满大爱、充满希望的社会。

我很清楚，我的那点学识，和内地那些孜孜不倦的同学们相比，根本不在一个水平线上，有着巨大的差距。我之所以能够金榜题名，而且不远万里来到内地读大学深造，完全取决于国家对我们这些少数民族给予了政策上的特殊照顾，才有幸成为一名新时代的宠儿。仅从这一点而言，直到现在我依旧心存感激，不能忘怀。再则，就我们当时的家境，去往内地求学，那笔学习和生活上的额外开支，仅靠父母日出而作、日落而息的那点微薄收入，供养一个大学生绝对不可能。可是我不仅顺顺当当完成学业，毕业还包分配，成了家中第一个吃公家饭的国家干部。那四年虽说学习吃紧，但生活上没有饿过肚子，能免的都免了，伙食还有补贴，逢年过节校方还组织慰问，改善生活，从没有为学费和住宿费发过愁，这等天上掉馅饼的红利，是父辈们做梦都想不到的好事情，如果不感恩戴德，良心上绝对说不过去。

如果说一开始遥望星空，是受一个乡村教师影响，好奇而为，到了大学和真正走向社会，时不时抬头看星空，则是一种本能驱使。在大学那些年，我和同学经常坐在小马扎上，一边让晚风吹拂着潮热的身体，一边聊着天习惯性地仰望着星空。空旷的操场上静悄悄的，树冠若伞的梧桐树围成一圈，仿佛也被我们感染，窸窸窣窣的声音好似窃窃私语。世界很安静，星空很美丽，一颗颗星星，宛如一个个天真的孩童，眨着眼睛，闪着光亮，依然那么让人着迷，动情，陶醉。繁星似锦，妙不能言。脑洞不断被打开，胸襟不断被开放，心态不断被矫正，意识不断被增强。犹如一个追花人，看到一片香花海，就有了酿造琼浆的源泉；好像一个航行者，寻得一片新大陆，就有了播种希望的土壤；仿佛一个登山客，攀上一座高峰，就有了登高望远的目标。

事实上经过组织多年教育培养，经历不同岗位锻炼磨砺，其中包括在天津大学和清华大学的回炉深造，我已从一个机关普通科员，一步一步成长为县处级领导干部。不仅如此，我的一双儿女，一个考入中央民族大学，继而成为该校研究生；一个被中国人民大学录取，后又骄傲地成为北京大学的硕士，除了家庭的影响，更要感谢国家少数民族人才骨干计划，说到底也是沾了国家政策的光。都说一个母亲至少影响三代人，上有老，下有小，中间自然是夫妻。用老百姓的话说，好就好一门，歹则歹一群。我们的家庭就是受到这样的影响，妻子兼有回族和柯尔克孜族血统，集多民族优良传统于一身，识大体，顾大局，与人为善，相夫教子，在家庭和睦相处上，求大同，存小异，看别人的长处，补自己的短处，在亲戚朋友当中享有威望。如果说两个孩子学有所成，功劳一多半是她的。不仅如此，打这之后，我们芦草沟那个小地方，也还有几个维吾尔族人家姑娘与回族和汉族孩子喜结连理，原本不同民族的发小，现如今就顺理成章成了亲家，生活没有隔阂，语言不存在障碍，成为一种新的景象。

两个不同民族的人组成一个家庭，一开始有些人还是感到意外，然而时间不长，风言风语就烟消云散了。归结起来有这样几个因素：一是我和妻子从小学到高中，一直是同班同学，彼此之间知根知底，关键是没有半点语言障碍，很多事心领神会，一点则通。二是两个家庭共同生活在一个村子，双方父母看着我们长大，况且我的父母兄妹都有很好的汉语沟通能力，这就为我们和睦相处打下了坚实的基础。三是最重要的一点，我们乌鲁木齐芦草沟一带，多民族杂居共处，互通有无，维吾尔族生活习俗多受汉族和回族影响，语言沟通不成问题，其他很多事情也就迎刃而解。对中华民族的文化认同，像滴水穿石，有着一种潜移默化的巨大力量，像纽带，似桥梁，让彼此的心贴得更近，手牵得更紧。

然而有些地方就完全不一样，不要说不同民族喜结良缘被当成眼中钉，肉中刺，躲避瘟疫一样被族人嘲讽，甚至谩骂。曾经听到这样一个怪事情，一对上了岁数的近郊夫妻，每每进城来到山西巷、二道桥子一带，会突然变成陌生人，一前一后拉开不小的距离，究其原因竟是因为夫妻二人民族不同，一男一女并肩说笑，遭白眼或者被骂大街，在所难免。即便碰到熟人说话聊天，母语中夹杂几句别的语言，也会有人以很不友好的态度横加干涉。而且对我们这些从小接受汉语教育，后来又考上大学的"民考汉"学生来说，或明或暗排斥和歧视，最不能容忍的是，竟然还有一些人用"新疆第十四个民族"这样带有明显贬损色彩的字眼，取笑和挖苦"民考汉"学生。在这些人看来，"民考汉"背离民族传统，破坏母语纯正，是瓜地里长出的变种瓜，披着民族的外衣，却不尽民族的本分，不伦不类，因而不能算作维吾尔族一分子，不能代表维吾尔族。

不论哪个民族，操何种语言，首先是一个国家公民，学好用好国家通行语言文字，天经地义，丝毫不能含糊。这是国家认同的最重要前提，也是文化认同不可或缺的最坚实基础，没有任何理由抵触和排斥。所谓保护母语的纯粹性，其实根本站不住脚，带有很大的欺骗性、麻痹性。世界上任何一个民族，不管哪一种语言，随着时代的发展、社会的进步，必然不以人们的意志为转移，自觉不自觉吸收一些外来词汇，维吾尔族也不例外。自己不去努力学习，两眼一抹黑，反而阻止他人开眼，走向光明，其居心叵测昭然若揭。实际上学好汉语获益最大的是我们自己，对维吾尔族来说更是如此，尤其在南疆，一些乡村民族单一，生产落后，日子过不到人前头，其中有一点，就是过不了语言关，走不出家门闯荡世界。加之惰性痼疾、狭隘意识、抱残守缺，或怨天尤人、故步自封，恶性循环导致孤陋寡闻，与世隔绝，因而"三股势力"乘虚而入，披着宗教的漂亮外衣，行使分裂祖国的罪恶勾当，蒙骗了一个民族，也绑架了一个民族，让我们为此付出了极其惨痛的代价。

记得刚一上学，父亲就给我们讲，汽车装上轮子才跑得远，鸟儿有了翅膀才飞得高，多学一种语言就多一条出路。至今回想起来，心中仍旧对父亲充满敬意。不要说我们对学好汉语有着不可推卸的责任，就连外国人都把掌握中文当成一件荣耀的事情。如果到一些国内知名大学走一走，看一看，外国留学生比比皆是，怀揣中文书，说着普通话，踌躇满志。还有一些来自欧美和非洲的歌星、笑星、脱口秀人才，不远万里来到中国，不就是因为祖国的日益繁荣强大、中华文化的光辉灿烂，最富有魅力和吸引力，才让他们心驰神往，沉醉于国语国学的博大精深，流连忘返，不亦乐乎嘛。

写到这，我想起了央视《今世缘·等着我》这档栏目，其中有一期让我记忆深刻。说的是邻国巴基斯坦一个朋友，母亲病重四处求医，终不能治，医生最后建议去找修筑中巴公路的中方医生碰碰运气。中国医生看过他母亲的病症后告诉他，可以做手术治好病，让巴基斯坦母子俩喜出望外，感动不已。毕竟是一台手术，而且还是一位上了年岁的老人，按照医生吩咐，他求助亲朋好友，给母亲手术输血，亲朋好友当即都一口答应了，可是没想到第二天到了手术时间，他左等右等却不见亲朋好友的踪影，小小年纪的他于是伤心落泪。中国医生问清原委后，安慰他不必担心，没人献血我们献。最终手术成功了，母子俩感激不尽，无法用言语表达。此后母亲就开始收看中国电视频道，虽然一句话都听不懂，却以此来表达对中国医生的救命之恩。当中巴公路修筑完工，中国医生回国之后，老母亲思念心切，坐卧不安，希望儿子以后一定要去中国，找到这位好医生，再次表达衷心的感谢。

后来母亲过世，他长大成人后，按照母亲的遗愿，来到中国，一边学习中文，一边做生意，一边寻找这位中国好医生。后来看到《今世缘·等着我》，就下决心通过这档节目来求助，印证了好心人终有好报这句话，这位巴基斯坦朋友果真通过中央电视台，找到了母亲的救命恩人，而且相约在乌鲁木齐美丽的夏天，他和他的巴基斯坦亲友，与中国这位医生，以及当年参加医治的中国朋友，幸福团聚，畅叙友情，场面令人感慨不已。

我想特别强调的是，整个节目中，这位巴基斯坦朋友满脸笑容，娓娓道来，仿佛与你拉家常、促膝谈心，语气平缓，思维敏捷，逻辑清晰，表达精准，让我这个中文科班出身的所谓高才生，打心眼里为这位巴基斯坦朋友点赞叫好。我就想，一个地地道道的外国人，对汉语却如此熟稔，表达如此精到，冰冻三尺非一日之寒，一定是热爱中文，感激中国，这才下了苦功夫，铁定了一颗感恩的心，永不忘一腔报效的情。更何况我们作为中华民族一分子，学好用好汉语，还有什么不应该吗，难道不如一个外国人？汉语是联合国五种常用语言文字之一，是当今世界使用人数最多的语种。外国人都在说中国话，唱中国歌，把到中国开开眼，看作是莫大的荣幸，这是一种多么神奇的力量，多么令人骄傲和自豪。

滴水之恩当涌泉相报。多少年来国家对边疆地区，尤其是对我们少数民族的关怀，照助，倾斜，支持，是厚爱，可以说到了无以复加的程度。只要是一个有良知的人，掰着指头就能罗列一大堆，谁也掩盖不了，诋毁不了，抹杀不了。民族区域自治，从法律的高度给了我们最宝贵的权利，有什么比翻身真正当家做主更值得荣耀和幸福呢？如果不是中国共产党领导人民得解放，谁能保证我们的族人不再当牛做马，暗无天日呢？给你一颗桃，还人一棵树，这才叫感恩；指你一条路，还人一生情，这才是报答。吃着锅里的肉，却睁着眼睛说瞎话，不领情，怀二心，甚至走向对立面，成为人民的罪人，天地良心不容。

在教育方面更是享受了前所未有的特殊政策。就像我前文所说的那样，最夺人眼球的就是高考加分，最高时加至 70 分，一大批少数民族孩子因此跨进大学校门，从此改变了命运。如果把受过高等教育的这批人比作塔尖，那么从九年义务教育到普及十二年教育，一下子从小学延伸到了高中，涉及所有适龄学生，就是最全面的普惠性质的教育了。国家要投入多少人力、物力和财力，想一想都难以估量。这当中受益最广的还是我们族人，免除学杂费，寄宿有补助，解除了多少家长的后顾之忧。随后就是内高班，内初班，成千上万的孩子走出新疆，来到祖国大江南北，接受最现代化的教育，感受祖国日新月异的变化，其本身就是对我们最大的关怀和爱护，这是很多家长做梦也不可能想到的事情，然而党和国家都为我们一一做到了，这样的丰功伟绩，前所未有，必将载入史册。

那么那些处于低龄阶段的孩子呢，国家也已经给我们安排好了。如今走进任何一个乡村、牧区和团场，一座座漂亮舒适的幼儿园，赫然醒目，声誉鹊起。所有孩子所有负担全免费，正在享受和城里同龄孩子一样的优质教育，又是一个福祉全民的大红利，我们少数民族家庭，尤其我的族人们就是最大的获利者。就这些，我们知道国家又为我们付出了多大的代价吗？有一个南疆乡村的维吾尔族幼儿女教师，召开了一次别开生面的幼儿家长会，她问到会的家长，你们知道我叫什么名字吗？家长们都笑着摇摇头。幼儿女教师又反问道，那我怎么知道你们这几十个孩子的名字呢？家长们于是不作声了。女教师由此给家长们算了一笔账，包括建幼儿园，买课桌椅、教具、睡床，伙食费，请教师、安保、保育员等，仔细一算家长们吃惊了，感叹了。对普通老百姓而言，那是一笔天文数字，一座幼儿园尚且如此，几十座又是多少呢？那么上千座又是什么概念呢？再不能糊里糊涂过日子了，快醒醒吧！

农村养老，这是人们最关心的问题。以前养儿防老，可是自己日子都过不好，拿什么赡养老人呢？到南疆农村一看，许多老人还在地里劳作，吃得简单，穿得简朴，甚至有些老人一辈子没有到过首府乌鲁木齐，凡事看儿女脸色，就是因为兜里没有属于自己的私房钱。现在有了新农保，自己身上有了专属社保卡，破天荒领到了养老金，能不高兴吗？可这又是谁带来的，要时刻铭记在心啊。

医疗保险，也是社会保险的一个险种，国家拿大头，个人出小头，最大限度解决了看病难、看病贵的问题。农村也一样，以前新农合，如今合并为城乡居民医保，看病、吃药、住院都不再发愁，很多老百姓因此从因病致贫、因病返贫的恶性循环中解放出来。而且异地看病报销，跨省住院结算都开始实行了，特别值得一提的是，农村免费体检，已成了全疆最热议的话题之一。让有了病就扛着拖着，怕花钱不敢去医院检查的农民，第一次知道自己究竟有多高，体重到底是多少，血型属于 A 型、B 型还是 O 型。惠及广泛，意义深远，南北疆一片叫好，除了中国共产党，没有谁能如此与民众同呼吸，共命运，心连心。

说到住房，当属南北疆乡村安居房，集中连片，规模宏大，抗震保暖，成为一大亮点。在以前，农村到处都是灰头土脸的土房子，低矮，昏暗，特别是南疆，遇到刮风天，满屋子一层黄沙土，呛得人呼吸都困难。如果是连着几天下雨，十有八九屋子漏雨，锅碗瓢盆接雨水，身披塑料布无站脚的地方。最害怕遭遇地震，不是墙体裂缝，就是房梁上掉土渣，俗称"塌塌房"，人住着总有点提心吊胆。如今这种房子已翻篇成为历史，取而代之的是宽敞、亮堂、结实、美观的安居房。统一规划，集中施工，跟踪监督，确保质量，而且国家给予含金量很高的补助。独门独户，红顶黄墙，人畜分离，焕然一新，几辈人的夙愿，转瞬间成为现实。这样的好事情哪里去找，谁会给我们？中国，共产党！

说到交通出行，这可是有目共睹，今非昔比，用翻天覆地来概括再贴切不过。很早以前到南疆，可是一趟非常艰苦的旅程，没有充分的心理准备和身体条件，十有八九吃不消。从乌鲁木齐到喀什、和田，没有几天的走走停停，睡睡歇歇，一时半会儿到达不了目的地。一个主要原因，道路状况太差，且一条道走到黑，没有捷径可选择。再则，没有火车，飞机老百姓坐不起，而交通工具又太原始、落后，一个来回要折腾好长时间。记得那年我从喀什到叶城，班车行至一个乡镇路段时，扬起的尘土像雨水一样，从车窗往下淌，加之班车大幅度颠簸，让人筛糠似的浑身难受。因为尘土遮天蔽日，司机看不清眼前的道路，走一阵，停一阵，仿佛置身于黄土世界，弄得人灰头土脸，一身尘土。

现在再看，高速公路四通八达，铁路直通喀什、和田，坐飞机再也不是什么稀罕事，一两个小时就可到达。以往塔里木沙漠令人望而生畏，如一道广阔无边的屏障，古往今来阻碍着人们的出行。现在沙漠已变成通途，具有里程碑意义的两条沙漠公路，一条由轮台到民丰，1995年9月建成通车，全长552公里；一条从阿克苏至和田，2007年完工，长达424公里。两条公路仿佛两条通往幸福和未来的见首不见尾的河流，穿越黄沙滚滚的塔里木大沙漠，让一片"死亡之海"焕发生机，结束有史以来没有公路的苦难历史，不仅填补了多项新疆空白，也让世界刮目相看，是南疆人民的两条金光道，幸福路。

取消农村义务工，让身负重荷的农民欢欣鼓舞、拍手称快，具有划时代的意义。特别是在南疆农村，出义务工意味着集体获利不一定多，一部分村官得到的却不少，年复一年无休无止无偿付出，换来的有可能就是鼓了贪腐势力的腰包，却饿瘪了老百姓的肚子，败坏了党风和社会风气，劳民伤财，得不偿失。而今取消义务工，农民如释重负，轻装上阵，真正获得了又一次大解放。

就业，就像一把打开幸福之门的金钥匙，同样让一大批农村富余劳动力开启了新的征程。把一个个项目引进来，让企业在本地落户，吸纳安置年轻人在家门口就业。组织劳务输出到北疆，到兵团，到内地、沿海企业转移就业，声势浩大，组织有序，成为新疆就业工作的一个创新模式，越来越受到社会广泛关注，大力支持。全国十九个省市对口援疆，其中就业就是一个重头戏，一次次守望相助，伸出援手，把边疆乡村少数民族孩子当作自己的亲人，关怀备至，腾出岗位。有了稳定的收入，就有了生活的奔头，看到了新的希望。这是习主席和党中央给予新疆人民的特殊关爱，是全国一盘棋思想的鼎力相助，自治区党委、政府决策部署，落地生根，开花结果。

"访惠聚"，几十万机关和企事业单位的干部、员工，浩浩荡荡，精神抖擞，打起背包，意气风发奔赴全疆每一个乡村、牧区、团场、社区，轰轰烈烈开展一场"访民情、惠民生、聚民心"的活动，可谓声势浩大，成果丰硕，影响深远。昔日坐办公室一尘不染，今天劳作在田间地头，两脚沾满泥土，脸晒黑了，心和老百姓贴得却近了。帮着发现问题，忙着解决困难，急老百姓之所急，想老百姓之所想，干老百姓之所盼，无怨无悔，不离不弃，夜以继日，分秒必争，几年下来，大事、要紧的事干了一件又一件，事关老百姓贴身利益的事情，多得数也数不清。用老百姓自己的话说，以前走的黄土路，现在铺了柏油路，一个坑坑洼洼，一个宽敞油亮。以前自己种自己吃，兜里就是没有哗啦哗啦响的票子，如今自己种城里人吃，腰包鼓了就觉得别人吃了比自己吃了还高兴。还有修桥的事情，打井的事情，盖房子的事情，孩子打工的事情，娃娃上学的事情，老人看病的事情，掰着手指头也算不过来。我感到荣耀的是，我的儿子就是这支大军中的一员。2015年我刚做完手术不几天，儿子就告别父母家人驻村南疆。2017年孩子刚出生不几日，亲了亲熟睡中的婴儿，儿子再一次到南疆驻村，而且连续三年不动摇，让我这个做父亲的，感到欣慰和荣耀。

好事接着再来，在自治区党委、政府的号召之下，全疆"民族团结一家亲"活动在天山南北普遍展开，轰轰烈烈，万众响应。上至自治区领导，下到普通百姓，都结了一门亲，成为一家人。手拉手，心贴心，一日成亲戚，终生来牵挂。不管哪个民族，无论城市乡村，走亲戚，串门子，成了人们生活中的一项重要内容。守望相助，不分彼此，常来常往，说说唱唱。突出一个"亲"字，重在一个"情"字，践行一个"帮"字，落到一个"实"字。百十万家庭，连着千万颗心，不忘最后一公里，心系最远一家人。越走感情越亲近，日子越过越红火。城里的兄弟总想着给乡下的维吾尔大哥送一部新手机，随时随地可以听到那熟悉的声音，亲切的话语；乡下的姐姐老是不忘给城里的汉族妹妹带一篮子亲手种的土桃子，看似不值几个钱，却是一片珍贵的心意，凡此种种，无法一一列举。随着"民族团结一家亲"活动的深入持久开展，涌现出不少感人的事迹和模范家庭，受到各级党委、政府的鼓励和表彰。

我们曾经听到这样一个故事，虽然看似平常，但一滴水也能折射太阳的光芒。说是南疆农村一位维吾尔族汉子，一双脚超大，没有鞋子穿，经常打赤脚。驻村工作队了解情况后，八仙过海，各显神通，又是打电话，又是发微信，又是上网查，积极广泛联络不少鞋厂、商家、企业，费尽九牛二虎之力，最终功夫不负有心人，替这位大脚汉子找到了相同尺码的鞋子，了却了一桩心病，一时传为佳话。

还有两件事让我久久不能忘怀。一个是一次我在一家医院诊疗，听到两个女护士如下对话："这次结亲周去南疆亲戚家里，有不少感受。"一个说。"什么感受，说给我听听，说不定对我下去走亲戚有帮助。"另一个问。"两个女孩子天真无邪，眼里放光，却从没有到过城里，逛过书店，老想着到了暑假，把她俩接到乌鲁木齐住几天。"下过村的女护士又说。"那你参谋一下，我去南疆亲戚家，带什么东西好？"另一个又问。"我看你还是带一些儿童学习用具为好。""我看也是。"对话很简单，我听了却很感动，每一个走过亲戚，或者正打算走亲戚的城里人，都想方设法要为他人做一件力所能及的好事情，所有人会集起来，那将是多大的能量啊。

另一个则是发生在我一个外甥女身上的事情。一天我正在看电视新闻，突然收到一条微信，打开手机一看，竟然是一首关于走亲戚的诗。虽然一些句子有点生硬，直白，但表达的意思却很清晰，那就是人生第一次到南疆，接受了教育，明确了方向，今后一定要做个有志青年，多为社会做贡献。外甥女说这是她在回来的火车上，用手机一蹴而就的，也是平生第一次，让我多多指教。一个大大咧咧的从来不会写诗的女孩子，突然间萌发了诗人的情怀，也从另一个角度，印证了"民族团结一家亲"活动所取得的成效。

社会稳定，长治久安，这是新疆压倒一切的战略决策。所有工作的出发点和落脚点，都必须围绕着这个总方针，不偏不倚，久久为功，取得实效，丝毫不能有半点懈怠和厌倦情绪。否则，我们所做的一切努力，有可能前功尽弃，付诸东流。我们绝对不会忘记，一段时间以来，新疆深受"三股势力"的叠加影响，恐怖袭击事件频繁发生，给各族人民生命财产安全造成极大危害，严重践踏了人类的尊严。分裂主义思想由来已久，境外有种子，境内有土壤，网上有市场，其罪恶目的就是想把新疆从祖国的怀抱中分裂出去。而惯用手段则是认贼作父，内外勾连，麻痹渗透，篡改历史，蛊惑人心，欺世盗名，却往往披着宗教的外衣，极尽颠覆破坏之能事，累累罪行，罄竹难书。

新疆自古以来就是伟大祖国不可分割的一部分，是多民族聚居、多文化交汇、多宗教并存的地区。在悠久的历史进程中，各民族交往、交流、交融，共居、共学、共事、共乐、和睦相处、和衷共济、和谐发展。然而在不可争辩的铁一般的事实面前，"三股势力"却倒行逆施、颠倒黑白、疯狂作恶，一次次动用极其残忍的手段，枉杀无辜群众，甚至制造了震惊世界的乌鲁木齐"7·5"和一系列暴恐袭击事件，让一个个鲜活的生命，瞬间倒在血泊之中，惨绝人寰，令人发指。发生这样反社会、反人类、践踏法律、灭绝人性的暴乱事件，让我们维吾尔族极其蒙羞，让每一个有良心的人无比愤慨！

然而蚍蜉撼树、螳臂挡车，"三股势力"妄想分裂祖国，控制新疆，建立所谓的"东突厥斯坦"国家，过去办不到，现在不可能，将来也是竹篮打水一场空，只能是痴心妄想。"三股势力"歪曲、篡改和编造历史，就是为了蒙蔽、欺骗和裹挟我们族人，为其十恶不赦的罪恶阴谋充当马前卒和炮灰。要么糊里糊涂被牵着鼻子走，听信蛊惑，敌我不分，迷失方向；要么无知颟顸穷凶极恶，沆瀣一气丧尽天良，让自己走向灭亡；要么白天说人话，晚上干鬼事，明里国家干部，暗中勾结串通，活灵活现"两面人"。这种"两面人"是披着人皮的狼，隐藏在干部队伍中，暗中同情和勾连"三股势力"，最可恶，危害也更大，必须深挖细查，坚决清除。

那些自绝于人民的暴恐分子，多为岁数不大，却极其凶残的年轻人。可以概括为典型的"三盲"，即文盲、法盲、教盲。说他们文盲，主要特征为，对汉语缺乏最起码的学习，对中华文化的博大精深，两眼一抹黑，甚至排斥、抵制，用老百姓的话说，是典型的"黑肚子"。这些人思想偏激，意识变态，心胸狭隘，听风就是雨，不计后果，被"三股势力"当枪使。说他们法盲，是因为这些人忘记了中国是一个社会主义法治国家，有法可依，有法必依，执法必严，违法必究。然而再无知，也不会不知道杀人偿命这个地球人全懂的最简单的道理。什么"杀一个汉人，可以直接进天堂"，多么荒唐无稽的谬论，等待你的不是天堂，而是地狱，千刀万剐，死有余辜。说他们教盲，其实一点都不难理解，那就是他们与伊斯兰教"劝人行善，止人干歹"这个最核心内容背道而驰。枉杀一人，等于枉杀整个人类，这是教义明确规定的，这一点都不清楚，还怎么称其为教徒？打着宗教的旗号，干着伤天害理的事情，真怀疑这些人是否真正读过《古兰经》，明晓伊斯兰教教义，不然怎么如此死心塌地，背信弃义，仇视社会，戕害百姓，最终丑恶目的，就是妄图制造民族隔阂，分裂伟大祖国，从而走向一条不归之路。

一个民族要想赶上时代的列车，就必须顺应社会的发展，摒弃那些与现代化潮流格格不入的陈规陋习。知识越匮乏，思想越守旧，意识越落后，心理越偏狭，行为越极端。"三股势力"正是利用这一点，蒙骗、腐蚀和拉拢了我们的族人。曾经一段时间以来，我们的有些女性，用黑罩袍裹身，双眼蒙上一层阴翳，像一股黑旋风，刮来一阵妖风邪气，简直就是愚昧和丑陋的象征。女人是女儿、妻子和母亲的三合体，一个人影响几代人，好端端的传统不继承，漂漂亮亮的服饰不展示，却鬼迷心窍般捡拾这黑黢黢、阴森森、不伦不类的舶来品，为民族本色所不容，为"三股势力"做嫁衣，所谓回归宗教正道是幌子，被欺骗利用麻木不仁，自觉不自觉地充当了牺牲品，最大的悲哀也就在这里。

有民谚说：孩子多了像巴扎，没有孩子如麻扎。然而孩子生了一大群，日子却越过越穷，尤其是孩子的教育，古人说子不教父之过，责任尽不到，或者放任自流，有些孩子索性被坏人诱使教唆，打小流浪内地，从事违法犯罪活动。曾几何时，在很多内地城市，维吾尔族男女儿童，光天化日之下偷盗成风，成了公害，让我们无地自容，感到莫大的耻辱。又或者孩子生下来，打小娇惯，溺爱，忽视养成教育，对别人说三道四，而自己包庇袒护，小事不纠，必受其害，为不少孩子最终走向反面埋下了祸根。教育从娃娃抓起，这是亘古不变的真理，适用于任何一个民族，你的孩子你不教育，等到社会教育时，为时已晚。多睁睁眼向其他民族学学吧，不要做井底之蛙，始终看得见的就那么一点天，到头来成为孤家寡人，被社会所抛弃。

拿婚姻当儿戏，不负责任，一次次结婚，一次次再离婚，年岁不大，却成了娃的爸和妈。人一走，娃一撇，稀松平常，不以为意。离了再结，结了再离，不懂得珍惜，不善于经营，恶性循环，反复无常。我们经常从一些人父母口中听到这样一句口头禅："海特呢拜热，叶呢贝日尼塔普热也！"翻译成汉语即："打离婚证吧，不愁找不到下一个！"上行下效，恶习使然。追本溯源，文化素养低，缺乏感情基础，婚姻观存在严重问题。这就让那些居心叵测的野毛拉有机可乘，干预婚姻，干预司法，为宗教渗透推波助澜，像一颗定时炸弹，留下隐患。

懒惰也是我们一部分族人的劣根性，就像俗语所说的那样：桑葚熟，掉入我的口。尽想着天上掉馅饼的好事，不劳而获，凡事赶不上趟子在所难免。谁都有一双手，有的人用来创造财富，有的人用来打发庸碌的岁月。由此想起一件事，很有感触。那是一个真实的故事，还上了新疆电视台的《访惠聚》节目。一个南疆的年轻农民，地里种了枣树，却疏于管理，挂果少。工作队打算帮助他，再买些树苗，他说没有钱买，工作队告诉他，工作队帮他买。年轻农民想一想又说，不会管理咋办？工作队毫不犹豫，再次对他说，我们帮你管理。年轻农民还是不放心，又问树上结了枣，卖不上价钱找谁？工作队还是耐心回答，我们帮你销售。正在此时，一个队长模样的中年男子路过，随即教训了这个青年：地里荒草长得比枣树还旺，懒惰让你扶不上墙。一语捅破了惰性这层窗户纸。好吃懒做，好逸恶劳，站着不如坐着，坐着不如躺着，躺着不如睡着，如果都想着衣来伸手，饭来张口的慵懒生活，异想天开，白日做梦，还怎么走在人前头，担负起生活的重任？苍蝇不叮无缝的蛋，"三股势力"盯上这样的人，那是瞌睡找枕头，自动送上门的事情。

时间犹如金子般宝贵，珍惜时间就是珍惜生命。看着别人在那里争分夺秒，成为跑在时间前面的人，创造着山一样丰厚的财富，没有知耻而后勇的决心和毅力，迎头赶上，却很容易犯红眼病，嘀嘀咕咕，耿耿于怀，心怀猜忌。鹦哥一样说得好听，行动上却是矮子。我们的那些族人一天一天就让时间像流水一样白白流失了。最典型的莫过于婚宴，请柬一个比一个印制得漂亮，氛围一个比一个打造得热烈，可却迟迟开不了席。说得早，来得晚，不慌不忙，不紧不慢，姗姗来迟，满面春光，环顾左右，却无一丝愧意。早来的人仿佛犯了错，稀稀拉拉尴尬地坐在空荡荡的宴会厅，迟来的人则成了座上宾，热情礼让。时间过了一小时，人未到齐，再等等，时间又过了一小时，再等等，饭菜立等备好。夏天还好说，到了冬季，天寒地滑，客人从哪里来，回到哪里去，不管路途远近，全然不去考虑。

不讲诚信，出尔反尔，信口开河，若无其事，在我们相当一部分族人身上，表现尤为突出。承诺的事情不一定兑现，说过的话不一定算数，明明当头对面约好的一件事，你记在心上千方百计努力去践行，到头来再见时，对方压根没当一回事，只是随口一说而已，让你剃头挑子一头热，有点自作多情的感觉。一而再，再而三，一如既往，禀性难移，不能以民族文化差异为借口，扪心自问才最要紧。而且不少人喜欢寅吃卯粮，明天的事过了今天再说，缺乏计划性和统筹兼顾。而且兼有一种不良习俗，向人借钱，这也无可厚非，关键是借了就忘了归还，今天跟你借，明日问他借，碰到你却闭口不提借钱这档子事，钱数或许不多，却让你仿佛吞了一只苍蝇，心里疙疙瘩瘩，很不舒服。

总以为我们自己的歌舞最优秀，最具代表性，沉醉于会说话就会唱歌，会走路就会跳舞。俗语讲：如果手中有两个馕，一个必当手鼓打，足见歌舞对于我们族人的重要性。吹拉弹唱，心无旁骛，故步自封，自大自傲。然而不要忘了，除了十二木卡姆，还有字正腔圆的国粹京剧，以及秦腔、豫剧、越剧、黄梅戏，等等。各有各的风采，各有各的魅力，光辉灿烂，驰名中外。还有玛纳斯的传奇，江格尔的独特，阿依特斯的人山人海，花儿的婉转悠扬，哪一个不是中华瑰宝，值得传承和发扬光大？不仅如此，壮族歌圩，侗族大歌，内蒙古草原清亮宏阔的长调、出神入化的呼麦，雪域高原辽远通透的嗓音、如梦似幻的弦子舞，长白山下的朝鲜族阿里郎，如泣如诉，回味无穷，长江、黄河船夫曲，一呼百应，回声震荡。等等，等等。举不胜举，数不胜数，都是祖国文化之奇葩，怎能不为其感到骄傲和自豪。三人行必有吾师，五十六个民族前行，都是我们学习的榜样，觉醒才是唯一出路，学习才充满一片希望。学会包容，学会欣赏，取长补短，共同前进。擦亮眼睛，明辨真伪，感党恩，听党话，跟党走，让"三股势力"成为过街老鼠，人人喊打，最终葬身在各族人民团结一心的汪洋大海，永世不得翻身。

前所未有的历史巨变，我们看得着，摸得到，亲历着，感受着。不比不知道，一比吓一跳，一个美好的时代已经活生生呈现在我们面前，长治促久安，习近平总书记时刻关注、关怀、牵挂的精准扶贫，党中央力促、力帮、力推；全国十九个援疆省市你追我赶、奋勇争先；自治区党委、政府全身心投入、攻坚克难；全疆各级干部群众当仁不让，冲在第一线。最为关键的时刻，凝聚了全社会的目光，调动一切可以调动的力量，前途一片光明、灿烂、美好。

正因为如此，还是让我们抬起头仰望星空吧，天空繁星似锦，绚丽多彩，相互映衬，熠熠生辉。天空呈现一片和谐、宁静、安详，就像一个大家庭，生死共荣，不离不弃，矢志不渝。一起发光，一同发热，齐心撑起一片蓝天，共同坚守一个信念。为了美好幸福的明天，让我们像一颗天上的星星，摒弃狭隘，学会包容，光辉灿烂，直到永远。

（原载于《民族文学》2019 年第 10 期）

穿过拉梦的河流

叶　梅（土家族）

　　转眼间，《民族文学》蒙古文、藏文、维吾尔文版创刊十周年了。

　　回顾当年的创刊经历，不由联想起那些年因感佩于多姿多彩的少数民族文化，曾写出一些文字来试图表达我的礼敬，初拟书名为《穿过多样化的河流》。后来就"多样化"一词请教好几位著名的民族语言翻译家，用他们的民族语言如何表达？有的说来音节很长，而藏语发音简短，可音译为汉字"拉梦"，让人觉得美妙而又富有联想，于是这部由作家出版社出版的散文集后来定名为《穿过拉梦的河流》。

　　实际上就是多样化的河流。

　　的确，当波涛汹涌的大江浩荡地奔向大海时，我们不能忘了在它的源头，那许多迷人而又多姿的河溪，它们来自冰川和大地深处、来自上天给予的每一滴甘露，它们以不同的表情，或粗犷或细腻、或缠绵或灵秀地汇到一起，于是大江才逐渐丰满壮阔起来。从古到今的中华文明正好比一条气象宏伟源源不断的大江，是由多源的绚丽缤纷的多民族文化所构成的。中国是一个多民族的国家，56 个民族中有 54 个具有本民族的语言，23 个有本民族的文字。显而易见，一种语言或文字表达了一个民族特有的生活形态和思维方式，是一个民族个性文化存在和发展的载体。（2007 年第 1 期《民族文学》卷首语）

　　新时期以来逐渐丰满壮阔的多民族文学，越来越明显地呈现出令人不能忽略的斑斓，据当时统计，使用蒙古文、藏文、维吾尔文创作的作家已达数千人，大量未经翻译的作品一直在边疆和少数民族地区处于重要的存在，中国少数民族文学正逐渐成为一幅多元的文学版图。2008 年夏末的一天，在中国作协的一次会议过后，李冰书记与时任中国作家出版集团管委会主任的张胜友一起对我说，"如果再办几本少数民族文字版的《民族文学》，你看如何？"我喜出望外，连声说太好了！那时我来到《民族文学》工作已有两年，一直经费紧张，困难不少，多次与副主编李霄明以及杂志社的全体人员商磋如何发展，曾设想创办下半月刊，壮大阵地，从而团结凝聚更多的少数民族作家，但因种种原因方案未能实施。而中国作协对创办少数民族文字版的决策如一道春风，立刻激发起杂志社全体人员的巨大热情。

在中国作协党组的全力支持下，我们很快进入了申办刊号、组织翻译家、挑选优秀作品等一系列筹备办刊的工作。李冰书记在他的办公室给新闻出版总署、国家民委的主要领导打电话，商谈刊号、协调翻译等，使得创刊工作在各有关部门的重视下得以顺利进行。经过认真申报、层层审定，在刊号批准十分严格有限的情况下，《民族文学》杂志一次性获得蒙古文、藏文、维吾尔文版三个独立的刊号；又在国家民委领导的支持下，中国民族语文翻译局勇挑重担，承担起作品翻译及全面审读把关，并同意将此列入他们的常年工作，在《民族文学》版权页上加以标注。

《民族文学》全体人员振奋精神，集中优势，将杨玉梅、安殿荣、石彦伟等青年编辑从汉文版岗位抽调到少数民族文版的筹备，虽然人手少、经验根本谈不上，但他们心怀理想，在干中学，边学边干。大家精心策划相关栏目，选择优秀的母语原创作品、翻译当代中国文学精品、介绍多民族作家作品，同时根据蒙古族、藏族、维吾尔族的文化特色，精心设计了不同风格的封面及内文装帧、插图，反复征求意见，几易其稿。

2009 年 6 月，《民族文学》杂志在紧锣密鼓筹备蒙古文、藏文、维吾尔文版刊物的同时，又策划举办了"全国少数民族作家'祖国颂'创作研讨班"，诚邀 55 个少数民族的作家、诗人、翻译家来到北京，一个民族也不少，以此迎接新中国成立六十周年的到来。为了让那些不少是首次来北京的少数民族作家方便找到驻地，杂志社办公室多方联系，寻找到离西客站最近的京铁大酒店，坐火车的朋友几乎一出站就可以看到酒店的标识。

研讨班期间，中国作协主席铁凝到会讲话，她深情地谈到，中国少数民族文学为中国文学提供了一道亮丽的风景，各美其美，美美与共，是我们今天时代的写照。作协党组书记李冰、原党组副书记玛拉沁夫、党组全体成员参加了研讨班的开班仪式，与大家亲切合影。时任青海省副省长、中国少数民族作家学会会长的吉狄马加，著名作家蒋子龙、阿来等分别授课，语重心长，给大家注入了勃勃活力。现为内蒙古作协副主席的王樵夫曾在闭幕式上代表作家们发言："学习研讨的每一天，对我们每一个少数民族的学员来说，都是生命中最有意义的时刻。玛拉沁夫、蒋子龙、崔道怡、张守仁、吉狄马加、叶梅、李敬泽、阿来、阎晶明、胡平、铁木尔、降边嘉措、李建军、牛玉秋等等我们所敬仰和崇拜的专家、大师的精彩讲座，丰富了我们的文学审美，提升了我们的写作意识；澄清了我们曾经的困扰和忧虑，磨砺了我们艺术的技巧……在未来恢宏的民族文学交响乐中，必将更多地听到来自我们这次研讨班学员们的声音。"

就在这次研讨班期间，杂志社发布了关于蒙古文、藏文、维吾尔文版《民族文学》即将出版的消息，引起了诸多媒体的关注，至今仍能在网络上看到当年的报道。如 2009 年 6 月 14 日《解放日报》发表评论，标题为《〈民族文学〉即将出版蒙藏维语版》，文中写道："全国少数民族作家'祖国颂'创作研讨班 6 月 13 日在京开班。本次研讨班是由中国作家协会《民族文学》杂志社、中国少数民族作家学会联合主办的。据悉，这是近年来中国少数民族文学规模最大、人数最多的一次研讨班。受邀作家来自全国各地，包括来自地震灾区的羌族作家和人口不足十万的人口较少民族作家……在开班仪式上，主办方透露，蒙古文版、藏文版、维吾尔文版的《民族文学》已经获得了发行刊号，8 月份或将试刊。这将成为全国少数民族文学创作的新阵地，也是我国少数民族文学事业的又一重大成就。"

布赫、热地、铁木尔·达瓦买提等国家领导人分别为这三本刊物的创刊题写了刊名，铁凝、玛拉沁夫、柳斌杰等文学界、出版界领导题写了热情洋溢的寄语。接着，我在内蒙古自治区莫力达瓦出差时，又突然接到李冰书记的电话，他喜悦地说："温家宝总理给《民族文学》题词了，办好民族文学，促进民族团结进步。"我惊喜交加，反复问了好几遍。回到北京，果然见到温总理浑厚有力的亲笔题词，杂志社的同事们奔走相告，备受鼓舞。

经过近一年各方面紧张认真的筹备，蒙古文、藏文、维吾尔文《民族文学》于新中国成立六十周年前夕正式出版，各大新闻媒体相继作了报道，称："中国作家协会《民族文学》杂志蒙古文、藏文、维吾尔文三种少数民族文字版本，于 9 月初正式创刊。这意味着我国唯一的国家级少数民族文学刊物，实现了以包括汉文在内的多民族文字同时刊发的重要转型。"

在中国作协党组的指示下，刊物很快走进了边疆的农牧区、学校、军营、机关，甚至寺院，在蒙古族、藏族、维吾尔族聚居的地区得到了热烈反响，读者们纷纷表示，第一次从少数民族文字刊物中读到了当代名家名作和本民族的佳作，还读到了其他少数民族的作品，从中了解到兄弟民族的生活，令人十分欣喜。本社事业发展部、总编室多次组织与中央党校、中央民族大学等高校、社区及内蒙古、西藏、新疆各地发行局、读者的座谈，广泛征求对刊物质量的建议和意见，进一步扩大发行，让刊物送达更多的基层读者。专家和读者们一致认为：我国是一个多民族国家，文化交流是沟通各族人民情感、维护国家团结统一的纽带。《民族文学》少数民族文字版的创刊，将为促进各民族的相互了解和团结发挥重要作用。

2010年之后，一批批懂得母语的年轻人应试走进了《民族文学》，永花（蒙古族）、吉多加（藏族）、玛丽亚（维吾尔族）、米娜尔（哈萨克族）、徐海玉（朝鲜族）等，他们给杂志社带来了新的气象，也从此与母语写作的作家翻译家有了直接沟通，质量和效率得到很大提高。同年10月，曾担任《文艺报》副总编的石一宁调任《民族文学》副主编，分管少数民族文字版，力量不断加强，工作更加有序。在多方领导支持下，《民族文学》于2012年又相继创办了哈萨克文、朝鲜文版，从此共拥有汉、蒙古、藏、维吾尔、哈萨克、朝鲜六种文字刊物，不断引起各方面关注，产生了良好的社会影响。

这年辞旧迎新之际，《民族文学》在北京隆重举办年会及年度奖颁奖，蒙古、哈萨克斯坦、韩国、朝鲜等国的驻华使馆分别派了文化参赞出席，对《民族文学》杂志多语种给予了美好的赞扬和强烈兴趣。哈萨克斯坦的学者专家在阅读哈萨克文版《民族文学》之后，表示要每期都转载；韩国将朝鲜文版《民族文学》作品选入了他们主办的刊物并进行评奖；蒙古国其后选载了《民族文学》多种作品，并进行了多次友好的文学交流。《民族文学》多语种版本由此不仅为国内读者，也为部分跨境民族提供了有益的精神食粮，为古老的丝绸之路栽种了一棵棵绿色和平之树。

十年间，在中国作协领导下，《民族文学》获得了一次次宝贵的发展机遇，杂志社编辑和管理队伍也由此得以不断成长，他们勤奋学习，努力工作，年轻一代逐渐挑起了大梁，目前他们在现任主编石一宁等同志的带领下正在探索新的开拓，谋求刊物质量不断提升，出人才，促精品。

习近平总书记曾在第二次中央新疆工作座谈会上强调："各民族要相互了解、相互尊重、相互包容、相互欣赏、相互学习、相互帮助，像石榴籽那样紧紧抱在一起。"少数民族文字版《民族文学》的创刊体现了党和国家对各民族文化的尊重和关爱，体现了各民族间的相互欣赏和文化建设的需要。我们有幸参与其间，要衷心地感恩伟大的祖国，感恩丰富多彩的中华文化。不忘初心，牢记使命，在迎来新中国成立七十周年的新时代里，承载着中华民族梦想的大河必将更加波澜壮阔，《民族文学》这块受到人们喜爱和珍惜的文学阵地也必将进一步创新发展，有力促进各民族相互了解、相互学习，共同团结进步，为构建人类命运共同体谱写更加美妙的篇章。

（原载于《民族文学》2019 年第 12 期）

劫难深处

韩　玲（藏族）

一

一些日子一经撕开就成缺口，缺口里汩汩涌出的是无法细数的疼痛。2019年6月27日无疑是这样的一个日子，这个日子把众多的人心撕开了一个大大的缺口。原本，这个日子与别的日子并无区别，地阔花繁的高原六月，许多村寨已经开始过看花节了，曾达乡也无例外，牛毛帐篷搭在吐香喷艳的草地上，酒是自酿的，肉是现煮的，草地上新支的三角上熬茶的大锅里散发出阵阵奶香。桑烟袅袅间，休闲的人群且歌且舞，在家乡最美的季节调整身心，是藏族人休闲和放松的最好方式。然而就是这样一个美好的日子，灾难毫无征兆地来袭。在这天晚上，曾达乡遭遇了百年不遇的特大泥石流灾害，几百户人家，一夜间流离失所。

在灾难面前，许多情绪是来不及调整的，比如来不及悲伤、来不及犹豫、来不及选择，最大的幸运就是幸存。

隔着几十公里，灾区的消息从不同的角度传到耳朵里，让人无法置身事外，我的内心涌动着一股力量，它驱动着我前往灾区。

然而一个肩不能挑背不能扛的人，注定与灾区互为边缘，我甚至不敢接近悲伤的人群和抢险的队伍，不敢打扰所有的正在进行。

从沟口往上走，我的眼前是被泥石流摧毁得满目疮痍的家园，密密麻麻的救灾人群从沟里到山上，几台挖掘机同时作业，它伸长宽大的爪子移除尚未彻底倒塌的房屋里的泥石，一爪下去，一堆泥石就被挖了出来。我久久地站在房屋的旁边，担心挖掘机会用力过猛，挖掉在泥石中浸泡已久的房子，我听见女主人低声的哭泣。

泥石流经过的地方看不见路也看不见土地，都被山洪带下来的泥石覆盖，泥石堆得高的占了半个楼层，堆得低的也有两尺厚。令人心酸的情景是许多受灾户门外的乱石上还零乱地晾晒着主人从泥石里拖出的半只沙发、一床被子、几件衣衫、一个电饭煲……这些物件上还沾满了泥土，房主人说，晒干了也许还能用。

明晃晃的太阳呈现出典型的雨后辣，似乎在预示还会有雨。

每隔一段路程就有身着白衣的医护人员背着喷雾器消毒，查灾救灾的人深一脚浅一脚地移动在泥石覆盖的地面，气氛凝重，连空气都变得压抑。

灾区为抢险救灾的队伍准备了雨靴，很显然，我不宜也不能去占用这有限的资源。逆沟而行，踩着深重的泥泞，我穿的旅游鞋很快浸进了泥水，越走越艰难，脚重得仿佛旧疾将发。一路上寻找可以落座的人家，然而真是满目的凄凉，沿沟的住户没有一户幸免，房屋被泥石包围在中间，像奇怪的石头城堡。好不容易才看到一户门前有人坐的人家，走近了，才看清是几位老人。老人们并不怎么说话，在小心翼翼地闲聊中得知这个地方是海子坪村龙灯社，房主人甯顺秀恰好回家，快人快语的她递给我一瓶矿泉水，说刚把耳朵有点背的母亲从丹巴接回来。她的母亲受了惊吓，从丹巴回来后一直不怎么说话，成天抱着一只旧筛子在自家窄窄的屋檐下择花椒，常常眉头紧锁地一坐就是一整天，甯顺秀担心母亲会闷出病来，把母亲的几个老朋友都请到家里来陪母亲聊天，试图打开老人的心结。但无论周围人怎么说话，甯顺秀的母亲还是头也不抬地择花椒，并不与周围人搭话，从竹筛里择出的，有时是花椒叶子，有时却是花椒，她顺手就扔在地上了。

说话的氛围渐渐宽松，我顺口说了句："你们家还好，没受到大灾难。"埋头择花椒的甯顺秀的母亲像突然被什么东西刺了一下，把埋在筛子里的头抬起来，捋了捋花白的头发，浑浊的双眼狠狠地白了我一眼："没有受灾难？你眼睛看不到啊，房子都去了一大半了。"语气里有掩饰不住的恼火，她说完便低下头，再也没有理任何人。

我有点尴尬，甯顺秀让我别介意，她给我讲起了老人的心结所在。

甯顺秀家位于曾达乡龙灯社村口，是进入全乡其他几个村（海子坪、坛罐窑、倪家坪）的唯一的通车路段。"6·27"特大泥石流冲毁了村里大部分主干道，通信在一夜之间完全中断，灾难发生后，海子坪村往里的几个村庄，受损情况完全没有办法判断。

甯顺秀的家像一个关口，打通了，救灾人员和车辆才有进去的可能。

说起拆房救灾，甯顺秀眼眶里隐隐有泪光闪烁，但她很快就隐去了情绪。她说母亲的心结是自家的房子和车子都在这次灾难中没有了，然而这并不是灾难本身所带来的。拆房救灾的背后站着她身为海子坪村村主任的丈夫盛友强，灾情发生的第二天，盛友强回家就对甯顺秀说，要把自家的房子拆了做应急通道，语气里并没有与她商量的余地。拆房救灾？刚开始甯顺秀有点蒙，怀疑自己听错了，当她确定自己没有听错时，便开启了声泪俱下的回忆录。

甯顺秀和丈夫盛友强原本住在高高的色尔足山上，在日晒雨淋的打拼中，2008 年两人才从海子坪村龙灯社村民手里买下一亩八分土地，修建了这座现在看起来并不宽敞的房子。从山上搬到山下，光是那些并不算好的"家屋"都把他们一家背得脚粑手软。十年里，他们像蚂蚁筑巢一样艰苦创业，这个家于他们而言是房子，更是他们精神的栖息地。由于土地和林木都非常有限，这些年来一直靠收花椒养家。今天丈夫一句话就要拆房，甯顺秀说要说心里不矛盾不纠结那是假的。这些年建房的艰辛在她脑海里一一划过，她哭了，泪从脸上流进心里，过了好久才慢慢平复下来，平静下来的她好半天才从牙缝里挤出几个字："拆就拆吧！"

谁愿意把自己的房子夷为平地，更何况是新修不久的房子？尽管内心难受，更舍不得，可是面对沟里那么多生死不明的人，她这里不拆房，救灾就难以进行，一家人和更多的人，甯顺秀心里有了选择。

拆房比盖房的速度快多了，墙上的空调还没有来得及拆，挖掘机就来了。在甯顺秀眼里挖掘机也有凶猛的嘴巴，它与洪水猛兽并无区别。挖掘机在院墙外，甯顺秀站在自家院子里，她一抬头就看见坐在挖掘机上的师傅，隔着玻璃，她看见师傅征询的眼神。甯顺秀转身走开，几乎在她刚转身的瞬间，挖掘机就张了嘴，甯顺秀听见围墙垮塌的声音，身子猛地一震。她转回头，围墙已被瓦解了半边，她的心仿佛也被挖掘机剜开了。

挖掘机很快打通了进沟的通道，挖掘机开进去了、救灾的人员一拨一拨进去了、救灾物资背了进去。乡里在她家门口设了一个服务点，放置着县里发放的各种救灾物资。整件整件的矿泉水、方便面、火腿肠及其他物资，它们歪歪扭扭地堆放在只剩了窄窄长长的一溜的院坝里，东西堆得多一些，人就没办法落座了，来来往往的人累了便往矿泉水的包装盒上坐一屁股，咕嘟咕嘟往嘴里灌上半瓶矿泉水，从敞开的包装箱里顺手拿上一根火腿肠，狠劲地用牙齿撕开一道口子，一边吃一边心急火燎地上了路。

看着他们脸上的汗水、身上的稀泥，甯顺秀的心就软了下来。"好在几个村里的人都没有生命危险。"甯顺秀心里暗自庆幸。

尽管泥石流发生已过去六天，甯顺秀还是觉得像做了一场噩梦。那天晚上先是有暴雨，接下来就发生泥石流了，泥石流来势汹汹，甯顺秀刚把惊慌失措的母亲从床上拉起来跑到屋后的山坡上，泥石流就冲到她家门前的公路上，洪水泥石伴着轰隆隆的巨响席卷而下，五六米宽的公路瞬间被吞噬，门前四棵高大的白杨树被连根拔起卷走。洪流经过时发出的巨响，让人感到恐惧，深沉的黑暗里，泥石流像只狂暴的怪兽，卷走经过的一切，房舍、树木、牛羊，转眼便消失了踪影。眼睁睁地看见泥石流像个凶猛的野兽吞噬了经过的所有，瑟瑟发抖的母女俩紧紧拥在一起。

忙于抢险救灾的盛友强开着村支书的五菱面包车从门前经过，甯顺秀叫停了他，担心影响他的工作，我说我就跟车，到哪儿算哪儿。车子在高低不平的路面上颠簸，黑瘦的盛友强说起那天晚上仍是疲惫不堪："那是一个我这辈子都无法忘记的夜晚。"

那天晚上盛友强接到乡里的疏散通知后开着自家的皮卡车沿路通知沟口的村民疏散撤离。村里居民零散，他逆沟而上，一路晃着手电筒叫住在沟口村民撤离，没走多远，就听见山坡上有人在喊，声音苍凉而急促："盛主任，再往上开不得了，开不得了，泥石流来了，要糟了。"拐弯处，泥石流正轰然而来，盛友强弃车逃离。他顾不得回头，一气跑到沟旁的山坡上，耳朵已经被震得听不到太多东西，相对安全时他才敢回了一下头，他的皮卡车和着泥石顺流而下，转眼间没了踪影。

盛友强有点后怕，当时那情势，实在是太吓人，再往坡上走，脚都是软的。周遭一片漆黑，家不能回了，他不知道自己要往哪里走。直到此时，他才想起妻子与丈母娘，她们该是在哪儿？通信已经完全中断，盛友强在漫无边际的黑暗里不知走了多长时间，隐隐听见有人在喊他的名字，循声望去，妻子和岳母都在一棵老梨树下。盛友强没有告诉她们刚才的危险经历，三个人默默地在老树下蹲了下来。暴雨后山里的夜很冷，撤离的时候也顾不上带东西，至夜里两三点时，一家人已经冻得靠走路取暖了。

盛友强说他的老岳母后来才知道盛友强的车被泥石流卷走了，房也拆了，老母亲抹着眼泪说："把我们的皮卡车也冲走了，以后靠什么生活呀，还不如把我冲走好了，我老了也没有什么用了。"老人不好责怪盛友强拆房，心心念念的是那辆皮卡车。

盛友强自己有一家花椒合作社，与成都一家公司合作，合作社每年向成都公司交二十万斤花椒，每斤花椒能赚几角到一块钱不等，再加上一些其他小生意，他家的收入还是比较稳定的。2004 年，盛友强当选了海子坪村龙灯社社长，2017 年，盛友强当选了海子坪村村主任，村里的事务多起来，他顾家的时候相对就少了些，挣钱也少了些。遇上这样的大灾难，赚钱的事则完全搁了下来，村里大大小小的事务让他焦头烂额。

灾后二十多天，盛友强天天早出晚归，三过家门而不入是常态。除了忙，更多的是辛酸。他说村子里有一位重病患者本来在成都刚刚做完手术，听说家里发生了泥石流灾害，任谁怎么劝也不听，拔掉化疗的针头，风尘仆仆地赶回五百公里以外的家，看到与自己相依为命几十年的老房子被泥石流彻底摧毁，女主人一下子就晕倒了，盛友强把他们夫妻俩安顿在马奈乡的民租房里，生活的必需品都送了过去，但盛友强还是忧心忡忡，他担心他们挺不过这一劫。总是一有空就往那户人家跑，尽可能地给予他们足够的帮助和关心。

每隔几分钟就有电话打进盛友强的手机，内容无一例外的是关于抢灾救灾，我们只好中止了谈话，黑瘦低调的盛友强匆匆道别，消失在深绿的玉米林深处。在那里，还有许许多多像他那样的人，他们正默默地全力抢险救灾。

二

从坛罐窑村往下走，天时晴时雨，上来时还能通过的便道，回去时已被大水冲断。在泥泞路上走了七八公里，鞋子上裹满淤泥，越走越重。好容易才招停了一辆运送救灾物资的车，尽管有些颠簸，车子还是很快就到了海子坪村。曾达沟里依旧是洪水汹涌，一些杨树立在沟两旁将倒未倒，洪水之上，人们用铁丝把几根整圆木头扭到一起做成了桥的样子，并在上面来来往往，雨水和泥水的浸泡使这座桥变得非常滑，走的时候总要小心翼翼。桥对面住着我要找的在泥石流中被救的五保户老人王文珍。

王文珍老人年过九旬，救她的小伙子叫罗琳杰，是乡里的副乡长。我常常担心年过九十老人的明天，曾经采写过昌都寺一位年过九旬的刻经老人，没等到稿子刊发出来，老人就过世了，这在心里埋下阴影。一则，担心老人的身体，二则，我期待从被救者的口中了解和还原事情的真相，这比先见到救人者要重要得多。

走过又滑又危险的木桥，按照路人的指示我显然已走到王文珍老人住处的附近。已是下午四点时分，村道寂然无声，交错纵横的石墙隔出三四条小路，我却不知道要往哪条路上走。

正是花椒成熟时节，一树树红艳艳的花椒从墙内伸向墙外，不谙世事地疯长着。一位瘦削的嬢嬢忧伤地立在花椒树的阴影里，侧脸朝向沟里的洪水。犹豫了一下，我还是去向她问路了。我的问话声仿佛是把她从某个境地拉了出来，她把插在围腰里的手抽了出来，黑瘦的手指灵动地配合语音给我们指了王文珍老人的住处。见我依旧茫然，她说，要不，我给你带路吧。嬢嬢眼眶很深，汪着一眼睛的泪。不待我回答，转身就往前走了。青布衫子的衣襟撩起来卡在围腰上，在满是荨麻的花椒树下疾行，分毫看不出已经年近七旬。我紧跟着她躬行在花椒树下，不是头被花椒树上的刺剐着了，就是手脚被荨麻麻到了，再加上路又湿又滑，时不时被绊一跤，狼狈之极。

嬢嬢走在前面，指给我洪水中她的房子，临沟，掩于树木间的三间两层小楼。房体三十度倾斜，第一层楼泡在浑水中被泥石包围着，屋里的家具在破绽处东冒一个头西露一个尾，从房子里冲出的被褥衣衫缠在水里的木头上有气无力地随波逐流。嬢嬢自顾自说话："我十三岁没了父亲，十六岁母亲双瞄不见（失明），十六年前我们家当家的又走了，我一个人盘四个娃，如今儿女都成家立业了，我就想过几天自己的日子，天不容我哪。"

嬢嬢独居在自己的小楼房里，上山采药、下地种庄稼、做手工活，把一个人的日子打理得有声有色，家里时不时添置一两件新家具。"我家里的家什呀，比一般人家都置办得齐全呢！"嬢嬢说接到泥石流来的消息时，她都还没有来得及相信，住在沟边的她就听到了水响声，"我在灯下绣鞋垫呢，可惜我的六十多双绣花鞋和鞋垫了。"

弯弯拐拐的泥路尽头就是王文珍老人的住处，我和引路的嬢嬢站在泥泞里。嬢嬢说："我只要还能自理就不想去打扰任何人，也不太喜欢别人来打扰我的生活。"然而天不遂人意，终究还是毁了她最想要的生活。"这是天灾，受苦的不只是我一个，还好，我们都还活着。"她喉头哽了哽，"我只是心疼自己跟自己过不去的这一辈子。"这句话说得很吃力，说完她双手捂了捂脸，硬是没让眼泪流下来。

洪水奔涌的路口，我目送孃孃离去，没有问她姓名，没有再去打扰她，目送着她的黑雨靴踩着泥泞消失在我的视线之外。

三

九十多岁的王文珍老人身后是三间旧的瓦屋，一间卧室、一间佛堂，两间屋子旁边是一间很长的厨房兼杂物间。老人坐在厨房外的长条凳上，气定神闲，完全没有刚刚经历过生死劫难的表情。

"老人家，您今年高寿呢？""九十四了！"老人回答得很肯定。

老人口中的年龄比户口本的年龄大了三岁，"您还记得泥石流来的时候吗？谁把您救出去的？""记得记得，那天晚上天都黑了，我磕完了头都上床睡了，没睡多久，门被敲得砰砰砰地响，几个小伙子闯进来，一个把我背在身上，一个拿了衣服。给我说泥石流来了。出了堂屋门，才听到声音好响哦！"一气说了这么多话，老人停了好一会儿。坐在她家门前的长凳上，这停歇的间隙，才得以让我认真看清楚老人的脸。鼻梁挺直、身材清瘦，清秀的眉眼间还隐隐透出一股子韧劲，纵是九十高龄，也难掩曾经美人的好形象。

老人的眼光掠过院坝边的小路，仿佛才想起她在跟我们讲泥石流时发生的事情，她接着说道："他们把我背出门后，水就冲进了院坝里了，我们只好从小路离开，看嘛，水都漫到那儿了！"老人指了指院坝边，院子临沟，泥石已漫进大半边院子。泥石流漫过的痕迹离我们坐的地方只有不到五尺的距离，只要洪流的方向稍微有一点点偏差，老人的房子就会荡然无存。

神奇的是老人的家在老人成功撤离后，泥石流也改道了，从另一旁往下冲，只淹了老人的一小块菜地，菜地里的花椒、茄子和海椒依然焕发出勃勃生机，该红红该绿绿，尤其是开在地边上的粉嫩的郁金香，花瓣沾了雨水，梨花带雨般地惹人生怜。

被救出的老人在邻居家寄住，可她总是趁人家不注意就悄悄溜走。"我要回家烧香磕头呢。"常年食素的老人信佛，堂屋中间的佛龛上供奉着佛像，地上磕头的蒲团不知道换了几个，与周围烟熏火燎的神龛保持很协调的一致。前来探望老人的人所带的米面油牛奶等东西堆放在堂屋门后。"我啥都不缺，我都有，我真的都有，我也不想去哪儿。"老人曾经领养过一个女儿，已经在丹巴的寺院出家了，听到曾达灾情，请人来接老人离开，老人说："我一辈子都住在这儿，哪里都不想去，哪里也不去。"在我们仅有的几次见面中，老人几乎每回都说着不离家的话。因为是五保户，老人每个月都有好几百块的养老金，据说存在她的亲人那边，已有不小的额度。

尽管她一回回地往家跑，还是被细心的马家人一次次耐心地接回家，在吃食上更是依老人的胃，陪老人吃素。为了让老人吃得放心，马家人总是当着老人的面一次次地把锅灶清洗干净，确保不沾一点荤腥。"书记、县长都来看我了，给我带了很多慰问品，他们要管全县那么多人，还抽出时间来看我。我都老了，没啥子需要了，大家都好我就好了。"一辈子没有走出县城的老人方言很重，在老人的眼中，书记、县长是大官，他们都来看她了，她就很知足了。

坐在老人不宽的屋檐下，雨还在下，听老人说话，心里倒是格外安稳了。灵魂之自在与气场有关系，或者与宗教有关系，又仿佛都不是。在浮躁而喧哗的世界里，拥有越多的人反而越觉得不够。

时隔半月，再买了衣帽鞋袜去看老人，她已记不得我，连救她的罗琳杰她也记不住名字，只说，乡政府的一个副乡长，是个小伙子。

小伙子罗琳杰是个个子高高性格腼腆的大男孩，灾害发生后的七八天，罗琳杰一直处于"失踪模式"。梳理罗琳杰的时间表，这位小伙子从泥石流发生的第一个晚上到之后的一周，他都在干什么呢？

6月27日晚九点过一点，罗琳杰接到坛罐窑村打来的紧急电话说雨下得太大，坛罐窑村和倪家坪两村之间泥石流来了。二十分钟后罗琳杰和同事们将疏散的群众紧急转移到相对安全的罗家小卖部后的山坡上，罗琳杰在第一时间清查了群众转移情况，发现九十一岁的五保户老人王文珍还在家时，罗琳杰和他的伙伴们快速摸黑找到了王文珍家。背着王文珍老人离开时洪水已经袭来，罗琳杰停在老人门口不远处的私车没来得及开走，被洪流淹没。

28日凌晨五点，安置好海子坪村的避险工作后，罗琳杰一行十人翻山赶往坛罐窑村，早上十点抵达坛罐窑村后确定所有人都安全，十一点，在与县乡失去联系的情况下，他果断决定一行人分为两组，五人留在坛罐窑村开展灾后自救工作，由他自己带领的五人则继续深入到已经与外界完全失去联系的洪灾源头倪家坪村查看灾情。

倪家坪村处在泥石流的起源地，损毁得最为严重。刚刚失去家园的村民还陷在极度的伤心和恐慌之中，幸运得以逃命的百姓以家为单位聚集在高处。灾害已经发生了十几个小时，面对依旧汹涌的洪水，受灾的村民除了心有余悸更多的是束手无策，洪流带出的乱石已经把两层高楼都填满，庄稼树木完全不见踪影，一位婆婆在坡上哭得很伤心，除了房子，她还有两万多元现金被泥石淹没，那都是她卖山货一点一点积攒下来的，没有来得及下山存钱，悉数被掩埋。

面对眼前屋毁人伤的惨状，罗琳杰的眼泪一回回涌出又被强咽回去，他和伙伴们努力做好安抚和安置工作。他对我们说："乡村干部就是老百姓的主心骨，是在心理上可以依赖的人。他们已经失去了安身立命的房子和土地，已经太苦太苦了，我们得最大限度地给他们安全感。"

连续一周，罗琳杰在洪灾源头没有离开过，因为信号时好时坏，大部分时间根本联系不上。"其实我没有'失踪'，是山里信号不好。"罗琳杰用手抹了抹汗迹斑斑的脸，迷彩服上的泥水干了湿湿了又干，罗琳杰并没有太在意。

在抢险中有突出表现的罗琳杰，很快成了群众心目中的"明星"，电视台和其他媒体去采访他，刚开始他还配合，后来便开始抵触，不再接受采访。他说："每个干部都在这样做事，我们的书记、县长、乡长乃至每一个村社干部，在灾难发生后都不眠不休地战斗在一线。面对这么大的灾难不是一个人或者几个人能战胜的，得依靠全县上下干群的紧密联动，乡村工作有自己的特殊性和复杂性，我只是其中最普通的那一位。"

罗琳杰的话说得没有错，在大灾大难中，任何个人的力量都是微不足道的，但是危难时刻，最易看到人性的光芒。

几进曾达都会忍不住去看罗琳杰那辆依旧泡在浑水里的小轿车，尽管水还是很浑浊，却把车子洗得发亮，砖头和石头不离不弃地包裹着它小小的身子。一些事情罗琳杰很快就忘记了，就像高龄的王文珍老人会忘记他，他也忘了他的车一样。这世间，许多事并不会为了记住而发生，也不会为了忘记而消失。

四

第四回去曾达，这一回我带上了金川作协的全部成员，我无法确定他们会为灾区写出什么样的作品，当然也包括我本人，但是作为一个文字工作者，我觉得我们都没有袖手旁观的理由。

依旧下雨。中巴车从县城出发的时候我的内心满是忐忑，九点到灾区一线，我们做了简单的分工后便分头开始行动。大家一致认为应该把目光和笔尖聚集在老百姓身上，记录那些有光芒的小故事，让陌生人也看到温度。

雨下得很大，我们带去的车进不了沟，乡政府只有一辆车可供使用。木尔都村的张发贵是在这个时候遇上的，他从县城办事回来经过乡政府，他说他路况熟，既可给我们当向导，车也可以让我们用，用"欣喜"一词来形容当时的心情应该是不为过的。

滴滴答答的雨声中，我们上了张发贵的车，逆曾达沟而上，依次把每一个点的采访者放在了乡政府提供的采访地。送完了所有人，才想起问他家里是不是也受灾了，他说他们住的村庄地势高，泥石流望尘莫及。说完他用手指了指木尔都的方向，顺着他的手我依稀看到一座美丽的村庄。说起木尔都村，腼腆少话的张发贵突然变得健谈，言语中有掩饰不住的骄傲："咱村里的常住人口只有两百多人，人虽少但人心很齐。集体有需要义务投工投劳的，通知下去，没有人讲条件，一户人家有几个去几个，还自带干粮。通知义务投工投劳，人只有多没有少的。"原来，张发贵还是村里的副支书，"其实我们山里的村庄人少，不像大地方，支书还是个官，我们的村干部就是一个大伙信服的领头人。"

皮肤黝黑的张发贵也是抢险救灾队伍中的一员，说起曾达泥石流灾害，张发贵的语调明显没有之前的轻快。他说曾达泥石流发生后木尔都村全村六十岁以下的人都投入到了抢险救灾中。张发贵带领的民兵在紧张的救灾工作中承担运送光缆的任务，光缆的运输有较高的运输要求，不能让光缆盘从车上滚落或抛下，不能过多倒盘，以免影响光缆内部结构的完好性。一盘光缆轻则七八十斤重则一百多斤，需几个人分圈抬着往前走。之前我在抖音和朋友圈看过许多人发运送光缆的视频，一色的迷彩服，每个人肩上两三圈光缆，走路的时候还有人喊着口令，有时是左右左，有时是一二三，通常是十几个人一队在树丛和泥泞中行进，汗水和泥水在他们脸上纵横交错。

光缆抬起来麻烦，道路更是他们行进的拦路虎，泥石流毁坏了公路，抬光缆的人走山路，路程增加了一倍以上不说，路崎岖难行，几个人分抬一盘光缆，要保持步调一致，休息时同休息，出发时同出发。从曾达乡进沟到泥石流源发地倪家坪村原本只有十一公里的路程，被泥石流毁坏主干道后，运送物资的队伍要走山路，甚至在没路的地方找路。抢通在这种情况下进行，难度超越常人的想象。张发贵和抢险救灾的民兵们每天负重往返二十多公里，脚磨得起了血泡，血泡绽开后血水流出来浸透了鞋袜，顾不了上药，到了晚上，才发现袜子和皮肉已经粘在一起了，痛得撕不开。

"晚上睡在老百姓的藏床上，和衣抵足而眠。大热天，一天身上就发臭了，没时间回家去换，也就管不了那么多了，吃饭则大部分在中转站。"

张发贵口中的中转站是指坛罐窑的村委会活动室，活动室位于倪家坪和曾达沟的中间地段，由于整个村庄所处地势比较高，在这次泥石流灾害中受损面积较小，泥石流发生的第二天，坛罐窑村在家的两百多名村民自发分解到抢险救灾队伍中，男人们到乡政府接受指挥长的统一安排。

妇女们则自发地在村委活动室搭建了临时厨房，每天为运送物资的人员做饭，各家各户自带粮油，做流水席。人数最多的时候一天煮了一百斤大米。面对络绎不绝的人流，女人们像是被鞭打的陀螺，在炒菜和洗碗中忙得不可开交，几个大铝盆里随时都漂着待洗的碗筷，洗好的碗筷堆在竹筲箕里，送物资的人来了，自己从蒸笼里舀上一大碗米饭，加入圆桌前的流水席队伍。

村委活动室的门口张贴着鲜艳的红榜，红榜上公示着此次受灾活动中村民捐款捐物的明细：黄照云捐肉 10 斤、捐菜 10 斤；夏国户捐菜 10 斤、现金 100 元；贺林玉捐饮料 2 件、茶叶 2 斤……红榜张贴了整整一面墙。截至临时中转站拆除，临时厨房还剩下三百斤左右的腊肉和一大筐馍。馍是附近几个乡村的老百姓送来的，大部分是从县城里买的，听说灾难刚发生时，县里好几家蒸馍店都卖断了货。

村干部征求村民意见，剩下的东西怎么处理，村民一致表示都捐出来了就不用再分回去了，送给那些兵娃娃。大家口中的兵娃娃是搭帐篷住村口的武警官兵。他们大多看起来很年轻，苦活累活脏活都抢着干、拼命干的孩子，稚气未脱的脸上汗水和泥水纵横交错，看起来并不强健的身子骨总是冲在第一线。

返回时再经过二红家，二红家门前的公路已经抢通。记得第一回到这里时，我是沿着救援队伍的足迹，从她家临路的鸡圈里爬到她家的院坝中再抄小路上坛罐窑村委活动室的，那时她家门外的公路已被泥石流摧毁，洪流掏空了公路下的基石，只剩下一块块水泥皮悬在半空中，边角凌厉地伸展着，看着令人心惊。现在道路抢通了，灾情也基本得到控制。二红家的院子又恢复了以往的热闹。她一再邀请我们进院子喝茶，茶是又浓又酽的酥油茶，碗上还漂浮着一粒粒核桃，院子里有许多当地农民，或站或坐，每个手里都有一小龙碗茶，说起抢险救灾的干部，每个人都如数家珍。

二红家的女主人刘光琼抹着眼泪说："我们的干部哪里有干部的样子哦，一身弄得稀脏，每天从我们家门口往返好几趟，吃住都跟我们在一起。有一个驻村干部小腿受了伤，血一直往下流，还天天忙于救灾，好造孽哦！"院子里坐着的其他人也七嘴八舌地说起了话："这回我们的干部累惨了！"他们把"累惨了"三个字尾音拖得特别长，仿佛在替干部们松口气，"抢险救灾的及时是我们想都没有想到的，一周都没到水电网就通了，路也都通坎上了，除了政策好，我们的干部才好哦！""坎上"意为上头，是金川土话，这时候的路已经抢通到二红家上头的倪家坪村界了。"大灾大难前才看得到我们的干部的作为和担当哦，他们把老百姓的事当成自家的事，吃得苦哦。"……院子里有人来人走，我用手机记录着他们的声音，自己也心潮澎湃，我得承认，很多时候，我们的思维都被套路化了，以为都是各种需要而出现的言论。唯有融在底层，才能相信那些声音来自心底，并且足以打动每一个陌生人。

五

万物皆有裂痕，那是光照进来的地方。

附　记

"6·27"特大山洪泥石流灾害造成曾达乡 738 户 2472 名群众受灾，直接经济损失达 1.52 亿元。

灾情发生后，州委书记刘坪徒步深入灾区察看灾情、慰问群众，并在金川县曾达乡"6·27"特大山洪泥石流灾害抢险救灾工作汇报会上做了重要讲话和批示，交办了 4 项具体工作清单。

灾情发生后，州委副书记、州长杨克宁专程到曾达乡指导恢复重建工作。

灾情发生后，金川县委常委会、县政府常务会议专题研究落实灾后重建各项工作，以县、乡党委、政府为主导，广大干部群众为主体，精心规划、精心组织、精心实施，有计划、分步骤、因地制宜、又好又快地做好恢复重建各项工作。

灾难发生第六天，全乡饮水主管道抢通；灾难发生第七天，电力、通信基本恢复；灾难发生第十五天，全乡主干道基本抢通……

截至目前全县发放大米 92380 斤、清油 25940 斤、棉被 944 床、衣物 4000 余件、红十字会救灾包 425 个……

（原载于《民族文学》2019 年第 12 期）

落叶掩埋住的青春

胥得意（蒙古族）

额尔古纳河右岸

在所有被军事口令充斥着的军营之中，每天最后一道口令都是"熄灯就寝"，而在大兴安岭原始森林深处的额尔古纳河右岸的奇乾森林消防中队，"熄灯"这两个字显得多余而奢侈，值班员每天只看一下手表，然后吹哨喊一声"准备就寝"就算完事。实际上，几乎所有的人此时都已经钻进了被窝在等待着黑下来的一刻。熄灯不是他们的权利，他们不会像内地的营区，在熄灯号的催促下各个房间次第地黑暗下去。这里所有的灯熄得无比整齐，只是在发电员的食指准时地按下发电机开关的按键之后便会出现。初来乍到的兵会发现一个中队更加奇异的现象——这里的公共场所没有电源开关。每天夜晚熄灯后，除了发电房里还散发着一缕孤独的犹如鬼火一样的暗淡的光以外，这个营区像是不复存在，它陷入了无穷无尽的原始森林的黑夜之中。

黑夜笼罩着并不高大的中队营房，营区被层层叠叠的森林包裹着，如同一只硕大的蚕茧中的小蛹，或者这片营房在大兴安岭原始森林里可以被忽略不计，它太小，小得已经没法形容，一栋三层的宿舍楼，东面一排车库，西面一个饭堂，除此就再也没有任何建筑了。中队冬季取暖时烧的锅炉是方圆几百里以内唯一的污染源。140 公里之外有着一个叫作莫尔道嘎的小镇，它承担着解释"繁华"这个概念的功能。这片营区最近的人烟就是 5 公里之外的奇乾乡。那是一个只有 7 家住户 17 口人和一个小边防连队驻扎的村落，由于紧处于中俄界河额尔古纳河的右岸边上，几经撤并之后又被恢复成乡。与其说这里是个乡，还不如说是一个原始部落更为准确。这里没有一家商铺，没有学校，没有常用电，这里的 17 口人在不通邮不通电的情况下在真正地靠山吃山，靠水吃水，居住在这里的人以打鱼为生，住的是用木头做成的木刻楞房子。这里虽然与世隔绝，但这里不是陶渊明笔下的世外桃源。这里没有年轻的女人，也没有嬉戏的孩子，更不会有一眼望不到边的桃花，有的只是静谧与孤寂。而就是这样的一个乡，却是这片营区离得最近的人烟。

营区里住着的是森林消防众多基层部队当中的一个，它以这个乡命名，叫作奇乾中队。奇乾中队是大兴安岭森林支队最偏远的一个中队，从支队机关驻地牙克石开车到这里要用上大半天的时间。每年进入10月，半米深的大雪就把莫尔道嘎通往奇乾中队的进山路封得严严实实，这片营区便迎来了它绵长而寒冷的冬季。生活在这里的五十几个消防员会开始真正意义上的野外生存和自力更生，开始他们对边境线上的中国最古老的原始森林的坚守。只有到了来年的5月，春天的讯息传遍了整个大兴安岭之后，才会姗姗来到这个被遗忘而且还未被外人发觉的原始森林深处。

奇乾注定是孤独与寒冷的代名词，它地处北纬53度，是中国的高寒地区，与黑龙江省漠河县的北极村只差了一个纬度，但是它与北极村又不具备真正的可比性。北极村住着上百户的人家，邮信能到，手机可通，电灯常明，那里已经成为一个旅游地。近年来，漠河县城又建造了飞机场。而相隔一百多公里的奇乾，却还在幻想着外面的世界。

这个北纬53度的营区一旦被黑夜吞噬掉，像是连生命也没有了的样子，万籁俱静。若是夏天，还能听到各种虫鸣，还能听到营区后面200米远的阿坝河在欢快地歌唱。进入冬季，河流停止了喧嚣，山岳拢起了胸怀，白桦林挽起御寒的手，落叶松挺立在冰雪之上，除了出操的歌声、番号声、发电机偶尔的转动声，这里就没有了任何的声音。营区里那几条狗由于天气太过寒冷，也变得悄无声息，只是默默地在走廊里进进出出。

2013年以来，一支筑路队伴随着春天的到来开进了这片原始林区。筑路队的打桩机不知疲倦地发出咣咣的撞击声，这个声响敲碰着原始森林的寂静。于是这片森林里出现了一条窄窄的油漆路，向着原始森林的最深处——中国公路的零公里蜿蜒而去。打桩机不分昼夜的转动声，让消防员们的心痒痒的，在这里，他们终于见到了从山外世界来的人；在这里，终于有了现代化机械的声音；在这里，终于有了另外一种声音相伴。而这声音带来的是希望，是拉近与人世的距离。

夜黑下来了，静下来了，很多年轻的心却是静不下来。黑洞洞的宿舍里，一双双睁大的眼睛正直盯盯地望着屋顶，不望向这里还能望到哪里呢？在冬天，窗户上会冻上五六厘米厚的冰，那几扇冰窗户已经透不进一点外面的景色。其实他们知道，望也望不到任何东西，但是很多人还是想睁着眼睛看。看累了，就回忆，就想象，就思考。

但无论怎样去想象，去思考，他们都知道，他们来到这里，就是开始了一场为祖国守护青山绿水的青春行程，从此，他们与森林，一刻也不能分割。

山与山的距离

每一个离开家乡入伍的青年，内心都会揣着一个或大或小的梦想。那种梦想在没有实现的时候，都被他们年轻的心涂抹着理想的色彩。有的梦想很近，或许可以触摸得到；有的梦想则很远大，需要他们用青春脚步去一步步接近。但无一例外，每个人的梦想，都会与现实有着一段大大的距离。

走进奇乾中队，提起老消防员布约小兵的故事，会让人哭笑不得，然后肃然起敬。

熟悉祖国大西南地理知识的人会更加知道，凉山州就在重重叠叠的百万大山之中。一群群四季常绿的高山让这里几乎与世隔绝，但是不服输的彝族人硬是寻找到了通向外面世界的路，在一条条攀山越岭的路上，那些肩挑背扛的山里人正在把目光延伸到外面的世界，他们在努力地为自己寻找一条生路，让目光更为广阔地撒眸在新奇的世界里。

2007年的布约小兵正是一个彝族人家刚刚可以寄托希望的娃仔。那年他十六岁，黝黑的皮肤下面包裹着的骨骼正在咯崩咯崩地拔节。这个在电视里看着山外花花世界的孩子心中升腾着无数的憧憬，外面的楼到底有多高？外面的霓虹灯到底有哪些颜色？外面人讲的话为什么那么字正腔圆？外面！外面！！大山之外的世界让他把目光从课本上抬了起来，他想急切地知道外面的世界到底是什么样。

布约小兵和他的父亲老布约有过交谈，他不知道为什么父亲给哥哥布约伍呷起了一个听起来完全是彝族男人的名字，而给自己起的却是一个彝汉混搭的名字。老布约眨着显得很智慧但又由于在大山里生存了一辈子而有些空洞的目光望着眼前这个即将长大的小儿子，一时不知道如何表达他当初给儿子酝名时的苦心。

老布约虽然是这个彝族村寨里的村主任，但是他有着一辈子也未能实现的梦想。在他年轻的时候，他曾无数次地盼望能有一个穿上军装走出大山的机会，但命运却只给了他当几年民兵的机遇。当他在失望中等来了小儿子的出生时，他又开始点燃了希望。他给小儿子起名叫小兵。这个名字铭刻着他的希望与寄托。他在不停地像是一个老兵一样呼点这个名字的时候，在心里盼望着这个孩子快些长大。

布约小兵知道父亲的心思，当然他更要完成父亲的愿望。2007年立秋刚过，布约小兵的名字出现在了应征青年的行列。当然，十六岁可能会成为他应征的一道坎。但老布约还是有能力来搞定这个事情。虽然儿子没有提前两年出生，但是一顿土酒土菜下来，乡里武装部就让布约小兵迅速地成长了两岁，一下子变成了一个年龄业已达标的青年。

没有办法，谁让这个喜欢军队的彝族村寨这么多年没有穿上军装的后生呢，谁又让这些朴素的彝族人们那么真诚地热爱一支曾经在他们家乡走过的队伍呢，谁又让布约小兵从小就对外面的世界那样向往呢。

直到后来入伍多年，布约小兵还能回忆起他接到入伍通知书时整个村寨的兴奋。他瘦小的身躯被那身略显肥大的警服包裹着，他看起来根本就没有想象中的那种高大与威猛，那身陌生的警服散发出淡淡的樟脑球的味道，衣襟上的褶皱像一道道没有愈合好的伤疤，尤其是那条腰带，一系一收之间，似乎整整多出了半条。那天，布约小兵已经不知道应该兴奋一下，他使劲地往回收已经飞出去的思绪，但他还是收不回来，觉得自己已经不是自己，像是从山上砍回来的一捆柴在院子中间杵着，思想和肉体分离开了。思维正漫过一座座山在空中飘着，而人却跟不上想象的脚步。这个长到十六岁还没有走出大山一步的孩子感到梦想正在急剧地向成功的方向跑去。

布约小兵多年以后一直不避讳当初的无知。当初的他不知道什么是解放军，什么是武警，当然更不会知道武警这棵大树上还会有森林武警、水电武警、交通武警、黄金武警和内卫部队等若干个枝杈。他只知道自己穿上了军装就和电视中看到的那些军人一样，不是走上演习场，就是会奔赴救灾的一线。总之，穿上军装就实现了梦想，穿上军装他就带着家乡人的期望，携着他们的目光走出这重重叠叠的大山，去代表他们看一看外面的世界到底有多么精彩。

走路、坐三轮车、倒汽车、乘火车，布约小兵用了各种交通方式，在接兵干部的带领下和一众山里出来的青年终于到了他早些年便听说过的内蒙古。草原很广阔，望也望不到边，真的是天苍苍，野茫茫。没有风吹动，干巴巴的空气里凝着说不出的冷。显然这不是一个看草原的最佳季节，但他的心里还是有些满足。他终于有生以来看到了这么平坦的土地，他再也不用像是在家时一样抬头看山，低下头来还是看山。他的眼睛里拥有过了草原的影像。

新兵的训练紧张又艰苦。外面的世界已经容不得布约小兵再去思考，他最要紧的事情是把眼下的日子熬过去。他现在不再是家乡那个十六岁的孩子，他已经是一个十八岁的应征入伍的新兵。可是他要面对的困难比想象的多。绝大多数的战友都在讲着接近电视里播音员那样的普通话，即使是大凉山一起入伍的同乡，也在讲着地道的四川话，而他说出来的彝语竟然没有人能听得懂。他惊异地发现自己真的来到了外面的世界，这是一个不属于他又必须让他去属于的世界。一切都是陌生的，陌生得让他感到只有他一个人存在。于是他不再说话，只能去悄悄地观察战友们在班长的指令下在完成怎样的事情。战友们在听政治教育课，听得神情严肃，他听得更加严肃，因为他一句也听不懂。有时别人能听笑，他也笑一笑，他笑的是自己为什么笑。他的新兵生活基本上就是眨着黑溜溜的大眼睛在想为什么。

好在班长对布约小兵不错，他感觉得到一种温热的力量。周围的战友们对他也给予着最大的帮助，让他在新奇和陌生中试图着融合。由于语言不通，文字又不相同，他只好让一切重新开始。不过，他在军事训练上的努力很快就展现了出来。常年在家乡跋山涉水，他身体素质很好，这让他在新兵期间的训练没有太过吃力。

只是那种寒冷，让他不敢说出来，也不会形容出来。每天一睁眼，就要陷入对寒冷的恐惧当中。这种彻骨的寒冷是他在家乡时未曾体会过的，又是现在体会过却又说不出的。布约小兵盼望着快快下连，他想，下连之后就进入了工作状态，那样可能一切都会好起来。至少可以像别人讲的那样，可以到城里去转一转。长这么大，除了在入伍的路上透过车窗浮光掠影地看了一下城市的影子，他还真的没有体味一下走在城市里的感觉。从电视里他看到城市里会堵汽车，城市里的房子摞在房子上面，城市里有的女人冬天也会穿很短的裙子。他认为这些都是不真实的。

2008年3月，布约小兵的家乡正是油菜花黄艳艳绽放的季节，新兵终于下连了。他被分到了一个从来没有听说过的地方，叫作莫尔道嘎。坐了一天一夜的火车，他从呼和浩特的新兵教导队被拉到了呼伦贝尔的牙克石。那天夜里十一点，他和一同下队的战友又从牙克石坐上了奔赴莫尔道嘎的火车。

火车一开动就钻进了无边无际的黑夜。布约小兵努力地往外看，什么也看不到，火车玻璃上冻上了一层霜做的帘子。一天一夜坐车的劳累让他再没有了下连的兴奋，他蜷缩在座位上一点点睡着了。第二天，天亮了，火车还在如同蠕动一样爬行。

透过战友们用手划开的冰窗帘，布约小兵看到了外面的景象。窗外是白茫茫大雪覆盖的原始森林，说不清名字的树木立在雪中默默地望着驶过的火车。

树真高，雪真白，林真大。布约小兵觉得心透亮了。可是看了五分钟之后，外面的林子和刚刚看过的一样，又看了十分钟，火车好像动都没动，窗外出现的还是刚才的风景。又过了两个小时，火车还是在同样的雪和林中穿行。天啊！这是要到哪里去呀？

九点多一点，火车到达了莫尔道嘎。又坐了一夜的火车，布约小兵彻底没了想象的力气了。他只盼望赶快到达营区，他不想再坐在火车上，他想念家乡的木床和新兵连的铁床。

在莫尔道嘎刚吃过午饭，集合哨响了。布约小兵和十几个战友又坐上了一辆运兵车，带兵的干部说，多穿点，车上冷，我们去奇乾。

路上是半米厚的雪壳子，汽车在上面爬行加滑行着，七个小时之后，布约小兵终于被那辆车拉到了一座营区。正在车上迷迷糊糊睡着，他突然听到了鞭炮的声音。这一路走来没有看到一座房子，没有见到一个人，怎么会有了鞭炮声？布约小兵从停稳的车里刚落到地上，他看见一群老兵正满脸兴奋地向他们跑来。

布约小兵这个从西南大凉山跑出来看世界的新兵又走进了一片比他的家乡要大无数倍的大山之中。布约小兵的生命注定绕不开山与林。从一座山走进另一座山，梦想却不在原点。

回乡之路

警营与故乡的距离到底有多远，布约小兵一直也没计算清。刚到奇乾的时候，他的心思几乎要飞回家了。到这里仅仅一个多月，他就不再考虑转士官的事情了。当初的万丈豪情被奇乾冷酷的现实击得七零八碎。

但是布约小兵有他的长处，他把精力都用在了训练和作战上，他的军事训练一直名列前茅。训练之余，布约小兵喜欢一个人想心事。有时他一个人坐在河边漫无目的地想，他想着这个山外会是什么样子。他从小就习惯了想山外的事情。只不过以前是在四川的大山里想，可那时想山外至少是可以望到满眼青翠。而到了奇乾，他又陷入了入伍前的思维状态，只不过这次，他是望着枯黄的山林想山外。在家里，想象山外的景象时，电视还能够帮助他提供一些辅助的画面，在奇乾却连这样的待遇也没有了，他绞尽脑汁地来想也想象不出外面世界的色彩。尤其让他苦恼的是他想找到家乡的方向，结果连方向他也找不到，只能随便地想象出一个方向，好像家就在那里了。其实，他不知道他所处的位置与家乡之间隔了多少森林，多少草原，多少河流与大山。他更不知道这两者之间的距离有多远。

布约小兵与家乡的距离不是公里上的距离，而是时间上的距离。两年之后，是退伍，还是转士官？在思考这件事的过程中，他喜欢上了奇乾。奇乾有些像家乡——人少。奇乾的兵有些像家乡人——简单。奇乾的战斗——精彩。这些都是布约小兵在时间的河流里觅到的新的感觉。

被人欣赏是一件快乐的事。虽然没有多少语言和战友沟通，但是布约小兵能够读到别人眼中的内容。当第一年兵的时候，中队伐树时需要在树上拴住绳子，以便控制树倒下的方向。偌大的一棵树，又直又高，怎么才能爬得上去是让许多人发愁的事。布约小兵的心被搅动了，他对中队长说我能爬树，我上去吧。

中队长看着这个平时不怎么说话的新兵，知道他不是在讲大话。刚叮嘱了几句，布约小兵已噌噌噌地爬到了树上。部队真是一个有意思的地方，从来都不怕你有本事，不论有什么样的本事，英雄都会有用武之地。布约小兵在树顶上，不仅仅看到了战友们的诧异，也看到了惊奇，还有羡慕。他的心里美极了。爬到树上，可能会望得更远一些，但他还是望不到家乡的方向。

布约小兵爬树的本事是从小练就的。在他的家乡，几乎所有的彝族少年都能爬树，在树上，他们灵活得像只猴子。

2009 年 6 月，中队上山打火。大火被扑灭后，还有一棵十几米高的树从树心往外呼呼地冒着烟，树变成了烟囱。如果不把树心里的火弄灭，一旦着大了便会引发更大的火灾。

中队长的目光又转向了布约小兵。只是用目光交流一下，布约小兵就得到了一个爬树的命令。他喜欢这样的目光，这样的目光比语言更容易让他接受。布约小兵在树尖上用绳子往上提水，然后倒进树心里，他觉得这是一件很快乐的事情。战友们在树下围着他看，他感觉他不再是一个无法与别人交流的人。他正在和大家融为一个整体。

闲下来的时候，布约小兵还是要计算与家乡的距离。他的家乡与奇乾成为人生中的两个点，这个点和那个点之间没有线，两个点是独立着的。入伍前的十几年，他在那个点上，现在，他的人生落在了这个点上。终于，在他有了探亲假的那一年，他要让一条回家的路把奇乾和故乡连在一起。可是，那条探家的路，像是一团线，缠得乱乱糟糟。

2010 年冬天，时隔两年之后，布约小兵终于走出了奇乾。那个时候，他已经是一个爱上了奇乾的士官。他要探家去看一看思念了两年多的大凉山里的亲人们。

离开了熟悉的奇乾，坐上了牙克石开往北京的火车，布约小兵一下子又变得像是刚到奇乾时的沉寂。他觉得坐在火车上的他竟然像是一个外星人，车厢里的人们穿着打扮似乎是他从来没有见过的。猛然间，他才想起他已两年没有和社会接触。好在一同休假的还有两个支队的彝族战士，要不然他真怕别人会把他当成另一个物种。

火车在奔跑，楼房在飞快地向后退去。布约小兵趴在车窗上使劲地看着窗外，一切都是新奇的，像是一幅幅流动画面，这幅还没弄明白，下一幅又迅速地连上来了。时间在不知不觉地流淌着。

在入伍之前，布约小兵从来没有走出过大凉山。入了伍之后，布约小兵又从来没有走出过奇乾。可以说，他对整个世界完全是陌生的。这种陌生让他没有意识到这个社会是很复杂很麻烦的。火车到了北京，布约小兵和老乡谁也不知道下一步该怎么走。他们忽略了一个很严重的问题，就是在探亲之前没有向别人打听一下回家应该怎么走。只是以为在牙克石坐上了火车就是回家了。

火车到站了，布约小兵不得不跟着旅客们下车。可是被人流裹挟着出了站，他们又不知道该到哪里去坐车。也不知道还有咨询处，还有志愿者。后来，好不容易问到了去四川要到北京西站去坐车，他们又不知道该怎么去西站。

一切都变得有些狼狈不堪。可是连打火都不怕，布约小兵又怕什么呢？

到了西站，布约小兵觉得自己又傻了。那么大的一个车站，到哪里买票，又到哪里等车？等问来问去问到了售票处，才知道当日和第二天回家的车票已经卖光了，只有在北京住下了，不然没有其他办法。

出了北京西站，布约小兵愣愣地站在广场上，难道这里就是从小听说的北京吗？人来人往，人头涌动，没有一个是他熟悉的面孔。霓虹闪闪，车水马龙，这里竟然没有安身之处。还是家乡好，还是奇乾好。

布约小兵和战友拎着包找到了一家小旅店住了下来。突然离开了奇乾那个环境，布约小兵晚上睡不着，马路上的车实在是喧嚣，更像是一种折磨。长这么大，他还从来没有在这么嘈杂的声音里待过。他和战友商量，好不容易来一次北京，我们去看一看升国旗。战友表示同意。他们也想看一看升国旗。可是，又怎么去天安门呢？

第二天，布约小兵和战友打了一辆出租车。司机问去哪，布约小兵说去天安门。出租车把他们快要拉到天安门时，司机对这几个目光发呆但看起来很帅的小伙好奇起来，问他们去天安门干什么。他们说去看升国旗。司机笑了，说每天升国旗是有时间的。这个时间早就升完了。

布约小兵在心里想，升国旗原来还有时间呀。

国旗在天安门广场上空飘扬着，布约小兵看到了护旗兵，也看到了数不清的人群。他想，这护旗兵真幸福呀。每天会有那么多人陪着，他每天能看到那么多的人，那么多的车。

余下来的两天，布约小兵就在旅店里待着没动，他觉得北京不是他想象中的北京，他怕出去把自己弄丢了。他只属于大凉山，属于奇乾。

又在路上辗转了两天，布约小兵终于回到了家乡。老布约看着家里进进出出的穿着军装的儿子，十分欣喜。他想让布约小兵讲一讲在外面看到了什么新鲜景。布约小兵讲各种各样的树，讲森林。老布约说，讲讲人嘛。

布约小兵讲，北京的人太多太多了。老布约打断了他的话，讲讲你们驻地的新鲜事嘛。布约小兵想了一会儿，不知道该讲点啥。

大凉山又属于布约小兵了。坐在家门口的山上，他又开始像入伍前一样想象着外面的世界。可是不管怎么想，他的眼前只能幻化出奇乾的样子。二十几年的人生中，布约小兵就在山与山的对望中走过。只不过这两处山离得实在遥远，遥远得布约小兵始终没有算出距离。

2017 年，布约小兵跟见过三次面的女友办理了结婚手续。由于是上下届的同学，不用怎么相处，一打听也是知根知底。又隔了一年，儿子按部就班地出生了。儿子还没出满月，布约小兵的假期就满了，然后他就一头又扎进了北中国的原始森林深处。等他一年后再回到家时，儿子已经能认人了。认了人的儿子坚决不允许布约小兵晚上和他睡在一个床上，没有办法，每天睡觉前，布约小兵只好用被子蒙住头，等儿子睡着了才悄悄钻出来。有时，蒙在被子里，想着在儿子成长的路上欠了他那么多父爱，眼泪就忍不住悄悄流出来。

坚守与再出发

2019 年 3 月 30 日，发生在四川凉山州木里的火灾让举国悲痛。这场火，正着在布约小兵的家乡。而牺牲的 31 位烈士，除了是他的战友，就是他的乡亲。可以说，这场火带给小兵内心的创伤要比别人更为强烈。但是，布约小兵和所有的森林消防员都知道，他们的使命和担当就是奔赴远山，逆火而行，日夜奋战，没有任何退路可言。

其实，从 2018 年开始，森林消防员就面临着两场大考。一场是眼前常态性的山火构成的试卷，一场是改革强军这张试卷。在中国改革强军的大潮下，森林武警这支光荣的以保护生态为己任的部队在 10 月 1 日集体脱下了军装，向军旗告别，成为职业森林消防队伍，由原先的执行单一任务开始向中国应急救援的全灾种救援转变。布约小兵也随着这支队伍一同华丽转身。

木里火灾，让全国百姓第一次深切地感受到，森林消防队伍面临的危险与困难。只有真实地接触到了森林官兵以后，才会觉得他们的职业是那样的神圣，他们是世界上唯一的保护生态的部队；才会觉得他们的情操是那样的高尚，每一个人都是那样乐观，而对所经遇的苦与累没有一点抱怨；他们的生活是那样的艰苦，打火时所经历的苦与无奈不是常人可以想象和完全可以描述的。实际上他们在没有走进这支部队这个集体之前，他们也不知道森林消防员具体担负了什么样的任务，而当他们一旦知道面临的一切，他们或多或少都有当的不是抢枪舞炮的兵，上不了战场开不上坦克，远离城市钻山沟等的不适与失落，可是他们没有一个人放弃，就像是这支部队在火场上从来没有出现过逃兵一样。

伟大是来自平凡的。他们没有惊天动地的事迹，但是他们却承载着惊天动地的危险，在扑火的过程中，群死群伤的事情时有发生，水火无情早已是不需证明的定论。可是他们义无反顾地往前走着，他们和所有的军人一样担着家庭的重担，担着人生的酸甜苦辣，担着一家人的悲欢离合。哪一次上火场不是上战场？

哪一次上战场不是和家人的一次告别？

布约小兵只是森林消防队员中的普通一员。如果和这支队伍接触，人们会轻易地发现，他们的语言由于长时间打火显得木讷而不丰富，但真要是让他们讲起别人和自己所经历的故事，不需要在记忆中打捞，他们就会讲出一串串的精彩，而他们已经感受不到那些精彩背后的惊险，淡淡地就像是讲着天天都在发生的事情。但是他们根本就没有注意到，有的时候听的人眼眶已经湿润了。

我曾看见过布约小兵的队友录下的他在火场扑打冲锋的身影，那是真正的战斗。看着汗水在他的脸颊上流成了小溪，看着他在荆棘中穿梭的身影，看着身上重重的负重，我觉得我与他的心灵在最有效地沟通。他还曾笑着讲述负重九个小时在崎岖的山路上到达火场的故事，也为我讲过奇乾中队消防员三天三夜只靠一袋面粉生存下来的故事。

跟着森林消防员在一起，我感觉是走在一条可以走成英雄的路上，他们虽然脸上疲惫不堪，但他们的每一步走得都是那样坚实。我觉得我的眼前涌现出他们灿烂的青春，那青春里跳动着希望与力量。奇乾中队官兵最喜欢的一首歌是《家在奇乾》。歌中如此唱道：

> 那一年离开家，梦想出去见见世面。穿过了茫茫大草原，走进了巍巍大兴安。林海深处安了家，家名叫奇乾。半年雪封路，百里无人烟。想家时抬头望望山，故乡就在山那边。奇乾兵心里都知道，哪怕再苦不抱怨。人生处处是晴天，当兵的时光就这样，一日又一日，一年又一年。看惯了我的林海，爱上了我的奇乾。

如今，随着改革强军的步伐，森林武警这支光荣的部队已经退出了军队的序列。在大兴安岭原始森林里工作战斗了十一年之后，布约小兵脱下了军装，成为森林消防员。身份变了，岗位没有变；称呼变了，人还在奇乾。他还没有离开那片森林。

习近平主席为国家消防救援队伍授旗那天，布约小兵守在电视机前看了直播。直播结束后，布约小兵第一时间走出了会议室，快步向山坡上跑去。当兵的时间虽然不长，国家和部队的好多大事他都经历了。他只听了一遍，就记住了习主席刚刚提出的要求：对党忠诚、纪律严明、赴汤蹈火、竭诚为民。应该是这

16 个字，布约小兵觉得自己一定不会记错。虽然军装已经不在身，但他们的骨子里永远钙化着军人的硬度，还会崇尚着军人的荣耀，坚守着军队的传统。身份换了，但守卫祖国绿水青山的职能不变。

　　苦有苦的活法，乐有乐的源头。布约小兵和他的队友们很懂得人生。他们不回避艰苦，用乐观把生活调剂得有滋有味。有火扑火，没火生活。离开了人间的现代生活，走进这原始森林的腹地，生活已经让他们懂得太多太多。只是，如若没有经历，外人不知道他们的生活是在怎样度过。奇乾是一个绝世的营盘，是一个上演在大兴安岭深处的传奇。

（原载于《民族文学》2019 年第 12 期）

五号鹤

格　致（满族）

一、丁力说

晚餐和此地的出产并无关联。湿地有众多湖泊，湖泊里有众多鱼。也许这里已经禁捕？毕竟这里是鸟类的栖息地，尤其有白鹳、丹顶鹤这样的大型涉禽，得很多鱼才能吃饱。终于服务员端上来一盘川丁子。鱼很小，一盘盛下二十多条。我夹一条金黄的小鱼放盘子里，先去掉头（我不敢吃眼睛），然后去掉中间那根刺。本地作家丁先生见了说，这鱼可不是这么吃的。他夹起一条鱼，从头开始，一段一段吃了下去，并且什么都不吐出来。我看着他滚动的咬肌，说你吃的也不对。你应该向上伸一伸脖子，把鱼整个吞下去，不咀嚼。他说，我又不是丹顶鹤。

我来向海湿地，就是为了看一看丹顶鹤。

我没有见过丹顶鹤。此前在宋徽宗的画上看见；在电视片上看见；在摄影作品上看见。这些算不算看见过呢？明天上午，我就能看见活的丹顶鹤了。但是有人比我着急，他让我在晚上的餐桌边就看见了"丹顶鹤"。

丁先生此前遇到过多次，主要是开会，会议上的发言一般几分钟。按要求把该说的话说完，一般没有情绪多说。以为他是个不爱说话的人，但在这个向海晚上的餐桌上，当丹顶鹤成为话题之后，他用冗长的篇幅，极具感染力的语言，给我们讲了一个丹顶鹤的爱情故事。

他说，多年前，向海湿地就有了鸟类救助站。有受伤受困的鸟，救助站会提供医疗和食物。有的鸟虽然翅膀受伤不能飞走了，但是它憋不住自己肚子里的蛋。丹顶鹤存只很少，全世界才有 1500 只。丹顶鹤的每一枚蛋都异常珍贵。救助站开始人工饲养，并取得成功。一只只小鹤出生在向海湿地，慢慢地就攒了200 多只。这些人工饲养的丹顶鹤，可不知道什么叫迁徙。天暖和的时候，湖泊里的小鱼不比天上的星星少，随便吃；天冷了湖水结冰，饲养员阿姨阿舅会拎着一桶桶的食物来喂它们。冬天有暖和背风的鹤舍，为什么要离开这么好的家园，踏上那生死未卜的旅途呢？丹顶鹤又不傻。

在向海湿地，可不是只有这 200 只丹顶鹤，这些是人工饲养的留鸟。这里是鸟类从贝加尔湖到南方迁徙路线上的一个重要中转站。一些鸟类选择在这里停留一段时间再继续往北或往南。有的选择留在这里度过夏天，秋天再去南方。因此这里在春秋两季是非常热闹的，是鸟的天堂。

有一年的春天，大批候鸟从南方飞回来，来到这里休息，过些天要往贝加尔湖去过夏天。在这些过客中，有一只雄性丹顶鹤，在湖边吃鱼的时候，看见了一只雌性丹顶鹤。它觉得这只鹤优雅安娴，观之不俗，羽毛洁净，一尘不染，飞羽一根都没有折断。它不认识这只鹤小姐。不是和自己一起飞越千山万水来到这里的。和自己每年南北迁徙的鹤群里的每一只鹤大家都认识。那种长途迁徙，需要大家团结起来，一起对抗风雨。因此，所有的鹤的眼里都是有风霜雨雪的，而这只鹤的眼睛里什么都没有，只有蓝天白云。它的眼睛里没有下过雨。它像一个童话。公鹤试着靠近母鹤，和它打招呼，母鹤没有不搭理它，而是也频频点头问好。两只鹤就好起来了。它们在湖边跳了一会儿舞，一边跳一边气喘吁吁地做着自我介绍。原来母鹤是这里的养殖鹤，它有名字叫五号。从来没有迁徙过。过着衣食无忧的生活。它也被这只饱经沧桑的公鹤迷住了。

四月的向海湿地，草芽刚出水面，水里的鱼儿不断地向水面吹气，水面一圈圈地喧响。硕大饱满的雨滴和鱼儿吹出的脆弱气泡，在湖面上拥挤着。五号鹤情窦初开，贝加尔（丁先生为叙述方便给公鹤起的名字）稳健深情。两只大鸟在湖边舞蹈了一天一夜，把从前世带来的话都倾吐了出来。那些倾吐出来的知心话，掉到脚下的湖水里，使湖水都上涨了。两只大鸟互诉衷肠后，感到那么轻松愉快。此生只剩爱情和快乐。它们没什么说的之后，就互相一遍遍对着蓝天喊着彼此的名字。

——贝加尔、贝加尔……

——五号、五号……

两只美丽的大鸟，说完了情话，就在明晃晃的月亮下私订终身，并连夜在芦苇深处，去年的枯黄而柔软的苇草上，搭建了温暖的巢穴。五号鹤用它灵巧的喙把苇草编成同心结。从此它俩开始了双宿双飞的幸福生活。

很快，它们爱情的结晶诞生了——两只晶莹的玉一样白的鹤蛋！它俩视若珍宝，轮班守候。不让风吹着，不让雨淋着。更不能让那四只脚的坏蛋发现了。

一个月后，它们的宝宝又一次诞生了。鸟类是要诞生两次的。第一次的诞生只是诞生的前半部分，它们从蛋壳里破壳而出，才最后完成了诞生。所以鸟类的出生，历时一个月左右，其间危险重重。

两只鹤从宝宝诞生的惊喜中醒来，开始了哺育抚养小鹤。它俩两班倒。五号鹤上午出去觅食，贝加尔下午出去。到了晚上，经过两只大鸟的不懈努力，两只小鸟都吃饱了，两只大鸟也吃饱了。一家四口睡在柔软温馨的草窝窝上。四周的芦苇已经长高，高到贝加尔站起来，再伸长脖子，都看不见了。它们更安全了，在汹涌的芦苇的保护下，那凶恶的金雕也看不见它们了。

转眼，它们的孩子长大了。羽毛从幼稚灰变成白色。从白色中长出黑色尾羽和黑色飞羽。不看眼神，哪里都和它们的爸爸妈妈一样了。

小鸟长大，秋天也到了。中秋节的月亮，是它们一家在向海看到的最后一个满月了。下一个满月前，它们就要飞走了。

但五号鹤从小被饲养，没有体能支持长途迁徙。它也不懂为什么要飞走。不懂贝加尔向它描述的南方。它眼睁睁看着贝加尔带着两个孩子飞上天空，身影一点一点变小，最后成为三个黑点。

五号鹤从此举颈呆望南天，不思茶饭。后经工作人员多方开导安慰，才没有绝食饿死。最有效的一句话是喂食的小姑娘对它说的：你只有吃些小鱼，才能活到明年春天。明年春天，贝加尔会回来的。

五号鹤开始进食，熬过了漫长的冬天。第二年春天，草芽跃出水面的时候，大批候鸟从南方飞回来了。在这些风尘仆仆的候鸟中，有一只丹顶鹤，准确地找到了去年的鸟窝。它叫贝加尔。

五号鹤犹如重生，与贝加尔在湖边重逢。它们来到去年的旧居，开始修葺。贝加尔清理窝里的淤泥，五号鹤衔来新鲜干净的苇草。它用灵巧的喙又编了好几个同心结。

一切都和去年相同：产蛋、孵化、哺育、小鸟长成大鸟，然后，秋天来了！

秋天来了。所有工作人员都紧张起来。他们为五号鹤担心。

九月末，第一批候鸟起飞，离开向海，向南方飞去；十月初，第二批候鸟起飞，离开向海向南方飞去；当最后一批候鸟迎着早上的清霜飞向南方的时候，贝加尔好像忘记了迁徙，它还和五号鹤在湖边悠闲地吃鱼。

直到这个时候，向海基地的工作人员才明白，贝加尔不走了！它不能离开五号鹤！它要改变自己，从候鸟变成留鸟！

从此，贝加尔再没离开过五号鹤。它们在这里度过冬天，度过生命中的每一天。它们在向海这个鸟的天堂，过着幸福的生活！

带着这个美好的故事，我回房间休息，并且很快睡着了。可惜我的睡梦不受我控制，我没能梦到丹顶鹤，更没能梦到五号鹤和贝加尔。

二、水田说

第二天上午，我们来到向海湿地的丹顶鹤养殖基地——鹤岛。上午十点，是丹顶鹤放飞的时间。

一开始，鹤舍上面的山坡上。下面是一字排开十几个鹤舍。每个鹤舍里有二十只左右丹顶鹤。鹤舍背靠小山梁，面向水草茂盛的湖泊。这符合风水宝地的条件。怪不得这里的鹤，人丁兴旺。

一会儿，见饲养员打开了一个鹤舍铁栅栏门。二十几只丹顶鹤，从里面出来。然后，自动排成行列，飞上了天空。

鹤刚从里面出来，也是杂乱无章的。等一飞上天空，它们的双脚一离开地面，立刻就有了秩序，有了队形。看来陆地还是最安全的，最省力的，最漫不经心的。而空中虽然蓝天白云，一望无际，看着无遮无拦，但有看不见的阻碍，在空中隐藏着。

丹顶鹤了解天空，所有有翅膀的鸟都了解天空。只有人类认为在天上飞是最轻松自由的。它们知道天空的规则，谁也不敢任性。谁也不敢单飞。面对天空，它们必须团结，相互支持，靠合作的群体凝聚力。它们生来懂得空气动力学。一行丹顶鹤飞上空中，最前头的那只，应该是最累的。如果长途迁徙，打头的鸟，应该是大家轮班的吧。

二十几只丹顶鹤，排成一行，飞上蓝天，又近在眼前，那巨大的翅膀，真是太美了。鹤类是最优美的鸟。它们站在那里不动都已经美得让人惊讶，再飞起来，扇动翅膀，那种美，简直令人晕眩。人间怎能有这样的造物！怪不得日本在丹顶鹤栖息地，冬天人工饲喂丹顶鹤，使丹顶鹤成为留鸟。日本人不能忍受丹顶鹤在冬天离开他们，哪怕一个冬天也忍受不了。

人工养殖的丹顶鹤就是有良心啊！它们飞出不到一千米，鹤在视线里刚刚变小，就在那里划出一道优美的曲线，开始往回飞了。它们不想飞太远。离开人的视线，它们感到不安全。远处有什么？远方是什么？它们都不想知道。它们只知道鹤舍温暖，脚下的湖泊里有成群的鱼儿。冬天结冰了，也有阿姨把新鲜的鱼儿送到嘴边，有这样衣食无忧的家，谁还愿意去那生死未卜的远方。

等鹤飞回来，就站在鹤舍前的空地上，与游客近距离接触。这些丹顶鹤并不躲人，愿意和人在一起玩。可能因为这些游客和每天照顾它们的饲养员一样，所以丹顶鹤把每一个游客都当成了好人。大家受宠若惊，忙着和天仙般的丹顶鹤合影。一只丹顶鹤就在我身边。我向它伸出手，手心朝上。那鹤在我的手心里啄了一下，竟然很疼。如果再用一点力，就会啄坏。我缩回手，那鹤不死心，追着我想再啄一下。它认为手心朝上是有食物给它。我转身就跑，它竟然追我。多亏周围很多人，鹤找不到我了才作罢。显然我的举动对鹤构成愚弄，鹤不明白，我为什么不给它吃的就逃跑了。这件事，会使它对人类的印象坏了一些吗？

除了看鹤舞、飞翔，我上午来这里是带着心事的。我靠近一位在游人中间照顾丹顶鹤的女饲养员，悄悄问她："哪只是五号鹤？"她戴着大遮阳帽，脸上包着纱巾。她木然看着我，不知如何回答，她似乎是不知我在说什么，或感到我的问题很难。总之，她看了我一眼，木了一会儿，最终没有说出一个字，转身去追赶一只跑到外围的丹顶鹤去了。

也许她是新来的，不知道五号鹤的故事？五号鹤是多年前的故事，但鹤的寿命是五十岁到六十岁，五号鹤应该还活着啊！

就在我陷在人群、鹤群，试图与身边的丹顶鹤交流合影的时候，有朋友喊我，引见我认识了本地电视台的一位记者。他叫水田，曾拍摄过丹顶鹤的专题片。这个片子拍得非常好，在央视播出，引起广泛好评，尤其是使更多的人认识了丹顶鹤，知道了东北吉林的白城，知道了向海湿地。外地人、外国人都是通过水田的专题片知道东北的西北，白城的向海湿地，有一群美丽的丹顶鹤。

水田和我说他知道很多丹顶鹤的故事，愿意告诉我，我们站在鹤群里说了一会儿话，就开始往回走。和丹顶鹤的会见，是有时间限制的。在我们沿着湿地的木栈道往回走的时候，我问水田："五号鹤的故事，你知道吗？"

水田是新闻记者，他说话简洁、准确。作家丁力在饭桌上，口泛白沫讲了半个多小时的五号鹤的故事，水田用一句话就叙述完了五号鹤的一生。

水田说，那只野生公鹤，飞走就再没飞回来，五号鹤最后抑郁而死。

三、我说

现在，关于五号鹤的故事，有了两个不同的版本：作家丁先生的版本；记者水田的版本。

作家丁先生的叙述冗长而华丽，使用了诸多修辞。在丁先生的叙述里，五号鹤的故事一波三折，虽也经历了离别之苦，但结局，多么令人欣慰；水田的叙述简要而短促，对于五号鹤的悲剧，没有给听者铺设任何缓坡。我的心顺着水田的话轰然跌落了下去。

那么哪个版本更接近于五号鹤的真实命运呢？往往，使用语言越多的，离真实越远；使用语言越少的离真相越近。

从两位叙述者的职业来看：作家更长于虚构，而记者追逐真相。

从这两个角度一看，几乎是一目了然：丁先生虚构了五号鹤的幸福生活。

那么，丁先生为什么不顾事实，还理直气壮、激情饱满地虚构五号鹤的故事呢？

我们先来看看丹顶鹤繁殖地、越冬地和迁徙路线：

丹顶鹤的繁殖地主要有：黑龙江扎龙、三江平原、兴凯湖区、吉林北部向海湿地、辽宁双台河口、内蒙古东部、俄罗斯远东黑龙江流域。

丹顶鹤的越冬地：朝鲜半岛中部、中国江苏盐城沿海地区。

它们的迁徙路线有两条：

1. 扎龙—双台河口—环渤海湾—黄河口—日照—盐城。

2. 兴凯湖区—长白山东缘—图们江口—"三八线"。

从上我们可以清楚地看见，鸟类的迁徙路线非常之长。旅途中存在诸多危险。有时还要飞越硝烟四起的战场。沿途有邪恶人类偷猎。有的国家有动物保护法，有的国家没有。有的人群善良，尊重生命；有的人群邪恶，随意践踏生命。九十年代发生过农民使用农药毒死丹顶鹤事件。虽是误伤，但在丹顶鹤落脚的滩涂使用农药，不能说是无罪的。

丹顶鹤是忠贞的鸟，一旦认定配偶，则此生不变。那么贝加尔移情别恋的情况就不会发生。那么，贝加尔去了哪里？它在第二年春天为什么没有回来？推测的答案就是它在迁徙的途中遇到了不测。最大的可能就是被人类猎杀了或误杀了。那么，猎杀贝加尔的人，同时也猎杀了五号鹤，还有此后没能出生的众多的孩子。

丁先生作为白城本地作家，他是了解丹顶鹤的基本习性的，也了解丹顶鹤的迁徙路线。他也知道贝加尔在迁徙途中死于非命。这是人类的罪孽。那么也就是每一个人的罪孽。每一个人都要为贝加尔的死负责。那么作为一个作家怎样对丹顶鹤的悲剧命运负责呢？

作家丁先生发现自己对此事无能为力，只能暗自叹息。之后他又发现，自己可以使用语言和文字，强行介入到五号鹤的命运中来。他可以用语言大幅度地扭转五号鹤和贝加尔的命运。世间事，最后都将在白纸上沉淀。他不接受水田的真相。他认为水田在这件事上毫无作为，任由悲剧发生而无动于衷。这是不对的。丁先生行动了起来，在五号鹤故事的废墟上，培育出了一株茁壮的花朵。他穿越时间，强行介入，在他构建的故事里，五号鹤的悲剧不会发生。他不会让五号鹤抑郁而死，也不会让贝加尔在归来的途中被人类的子弹打中、被人类的毒药毒死。他用有力的手，慈善的心，扭转了五号鹤的命运，并使之昭然于世。据说，丁先生在许多聚会上，讲述五号鹤的故事。他使用大量美好、温暖的语汇，使五号鹤的幸福生活，一次比一次更完美动人。所有丁先生的朋友和同他一起吃过饭的朋友，都知道了五号鹤的美丽故事。都觉得我们的人间多么美好。要做善事，让我们的生活像一首歌一样。丁先生在饭桌上给我讲述完五号鹤的故事后，他说，你名气大，你把五号鹤的故事写出来，拿到发行量大、级别高的杂志上发表，让更多的人知道五号鹤的故事。我被感动得立刻答应了。这么美丽动人的故事应该传扬。人类要向丹顶鹤学习啊！至此，我也加入扭转五号鹤命运的队伍中来了。我成了丁先生的帮手。我也是作家。我也运用丁先生的办法尽可能地把这个世界照亮。别让我们的孩子看见贝加尔的尸体，别让我们的孩子对世界丧失希望。

（原载于《民族文学》2020 年第 1 期）

盐的味道（节选）

李贵明（傈僳族）

"不吃盐巴活不了命，不唱古歌不明事理"，是一句傈僳族谚语。盐犹如人类的血，生而必需。无论达官贵人还是市井流氓，无论王侯将相抑或在野诸侯，无论静修深山还是浮游尘世，无论愤世嫉俗还是超尘脱世，但凡是人，要活着，都离不开盐。也许一日三餐可以少了美酒佳肴，可一旦缺了盐，即便山珍海味也会索然寡淡。你可以视金钱如粪土，但永远无法忽视盐的存在。关于人与盐的关系，表面看起来似乎只是吃与被吃的关系。但要命的是盐这种看起来普通的东西，一旦离它十天半月，人们便会浑身无力，乃至身体变异，重至危及生命。不只是人，那些奔命于长山大野的牲畜若想要长得强壮一些，也得定期尝一尝盐的味道。也就是说，离了它不行。更要命的是，盐这种人类无法缺少的东西，不像诸如牛马猪羊、稻谷玉米、荞麦青菜、大豆高粱等生长在大地表面供人活命的食材。盐的外形有时候是石头，有时候是一种水，它不仅没有常形，人们无法像种庄稼那样把它种出来。它也不像人类离不开的另一种物质——水，人们很难在地表轻易找到它。而盐是支撑生命的重要部分，无人能离它而活。因为在苍茫大地上总是难觅其踪，即便找到了盐矿，开采加工的过程充满危险和挑战，盐因此成为历朝历代的稀缺之物。

幸好天无绝人之路，在滇西北江河奔流、群山耸立的横断山区，上苍恩赐人类的盐井、盐矿、盐泉在长河东西、大江南北星罗棋布。当地土著白族、傈僳族、藏族、纳西族的先民们在秦汉时期乃至更遥远的年代，通过羊、牛、马，乃至山驴、麂子等家畜或野兽的怪异行为先后发现了盐泉、卤水、岩盐的存在。这些土著部落想尽各种办法获取它，并试图占为己有。在人类的童年时期，他们通过砍柴烧火，在石板上炙烤盐水的原始手段获得食盐；又经历烧炭、泼盐水、刮盐的过程；最终学会掘井、汲卤、煎盐的手艺。澜沧江水系的这些盐点，成为日后分布于洱海周围土著部落中的"云龙井""乔后井"和"弥沙井"，以及兰州境内的"老姆井""下井""兴井""温井""上井""小盐井""高轩井""喇鸡鸣井""期井"等大小不一的盐井群落。后来，盐一度成为通行于滇西北的最坚挺的货币，变成可以通用于不同种族、不同部落之间交换物品的衡度。

随着盐的开采，围绕滇西北的这些盐井曾经形成过宏大的商品贸易和交通网络。当时盐的山地运输主要由马匹和人力完成，这些货物交换网络和通道也因而被称为"盐马道"，其规模和影响几乎与"茶马古道"相媲美。丰富的盐矿促成了四通八达的盐商通道，加之地理位置东可至巴蜀、西可达印度、北可上西藏、南可下中南半岛，滇西北的盐曾经围绕大理形成过盛极一时的经济和文化辐射圈，其中尤以澜沧江东岸的兰州（今兰坪）誉满全滇，被称为兰州盐。白色的兰州盐，沿着状如蛛网的盐道源源不断进入千门万户，又把成批的金银土产运回兰州，兰州因此成为滇西土著部族神往和梦想的富裕之境。

千百年来，如今寂寂无名的兰坪充满各种各样的诱惑，牵动着几代滇西北土著部落和外来移民的爱恨情仇。很多人不知道这个曾经象征时尚、富足和前卫的滇西北地名，也意味着黑暗、血色、暴力、艰难困苦和九死一生。有人曾经在那里飞黄腾达，也有人曾经在那里身败名裂，有人在那里实现辉煌理想，也有人从那里落荒而逃。这一切，皆因兰坪得天地垂青，孕育了丰富的盐矿。白色的盐，仿佛闪光的钻石令人垂涎，谁控制了它，谁就控制了财富；谁控制了它，谁就控制了人。苦涩的盐，有着诸多令人熟悉和陌生的面孔。

盐的味道

时光流逝，江山易主，而盐铁榷税带来的利益使中国封建时代统治者乐此不疲，盐铁官营专卖长盛不衰。不仅食盐蕴藏着巨大的利益，能否正常供应食盐也关乎社会稳定和民生大计，调控食盐成了封建官僚机构的重要行政内容。为防止盐商囤积居奇，哄抬盐价导致社会动荡的事件，历代朝廷都设有管理盐务的大臣，盐务是皇权政治直接参与管理的事务。对盐的开采、运输、储存、销售等环节都制定了详细规则，还成立缉私队严厉打击食盐的走私。在滇西北，虽然制定了严密的控制手段和森严的食盐贸易壁垒，但是因为盐的采掘、加工工艺得不到根本改善，食盐的生产能力极其低下，在横断山区山地民族中，食盐历来是稀缺之物。

1382 年明军平定云南后，继续加强盐铁榷税之政，设盐课提举司 4 个，分驻安宁、黑井、白井、五井（云龙）等产盐地，下设 12 个盐课司，以提举辖周边盐井，出现中心治所，散漫不相统属的生产点开始形成分区域的集结性生产。为扩大生产能力，也采取了一定的扶持政策："正统九年（1444 年），令云南各盐课司，每灶添拨余丁 2 人，免其差役，专一探薪煎盐。"所以生产点逐步增多，除滇中的阿陋、草溪、只旧、元兴等井和滇西的乔后井产盐渐有发展外，在滇南的西双版纳开辟了磨歇盐井。明代行盐制度为民制、官收、商运、民销。由于内地人口大批移入，汉族人口超过其他民族，加之矿业及其他手工业有一定发展，盐需求量极大增长。因此明朝皇帝加强了食盐榷税的管理。正德二年（1507 年），"令云南盐井官吏，各井盐课务要逐年完纳"，规定一年完不成盐课的官吏，"革去官带住伴"，三年完不成者则官府降格一级，"吏革役为民"。

也就是说，在皇帝的新政下，如果一年内完不成盐课征收，则将革去责任官吏的所有随从。三年完不成盐课的，则集体降级处理，四品知府大人可能变成七品知县芝麻官，衙役可能失去皇帝的俸禄变成平头百姓。皇帝通过盐政将各级官僚机构与人员的利益同朝廷紧密捆绑在一起，因而在云南取得了仅次于田赋的一大税收，"每岁课银 3.4 万—4 万两"。尽管云南盐矿、盐井丰富，推行盐铁榷税使朝廷获得了丰厚的回报。当时交通不便，盐的驮运十分艰辛，又有灶户、官府、销商的层层盘剥，到了销售地，盐价昂贵，出现"斗米斤盐"的价格。在滇南的双江县，50 斤谷子只能换回 3 斤官盐，丽江半斤贝母才能换 1 斤盐，腾冲要一驮棉纱换一驮盐。人民贫瘠，不胜负担。此政一度延续至民国时期，使横断山区山地民族常年缺盐淡食，在怒江的贡山县竟有平生未尝过盐味的老人。因而，傣族把食盐叫作"白色的金子"，白族把食盐当作结婚的礼品。

清代康熙中叶，云南盐政曾改官销，由于盐价居高不下，穷苦百姓无力购买，而官府又不愿降低价格，导致官盐积压严重，官府不愿让利于民，为"疏稍积压"，朝廷推行"计口授食"的盐政。他们采用按户摊派定价食盐的方法强迫人民购买，即是所谓"烟户盐"。这种苛税政策施行之后，人民往往是"前盐尚在，后盐又到"。横断山区百姓为缴纳盐价，不得已"以后领之盐贱卖以完前盐之课"日积月累，循环往复，人民负担日益沉重，因不堪重负而饮刀自尽、悬梁而亡者"岁岁有之"。面对如此局面，乾隆元年三月皇帝下令："朕闻滇省盐价昂贵……心深为轸念。查该省盐课，除正项外，有增添赢余，以备地方公事之用，朕思赢余之名，原系出于民食充裕之后，若民食不充，自无仍取赢余之理。著总督尹继善悉心妥办，将赢余一项即行裁汰，务令盐价平减。纵使昂贵，亦只可在三两以下。若裁去赢余之后，公用有不敷处，可另行酌议请旨。"乾隆皇帝觉得云南盐价过于高昂，下令禁止派盐。无奈山高皇帝远，勒派之风依然如故。为了降低盐价，乾隆帝开始着眼于雍正年间耗羡归公后的盐课盈余银。同时规定"云南所产井盐俱系府州县领销，派定额数，由各盐井领运分销办课，不许越界贩卖，通行已久，两迤冲繁之处人民辐辏不难照常销引，间或缺盐借之临近州县通融协济，其山僻州县乡村窎远居民鲜少，地方官恐蹈堕销之咎，关系考成，遂将盐井分派里甲挨户分食，官盐按限缴课，名曰烟户盐。……夫盐为小民日用必须之物，虑民远涉，是以因地制宜不徒为销引计也，一则患盐之不足，一则患盐之有余，俱非均平之道，著该督抚，酌量变通悉心妥议，务使官不堕销、民无偏累"。

清廷本想按户销售食盐，积极试图将新开盐井之盐对应销往边远缺盐地区，使得人皆可食，无奈由于官僚机构贪腐严重，"始则计口授食，继则按户分派。始则先课后盐，继则无盐有课"，加之食盐蕴藏的利益，官员私藏强摊食盐者层出不穷。由于供需矛盾加剧和价格居高不下，"嘉庆二年（1797年）三月之二十三四等日，蒙化、太和、邓川、赵州、云南、永北、鹤庆、浪穹、楚雄、大姚、元谋、定远、禄丰等处，以压盐致变，缚官亲、门丁、蠹书、凶役及本地绅衿之为害者，挖眼折足，或竟投于积薪中，惨不可言"。滇西13个地区几乎同日爆发农民暴力反抗，围攻盐场、剿杀盐吏，震惊清廷。史称"压盐致变"。事件发生后，清廷云南当局派兵平息，数千民众"伏路号诉"，带兵"大吏"本想用大炮轰击民众，经云南提督苏尔相极力制止，民众才免于葬身炮火之下。云南籍进士谷际岐向朝廷上奏《奏滇省行盐派夫诸弊疏》一折，痛陈其害，并揭露了"压盐致变"的惨祸，强烈要求改革云南盐政。清廷被迫于嘉庆五年（1800年）改为"民运民销"，但积淀百年的盐的江湖，使得盐的开采、运输、销售长期控制在地方豪酋、土司和官吏之手。嘉庆皇帝的盐政改革，在横断山多民族地区并没有形成有效的影响。

嘉庆年间，一队逃荒的白族那马人从剑川平原举家向西漫无目的地迁徙。他们的族长怀抱一只公鸡，根据族长的卜算，公鸡到哪里开鸣，他们的族人将准备在哪里定居。这队那马人翻过云岭山脉雪盘山，沿着玉龙河山谷西下，暮色苍茫间，公鸡鸣叫不停。这队那马人便在玉龙河右岸的山坡上居住下来。发展成一个不大的村落。这个地方从此被人们称为喇鸡鸣。道光元年（1821年）农历八月二十五，喇鸡鸣村民和壮美牧羊时，偶然发现羊群集中于玉龙河的谷底舔食一汪清泉，感到好奇，用手蘸了少许尝试，发现有咸味，于是她将这一消息告知村人，村民大喜于咫尺之间发现盐泉，蜂拥而来"祭泉"煎盐，自煎自食。每年的八月二十八也成为村民祭泉之日，祈求上天给予盐泉万古长流，永不枯竭。这种民间私采自煎食盐的情况当然瞒不住当地的官员。道光二十三年（1843年），四川人李天有挟资游行滇西，听说喇鸡鸣有盐泉之事，遂往查看，果有泉水从山中淙淙流出。岸边一片盐霜，味道甘咸，知道是口好盐泉，当即禀报云南巡抚开井报课，盐务大臣派人勘察后指定由李天有包课开井，隶属丽江井。由此拉开了开发喇鸡鸣盐井官方开采的帷幕。此外，兰州境内还有温井、上井、期井、兴井、老姆井、下井、小盐井、温庄井等九井盐矿，其中尤以"喇鸡鸣"井产量最高，盐质最好，最为出名。"云南各井盐质……矿卤气味最浓者，莫如喇鸡鸣井"。因为盐的存在，喇鸡鸣成为近代享誉全滇和横断山区的著名地名。

民国初年到民国二十四年，云南全省产盐多保持在90万担（每20担为1吨），最高年份曾达100万担，成为云南主要的财政收入。袁世凯窃临时大总统职位后，1915年废弃共和实行帝制，遭到全国人民反对的声浪。云南首义护国护法，开始组织护国军讨袁。但"饷金锐增，非有巨款不能维持"，经滇督军与稽核分所反复会商，"自五年（1916年）起，将滇盐税全数除运署、分所及所属分支机关经费外，悉数拨归滇用"，每月12.5万—18.5万元。于是由蔡锷率领的护国军第一军才得以起兵进军四川。盐款成了护国运动的主要经费来源。由于对外倾销食盐筹款用兵，云南省内食盐紧缺，食盐供需矛盾在横断山傈僳族居住区仍然十分突出，成为当时傈僳人武装反抗的主要导火索。

历史上兰州境内的盐井主要由傈僳人开采和背运，千千万万的傈僳族劳工在各大盐场从事沉重的劳动，即便每天背运几十上百吨盐巴，劳工们也无法获得足够食用的盐。那时的傈僳人、怒族人在偶尔换得一小块盐时，会用麻绳拴起来悬挂在屋中，供全家人在吃饭时舔一舔，由此可见食盐的奇缺。直至新中国成立后，傈僳族民间形容一个人过世时，还有"到喇鸡鸣背盐去了"的说法，印证了傈僳人对喇鸡鸣盐场开采和运输过程中暗无天日、九死一生的惨烈记忆。

1916年冬天，喇鸡鸣附近温斗村的一名傈僳人卖柴回家途中，在矿洞附近拿了一小块盐，被兰坪县喇鸡缉私队开枪射杀。为筹集军饷，官府差役在下乡逼收钱粮过程中，又用脚臼舂死了石中坪村的两个儿童，激起了各族人民的强烈义愤。当时滇西北地区还盛产鸦片，这更是一门令人垂涎的买卖，兰坪县佐詹盛金名为禁烟查收，实以长期私贩没收的鸦片获取暴利。真是无巧不成书，当时云南省禁烟委员会专员崔玉田就在兰坪，詹盛金为讨好崔玉田，连同维西县长余斌和中维游击队长马贵堂以查烟为名进入澜沧江沿岸傈僳族居住区搜刮民脂民膏，弄得天怒人怨。

反抗的烈火终于在 1917 年正月熊熊燃烧。石登中坪村的傈僳人和鲁春、丰登村的和沛三，以及丰登村的白族人林爹联络傈僳族、白族农民近 600 人于 1917 年 1 月 30 日聚集暴动。愤怒的人群犹如风卷残云，攻城略地，在石登的激战中，暴动农民杀死詹盛金后，旋即占领营盘镇和喇鸡鸣盐场公署，在喇鸡鸣发生激烈战斗，附近白族、普米族农民也闻风而动，揭竿而起，喇鸡鸣团正李琼林被群情激愤的农民打死。攻陷喇鸡鸣后，反抗农民均分了食盐、没收了盐场公署的财产。此后不发一箭攻下了山后里，抓获处决了云南省禁烟委崔玉田、李遇春，殖边委员司应谦、周子芬、李品珍等当权势力代表。

控制山后里之后，反抗农民在那里兵分两路，由傈僳族组成的队伍由雀才保带领，主要奔袭维西县城，以求获取维西傈僳人的支持。由白族组成的反抗队伍主要往剑川方向攻击前进，双方试图分道前进控制兰坪、云龙一带的盐井，最终在滇西重镇鹤庆会师。国民党大理卫戍司令部迅速调集大理、剑川、云龙、碧江、维西各路军队对反抗农民进行四面围攻镇压。奔袭剑川的暴动农民一部在攻击前进至剑川县马登乡麻栗箐时，遭到装备精良的国民党军队的阻击，造成重大伤亡。

和桂林、雀才保带领的 400 多名傈僳族暴动农民从兰坪出发，于 1917 年 2 月到达维西县城外围，试图攻陷维西城后攻扑石鼓。当听说反抗农民势如破竹迅猛扑来之时，惊慌失措的国民党中维游击队分队长张勋臣仓皇前往施别山头阻击，被傈僳人瞬间击溃退回维西城。正月初十，和桂林、雀才保的队伍扩展至2000 余人，从西山梁分三路围攻维西县城。双方展开激烈的攻防战。一时枪炮激烈，杀声震天，拿着农具、弓弩乃至赤手空拳的暴动农民数波攻击试图抢夺县城西门和南门，遭到守城国民党兵的拼死抵抗，他们动用排枪和架设在圆龙山上的大炮猛烈轰击攻城农民。在猛烈的爆炸和激烈的枪声中，暴动的傈僳人成片倒下，但仍不退缩，直至冲锋在前的旗手被乱枪击中，方才停止了进攻，随后向西撤回维登一带。此战傈僳人数十人战死，国民党中维游击队也有 16 人死于暴动农民的毒箭石块之下。数日后，维西县长余斌和中维游击上尉马贵堂率部回到维西城，与守城军队合兵一处，进攻维西城的反抗队伍被迫撤往石登等地。而此时众多傈僳人源源不断地到达维西县城，有些是来寻找和参加反抗队伍的，有些实则进城"赶街"。

国民党武装人员将所有来到维西县城的傈僳人集中到城内的一个院落，院子中间摆上了几筐食盐，院落周围是荷枪实弹的士兵。一个头目走到人群中间高声说："进城来背盐巴的，站这边，不是来背盐巴的站那边！"人群立刻分成两部分。那时的大部分傈僳人根本听不懂汉语，有些是跟随人群的动向选边站队的。结果选择站到"背盐巴"队列的傈僳族平民统统被当成"土匪"全部斩首杀害。没被屠杀的傈僳人则惊慌失措，四散奔逃，甚至有人因这猝不及防的变故而发疯。

我的爷爷大约在屠杀之后第二天去维西城卖黄连，在城门口遇见一个结巴，那人神色平静地问我爷爷："要……要……不要猪……猪头？"我爷爷打量半天不像骗子，就说："要啊。"结果那个结巴把他带到附近的大水沟，说："猪……猪头……在……在那！"爷爷顺着他指的方向望去，看见整个山沟丢满了血淋淋的人头。他大惊失色，扔下黄连逃回家中。

此后，余斌和马贵堂开始组织重兵进攻暴动农民设置在石登的防线，国民党军队依靠快枪先后屠杀了 100 多人才击溃了暴动队伍，反抗将领雀才保失踪。一部反抗农民在余德兴的率领下，往西翻越碧罗雪山向碧江撤退，酿成了 1918 年至 1937 年怒江流域傈僳族农民被迫持续武装暴动的残酷历史，史称"福贡人民大起义"……

红军来了

1924 年至 1935 年，中国军阀混战，内乱不休，云南境内以唐继尧为首的各派地方军阀也连年用兵，相互厮杀，致使民生凋敝，财源枯竭。作为重要财税来源地的滇西北各处盐井成为各方反复争夺的目标。傈僳族居住区更是流兵横行，匪患四起，民不聊生。"护国运动"倒袁成功后，云南军阀首立其功，后来唐继尧独揽云南大权，居功自傲，自诩"南天一柱""东大陵主人"。他在云南长期扩军，甚至抵制孙中山的北伐战争。他也与顾品珍、范石生等势力相互火拼，导致三迤大地"保安军"蜂拥出现。云南各地军阀矛盾重重，各地土匪揭竿而起。

当时滇西最著名的土匪名叫"张结巴"，他控制滇西北云龙、浪穹等处盐井，纵横洱源、保山、泸水、兰坪、剑川、鹤庆、丽江等地，其势力庞大，不仅抢劫土豪，也绑架官军，因此成为一个富有传奇色彩的人物。张结巴于 1899 年生于兰坪县，少时父母双亡，由祖母抚养。后来由于家乡遭受天灾无法生活，祖母带着他和他的大姐到剑川羊岑、鹤庆牛街打短工，有时也沿门乞讨。走投无路的张结巴顶替别人以张占彪之名至大理邓川常备队服役，因其口吃被人称为"张结巴"。最终不堪忍受国民党守备队欺压排挤而落草为寇，成为名震滇西北的著名土匪。除张结巴之外，滇西山水之间还存在数以百计的小股黑色武装力量，各占一方，横行于世。

面对如此局面，驻守大理的滇西镇守使李秉阳只图拥兵自保，对匪乱坐视不理。这个原因很简单，如果主动与土匪交战，力量被消耗而实力降低，自身地位终将被云南的其他大小军阀或者军阀们的亲属所替代。但是他对云南讲武堂毕业生、大理镇守副使、维西镇守罗树昌却极力排挤，以剿匪不力为由，不但要撤销其团长职务，而且还要缉拿查办，这就激起了罗树昌的恐慌。1926 年 6 月 13 日，罗树昌在永北通电全省，发起反对唐继尧的军事政变。罗树昌在通电委任他的部属驻腾越二十九团团长刘正伦为"保安军总司令"的同时，于 1926 年农历七月十三委任罗彦卿、赵琳等人充任滇西北各县知事，在维西、永北、丽江等地扩张人马，然后起兵攻击鹤庆直捣大理北方要隘邓川，试图争夺滇西北盐井。罗树昌部先锋陈大光攻下邓川后，土匪张结巴同意加入反抗唐继尧的队伍，罗树昌由此挥兵猛攻上关。唐继尧的大理守兵仅有史华所率一营，兵力分散，渐不能支。张结巴适时率部出击，将史华布置在苍山脚下防御的一个连击溃。罗树昌由此夺取上关，张结巴则马不停蹄直捣洱海北滨的富饶之地喜洲，攻击前进狂抢一通后退回南中。这时罗树昌部陈大光的先遣中队也来到南中，在张结巴驻地附近待命。

而在云龙、泸水方向刘正伦的"倒唐保安军"则在积极联合保山、腾越、龙陵、顺宁、镇康、云县六个县团防的兵力参与军事政变。罗树昌和刘正伦试图从大理南、北两路合围占领下关。但是很多惊人的巧合决定了历史事件的走向。罗树昌的"盟军"张结巴曾经绑架罗树昌部先遣中队队长邱回才之父，勒索不成将其杀害抛尸荒野。罗树昌并不知道邱回才与张结巴有杀父之仇，派邱回才与张结巴协商进攻大理事宜，那还得了！邱回才知道张结巴近在咫尺，不由勾起一雪杀父之仇的念头。而张结巴却不认识邱回才。接到陈大光会谈的命令后，张结巴根本没有把小小的先遣中队放在眼里。来到会谈地点，邱回才见到张结巴只随便说了几句话，便拔出手枪射击。只见张结巴应声倒地。门外双方卫兵立即涌入，邱回才笑着声称"误会，误会，走火，走火！"收起手枪扬长而去。岂料张结巴身手敏捷，在邱回才掏枪之时应声倒地装死，只受了点轻伤。后来率部逃亡洱源北部深山，罗树昌部失去张结巴的右翼支持。

1926年秋天，唐继尧任命陈维庚为剿匪总司令，率领唐继麟、欧阳好谦、俞沛英率领三个团的兵力进入滇西剿匪。唐继麟、俞沛英的两个团首先正面攻击盘踞上关的罗树昌部，罗树昌部此时已经失去张结巴的支持，被唐继尧的援军全面击溃逃回永北，后流亡至川滇边境。刘正伦的六县联军还未正式形成，便被唐继尧打了个措手不及，后在云龙、泸水不断溃退，最后在腾冲投降。

1926年11月，中共正式在云南成立地下组织，组建以"倒唐"为目标的云南政治斗争委员会，领导云南人民进行反抗云南军阀唐继尧的斗争。1927年2月6日，云南军阀龙云、张汝骥、胡若愚、李选廷四镇守使联合对唐继尧实行兵谏，逼其去职，唐继尧政权被推翻。5月23日，唐继尧病死于昆明。6月14日，张汝骥和胡若愚又因争夺云南实际控制权与龙云兵戈相见，甚至一度囚禁龙云，后被龙云的地方武装所击败，将张汝骥部从曲靖一路向东驱逐至滇东，滇东本是龙云的故乡，张汝骥与龙云的军队在乌蒙山区发生多次大战，张汝骥损兵折将。至1929年秋天，张汝骥率残部从滇东向西折回逃到滇西永北顺州一带傈僳族居住地区盘踞。此时龙云派出的另一部武装也到达金沙江西岸防堵，对其形成东西合围态势。

顺州一带金沙江峡谷陡峭，东西两岸地形均易守难攻。虽然龙云所部占据了战略优势，但因忌于金沙江峡谷地形，并不敢贸然出兵。张汝骥的部队在永北境内盘踞四月之久，永北顺州板桥的傈僳人王治安厌倦张汝骥残军的侵扰和苛派，组织了400多傈僳人准备攻击张汝骥残军，秘密联络驻扎金沙江西岸的龙云武装成功。王治安率领的400余傈僳人联合龙云的武装于1929年农历十一月二十六夜突然发动攻击，内外夹攻张汝骥部，张军大败，其武装力量基本消灭于永北。

张汝骥带几十人突围至四川盐源，后于 1930 年年初在盐源被抓获，最终在押送大理途中死于刀下。由于傈僳头人王治安在攻灭张汝骥残军的战斗中战功卓著，龙云本想让他当永北县长，但王治安不识汉字，便只好给封了一个"永北夷务指挥"的虚职。

此后，云南各地的大军阀基本被龙云消灭，但也存在各地军阀卷土重来的可能。龙云为巩固对云南的控制权处处防备各地军阀，这在客观上为中国工农红军通过云南创造了有利条件。湖南、江西一带的中央红军早在 1930 年前后已经在考虑进行长征计划。蒋介石发觉红军西进意图之后，要求云、贵、川各地军阀严密防堵，试图将红军消灭在云、贵、川边境山区。龙云按照国民党中央的要求积极在云南布置阻击红军的防线。在永北傈僳族地区，龙云要求县长徐建佛修筑碉堡、哨卡等军事设施。徐建佛强征傈僳、彝、汉等各族劳工上万人次，最终于 1936 年在永北境内的金沙江沿岸修筑了 132 座碉堡，并抽丁成立 16 个江防大队，总计 4000 名武装人员防守 300 余公里的金沙江沿线，可谓布阵森严。

1936 年年初，红军也派出地下工作者苏俊杰等人，到云南西部和西藏边沿地区开辟工作。国民党也在全国发动了宣传攻势，甚至空投造谣传单，称红军为赤匪或者共匪，说共产党"共产共妻"。在金沙江沿岸，还妖魔化红军，散布"汉人红军吃人，特别喜欢吃小孩和婴儿"的谣言。金沙江沿岸的傈僳人、汉人因惧怕红军纷纷躲进山林。在贵州境内迂回多次后，红二、红六军团于 1936 年 3 月 6 日从贵州赫章县进入云南彝良县境内。3 月 7 日，红二军团在彝良县寸田坝、坪地召开群众大会，镇压了民愤极大的地霸。红六军团到达彝良县奎香镇，发动群众，开仓济贫。4 月 14 日，红六军团南下占领盐兴县（今禄丰）元永井，把没收的恶霸、土豪财物分发给群众，当地 500 多名青年参加红军。4 月 15 日，红六军团袭占盐兴（今禄丰）县城黑井，打开盐仓粮库，救济贫苦百姓。红六军团将沿途参加红军的青年组建为 1000 余人的新兵补充团。4 月 19—21 日，红二、红六军团进入云南永北、宾川等地傈僳族地区，这是第一批经过傈僳族居住区的共产党武装。红二、红六军团并没有进入永北县长徐建佛设计的口袋阵，而是从永北南部的宾川、鹤庆迂回直插当年蒙古军队"元跨革囊"的丽江石鼓、巨甸一带集结。在宾川钟英和东山傈僳族地区，今东红村委会阿恶村的傈僳族船夫李明高协助红军某特务班渡过金沙江进入敌人后方侦查。新中国成立后党组织找到他，并送他到云南民族大学学习，后曾担任中共怒江州委副书记。

中国共产党领导的红军所采取的"红军北上抗日，只是借道路过"的宣传在穿过云南、四川等地少数民族地区的过程中起到了很重要的作用。云南、四川、贵州各地军阀只希望将红军赶出自己的控制地盘，而不想真正与红军大战而消耗自己的实力，影响自身在中国军阀行列中的地位。因此，当尾随追击红二、红六军团的国民党中央军郭汝栋部1万余人于1936年5月15日到达永北时，红军1.8万余人已经于4月26—28日在丽江石鼓至巨甸60余公里木瓜寨、木取独、格子、茨柯、余化达等5—7个渡口渡过金沙江。在金沙江北岸今迪庆境内的格鲁湾、苏甫湾、开文等地区稍作休整后，红军先遣队4月29日翻越雅哈雪山，到达小中甸进入云南藏区。

"4月30日，红二军团前卫四师进占中甸县城，红二军团主力抵达小中甸。红六军团仍在格鲁湾。5月1日，红二军团在中甸县城以湘鄂川黔滇军分会主席贺龙名义发布布告，阐明红军的性质和纪律，宣传红军的政策。当天下午，贺龙接见松赞林寺松谋活佛派来的喇嘛代表夏拿古瓦，并请他将亲笔信带给松赞林寺的八大老僧，信中再次阐明了红军的政策。5月2日，松赞林寺派出8名代表，带着礼物，由夏拿古瓦带领，到红二军团部驻地慰问。5月3日，贺龙等红二军团领导一行40余人应邀到松赞林寺回访，贺龙向松赞林寺赠送'兴盛番族'锦幛。"5月5日，中华苏维埃共和国临时中央政府主席毛泽东同中国工农红军革命军事委员会主席朱德发表《停战议和一致抗日通电》，要求停止内战，国共双方互派代表商讨抗日救亡办法。6月6日，张国焘宣布取消第二中央。7月2日，红二、红六军团到达四川省甘孜地区同南下的红四方面军会师。7月5日，奉中革军委电令，红二、红六军团与红32军组建成中国工农红军第二方面军。

奉命任红二方面军副总指挥的萧克在此期间写下了一首七律诗歌，名为《北渡金沙江》："盘江三月燧烽扬，铁马西驰调敌忙。炮火横飞普渡水，红旗直指金沙江。后开鼙鼓诚为虑，前得轻舟喜欲狂。遥望玉龙舒鳞甲，会师康藏北飞缰。"同年，一位参加红军的藏族战士也写下了一首藏语或者汉语诗歌流传后世："不合脚的靴子，它是彩虹我也不要；感情不和的伴侣，她是天仙我也不要。奔腾的雅砻江怎能倒流，离弦的飞箭绝不会回头。我们共同的心愿，是同红军走到底。心愿！心愿！长征到底！心愿！心愿！扎西德勒！"在金沙江、澜沧江、怒江峡谷生活的大部分傈僳族人并不知道"红军"，只知道国民党反动政府宣传的"朱毛共匪"。但是从相邻世居民族的口述中得知红军事迹、政治主张和严明的纪律之后，按照傈僳氏族习惯将红军冠以"阿越氏麦"，即"朱氏族领导的军队"，在横断山傈僳族居住区广为流传，甚至被神化。

三、盐的解放

1946 年国共内战重开战端。尽管当时国民党军拥有 830 万之众，中国共产党领导的武装只有正规军 110 万人，民兵 200 万人左右，可谓实力悬殊。但是由于民心向背，至 1947 年年底，中国人民解放军通过两次大的战役重创了东北、中原地区的国民党军，国民党在大陆的统治地位开始动摇。在中国人民解放军进军云南之前，中共地下组织已经开始在各地举行武装暴动，滇西地区的第一场武装暴动则在滇西北要地产盐重镇剑川打响。剑川为茶马古道驿站，是北上西藏、南下大理、西通缅甸的战略重镇。1947 年 11 月，云南省工委按照中共中央和南方局的指示决定在全省范围内发动武装斗争，任命黄平为特派员领导开辟滇西武装暴动工作。黄平等人到剑川后，与省工委先期派回剑川的王立政、张贡新等地下党员取得联系，随后他们在乔后、剑川、鹤庆深入农村发动当地各族人民进行反"三征"斗争。他们从发展党员、建立党组织入手，积极发展党员和党的外围组织"民青"成员。至 1947 年年底，先后在剑川、沙溪、鹤庆建立了中共地下党组织。

1948 年 5 月，根据中共云南省工委决定，中共滇西工委在剑川县城秘密成立，由黄平担任书记，欧根担任副书记，滇西工委委员有王以中、徐铮、王立政、杨苏、王北光。滇西工委成立后，根据面临的形势确定"深入发动群众，开展各种形式的斗争，在斗争中建立党的组织，为发动武装斗争积极作准备"的工作方针。部署建立以剑川、祥云、保山为中心的 3 个工作区，地域涵盖滇西北。各位委员按照实际情况进行了分工，黄平、欧根负责全面工作，王以中负责剑川地区，徐铮负责学校和妇女工作，王立政、杨苏负责乔后地区，王北光负责通兰地区。剑川因此成为中国共产党解放滇西北地区的指挥和联络中心。

国民党云南当局也掌握了共产党计划在剑川、通兰暴动的基本情况，积极委任怒江、澜沧江、金沙江流域的土司势力为保安军司令、队长等职，筹划消灭共产党在滇西北的地下活动。由于长期处于军阀混战、土匪火拼的局势下，当地各民族对中国共产党并没有印象。据王北光回忆：1948 年，剑川县马登发生 6.25

级强烈地震，地震造成房屋倒塌、人畜伤亡。在人民受难之际，国民党政府置之不理，只有中国共产党滇西工委及时指示剑川县工委组织募捐，派出剑川县工委书记王以中为首的救灾团到兰州一带救灾。这一措施不仅使灾区人民受到极大鼓舞，也解决了生活上的部分困难，群众普遍反映这是"雪中送炭"。通过这一行动，当地人民认清了敌我，靠拢共产党，增强了要求解放的信心和力量，为以后开展工作奠定了基础。救灾团离开时，留下共产党员李铸宏和民青成员赵泽宗、张彭建、颜瑞昌继续在当地工作，传播共产党的主张，宣传全国革命形势。

1949年4月2日，中共滇西工委经过一个多月的精心策划和准备并报经省工委批准后在剑川举行武装暴动，打响了滇西北武装夺取政权的第一枪。近凌晨二时，起义队伍分两路由西、南迅速到达城门，收缴了卫城士兵的枪支。在敌方卫兵的配合下，双方均未鸣枪。直至暴动队伍到达县政府大门口会合时，敌方仍然毫无察觉。但是当杨新纪指挥暴动队伍试图冲进县政府时，遭到了守门警察的抵抗。甸南暴动队员陈祖芳中弹牺牲，队伍受阻，双方激烈交火，对射相峙。暴动队伍于凌晨四时许击溃守城国民党武装，国民党县长张积厚仓皇躲进厕所未被擒获。五时许，暴动队伍撤离县城。剑川暴动后，国民党剑川县长张积厚向云南省政府、省参议会告急，并联合部分地主豪绅重新纠集武装卷土重来困守县城以待援军到来，滇西工委决定抓住时机再次奔袭剑川县城。4月19日凌晨，剑川人民自卫大队突袭县城，双方激烈交战，中共武装歼灭守城国民党自卫队员80余人，活捉县长张积厚，缴获60多支枪，随即离开县城转移到石龙寺进行整训。在此期间，剑川县委调入一批骨干补充兵力，部队扩充至200多人枪，后编为3个中队、1个政工队、1个武装工作队，并配齐了军政干部，建立了共产党剑川总支委员会，滇西工委决定将部队番号改为"剑川人民自卫团"。

1949年4月21日，就在毛泽东和朱德发起《向全国进军的命令》之日，军阀罗瑛等人组织和抢抓永北汉、傈僳等民族组成所谓"中国民主联军滇黔军区滇西总司令部"，罗瑛自封副司令，号称拥有武装力量4000余人。于4月26日兵分两路从中江、金江渡渡过金沙江，向西进攻至邓川、洱源，企图控制滇西北盐场。同时，在滇西北诞生了一支打着国、共两党的旗号，又同时反对国、共两党的地方武装，即"共产党、国民革命委员会、民主同盟联军"，简称"共革盟"。它是临沧云县人赵正元、钟世俊和龙云的旧部以反对蒋介石和卢汉，迎接流亡香港的龙云为口号组织起来的一支武装。"共革盟"拥兵1000余人，先后攻下保山、腾越、龙陵、顺宁、云龙、泸水等县城。卢汉派遣保安第二旅旅长兼滇西剿匪指挥部指挥官余建勋、刘福铭等人进入滇西讨伐"共革盟","共革盟"主力在保山境内被国民党军队击溃后,往滇西北解放区溃退。云龙方向"共革盟"于1949年5月9日组织千余人攻击至兰坪县外围,其一部直扑产盐重地——喇鸡盐井。

1949年5月5日,中共领导兰坪县外围通兰暴动成功。1949年5月7日至之后一周,剑川人民自卫团与来自云龙方向的"共革盟"和邓川方向罗瑛的"民联军"发生多次战斗,罗瑛率领的"民联军"在剑川人民自卫团的英勇打击下一路溃败,"总司令"史华于5月18日在鹤庆自杀,罗瑛率残部回到永北后,也发生内讧,于5月25日被易少白、谭伟才处死。剩余"民联军"近千人进入华坪、盐边地区苟延残喘。5月10日,试图进入兰坪县城的"共革盟"在剑川羊岑、白拉山哨口遭到欧根率领的剑川人民自卫团伏击,全部被歼灭。剑川人民自卫团先于"共革盟"进入兰坪县城,兰坪县城和平解放。但是"共革盟"武装一部在银友裕率领下于5月11日从云龙向北进攻占领了滇西北人民食盐主要供应地和国民党财税主要来源地——喇鸡盐井。剑川人民自卫团二支队必须火速出兵击退"共革盟"武装,解放喇鸡盐井。王北光、李岳嵩率部连夜前往喇鸡盐井,于5月12日拂晓赶至喇鸡盐井包围了"共革盟"武装。战斗从拂晓至中午结束,"共革盟"被二支队击溃,向云龙方向逃窜。同日,中国共产党在维西县组织武装暴动成功。

解放喇鸡盐井后,二支队开仓卖盐,还对前来买盐的怒江流域傈僳人、怒族人免费发盐。尽管中共在剑川、兰坪、维西等地控制了一支武装力量,但是这个区域大部分居民为少数民族,语言不通,民风迥异。地方土司试图武装对抗,很多山地民族对中共了解不深或者根本不了解,导致中共在汉族地区采用的宣传手段在横断山区少数民族中并不奏效,刚刚诞生的新政权和解放区根基不实,还在风雨中飘摇。在这期间,后任怒江州委书记的张旭参与了免费发盐的过程。张旭当时任喇鸡后勤部主任主管盐务工作,他们掌握了怒江、维西地区傈僳族、怒族人吃盐十分困难的实际情况,而接手过来的国民党喇鸡仓库里滞存有2.8万担食盐。上级指示将这批食盐以"怒江特区救济盐"的名义免费分发给怒江两岸的山地民族。最后决定来要食盐的人要多少给多少,只要背得动。

可是免费发盐并不容易。当地人根本不相信"汉人"免费发盐的"鬼话",

张旭和王荣才在喇鸡盐井附近的营盘街上转悠几圈，遇见两个买盐的怒族人，张旭对他们说，不用买了，每人给你们一背。两个怒族人不可能相信这个汉人说的话，因为历朝历代的"汉人"都是用食盐牟取暴利，控制、压榨各族人民的。"给一背盐"一定是汉人的鬼话。两个怒族人仔细打量这两个汉人，他们认出了曾经在碧江教书的王荣才。交头嘀咕一阵子之后，将信将疑地用傈僳语说"王老师，我们要一小点就可以了"。王荣才搬出二三十斤的两大块食盐送给他们，用傈僳语开玩笑说："一小点不给，老师给学生要给一大块。"两个怒族人说："老师给，我们就敢要。"王荣才又说："你们回去后，叫没盐巴吃的亲戚朋友们来喇鸡盐场找共产党，每人给一背，随时来随时给。"

两个买盐的怒族人乐呵呵地回去后，共产党在喇鸡免费发盐的事情在怒江两岸迅速传开了，成群结队的傈僳人、怒族人接踵而来，消息甚至传到恩梅开江流域，为了得到食盐，那里的人们也翻越高黎贡山、碧罗雪山不远百里前来背盐。直至发放了 2000 担左右，来的人才逐渐少了。这件看起来很小的事情，在当时横断山区产生了重大影响，无意间形成了强大的政治和舆论攻势。甚至仍然想负隅顽抗的国民党碧江参议会参议长田月辉也对田映书说："我们该收手了，共产党只要费上几百担盐巴，我们将死无葬身之地啊！"解放怒江的宣传攻势就这样被迅速打开了，中共滇西工委趁热打铁，安排王荣才带领学生木盛春等人将《约法八章》、毛泽东的著作《论新阶段》和《论联合政府》中的主要章节翻译成傈僳文进入福贡、碧江张贴于县政府门前的墙壁上，识字的傈僳人大声朗读给前来围观的群众。在盐巴攻势和傈僳语文的宣传下，怒江两岸人民对中国共产党的质疑基本消除了，为下一阶段的斗争奠定了坚实的基础。后来王荣才进入怒江见到傈僳族头人霜耐冬、裴阿欠时，两人同声说："过去听说过'阿越氏麦'的故事，如今阿越氏麦来到怒江，太好了，太好了。"因此后来有人说"盐巴解放了怒江"是有依据的。

1949 年 9 月，滇西人民自卫军改编成中国人民解放军滇贵黔边区纵队第七支队，七支队下设 6 个团，一个藏族骑兵大队，人数 6700—9000 人。新中国成立以后，刘邓大军以摧枯拉朽之势挺进大西南。1952 年以后，滇西北全境获得解放。印证了一句傈僳族格言："没有四季啼叫的布谷鸟，没有永不下台的官僚。"古盐矿、井依次恢复生产，其中喇鸡鸣井的盐以产量最高、盐质最好、渗透力强和质地坚硬而誉满全滇。喇鸡鸣井的盐还呈现出绯红的颜色，被誉称为

"桃花盐"。改革开放以后，由于盐产量不断提高，曾经稀缺难求的盐成了最普遍的食品，从供销社统购统销到小卖铺零售，从凭计划采购到自由购买，从昂贵到不惜血族仇杀，到成为生活中最便宜的必需品，滇西北的盐用它的历史诉说着苍茫往事。

  如今古兰州的盐井已经全部关闭，仿佛翻过了一页充满血泪的历史。而喇鸡鸣井附近的居民，还在利用水溶开采涌出的卤水顽强地用他们的方式熬制桃花盐，不是为了食用，而是为了传承他们伟大祖先留下来的一种记忆。2016 年，有幸得去喇鸡鸣井一睹小镇风采，那时秋色灿烂，浮云散淡，兰州古道上的村落弥漫着自由的炊烟。当我用双手捧起一捧绯红的桃花盐，仿佛触碰了盐马古道跳动千年的血管，这隐秘的血管里，隐约回响着盐的复杂回声，仿佛在告诫我们珍惜有盐味的自由生活。

（原载于《民族文学》2020 年第 2 期）

贵 人

鄢玉蓉（回族）

一

故乡在山里，山叫米岗山。

山下的村庄，被一条条沟壑或一座座小山丘霸道地隔开，由崎岖蜿蜒的乡村小道再把它们糖葫芦一样串联起来，在这些平凡的村庄里，我的村庄是其中一个。

当城里的孩子正兴高采烈，在爸爸妈妈的护送下做幼儿园的公主王子的时候，我也正破衣烂衫自由烂漫地游离在生产队集体所有制的尾巴梢上，跟着母亲在米岗山周围的众小山上给生产队割小麦、挖洋芋、锄胡麻、拔大豆。然后，守着队部广场上的粮食堆，在队长拖着长音的点名声里，等待分到父亲名下的那一点儿让我们望眼欲穿的粮食。

直到1980年9月的一天，在学校当民办教师的小姑牵了我的手，把我送进了课堂。她还从她一个月仅有的六块钱工资里，拿出一点来，买了一块绿色格子布，偷偷塞给我的母亲说："给莲做条裤子吧，不要让妈知道了。"她的妈，是我的奶奶，不让奶奶知道不是因为奶奶不爱我，而是日子都过得太艰难了，是贫穷限制了奶奶对我的爱！

小姑能忍痛割爱给我买布做裤子，不光因为我穿着烂裤子她领着我不够体面，还因为一个说着普通话的从北京来的知青叔叔当着她的面给我说的一句话，他说："你妈怎么没给你补裤子呀！"那时，我的裤子已经补丁摞补丁到不像话的程度。

这当然是一句反话，当老师的小姑怎么能迟钝到不解其意呢？

还有一个原因，就是我这个侄女在学校里一不小心就给她长了脸——学习好。

那一条绿色格子布新裤子，是我小时候的记忆里最为漂亮的华衣锦服！从此便沦陷在对格子布的情有独钟中。

有了学习好的优势，在三年级升四年级的选拔考试中，我荣幸地进入了"民族班"，成了惠台民族小学自1981年开始招收民族生以来的第三届小学民族生。

选拔考试是面向全乡的。十里八村凡够资格的考生都在一起集中考试，惠台乡所辖六七个大队的学生，好几百人的阵容，都从各个"糖葫芦"里赶来，但民族生名额有限，只有名列前五十的人才会成为幸运之星。

民族生有国家特批的扶持资金，学生的学杂费、书费、住宿费、生活费，甚至一些必要的学具费就都有了保障。不花钱念书谁不高兴？民族生家离学校远的就住校，附近的不用住校，但可以在学校免费吃饭。我是家在学校附近的，吃在学校住在家里。

学校里一天两顿饭，顿顿是炖洋芋糊糊，我们拿着给民族生免费发的搪瓷大缸子，在窗口排成一字长龙，轮番打上半缸子洋芋糊糊，领一枚家里很难吃到的白得耀眼的大馒头，兴高采烈地坐在教室里享用，稀里呼噜声响成一片。每隔一两个月，学校里会宰一头牛给民族生改善伙食，大块的红烧牛肉炖白白胖胖的粉条，在袅袅升腾的热气中让人的馋胃一阵阵痉挛。每回改善伙食，我都会飞快地端着半缸子粉条烧牛肉往家里跑，把那半缸子谁见了都会馋涎欲滴的美食，分享给父母兄弟和姐姐。

民族生是要上晚自习的。从晚上七点上到八点半。对于住校生而言，这样的规定再好不过，少了闲工夫去惹是生非，学习时间也有了老师的监管，两全其美，何乐不为？我是跑校生，晚自习对于我就意味着要走夜路，美在其中，却乐不起来。四年级时还好，有上五年级的霞姐做伴，两个人走夜路也不觉得害怕。霞，是大伯的女儿，比我年长一岁，她美丽聪颖、淑雅恬静，是我小时候最要好的朋友。但我升到五年级时，霞姐已经去县城读初一了，她住在县城的家里，故乡便成了她真正意义上的"故乡"。大伯在县城工作，县城便安了半个家。这时候，我就成了山路上踽踽的夜行人，夏天无所谓，下晚自习天还亮着，一个人优哉游哉就到家了。但到了冬天，晚自习就成了我渺渺无期的一段噩梦。

从学校到家，要经过一个深沟，沟里是一条哗哗流淌的小河，它发源于近在咫尺的米岗山底。挨学校的一面是陡峭的崖壁，一条"Z"字形的羊肠小道镶嵌在差不多直立的崖壁上。挨村里的一面是一条缓坡小路，一直通向村里。村里人挑水、洗衣、饮牲口走的。对于猴子一样灵巧地爬惯了山路的我们，"Z"字形崖壁路的窄与陡根本不算什么，但小河的水声却是十岁的我难以克服的障碍，尤其在夜深人静时，沉在沟底的小河唰唰啦啦的响声犹如群鬼嘶鸣，身前身后挥之不去，离河越近，声音越大。同村的男生只有两个，但两个人都假装正人君子，比赛一样刻意和我拉开距离，不是早早就跑了，就是磨叽着不走，故意走在我看不见的后面，即使偶尔碰上了，两个人也会飞快地跑远，倘若谁离我近了些，或不小心说了几句话，之后，便会有闲话有板有眼地传出来，说某某某男生和某某某女生怎么的怎么的，成为他们饭后打发时间的一杯闲茶。所以，我们彼此之间几乎不说话，不往来。

小河无辜，一路欢欢喜喜，悠闲自得地奔跑，才得以淌经我们村。村民们吃饭，洗衣，饮牲口，浇菜园，哪一样都离不得这亲爱的河水，而这养育故乡人生命的河流，多少个夜晚，都呜咽着把我吓哭，哭着回到家里的我，声嘶力竭给家里要赖："我不念书了，我不念书了……"

我不念书了，成了我威胁父母的口头禅。

父亲不吭声，等我发完脾气消停了，才乐呵呵抚摸着我的头说："不念了，不念了，明儿咱就放牛去，当放牛娃……"

父亲不和我硬碰硬，不以大家长作风强行压制我，总是这样和颜悦色顺着我的脾气，给了我足够撒气撒娇的空间，在他宽广的包容里，我的暴躁渐渐被稀释得荡然无存。

晚上，父亲就给我拿墨水瓶做了一盏煤油灯，用白纸糊了一个灯罩，罩在豆大的灯焰上，如此，便成了一只小巧玲珑的手提灯笼。这闪闪烁烁的萤火虫之光既防风又聚光，举在手里便有了护身符一样的力量。父亲也会出来接我，守在沟对岸坡顶上等待我的萤火虫亮起，看见我明明灭灭的灯光，父亲就会吹响他的竖笛，《社会主义好》或《没有共产党就没有新中国》，嘹亮的旋律在暗夜里使我顿然心头一亮，瞬间勇气回升，我会一口气跑下"Z"形小路，快速跨过河里的搭石，再气喘吁吁爬一段长坡，到坡顶了，父亲的身影便望得见了。

深秋和浅春时节的小河会进入凌汛期，河水夹杂着冰凌溢满整个河道，河中供人踩踏的搭石会被淹得无影无踪，冰水混合物泛滥得到处都是，上下学的我深一脚浅一脚上上下下沿着河道跑无数个来回，有时会幸运地踩着浅水一跃而过，有时则会掉进水里，回到家里时，棉裤和鞋冻得梆梆硬，一敲脆响。实在过不去时，就得失望地爬上"Z"字坡，再去更远的地方找桥，绕两倍的路程回家。

坡下姓陈的老伯，看见我哭着从他们家门口过，总是捋着没有胡子的下巴一副幸灾乐祸的神态，他鄙夷我的父母把我这样的女娃送去上学，有一次，我分明听见他给另一个老汉以嘲讽的语气说：儿子娃念书还说得过去，谁还把女子送去念书，就算念成了也是别人家的人……

陈伯有六个儿女，三男三女，没有一个念书的。陈伯最为得意的莫过于他的教子有方，成功地把他的六个儿女无一例外塑造成了文盲。

具有讽刺意义的是多年之后，我的班里竟然就坐上了陈伯的重孙，陈伯的孙子孙媳妇对孩子教育极高的关注度让我时不时想起他们的爷爷和爷爷那副鄙夷我的神态。

二

1984 年 9 月，最后一届五年制小学毕业的我又在全县选拔考试中，荣幸地被录取到县城的初一民族班，同样享受国家民族生待遇。

可是，荣耀像清晨的繁星，只那么耀眼了不多的日子，随着学校正式开课，许多的困难便如约而来。

首先是住校。对一个十二岁的小女孩来说，这样的年龄正是恋家的时候。那时候，一周只上四天半课，周五半天课程结束，我就和同学搭成帮步行回家，二十多里山路，一路上说说笑笑要要闹闹不觉间就到家了。愁的是周日返校，生离死别一样，有好几次，我号啕着不去学校，仍然拿出之前的杀手锏，对父母大喊着："我不念书了，我不念书了！"我说的是真心话，发自心底的真情。可是父亲并不理会，嘿嘿笑几声，然后掰开我死死拽着门边的手，说："不念了，不念了，咱俩外面浪走。"他背着我抱着我拉着我一路跌跌绊绊出了门，等到离家远点了，才放下我。他把我送到二里路以外的班车站口，这个站口，是固原通往泾源的班车必经之路，一天两趟，早上一趟，下午一趟。长途车到站口的时间不够准确，坐车的人就得提前一个小时在站口等着。等班车吱吱扭扭摇晃过来时，他一把把我塞进车门，然后给师傅三毛钱车费，我还在哭哭啼啼挣扎着，班车却已启动，只看见车窗外父亲笑着的脸和挥着的手。

坐车的待遇只对哭哭闹闹的我敞开门户，不闹不哭的情况下便没有班车可坐，一个人背了外婆用花布碎渣对起来的书包往学校走。

还是没有伴儿，能做伴儿的女生都被米岗山下辖的山群分割在不同的自然村，有时走了很远的路，去她们家叫她，却不料人家早走了，或者她还没有吃饭，还有事情没有办完，加上又不顺路，无形中又浪费了时间。后来，就不叫她们去了，一个人上路。

通往县城的路有两条。一条是汽车能走的柏油马路，平坦但绕的路多，大约有三十公里的路程，一半上坡，一半下坡，骑自行车的只需一个半小时，下坡骑着一路风声呼呼能爽死你，上坡时得推着车子走累死你，而完全步行的话就得两个半小时。一条则是穿梭于各个山上沟壑里的羊肠小路，陡峭而崎岖，但比较近，差不多是大路的一半路程。

我喜欢大路的平坦和路上生气勃勃的物事，喜欢小路的路程短和用时少，可是两条路如鱼和熊掌，常常难以取舍。

很多时候我被父母逼着走大路，大路上有车有人明媚而有生气的状态是人身安全最好的护身符，还有，路上有可能会碰上那种绿色的尖头解放或者蓝色的尖头东风卡车，也会有手扶拖拉机。伸手拦车我会偶尔为之，那时，并不曾想到会碰上坏人歹人，而我拦车的经历里也果然碰到的尽是好人，师傅会一脚刹车停下来，从车窗里伸出头问我："去上学吗？上来！"

我一边"嗯，嗯"应着，一边会猴子一样敏捷地爬上他敞着的车厢。一路上，整个人如旗帜一样迎风招展，只消四十来分钟，便可完成我用脚需要两个半小时甚至三个小时才能走完的长路。

感激那些好心的师傅载我，没有对我动过邪念，在他们善良的意识里，一个十二三岁的孩子，不过如自己的女儿一样吧。

有时一路都碰不上卡车，或者碰上了，我也挥手了，但他们没有停，我便大步流星，一边还豪情万丈唱一两句山歌。也会碰上不认识的学生，不结伴但不远不近相互跟着。最搞笑的是碰上我同学的父亲，背个褡裢在前面走，一路上响屁连串，鞭炮一样在裤裆里炸响，笑得我眼泪都出来了。

偶尔图快，会避开父母的眼睛，抄小路偷偷走了。

远离人家的小路，丧失了烟火的气息，但小路周边沟壑山梁却是盛产野兽飞鸟的处所，是动植物恣意生长的王国。

一个人在崎岖蜿蜒的沟壑山梁上行走，像糖饼上一粒蠕动的芝麻，能结伴的只有自己的影子。有时一路上一个人都碰不到，即便遇上，迎面走来的人会在擦肩而过的刹那间又彼此分开。同向的也会很快撵上并超过我这样的小孩。最忌怕一处叫作"孤狼湾"的地方，这里荒草没过人身，草里野兔野鸡穿梭游走，"唰唰"声不断。树影浓密，山石突兀，传说经常有狼出没，吃了王村的张三，撕了李村的王四，或者有叫花子从此处经过，从此，便没了踪影。还有说何年何月这里有被狼吃剩的尸骨，撕碎的衣服，等等。让孤狼湾的阴森里又多了几分恐怖的气息。少年的我会不由自主多了几分警惕，多了几分提心吊胆，在听得见自己的心跳和呼吸时，草丛中突然蹦出一只兔子或野鸡，冷不丁会把人吓出一身冷汗……

学校里还是吃洋芋糊糊，也会偶尔改善伙食，民族生都是免费的饭票。只是宿舍条件太差。从初一到初三，几十个女生统统搬进一个废弃了的教室，教室里挤满了钢管高低床，屋顶破烂得抬头就能看见漏进来的蓝天。9月还好，不太冷，破损的屋顶就当是空气流通的通道，进入10月份，屋里就开始冷了。11月份，屋子里冷得像冰窖，学校大概害怕煤气中毒，不让我们在屋里生炉子，我和同学两个人把铺盖合在一起，挤一张床上一个被窝睡，还是冻得难以入睡。

小花的父亲收留了我。小花是我的好友，看我太过受罪，就把情况说给她父亲，那个在学校食堂当厨师的男人竟然很痛快地同意了让我住他家——其实，他的家只是一间学校分给他的单人宿舍。在他家烧得温暖的炕上，小花和我，还有她的父亲，三个人一起度过了初一那个寒冷的冬天。如今想来，那个满脸串脸胡子的男人和帮助过我的卡车司机一样，也是我生命里的一个贵人，多年后再想起时，依然会因感激而泪目。谢了，我的父亲一样的大胡子叔叔！

初二那年，学校里新的宿舍楼已拔地而起并投入使用，全新的楼里是干净而温暖的暖气，铺盖再薄，冬天也不再冷了。

然而，我还是在初三那年落榜了。

那个年头，学习好的学生大都选择了考中专，我也一样。在国家还包分配的年代，考上中专就意味着有了工作，只是，我高估了自己的能力。

这下好了，我终于可以堂堂正正有理有据叫板父母亲我不念书了。没考上还念什么，我对着父母亲大喊大叫，我已厌倦了学习，厌倦一个人走孤狼湾，厌倦了每个周末来来回回走几十里山路，厌倦了厚着脸皮拦大卡车，村里不念书的燕子、花女、赛麦，哪一个不比我活得舒坦？为什么你们非要我念书？少年时的桀骜，让我把脾气发挥得简直肆无忌惮。

又是父亲，听完我一通的喊叫仍然笑着说："不念了，不念了，咱去给补习班老师说一下，我们不念了，把名额让给别人去。"父亲私下里已经给我找好了补习班，他拉着我出了门，还是哄小孩一样哄我，还没走到补习班，我就被父亲的包容软化了，不再挣扎，像一只绵羊一样软弱下来。这时候，父亲才说："白校长你认识，咱这一次补习你再考不上，爸便遂了你的心意，不念书了。"父亲不忍心看每次都能考上民族班的我轻言放弃。

父亲找的补习班在我们乡上，和我小学的母校隔墙相连，墙那边的老师们都是我从小就熟悉的面孔。

三

但这一年我考了高中。老师说，好学生考中专可惜了，上个高中，以后还有上大学的机会，为啥要那么鼠目寸光地急于工作呢？

老师读书多，学问深，想事长远，老师的话父母和我深信不疑。

也许是好运，也许当年我真的还算优秀，成绩竟然进了全县前十名，很顺利地就被银川一中录取了。也一样赶上了国家对少数民族地区教育扶持的好政策。银川一中，这个在省府最具名气的中学，1985年开始创办民族高中部，开始面向南部山区贫困地区招收成绩优异的农村学生，为寄宿制民族生。我们1988年秋天进校，是银川一中的第四届民族生。能成为省城名校的学生，是多少人梦寐以求的理想。

这下好了，终于可以美美地坐车！

那时没有高速，从老家坐班车要走整整一天，十三四个小时才可以到银川。这么长时间，不就把初中没坐够班车的遗憾补回来了？而且，车费学校还给发，我兴致勃勃，憧憬着坐在车窗边观风望景的悠然自得，至于离家的惆惑早都忘到九霄云外了。

临走，父亲递给我一百块钱，这么大的钱，竟然是给我的，这是我上学以来，父亲给我最多的钱。我惊讶地推辞着，像推辞一只烫手的山芋，我说："录取通知书上说了，学费书费生活费，笔墨纸砚住宿费一切都是免费的，我要钱干啥。"

父亲说："穷家富路，你出的是远门，千里路上，这一走就是四个半月，不像在咱县上，有个啥事，脚一展就回来了，万一有个啥事拿出来救紧。"

还救紧，我能有啥紧事？我还是诚惶诚恐怕钱咬手似的不敢接那一百块钱。

父亲又说："就算没有紧事，你敢保证你不买衣服或者吃个酿皮啥的？拿上，花不完再拿回来都行。"

我只好从父亲手中接过那一百元钱，好大一百元哪！我得把它装在最安全的地方，贴身的内衣兜里吧，这才放心地出发。

黎明时分，我坐上了开往银川的长途班车，隔着车窗我看见父母亲一边挥着手一边躲避着擦眼泪，我的眼泪也喷涌而出。这一去，八百里路云和月，我们将彼此远在天边，日日对月相望。然而，当长途班车晃晃悠悠下了几个转盘之后，旋转带来的不适，变成强烈的晕车症劈头盖脸向我已经痉挛的胃部袭来，哪里还顾得上伤感！我掏出自备的塑料袋，一次又一次翻江倒海地呕吐，最后连绿色的胆汁都吐光了。

晕车，变成了我高中三年，年年历经的梦魇。

再也不提能把车坐美之类的豪言壮语了。

黄昏时班车终于到达了。我筋疲力尽，拖着空空如也的胃和几个小伙伴把自己的铺盖从车顶的行李盖子上解下来。背着铺盖一边问人一边往学校方向摸索。

大街上车来车往人流如织，林立的楼房一座挨着一座，马路长得看不到尽头，自行车飞快地在身边穿梭……一辆脚蹬的黄包车在我们身旁戛然停止，车夫一个劲撺掇我们上车，说拉到学校只需五毛钱。我们几个小孩儿不说话，怕自己蹩脚的乡音暴露了身份而受到讹诈，傻乎乎一个劲儿摇头，又忍不住稀奇地盯着黄包车看，车夫狠狠地骂了一句什么掉头走了。

我们的住处是一栋"回"字形四层大楼。一楼是食堂饭厅，二楼是部分单身老师的宿舍和宿管阿姨办公室，三楼住男生，四楼是女生。

伙食比上初中时好多了。菜里面除了土豆，经常会掺着大块又白又嫩的豆腐，银川的豆腐好吃极了，与老家的那种粗糙苦涩的豆腐相比，不仅不苦不涩还绵软爽滑。到底是省府，连豆腐都这么高级。除了豆腐，菜里面还会掺些好吃的黄豆芽和油菜之类。还有面条，这在小学和初中住校从来吃不到的稀罕物，竟然成了我们饭桌上的常态。

班主任王老师五十多岁，比父亲还让人感觉到亲切。数学老师也年岁较大，常常把"云"说成"银"，一口黏黏糊糊的云南话，我们喜欢叫他老明，他却开口小家伙，闭口小家伙呼我们，完全把我们当他可爱的小孙子对待，一切都那么美好。

家境好点的同学就上街溜达。学校在最繁华的地段，从小巷里出来，拐弯就是新华街。他们今天买件衣服，明天买双鞋，后天去吃拉面，大后天又买些水果回来。我渐渐有些把持不住了，我的衣服还是表姐给的一件玫红色的阿尔巴尼亚泡泡袖小西服，早就被太阳晒得泛白，一双球鞋也开胶多日了，摸着父亲让我救急的一百元，我开始计划如何让它拯救我寒酸的衣着。

　　我买了一双白色的回力钉子鞋，一条当时正流行的健美裤，买夹克上衣的时候，因为和摊贩搞价，差点就被人打了。她见我蹩脚的普通话和寒酸的衣着，竟然狗眼看人低，小声给另一个商贩说："小山狼。"她说的"狼"是四声（làng），银川当地口音，在银川待了一段时间的我已经能听懂当地人掷地有声的方言了。"山狼"是他们鄙视山区人的称谓。豁然想起，刚到银川时，碰到的那个黄包车夫丢下的也是这句话。人啊，自身都困弱到蹬黄包车的人竟然也会蔑视比他更弱的人！还是几个可怜的孩子！

　　我也有计划地偶尔吃一碗当时只卖八毛钱的拉面或酿皮。到学期末，父亲给的一百大洋还能有剩余部分给家里人买小礼物。回家的路费不用愁，班主任王老师会按时发放，就像每学期来学校的时候，县上宗教局给我们发放路费一样。

　　最远和小芳去过地区建二公司亲戚的宿舍。亲戚回了老家，说有一桶蜂蜜让小芳拿去给我们吃。我们在公交车上一前一后坐着，车到半路，小芳竟离开座位挤到我旁边来站着，她的座位立马被一个男人坐了，小芳指着那个男人小声给我诉苦，他摸我！

　　我气不打一处来，又不敢明目张胆报仇，只好狠狠地给男人脊背上吐了许多唾沫，下了车，两个人高兴得就像捡了金子一样。

　　打开亲戚的房子，一股霉味扑面而来。几个月没住人了，桌子底下有吱吱吱的声音，低头看时，只放了一双棉鞋，棉鞋里突然跳出来一只硕鼠，箭一样蹿出来三蹦两跳便没了踪影。而棉鞋里分明还有响动，小芳吓得撒腿就跑。我大着胆子拉出棉鞋向里张望，一窝粉红色的毛还没有长全的老鼠孩子挤成一团。

　　南门广场离学校较近。到银川来的人都要去那儿照相，那地标性的城楼像极了图片上看到的天安门广场，如果拿着照片给乡亲们炫耀，没见过世面的他们完全会信以为真。

　　然而，城市璀璨的霓虹灯最终晃花了我的眼睛，使得我高考不尽如人意！

四

我们是唯一一届被放回本县参加考试的，当然，也是考得最差的一届。这提前一个多月回家，没有了老师讲课，没有了学校制度的约束，没了时间观念，没了同学间彼此影响彼此督促的紧迫感，绷着的弦儿便松懈了。重新适应水土不服，加上考场、考生、监考老师一概不熟悉，心理上就先输了。

去县城对完分数，人已经失落得精神都有些恍惚了。骑着父亲那辆高大的老式永久自行车从一段长坡上冲下来，眼看着前面一堆毛茸茸的羊在行走，就是不知道拉闸，而是直直地冲了上去。被撞倒的羊好着呢，一骨碌翻起就跑了，我一个倒栽葱翻下来，胳膊却摔折了，骨折的胳膊直到师范开学还没有完全长好。

那一段时间，脑子里成天梗着：我考不上了，我要落榜了，我不补习，我不念书了！

然而，命运待我不薄，我收到了固原民族师范的录取通知书。

还是民族生！

1989 年 10 月，固原民族师范招收第一届民族生，招生对象在高考生里录取，学制一年，为的是快速保质量地给固原地区培养小学教师。

我也赶上了！ 1991 年 10 月，我成了固原民族师范速成班的学生。从小学到师范，读了十三年书，当了九年民族生，这是我第四次也是最后一次幸运地搭上国家对少数民族学子关爱的民族快车。

高中时的姐妹竟有五六个在师范里重逢，哀叹自己没考好的同时又一起感激师范的收留，感恩给予我们特别关爱的国家，这是真正的悲喜交加。

我长大了，在外漂泊多年，在外寄宿多年，已经习惯了别离，习惯了独立。不再恋家，工作有了着落，便没有了上高中时的压力，心情就格外放松，再也不会动不动拿"我不念书了"这样的气话要挟父母。那一年，是我读书生涯里过得最为愉快的一年。

师范里课程开的较多。以专业课为主，教育学心理学必须有，练琴、绘画、书法等能力课较多。一年的强化训练，很快就让我们这一帮民族生有了站上讲台的自信。

师范的女生流行织围巾。我也跃跃欲试，买了毛线竹签一本正经加入编织大军。像所有的初学者一样，因为织围脖不需要加针和减针，不需要变换花型，只管直上直下游走。可是，我是初学者啊，手指僵硬像十根木棍，上一针或下一针比撬起地球还用的劲儿大。折腾上一两个小时，织不上巴掌大一片，还七扭八歪疙里疙瘩粗糙不堪，弄得腰酸背疼脖子僵硬。但热情不减，劲头足得熄了灯还几个人相约了跑去路灯下借光夜战，和查宿的阿姨在楼道里捉迷藏，阿姨从东头喊一嗓子，我们会一口气跑到西头藏在拐角朝声音处张望，只等阿姨捉不住尾巴悻悻而去。不幸的是阿姨也是摸准了我们命脉的反侦察高手，不但不会空手而归，反而会悄无声息地绕到我们身后再大呼一声："跑啊，不信逮不住你！"吓得我们如惊弓之鸟四散飞奔，跑得上气不接下气偷偷潜回宿舍。

偶尔晚上会溜出去吃酿皮。有一晚在南河滩逛夜市，回来晚了，学校的大门已上了锁，几个人偷偷翻墙，却不料笨手笨脚弄出的响动惊动了保卫科值班老师而被生生捉住。一排溜儿低着头站在保卫科挨训，勒令我们在保证书上签字的时候，朱老师在一旁惊呼："呀，字写得不错嘛！"一改刚才的威严和恼怒。我也惊讶地抬起头，看见朱老师一张慈祥的脸，瞬间厚颜无耻地给老师耍赖："老师饶了我们行吗，下次绝对不敢……"姐儿几个一个个都嬉皮笑脸的。朱老师一脸无奈，最后，大手一挥，走吧走吧！

多年之后读到朱老师的文章，听闻了他的才名，才恍然，那年"活捉"了我们又放了的他，原来是文学领域的前辈——朱世忠。而今，时光已去，物是人非，不知道英年早逝的他在天堂还好吗！

6月底，我们人人都意气风发地，觉着自己就是一只羽翼丰满的大鸟，只待学校一声令下，就可以义无反顾冲锋陷阵。

我揣着师范发放的毕业证回到家乡，斗志昂扬去学区报到，满怀希望留到自己当年上过学的中心小学执教，却不承想被分到了更为偏远的米岗小学接受锻炼，一待就是两年。

还是原来的米岗山，我远飞的翅膀从起点又飞回到起点。只是我已不是当年那个天真无邪无忧无虑的小女孩。职业一栏里是自信笃定的"教师"二字。

父亲给我把被褥拿自行车驮到学校，帮我打理好火炉子和做饭的柴火，仔细地查看门锁和各种电线插头，直到他认为放心了才作罢。他走的时候开玩笑说："这回你想念书都不让你念了。"

是的，念书已归来，我完成了他所期待的学业，有了一份他所期待的工作。

"不念了，不念了。"我也轻松地打着哈哈回应着与父亲作别，看着父亲骑着自行车的背影一晃一晃消失在雄伟的米岗山下。天气晴朗，阳光明媚，米岗山上树木的层次清晰可见，都郁郁葱葱奋力生长着。头顶，几片白云悠然自得，朝着父亲离去的方向移动。

后来，我决定远调芦草洼。那是故乡的移民吊庄，距故乡千里之遥。扎根拼搏在那里的都是年轻人，年轻人多，孩子自然多，孩子多，我就不会闲着。虽然艰苦，但日子充满活力和激情。当然，那里的天地更为广阔，更适合我年轻的心，适合我期盼放飞的灵魂。

再一次远离故乡的时候，父亲依依不舍地牵着我的手说："莲啊，你要记住，你今天的成功不全是你自己的能耐，你学习努力是一方面，如果没有国家的资助，你就算考上，我们没准儿会因为交不起学费而荒废了。国家，就是你的阳光，是你成才路上最大的贵人。去了芦草洼，你要好好教书，好好工作，多教出些有出息的娃娃……"

父亲的老泪在眼窝里旋转，那是他对我的爱和不舍。想起许多年前，许多次，我撒泼耍赖威胁他的话："我不念书了！我不念书了！"我一直认为是父亲一次次地忍让、包容、坚持才让我的学业得以为继，却忽略了我们家有没有钱供养我的问题。学杂费、书费、住宿费、文具费、生活费，这一系列的费用如果不是国家给民族生的补贴，钱，将从何而来？父亲最能知道答案！

的确，我是幸运的，和我一起幸运的还有我们这一代人，我们赶上了最好的时代最好的时光！

我含着泪点头，说："莲记住了！"莲，是我的小名。

（原载于《民族文学》2020 年第 3 期）

国旗升起的村庄

左中美（彝族）

芒市·出冬瓜村老寨

车子进了村口，在一处路旁停了下来，知是到了目的地。下得车来，见村中簇簇人家，田树掩映，一面面五星红旗升挂在人家的屋头院前，迎风飘动。看到此情此景，内心中便有一种感动无言升起，确切这遥远边地上的德昂族村庄，正是血肉相依的吾国吾土。

随着向导转了一回这古老的德昂族村庄，回到离停车处不远的路侧一方院子里，但见院中地上，数支米把长的鲜绿竹筒煨在席地而燃的火塘旁，竹筒的下脚插在火塘一侧，原本碧绿的竹色已被火温烤出淡淡的黄褐，上身则斜倚在一旁摞了两层的空心砖上，有细微的水汽，自削成马蹄形斜面的筒口缓缓升起。

见客人到来，主人家拿出早已备好的许多茶杯，自火塘旁端起竹筒，一一给客人们斟在杯里——原来这竹筒里煨着的，是德昂人家特有的酸茶。除了煮涨的酸茶，院中桌上又备了各种水果瓜子飨客。喝着热茶，吃着瓜果，享着满院清亮的阳光，一时便有了归家之感。院子里阳光满布，临路的一排篱杆下，一株素馨花和一挂炮仗花开出了篱墙。

这是滇西德宏傣族景颇族自治州芒市三台山德昂族乡的出冬瓜村老寨，是德宏州与缅甸接壤的 503 公里国境线上的众多古村落之一。院主赵腊退是个土生土长的德昂汉子。2009 年，赵腊退参加了联合国教科文组织的一个发展乡村旅游项目，回家后，借助家里庭院宽敞、又有奇特山石的优势开起了农家乐，经营德昂族传统特色美食。近年来，随着脱贫攻坚的推进和乡村振兴的实施，地方上引进资金保护和修复德昂族传统古村落，开展民族文化旅游。2018 年年底，出冬瓜村老寨第一家由德昂族吊脚楼民居加固改造而成的旅游民宿"上上居"开业迎客，赵腊退以家在近旁的便利和他经营农家乐多年的经验为优势，成为"上上居"的经营管理者。赵腊退这样解释"上上居"的含义：一来，三台山德昂族乡有三个台阶，进山须一个一个台阶上来；二来，世人皆乐上登高，步步高升，故取名为"上上居"，以寓吉祥。"上上居"位在村中高处，登楼凭栏，前可远眺芒市，近可静观村景，看村中木楼座座，菜畦青青。屋内房间陈设，除了配备酒店客栈的标准化设施，更有种种德昂民族文化的摆装饰，体现出浓郁的民族风情。

茶叶是茶树的生命 / 茶叶是万物的阿祖 / 天上的日月星辰 / 都是茶叶的精灵化出 / 金闪闪的太阳 / 是茶果的光芒 / 银灿灿的月亮 / 是茶花在开放 / 数不清的满天星星 / 是茶叶眨眼闪金光 / 洁白的云彩 / 是茶树的披纱飘散 / 璀璨的晚霞 / 是茶树的华丽衣裳 / 茶叶是德昂的命脉 / 有德昂人的地方就有茶山 / 神奇的传说留到现在 / 德昂人的身上还飘着茶叶的芳香……

德昂族是居住在云南最古老的民族之一，与今天佤族、布朗族等多个民族同为汉晋时期云南境内百濮人的后裔，也是较早开发云南西南部的古老民族之一。目前全国共有德昂族人口 2 万略余，主要分布在滇西的保山市、德宏州、临沧市。德宏州芒市的三台山德昂族乡是全国唯一的德昂族乡。德昂族创世神话史诗《达古达楞格莱标》，德昂语意为"最早的祖先传说"，史诗以优美的词句、复杂的情节、严密的结构、恢宏的场面，描述了德昂族起源于茶树的创世过程，提出了德昂族是茶树的子孙，为各民族创世传说中所独有。2008 年 6 月，德宏傣族景颇族自治州申报的"达古达楞格莱标"经国务院批准，列入第二批国家级非物质文化遗产名录。今天的三台山乡德昂族文化博物馆也是全国唯一的德昂文化博物馆，里面的珍贵实物、图片加文字资料，生动讲述了德昂族的悠久历史、多彩习俗和独特文化。

德昂族崇拜茶、热爱茶，有着悠久的茶礼仪、茶习俗，被誉为"茶的民族""古老的茶农"。茶在德昂族的文化中，代表着诚实、信任、亲睦、美好。在德昂人家，提亲、求助、致歉、请客，无不以茶为礼。制酸茶是德昂族的一项传统制茶技艺，它以当地原生态大叶种茶叶做原料，经清洗、蒸茶、揉茶之后，将揉好的茶叶放入竹筒内压实，用芭蕉叶子密封后埋入地下进行发酵，历两个月左右而成。为方便储存，发酵好的酸茶需制形晒干，待饮用时，再按需取用煨煮。"汤色金黄透亮，嗅之微酸，喝之轻柔爽口，回味甘甜，余韵悠长。有解暑生津、提神醒脑、清咽健脾、祛风除湿、抗衰养颜等功效。"在院子檐下的小木桌上，有牛皮纸袋包装的"达古达楞德昂酸茶"供客人选购，上面这样介绍德昂酸茶的效用。"达古达楞"，德昂语意为"阿公阿祖传下来的"，袋子下角上的厂址有点长："中国云南德宏傣族景颇族自治州芒市三台山德昂族乡出冬瓜老寨"，联系人正是赵腊退。

在这个仲春的晴日，乘着明朗的阳光，在这方院子的靠东一侧，正晒了许多切成三四厘米见方的小方块的酸茶饼，茶饼一行一行整齐地摊晒在干净的竹席笆上，席笆底下支以高脚凳或是漏洞竹篮，使之利于通风。另有两扇垫了芭蕉叶子的簸箕里，摊晒的是抟成直径十厘米左右的薄圆形茶饼，看上去比切成方块的茶饼要更黑而鲜湿，看得出是才刚做成不久。院子里一干客人品茶、拍照、聊天，而家里穿着一身德昂族传统服饰的奶奶却并不在意，一手里抱着小孙孙，站在席笆之间细细翻晒茶饼，怀中四五岁的小孙孙，身上亦穿着领角缝缀了彩色缨穗的德昂衣裳。祖孙和乐，日月静美。

与赵腊退的发展路子不同，出冬瓜村卢姐萨村民小组的光荣脱贫户李二杰走的则是种养之路。2007年，李二杰刚刚分家，一家四口从出冬瓜老寨搬迁至卢姐萨小组。起家立灶不易，一家人刚开始的时候住在用空心砖搭建成的简易房子里。两个孩子还小，妻子只能在家带娃，李二杰多方想办法，拼命苦干，努力支撑着一家人的生活。脱贫攻坚展开以后，李二杰户被列入建档立卡，在政策的大力帮扶引导和挂钩工作队、帮扶责任人的关心帮助下，李二杰制定了自家的脱贫计划，通过"红色信贷"贷款养牛、养猪，种植菠萝、茶叶、坚果、甘蔗，经过艰苦努力，家庭经济条件有了极大的改善，一家人在政策的帮扶和自身的努力下，建起了钢混结构、稳固安全的住房。李二杰不仅将自家的产业发展了起来，他的"种养结合""高矮结合"的养殖和经济作物套种模式还推动了身边群众种养殖方式的转变。2015年，李二杰摘掉了贫困帽，成了村里的光荣脱贫户。

产业扶贫带头人赵自光则是村里的易地扶贫搬迁户。2016年以前，赵自光一家7口人住在大山上，靠种甘蔗、卖山货和打零工生活。2016年，三台山乡实施易地扶贫搬迁，赵自光和父母被列入扶贫搬迁户，搬迁到了山下的集中安置点。依靠政策的帮扶，赵自光以建档立卡贫困户产业扶贫贷款办起了小型肉牛养殖场。起初的时候，因为技术欠缺，经验不足，养殖的利润不是很高。后来，随着不断改进养殖技术，摸准市场行情，养殖场的效益越来越好。

真是光阴荏苒，日月更新。回望 70 年前的新中国成立初期，由于种种原因影响，德昂族这支云南边地上的古老民族总人口降到了仅余 6000 多人，民族经济极度贫困。新中国后，德昂族地区的经济社会有了很大的发展。尤其是近年来，持续、深入的脱贫攻坚，让出冬瓜村德昂族群众的出行条件大改善、居住环境大提升、致富产业大发展、思想观念大变化。目前，145 户、653 人的出冬瓜村只剩下 3 户未脱贫，综合贫困发生率降到 2%。全村人均纯收入从脱贫攻坚开展前的 3300 元提高到了 2018 年的 7060 元。2016 年，出冬瓜村被列入"中国第四批传统古村落保护及发展名录"，德昂族"酸茶""水鼓舞""达古达楞格莱标""织锦"等非物质文化遗产得到更好传承和保护。目前，村中已建成 2 家民宿，全村未来计划发展到 20 家左右。外地游客来到出冬瓜村，住民宿、逛茶园、观奘房、赏织锦、跳水鼓舞，体验和感受德昂族这个古老民族的多彩文化、绚烂风情。

品尝罢德昂美食，午间离开赵腊退的农家乐。临行前，再喝一杯清透回甘的德昂酸茶，好记住这一杯德昂民族独特的千年之水。

陇川县·户撒坝子来细寨

那个在资料上名字叫作康小德的人，等见到了，才发现是个看上去五十多岁的阿昌族汉子，此刻，在德宏州陇川县户撒阿昌族乡户早村来细寨的这方他每天每日生活在其间的、即便让他闭上眼睛也能畅行无碍的院子里，康小德有些拘谨地坐在一群来访的人中间，两只手一时抱在膝上，一时放开，似是这院子一时变得陌生了起来，又像是他身下的小凳子一直高矮不适。面对着一群人向他提出的在脱贫政策扶持下家里建设以及产业发展的各样问题，他的每次回答都特别简短，每个句子的字数总是减到不能再少。倒是坐在檐下台坎上的年轻的驻村扶贫工作队长郭帅，对康小德一家的种植、养殖以及几年来的发展建设情况了如指掌，为康小德如冬天的树干般简约的回答补充了许多生动的细节，而后，又满怀欣慰地向大家介绍了户撒阿昌族乡在脱贫攻坚以来的美好发展和变化。

世居于滇西的阿昌族是云南独有的、人口较少的 7 个少数民族之一，今主要分布于德宏傣族景颇族自治州陇川县户撒阿昌族乡、梁河县囊宋阿昌族乡、九保阿昌族乡，另有部分分布于潞西、盈江、腾冲、龙陵、云龙等县。此外，在邻国缅甸也有部分分布。整个民族现今在国内的总人口为 39000 多人，其中，陇川县户撒乡是阿昌族最大的聚居区。源于古代氐羌族群的阿昌族，在唐代文献中称为"寻传蛮"，族中先民很早就居住在滇西北的金沙江、澜沧江和怒江流域一带，后来一部分迁至怒江西岸，即古代称作"寻传"的地区，再逐渐南移，于元代定居于现在的陇川县户撒坝子，另一部分则沿云龙、保山、腾冲迁徙，最后定居于梁河地区。明洪武年间，大将沐英率兵征麓川（今德宏傣族景颇族自治州），占领户撒，设甲管辖，并留下部分军队驻守屯垦，户撒地区的阿昌族人便向这批汉族士兵学习耕种水田、打制刀具及农具的技术。此后数百年间，阿昌族打制的铁器声名远扬，尤以户撒刀著称于世，为附近傣、汉、景颇、德昂等各族人民所喜好，生产的长刀远销境内外。而另一方面，这个人口少小的族群，为了一份相对稳定、安宁的生活，历史以来几经抗争，地区民族经济贫弱。

新中国成立后，阿昌族人的民族地位得到保护，尤其是改革开放 40 年来，在国家民族政策的扶持下，阿昌族人民的生产生活比过去有了很大的发展。特别是随着脱贫攻坚的全面展开，2015 年 6 月，省里明确由云南省烟草专卖局对口帮扶德宏州阿昌族，实施整族帮扶、整乡推进。8 月，局里就派来了驻村帮扶工作队，省烟草专卖局香料烟公司（公司位于保山市）生产部副部长郭帅是首批派驻户撒乡户早村的工作队长，且这一驻就是 4 年。

说一口普通话的郭帅是河南人，2007 年毕业于河南农业大学，毕业后，来到云南保山工作。地域上的从北到南，再到少小民族地区驻村帮扶，郭帅经历了许多困难和不适。"刚来到这里的时候，最主要的困难是语言不通，与群众沟通不易，后来，经过与群众的不断接触，情况才慢慢好起来。"驻村帮扶 4 年，而今的郭帅，对于户撒乡、户早村的情况已是如数家珍，土地、人口、产业、各家各户的经济情况，一一全在他的胸中。当他给康小德简单的回答做补充的时候，康小德不时微笑看着他，对他的补充和介绍显出赞同和谢意。而当他说起户撒坝子的发展变化的时候，神情间洋溢出的是由衷的欣慰和自豪。

这是一方漂亮、严整的院子，一间正屋带东西两房，正屋带楼，西房挂廊，东屋是厨间，正屋庄重、清美的木质门面装修格局里，彰显出阿昌族传统民居的特色。而放在 4 年以前，这间正屋还是一间当地最常见的老土基房。脱贫攻坚展开以后，按照扶持政策，康小德户得到了 6 万元的建房补助，以此为基础，一家人艰苦努力，多方筹集，建起了现在这方新居。几年来，在整个户撒乡，共有1299 户符合政策的群众得到了相应的建房补助，全乡共兑付建房补助资金6000

多万元，乡村人居环境条件得到了整体的改进和提升。

产业发展是脱贫攻坚的长远大计。过去，水稻和油菜是户撒坝子的传统农作物。扶贫工作队来到村里，结合部门技术资源优势和户撒坝子光热充足的自然地理优势，在巩固传统产业的基础上，引导村民们种植烤烟。2017年，康小德家种植烤烟14亩，亩均收益4000多元，一家人光烤烟一项收入就达到58000多元。在整个户早村，67户建档立卡贫困户，49户种有烤烟，在扎实的技术指导下，实现了"一亩烟脱贫一个人"的良好收益。同时，局里还切实加大对非烟产业的帮扶力度，因地制宜做好引导，扩大户撒坝子的猕猴桃、生猪、稻田生态鱼、荷兰豆种植、草果、甜脆苞谷、油葵等产业规模，大力推进产品输出，提升种养成果向经济效益的转化。2017年，康小德家种植的油葵共收入8000多元。坝子里葵花盛开时节，看花的游人纷至沓来，康小德在家里售卖阿昌族传统特色美食过手米线，又得一项收入。

从康小德家院子东屋北侧的那扇后门出去，是家里的菜园子。在园子的围墙外面，是一所崭新、漂亮的学校，学校的铃声、孩子们的笑闹声隔着围墙传过来，如这春日的阳光一般清亮。我后来知道，这所由省烟草专卖局帮扶建设的小学名为幸福小学，于2015年9月启动建设，2016年8月建成投入使用，为全村100多名小学生提供了全新的良好学习环境。而若是稍微关注一下省烟草专卖局数年来的帮扶记录，你会看到，这所漂亮的幸福小学，它只是众多帮扶建设成果中的一项。"2016年12月，27条村内道路、8条村村道路通过验收，投入使用；2017年3月，户撒乡43公里的环乡幸福大道全线贯通投入使用，户撒阿昌族群众在崭新的阿露窝罗广场欢度阿露窝罗节；2017年4月，户早村25个村民文化活动室向阿昌同胞开放；2017年8月，户撒乡曼捧村地方旅游接待休憩小站投入使用；2017年10月，户撒民族中学教职工周转房及标准化操场通过验收；2017年11月，崭新的户撒乡卫生院顺利通过验收……"几年来，省烟草专卖局向帮扶地区投入了大量资金，以"政府主导、群众主体、企业帮扶、社会参与"的帮扶机制，实施"产业发展、基础设施、民居保障、综合推进"四大工程，在各级各部门的共同努力下，阿昌族地区群众经济收入、基础设施、生产生活条件得到了明显的改善和提升。看着这一条条帮扶记录，一项项帮扶成果，想起之前在山上路旁的观景台上看到的美丽的户撒坝子，进村时走过的洁净、宽畅的水泥硬化路面，村口那座上书"来细寨"的龙抱柱村门、门前两侧的白象雕塑，村路两旁一院院青砖灰瓦金腰带的阿昌民居，想着康小德以及 3 万多阿昌族同胞，他们一定最能体味什么是"国家强，民族兴"，最能懂得村中家家户户升挂着的那一面五星红旗的庄严和分量。

在户撒当地，长久以来流传着这样一个传说：很久以前，佛祖欲觅地建造一方花园，当他到了户撒坝子，发现这里百花争艳、飞鸟成群、气候宜人、民风淳厚，于是，决定把花园建在这里。美好的传说里，传达出的是世代生息于此的人们对这片土地的深情和热爱。如今，"佛祖的花园"、美丽的户撒坝子已成为热度逐年上升的生态文化旅游目的地，在户撒 40 多公里的"幸福大道"上，自 2017 年以来于每年的 10 月举办山地自行车赛和马拉松赛事，更有稻田摸鱼比赛赢得无数游客参与。

在阿昌族的创世传说里，遮帕麻和遮米麻是人类的始祖天公和地母。祭祀遮帕麻和遮米麻的阿露窝罗节是阿昌族人最隆重的古老节日。今天，德宏州将陇川、梁河两地的阿露窝罗节时间统一在每年的 3 月 20 日左右。节日上，人们以庄严的仪式祭祀始祖、祈愿丰收、祝福美好生活。古老的遮帕麻和遮米麻如果有知，会欣慰地看到他们曾经苦难的族群，正在一个好的时代里，走上这个民族长久以来所一直祈望的美好生活的道路。

盈江县·下勐劈村

山。水。林。田。石。湖。村。人。

山是万年青山，逶迤绵亘在滇西大地。这山的广阔，足够万物生长，春秋迭序；这山的宽厚，足够村庄繁衍，日落月升。

水是高山流水，清莹透亮，涓涓潺潺，流淌在村中道旁，石间篱下，又或者，被一支支素洁的竹管牵引着，流进古老的石缸，流进路旁那一排排阶梯状排列的朴拙陶罐，流进村庄每一个祥和的白天以及夜晚。

林是修竹茂林，掩映着村庄，呵护着流水，且就着这春日晴朗的阳光，将婆娑的树影洒落在石板的村路上，将枝柯间百鸟的鸣啭送进人家洁净的院门。

田是轮转四季、育养乡愁的田园，冬春里生长豆麦菜花，夏秋里生长水稻玉米。田野的收获，引渡村庄最早的炊烟，田野的色彩，宛若村庄明媚的笑脸。你看那金黄的菜花一开，就有成群的蜜蜂蝴蝶，嘤嗡出这大地乡愁的模样。

石是天地顽石，或立在村边，或倚于道旁，或临湖而坐，或依山而栖。村庄的人们将这些天生地就、与日月同生共长的青苍大石刻满古老的文字，寄托美好的祈愿和祝福。

湖是那一汪澄碧的洛滗湖，安静地泊在村庄的一侧。春日午间的风吹动一湖碧水，在湖心亭的四面，漾开一层一层的蓝波。青山静谧，飞鸟照影，远山起伏，流云飘逸。透明的洛滗湖倒映着亭上碧蓝的天空，看天地静阔，光阴荏苒。

村叫下勐劈，属德宏傣族景颇族自治州盈江县苏典乡勐劈村委会，距离盈江县城 50 公里。若是将时光摇回到 5 年前，这中缅边境上的傈僳族村庄，它还远远不是这般模样：没有通到村里的柏油路，没有石板铺就的洁净村巷，没有那一幢幢漂亮的新民居，没有村下宽阔的阔时广场和民族文化长廊，没有洛滗湖上长日静朗的栈道和湖心亭，没有湖对岸山坡上那一片傈僳民居特色的客栈，没有村中的 40 多家旅游民宿，当然，更没有像今天这样的声名在外，广为人知。

人是村中 240 多世居的傈僳族同胞，以及不断进村来的各地游客。2014 年 5 月 24 日和 5 月 30 日，盈江县连续发生 5.6 级、6.1 级地震，下勐劈所在是地震的重灾区。灾后，在恢复重建过程中，盈江县结合脱贫攻坚和美丽乡村建设，凭借当地浓厚的民族文化风情、得天独厚的优美自然生态，融入乡村生态文化旅游理念，共整合、投入资金 4000 多万元，建设全新下勐劈傈僳村，开发生态、民俗文化旅游。"以前没有开发旅游的时候，村里的傈僳族群众，尤其是妇女们见到有生人来到村里，就害羞地躲进家里不好意思出来。经过这些年开发旅游，县、乡、村各级干部手把手地教和带，村民们才慢慢学会了招呼和招待客人。"当地一位乡干部这样介绍。脱贫攻坚开始的时候，下勐劈全村 57 户人家 246 人中，41 户 170 人为建档立卡贫困人口，综合贫困发生率高达 69%，是典型的集边境、山区、民族、贫困为一体的"直过民族村"，2014 年，村民人均纯收入仅为 1486 元。如今，通过数年的旅游扶贫开发，2018 年，下勐劈村民人均纯收入超过了 6000 元。自 2016 年以来，风景幽美、民族文化浓郁的傈僳村庄下勐劈共接待游客数十万人次，村民们纷纷变成了客栈和特色农家乐的老板，旅游收入逐年上升。

村里的光荣脱贫户栋兴旺一家也在家里开了客栈。根据统一规划，村里的民宿客栈一律建成傈僳传统特色的木楞房。栋兴旺家的木楞房与主房正相对，却背对着院子开门，以便使客房有相对安静的空间，住客不会受到主人家日常生活起居的干扰。院子的东面是厨房，西面是凉亭。有木挂廊从院子的一侧拐过去，通向客房门前。客栈的房间和床位，可接待二个至三个小家庭住宿。"有直接来投住的客人，也有在网上预订的。房价平时是 130 元 / 间，年节的时候是 150 元。"栋兴旺的儿子栋贤武这样介绍。经过不断的培训和引导，曾经日出而作、日落而息的下勐劈村民们进入了接受客人网上订单的新时代，而凭着发达的信息网络，天南地北的人们在网上就能查到这床被洁净、充满傈僳文化特色的民宿客房。客人们住在这里，可以请主人家准备餐食在家里就餐，品尝傈僳人家的各种传统美食。

院子干净、整洁，正屋的木板壁高处挂着镶了镜框的领袖像，一旁是盈江县颁发的"光荣脱贫户"标牌，下面是健康扶贫家庭医生联系卡，在一旁是教育扶贫明白卡，在上面可以看到，栋兴旺的女儿栋贤英当前正在普洱卫校上学，并依照政策得到了相应的各项扶持。

和村里的每户人家一样，栋兴旺家正屋的屋顶上也插挂着一面国旗，阳光下，亮丽的鲜红映衬着头顶上蓝得没有一丝云彩的天空。屋旁的核桃树，这时节正发出嫩绿的新芽，核桃树下的凉棚，向着院里投下短短的影子。

村里的另一户光荣脱贫户栋兴平，家里也是开的客栈。栋兴平的妻子穿一身传统的傈僳服装，身板壮实，脸膛显出稍稍的红黑，看上去开朗而能干，聊起天来也落落大方，自豪地告诉大家说女儿从丽江旅游文化学院毕业后，在县侦察大队工作；现在，家里的种、养收入加上经营客栈，一年的收入有 4 万多元。"以前我们农闲的时候，去隔壁的缅甸做工，现在都不去了。"大姐一边讲，一边开朗地笑。"请问您这衣服是自己家染的吗？"有同伴看着她身上傈僳特色、彩色宽条纹的民族装这样问起来。"不是我们自己染的，是政府染的。"大姐的回答让大家都开心和会意地笑了起来，大家都明白她的意思：这布料买来的时候就是这样子的。依着她的话，买来的条纹布料是政府染的，商店里卖的各样东西是政府造的，通到村里的路是政府修的，家里的房子是政府帮着盖的，这漂亮的村庄是政府帮着建的——这越来越好的日子，是政府带给傈僳族人的。2018 年，下勐劈村在盈江县率先脱贫出列，所有建档立卡户全部脱贫。

欢庆丰收、祝福吉祥的"阔时节"是傈僳族最隆重的传统节日，于每年的正月初九举行。节日上，人们欢聚在一起，跳三弦、芦笙和"木瓜瓜切"舞，举行"上刀山""下火海"，以及弹弓、射弩、对歌等比赛，之后，所有人手牵着手、肩并着肩、脚合着脚，载歌载舞，称为"阔时大嘎"。在仪式的开始，领头的傈僳族长者拿着长矛在前引领，8个青壮年男子抬一支巨大的弩箭跟在后面，阵势巍然；身着节日盛装的男女手拉着手排成两列，踏着音乐变换舞姿和队形。当庄严的仪式结束之后，人们纵情高歌，彻夜狂欢。而今天在下勐劈，当有人数众多的旅游团队入村的时候，村庄就会在宽阔的阔时广场上举行"阔时大嘎"，让游客们体验傈僳文化的浓郁风情，感受傈僳同胞今天的美好生活。

从盈江县城前往下勐劈，在离村庄不到10公里的山上，有一片美丽的高山草甸，人们把它叫作"诗蜜娃底"，意为铺满黄金的地方，这里湖水静谧，溪流潺潺，高树投影，牛羊悠闲，优美的风光有如世外。而村名"下勐劈"，在傈僳语意为"幸福长驻"。

栋兴旺和栋兴平见证，240多名傈僳族同胞见证，飘扬的五星红旗见证，村口路两侧由36根头顶大碗的巨大木柱组成的"净水圣门"见证，清澈透明的洛滟湖见证：这古老和年轻的傈僳村庄，它将不负"下勐劈"的吉祥称谓，不负"诗蜜娃底"的美好祝福。

镇康县·刺树丫口

时间是上午9点多。阳光清亮，天空碧蓝无云。走在硬化了的洁净村路上，有轻风拂上面颊，路下人家屋顶上升挂着的五星红旗，在阳光下微微地飘动着，有青白的炊烟，自人家屋檐下缓慢而袅娜地升起。在屋子的左右两侧，是正发出嫩叶的核桃树；在屋子的前面，是一家一家往下散开去的参差的人家，每家房屋的样子各有差异，相同的是，每户人家的屋顶上都一致地升挂着五星红旗。再往前，是一篷挨着一篷围护着村庄的高大龙竹。村路旁一株桑树，枝条上结了密密的果子，串串桑果间，已现出零星成熟的深紫来，摘几颗放到嘴里，又酸又甜。

"2015年4月，缅甸那边发生战乱，一颗炸弹就落在这里。"说话的是一位当地干部，此刻，他正站在紧邻一户人家后墙的村路上，用手指着脚下的地面，之后，又用手指向旁边墙上，"大家可以看到这墙上，这些就是炸弹爆炸留下的痕迹。"在他所指的那面白墙上，是一片被炸弹炸起的沙石打出的大大小小的褐色印迹，还好，当时没有伤到人。

这是滇西临沧市下辖、位于中缅边境上的镇康县南伞镇红岩村刺树丫口自然村，村后不远就是中缅边境。几年来，缅方边境上的反复骚乱，给村人们的生活带来了极大影响，村后的南天门山，人们要上山劳作需要非常小心，时不时地，就会发生村民因踩到地雷而致伤残乃至伤亡的事故。在整个临沧市，共有300公里的边境线与缅甸接壤，在镇康县境内有近100公里，全县有南伞、勐捧、勐堆3个乡镇、12个行政村、71个自然村与缅甸果敢自治区接壤，共涉及边民6029户、25381人，2017年，全县共发放边民补贴602.9万元；2018年起，所有边民享受年人均补助政策。刺树丫口自然村是全县众多边境村庄中的一个。在位于村庄下脚的村民文化活动室的外墙上，写着这样两句标语：户户是哨所，人人是哨兵。简单的汉字里，见出村庄另一种日常生活的状态。

戍边守土，是边境上的刺树丫口给自己的历史职责。1942年5月，中国远征军驻守镇康抗日，就在这里修筑了大量防御工事，现存遗址主要包括插旗山战壕遗址、狐狸山战壕遗址、张大地山战壕遗址，三处要地连接成一片战壕群，其中，主峰插旗山地势较高，东北为险崖绝壁，南可俯瞰南伞和缅甸果敢。同时，为加强警戒，防范敌人入境，驻军在村庄东面的一个小山岗上，依托有利地形设置岗哨。至今在这里，仍留有两座用沙袋围筑成的岗哨遗址，村庄的人们把这里叫作"边防包包"。

在岗哨遗址的近旁，今有一座林业管护所，从管护所的后门出去，在喀斯特地貌的山石丛中，杂种着樱桃、李子等果木。沿着石间曲径向下百十米，有一处就着山石而建的观景台，外围修建了防护栏杆。倚栏下望，山下的县城，隐隐浮现在迷蒙的雾色中——这是镇康的第三座县城。1964年，镇康与永德分县，后，县城历经三次搬迁。2005年，县城搬迁至中缅边境上现今的南伞镇。这座城区规划面积不到4平方公里的县城，是目前中国最年轻、最抵边的县城。2011年，镇康县在南伞口岸123—125界桩沿边境一线启动建设镇康边境特色工业园区，缅甸果敢自治区在缅方一侧对应建设20平方公里的工业园区，镇康县城、南伞口岸、南伞园区与缅甸老街市、杨龙寨口岸、果敢园区隔界相邻，形成"一城连两国，岸城共一体"的城市格局。南伞口岸现为国家二类口岸。2018年，南伞口岸出入境人员达185.5万人次，出入境交通工具达33.4万辆次，货运量达50.8万吨，进出口货值达10861.1万美元。

"边疆，边境，边远，边贸，边民。"镇康县这样概括自己的县情。2529平方公里的国土面积，汉、佤、傣、德昂、布朗、傈僳、拉祜等23个民族，18.47

万人口。1994 年，镇康县被列为国家级贫困县；2001 年被列为全国扶贫开发重点县；2012 年被列为国家特殊困难地区滇西边境片区县；2014 年，全县共识别出 3 个贫困乡镇、38 个贫困村，贫困人口 9606 户 38072 人。2015 年以来，全县累计投入各级扶贫资金 43.4 亿元，干群砥砺，胼手胝足，克难攻坚，产业致富，坚果、核桃、甘蔗、橡胶、茶叶、咖啡、烤烟、水果、蔬菜等多产业联合发展，努力建设绿色边疆、美丽边疆。尤其是 43 万亩澳洲坚果，2018 年的产值达到了 3.39 亿元，已成为全县各族群众脱贫致富的支柱产业、镇康对外宣传的名片产品。至 2018 年年底，镇康共 3 个乡镇、36 个村、9181 户 36672 人脱离贫困，综合贫困发生率从原来的 24.17% 降至 1.04%。预计年内，按现行标准下贫困人口全部脱贫。

　　"边防固，边关美，边民富。"这是写在南伞口岸国门公园浮雕墙一侧的三句话。3 月末晨风清凉的南伞口岸，车流有序，行人依依，柔和的阳光照着从关桥上通过的神情安详的人们，"中国南伞口岸查检中心"大楼在口岸一侧巍然而立。从省商务厅下来挂职扶贫的镇康县委副书记、县驻村扶贫工作队总队长李天文带着大家走进口岸另一侧的国门公园，一一介绍南伞口岸历经的数次缅方边境骚乱的影响，以及目前口岸的和谐稳定景况。这个行伍出身的挂职干部，对这片他已挂职、生活了三年多的边疆热土充满了深情，在之前带着大家参观县电子商务大厅的时候，详细介绍镇康县近年电子商务服务业的快速发展、取得的良好成果，言语中充满了为这片土地的骄傲和自豪。而今，他 18 岁的儿子又在镇康边境服役。国门公园浮雕墙上的话，成了父子两个、两代军人对这片边疆土地的深情和信仰。

　　边境上的刺树丫口是个彝汉杂居的自然村落，2014 年，这个只有 53 户人家的村庄，46 户被识别为建档立卡贫困户，而今天，在国家扶贫政策的帮扶和"云南民族团结进步边疆繁荣稳定示范区建设"等项目的扶持下，村中人家几乎家家户户都建盖起了坚固结实的平顶房，洁净的硬化路面通到了村中每一户人家的门前，村民的生产生活状况有了极大的提升。历史以来，这座建在喀斯特山石地貌上的村庄最大的困难就是吃水，村中每户人家的生活用水，大多是在地上挖两个深池积攒雨水，一个池子人饮，一个池子畜饮，久积的雨水里，长满深厚的青苔。而眼下，这个由来已久的难题，就要通过扶贫攻坚的实施得到彻底的解决。在村东位于一棵大核桃树下的"云南民族团结进步边疆繁荣稳定示范区建设"项目碑上，主碑的两侧一侧写着"共同团结奋斗"，一侧写着"共同繁荣发展"。项目介绍的最后这样写道：把刺树丫口建设成为民族团结、边疆稳定、边防巩固、经济繁荣、设施完善、环境优美、社会和谐发展的良好局面。增强边民国家荣誉感、民族自豪感和守土固边的责任感，增强发展的信心和决心，树立良好的国门形象。

阳光灿烂，村庄宁静。走在村中路上，忽听得村民文化活动中心楼顶上的那只大喇叭响了起来，里面传出的话，大家都没能听懂，说的是彝族话，是当地干部告诉大家，村中有一户人家的老人去世了，请大家过去帮忙。"村中汉族人家也都能听懂彝族话。"喇叭里的通知过后，村庄复又归于安静。没有炮火的纷扰，村庄的人们在安宁的土地上，安静地生老病死，演绎着这人间最伦常、最深情的风景。

车子离开刺树丫口，走上返回县城的路。隔着车窗，忽然发现路下每隔约200米，便插挂着一面五星红旗，一路下来，连续不断。在紧挨着路的上面，是一块一块耕作中的红土地，种植着甘蔗以及各类作物。再往上，便是国境线了。有山风拂过，飘动那一面面红旗，看窗外，山河壮阔，高天无垠，止不住，一种吾国吾土的深情和爱意，自心底里，无声涌上温热的眼眶。

（原载于《民族文学》2020 年第 3 期）

军人与老人

谢家贵（苗族）

守望赛图拉的军人

紧赶慢赶，我们在黄昏薄暮时分，才赶到这个叫赛图拉的地方，一座座险峻的大坂，一条条凶嚣的深涧，在我们小车的身后隐去，前面的路虽然海拔很高，可却是少有的平缓。也就是说，这里是一个有着重要意义的军事关隘。当然，军人也好、商人也罢，甚至那些姗姗来迟的旅游者，都得在这个地方，住上一晚，洗去来路的尘埃，蓄足精神又踏上去高原的迢迢长途。

赛图拉是一个很有意思的地名，因它还在和田皮山县的辖区范围内，多数人就认为赛图拉是维吾尔语，译成汉语是"殉教者"。但是，来往高原的人们却都把这儿称为"三十里营房"，而且，在人们的心目中，"三十里营房"的声名远大于"赛图拉"。当然，我对"三十里营房"这个称呼一直有疑问，是从一个起点走到这儿三十里还是营房的面积本身就有三十里？真正到这儿时，我发现这些想法都不能成立。我问小车师傅，他似乎也说不清楚。

不过，小车师傅是在离赛图拉很遥远的高原上的一个连队当兵，班公湖、神仙湾……这片高原上很有名气的地方他都待过，尝够了氧气喝不够的滋味，但他说起往事的时候，却是一脸神圣。他说他虽然在高原上当兵，所属的团团部在赛图拉。当然，那会儿他只是一个普通的士兵，很少有机会到团部办事，只有在去山外学习和回家探亲时，才在这儿做过短暂的停留。那会儿，他总是匆匆而来，又匆匆而去。至于为什么叫"三十里营房"他没有深究过，别人这么叫，他也就跟着叫。后来，他转业到与我一起的机关工作，他的战友成了这个团的团长，便一有机会就往这儿跑，住个一天两天的。

赛图拉是一个边防驻地，也是军人戍边、奉献、牺牲的代名词，"几度桑田、几度沙场、几番征战、几多白骨"构成赛图拉壮怀激烈的历史画卷。它地处高原深处，那些英勇的往事却是鲜为人知。但赛图拉的军人们不在乎，他们把戍边的情怀与沉寂的高原雪山熔铸在一起，亘古不变。

1875 年，左宗棠坐镇肃州，西域大地上一片战乱，朝廷的大臣们却在紫禁城内正为"海防"与"塞防"的孰重孰轻而争论不休。那时候，左宗棠已是年过花甲的老人，望着"身无半亩地、心忧天下，读书破万卷、神交古人"的座右铭，他心潮澎湃，壮怀激烈，向朝廷进言："海防与塞防并重。"光绪二年，也就是 1876 年，左宗棠怀着满腔报国情怀，率领湖湘弟子，抬着棺材，抱着战死沙场之决心，向动乱的西域进发。一年过后，叛乱平息，南疆收复，故土回归。然而，就在困扰着朝廷的南疆已日趋稳定的时候，左宗棠忽闻边关快马飞报，说英军从印度进入赛图拉，修筑军事城堡，这让左宗棠忧心忡忡。赛图拉，古老的商贸通道，更是通往拉达克首府列城的古丝绸之路上的重要驿站，中国的陶瓷、茶叶、丝绸从这儿源源不断地用驼队驮往国外，国外的核桃、胡萝卜、黄瓜等又从赛图拉进入内地。要是英军占据了赛图拉，不仅仅只是贸易上受影响，左宗棠洞观全局，深知保卫疆土乃军人之必然职责。于是，从筹边的湘军中挑选一百多精兵组成敢死队，跨骏马、骑骆驼、携粮草，跋涉一月，历尽艰难抵至赛图拉，并迅速与当地牧民联手，拉土运石，修建军事哨卡。从而，赛图拉这个地方成为清政府戍守边疆的海拔最高的驻兵点，是中国西边疆防御外敌入侵的大本营。喀喇昆仑山八百多公里边关的守护、海拔 4500 米以上的数百公里的冰雪巡逻点，全都落到戍守在赛图拉的军人身上，他们忠诚地为国家巡视雪山边关的每寸土地。"一年三百六十五天，都是横戈马上行"，已成为戍守赛图拉军人走崎岖山路、巡无边高原、卧冰饮雪的真实写照。

赛图拉之所以是赛图拉，不仅仅是因为它的险要、它的艰难，更重要的是，自清或之前更远的朝代以来，中国军人对它的戍守始终没有变过。一代军人离开，另一代军人又会来到这里，一代又一代军人把赛图拉哨卡铸成铁打的营盘、坚固的堡垒。中华民族几千年的历史，似乎是一部朝代更迭、战乱频仍的历史，然而，在政权更迭和时局动荡不安中，戍守赛图拉始终是历代政治家军事家所关注的焦点，这可能就是中华民族的智慧与坚韧在历史长河中的延续。1928 年，民国政府为了加强边关的戍边力量，专门在赛图拉设立了边防局，不久又成立了边卡大队，戍守的军人也成倍增加。1937 年，盛世才执掌新疆后，依然在赛图拉这个地方设卡驻防。国民政府与共产党政见不一，但是在戍守赛图拉的问题上却是一致的。1950 年 3 月，中国人民解放军第四师第十团的一个加强连翻山越岭来到赛图拉驻防，身处大山之中"不知有汉，无论魏晋"的国民党戍守官兵以为换防的来了，哭喊着埋怨：三年了才来，怎么又换装了？其实，与世隔绝的山上守防的国民党兵哪里知道，斗转星移，山上守三年，山下天地换，新中国成立了。这些忠诚于祖国的军人不管江山易主仍坚守边关。

走近赛图拉，我对小车师傅说，我们也要去膜拜一下几代军人戍守过的哨卡，这也是我们此行的一个重大的愿望。哨卡位于海拔近 4000 米的平台上，平台周围的东南北三方都是大河滩，一条蓝色的小河涓涓流淌，溯河而上可抵达印度，沿河而下到达和田，河水最后汇入喀拉喀什河一路东去。极目眺望，雪山把蓝色的河水映照得波光粼粼，美丽无限。平台上曾经驻守过军人的营房虽然已是残垣断壁，但依然可以看到方正的大四合院式的建筑风格和厚实的防雪抗风的墙体，院内有足球场一般大小，残留的拴马桩整齐划一。营房不远处是高高的呈六角形的哨楼，观察口依然，射击孔依然，虎踞龙盘的气势依然。曾经在这儿戍守的军人已经离我们远去了，我们看不见他们当年傲视昆仑的雄姿了。不过，从这儿向远处望去，南面陡立而巍峨的群山蜿蜒漫长恰似天然的屏障，可抵御千军万马的奔袭；西面，是一片辽阔无边的原野，千里之外尽收眼底；由此可见当年设立者的战略眼光与智谋远虑。怀想当年，英雄戍边，在这儿，就是在赛图拉哨所，军人们不会瞻前顾后，心中只有一个信念：为国戍边，人生无悔。有人说，登大山才知天之高，临深渊才知地之厚，上高原才知高原之艰难。我要说，登临赛图拉古老的哨卡，方知中华民族之精魂与戍边先辈的艰难。

在赛图拉还流传着一句话："赛图拉是高山，一山更比一山难，山山都是鬼门关。"到过赛图拉的人，对这句话都有深刻的体会。在二十世纪八十年代，乘着解放牌军车从叶城零公里出发，第一天只能翻越高耸入云、险象环生的库地大坂，第二天才能越过生不如死的麻札大坂，第三天要经历悬崖陡立、冰雪覆盖的黑卡大坂。而这些大坂平均海拔都在 5000 米左右，初上高原的人大多是头疼欲裂，气短胸闷，有许多人不小心患上感冒后引起肺水肿，如来不及救治，便葬身于途中。这还是有了公路，过去没有公路的时候，全凭军马和骆驼，当时的艰难真是难以想象。

就在赛图拉哨所旧址不远，矗立着一排大小不一的坟茔，没有旌幡，没有墓碑，只有几株小草在寒风中摇曳，诉说着漫无边际的孤独。这些是戍边军人的坟茔，他们生前在这儿戍边，死后化作一堆土一株草，与赛图拉永远地在一起，没有人知道他们来自哪里，更没有人能记住他们的音容笑颜。即便有人曾保留过关于他们的记忆，可那些人也在岁月中远去了。

我曾经采访过一位叫张军智的老人，采访他时，老人已有九十五岁的高龄，他独自一人生活在昆仑山脚下的一个兵团农场。我与老人同是来自湖湘大地，乡情依依，自然有了许多亲近。老人告诉我，他结婚一个月，就离开家乡投考黄埔军校，毕业后，投靠陶峙岳将军，被分配至赛图拉戍守，任边关的副长官。他曾发现过一具清军士兵的"干尸"，他联想到左宗棠与镇守在昆仑山脚下古城内的刘锦棠将军，于是断定这位士兵，一定是家乡那片土地上的亲人，没有马革裹尸，忠骨葬于高原，这让同是湖南人的他年轻时就立下誓守边关一生的誓言。后来，部队起义，老人才不得已离开边关去了兵团农场。一生为老人未曾改嫁的妻子和后来成为省水利厅设计院总工程师的女儿，他只在 1985 年匆匆回乡时见过一面。老人说，不能死在边关，也要死在能够守望边关的土地上。虽然，与老人所处的时代不同，但我能够理解他同受楚文化浸润的内心世界。

张军智老人没能死在赛图拉，而他曾经有几位战友葬身边关。他知道，那些不管以什么原因葬身于高原的军人，都没有举行过隆重的葬礼，没有祭奠的松枝与白花，更没有悲壮的哀乐。只有高原上的寒风从河谷拂来轻轻吟唱，或者战友们向天鸣枪，声音在大山里回荡。

小车师傅告诉我，他的一位在赛图拉当兵的战友也在旧哨所不远的山坡上发现过身着国民党军服的"尸体"，只剩下风干的肉皮和骨头紧连着一起，那曾经可能英俊的脸庞已被乌鸦或其他动物啄出许多不规则的洞眼。他的战友不忍见到前辈军人抛尸荒野，默默地向他致以军礼后择地重新安葬。

穿越喀拉喀什河道，登攀旧营房前的山坡，徘徊在戍边军人的坟茔前，我的双脚如铅一般，戍边军人的悲壮人生让我的心也变得沉重。遥想当年，戍边军人顶风冒雪，风餐露宿，卧守边关。早期前去换防的军人上山全是徒步，一走就是三个月。后来才换成骑马骑骆驼上山，也是走到哪里就住在哪里，取暖用牛粪火，吃的玉米面，守在哨卡，天天盼人来，可天天见到的只是雪山与夜月。纵使万般艰难，戍边军人们仍志若磐石，心比钢坚。在这片名叫赛图拉的地方，有一群军人，有一代又一代军人，在这里逞过男人的刚强，洒过思乡的泪水，唱过怀春的情歌。他们把军人的人生与壮丽大写在雪山高原，他们站着是军人，倒下去是丰碑。

赛图拉今天的营房离旧址相去甚远，营房周围有专门销售高原产品的藏品店，有供过往行人歇息的客栈和汽车加油站，有种植蔬菜的大棚和政府机关。过去的"三十里营房"今天不仅是军人的戍边地，也是人们往来于高原的重要通道。当然，小镇很小，可它的平和安定昭示的却是国之强盛和民之平安。

守望烈士陵园的老人

守望烈士陵园的老人，比那些做生意的、在大田里劳作的人们更清楚清明节的来临，当别人忙得忘了日子的时候，老人总是孤独地掰着指头，数着日子一天天地到来，也一天天地过去，默默数着光阴和岁月。

守望叶城烈士陵园的艾买尔·依提年逾八十了，他守在这里，守着这片烈士陵园，已经近四十年了。一茬人出生，他见过，一茬人去了，他也见过，白杨树在长高，白杨树在变老，时间就是这样往前推移，岁月就这样慢慢老去。令艾买尔·依提老人感慨的是，都说守陵人是孤独的，可他一点儿也不觉得孤独。这些年，来这儿祭奠拜谒的人越来越多了，有的甚至来自很远的地方。他们匆匆而来，又匆匆而去，似乎为了圆自己的一个梦。老人总是用感激的目光望着到来又离去的人们，待众人散去，他坐在战友们的身边，默默无语。

艾买尔·依提是一位老兵。1968 年 4 月复员返乡之后，安排在学校工作，有一天，民政局通知他说需要一个为烈士陵园守墓的人，问他愿意吗，他当时想也没想就说愿意去。那时的艾买尔·依提刚满三十岁，正是人生中最美好的年华，拥有一份令人羡慕的教师工作，可他却选择了做一名终日与烈士英灵为伴的守墓人，这让周围的很多人都非常不理解。他所守护的烈士陵园与康西瓦烈士陵园是同年建的，也是安葬和纪念在二十世纪六十年代初的那场中印边境自卫反击战中为保卫祖国而牺牲的解放军指战员们。当然，在这座烈士陵园中，有他的班长他的战友、在战争中牺牲的战斗英雄——司马义·买买提。艾买尔·依提来做守墓人，就是为了他。

1961 年，二十一岁的艾买尔·依提报名参军，在新兵连的集训中，他认识了当时担任他班长的司马义·买买提。三个月的相处，让两个年轻人之间建立起了深厚的友情。集训结束后，他们挥泪告别，相约再见。可艾买尔·依提没有想到，这一别，竟成了他们两人的永别。1962年，边境战事爆发，艾买尔·依提所在的部队承担了战争的后勤保障任务，而司马义·买买提和其他战友则跟随部队来到了战斗的最前线。司马义·买买提接到部队上山执行任务的命令后，他的妻子不让他去，说你要是去了我就和你离婚，司马义·买买提为了参加战斗，也为了不拖累妻子，只得和心爱的妻子离了婚，义无反顾地上了前线。

司马义·买买提虽然是艾买尔·依提的班长，却比艾买尔·依提大不了几岁。那会儿，参战的军人年龄大多只有十八九岁，并且都没有上过高原，然而，等待他们的却是一个被医学专家称为"生命禁区"、被军事学家称为"耸入云霄的战场"的地方。高原上空气稀薄，呼吸十分困难，又冷得刺骨，战士们不敢脱衣服睡觉，时刻保持警惕，警惕敌人，还要警惕自己睡觉时不被冻死。在海拔近五千米的高寒地区，这些年轻的战士不光要抵御敌军的枪林弹雨，同时还要忍受着高原缺氧和严寒的磨砺。在战争中牺牲的战士中，有相当一部分是在寒冬腊月的高原上冻死的，手脚冻坏被截肢的也不少。感冒、肺水肿……在高原上，任何一个不起眼的小病都有可能夺去战士们的生命。然而，就是在那样艰苦卓绝的战场上，中国军人为了祖国的疆土浴血搏杀，以摧枯拉朽之势击退了侵略者。但艾买尔·依提的班长司马义·买买提却没能看到胜利的到来，在一次激烈的战斗中，他为了掩护战友，自己挺身而出去吸引敌军火力，最后身中数弹、壮烈牺牲。

得知班长司马义·买买提为国捐躯的消息后，艾买尔·依提十分悲痛，他在手背上刺上了刺青，也把他对班长和那些牺牲战友的无尽怀念永远地烙在了心里。他的手背上刺着一朵花、五角星、冲锋枪和字。他说，花代表无数烈士用生命换来的幸福生活，带有"八一"二字的五角星是为了纪念他们曾经在部队的光荣岁月，冲锋枪饱含着艾买尔·依提保家卫国的信念，而用维吾尔语刺的"为人民服务"则是他毕生的追求。

战争结束后，司马义·买买提和一部分牺牲烈士的遗体被运送到新疆叶城，安葬在了叶城县烈士陵园里，另一部分烈士遗体则永远地留在了距离叶城县400多公里的康西瓦。于是，在康西瓦的土地上，屹立起了一座中国海拔最高的烈士陵园——康西瓦烈士陵园。五十年过去了，守护叶城县烈士陵园的艾买尔·依提从当年的小伙子变成了年逾古稀的老人。但对掩埋在400公里之外的康西瓦烈士陵园战友的怀念却始终是他心中挥之不去的心结。老人说，只要一想到当年硝烟弥漫、鲜血浸染的康西瓦如今荒凉寂寞、冷冷清清，他就寝食难安，能够在有生之年与以另一种方式活着的战友在一起，是他人生幸福的最重要的一部分。

叶城烈士陵园位于一个叫零公里的地方，周围是一大片白杨林，很高大，也很葱郁，都是军人们一年又一年在这儿栽下的，树木如茁壮成长的少年一般挺拔。陵园前面，是繁华喧闹、人来人往的县城，陵园后面，是连绵不断的群山，叫喀喇昆仑，连接着阿里高原。陵园的右边有一条千年万年的古河道，高原的冰雪消融的时候，河水就在这儿奔涌着惊涛骇浪，捎来喀喇昆仑绵延不绝的思念。烈士陵园矗于白杨林中，显得特别地宁静，与喧嚣的尘世形成鲜明的对照。

其实，热闹与孤独对于烈士们来说，都已经没有意义，孤独的是艾买尔·依提老人。他是生者，他有欲望，也就有痛苦或孤独。他家住在离这儿不远的叶城县城里，叶城号称"天路零公里、昆仑第一城"，繁华喧闹，老人却执着地守望着这座烈士陵园。老树已干枯老死，新发芽的小树嫩叶如染，他已没有力气了，他没有力气去掐断一根树枝，也没有力气掐根幼小的树苗栽入陵园之中。他在等一阵风，这阵风过了，也许像吹落一颗熟透的果子一样，把他的人生也吹落。许许多多的人都不能理解老人执着的行为，他无怨无悔地守望着，就像守着自己归去的亲人。可他实在守不动了，又把守护的重任交给了儿子艾尼瓦尔。他们一家成了人们眼中的怪人，连儿子艾尼瓦尔也搞不明白父亲不容别人辩驳的决定。

来祭奠的时候，人们双手合十、跪拜在地，默默地为烈士的亡灵虔诚祈祷。他们也在树枝上挂上五颜六色的旌幡、白花，或者在陵墓前摆放一些祭品。维吾尔人祭奠亡人的日子，是每个星期四和星期五，汉族人大都在清明节前后前来祭奠。当然，在一些日子里，有一群军人，或是单个的军人也会来这儿。艾尼瓦尔会早早地坐在陵园前的大门边，等候祭奠的人们到来。一大早，太阳还没出来，便能听见毛驴车的声音，那是拜祭的人们源源不断地向陵墓走近，有的是一个人，有的是一家人，毛驴车都停在陵墓的外面，他们不让毛驴车进入陵墓的区域，似乎害怕它们惊扰烈士的魂灵。他们停好毛驴车，安抚好毛驴，然后拿着馕、包子、抓饭、羊肉，还有西瓜、苹果、桃子、葡萄等，在高高的树枝上挂落各种颜色的旌幡，据说红的是祈福的，蓝的是祈求子嗣的，黄的是祈求平安的……当然，也有坐小车前来祭奠的，他们在墓前摆放一大堆祭品或一簇鲜花，也把一些东西送给艾买尔·依提老人，他们祭奠亡人，也惦记守望者。亡人对于膜拜祭奠的人来说，是他们心目中的神圣，而守望陵墓的人哩，就是使者，是最高尚的、最值得尊崇的人。

几十年了，艾买尔·依提老人就这样目睹着来来往往的人们，目睹着不停地飞来飞去的鸟们，他的人是孤独的，可他的双眼却充满了亲近与温暖。在他执意的守望之中，感到烈士陵园有着一种感动心灵的东西，是什么，艾买尔·依提老人说不清楚，事实上，烈士们包括他的班长司马义·买买提已成为另一种意义上的图腾，或者一种象征。

　　我坐在艾买尔·依提老人的身边，想问问烈士们生前的事情，问问艾买尔·依提老人的身世与家人，还想问问有关他的儿子艾尼瓦尔的事情。他无语，沧桑的脸上无悲无喜。他的一生大半时光都摆在这里，鸟儿一群一群，在陵园上起起落落，除了鸟叫，整个陵园一片肃静。艾买尔·依提老人告诉我他最大的愿望是，要去一次高原上的康西瓦烈士陵园，去叩拜埋在那儿的战友们。

　　艾买尔·依提老人早已把清明节当成了一年中最重要的日子。每到清明节，他总会对着战友司马义·买买提的墓碑说："司马义·买买提，我的好战友，又到清明节了，咱们这里又该热闹起来了。看着来祭拜的人越来越多，让我想起我们那些在康西瓦的兄弟了。那里山高路远，也不知道有没有人去看看他们，这些年他们那儿应该挺冷清的吧。整整50年了啊，我想去康西瓦看看他们。"可是，他这个愿望已经难以实现了，康西瓦实在太遥远，他已经老了，再无法走到那片高原了。在大家的共同劝说下，老人终于同意由儿子艾尼瓦尔替自己走一趟康西瓦，去看看长眠在那里的亲密战友们。

　　艾尼瓦尔怀着难以言说的心情，轻轻走近康西瓦烈士陵园时，被眼前的景象震撼了。苍莽群山中，那个不起眼的小点就是康西瓦烈士陵园了，它背倚巍巍昆仑，面朝先烈们曾经战斗过的喀喇昆仑，俯瞰喀喇喀什河从脚下流过。这里地处高原无人区，除了往来于新藏线上的汽车外，方圆几百里了无人烟。几十年过去了，这一百多名长眠在这里的烈士就成了康西瓦的主人。陵园几乎没有亲人前来祭扫，毕竟这里太遥远，海拔太高，交通也太不方便。更何况烈士们的父母大多已不在人世，兄弟姐妹也该过了花甲之年，而当年他们牺牲时，大都尚未娶妻生子，又有谁会到这里来看望他们呢？浩瀚天地间，康西瓦仿佛一个被遗忘的角落，孤独、渺小。

　　艾尼瓦尔轻轻抚摸着纪念碑，他终于明白了父亲的心情，理解了父亲，也理解了守陵的这份职业。战争结束了，得以生还的战友们，把他们葬在一起，葬在这片古老的昆仑山上的康西瓦和叶城烈士陵园，在战友们及后来的一代又一代军人的心灵深处，始终没有忘记用生命换来祖国边疆几十年平安的烈士们。艾尼瓦尔替父亲向烈士们敬了一个军礼，他说，这是一个曾经上过战场的老兵的心愿。

可以说，这些烈士们，他们就是康西瓦的图腾。或者说，在这儿的军人已把他们当成了他们的图腾。老人艾买尔·依提，如今在夜里还能听见战友们冲锋的脚步声，能听见他们冲出战壕发出的怒吼声，能听见战友们倒在血泊里的声音。这些于老人来说并不奇怪，只要一睡下，便能感到与战友们躺在了一起，已与烈士的灵魂融合在一起。

艾买尔·依提老人的执着、艾尼瓦尔的孝顺让我心生崇敬，感慨万千。守陵人，把自己的年年月月埋葬进了陵园，但还得一年年地守望下去，他告诉我，他虽然退休了，儿子接了他的班，但他时常还会来到烈士陵园与儿子一起守护着，他不知道能守到什么时候。无论如何，他是要守到他进坟墓的那一天了。

我能像老人一样，守望我的先辈几十年吗？我能像老人一样，淡泊一生，无争无求，孤独地守望着烈士们的不灭的灵魂吗？

我不知道。

（原载于《民族文学》2020 年第 4 期）

生死隧道

李俊玲（布朗族）

一

世间绝大部分的人都有目睹过生死的经历，我第一次接触到"生"是在懵懂的儿时。一些情景像那些镌刻在记忆中永不能抹去的纹路，清晰而又完整。老家的那间四合院里，陈旧的墙壁上贴的是下凡的七仙女，董永挑着担子衣袂翩跹，笑逐颜开，担子两头兜着粉扑扑的一儿一女，七仙女与董永正迎面相逢，色彩缤纷，透出春天的蓬勃与欣喜。我们几个小孩时常就在这画下嬉戏、玩耍，肆意地消磨光阴。有一天，一大早，就听说隔壁的家门叔妈要生产，在我生活的那片土地上，人们对于"生"，总是怀着不能说出口的忌讳，似乎这个字眼里藏着破碎和不祥，总会用别的更家常与温暖的表述来替代。比如"领""添""养"之类的，"你们家添了个什么？""领了个拿锄头把的。""养了个挑水的。"话语中尽显老百姓们的隐讳。几个年长的婆婆聚集到院子里，烧水的烧水，扯布的扯布，絮絮叨叨的话语穿插在这些忙碌的迎接生命的场景里。叔妈所住的房间门帘严实地遮蔽着，人们出进都会留意地遮盖一下，掩上房门，仿佛是在做着一件不可告人的事情。孩子和男人是不能进去的，姑娘也是，只有那些结了婚、有过生育的女人才能入内，这扇门坚定地隔离着两个截然的所属，不容置疑，让"生产"这件事情变得神秘而遥远。

叔妈的婆婆我们称之为叔太，一双解放脚撑着一副清瘦的身板，一件青布斜襟衣长年累月总不离身，头发梳得让高高的发际命悬一线。叔太是个做事麻利而谙熟民间生活的女人，知晓俗世的门门道道。她安排儿子带着香钱纸火，和刚宰杀好的鸡去寨子外的青树边，上付（祭拜）各位神仙，桥神，路神，山神，水神，田公，地母，还有家里的灶神，让各路神仙保佑叔妈顺利生产。阿叔回来时，抹着一头大汗说给叔太：都上付完了。叔太焦灼的脸稍稍释然，接着在自家门槛上挂上了一株仙人掌，和一个水瓶，边挂口中边嘟嘟囔囔，与空气私语交流，据说仙人掌是挡路盾牌，小鬼大鬼不敢靠近产妇；水瓶有特殊的象征，如同观音手中的净水宝瓶，可以消灾避难，保佑孩子顺利降生。那个年代，空玻璃瓶是珍贵之物，貌似白兰地的酒瓶子，细长的瓶身陈旧得有些发黄，连里面的水也感觉透着浑浊的色泽。我们这些孩子全然不懂大人们这忙碌中暗藏的担忧，不知门里和门外的人都在历经一场生死较量。一味跟着大人屁颠颠地跑来跑去，一心只想等待着叔妈快点生产，只要孩子出世了，我们就可以吃上冒着热气、甜得黏嘴的白酒鸡蛋。孩子们的兴奋在那一时掩盖了大人们的紧张。

一会儿，房门里面隐约传出了断断续续的呻吟，时高时低，接着是一阵阵"哎哟"的呼喊，那呼喊像被某种东西压住又拼命挤身而出，低沉顿挫，紧张的气氛瞬时罩住了院子。叔太出出进进，端水倒水，眉头紧锁，脸色暗沉，阿叔在门外呆坐，搓着粗大的手掌，仿佛这样的搓揉，会搓出他想要的物件来。屋外的几个老婆婆也走进走出，低语议论着什么。整个院子就剩下了屋里叔妈痛苦的呻吟和屋外急切的等待，这里的空气仿佛被凝固了。呻吟越来越急促，我和一个小伙伴也被眼前的情景镇住了，那种想吃白酒鸡蛋的渴盼在大人们的种种怪异举动中迅速失散，不再走动，安静下来。"赶快去磨剪刀！"叔太跑出来平地一声喊，阿叔一骨碌跑去厨房。磨刀声、呻吟声、嘀咕声、脚步声混杂交响，恐怖席卷了院落。时间在等待中拉长了变慢的脸，日头快偏西了，状态依然持续。从接生婆口中知道孩子不好出来，叔太开始在院中烧纸叩拜，老叔也跟着下跪，口中不断念叨，隐隐带着哭腔。我站在他们身后，从纸钱燃烧的火光中感觉到了扑面而来的惊悚与莫测，这不像是迎接孩子出世，倒像是准备一场丧葬。

院子又陷入了诡异的安静，不久，随着房内叔妈的一声叹息式的喊叫，接着是微弱的婴儿哭声响起，那猫咪一样的哭声仿若具有号角的力度，让屋外的人为之一振，大家如同被解开了枷锁，立马轻松起来。"领了领了！领了个抹粉的，不轻易啊，脚先出来，竖着出娘胎啊。"接生的老太太踮着小脚出来贺喜。叔太一脸淡然地回："哦，蒸茶做饭的丫头啊。这样地折磨人，就叫竖生吧。"一个生命艰难出生了，一个名字随口也诞生了。叔太转身去了厨房，忙碌再次开始，我们脱缰撒欢儿起来，立马跟着去，蹭吃蹭喝。

从那以后，几乎每天我都会跑去叔妈家吃糖鸡蛋，叔妈的肚子瘪下去了，那个曾经快撑破她肚皮的小人儿，如今被捆成粽子般放置在她身旁，这个叫"小竖生"的婴儿整天闭着眼睛，仿佛累了一直在睡。感觉生命的降生原来是这样的惊心动魄与神奇。我们风一样跑去看小妹妹时，叔太总要交代，进房之前，得去厨房走一趟。她说，孩子小，你们这些野孩子到处跑，怕把外面不吉利的东西带进来，去厨房一趟，灶王爷会把那些脏东西吓跑了。生活似乎无处不埋伏着我们看不见的杀机。这是发生在母亲老家，汉族地方的事情。时隔三十多年，那一幕还是新的。

对于生命的降临，人们会有很多禁忌，像呵护一棵刚刚发芽的树苗一样，小心翼翼。入夜之后，大人就交代我们不能到有婴孩的人家串门，这会惹来麻烦。听说，有人赶夜路回来，才到院里落脚，小竖生就开始啼哭不停，幸亏是叔太"烧香砸米"之后，孩子才乖乖入睡。在乡下，人们的日常生活中总会有某种神秘的力量潜伏于四周，有庇佑，有入侵，有赐予，有掠夺，善与恶两股势力也在我们看不见的领域里做着不懈的斗争。香钱纸火如同食粮一般是必备之物，用来祷告，驱散或者庇护。人们相信，纸钱的燃烧，烛火的燃烧，都会让祈愿得以通达到那个神域的世界，都会让一切邪恶戛然而止。香火，是人们的精神护甲。

叔太说，人有阳气，人多阳气旺，家族旺，诸事就顺。而顺的前提是生，人丁兴旺，这多像是春天的开场，熙熙攘攘，只有这样才能有秋天的满树金黄，硕果压枝。在变幻莫测的自然与未卜的命运前，在那些不为人知的黑暗角落里，"生"是一种打破，宣告与侵占，而"生"也带着自身的忧患与弱小，带着随时被扼杀的危险，于是，祈愿和忌讳便成了民间惯用的捍卫之法。人的渺小需要依附祖先们的想象与创造，依附于那个冥冥之中空气一样的，却能保障呼吸的强大的神性系统里。这个系统，让人们遵照世俗之流，不敢越界半步，用尽烦琐的手段与程序来极力维护。

二

这世间除了生死皆为小事，生死贯穿人生，任何民族都为生死注入了各自的理解和诠释，用不同的观念待之。作为布朗族，生与死都代表着生命不可跨越的坎，是一种飞跃与重建，是命数的昭示。"先定死，后定生"这是人们口中常说的一句话，带着阴冷的恐怖与莫测的神秘。生，是出口与开端；死，并未是结局与淹没。生死之间，仿若倒置，也似轮回。

在我的祖先看来，一切生命都是起源于脚下的这方土地，土地是天然的母体，繁衍出万物，生生不息，土地也是归属，接纳众生的尸身，粪便，血汗，泪滴，人世间的轮回无不是在土地之上上演。他们用土砌墙，用土打灶，在土里耕种，在土上筑房，在土坎里分娩，在土坑里下葬。生前离不开土，死后消融在土里，他们是大地的儿子。与土地的一生相依，让"生"也带着些许的另类。孕妇分娩之前，家人总会在产妇的屋子偏房砌一个土坑，让她坐在土坑之上生产。孩子呱呱坠地那一刻，第一时间便是与土亲近，身体粘上泥土，说明这一辈子便可顺顺利利地长大，土养万物，一切动植物无不是依存于土而生长生活的，养育人的最终是土。布朗族人用这样特殊的方式，让儿女的身体脱离母体之后的第一个接触者便是大地，土生土长，就是这样。布朗族人生下那一刻已将自己交付于厚土了，大地成为他的第二位母亲。这种依附的感恩，使得人们与天地保持着血亲一样的关系，彼此慈爱厚待。由此，在老家，任何方式的"动土"如开垦、建房、修桥、铺路、开挖，都得祭拜与上付，喃喃之声，像对一位长辈请示般，语调柔软而低沉。地皮，这个词就是人们对于土地最有温度的称呼，土地的皮肤，大地是有血肉和皮骨的，情态盎然。万物如此，人类只是依附于他身上的一个孩子而已。

　　挖个土坑给孕妇生孩子，那是希望有土地和山神的护佑，土坑如同大地一双厚实的手，接住了新的生命，并赐予他力量。长辈在挖坑时，会念念有词，祝祷土地山神来相助，保佑孕妇平安生产。孕妇分娩如果遇到不顺，接生婆便会吩咐家人，把家里的所有柜子门打开。开门，暗示着走出和通达。我曾想，祖辈们对于出生做出的这一举动，竟带着哲学思想。出生，开门，门户对于一个人而言，意味着独立和获得，也意味着危险和未知，走出是那么的重要。孩子的出世，也是走出母体的方式，母体的门户与大地的门户、家的门户如出一辙。打开所有的柜子门，这样呼之欲出的动作也会让产妇带有某种期许和宽慰，无形中会赐予力量。而不管人们采取何种方法，因生产死亡的事情，时有发生。阿奶说，旧社会的女人，生产是过一次鬼门关。在老家，有这样一句话：生娃娃，就是和阎王爷隔着一层纸说话。这话总能让我想到叔妈生产的情景。老家远在山区，交通不便的年月，生活习惯与生存条件的限制让医院成为遥不可及的地方，接生婆便是医生，只有寄托于那些祖辈们流传下的习俗，上付神灵、开柜开箱子、念咒祈福……用尽人们与此相关的一切办法来应对。

孩子呱呱坠地，长辈总要用温水洗刷一下孩子的身体，并留有一部分血污。刚刚从母体出来，还未完全适应外面的世界，有个循序渐进的过程。布朗人认为，留着母体带来的东西，会让孩子有能力抵御陌生世界一切污秽的侵扰，好养活。好养活，这就成为对于一个初到世界的小生命的期许。在那个缺医少药的年代，在偏僻的布朗族山区，养活一个孩子是一件艰难的事情。阿公的第一个媳妇，就是因为生养的三个孩子都夭折了，自己气血亏损加上悲伤过度，也随之而去了！那是阿公最为惨淡的一段人生，他埋葬了逝去的亲人们，抹干眼泪，继续在世间赶路。直到遇到了阿奶，阿奶是木老元人，嫁给阿公时，也是丧夫，带着四岁的姑妈来到了楮子树，和阿公组合了家庭，生下了我父亲，两个小叔，两个小孃。而最小的叔叔也不幸在一场疾病中早夭了。父亲每当言及此事，语气中总带着一些痛苦。他说，从小叔夭折后，他便不再信神信鬼了。后来，父亲参军，便彻底地唯物了。听说小叔是患了类似疟疾的病，吃药没有疗效，阿奶便去求神婆，神婆说，神需要你家许一头羊，一个猪头，一只鸡，去山神处供奉。阿奶一一遵照，带着只有十岁的父亲，挑着供品，到寨子外的那棵大树下，焚香祈祷。看着自己的母亲不惜一切地为弟弟的病情杀猪宰羊求神拜佛，父亲以为这样他的弟弟会好起来。无奈，几次的求告都无用，小叔还是走了。父亲说，阿奶抱着小叔的遗体时，整个人苍老了许多，没有流泪，只是沉默。他从此便在心里告诫自己遇到任何事情都不去求神，而在阿奶面前，却从不言说，默默顺从。小叔的死，让父亲的心走出了那个被"神灵"控制了的疆域，后来入党，入伍。在战场上，他目睹了太多的死亡，运送过尸体，也从死神手中逃脱过，他从来不和我们讲鬼故事，他常常说，鬼在人心。而阿奶是最爱讲鬼故事的人，那盏昏黄的油灯下，那个熊熊的火塘前，我听得入神，也听得汗毛竖立。阿奶一生从未离开那片土地，她的目光永远系着儿孙们走出大山的背影。

　　孩子出生后的第一件大事便是取名，名字是他一生的符号。很多家庭为了让孩子顺利长大，便将孩子寄拜给天地万物。大树，石桥，道路，山脉，乃至一块石头，一朵花儿都是祭拜的对象。孩子的名字也带着这些"干爹"的姓，比如"树生""桥顺""路喜""山么儿""春花""瓜叶"，这些记刻着自然符号的名字，显得土气十足，一目了然。在老家，这样的称呼很多，我父亲的小名就叫"柱么儿"，听说，小时候阿奶就选择了老祖留下的那棵柱子作为父亲的干爹来寄拜。父亲的小名只有长辈才可以叫，同辈只能称之为柱哥。这样随意地选取，是为了让孩子更随意地成长。"越小心越成精",只有让孩子贴近万物,才会自然而然地长大。布朗人是希望,通过名字让孩子与他们眼里亘古不变的山河大地连为一体,贯通始终,这样的依附会让孩子的一生踏实度过。

孩子长大了,类似成人礼,便是"出行"。出行,代表着一个人即将面对着世界万物,面对未知的凶险和对于家庭的担当。大年初二这一天,由长辈带领着孩子到村外的大神树下去祭拜,叩头,祷告山神,孩子已大,可以单独外出了。这时,父辈们会拿出自己随身带的刀具,让孩子到附近砍一捆木柴回家,有种自谋生路的感觉。这表示着一年新的开始,也意味着一个人一生的开端。到山神边举行出行仪式,便是一种昭告,告诉万物与寨邻,这个人从此不再是父母庇佑下的孩子了。这个人,将会在密林里,在大山中开辟属于自己的一片天地,人生之路就此开始。

三

一生的道路最终是通向死亡。死,并不是终结,而是用另一种方式继续活下去。万物有灵,人死后注定和逢春发芽的植物一般轮回再生,而来世不知重生为哪种花草或者动物,也许是一片草叶,一只飞蛾。所以,布朗人对于死亡的态度相对淡然,人们对万物总是心怀敬畏,它们或许是前世的某位先人的化身,就是虫蚁,也不可肆意践踏。"托生"这种想法便是人们对于失去亲人的别样期许。于是,死亡也与生产一样,存在诸多的禁忌与暗示,儿女双全的寿终正寝,像果子熟透一样自然脱落,称之为"修得好"。这样的死亡,隆重而庄严。早夭,病逝,被人谋害,意外死亡,或断气时没有人在身侧等,这样的死亡称为死得不好。死得不好的人是不能停在堂屋的,也不能入家族的坟场,这体现着人们对于非正常的忌讳和不安。

在死者还未闭眼之前,估算着快不行了,家人得去"赶病",这是布朗族的一种习俗,面对病重垂危的家人,小辈们必须到各地的亲戚和后家去告知情况,以防不测,如不赶病忽然故去,有些后家会接受不了,继而心生间隙。一般情况,"赶病"就意味着凶多吉少了。赶病的目的是让后家有心理准备,也是奔丧的前奏。而家里这时已开始打制棺木了,把棺木堂而皇之地立于院子之中,有冲邪之意,据说,有些人会因此而好转。死者在断气之时,如果有子女在旁边是最好不过的，称之为"接气"，断气与接气，像是一种承接，人们说，哪个子女接气，他的日子便会好过一些，也预示着死者最记挂的便是接气的人，会将自己的福气继续传递于他。一般接气的人，都是在死者床前端茶送水，日夜招呼尽孝的人。先辈们冠以这样的传说，实则是在赞许孝顺的儿女，以此作为对其无形的嘉奖和鼓励，祖先流传下的习俗无不暗藏着做人的智慧。断气前，家人总会将事先准备好的银器或者钱币塞进逝者口中，称为"口铃"，口铃是死者在通往地府的途中，用来上付各路小鬼的钱财。当老人完全停止呼吸后，家属便用竹竿拴上一条白布，挂在大门外面。这是一种无声的通知，看到白布条，人们便不约而同地来祭拜和帮忙，这也是昭示，死者的魂魄将和白布与竹竿一起去往彼岸。这多像是乘坐一条船要去往通天的那方，只是那方在何方，无人知晓。

我人生中最先历经的丧葬，是送别阿公，那是一次让我终生难忘的场景，也让我第一次感知到什么是"死亡"。和父亲回老家照看生病的阿公已有数日，那天的下午和平常一样，阳光好得让人有些刺眼地晕眩。阿公的病情忽然有了好转，显得特别精神，和父亲聊起家常时露出了久违的笑容，病痛已把他折磨得瘦骨嶙峋，他的颧骨像两座山崖般明显地耸立出来。这位年轻时的猎人，曾徒手与一只黑熊搏斗，失去了臂膀上的一块肌肉。他黝黑的皮肤褶皱满布，纵横陈列着无数的伤疤，这些伤疤是生活赐予的勋章。靠着这些勋章，他的儿女们才得以长大。

我和表妹们挎着篮子，唱唱跳跳去水井边拔菜，洗菜，准备晚饭。一个小时的工夫，姑妈就惊慌失措地赶过来，让我们赶紧回家，没有说任何事，而我已猜到了可怕的结果。等我们从屋外跑回来时，堂屋已围满了人，一块青色的布已盖住了阿公的脸，给阿公的洗浴刚结束，屋子里还有蒿子水的气息。那块青色的"遮脸布"像禁止的盾牌，让我意识到，我们和阿公已经隔着不同的两个世界，我无法想象，刚才还喝水说话的他，怎么顷刻间就变成了"死人"，死亡是那么猝不及防，他的话音刚刚还在耳畔，笑容还在眼前，忽然，这一切都已成为虚妄，一股冷气瞬时逼来，让我寒战。阿公躺在那里，一动不动，这忽然的阴阳两隔竟如同被打蒙了的人醒来，不知方向。

父亲握着阿公的手，不忍放开，直到渐渐冰冷，那双曾经托举起全家人希望的大手，苍白地低垂着。阿奶过来，剥开父亲的手，把阿公的手小心地放入被褥中，轻声说：让你爹多慢慢克，克稳妥了（克即走的意思）。阿公仿佛睡着了，大家围过来，默默垂泪。直到出嫁在邻寨的寿孃，父亲最小的妹妹进门，放声痛哭，全家才从沉默的悲痛中彻底释放出来，潮水一般的哭声淹过山峦。阿公过世的消息传开后，整个寨子的人都聚拢来，大家分工合作，仿佛是在自己家里那样，有条不紊地做着该做的事情。夜晚，邻寨的人也来了，他们打着火把，把蜿蜒的山路燃成了一条龙。那些被阿公帮助过的人，认识的不认识的，都来了，大家坐在他的遗体前，只为看最后一面。家里从院子到堂屋都弥散着火烟浓烈的气息，火把不断，来客不断，火把上特有的松香气息穿梭在鼻翼，变成了一种特殊的嗅觉记忆，闻到就让我想到肃穆与死亡。

从阿公病重那天起，父亲就和单位告假，一直守在床边，半月之余。他是兄弟姐妹中唯一一个"接气"的人，他没有把这样的所谓"福报"看作上天对他的赏赐，而是觉得自己亏欠阿公太多。从九岁外出求学读书，到参军工作，成家立业，父亲始终身处山外的世界，只有逢年过节才有空回家看看阿公。虽然父亲想尽一切办法尽孝，将衣服、药品、食品源源不断带回老家，而唯一无法邮递的便是陪伴。在掩棺的那一刻，父亲竟失声痛哭。我惊呆了，第一次看到父亲这样不管不顾地哭泣，感觉那个一直以来坚毅而乐观的人忽然坍塌了，父亲像女人一样的呜呜声音让我震颤，竟使得我萌生出一丝丝的羞愧，而很快便被悲伤、恻隐与自责淹埋了。死亡，带给我前所未有的恐惧、惊慌、哀痛和彻骨的寒凉。一个在你生命中占有一席之地的人，忽然空缺了，你的生活瞬间被撕裂了，疼痛倾轧而来，让人无所适从。失去，永别，触及不到，只余思念，都是属于死亡的。他的音容笑貌，用过的物件，包括留存的气息都彻底地消逝，而这样的消逝却如墨汁渗进木头般，一寸寸占领了你的记忆空间。我看着阿公棺木前的遗像，那是一张他唯一留存的相片，是父亲拍摄的。阿公开怀大笑，皱纹荡漾开来，露出烟熏的牙齿，眼神慈爱而明亮。他永远定格在框里，用黑与白这简单的色彩，给予我们在这世间仅有的念想。

父亲的悲痛超过了我的想象，我的悲痛很多时候直接来自父亲。阿公走了，这个世界意味着父亲便成了没有父亲的孩子；阿公走了，这个家里再也没有人会守在火塘边，烧水泡茶，等待儿孙的归来；阿公走了，老家不再完整，逐渐残缺。大家都劝慰，说阿公修得好，走得明白安详，一生行善积德，一定会投奔到一个好去处。父亲无语，擦去了眼泪，低垂头颅继续跪着，在人群中显得那么的孤单和矮小。对死亡的不同认知，让他的族群和他隔着厚厚的高墙，父亲蜷缩于自己的小小一隅，巨大的哀痛袭来，无人能挡。

在去往墓地时，领路鸡和领路猪是必不可少的，它们将领着阿公的魂魄，走向祖先的领地去和同类团聚，再进行下一个轮回。而不是误入牛马之道，托生为动物。这样的领路让布朗人走得安详，在他们的眼里，死亡意味着归土，归土也是归途，可以回到祖先那里去，可以再为来生修一次遥遥无期的德行。而我总固执地认为，阿公会变为一棵树，一棵洒下一地荫凉的大树，一棵可以庇佑寨子的神树，像他生前一样，总是施恩他人。人们抬着祭品，那些被吹得鼓胀的羊，一只一只地安放在托盘之上，也安放着祭拜者的虔诚与尊重，只有儿女和重要的亲戚朋友才可以祭祀整只羊，羊越多，逝者的子孙和朋友越多，人品越显赫。祭祀阿公的羊排放着，送葬的人依次跪着，从家延绵到水井处，浩大而震撼。有的路人数起了羊，啧啧赞叹，说从来没有见过这么多的祭祀羊，那种羡慕的眼神与语气，竟让我陡然生出强烈的自豪感。以致有那么短暂的时刻，忘记了阿公的死亡。

四

阿公去世后，曾有一度我是那么希望死亡不是灰飞烟灭，而是其他生命形态的开始，这样死去的人便能以另一种方式继续陪伴着亲人，死便不会让人绝望。而来世的前景如何？这也是人们最想探知的所在。在整个丧葬的过程中，大家会通过一些举动来领会神的隐晦暗示。比如在棺木前蒸煮一蒸笼饭，放置三天，起棺后，打开蒸笼盖，米饭的表面会呈现出逝者来世的迹象，脚印便是托生为人，蹄印便是牲畜，还有花草、虫鱼之类，自然万物在这小小的蒸笼里徐徐再现。有经验的长辈细致地查看那些米饭显示的纹路，无穷无尽的想象力赋予在这些模糊的印迹里。也有人在棺木前煮一个鸡蛋，剥开蛋壳，看显示出怎样的留痕。那些稀奇古怪的留痕让来世显得神秘和深不可测，也同时稀释着亲人的伤感与眷念。死亡，这件事总之是带着阴霾的，让活着的人不安，他们总会用各种方式试探凶吉。布朗人总会在棺木边拴一只鸡，起棺前，站堂人（主持丧葬礼仪的人，具有一定的权威，深谙礼法之道）会拿起鸡到大门外，一刀抹向鸡脖子，丢在地上，垂死挣扎的鸡扑腾几下后死去，如果鸡头向着大门，那么便预示着这户人家还会有不幸的事情发生。如果鸡头面向大路，主人家从此便一帆风顺。这种测试，让人毛骨悚然。我曾经问过目睹过此事的老人，果然灵验吗？老人说，如果预兆不好，主人家就得办理法事，求神化解了。

　　下葬前一天，负责主事的站堂人便安排年长的家人去家族的坟山上去选择墓穴。布朗族的墓穴与汉族不同，严格按照辈分来埋葬，由上而下来安置。墓地呈金字塔式从山顶排序而下，一目了然地知道辈分高低。来到坟场选取墓地，先得祭祀山神，主事的人会用商量的口吻祷告："山神山神，本家人某某要入阴地，来您这里，求您给个遮风蔽雨处，让他安个家，欢欢喜喜，罢气罢恼。"随即在选好的墓地上插上三炷香，洒上几滴酒和茶。起棺时，家人会拿起带着刺的树枝从堂屋一直左右作清扫状，俗称：撵鬼。人死后到入土，阴间的鬼会来牵魂，所以起棺时，主人家害怕鬼会赖着不走，得用荆棘刷出去，并将棺木上方放置的一碗米饭，端起砸碎。这意味着砸了生前的饭碗，要去新的地方。棺材抬出到大门外时，死者的直系后辈们会手握香火，沿着路一字排开，跪着低头，让棺木从众人的后背上抬过去，人们称之为"搭桥"。这是小辈送给死者的最后一点儿孝心，子孙们轮流搭桥，希望死者少点跋涉之苦。坟墓极其简单，墓穴不砌井，一个长土坑就可，棺木放下去，垒起土来，在土堆前面搭起三块石头便是对一个人一生最后的总结。一生最终是消融为土的，像在土坑里出生一般，是否出世便意味着结束的宿命？生死之间，一条隐秘的通道在悄然勾连。布朗族的墓地，没有华美的石雕，更没有赞誉的文字，简陋的土堆掩盖着一个人艰辛的一生。不留意看，没有人会知道这是一个坟冢。只有亲人们才可以从那些高矮的土堆，大小不一的石块中分辨出自己祖先的坟茔。那些消失的、坍塌的、新垒的土堆埋葬着无数人的一生，无数人的一生营养了一座座延绵不绝的大山。

　　人生，漫长得靠亿万个细节来堆砌延展，人生，也短暂得没有弄明白就呼哧而逝。从出生到死亡，祖祖辈辈遵循着先人留存的禁忌和规避，迎来送往。一生，最终是交付给时光的，在时光的隧道中，一个人的生死只是刹那的一缕光。面对着千古河山，世间的一切纷扰多像是树丫上的蛛网，挡不住人类穿过密林的步伐。生死在时光隧道中穿行，忐忑，期盼，悲喜交集；时光在生死隧道中划过，沉默，笃定，一丝不苟。

（原载于《民族文学》2020 年第 4 期）

被割裂的故乡

龙章辉（侗族）

一

在我的故乡，一个孩子出生后，人们除了给他取一个大名外，还会取一个小名。名字是一个人置身社会所必需的标识与符号，其重要性不言而喻。人们甚至在孩子出生前，就已经过多番思谋与讨论，拟定出名字方案了。这场意义非凡的命名行动，甚至会引来众多亲友的参与。人们秉持不尽相同的文化背景和生活观念，通过取名，赋予孩子以特定的属性和意义，以及对孩子未来生活的寄愿。大名基本上遵循姓氏字辈来取，对应一个家族的血脉传承，比较规矩、严谨；小名是孩子的昵称，起取则随性许多，但如果细细去探究，还是可以发现一些内在规律，那就是这些昵称几乎无一例外地对应着故乡的山川风物，生机勃勃、色彩纷呈——

大蛮牯、勒牛子、狗伢子、野猪、鸭拐子、癞蛤蟆、泥鳅……

这是一组男孩子的名字，取自奔窜、爬行于四野的动物，虽显土气、低贱，却生猛鲜活、虎虎有神。一群男孩子在原野上追吵打闹、在溪流里击水嬉戏，就是一头小水牯、一条小黄狗、一只大青蛙在水田里长哞、在篱笆前狂吠、在水沟边纵跳……

兰香、桂花、水莲、冬梅、春桃、秋菊、红云、山霞……

当我将这些名字一一排列好，眼前蓦地现出一片姹紫嫣红的山坡，这儿一丛，那儿一束，草艳花香、摇曳生姿。与男孩子那些土愣愣的名字相比，女孩子的名字则显得灵秀而有意味。这些撷自大自然的花花草草与纤霞流云，本就是天地间孕育的精灵，蕴含着色彩、形状、芳香、韵味等美学要素。一群女孩子行走在坡前岭后，就是一朵花、一棵草、一片云、一缕霞彩飘曳在天地间。

小名虽取得五花八门，却完整地体现出故乡人对于世界和自身的理解与认识。在人们朴素的观念里，自然万物都是有灵的，都是相对应而存在的。人也需要在天地间找到一个通灵的对应物，来辨识和确认自己的位置，并借助其物灵作为依傍，以保持茁壮而长久的生命力，去抵御那茫茫的时间和空间。这其实是一种古老的认知方式，从古到今，一代代人，反复地在天地间寻找着可以相通的对应物，模仿着万物之名而为人之名，以期与万物通灵，从早到晚、从冬到春，一声声地念着、喊着，将一方水土喊得桃红柳绿、枝繁叶茂。由于时空和认知的局限，这样的命名方式将不可避免地导致大量的雷同。同一名字，在不同的年代不同的地域，可能早已存在，或者即将存在。一位父亲站在山岗上喊一声"狗伢子"，极有可能唤起远远近近不同的回应：有的来自附近的田野，有的来自远处的山林，有的来自旷远的古代，有的来自缥缈的未来……那回应一声接一声，沿着那条布满牛蹄印的小路纷至沓来。

在故乡，一个人来到世上，即会获得一大一小两个名字。这是人对故乡的一种认领，还是故乡对人的一种标记？我不得而知。但我知道这样一种命名方式，潜在地赋予一个人两条出路：大名光鲜、体面，具备向外的意义，可以出入社会，跻身主流；小名土气、低贱，像人始终褪不去的一条小尾巴，像草木之根，深深扎入故乡和童年，可以源源不断地汲取到来自大地的养分。

二

我也有一大一小两个名字。

大名龙章辉，我爷爷取的，除了对应家族传承外，还含有文章生辉的寄愿；小名宇生，也是爷爷取的，宇宙间生存的意思。不难看出，我的名字无论大小，都没有粘连故乡的任何事物，只强调与安排着我的人生道路和方向。这个方向是与故乡相背离的。这样的背离，客观上构成了一种割裂——从被命名的那一刻起，我与故乡就被割裂了。

爷爷是一位晚清的秀才，虽然潦倒落魄，但优厚的汉文化背景使得他很难接受儿孙身上出现囿于地域、土气低贱的文化符号。他认为这是一种局限或牵绊。他对我的命名，就试图打破这种局限与牵绊，赋予汉文化的优雅与洒脱。爷爷认为，好男儿志在四方！一个男人应当走出故乡，浪迹江湖，虽不求闻达于天下，也应挣得些许功名，以光宗耀祖。很明显，我的名字延续着一位落魄秀才的未竟之梦。在这一点上，父亲与爷爷有着惊人的一致。作为村里唯一的县一中毕业生，他对爷爷对我的命名以及名中所指的人生方向深为认同。他常常对我感叹说他是没希望了，只有靠你了，只要你攒劲读书，家里卖鼎罐也要送你！为了让我攒劲读书，有朝一日能够"走出故乡"，父亲很少安排我干农活，除非是必须帮把手的那种。父亲的推波助澜加剧了我与故乡的割裂。

对于故乡而言，我的名字既是一种割裂，也是一种拒绝。我拒绝了山川草木，也拒绝了纤霞流云……故乡似乎也没在我身上烙下什么特别的印记。因而，我在天地间未曾拥有一个与自己通灵的对应物，来作为生命的依傍；也没有一条像草木之根那样的小尾巴，扎入故乡和童年，源源不断地汲取到来自大地的养分。我从小体弱多病，会不会与此有关呢？为践行父辈的意图，我几乎没有融入到故乡的人、物、事中去。"走出故乡"的目标使我像一条孤独的单轨，生命时光与故乡的四季枯荣构成了平行的延长线，我们相互对视着，又本能地拒绝着。

记忆中，偶尔的交叉与关联也是有的——

当少年伙伴们纷纷撸起衣袖、挽起裤脚，在父辈的指导下开始摸犁拽耙的时候，我也心痒痒地央着父亲要学犁耙功夫。我知道在故乡，一个男人只有扶稳了犁耙，才有资格与时空对话，才能在大地上站稳脚跟，并从深厚的泥土里找到那条五谷丰登的活命之路。这是我主观上欲贴近故乡的表现。父亲毫不犹豫地拒绝了我。父亲害怕我学会犁耙后，就会像恋上女人那样恋上故乡，从而被故乡的事物牵绊住，瓦解了"走出故乡"的决心和意志。

由于少事稼穑，我遭到了少年伙伴们的嘲笑。他们撸出被阳光晒得发黑的手臂和脚杆儿，嘲笑我的细皮嫩肉，并送我一个"相公"的外号。每当我出现在他们的视野里，他们就相互挤眉弄眼，异口同声地高喊："相公配小姐——相公配小姐——"这一戏谑曾经让我十分恼火，却又无可奈何。后来我想，这算不算故乡在对我进行某种标记呢？除此之外，故乡还对我做过别的什么标记没有？

三

我终于如父辈所愿走出了故乡。

1987 年秋天，我参加县里的招工考试，以第一名的成绩被一家新办的国有企业录用。在城乡差别仍然十分巨大的八十年代，这样一份工作是令人羡慕的。

用父亲的话来说，我是"拱出田坎脚，吃上国家粮了"。父亲很兴奋，几乎与我说了一夜，说他如何在苦水里泡大，现在好了，我不再过他的苦日子了。父亲说得我哈欠连天又说得我热血澎湃。

我很少跟人谈起故乡。我觉得故乡除了山清水秀、空气清新外，实在也没有什么奇异之处。何况我已经从故乡走出，蜕变成一个城里人了。我的内心是骄傲的。城里人就要有城里人的气派、城里人的样子！

某日，我骑自行车上街，经过老街口一家自行车修理店时，忽然想起轮胎很久没充气了，便停下来，找店老板借打气筒充气。完事后我将打气筒放归原处。就在我转身离开的刹那，打气筒由于没放稳，"噗"的一声倒在了地上。清脆的响声惊扰了店内众人，他们停下手中活计，朝我这边张望。店老板似有愠怒，嘴里嘟囔了一句："乡巴佬！"言语很轻，传到我耳里却不亚于一声霹雳。我被惊蒙了！下意识地朝身后看了看，确认店老板不是在贬斥他人之后，慌忙将倒地的打气筒扶起，然后蹬着车仓皇离去。

一句"乡巴佬"，充满鄙视和轻蔑。于我而言，这句轻蔑之语犹如暗夜里的一道闪电，瞬间便让我企图隐藏起来的乡土出身原形毕露，并明明白白地向我指认出一个事实：这些年来，我的父辈对我所做的一切改造都是不成功的，与故乡的切割也是无效的，到头来，故乡仍然以它强大的乡土笔法，深刻地标记了我。我的相貌衣着、言谈举止，无一不在透露着身后那个山环水绕、鸡飞鸭叫的村庄。我十分疑惑，父辈们明明已经为我隔开了那些土里土气的名字和泥腥味十足的农事，故乡的节气、阳光和雨水又是如何潜入到我生命中来的？让我虽然置身城市，骨子里却仍在扬花、吐穗……

这个事实让我惊慌、焦虑和不安。我不知道问题出在哪里？但不管怎样，我必须改造自己！因为我已经具有了城市身份，是城里人了。城里人就要有城里人的气派、城里人的样子！

我毫不犹豫地开始对自己身上的乡土元素进行清理。我对着镜子，一遍一遍地审视着自己的躯体，目光在每一块骨骼和每一寸肌肤上流连，我要发现衍生其间的每一株草木、静卧其中的每一声鸡鸣犬吠……然后狠心地将其根除与驱逐。犹豫、迟疑、彻骨的疼痛、撕心裂肺的喊叫、长久的麻木……内心里种种必然的感觉，一遍一遍地碾轧着我战栗不已的躯体。但我不管不顾，因为我已经没有退路了。我细心观察与模仿着城里人的衣着、谈吐和行为举止，我要用浓厚的城市气息，来掩藏起那条时不时地会暴露出来的小尾巴，彻底荡涤尽身上残留的故乡味道。

之前与故乡的割裂，是在我毫无知觉的情况下发生的，我是被动的、无法选择的；而现在，我对自己的改造则是主动的，是那场割裂的延续。我的主动，使自己成为了父辈们一个不折不扣的帮凶。

四

我与故乡被进一步割裂了。

在此，我不得不写到母亲。母亲对于父亲实现离开故乡的梦想，起到了至关重要的作用。就在我招工进城的第二年，作为水库移民的她也被落实政策，可以在县城划地造屋，作为安置和补偿。这一机会让父亲激动不已！当母亲和他商量如何取舍时，他毫不犹豫地做出了进城建房的决定。

我又过上了与父母朝夕相处的生活，再也不需要像之前那样，时刻牵挂着身在故乡的父母了，逢年过节再也不需要紧赶慢赶地回故乡去了……生活正在向我呈现出温润和踏实的内质。然而，团圆的时刻也意味着分离，我与故乡是否将从此被彻底割裂？

我的县城生活基本上由两点一线构成——从沿河路到工业街，又从工业街到沿河路……早晨八点，那间宁静的办公室被准时推开。勤勉与谨慎，使我倾注于眼前的一叠文件资料；一张来访者的菜青色的脸，又使我感觉到责任，以及手心里可能派发的一小缕阳光。而在白昼尽头，在沿河路一栋简朴的楼房里，精神的太阳夜夜从一张洁白的稿纸上升起……

不知何故，在县城，我一直找不准生活的感觉。我对照城里人的气派和样子，一遍一遍地修改着自己。每每觉得改满意了，转眼一看又不像了，好像被谁又改回去了似的。我越改越没信心，活得越来越不像个城里人；而在故乡时，我不事稼穑，又不像个农民。我对自己的状态越来越不满意。我甚至开始怀疑自己追求的正确性。在深度寂寞和苦闷中，我纵情酒色、放浪形骸了若干年，然后寄情于写作，渴望在文字里找到一个别样的精神家园。

无独有偶，我们家进城后，面对痴求半生终于得来的"新生活"，父亲也表现出太多的无所适从。虽已离开故乡，似乎总有一双无形的手在将他拽回过往。

他的责任田、自留山和自留地，没有哪一样肯轻易放过他。这种被撕裂般的感觉，常常让他彻夜难眠。他试图改造自己融入新生活。在对县城各类从业人员进行过一段观察分析后，他觉得自己成为一个小商贩是可能的。他备下箩筐和纤维袋子，每天去车站挤中巴，赶赴四乡八里的集市，收购辣椒之类的农副产品，再挑到县城来卖。他甚至还打造了一辆板车，预备货多时拖着沿街叫卖。当他的辣椒担子在农贸市场挤不到摊位、在街边又被城管驱赶得东躲西藏的时候；当他在城里人精明的讨价还价中，总是将货物低价甚至亏本倒卖的时候，他开始怀疑自己了。他望着家里一大摊快要沤烂的辣椒发呆。他终于罢担撤挑，不再言商。置身城镇，山风山雨里滚爬了几十年的他深深地迷茫了。他的人生经验从此归零，巨大的落差使他在五十多岁的壮年就过早地显现出黄昏暮色。

后来父亲好像有所彻悟。他在晚年一心向佛，每日必在房中打坐，沧桑的脸庞一派清明，几无烟火之气。他不再眉飞色舞地跟我谈论走出故乡的话题。虽然他历尽辛苦，终于在县城置地造屋。华堂落成之日，他满脸喜气地领受着四方亲友的恭贺，得意与庆幸溢于言表。然而就在临死前的那一年，他突然义无反顾地辗转于故乡的山山岭岭间，焦急地寻觅百年后的安身处所。显然，山外的世界并没有给予他暖衾般的归属感。如今，父亲已安然躺在故乡一处向阳的山岭上。墓地四周蓊郁着大片油杉。山风过境，掠起阵阵林涛，如潮如鼓，拍地惊天。

五

父亲去世后，不断有乡亲来问：老屋卖不卖？母亲拿不定主意，征询于我。我毫不犹豫地一口回绝。理由很简单：谁见过一棵树卖出自己的根？一条河流卖出自己的源头？话一出口，我即被自己吓了一跳！进城这么多年，自以为身心早已与故乡彻底分割，且被主流文化里三层外三层地洗了个遍的自己，骨子里竟然残存着如此难了的故土情结？之前，我还对父亲进城后的迷茫颇为不解，竭力在他人面前张扬着自己与父亲的区别，狂妄地表达着对父亲这样那样的轻视和不满。没想到现在，我也会在城市与故乡之间摇摆。这是否意味着，那双曾经拖曳过父亲的无形的手，现在又来拖曳我了？

我的残存的故土情结后来更为清晰地彰显出来了——

某日下班回家，母亲告诉我，故乡要修高速公路了，老屋可能要被征收。我的脑子"嗡"地响了一下，一种血肉亲人被无端推至悬崖边的紧张感骤然贯通全身。第二天天一亮，我立即乘车赶回故乡。

母亲所言不虚，故乡果然在修高速公路了。所幸我家的老屋尚未被纳入征收计划，心里一块石头暂时落了地。站在老屋门口，我看见对面山坡上，往日蓊蓊郁郁的树木被砍光了，好几台挖掘机正在施工，黄土被翻挖得一片狼藉，运土车辆穿来梭往、一派繁忙，原本宁静的小山村闹腾起来了。再过一二年，这里将日夜奔淌着不息的车流……

现在不征收，不代表将来不征收。为了解详情，我去了村主任家。

村主任是我小学同学，大名羊胜利，小名鸭拐子。我到他家时，七八位乡亲正聚在禾场坪里款白话。见我露面，村主任惊讶地说，可有些年月没见你了，快进屋。村主任一招呼，我的认知和心理一下子就回到了故乡的语境和文化当中，那些曾经被我清除的乡音乡情，又在身体内外满山遍野地蔓发了。闲扯了几句，村主任家的两个小孩忽然从院子一角蹦跳而来，傍依在他身旁，好奇地打量着我这个"城里人"。适才还满口乡音的村主任，立即改用半生的普通话交代两个孩子：羊进学、羊进科，快叫叔叔。两个小孩旋即也用半生的普通话喊我叔叔。我有些疑惑：村主任跟孩子交流，为何要改说普通话？为何不叫孩子的小名而要叫大名？难道我离开的这些年，故乡的话语习惯发生了变化？我问他孩子是否像我们小时候那样取有小名，村主任和乡亲们都笑了，谁还取那么土气的名字呀？难听死了！言语之间，分明流露出对所处的乡土文化环境的不满。这说明随着科技的发达、讯息的通畅，主流文化那强大的磁场，正在对我的故乡人产生巨大的吸附力。在吸附力作用下，故乡人也如当年的我一样，开始拒绝山川草木和纤霞流云了。我有些后怕。我知道这样下去的后果——古老的认知方式将被改变，人在天地间的位置将变得飘摆不定、模糊不清，人与自然万物那休戚与共的依存关系，也将面临被割裂的危险。

说到高速公路，村主任和乡亲们都很兴奋。因为有补偿，天上掉下来似的。张三家赔了几十万；李四家不但得了钱，政府还给他拨了一块上好的地皮，可以修一栋大砖屋呢！乡亲们兴奋地说，高速公路建成后，这里还要搞大开发，办工厂，建学校，修居民区，城里人都要搬来这里住，有的城里人已经悄悄在这里置地了，这里已经寸土寸金了，将来被征收、获得补偿的机会多得很！听乡亲们的语气，被征收似乎成了改变命运的福音。闲谈之中我还了解到，在种种信息激荡下，人们争先恐后地在闲置的空地和荒弃的山坡上抢种柑橘苗和杉树苗；有人甚至不惜血本，从外地购来半旧木屋，请木匠刨去表皮，在可能被征收的地段上建造房屋，以备将来获取补偿……乡亲们你一言我一语地，为我拼凑出一个颇为清晰的现实——我的交织着流水清风、鸟语虫鸣、鸡声牛哞的天籁故乡，即将被一座充满时代气息的新城镇所替代！

我十分诧异，面对现代文明的强势冲击，作为具有深厚民族文化传统的故乡，本应与之发生激烈的碰撞与对抗，并产生震荡山林的回响！然而没有。仅仅因为可以获得一份可观的补偿，一方拥有多元文化生态的水土就这样丧失了认知和定力？心甘情愿地任现代文明一寸一寸地入侵？可悲的现实是，趋利的天性甚至使许多乡亲不由自主地参与了这场入侵！我突然感到，多年来从故乡伸过来的那只一直拖曳着父亲和我的手，不知何时已经松开，转而伸向了我身后奔驰而来的城市，并很快与之握手言欢……种种迹象表明，故乡正在发生一场深刻的文明裂变！深刻到无声无息，几乎让人感觉不到应有的撕扯、粘连和疼痛。我完全不能凭借简单的道德评判来表达自己面对这场裂变时的茫然。美丽的乡愁总伴生着贫穷的痼疾。我们不能在依恋故乡迷人的山水风物时，对山水掩映中的贫穷视而不见；更不能自己出门谋幸福，却要求故乡坚守清贫，以供自己怀乡病发作时频频回头寻求疗慰。裂变也许并不可怕，可怕的是裂变将不可避免地导致乡土社会的某些根基部位发生崩塌……

六

我有了一种紧迫感，我要回故乡去！再不回去，等到故乡真的被割裂了，就再也回不去了。但是现在，只要回去，每条路上都会有一个故乡在等我——

通往村口的路上，大蛮牯、勒牛子、狗伢子、野猪、鸭拐子、癞蛤蟆、泥鳅们在等我，兰香、桂花、水莲、冬梅、春桃、秋菊、红云、山霞们也在等我。这些奔窜于四野的动物和飘曳于坡前岭后的纤云流霞，或藏于草丛中，或伏于水沟边，或攀附枝丫间，或傍在电杆后，一待我出现在视野里，就异口同声地高喊："相公配小姐——相公配小姐——"待我气恼地去追赶时，他（她）们一忽儿就四散了。我一定要追到他（她）们，我要从他（她）们中间，认领到属于自己的那个名字、那条小尾巴和那条草木之根……

通往老屋的路上，那座村里唯一的百年老屋在等我。我在老屋出生，我的第一声啼哭是从老屋发出的，我写给世界的第一封情书也是从老屋发出的。我在老屋长大，然后走出老屋，离开了故乡。老屋有神龛，神龛上供奉着天地和祖先。连天接地的老屋就是时间的一个通道，祖先和神灵都曾在这里往返。作为清代地主家的庄子屋，老屋实在是很老了，在我家搬进来之前就老了。沧桑、幽深的老屋，演绎过太多的生死歌哭。我将一遍一遍地清除衍生在四周的杂草，往漏雨的地方添上几块瓦片，将倾斜的部位用木头支撑加固。我不知道老屋住老过多少人，但我愿意把老屋当成所有的老人，让他们仍然可以住在这里，不需要被征收；让他们在全新的时代之中，仍然可以有一个属于自己的位置，抽烟、喝酒、晒太阳、咳嗽、揉眼睛……然后一个一个地慢慢躺下，一个一个地，自己走完自己的一生，自己把自己埋进漫漫长夜里，不再被人想起。

通往坟茔的路上，我的爷爷、奶奶、大伯母、二姑和父亲在等我，他（她）们在一面面草木葳蕤的山坡上，照看着我的童年和少年。当我把自己的青年和中年带到他（她）们面前，让他（她）们辨认时，他（她）们将睁开一双双被黄土蒙了多年的老眼，挨个地反复比对着，然后如梦初醒、涕泪滂沱；他（她）们将欣喜地看到他（她）们的血脉，还在这清凉的人世间汩汩流淌……而我的童年、少年、青年和中年则紧赶慢赶，终于赶在了故乡被割裂之前，在长辈们面前见上一面，然后再各奔东西、相忘于江湖。

七

一个惊人的事实越来越清晰——我与故乡从来就没有被割裂过！几十年来，我一直偏颇地认为对文化或地域的差异化选择就是割裂。回到故乡后才发现自己错了！童年，老屋，祖坟……那原本属于我的一切，依然耸立在血脉的上游，紧紧地牵扯着我。

但是，越来越多的信息表明，老屋极有可能被征收，又一条论证中的高速公路，正在规划图上横切故乡。设若项目成功落地，以老屋为代表的这一切，将命悬一线、危在旦夕；我与故乡，也将面临真正的切割与分裂！

怎样才能使老屋幸免于难呢？我绞尽脑汁，构想了种种方案。比如，以历史悠久为由向有关部门提出申请，将老屋鉴定为文物，那样就有可能以保护文物为由，请高速公路另辟新径。可老屋虽老，建筑上却没有任何特色，完全达不到鉴定为文物的条件。或者，以老屋系名人故居为由申请保护。可我家祖上三代，仅出过爷爷这样一位落魄秀才，且穷困潦倒、一文不名。此法显然不行。还有就是做钉子户，死活不同意被征收。现如今这样的例子不胜枚举。可我家这一脉，虽不富贵，却也粗通文墨、知书达礼，国家搞建设，安有不支持之理？我左思右想，实在想不出万全之策，只好心存侥幸，寄望于尚处论证中的高速公路改变路线。

就在我筹谋着如何全力保住老屋的时候，一场围绕着与我相关的一切进行的切割正在悄然展开——

2017年5月，一位乡亲数次来电，要求与我家斟换老屋门前父亲承包的责任田，用于起屋。父亲虽已去世多年，但责任田承包合同尚未到期，加之村里田亩多有荒芜，又无利可图，因此就没有进行调整。但现在不一样了，高速公路要经过这里了。乡亲起屋的用意很明显，以备将来被征收时获得一笔可观的补偿。我跟母亲商量，责任田属集体所有，不是父亲个人遗产，我们无权处置；更何况，我对乡亲这种巧取豪夺的做法十分反感，便坚决不同意斟换！

2017年6月，又一位乡亲来电，提出要占老屋门前的部分责任田，用于起屋。乡亲说他现在的屋场住着不顺，请风水先生看了，要迁到这里才有利。并说只要我愿意，他可以付钱给我。因为有了前番那位乡亲的举动，我毫无悬念地将这位乡亲的举动也跟高速公路联系起来了。我本能地对其产生了反感。我说田是集体的，个人怎能随便处置呢？我建议他找村干部商量此事。

2017年8月的一天晚上，刚洗完澡准备睡觉的我突然接到故乡一位村干部来电，说有事相商。我心头一紧，似乎预感到了什么。村干部说，村里正在连夜开会，讨论关于责任田重新确权的问题，大家提出你父亲去世多年，配偶和子女又全部迁出，不是这里的人了，要收回你父亲承包的责任田，因此征求一下你的意见，是否同意？村干部说的这事，其实已在我的预料之中，从之前两位乡亲开口要田的那一刻起，我就预感到这事迟早会发生。但当故乡人正式向我提出来时，我还是感到震惊！我的震惊，并非留恋那几分田土，以及将来可能获得的补偿，而是对方收田的理由，说我不是故乡人了，这个理由让我非常难以接受！虽然这也是户口本上的事实，但"故乡"二字，似乎更多地存在于情感里，而不在户口本上。我犹豫片刻，最终表态同意他们收回责任田。村干部于是说了几句客套话，并反复强调这是大家的意见，希望我不要怪罪于他。

就在我表态让他们收回责任田不久，父亲生前种菜的畲土也很快被人占了……有知情人替我鸣不平，说同样的情况，别人的不收，为何只收你的？还不是因为高速公路要经过这里，有利可图了，大家就来打主意了！

"你不是这里的人了！"这句刀砍斧削般的话，让我在很长时间内都辗转反侧、心潮难平。对于一个在情感上越来越贴近故乡的游子而言，这句话既是一种割裂，更是一种无情的拒绝，清晰而决然！这是否意味着，我与故乡将从此鸿沟难越、通途变天堑？与之前不同的是，这场割裂的发起人不再是我的父辈，而是我的父老乡亲。

八

更为锐利的切割很快又开始了——

几位族亲先后来找我，主张老屋和宅基地他们都有份，说我父亲在世时，没经过他们同意，就将宅基地使用权办在了他一个人名下；还说父亲生前偷偷卖掉了一些家族共有的东西……他们提出要对祖业进行重新分割。这下我彻底蒙了！我想不到族亲们竟然会为了利益而置亲情于不顾，不惜以捏造事实攻击我父亲的手段来达到目的。事实上在我家迁居县城之前，他们就已迁出老屋多年，在本地另造了新宅，当时在有关长辈主持下，已然对祖业进行了分割，各房财产均已带走。父亲在世时，他们甚至还劝父亲将老屋卖掉，说你反正不住了，难得年年去维护。如今时过境迁，当年主持分家的长辈均已作古，而老屋又将迎来被征收的机会，他们于是串通起来，策划了这场切割行动。

这来自根基部位的接二连三的裂变，让我心如刀割。年迈的母亲更是无法接受，一气之下，心脏病发作住进了医院。她指责我太老实，以至于里里外外的人都来欺负我。她哭着说出院以后她就搬到老屋去住，谁若敢造次，她就拼了这把老骨头！

我想，这都是我不孝，当初我若松口将老屋卖了，风烛残年的母亲就不会遭这份罪了。但我不认为我有错，只是无人能够理解我残存在骨子里的故土情结罢了。事已至此，只有强打精神面对现实。一位当律师的朋友给我打气，说你反正有土地证，即便上法庭他们也无可奈何，怕什么？

我反复权衡利弊，觉得长辈们在世时，整个家族一团和气，如今长辈们大都走了，我们这些后辈如果为了利益闹僵起来，长辈们在九泉之下何以瞑目？此其一；其二，母亲身患高血压冠心病，倘若家族起了争端，对她的身体将极为不利……我思来想去，决定忍让。我在费尽口舌做通了家人的思想工作后，强捺着满腹的委屈和怒火跟几位族亲协调。我对他们说，有利可图是好事，追求利益也不是坏事，但君子爱财，取之有道，这块屋场毕竟我们家维护了几十年，没有功劳也有苦劳，我不跟你们争一草一木，但你们总得在我母亲面前说几句好听的话，让她心里过得去、放得下才行。他们见我说得在理，就都答应了。

事情的发展并不尽如人意。几位族亲都没有跟母亲有效地沟通。其中一位甚至出言不逊，说他们是本地人，而我们户口都不在故乡了。这位族亲后来果然撬开了老屋的院门锁，将我家的牛栏架等附属物全部拆除，将我父亲栽种的果树也砍掉了好多棵……人为财死、鸟为食亡。我对这位族亲的疯狂之举早有预见。就在那次与他们协调之后，我便痛下决心，择取黄道吉日，请来人和车，将存放在老屋左侧的母亲的千年屋移出了故乡，因为我担心连这都有可能被毁坏。

那日我心情悲苦，在神龛前深深鞠躬，向祖宗诀别。我知道搬移母亲的千年屋之日，就是我与故乡真正被割裂之日——乡情割裂了、亲情割裂了、天地割裂了……一条高速公路载着一个崭新的时代，正从山外飞驰而来。而我的乡亲和族人为求利益最大化，竟然在新的时代到来之前，急不可耐地对我与故乡展开了全方位的切割。他们全然不知在割裂我与故乡的同时，也将自己与祖辈们一代代累积下来的乡土文明割裂了，心甘情愿地充当了现代文明的同谋与帮凶。

九

我与故乡终究是被割裂了。这个事实的发生，是那样无可救药。打那以后，除了清明扫墓，我不再踏进故乡半步。故乡通高速后，每逢出差必经时，我都要情不自禁地闭上眼睛，估摸着过完了才睁开。我害怕触景生情，结痂的创口又会疼痛、沁血。我承认自己脆弱，不敢也不愿面对割裂时造成的伤痛。但我的脆弱只能藏在心里，在家人（尤其是母亲）面前，我必须装出一副满不在乎的样子。我知道这场割裂带给母亲的伤痛是巨大的。巨大的伤痛在她瘦弱的躯体里埋下了一座火山。我的些微脆弱的表现，都会将这座火山点燃。我要用每天的强颜欢笑，来逐渐平息这座愤怒的火山，以求得母亲一个安稳的晚年。尽管如此，一旦有人将话题触及故乡时，我心里还是会掀起剧烈的潮汐。这是怎么了？为什么会放不下？难道经过这么多次的反复切割，我与故乡还"打断骨头连着筋"？难道还有什么东西没有被完全割裂？若如此，那丝丝缕缕的痛感所传递的，是否就是那些无法被割裂的东西？

这些问题引起了我很长时间的思考。结果我发现，对于人的一生，割裂几乎与生俱来无所不在。它有地域上的，也有情感和文化上的；有生存因素，也有人性使然。婴儿被剪断脐带呱呱坠地是一种割裂，少年告别桑梓志在四方是一种割裂，女儿泪别父母远嫁他乡是一种割裂……割裂是命运的分蘖，也是生活的跌宕。割不断、理还乱，所以魂牵梦萦、生死歌哭。一场场割裂，使祖辈们的故乡成为我们的异乡，祖辈们的异乡则成为我们的故乡……在故乡和异乡的转换过程中，充斥着无尽的泪光、欢颜与奔突。也许异乡是相对的，只是一种境况或过程；故乡则是永在的，是人生的注脚与归宿，是道德、伦理和秩序的一次次构建。也许人们世代流徙，只为把一个个"异乡"都改造成安身立命的"故乡"。若如此，则我们每到一处"异乡"，都有可能走进了祖辈们曾经的血泪"故乡"；大地上所有的"异乡"，都有可能是我们共同的故乡。这样的认知瓦解了我的脆弱。它让我懂得，我的经历并非个人独有。同样的经历，已经被包括我的父辈在内的千千万万的人经历过了，同样的经历还将被千千万万的人所经历。

就在我诀别故乡不久，突然接二连三地有故乡人来县城找我母亲。找我母亲的人都遇到了同样的问题：因为要修高速公路了，他家的老屋极有可能被征收，于是家族群起而夺之，从言语争锋到大打出手到对簿公堂……对簿公堂需要提交证据，于是有人想到了在故乡生活了半辈子的母亲。他们来找母亲的目的是想要母亲帮忙作证，证明他家的老屋当年是如何如何分配了的。母亲犯了难：帮了老大就要得罪老二，帮了老二就要得罪老大……母亲从来没有遇到过这样的难题，她思来想去，最后谁都没有帮，只说这是你们的家务事，清官都难断，何况我一介老妇人？

一连串的人和事，都是故乡在被现代文明割裂与碾轧之后所产生的碎片。这些碎片粘连着浓稠的血肉气息，零落于尘泥之中，发出阵阵粗重的喘息、呻吟或嘶叫……无疑，每一块碎片里头，都包藏着"打断骨头连着筋"的伤痛。仿佛毅然决然，终又难舍难分。那绵绵不绝的伤痛里所传递的，大约也是一些无法被割裂的东西。

当年父亲率全家离开故乡时，很不适应县城生活。苦闷彷徨中，他仿效故乡风俗，请人在新建的楼房里"安家先"，制作神龛供奉起天地和祖先牌位。每逢农历初一或十五，他就要虔诚地在神龛前装香作揖、祈求祷告。香雾缭绕中，天地和祖先如在目前。天地和祖先的样子就是故乡的样子。父亲的心神于是安宁了许多。这是父亲在诀别故乡之后，又本能地保留下来的属于故乡的东西。定期点燃的香烛，照亮了异乡生活的幽暗部分，生的意义在头顶高悬，成为引领或启示……令人诧异的是，父亲去世后，从不迷信的母亲竟毫不犹豫地接替了他，在神龛前装香作揖、祈求祷告，虔诚与执着有过之而无不及。在乡土文明已然裂变与坍塌的废墟之上，袅袅香烛仍然驻守在神龛上，将天地和祖先的牌位一次次照亮。这无法割裂的保留和延续，让我看到了承担的力量，以及道德、伦理和秩序的艰难重建。我以为，这便是故乡永在的证据。

（原载于《民族文学》2020 年第 5 期）

额吉和她的黑马驹

王樵夫（满族）

一

额吉放牧回来，下了马，发现蒙古包里异常寂静。

额吉来不及拴马，她撒开缰绳，焦急地喊了起来："高乐，高乐……"

可是，仍旧没有动静，额吉冲进蒙古包里，空无一人。

额吉有些害怕了，喊声大起来："高乐，高乐……"她惊慌失措地跑了出来，迅速转到蒙古包后面，继续大声喊，"高乐，高——乐……"

听到额吉的喊声和脚步声，高乐从远处的羊圈里颠儿颠儿地跑了过来，身后跟着一只牧羊犬。

"高乐"看见了额吉，高兴得小尾巴一摇一甩，径直跑到额吉的身边，撒娇地把脖子伸到她的怀里。

原来，"高乐"竟然是一匹刚出生不到三个月的黑马驹。

"高乐"，蒙古语是"宝贝"的意思。在牧区，牧人们喜欢牲畜，经常用"宝贝"来称呼它们。

额吉弯下腰，一把搂住了黑马驹，嗔怪地说："高乐，你太淘气了！"说着，额吉生气地举起手，对准了黑马驹的额头。可是，手举在半空中，又放下来了。

刚才，突然不见了黑马驹，额吉惊出了一身冷汗。

黑马驹噘着嘴，无辜地朝额吉的怀里拱，它喜欢额吉怀里的味道。

黑马驹瞪着黑黑的眼睛，拼命地朝额吉的怀里拱。一拱，又猛地一拱，一下子，把额吉拱得仰面摔在了地上，额吉的屁股都摔疼了。

额吉坐在地上，抱着黑马驹的头，却哈哈大笑起来，一双粗糙的手，爱抚地拍着黑马驹的脸，夸赞地说："好样的，劲真大，你可以跟二岁子牛犊顶架了！"

牧羊犬在身边摇着尾巴，好奇地瞅着。

在草原上，马和牧羊犬，都是牧民的家人，是牧民最好的朋友。

额吉手拄着地，吃力地站起身，一摇一晃地朝蒙古包走去。

黑马驹紧紧地跟在额吉的身后。

额吉老了。她的腿弯弯的，典型的罗圈腿，这是长期的草原生活，给额吉留下的烙印。

二

贡格尔草原上的雪，下起来连天扯地，瞬间，就把蒙古包严严实实地盖了起来。漆黑的夜里刮起了风，犹如一群怪兽在嗷嗷地吼，刮得包顶直摇晃。

额吉听到四周咔咔欲裂的声音，焦急不安地说："马群要被雪抓跑了，怀驹的骒马找不到家了……"

外面，惊慌的马群四处乱撞。风雪夜，马群有个习惯，会顺着狂风跑出上百里。

额吉连连祈祷："长生天，快停了这发了疯的雪，尥蹶子的风，让那些可怜的孩子找到回家的路吧！"

就是在这个暴风雪的深夜，黑马驹提前降生了。它还没从地上站稳，瘦弱的母马又冻又饿，死了。

黑马驹被额吉抱进蒙古包，它睁着泪汪汪的眼睛，四肢弯曲着，身上挂着冰，靠着毡墙打战。

额吉穿着宽大的袍子，连腰带都没来得及系上，她颤巍巍地用手抠去黑马驹的嘴、鼻子处黏稠的胎液，用自己的袍襟揩干它的身体，然后紧紧地把黑马驹搂在怀里。

黑马驹瑟瑟发抖。

额吉心疼地说："我再晚出去一会儿，你就会冻成一坨梆硬的冰了。"

过了一会儿，黑马驹身上的毛干了，身体暖和了，它扭着头，朝额吉的怀里拱，找奶吃。

黑马驹刚出生，睁开眼就看到了额吉慈祥的脸庞，它把额吉当成"妈妈"了。

两个小时之内，出生的小马驹要吃上初乳，这样不但能增强免疫力，而且有足够的力量站起来。

额吉的手指在黑马驹身上一遍遍梳理着，茸毛变得松软蓬松。

黑马驹越发饥饿，它抬起头，充满期待的眼睛湿漉漉地瞅着额吉。可是母马死了，无奶可喂，额吉可怜地亲着它的脑门儿，急得满头是汗。

额吉突然拿起喂羊羔的奶瓶，忙塞到了黑马驹的嘴中。

黑马驹吮了几口，又吐了出来。

它愈加急切地向额吉的怀里拱着，一下，又一下……额吉只好用手推拒着。突然，黑马驹用嘴叼住了额吉的手指，用力地吮吸起来。

额吉急忙抽回手，她"哎哟哟"地站了起来，一连后退了几步。

黑马驹紧紧地跟了上来，嘴像鸡叼米一样朝额吉的腿上撞。

额吉心疼了，她着急地说："长生天，可怜的马驹子要饿死了，这可怎么办呀？"

额吉自言自语："长生天呀，我老了，你是想让我办好最后一件事，特意派了一个马驹子来吗？"

额吉又把奶瓶灌满了奶，黑马驹叼住了，贪婪地吮吸起来。额吉拍着小马驹的头，幸福地说："你就是我的孩子了，哟哟，你就是我的高乐了……"话还没说完，黑马驹就把奶瓶吸空了！

额吉失望了，她心疼地说："可怜的高乐呀，我去给你找一个奶水像泉水一样旺的额吉吧……"

额吉借挤马奶的机会，把黑马驹偷偷地塞到了一匹刚产驹不久的母马的后腿下，母马感觉到了异常，尥了一个蹶子，躲开了。

母马的蹄子，差一点踢到黑马驹的头上。还没有叼住奶头的黑马驹，吓得倒退了几步，愣头愣脑，不知所措。

额吉抓住马笼头，她反复将着母马的鬃毛，拍着它的脊背，劝它说："你是一个懂事的妈妈，一个有爱心的妈妈，怎么能见死不救呢……"

母马逐渐安静了。

额吉又把黑马驹塞到了母马的后腿下，这一次，仍然失败了。

黑马驹饿得站不住了，有气无力地趴在了地上。

儿子乌力吉失望地劝额吉："五畜生下来，都是有命的，送到野草滩，随它自生自灭吧！"

额吉一下子变了脸色，她气愤地说："住嘴！狠心的东西！这是一条命呀！

我活了七十多岁，还从来没有把一条活着的命扔到野草滩上，不管是牛羊，还是猫狗……亏你说得出嘴！我用自己的奶喂活的羊羔子，今天不是已经能拴成一排了吗？你这瞎子难道没看见那些羊？"额吉真的气极了，指着黑马驹，"扔了它？就是把它扔给狗，母狗都会奶它！走吧，你回去问一问你的媳妇，你小的时候，难道我也可以扔了你不管吗？"

乌力吉从来没看到额吉发过这么大的火，委屈地说："额吉，人和马怎么一样呢？"

额吉的语气变得温和了："是呀，儿子，人和马不一样。可是，天下的母亲是一样的！天下的母爱是一样的！"

额吉想了一个新办法。她把新鲜的马奶泼向天，泼向草原，泼向东南西北，嘴里默默地祈祷。

随后，额吉把剩下的马奶涂在母马的额头上，她敲着围栏，虔诚地唱起了劝奶歌。从日出一直唱到日落，悠长哀婉的歌声回荡在空旷的草原上，穿透了云层，在大地上回响。

母马起先不在意，渐渐伫立静听。当太阳快要落山，晚霞映红了草原，母马终于被感动了，眼睛里流出了泪水，它叉开后腿，露出了饱满的乳房。

乌力吉惊喜地喊起来："额吉哟，它真听了您的话，这下可好了，黑马驹有救了！"

三

草原上的雪，还没有完全化尽，远远望去，一片斑驳。

黑马驹在额吉的照顾下，活蹦乱跳。它四肢颀长，眼睛乌亮，茸毛柔顺发光。额吉去棚圈，它就跟着去棚圈；额吉去挤奶，它就站在母马的身边；额吉去远处拉水，它也跑在牛车的后面。它就像牧羊犬，时刻跟在额吉的身后，形影不离。

回到家，它跟着额吉，进了蒙古包，一会儿又跑了出来，到草垛上随便吃草，它的膘比那些有妈妈的马驹子都好。

黑马驹刚生下来的时候，晚上，额吉搂着它睡觉。现在它长大了，长高了，阿爸要撵它去棚圈，额吉也嚷着要去陪它。阿爸愕然不解，生闷气。额吉笑着对阿爸说："我就是它的妈妈啊！"

阿爸笑了。

额吉不知疲倦地忙碌着，挤奶、拴牛犊、烧奶茶、挖牛粪砖，她一边干活，一边教训贪嘴的黑马驹："你这馋嘴的家伙，还没有吃够吗？"一边喊儿子，"乌力吉呀，你把它拴在勒勒车上，呵哟……"

额吉有四个孩子，大儿子宝音没有上学，从小和阿爸一起放牧，积累了丰富的驯马经验。结婚时，额吉给他新扎了蒙古包，分了羊群和马群，现在已经分家另过。二儿子满都拉图在呼伦贝尔服兵役。小儿子乌力吉中学毕业后，一直在家里放牧。最小的是女儿乌日罕，在旗里的寄宿学校读高中，她和额吉一样，歌儿唱得特别好听。

贡格尔草原冬天冷得很，下大雪，经常会冻死人和牲畜。牧民常说，三九的严寒，会冻裂三岁牛犊子的犄角。牧民必须穿又厚又暖的皮衣皮裤。每年秋天杀羊时，额吉就开始熟羊皮，买布料，然后剪裁缝制。蒙古人从元代开始，就有每人做两件皮袍的风俗，一件皮袍的皮毛向内，挨着身体；另一件则是皮毛向外，抵御风寒。皮袍的皮大多是羊皮、狗皮，有的则是狐狸皮、狼皮。

还有，牧民在蒙古包里穿的是薄皮袍，是用旱獭皮、羊羔皮做的。

凌晨，阿爸骑着马，奔向了草原深处，他要把在草原上整夜吃草的马群圈回来。额吉把羊群撒开，一只只羊蹦跳着，咩咩地叫着，低着头，奔向无边的草原，在晨曦中，像朵朵白云在绿草上滚动。乌力吉则骑着马，趁着凉爽的早晨，把快乐的羊群赶向远方的草原。

鞭声打破了黎明的宁静，铺满新绿的草原醒来了。晶莹的露珠，一颗颗，在摇曳的草尖上挂着。

草原上的孩子们都有分工，男孩子要骑马放牧，女孩子帮助额吉挤奶、煮茶，为晨牧归来的阿爸、阿哈（蒙古语，哥哥）准备早餐。

额吉爱每一种动物。草原上的旱獭，穴居食草，颈部短粗，耳朵短小，两只圆眼清澈单纯，一副大板牙露出嘴唇外边，喜欢站立观察四周动静，两只短粗的前爪经常合在一起，好像是在作揖，显得憨态可掬，惹人喜爱。夏天，连续的强降雨给干旱的草原带来了生机，但是也给草原上的小动物带来了麻烦，小旱獭漂浮在大水中瑟瑟发抖、岌岌可危，额吉捏着小旱獭颈部的皮，光着脚，把它们救上岸。

额吉经常对孩子们说:"你们要做草原的孝子,牲畜的领袖,大地的功臣,动物的朋友。"

牧民的孩子从小和牛马羊在一起,知道如何爱护动物,特别对幼畜格外呵护,他们的心里都盛着牛羊,他们的生活离不开牲畜。他们恪守着额吉的话,"蒙古人不能虐待草原上的生灵。羊羔、马驹、牛犊,还有狼崽子,都和人类的孩子一样可爱。"

乌力吉和父母住在一起,他是家里的主要劳动力。他熟悉家里的一百多只羊,即使混在别人家的羊群里,也能准确地认出来。

额吉喜欢草原,蓝蓝的天空,清冽的风,清香的花草,一声不响安心吃草的牛羊……这里,没有都市的喧嚣,没有汽车尾气,更没有农药化肥的危害。牲畜在辽阔的草原上,尽情地采食自己喜欢的植物。"只有健康的牲畜,才能提供健康的肉食和奶食。"额吉感激祖辈沿袭下来的生活方式,她经常幸福地对孩子们说:"我们蒙古族人拥有世界上最安详、最健康的牲畜。就凭这一点,蒙古族人过的是最奢侈的生活。"

虽然在定居点有砖瓦房,但是额吉带领全家人,一年四季住着蒙古包,过着游牧生活。额吉说:"牛羊一天走多远,我们就迁徙多远。"

经常迁徙草场,可以保证畜群吃到新鲜可口的牧草。每当牛羊到了一块新的草场,都会欣喜若狂地打量着这片草原。追逐新鲜的水草,是它们的本能。

"人要出去旅游,牛羊也需要四处走。"额吉反对牧民定居,反对舍饲。

"换了新地方,牛羊的心情和人一样高兴。"额吉说。

早晨,是额吉一天中最忙碌的时候,烧奶茶,挤马奶,黑马驹跟在她的身后捣乱。她停下来,黑马驹就嗅她的衣服,还调皮地跟牧羊犬一起抢水喝。

额吉把挤回来的马奶倒在木桶里,木桶里还有前几天的马奶,额吉每天都用一根木棒捣奶,发酵,不断添加新鲜的马奶,连续四五天,就能酿制出最优质的马奶酒。

捣奶捣得次数越多,马奶酒的质量越好,据说要捣一万次。可是,额吉家的马奶酒,要捣几万次。所以,额吉家的马奶酒最好喝。

牧区最原始的马奶酒制作方法,是把皮囊中的马奶挂在马或者骆驼背上,靠行走的马或者骆驼的颠簸,来加速马奶的发酵,马奶到了中午,就开始散发出浓郁的味道。时间越长,酒味越浓郁。

草原，烈日晴空，牧民们全靠马奶酒这种天然的清凉饮料来驱散暑气。因为酒精度数低，酸中带着浓郁的香味，一种奇怪的芬芳。盛夏季节，一碗碗不间断地喝下去，汗水随之涌出。喝得兴奋的牧人，会主动端着碗找人碰杯，直到走出蒙古包，走到阳光下才会眩晕，风一吹，瞬间醉倒在草地上。

草原上，牧民爱酒。所以，许多草原上的传说，都是以酒开始，或者以酒结束。

额吉的蒙古包里，小小的银碗经常斟满了马奶酒。

额吉已经做好了早餐，奶茶、清炖羊肉和刚捣完的马奶酒的香味，搅在一起，弥漫在清晨的草原上。

天真正亮了。

四

额吉默默地翻出一个破旧的马鞍，这些天，她的闲暇时间都用在对马鞍的修理上，她把旧的鞍鞯去掉，重新配了嚼子、缰绳、镫带，连那副锈迹斑斑的马镫，也被额吉用獾子油浸过，再用芨芨草一遍遍打磨，已经显现出原来的亮色。

这副马鞍是阿爸留下来的。

额吉说，要亲手给孙子乌恩奇制造一副马鞍。阿爸走了，一定要让他的孙子有一副最好最硬的马鞍，成为一个真正的蒙古男人。

额吉说："马鞍是男人打拼天下的重要工具，头饰是蒙古女人的一生。"

几天前，阿爸在毫无征兆的情况下，突发了脑出血。

额吉抱着垂危的阿爸："你这个老不死的儿马子，这次真的要扔下我不管了呀……"额吉眼角凝着泪，不相信阿爸会离开她。

阿爸还是走了。

女儿乌日罕从旗里赶了回来，她趴在额吉的怀里流泪。额吉无语，默默地摸着女儿的头发。

突然传来一阵急促的马嘶。黑马驹一蹦一跳地跑过来，不管不顾地把脖颈伸向额吉，把颤动着的嘴唇伸到额吉的怀里。它的双耳一耸一耸，不安地睁着那双黑黑的眼睛，惊恐的表情，好像在询问着什么。

额吉轻轻地搂着黑马驹的头，一只粗糙的手久久地抚摸着。她的眼睛里盈满着泪水，肩膀在微微地发抖。

乌日罕非常不安，阿爸走了，她担心额吉的身体。

处理完阿爸的丧事，乌日罕留在家陪额吉。连日来，额吉默默地熬奶茶，煮肉，一句话都不说……

一天夜里，乌日罕被一种轻微的声音惊醒，她看见额吉用被子捂着嘴抽泣。乌日罕没敢打扰额吉，静静地躺着，任由眼泪顺着脸颊蜿蜒流淌。她知道，额吉忍耐得太久了。

第二天，乌日罕细细地打量额吉，一夜之间，额吉老了许多。

额吉仍然步履蹒跚地套上牛车去拉水。她斜斜地坐在车辕一侧。

额吉的脸上沟壑纵横，头发几乎全白了，背也驼了。看着额吉矮小单薄的影子消失在低洼不平的盐碱地里，乌日罕方才跪在地上号啕大哭。

黑马驹一直跟着额吉，跟到了贡格尔河。它的嘴唇探进河水里，低头长饮，河水漾起一圈圈次第扩展的波纹，在波光潋滟的河面上，荡出一条条闪光的弧线，一直密集地向对岸荡去。

返回的牛车一摇一晃地走在坎坷的土路上，车轮子颠起冰凉的水，溅了额吉一脸一身。不知是水，还是泪。

额吉爱长生天，爱草原，爱牛羊，爱孩子，爱阿爸，爱了一辈子，可是她却从没说出一个"爱"字。

蒙古人不善于言辞表达，有人这样形容蒙古人："一个七岁时受了委屈，到了七十岁还没有说出来的男人，是蒙古男人；爱了一辈子，到死也没有说出一个爱字的女人，是蒙古女人。"

辛勤劳作的蒙古女人其实柔情似水，没有一个民族的女人比她们更富于神圣的母性。

尽管蒙古男人豪爽粗犷，尚武，历史上他们曾征服世界。但是，驰骋草原的蒙古男人，内心世界像绸子般柔软细腻。

五

这一天，天气晴朗。额吉给孙子乌恩奇束紧腰带，一起走到草地上，把修好的马鞍鞴在黑马驹的身上，她要让乌恩奇试一试她修理好的马鞍。

乌恩奇已经长大，黑马驹也长大了，长大的乌恩奇决心要把长大的黑马驹调教出来。

一匹好马，最终要属于一个能够征服它的蒙古男人。

乌恩奇勒紧马肚带，整理了一下鞍鞯，勇敢地跨上马。突然，黑马驹猛地竖起前蹄，在空中转了半圈。它还不适应乌恩奇骑在它的背上，不停地尥蹶子，青青的草地踏出密密麻麻的蹄印。乌恩奇死死拽住黑马驹的鬃毛，两腿夹住黑马驹的肚子，身子贴在马背上。黑马驹拼命摇晃着身子，左歪右晃，乌恩奇的身体一会儿耷拉到马肚子上，一会儿翻上马背，小脸儿颠得通红，汗水浸透天蓝色的蒙古袍，紧紧贴在它的脊背上，毡帽也甩到了地上。额吉捡起孙子的毡帽，她从孙子身上看到了丈夫的影子。祖先说，蒙古人的后代一定要征服马，像闪电一样驰骋草原，才不愧是蒙古人的后裔。

黑马驹冲着额吉不停地嘶鸣，额吉也心疼黑马驹，但是在茫茫草原上，要想成为一匹骏马，就要经受各种磨炼。

额吉喃喃自语：辛苦了我的孩子，亲爱的黑马驹，乌恩奇是你的哥哥！

额吉反复说着。小马突然变得温柔，它不再试图将乌恩奇摔下，而是四蹄翻飞，嗖地冲了出去。正前方，是砧子山的依稀远影。

额吉步履蹒跚地追出好远。

过了好一会儿，乌恩奇骑着黑马驹，重新回到包前。当他滚鞍下马的时候，额吉猛地扑倒在地上，亲吻着这片青青的草地，亲吻着这片留下了她和阿爸的斑驳足迹和炽热爱情，孕育了儿女们的大草原。

看见这一幕，乌恩奇悄悄地哭了，青绿的草茎和嫩叶上，沾挂着他告别童年的泪珠，也挂满了额木格（蒙文音译，奶奶）的泪珠。

"你要长成像你额布格（爷爷）一样勇敢的牧人！"额吉一手牵着乌恩奇，一手牵着黑马驹。她的步履坚定，稀疏的白发在阳光下飘动着。

六

额吉发现，最近她家的一匹老马总是不跟群回来了。每次，她都着急地骑上马去找它。

贡格尔河上，有天鹅在游。一年的秋天又开始了，它们要飞离草原，来年再飞回来。

终于，额吉在贡格尔河的下游河滩上发现了老马，它神情恍恍，孤独地站着。

这匹老马已经陪伴额吉二十多年，就像亲人一样。

它老了。额吉知道，老马可能熬不过这个冬天了，她决定，在过些天的转场后，将老马放生。

在蒙古人心中，马是神圣的动物，牧民常会从自家骑过的马中选出一匹优秀的"神马"，不再骑乘，也不能宰杀。在"神马"要死之前，把它放生，把它赶到它熟悉的地方，不管它在哪里过世，狼吃也好，怎么样都好，让它在自然中死去，是一种吉祥的归宿。等它过世了，要把它的头和四蹄拿回来，放在高高的地方。

额吉家的这匹老马，就是一匹"神马"。

额吉心里还有一点担心，她希望老马能在转场时，坚持走完，走到转场的终点，那时，她就可以安心地把它放生了。

一年一度的转场开始了，额吉家的牛、羊、马蹚过了齐腰深的贡格尔河，向着冬牧场浑善达克沙地进发。可是在过河的时候，老马胆怯了，犹豫不决。最后，额吉只好骑上一匹马，拽着老马的缰绳，把它牵过河。

过河的时候，老马几次差点绊倒，它的眼睛里有恐惧，有无奈。额吉心里一阵酸楚。

终于上岸了，他们抵达了山后广阔的牧场。

额吉坐在草原上，静静地看着老马，她希望从老马的身上，能找到它能坚持再活一年的力量。可是，老马躺在了草原上，头紧贴着地，眼闭着，肚子一鼓一鼓的，气喘吁吁。

额吉的心里更加沉重了。马是很少躺在草原上，除非它刚生下来的时候，除非它老得要死的时候。

一幕幕往事在额吉的心里浮现。额吉想起，他们一家几代人，都骑过老马。孙子乌恩奇有一次摔在山谷里，是老马把他叼回了蒙古包。

乌恩奇陪在额吉的身边，一直低着头，不说话。

额吉抓了一把青草，喂给老马，老马勉强抬起头来，可是嘴巴只是轻轻张了一下，头又低了下去。额吉的心里更难受了。

告别的时刻终于到了。

额吉用手仔细地梳理老马的脊背、鬃毛、肚子、大腿。她和乌恩奇一起往老马的额头上、身上抹牛奶。

老马任他们抹。老马的眼睛里湿湿的，看着牛奶从自己的额头上流了下来，老马仿佛知道了什么。

临走时，额吉抱住老马的头，亲了又亲。

额吉哽咽着说："你想翻山就翻山，你想过河就过河，去你想去的地方吧！"

乌恩奇骑上马，牵着老马，沿着山谷走了好远，这是一条陌生的路，否则老马一定顺着原路，回来找他们。

黑马驹一直跟在后面，它不是老马的孩子，但是就像亲人一样，一直跟在老马的身边。

自从额吉把它从那个风雪夜里救活，自从它长大进入马群后，就和老马形影不离。

乌恩奇决定把黑马驹留在老马的身边，伴它度过最后的时光。

七

乌恩奇站在草原上，看着老马，舍不得扔下它。

老马，黑马驹，两匹马，在远处静静地吃草。

乌恩奇骑上马，回过头，看着老马。老马抬起头，正向他这边凝望。乌恩奇的眼泪再也忍不住了，他夹紧双腿，催马狂奔起来，他怕自己会回过头，情不自禁地回到老马身边。

乌恩奇越跑越远，老马的身影渐渐消失了。拐了好多山峁，突然空中传来一声凄厉的嘶鸣，乌恩奇没有回头，眼泪流下来。他知道，那是老马在向他告别。

八

第一场雪落了下来。

远远地，黑马驹从遥远的地平线上跑了回来，额吉知道，黑马驹已经陪伴老马度过了最后的时光，老马已经去了天堂……

额吉不敢看黑马驹布满血丝的眼睛。黑马驹凑到她的身边。她感觉到手上有一团潮湿的气，是黑马驹探着鼻在嗅她的手。往上摸，是马浓密的睫毛和耸动不已的耳朵。

黑马驹的眼睛里，有泪！

额吉搂着黑马驹，悲恸地伏在它的肩胛上……

（原载于《民族文学》2020 年第 6 期）

青山巍巍特高耸

韦晓明（苗族）

一

秋风呼啸着突破山岗时，山上的香枫林便将满树的蓬勃抖落了下来，赤红的叶片在密林中飞舞，状如朵朵红霞，令秋色跟着起劲；树叶坠落地上，旷野垒满金黄。

老家山野，杂树里最抢眼的便是香枫，在坡岭，在沟谷，一棵棵、一排排，迎风挺立，野蛮生长，从来不曾犹豫，永远也不会屈服，即令果叶吹尽，索寞的躯干，依然铁骨铮铮、傲然风中。香枫，自古以来便是苗人心目中的神树，《苗族古歌》"砍香枫树"这样唱："砍倒这棵香枫树，就变成千样物，变成百样个物神。树茎变成布谷鸟，树根变成个黄鹂，树梢变成脊宇鸟，树叶变成燕子飞，树疙瘩变成蝉儿鸣，树木片变成了鱼种……"

始营云际山林场时，父亲在几座山脊上种下了香枫树，以为防火林。多年以后，满山的针叶杉林簇拥着五角叶香枫树，让香枫的阔叶更加璀璨如华，这璀璨宛若一道气贯长虹的绿色屏障。

而哺育它们的主人，却在这秋风将止的黎明，倏然离去。

2015年9月29日三时三十分，云际群山垂首肃立。午夜里萌生的岚雾，裹足了潮气，缓缓地从山顶上滚涌下来，覆压在西江河面上。村寨周遭，水洗般湿润，山岭上的树，依旧葱翠着深墨……兴许父亲会听得几声布谷鸟啼唱，他想努力撑起身来，但脊宇鸟更急切的呼唤声已经在遥远的天边响起，于是便恋恋不舍地走了……

我中学时的班主任、后来多次下乡住在我家的融水县委原副书记梁柯林老师，从首府南宁发来了唁电，用五首词，描述了父亲一生的辛苦劳碌："西江一蓑翁，平生不作秀。裁得青山在，绿水永长流……朴实见真情，勤谨世称颂。耕读永承续，古风亦家风。……阁楼侃俚语，丰收喜劳动，此乃人间乐。何处觅影踪？有青峰，特高耸！"

啊，白雾茫茫，何处觅影踪？——"有青峰，特高耸"！

二

父亲对土地的眷恋，一辈子铭心刻骨。还在供销社上班的那些年，节假日回来，他马上换下衣服，领我们兄弟到地里去干活：打柴、烧炭、开荒、种杂粮……早出晚归，有月亮的晚上，总要干到十点多钟。披星戴月。那时候我对这个成语的含义，就有了非同一般的领会。

劳动，似乎就是父亲的命。

从1935年父亲在云际山上呱呱坠地，到1949年年底祖国南疆迎来新中国旭日时，巍巍青山上已有了祖父一家开垦出来的10来亩水田、旱地，而他们房屋边上那200来亩冲槽，杉树、毛竹也都长得高大壮硕、葱郁成林了。父亲说，那些年祖父最得意的，是他培育的那群牛，有黄牛，也有水牛，多达五六十头。云际山里草肥水美，黄牛水牛都长得很坚健。动荡年代，安于远离战火的深山老林，日子倒也过得悠闲、滋润。

新政权成立了，政府自然不可能还让老百姓单家独户住在大山里。政府将祖父一家四口安置到云际山脚下的西江屯，父亲从此开始了新的生活。十六岁那年，他加入中国新民主主义青年团（也就是后来的共青团），由于吃苦耐劳表现突出加上能写能算，在满怀激情投入到几轮火热的社会主义劳动竞赛后，就被招录到柳州拖拉机厂。1962年，城市开始吃紧，工厂企业被迫精简下放职工，父亲又回到了家乡。之后，被抽调到县糖业烟酒公司，不久转入县供销社。为了照顾家庭，父亲打报告申请到供销社设在贝江边上的新安购销点，上边同意了，还让他当这个点的负责人。

新安、云际虽说离县城不到10来公里，交通却极为不便，羊肠小径七弯八拐，赶次街，总得走上三个多钟头。正因如此，县里才特别重视新安这个购销点。购销点收上来的土特产、县里调拨到点上的日杂货，只能走融江及融江支流贝江这条水路。县木帆社每月按时将供销社调拨的商品运进来，再把购销点收购的山苍子、钩藤、薯莨等药材，以及村屯企业加工的办公桌椅、床架送出去。有阵子，为了节省公家开支，父亲租只大木船，领着购销点的员工发货进货，为赶时间，他们常常连夜从县城撑船回来。入冬后，贝江山高月小，水落石出，货船上滩总被搁住。每每到了这种境地，父亲就跳进水里，肩勒绳索当起了纤夫。数九寒天，河水如刀，几个浅滩下来，父亲冻得浑身麻木。他晚年持续发作、难以忍受的关节疼痛，就是当年下水拉船落下的。

新安购销点周围有不少空地，父亲在空地上搭起瓜架，种了南瓜、节瓜。入秋后，父亲种的瓜菜丰收了，摘下来，令我们兄弟几个放学后去把瓜抬回家。这些瓜个大肉实，很有分量。我现在还清楚地记得，有个南瓜比大水缸还大，我们称它南瓜王，这瓜让我和二弟抬得趔趔趄趄，汗流浃背。

秋天来了，收割过多莛还残存的红薯藤叶渐渐枯黄、凋萎、随风四处飘零。这时候，就该挖取地下的红薯了。父亲回来，调整好犁铧，套上犍牛，领着我们兄弟到地里起获年头种下的希望。

父亲吆喝着牛在前面下犁，犁尖轻轻触碰膨胀开来的厢垄土表，成球成串、长的短的、大大小小的红薯，就蹦跳着滚落到垄基间来了。跟在后面的我们兄弟几个，赶紧把红薯捡起来，剥泥除茎，按大小分别装进箩筐里，大个的抬回家，在阁楼楼上脱水糖化；小个的拿到河边洗干净了，晾干，晚上吃过饭，就把它们磨成粉末，浸泡到水缸里，等农闲时，母亲把这些凝成硬块的淀粉铲出来，加水搅融了蒸熟，切成细条，再缠成球状，晒干，做成薯粉。

那些年风调雨顺，随随便便种下的红薯芋头，都能丰收，但最关键的主粮水稻，却总是低产，一亩田打下来的谷子，所得竟不到 200 斤，上了公购粮，全寨人就只有不到半年的口粮了。没有米的日子，就靠木薯、红薯、芋头顶一天三餐。拼着杂粮过的日子，酸楚不堪，所以尽管眼前的红薯堆成座山，我们却高兴不起来，因为它无法替代主粮，满足不了我们的吃饱米饭的欲望。

牛拖着犁铧又一次走到了地的尽头，父亲把犁尖深插进地里，让牛原地休息。他点燃支烟，默默地眺望着高而远的云际群山，久久没动。他心里此刻，一定有了很多的想法。

三

1979 年的秋天，和以往并没有什么不同，就这个时候，父亲做出了个他一生中至为重要的决定：辞职回家从事农业生产。

这时我已到县高中读书，周末，班上同学在学校听老师给我们补被十年动乱落下的课，我却每个星期六下午都要回家干农活。那天回家扛了一天柴火，累得全身酸痛，吃过晚饭上楼，想看下书便早点休息，刚进房间，父亲就跟着上来了，坐在床边上，不说话。我看我的书，也不出声。过了许久，父亲开口了："你是长子，这事得跟你商量下，我打算辞职了。"听他说到辞职回家，我心里咯噔了一下，"为什么呢？"我问。父亲说："这也是形势所迫，没办法的，你们兄妹要吃饭，还要读书，不这样又能怎样呢？"我头脑一片空白，无言以对。这个时候，我能说什么呢？父亲肯定也不会是征求我什么意见，他只是把这个事情告诉我这个长子，告诉了我以后，他心里或许就会坦然些，踏实些。

因为之前父亲经常回家带领我们兄弟干活，所以他辞职回来专事农耕，我也不觉得有什么不一样，倒是他过去的同事、熟人、朋友，见面时总要问，你这把年纪了回来种田，能习惯吗？父亲说，我本来就是农民，有什么不习惯的呢？何况这田里的活路，还不及购销点的三分之一呢。

那段时间，大队里的头面人物，包括小学校长，隔三岔五就会聚拢到我们家里来，酒喝到兴头上，就有人说那个事该办了吧。这时候才知道，原来在辞职之前，父亲就已和村里几个积极分子暗中商量好了要搞分田到户。到了来年春头，我们这个小队果然头一个在全大队把田分了，我家 8 口人，分得水田 10 多亩。这个结果，让父亲对田园近乎狂热的爱瞬间毫无掩饰地表露了出来。半夜三更，他会像猫一样溜到田埂上，蹲在那静静地吸烟。他说，有这样好的田地，还愁没好日子过吗？果然，从那以后，白米饭我们就可以随意享用了。

父亲是绝不会止于能吃饱饭就算了的，他的目光又一次投向了云际大山。他说："俗话讲得好，人勤地生宝，人懒地长草。只要勤，荒山野岭遍金银。"于是在大山深处，他开辟出数十亩木耳园，当年就拿下了"万元户"这个称号。到县里参加劳模表彰大会，披红戴花登台领奖，县长黄乾佩亲自给他发了块写着"勤劳致富，爱国光荣"的镜匾。镜匾挂到家里厅堂最显眼处，父亲就愈发高兴了，到了秋天，他联合本村两户人家，承包起云际上千亩荒山，请来工人，采籽育苗，垦地炼山，把千余亩荒山野岭变成了一望无边的杉林。

苗圃培育的杉树苗，自己造林用不完，当然就外销出去。周边几个村屯见父亲造林势头如此强劲，也心动了，纷纷跑来苗圃买杉苗，他们的自留山场，也都种上了杉树。而今，放眼贝江两岸，处处满目苍翠，无边无际的杉树林海，山风过处，泛起阵阵绿波。

四

2011 年 11 月早间一个周日，父亲来柳州看我，说近段总觉得不太舒爽，腿脚风湿痛得难受。我带他到小区近旁的市中西医结合医院检查，检查结果出来，门诊医生看看单子，又看看父亲，满脸惊诧，说得住院了，这样子不住院治疗不行。为便于照料，我决定让父亲就住进这家医院。

这是父亲这辈子第一次住院。

表面上看，父亲身体没有什么问题，他依旧跟过去一样的坚强、镇定、乐观。但检查结果显示，他多种毛病交织于一身：尿酸奇高、血压也高，左肾严重衰竭，肌酐指数高。医生端详了父亲许久，问："你有什么感觉？"父亲笑了笑说："除了这脚痛，别的没有感觉。"医生说："不可能这样简单的，你是我见过的第一例病症严重却看似没病的病人，住院吧，好好治。"

从这天起，我便在家、单位、菜市场和医院这四点一线间陀螺般忙开来了，一日三餐换着口味给父亲做饭，盯着他把药吃了，守着他打完点滴。好几个夜晚，我衣不解带伏在父亲病床一头，熬不过去了就昏然入睡。早上查房的护士脚步轻盈，却往往让我一个激灵醒了过来。护士说，对床的病人晚上回家，你可以上去躺躺的。医生来了，也这样说，但那床我一次也没躺过。

这期间，还得管着个来柳州念初中的侄子，忙和累的叠加，让我眼见着消瘦了许多。这时候却是父亲反过来安慰我："不要急啊，凡事该哪样就是哪样，急是没有用的。"

父亲叫我带些书给他解闷，我给他送去《三国演义》和《明朝那些事儿》。有时候，他会和我讲起过去的一些事，我也主动跟他谈及他的一些朋友。当谈到他在柳州的几个好友时，他很高兴，说："好吧，过几天出院了，就先去看看他们，然后再回融水。"

下午的阳光很暖和，药水点滴完后，我搀扶着父亲下楼，到医院附近一家理发店理发。理完发回到病房，调好卫生间喷头出水的水温后，脚底滑了一下，顿觉让父亲独自淋浴会很危险，于是盛了热水，放好凳子，叫父亲进来洗澡。见父亲脱衣服都困难，就只得留下来帮他搓澡了。洗完头后，父亲见我还待在里边，显得有些不好意思。我说："这有什么呢？把衣服全脱了，水都又凉啦！"

看着父亲瘦小的身子，我鼻头禁不住一阵酸楚。深秋的阳光透过窗玻璃照射进来，敞亮处是无以计数悬浮在半空中飞舞的尘埃。人，是世间最伟大的生灵，但有谁敢说自己摆脱得了和这尘埃一样细小、无助、随风飘荡的际遇？再庞大的躯体，也经不起细小的病毒、细菌侵略，一粒看不见的感冒病毒潜过来，就可以把我们打倒击垮，此时，无论计划如何宏伟、庞大、精致，也随时可能付诸东流。

洗了澡，父亲说舒服多了，得坐一下，成天躺着的，骨头都痛完了。他回忆起过往的岁月，说青年时代公社开展社会主义劳动竞赛和村上覃秀峰大伯去贝江放木排石门潭滩头木排被冲散了险些遇难的事；说在县糖烟酒公司时参加毛泽东思想宣传队上山下乡去搞社教的事；说在供销社上班时贝江滩头下河拉纤的事；说在拉利原购销点创办竹签厂以及到宜州搞米石厂的事；还说到了为催纸夹板欠款几次上到北京通州空军某部生产基地的事……父亲还说到了他的几个发小，其中之一，就有曾给他颁发县劳模奖、融水改革开放后第一任县长的黄乾佩，他为黄伯伯后来的际遇唏嘘再三。

这一个下午，他都兴致勃勃的。

一个多礼拜过去了，父亲见还出不了院，就有点急了起来。他跟医生说："这样下去不行，我家里还有很多事情要办的，你们该用的药快点用，要不我就出院了。"我也直接问医生到底能不能治好，要不要转院。医生说能治，但不会很快治好，要有耐心。

那些天，父亲时时牵挂着老家橘园里该收摘的美国橙，还有那鱼塘里的鱼。美国橙这晚熟品种，每年他那果园都有五六千斤收成，用不着拿去市场卖，春节期间自有人来家买。果园和鱼塘，一年的收入总在 2 万块钱以上。三弟来看父亲，说收果的事不用操心，他回去就找人全摘了，做好保鲜；鱼塘的鱼，就更不必操心了，老妈会料理好来的。

父亲看来是放心了，他积极配合着医生的治疗。

就在我暗自庆幸一切将要好起来的时候，突如其来的意外竟差点击垮了我。那天，来柳州出差的融水朋友韦世美听说父亲住院，专门赶来探望，这也是父亲住院后融水第一个来看望他的客人。父亲还记得世美，见了他分外高兴，念念叨叨说了不少话。晚上，我做好给父亲的饭，叫侄子送到医院，还叮嘱他看着爷爷吃完饭后把饭盒拿回来。侄子回来时，说爷爷心情很好，送去的饭菜都吃完了。我跟世美开玩笑说："还是你这当过乡长的有办法，会做群众工作，你今天跟他那样一讲，他思想就通了！"妻子吃罢饭，说她先去医院看看，要我们晚点再过去。结果二十分钟不到就打来电话，火急火燎说出事了，得赶紧过去。

我一路狂奔赶到医院时，医生已在病房里用屏风围起一个狭小的手术空间，父亲躺在移动手术台上，额头、半边脸上都是血。我问怎么回事，医生说是父亲下床时跌磕的，得清洗创口、缝针，但问题不是很严重。

我难过得想找个地方大哭一场。紧张了半个多月，满以为今晚能放松些许，却是这样一个结果，我怅然无助地祈祷祖宗保佑，帮我一把。

又过了两天，主管医生将我叫到他办公室，说估计老人并发了脑梗，他们这里没有CT，无法做出确凿诊断，得转院。我的天，怎么到现在才这样说呢？你们可是二级甲等医院啊！此时再多的怨恨也没有用，只得打电话给在学校上课的妻子，让她赶快请假过来帮忙。办完转院手续，市中西医结合医院的救护车一路呼啸着把父亲送到了市人民医院。

CT检查结果出来了，果然脑血管梗阻，而且情况还不一般，医生会诊决定先治脑梗，其他问题跟着解决。

经过一段时间的吃药打针，梗阻疏通了，父亲的情绪也就稳定了一些。接下来治疗肾衰竭，泌尿科从主管医生到科主任，轮番动员我们签字做透析。在百度，我了解到了透析的必要性，以及做了透析可能产生的难以排除的预后，情况与医生的说法很不一样，于是我断然地拒绝了他们。后来的事实证明，我的决断是正确的。

父亲终于能够下床行走了，尽管还很不利索。但无论我们怎样劝说，他就一句话，出院回家。最后只得办了出院手续，送他回到那青山四合的小村庄。

初冬时节，白天还有淡淡的太阳，到了近晚，便寒意砭骨了。回到家已是后晌，夕阳归山，收了橙子的屋前橘园里，美国橙的青枝绿叶映照着中国大山里的残阳，一派青葱逼人。父亲从屋头柴火堆里扯出根木棍，当拐杖拄着，云际山就在他眼前。他定定地朝山上怅望了许久，接着一瘸一瘸地进了果园，左手拄着木棍，右手伸出去清除果树上的枯枝、徒长枝。有事做的父亲心里快活了，就哼起了歌曲："朋友来了有好酒，若是那豺狼来了，等待它的有猎枪……"

寒冷天气对于脑梗病人，危害最大。冬天的云际大山里，出奇地冷，就算不起风，寒流也会顺着大山冲槽、小溪缓缓覆压过来，将房前屋后的柱子、篱笆冻得咔咔直响。寒冷如同看不见的小虫子，沿着衣领、衣脚、袖口径直钻到身上来，继而渗入骨髓。电火炉取暖，暖了前面却暖不了后面；烧木炭呢，要好点，暖气可以回旋一室之内，但烧木炭，从生火到整个炭盆熊熊燃烧，得花一段不短的时间。就因为这初冬的寒冷，父亲回家还不到半个月，又来到了柳州，住进据说治脑梗很有实力的市工人医院。

我知道，父亲不到万不得已，是绝不肯离开云际山的。但父亲哪里会想到，从此以后，他就再也爬不动山了，一根拐杖从此与他形影不离。拿着拐杖他还不服，再次出院后，我把他安顿在县城大同街的家，由母亲照料他。这条街有不少原木帆社的老职工，当年都给父亲他们运过货的，父亲对他们，都很热情，父亲住在这里，应该不会寂寞。可人住下来了，父亲心却住不下来，他上街买了高筒水靴、镰刀锄头，盘算着哪个时辰到来，就应该上山去护理他的杉树和竹子了。

五

好在这年的冷冬并不漫长，寒流在不知不觉中消失了。

此刻的父亲，腿脚更加不灵便了。虽说此前也要攀附着楼梯扶手慢慢腾挪，但他终归是自己上到四楼来的；现在做好饭喊他，他却真的上不来了。夏天来临，他回老家的念想愈加坚定，他长时间坐在一楼厨房的躺椅上，不吃不喝，也不说话，眼里不时有泪光闪烁。这让我突然间意识到了点什么，我心头悚了一下，当即决定收拾好他的衣服、日常用品，开车送他回老家去。

故乡是剪不断的脐带。一个人，假如最终无法回到自己的胞衣地，将会抱恨终天。

初夏的阳光很柔和，云际山被映照得一片透亮。自从离开家乡后，我就很少登上这座大山了。今天，我决计再一次爬上这座山，看看这座能让一位八旬老人痴迷的大山究竟有着怎样的魔力。我和堂哥径直从村后头上山，这路是上到山顶最短的一条，这条路弯弯曲曲，坑坑洼洼，一不小心就会把脚崴了。

我离家较早，对父亲在山上的事业，不是很明白，堂哥却一清二楚。我们家的自留山、承包山场的四至界址，他也没有不知道的。甚至连祖父当年在山上的创业，堂哥都能说出不少曲里拐弯来。

爬了两个多钟头，云际峰还高高在上，此时的我，早已一身汗水气喘吁吁。从这里极目远眺，融水县城尽收眼底，蜿蜒曲折的贝江河，游龙一般摆在眼前。贝江之北，是云际山派生出去的重峦叠嶂，山峦间满是缓缓移动着的烟雨，山峦于是就像大海里一座座小岛，郁郁葱葱的杉林覆盖在岛上，宛若一波波碧浪。堂哥说，对面那片从寺庙底延下来的林地，大约500来亩，是分给我们的，二十年前，父亲在这块地上种了杉树，那批树，前几年砍了，却没卖得什么钱。

堂哥还说，翻过前面山坳，就是他家分得山场，他几个儿子把山场又分了，各人造各人的林，过个一二十年，这杉树就可以砍了。造林好啊，造林好比开银行，砍树就像是从银行里取钱。

我说取钱是好，但到那一天不给你把钱取出来了呢，怎么办？

堂哥笑嘿嘿说，那，不可能吧？

翻过山坳是十二株，到了这里，离山顶就不远了。从十二株往东，五道山脊分割出来的冲槽坡地，就是父亲他们造林联合体的林场了。林场面积1500多亩，所栽培的杉树，树根都茶杯口般粗了。堂哥说，只要再抚育一次，也就是把妨碍杉树生长的乱藤野草清除掉，就可以坐享其成了。你爸他记挂的，就是这个事。

一条清亮的小溪拦住了我们的去路，它在平野上哗啦啦地流淌了一段，跟着又一头扎进了深涧里。平野之上，是美国湿地松，面积500来亩。当年为拿下这批美国松苗木，父亲没少奔波劳碌。才过二十年，这些苗木便长起来了，长成了能掀起阵阵松涛的林海。

我为此地有如此宽阔的平野感到疑惑，堂哥说，这里就是我们祖父母当年开垦出来的田亩。

哦，我似乎悟到了些什么！

经过一处房屋宅地遗址，堂哥说这就是以前他们的家了。我仔细打量这个遗址，从残存的地基看，当年的房子坐北朝南，宽20米，纵深10米，垒基的片石粗粝厚实。想当年，这基石之上，也就几十根木柱子立着，然后板壁或竹篱镶嵌，屋顶上，覆盖着木皮或茅草。屋前及东西两端，有柚子树、柿子树、梨树和茶树，都还葱郁着茂盛。我无法揣测得到，父亲每次经过，是否会在这里逗留、沉思，但是我想，他这辈子之所以能够持之以恒地倔强、拼搏、奋斗，且毫无怨言，这地方，一定常常给他某种昭示。

金色的阳光冲破了云层，映照在漫无边际的杉树林上，碧绿的针状叶片显得格外地苍劲有力，展示出这崇山峻岭的无限生机。

二十世纪七十年代末，父亲辞职回来，这座大山，便布满了他的足迹。有一个典故是父亲的最爱，那就是"愚公移山"！

六

5月里，已经考取国家公派留学准备到比利时攻读博士学位的儿子，在出国前回了趟柳州，在北京读研，他已有三年多没回来了，这次回来，他说要去融水看看爷爷奶奶。我自然很高兴，决定星期六就去。朋友老覃听说了，也定要跟去，车子都快要开出城了，还硬要我们回头接他。说："我怎么也得去看看老爷子！"到家后我在厨房里忙着弄饭，老覃说老爷子见了孙子，好激动，搂着他亲了又亲，连说你回来了，你终于回来了啊！儿子的眼眶红了一阵，把手机递给老覃，让覃伯伯帮拍几张跟爷爷的合影。老覃还说，爷孙两个相挨着坐在屋头那张长椅上，老爷子说到他治山绿化的设想，孙儿说："阿公，你老了，就不要成天往山上跑了，好好休息休息呗！"

我想，这必是上天的着意安排，让儿子在出国前见上他祖父最后一面。

曾经，儿子给他爷爷的信，是爷爷极端的珍爱，有客人来，就会拿出来展示一番。

父亲对我们的夸赞，从来都是背着我们的。

中秋节到了，我又匆匆赶回老家，做好了饭叫父亲起来吃。这一次，他起不来床了。离家时，我进到房间跟他说，爸，你一定要挺住啊，国庆放长假，我再回来看你！父亲伸过手来拉着我的手，说："你讲话要算数啊……"我何曾敢想，五十多年的父子情分，竟由这样一句话来结束。或许他还要说些什么，我却无法听到了。作为他的儿子，我承袭了他不服输的性格和说了就做的脾气，一直也在匆匆往前赶。

这，就是命。

但父亲于我，终有我想不清楚的地方，我为此长久地难以释怀。某日，父亲老友莫强伯伯的一句话突然跳进我脑海，我这才似乎有了醒悟。

莫强伯伯对我父亲说的这句话是："一般人是很难理解你的，不管你在哪里，也不管你做什么，结果都是这样！"

莫强伯伯先后参加过柳北抗日挺进队和都宜忻人民解放总队，是县供销社领导，曾经很长一段时间被"靠边站"。莫强伯伯是父亲众多朋友中最为难得的净友，父亲辞职，莫伯伯是极力反对的，在此之前，他还曾多次设法要将父亲调进他主管的县土产公司。

他们这一代人，经历非同寻常，有一个早晨从平地里腾空，华彩绚丽的；也有不知道哪一刻从云端上跌落，众叛亲离的。但不管怎样，他们这代人都有一个共同的特质，那就是坚忍不拔，志在必得，他们行动大于言语，他们的行动必将在一定的范围内产生影响力，其能量无异于空谷足音。

我于是明白了，父亲一直在用他的行动，潜移默化地影响着我们；而我们，则需用自己的毕生，去消化他的影响力。

然而，我曾很长时间里跟父亲抵牾着，并且从根本上对他的感受置之不理。现在想来，无论对谁，最大的痛苦也来自于此。

后悔已没有用，留给我的，就只有忏悔了！

2015年9月29日凌晨三点五十分，四弟在电话里说，爸走了……

我起身穿衣，踱进书房，坐到写字台前，手指在桌面上不停地划拉着，整个大脑一片空白。过了许久，天边起了曙色，妻子已收拾好换洗衣服，说走吧，出了城，天就亮了。

族里人和乡亲们也都来了，他们忙里忙外，甚是操劳。我失神落魄地坐在屋檐下，仰望云际山，看山头的云和山上的树，任眼泪在胸腔里奔突、滚涌，喉头间却发不出一丝声响。父亲这辈子来去匆匆的剪影，不时掠过我的脑海，特别是当后来这几年他经受疾病折磨所透出的痛苦模样在我眼前回放时，心头就像被螃蟹的巨螯死死钳住一样。

"树犹如此，人何以堪？"在这世上整整拼搏了八十个年头，父亲也倦了，累了。累了倦了之后，撒手走了。他这一走，又何尝不是解脱呢？

但巍巍青山啊，你在父亲心中的分量，竟是那样厚重、恒久！

10月2日近午，我们送他上山那一刻，秋阳倏地冲破重重迷雾，将和煦的光辉洒遍了远远近近的峰峦。

（原载于《民族文学》2020年第7期）

樟树下，外婆家

朝　颜（畲族）

一

一群老樟树，时常绵密地铺进梦境里。顺着它们挥舞的长臂，童年，外婆，乡愁，时间的经纬，无数次重新映现在一座名叫樟树下的村庄深处。

许多年过去，你仍固执地将这一片地方称作外婆家。正如现在，大巴车从瑞金市区，经沙九公路，往西北郊进发八公里，一路畅行开进了村委会门前的宽阔停车场。车上走下来一群来自全省各地的文艺家，作为其中的一员，你忍不住动情地向众人指认它在你生命中的特殊意义——外婆家。

其实，外婆十几年前已长眠于村后的一座山冈中。踏上这片土地，既熟悉又陌生。儿时钻进钻出的土房子、老洞水、泥巴路、猪栏牛舍不见了，取而代之的，是一排排黛瓦白墙的徽派建筑，还有整洁的水泥路、青砖地。原来供全村人洗衣服的泥堰池塘，如今已用片石砌得方方正正，成了荷花池。一口用来汲取饮用水的简易水井不见了影踪，你还记得，井面上垫着一块湿滑的木板，上面长满青苔。妈妈说，有孩子从那里滑下溺亡过。现在，人们用的是自来水。

唯有那群老樟树还在，还记得一个小女孩曾爬上一棵驼背的樟树，嬉闹、唱歌、捉迷藏。还用宽大的枝叶覆盖一座村庄的日升月落、炊烟袅袅。五十六棵这样的老樟树，围绕着一个村庄，已经活了一百年甚至几百年了，它们用自己的存在和气息，成就了一个村组的符号，也丰满了几代人的记忆。

樟树，是赣南人的风水树。在房前屋后，在溪河两边，在村头村尾，人们栽种它，热爱它，崇信它。炎夏时坐在它的浓荫下歇歇凉，盛大节日时在它脚下敬炷香，有了折磨人的难肠事时拜一拜它，对它倾诉一番。樟树下村组所在的行政村，叫作洁源村，是赣南许多遍植樟树的村庄中的一个。如果再往前追溯，早在苏区时期，整个洁源村名叫樟树乡，隶属于下肖区。

村里的人，大半姓欧阳。一座祠堂，承载着他们的姓氏或宗支的脉络。而村史馆，则记载着整座村庄的历史。在村支书的指引下，从村委会办公楼登上二楼的村史馆，你仿佛进入了时光隧道，那些过去的人，过去的事，还有过去的生活一一复现。看了那些老物件，听了那些老故事，你猜想，在那些老樟树铺就的绿底色之上，最鲜艳的莫过于红色了。

　　这是一座地道的红军村。"那个时候，洁源的天是红的，地是红的，人心也是红的。"村支书说。村里人念念不忘的，有"七个儿郎当红军"的故事，也有"一家五兄弟齐革命"的故事。要活命，要翻身，时代的洪流裹挟着每一个普通人，朝着一个相同的方向迅疾奔涌。

　　"七子参军"故事中的主人公欧阳汝明，是在苦水中泡大的洁源村人。父亲早逝，他与母亲相依为命，常靠要饭度日，饱受土豪地主的欺负。十几岁开始，他便是田间地头的劳作主力，但二十八岁才得以结婚。1928年，当革命的火种在瑞金点燃时，欧阳汝明决定把儿子们送去前线当兵。他做好了老母亲刘氏的思想工作，又挨个说服了儿子投身革命。他的大儿子欧阳克茂参军时，不到三十岁，他的小儿子欧阳克荣随红军北上时，刚满十六岁。悲伤的是，他的七个儿子，全部壮烈牺牲在了长征路上。

　　你不知道作为烈属的村民欧阳汝明，是怎样度过了他的余生。但是你知道，1934年，在扩红运动中，洁源村荣获过一面"扩红第一村"旗帜。你还知道，苏区时期仅一千余人的洁源村，支红支前人员共有四百多人，其中一百八十六人参加红军或在苏维埃政府工作，一百零五人为革命牺牲。新中国成立后，被正式认定为革命烈士的有八十九人。

　　那时候，为了支持革命，洁源村人民不仅踊跃报名参军，还甘愿吃红薯渣、挖野菜充饥，慷慨捐粮捐款，踊跃献鞋献物，几乎穷尽了自己的所有。洁源村人是这样，瑞金县人是这样，整个赣南，整个江西的所有红色区县和村庄都这样。在樟树下村组，参加红军后一去不返的人有许多，回来的只有两个，其中一个是外公的满叔叔。只是，他受过伤，回归的已是病体残躯了。

　　你还记得，外婆家常年住着一个老人，叫观发娣奶奶。她的丈夫，丈夫的兄弟、堂兄弟，全去参加红军了，没有一个人回来。孤身一人的观发娣奶奶带了一个养女，与三舅从小青梅竹马，结为夫妻，成了三舅母。后来，观发娣奶奶搬到了外婆家生活，成了全家人的奶奶，被恭顺养老，直到高寿送终。

这样的故事，村子里每家每户都能讲出一两个。离樟树下不远的村庄里，还发生过一个流传更广的故事——"八子参军"。下肖区的杨荣显老人，八个儿子去当红军，一个都没有回来。而今，故事早已搬上了赣南乃至全国的舞台，每演一场，泣声一片。

洁源村所在的乡镇——沙洲坝，是中华苏维埃临时中央政府所在地，也是"二苏大会"召开的地方。距村子两里开外，还有一口闻名中外的井，叫红井。挖井和吃水的故事，印在了小学一年级的课本里，也印在了沙洲坝世代人们的心上。现在，怀着饮一口红井水的心愿，来到沙洲坝的人，男女老幼，络绎不绝。

二

也许，正因为这里的颜色赤红赤红，正因为这里的人们倾其所有，时代留给这里的创伤，竟绵延了几十年。落后，竟一度成为洁源村的代名词。穷，是樟树下人命运中无法绕开的一段过往。

几声鸟鸣隐入稠密的枝叶，阳光在叶隙间跳荡，你闻到樟树的香气，像闻到一股源自光阴的醇酿。时间过去了几十年，从你围着其中一株樟树的斑驳枝干转圈圈开始，老樟树似乎还是那样老，又还是那样年轻、壮健。它们一直在生长，在见证，在拥紧整个村子的世事沉浮。

你的思绪游离了人群，无法遏止地沉陷于深情，沉陷于往昔的回忆。

念书前，你是外婆家的常客。父母忙得脚不沾地的年月，一个无人看顾的野孩子，多么需要一个随时可以倚靠的温暖怀抱。外婆给了你一张共卧的床铺，还有许多个在鼾声中入梦的夜晚。只是，她和三舅三舅母共同生活的这个家很穷，给不了你像样的吃食。有一年夏天，三舅母种了一大块地的胡萝卜，于是到了收获季节，餐桌上便每天都是这一样菜，荤腥就更别提了。你瘦弱，敏感，胆小，食欲总是不佳，又从不敢像表弟妹那样无所顾忌地吐露愿望。外婆担心你瘦得不成人形，便每天晚上在你饭碗底下悄悄埋一个煎荷包蛋，用眼神暗示你到门口屋坪趁黑吃掉。那时候，鸡蛋是不舍得自己吃，要拿去卖钱的。外婆甘冒婆媳不和之风险，给予你的特殊慈爱，何尝不是穷人不可言说的心酸。

那时候，村子里除了樟树，长得最多的是松树。屋后山冈上的黄土地总是那么贫瘠，密密麻麻的松树永远是一副长不大的样子，面黄肌瘦的，像你。你喜欢爬驼背樟树，也喜欢跟着外婆去松树林里搂松毛，外婆拿竹箔子一路箔过去，将松毛一层一层压进畚箕。你避开那些不会说话，但总是自带神秘和恐怖的土坟堆，提一个小竹篓去捡松蛋子，捡一会儿，就唤一声外婆。天色向晚的时候，你们踩着夕阳的尾巴，满载着战果回家去。这些东西，都是引火做饭的好燃料。外婆还要戴着硬邦邦的帆布手套卷蔗毛，将带茅刺的甘蔗叶子抓住，团成一个个结实的小卷儿，晒干，堆在鸡圈的上方，以备送进灶膛，烧出一日三餐的热饭菜。

那时候你怎么会想到呢，现在的樟树下人，再也不用四处寻找烧灶的燃料了。你随意走进一户人家的厨房，电磁炉、电饭煲、液化灶……都明明白白地告诉你，那物资匮乏、与穷为伍的日子已经像一本旧书翻了页。如果你问一个村里的小孩，能天天吃上鸡蛋吗？说不定会收获一个瞧不上的白眼："天天吃，腻死了。"

村后头，松针一日一日地烂在黄土地上，似乎连土地也变得肥沃了。出松树林往前走一里路，有大舅承包的脐橙园，一年四季长得郁郁葱葱，卖果的收入，供大舅和表哥表弟各自建起了气派的新屋。后来，他们又加种了奈李、甜柚，还在果园里散养母鸡和花鸭，让它们吃虫子，啄青草，一只只养得肥肥壮壮的。卖土鸡蛋，也卖土鸡土鸭，价格比市场上贵，却依然抢手。受了大半辈子穷的大舅和大舅母，笑声一日比一日爽朗。

2013年冬天，表弟在村委会旁边的祠堂里办圆屋酒。你开着新买的帕萨特，载着爸爸和女儿去吃酒席。村前的余坪上，停车位画得明朗大气，车技不佳的你顺利将车停得稳稳当当。祠堂里摆满了大圆桌，大舅正满面红光地招呼客人。他说，自从村里统一规划建设后，在祠堂里办喜事就阔绰多了。酒席上用的几十只鸡和鸭，全是自己果园里养的，尝一口，果然味道鲜美。

沿祠堂后侧的石头小径往上行，是一个宽阔的休闲广场。表哥和表弟的新居，并排安置在广场的东南面。他们家的大门，正对着"开元通宝"的艺术造型。藏风、聚水、奔富，包含着人们最朴素的愿景。你还记得原址上的老屋，一层，土坯，正中是客厅兼饭厅，两间房，其中一间做了厨房，大舅全家五口人挤在另一间房里睡。门前的屋檐下，见缝插针地搭着鸡圈，四边堆满了杂物。

以2011年为例，全村人均生活性支出仅九百六十八元，近七成村民住在土坯房中。自然，你的大舅三舅也在其中。幸运的是，这个红军村和赣南诸多红军村一样，终于等来了时代的关注与厚爱。2015年，一场前所未有的精准扶贫攻坚战在这片红色土地上拉开。短短的几年时间，全村环境好了，产业做起来了，土坯房也消失了。变化之快，简直令人一时缓不过神来。

三

同行的文艺家，许多都已经去过全省各地的脱贫攻坚示范村，但走进樟树下，仍为这里的洁净和秀美深深叹服。甚至，疑心自己进入了高档别墅区。在樟树的浓荫遮蔽下，青砖地、绿草坪、石围栏、艺术雕塑各据其位，一块不高的假山石上书写着"美丽洁源"四个行草大字。字，是瑞金市一个知名书法家题写的。感受着它与周围环境的完美契合，你忽然觉得，樟树下，其实原本就是一件时间的艺术品。或者说，是脱贫攻坚的艺术品。

2017年夏天，你曾与一些文友专程驾车来此散心。你们在村庄各处合照或自拍，荷花池、马头墙、桂花树，只觉处处皆景，诗意盎然。徜徉其中，这哪里像一处乡村图景，分明是一座有山有水有花有草的园林。你一次次地寻找过去的踪迹，又一次次地陷入恍惚。你一遍遍地问自己，这是无数次出现在梦中的外婆家吗？你的心里充满了矛盾，既希望这还是谙熟多年的外婆家，又愿意它就是现在这般美好的模样。

暮春的微风摇动着古老的樟树，枝叶发出沙沙的轻响。就在文艺家们被香樟灌醉，发出啧啧称赞的当儿，八十多岁的欧阳钊老人，正拿着竹扫帚唰唰地清扫着青砖地上稀疏的落叶。老人腰不弯，背不驼，着绿色解放鞋，戴白色棉纱手套，笑模笑样的，仿佛全身心地专注于一件无比快乐的事情。人们说，他在这里义务扫地已经好多年。

他和外婆当属同辈，也同样在苦日子里煎熬过。"欧阳钊老人，是真正的心肠好，当了几十年村干部，行了一辈子善。"妈妈忍不住要和你讲述他的故事。因为担心没钱娶媳妇，欧阳钊的父母像许多农村人那样，早早地为他带了一个童养媳。可是长大以后，两人死活不愿意在一起。童养媳嫁了，欧阳钊单着。那时他的父母已逝，为了给他娶一门亲，已成家的哥哥到处去当挑夫，一分一厘地攒钱。由于经常翻山越岭赶夜路，劳累过度，哥哥壮年时不幸患病去世。后来，欧阳钊夫妇一直与嫂嫂和侄儿女共同生活，他顾全着一个大家庭，即使内部发生一些矛盾，也总是说理劝和，不曾分家，直到侄儿女们各自成家立业。二十世纪六十年代末，伴随着一场全国性的运动席卷城乡，许多地方许多家庭陷入悲痛欲绝之境。而樟树下在时任治保主任的欧阳钊极具定力的维护下，全村老幼平安度过。时至今日，许多村民仍发自内心地感念着他。

现在，欧阳钊已是儿孙满堂，都住上了新房，再也不用为娶亲和衣食事操心了。"国家政策好，让我们过上了好日子。我还有力气为村里扫扫地，就当是锻炼身体。"你在想，这应该是一个人对新生活最崇高的致敬了。他用一辈子，领受了命运给予的困苦和甘甜，他有他最质朴的回报与感恩方式。

从休闲广场出来，你又信步走进村民欧阳罗发生的家里。按照辈分，他应该是外婆的侄儿辈。二层半的小洋楼，粉刷洁白的外墙，中档装修的内室，一应俱全的家具家电。如果不是村干部的介绍，你不会相信，他曾经是地地道道的贫困户。夫妻二人站在敞亮的客厅里，黧黑的面庞上，有微笑随腼腆的神色一圈圈漾开。

欧阳罗发生夫妇是不幸的，他们的儿子患有唐氏综合征，先天愚型，属于二级残疾。2006 年，欧阳罗发生自己又查出患有肺结核和肺脓肿病，经过两次大手术，最终右肺全切除，才捡回一条命。高额的治疗费，三个孩子的抚养教育费，欠债，还债，让夫妻二人陷入了恶性循环的生存困境。

生活的变化，从精准扶贫工作队的进驻开始。他们了解到，建档立卡贫困户欧阳罗发生家有一口鱼塘，因为身体和资金原因闲置了。于是他们找上门来，商量养鱼的事情。没有投入的资金，工作队帮他申请了五千元的产业奖补金，又帮他争取了五万元的财政贴息贷款。为了把鱼养得更好，还为他请来水产专家做技术指导。养鱼，是轻体力劳动，他正好能够适应。仅 2015 年一年时间，鱼塘就实现了一万二千元的纯收益。今年，工作队又为他扩大养鱼规模申报了精准到户项目补贴。鱼越养越多，他们的日子也就越过越红火。

养鱼赋闲之余，依着村庄环境整治的契机，工作队又鼓励他买了一台割草机。出去帮人割草，日工资可得两三百元。他还被推荐为村里的保洁员，月工资七百元。洁源生态阳光餐厅开业后，他的妻子去做服务员，月工资有两千元。走到哪里，人们都开玩笑说他们夫妻是"双职工"。

2019 年，欧阳罗发生已实现家庭年收入六万多元，与 2014 年相比，增加了三倍多。现在，欧阳罗发生一家已经顺利脱贫。还债，清欠，建设家园，只要人勤手快，再不愁回到穷苦日子了。有产业，有工资，医疗有保障，他们和所有的贫困户一样，驶入了后顾无忧的幸福快车道。

同样的蜕变，还发生在全村六平方公里的土地和十五个村组八十四户贫困人口身上。他们种白莲、种油菜、种脐橙、养鸡鸭，2018年便实现了全部脱贫。顺风顺水间，到2019年，洁源村级集体经济经营性收入已达十二万元。

四

如果从樟树下出发，穿过松树林往村子外围走几百米，你会看到一座方圆几百亩的大石山。山是喀斯特地貌，海拔不高，但奇峰峻峭，山上蕴含着丰富的石灰石资源。据《瑞金县志》记载，早在宋代，便有人在石山境内建窑烧制石灰。由于石头品质好，烧出来的石灰洁白如玉，因而名扬周边。洁源村之名，便取自于此，意为"洁白的致富之源"。

在你儿时的记忆中，石山底下，暗藏着许多曲里拐弯的岩洞。那是一个多么神秘的迷宫啊，你曾背着外婆，跟随表哥等小伙伴一起钻进去探险，听见石燕或蝙蝠在耳边嗖嗖地飞过，被洞内的黑暗、凉气与阴森吓得尖叫。最终，你没有钻完那些地洞，乖乖地退了出来。有时候，你黏着外婆，去石山的边上放牛，野草一蓬蓬地胡乱长着，蔷薇也没有节制地伸展、开花。你还会听见，石山脚下，有机器终日隆隆地响着。那高耸的烟囱下，是一个大型的水泥厂。

你的三舅，就在水泥厂做过采石工。三舅是一个天资多么聪颖的人，却生不逢时，一出生就遇上了大饥荒，大人们吃食堂时，他挨个扶着凳子捡难得掉落的饭粒吃。等到上学，又是跳级大跃进，高中毕业后不能参加高考，回到村里务农。为了摆脱穷日子，他买过补鞋机帮人补烂鞋子破袜子，买过爆米花机走村串户挣点小钱。他能帮人理发，还无师自通地学会了修理自行车、摩托车，甚至电风扇等小家电。即便劳碌半生，他仍然住着祖上的土坯房，似乎总也看不到出头之日。

有一天，你竟然又目睹了三舅的噩运。他在石山上采石时，被上面滚落下来的大片石砸伤，昏迷过去，人事不省。你看着他被村里的年轻人抬回来，又急吼吼地抬去医院，你不能跟去，只能坐在木门槛上不知所措地哭。你多么害怕，憨厚慈蔼的三舅从此回不来了。

自然，三舅最终安然地回来了。在你上师范的时候，他又和乡人去浙江割席草，因为工头跑了，工钱没要到，一路流浪回家。到了你上学的那个县里，辗转打听到你的班级，挑着铺盖卷儿找到了教室门口。你用不多的饭票去食堂打饭给他吃，又安顿他到男同学的寝室睡了一晚。你也是穷学生，你再给不了他更多。送他到马路边上拦车，看着衣衫褴褛的他从车窗伸出手来使劲向你挥动，看着那只手越来越模糊，你蹲下来，一个人号啕大哭。

现在，樟树下祠堂边的一排小洋楼里，有三舅的一栋。其实他住得并不多，表弟在广东中山买了房，娶了妻，生了子。他们老两口，便常住在中山了。春节期间，表弟会开着车，带着一家老小回到家乡，走走亲戚，热热闹闹地过个年。三舅说，等孙子上了学，他们就要回到樟树下长住。家里的环境，比城市里好多了。

如果愿意，闲不住的三舅还可以再到石山上去做事。比如当一个群众演员，做一个保洁人员，或穿上保安服，当个威风的安保人员。村里很多人都在那里就业，尤其是建档立卡贫困户的人家。工作不算辛苦，更没有从前那样的生命危险，一个月可以拿两千多元。一座石山，带动了全村的产业和就业。有头脑活络的村民，还在周边开起了特色小店。

对了，那座石山，已经被打造成了一个占地五百多亩的大型实战实景演艺景区，总投资六亿元，2018 年 11 月开工建设，2019 年 12 月建成运营，2020 年 1 月 6 日正式开业。

多年来，石灰厂、水泥厂、采石场、采矿厂在这里不停开采，以致矿山地表裸露、支离破碎、尘土飞扬，整座石山像一只处处伤口、奄奄一息的巨兽。现在，外资进来了，设计师们变废为宝，保留的石山是原生态的战争背景，开挖的矿坑改造成景观湖，掘过的地面成为骑马的步道……露营区、射击区、野战区一一排兵布阵，妙手回春间，这里俨然已是人间的桃花源。在"重走长征路"体验区，游客们配上背包和枪支，越过敌人的突袭与爆炸，爬雪山、过草地、跨独木桥、钻铁丝网、躲防空洞。充满刺激的互动，让他们结结实实地过了一把红军瘾。

如今，整个洁源村有一百三十多人在景区当群众演员。"观光、采摘、体验、美食、看戏、民宿"，那些曾经为红色献出所有的樟树下人，终于收获了丰厚的回馈。你知道，景区边上，生意红火的生态阳光餐厅，也有你表哥的一支股份。曾经四处筹钱为表哥娶媳妇的大舅一家，早已摘下了穷帽子。去年秋天，大舅的大孙子结婚，在阳光餐厅热热闹闹地办了一场喜宴。妈妈是表哥用小车接去的，回到家里兴奋地说个不停。今年春天，大舅的第一个曾孙女出生，一生热爱着人丁兴旺的外婆若还在人世，不知该有多欢喜呢。新的一代，新的生活，像老樟树新生的枝丫一样，在人间迎风招展。

临别时，你和一同采风的文艺家们在大樟树下合影留念，身后是一排红色大字："幸福，都是奋斗出来的。"你体味着一座村庄的前世今生，仿佛自己也成了一株樟树，立于时间之中，枝叶婆娑，周身浸透绿意。

哦，樟树下，外婆家。

（原载于《民族文学》2020 年第 8 期）

石竹花开
——闽宁镇的春天（节选）

侯健飞（满族）

　　中国当代移民"吊庄"之名诞生在宁夏。宁夏最具代表性的吊庄，是永宁县闽宁镇。二十五年前，福建省向宁夏兄弟伸出援手，闽宁镇就在贺兰山下的荒滩上获得新生。

　　石竹花是西北特有的花种，是一种最为平凡的小花。但这种小花却是母亲和母爱的象征。在中国乃至全世界百姓心中，都多把思念母亲、敬爱母亲的感情，寄托于石竹花，因为，石竹花艳丽而不张扬，长寿又不欺邻；她们紧紧贴住大地生长，可以独立，也可群居。她们最令人敬畏的品质是耐严寒、抗风雨，永远扎根在最贫瘠的土地上，不离不弃。

　　石竹花，象征本文记述的平凡而伟大的女性群体——这些与西海固和闽宁镇邂逅，为之魂牵梦绕的母亲、女儿们，有扶贫帮教的干部，也有几十年如一日进行乡村调查的教授；有靠双手致富的农民，也有靠理想信念成功的作家……二十多年后的今天，更多贫困地区的民族兄弟，异地搬迁到闽宁镇，这个昔日的"吊庄"，已经成长为一棵枝叶繁茂的青春树，在迎接一个又一个山花烂漫的春天。

——题注

第一章　她从黑眼湾走来

一

　　要说宁夏贫困地区，第一当属西海固；要说闽宁镇从无到有，更绕不开西海固。因为闽宁镇移民全部来自西海固地区。多天来，我一直在苦苦寻觅一个用文学打通与世界联系的女性。这种寻觅来自我自己的童年和生活，我知道，越是贫穷落后的地方，越可能诞生出众的作家。苦难是文学的催化剂。而我要深度了解贫穷和苦难的根源，最好的渠道是走近这类作家，并认真阅读他们的作品。

世间的事也许就像佛家说的，一切事情都有因果。一天下午，一个朋友突然转给我一个链接，内容是北京电视台举办的《我是演说家》。内容与文学有关，这个演说家就是马慧娟。

马慧娟，我隐约记得这个名字，似乎读过她的作品，当时什么内容我已经忘记了，只知道马慧娟是一个从农田里走出的青年女作家。想到此，我赶紧打开链接，马慧娟站在北京卫视的舞台上，她中等身材，微胖，头上戴着一顶无檐儿的淡紫色筒帽——这是回族已婚女性的标志装束。

舞台上，马慧娟用宁夏味儿的普通话演讲。我仔细认真听着，她的发自内心的情感和朴实无华的演讲词深深吸引和打动我，她说：

"我叫马慧娟，是一个地道的农民，和村里的其他四百多个回族女人一样，农忙时，我们面朝黄土背朝天，农闲时我们三五成群结伴在村子附近打零工。我们都有各自的名字，却总是被称呼为某某老婆，谁谁的妈……

"在我们那里，农村女人的生活状态就是一直在忙碌，要种地，要喂羊，要伺候老人，更要看顾一家人的吃喝拉撒。每天重复着这些活计，我看不到我们的未来。作家笔下田园生活的诗情画意在我眼里，只是无尽的重复和劳累……

"……我从小就爱读书，梦想着把自己喜欢的事物都用笔记录下来……2014年年底，我的四篇小文章第一次变成铅字，发表在了《黄河文学》上，编辑部寄来了930块钱稿费。当我把这个消息在空间发出来时，我的网友们沸腾了，纷纷为我喝彩！我第一次如此强烈地感受到了自己的价值，感受到了写作的力量。

"……这是我的故事。虽然此刻，我继续在种地打工，但我还是会接着写，写我和我的搭档们生活中的喜怒哀乐，写过去，写现在，写将来。"

看完马慧娟的视频，她发自肺腑的一番话，一字一句都重重地敲击着我的心壁，有一种小小激动、兴奋、同情、敬佩，各种复杂的感情交织在一起。踏破铁鞋无觅处，得来全不费功夫！这就是我寻觅的人，这就是我要写的女人。

宁夏作家土豆告诉我，马慧娟正在鲁迅文学院中青年作家高研班读书。2019年10月下旬的一个周末，我与马慧娟相约在北京赵登禹路的一个回民饭馆见面。

初次见面，马慧娟依然戴着一顶淡紫色的无檐儿帽子。在对面坐下的马慧娟，面色和身板儿一看就是被西北那片土地和风雨滋养，有着特有的红润和结实。在服务员上菜的间隙，我把我的想法和意图大致对马慧娟说明，马慧娟稍加思考说："用不同女性的故事来反映脱贫大业，真是好视角。如果侯老师认为我值得写，我感到很荣幸，有什么需要我做的，我会尽全力。"

这就是一个从大山里走出的本色作家，不拿捏，不虚情。而且我特别记住她说了"脱贫大业"，一句话，就可看到一个作家的胸怀和格局。作家不同于一般读书人，作家要文以载道，不论来自哪里，不论贫穷还是富贵，胸中有家国大业概念的作家，其作品一定是有温度有情感有力量有理想情怀的。

我们边吃边聊。在聊的过程中，我们有太多的共鸣，有共同的理想。我们都出生在农村，家境都不富裕；不同之处，她是女人，我是男人。我能深切地知道，女人生活在贫穷落后的大山里更为不易。下田劳作、生儿育女、侍奉公婆，这一切都要比男人付出太多。或许，对于马慧娟这样爱好文学的女人更会有太多的无奈和挣扎。尽管她生于二十世纪八十年代，整整比我晚二十年，但由于她出生在"不宜人类生存"的西海固地区，她的人生经历或许比我那一代人更为艰难曲折。

马慧娟1980年出生在宁夏泾源县一个四面环山的小山村，村名叫黑眼湾。马慧娟曾听她父亲讲，黑眼湾原来是一个海子，在海子里曾住着一条黑龙，生活居住在那里的人们，由于对黑龙不够敬重，黑龙一怒之下离开了那片海。因此得名海子湾，世世代代就这样叫下来，但不知道从什么时候起，人们叫着叫着就改成很有诗意的黑眼湾啦。

泾源县地处宁夏的最南边，与甘肃省平凉市接壤，是泾河的发源地。黑眼湾是泾源县众多小山村之一。由于自然和地理环境的不可改变，黑眼湾并不像她的名字一样富有诗意。偏僻、闭塞、贫穷、落后是这一方土地的代名词，那里几乎与外界隔绝。黑眼湾到二十世纪末还没有公路，不通电。生活在那里的人们，不论是生活所需的油盐酱醋，还是缝补用的针头线脑，也不论是去山外走亲访友，还是孩子上学，都要靠双脚翻过一座座大山，在连绵起伏的山脉上行走十几里甚至几十里山路。家境好的，会用毛驴充当交通工具，把生活用品运往山外或者运进山里。

那里的主要农作物是小麦和洋芋，一年四季靠天吃饭。因为与外界隔绝，很少有蔬菜流通进来，洋芋既是村民的主粮，也是餐桌上唯一的菜肴，倘若遇上粮食歉收，洋芋就是那里人们的命根子。

据马慧娟讲，她的爷爷是陕西人，她的姥爷是河南人。至于为什么这两个家族都落到宁夏，她从来没有细问过，她只是知道，姥爷是有知识有文化的国家公职人员，姥爷重视孩子的教育，在二十世纪五十年代用一己之力培养了四个国家公职人员。因此，马慧娟说："妈妈出生在这样的家庭，是有文化的，所以妈妈端庄贤淑，处事得体，很有大家风范。"

马慧娟说，她妈妈在家里是绝对的权威人物。马慧娟的妈妈共生育六个孩子，三男三女，马慧娟是最小的女儿。

马慧娟从小聪慧顽皮，倔强又淘气，用她的话说，天生是男孩子性格，为此，马慧娟没少遭受妈妈敲打，皮肉之苦让她一度怀疑不是妈妈亲生的。

马慧娟从小喜欢舞枪弄棒。她今天随男孩子上山摘野果，明天随男孩子下河去摸鱼；她今天自己爬树掏鸟蛋，明天下地捉蚂蚱；她今天求哥哥用木头削把剑，明天自己动刀动斧做把木头枪；她今天骑在邻居杏树上去偷杏，明天又去隔壁地里去摘瓜。总之，她没有一个女孩子的文静气，距妈妈要求的淑女形象相差太远，所以她受到皮肉之苦也是情理之中的事情。

虽然如此，马慧娟说她的童年是自由的，是欢快的，也是幸福的。马慧娟在讲她的童年故事时，满脸的幸福和喜悦。我在想，她童年的天马行空是她走上文学之路的重要因素，那么，是什么为她提供了创作灵感和文学启蒙？是贫穷还是伤害？

二

七岁的某一天，马慧娟正在地里玩耍。二哥突然来到地里，把她领回来，然后三姨家的表姐给她套上一双新鞋，就去了吴忠的三姨家。那时的马慧娟因为年龄还小，她觉得是稀里糊涂地跟表姐走的。其实现在看来，事情哪有那么简单。每一个做父母的在孩子刚出生时，都开始为自己的孩子考虑，谋划将来。马慧娟的父母也不例外，也许考虑到家里贫困，孩子多，三姨家在川区吴忠，父母决定把她送到吴忠市的三姨家，希望她在那里读书，读出一个好前程。好前程是每一个父母对儿女的期盼，这和偏僻没有关系，跟落后没有关系，跟贫穷也没有关系。

马慧娟来到三姨家，和三姨一家生活在一起，她开始读小学。察言观色的能力是每一个人骨子里就有的，一出生就有这种能力，它潜伏在每一个人的灵魂深处和血流里，一旦有了环境和土壤，这种能力就会浮现出来。马慧娟也不例外，那时，在她小小的心灵里就有了背井离乡的滋味，只是那时她年龄幼小，还不知道用这个词来形容和描述自己内心的这种感受罢了。

马慧娟只在三姨家生活了一个学期，她放假回到家里，就怎么也不去三姨家读书了。她说回到家，尽管家里没有什么好吃的，每天还是饿，但是只要有吃的东西，自己就会大大方地拿走吃掉，不需要小心翼翼，不再察言观色。说到这种寄人篱下的滋味，我在《回鹿山》里有一章细写，初中时期我转学，在三伯家生活，也是只坚持了一个学期。现在回想，当时三伯和表哥表嫂对我不但没有多嫌，反而加倍对我好，可就是这种加倍的体贴和爱护，更让我有一种强烈想家和寄人篱下的感觉。但我当时并没有把这个想法说出来，我想听到马慧娟自己的心声。

马慧娟心灵深处烙印着这一隐秘的忧伤。她日后写作，观察生活、体悟生活的能力会不会是从那时就在心中留下了火种呢？我看到，当马慧娟谈到这一段经历时，眼里脸上仍会浮出一丝淡淡的忧伤。我问她，你的写作与你的那段经历有关系吗？马慧娟点点头，然后她说，至少从那时起，她就比同村从没有走出大山的孩子早早地知道了，在山外还有一个地方，是另外一个模样。这也许就是马慧娟心中的远方吧。另外，马慧娟讲，就是从在吴忠三姨家读书时起，她开始接触到乡村孩子连见也没有见过的文学作品《水浒传》《隋唐演义》等。这些文学作品都是表哥的小人书。起初马慧娟被小人书里精致的图画深深吸引，随着识字的增多，马慧娟开始认字，她懵懵懂懂地知道《水浒传》里一百单八将个个都是英雄汉。她对宋江、李逵这样的人物产生了感情。她深深迷恋《隋唐演义》里的精彩故事，尤其是罗成被乱箭射死的悲壮凄凉的场景，让她至今都不能忘记。马慧娟说到罗成和秦琼的时候，依然掩饰不住兴奋。她说，那是我真正的文学启蒙，是那些小人书里精致的图画和生动的故事开启了一个小小少年天马行空的想象之门。马慧娟说，等什么时候有时间了，我要重新去读我小时候读过的这些书，这些小人书。我静静地看着坐在我面前有些兴奋的马慧娟，我想，她要重温那些故事，一定是她要重温那段开启她文学启蒙的童年时光。然而时过境迁，此时的马慧娟还能在阅读中找到当年的美好向往吗？

有了文化启蒙的马慧娟还要读书。她和村里的孩子一起，每天走十几里山路去学校。每天早晨四点左右，她和村里的小伙伴会准时爬上门前的山顶，天上的启明星亮着，不时在对这群山里的孩子眨眼睛。她们一口气爬上一座大山，喘口气再爬上另一座大山，然后又一溜小跑走六七里平路才能到学校。马慧娟说，夏天日子还好过些，渴了喝山泉水，饿了啃书包里的馍。但是到了冬天，就是这些孩子们的苦难日，凛冽的山风，裹挟尖硬的霰粒，抽打着每一个小小的躯体，同学们被风吹得摇摇晃晃、东倒西歪。但这些孩子们不怕，从家走时，每人抱一捆柴草，走一段，点一堆火，烤烤已经冻僵的手脚，再走一段，再点一堆，就这样一路烤着火来到学校，那时天还没有大亮。马慧娟在讲述她的求学之路时，我沉默着，身心被一种彻骨的寒冷击打，即使身处温暖的饭馆，也不时有丝丝冷意。我想到了我远在意大利求学的儿子，想到了生活在这座城市的孩子们，这是怎样的境遇，这是怎样的一种不同的命运啊！

艰苦的六年小学生活结束了。

1992 年，马慧娟以高出分数线 1 分的成绩，考上了泾源县第一中学。由于严重偏科，马慧娟笑称"数理化成绩一塌糊涂"。三年的初中生涯就这样磕磕绊绊地结束了，也结束了她读书求索的生涯。

1995 年，宁夏西海固地区严重干旱。无情的天灾让黑眼湾的庄稼颗粒无收。我问马慧娟，那你为什么不再复读一年再考高中呢？马慧娟苦笑了一下，小声说，其实，我学习偏科只是一个方面，更重要的原因是贫穷。那时候，全家人供我上学已经倾尽全力，后来又赶上天灾，父母就再也无力供我上学了。我就那样看着马慧娟，我们陷入了沉默。大家知道，1986 年 4 月我国颁布的《中华人民共和国义务教育法》是我国首次把免费义务教育用法律的形式固定下来，也就是说适龄的"儿童和少年"必须接受九年的义务教育。《中华人民共和国义务教育法》的制定标志着我国基础教育发展到一个新阶段。但我们也必须承认，马慧娟的中学时代，即使义务教育全国实行了近十年，但在西海固这样贫穷到了极点的广大农村地区，即使免除了学杂费，简单的生活费对于需要住校的学生家庭来说，供一两个尚能维持，但如果想让三个孩子同时读书，仍是不可能的。从这个角度来讲，马慧娟何其幸运，尽管她数理化万分糟糕，但她读完了初中，而且在学校里接触了更多的文学作品。

泾源一中有图书馆，那里是天堂。马慧娟在学校的图书馆一本接一本地借阅，疯狂地阅读，文学让她沉迷其中不能自拔。其实公允地说，这种疯狂和沉迷正是造成一个学生严重偏科的源头。这也让她付出了惨痛的代价，考取高中时以名落孙山而告终。马慧娟在回家务农的岁月里曾几度后悔，后悔自己在初中的三年里没能好好地学习书本上的知识，特别是数理化。谈起这些，马慧娟摇着头苦笑，语气仍有几分遗憾。

三

马慧娟离开学校，成为村里的一个地道的农民，她的世界只剩下群山、农活、庄稼、木犁、镰刀、锄头、毛驴和牛羊。

回到家里务农的马慧娟和其他家庭成员一样，每天面朝黄土背朝天。有时是和父亲打理土地和庄稼，有时是和大哥上山去砍柴，有时是自己独自赶上家里的牛羊去放牧，有时是帮助妈妈和大嫂做饭收拾庭院家务。马慧娟说，每天全家人披星戴月、没日没夜地劳作，但仍然不能完全解决一家人的温饱。

上过中学的马慧娟，被繁重的农活彻头彻尾地改造成了一个纯粹的农家女。她说那时她的目光变得呆滞，思想锈住了，心中失去想象，更别谈什么文字和文学。她说，离开学校的最初几年，文学已彻底远离了她的生活。

马慧娟谈到这段岁月时，再度陷入沉默。为了打破这沉默，我对她说，也正是那段艰苦的日子，才给属于你的文学积聚了能量。听了这话，马慧娟抬起头笑笑说，现在看来是那样的，但在当时，我却是迷茫的，甚至是绝望的，看不到任何希望，不知道我的未来在哪里，我的希望在何方。

我给马慧娟的茶杯里添满水，就在马慧娟伸手表示承谢那一瞬，我注意到马慧娟不能够伸直的中指。我好奇地问，你的手指怎么了？马慧娟笑笑说，我的这根手指是残疾的。我说，怎么残疾的？她说，这是我初中毕业回家那年，我二哥要娶媳妇，为了给二哥盖房，我们全家上山砍藤条。在一根根修整藤条时，一不小心，镰刀割到了中指，伤口深到几乎割断。发生这种事情在农村是家常便饭，当时只是简单包一下，用布带固定住手指，也没有再管它。过了一个多月，觉得伤口应该愈合了，就解开布条。这时才发现，第一节手指像个镰刀一样了。这样说着，马慧娟再次举起左手，像看一件战利品一样看着这节几乎成直角的中指。"它变成了现在的样子已经十几年了，平时也不注意它。其实在手机和电脑上敲字时，还是有影响的，但习惯后也就不注意了。"

如果马慧娟不讲自己的身世，如果你注意一下马慧娟健全的右手，你会奇怪地发现，这个很早就干农活的女人，她的手形修长清秀，皮肤也很细腻。这是日夜操劳的一双手吗？当我直抒胸臆说出我的疑问，马慧娟也笑称，自己都觉得奇怪。与同村妇女相比，种地打柴，操持家务，她一点儿不比她们少，甚至，由于她身体条件好，她的劳作强度远远超过其他人，但不知为什么，她的一双手哪怕被割伤扎伤，哪怕起茧皲裂，只要农闲后一段时间，她的双手就恢复过来，几乎所有的同村姐妹都在羡慕她这双神奇的手。这样说着，马慧娟再次伸出了手给我看，左手那个中指手指关节处留有很大的疤痕，指尖和第一关节处，疤痕像焊接一样把指尖焊成至少 70 度的锐角。我说，当时如果有条件就医，这个手指肯定可以伸直的。马慧娟说，家里的生活那样艰辛，每天每个人都被繁重的劳动累得喘不过气来，一个孩子的手不小心割伤了，父母哪有心思过问孩子的伤情，所有的孩子，只要活着就行，不会有人关心你的手指是否割断，你的内心是否受到伤害，你的心里都想些啥等。马慧娟说："父母是没有时间和心思来过问的，他们能把我们养活就已经很好了，就像我现在也时常说的，活着就好。另外，我们如果要走出大山治病，要翻越几座大山，走上几十里山路，才能找到医院，像我的手指，就是去几十公里外的县医院治疗，也不会来得及的。"

马慧娟说到此，突然说起自己大哥家的第一个孩子。

"就是因为地处偏僻、交通不便才导致我大哥家的第一个孩子夭折。也正是因为如此贫穷，在国家号召移民搬迁的时候，我父亲和大哥决定搬出大山。"

马慧娟不无痛心地说，至今我都能想起大哥家早夭的那个女孩儿，她脸庞美美的模样，永远定格在我的心里。现在想来，真是让人心痛，贫穷落后是一件多么可怕的事情。

是啊，作为一个年过半百的写作者，我不能说所有的文学作品，都是从苦难中诞生，但我想，有分量的文字一定是由苦难生活中提炼出来，从而形成沉甸甸的文学思想。与更困难的人相比，如果马慧娟的生活算不上苦难，至少也是非常艰辛的。正是由于马慧娟的这份经历，才使得马慧娟的文字，除了朴实无华，更多地充满了沉甸甸的感伤和忧思。

四

转眼，马慧娟在家务农已经四年，那一年，马慧娟二十岁。在农村，尤其是贫穷、落后的偏远山区，早婚是一个普遍的现象，十五六岁结婚生子的女孩儿比比皆是。马慧娟也不例外。她遵从自己的意志和同村的一个男青年订婚结婚了。

但是，马慧娟在说到自己的婚姻时叹了口气。这一声叹息似乎是她难以言说的隐私。我问，叹什么气呢？马慧娟说，当时我要嫁给我爱人时，我妈妈是不同意的。我问，为什么？马慧娟笑笑说，妈妈那时知道他身体不好，不同意我嫁给他，怕将来会影响我们的生活，但当时年轻的我，哪会考虑以后那么多。当时，我被他的聪明和能言善辩深深吸引，另外，也是更主要的原因，那时我就相信他日后不会打我。

听到这儿，我愣住了："你那么小，当时为什么会想到这个问题？"

马慧娟说："在我们那个地方，女人是没有地位的，在我很小的时候，就常常听到左邻右舍的打骂声。在我们村里，由于贫穷落后，人们愚昧无知，女人早早嫁人生娃，一生娃就是男人的附属品，所以男人的打骂似乎是天经地义的事情。那时，我还不懂什么是爱情。但当时看到那些女人的痛苦，我就在心里发誓，将来我一定找一个不打我的人做我的爱人，我也决不让自己成为男人的一条肋骨。"

女人是男人一条肋骨，这一定是马慧娟从文学名著中读下的。回想我在十几岁时，还没有读到过这句话，尽管当时我觉得自己读了不少文学书籍。

我笑着问马慧娟，你找到了这个男人，直觉对了吗？马慧娟说，还好，他从来没有打过我。由于爱人的疾病，我在生活中就要承担更多重压，要比其他的女人付出得更多。

马慧娟说，妈妈当时不同意我们的婚姻，现在想来，除了嫌弃他身体不好以外，可能还有另外的想法，这就是妈妈觉得，除了出生、读书、上学以外，最后一个能够改变女人命运的机会就是嫁人了。妈妈很想让我走出贫穷落后的小山村，就像当年她决定让我去三姨家读书一样。但由于年龄小，不懂生活的艰辛，更不懂父母为儿女打算的心意。为这，我结婚后最初几年里，我妈妈从不登我家的大门，虽然婆家娘家相隔百米，我也从没有再看见妈妈的好脸色。

五

1982 年，党中央、国务院决定启动"三西"建设计划。基于这个计划的出台，宁夏西海固地区首开中国乃至人类历史上有计划、有组织、大规模的开发式扶贫的先河。

从 1983 年起，宁夏回族自治区率先在全国启动吊庄移民，开始把西海固山区凡属出行难、上学难、就医难的贫困群众有组织地逐步转移到宁夏北部的沿黄河一带。

截至 1990 年，陆续在黄河沿岸设立 7 个移民安置区。

党的十八大以来，党中央、国务院把贫困人口脱贫作为全面建成小康社会的底线任务和标志性指标，在全国范围内全面打响脱贫攻坚战。

2013 年秋，习近平总书记在湖南湘西十八洞村看望困难群众时提出"精准扶贫"。

2016 年 10 月 17 日，国务院新闻办公室发表的《中国的减贫行动与人权进步》白皮书指出："在十三五期间，中国将进一步通过精准扶贫、精准脱贫战略，确保农村贫困人口脱贫、贫困县全部摘帽，解决区域性整体贫困问题。"至此，脱贫攻坚决策部署成为国家标志。

2000 年，马慧娟一家在父母和大哥合议下，决定立即加入搬迁移民的大军。说到这次决定，马慧娟重点谈到了她的父亲。

马慧娟的父亲是一个有文化的农民。这是马慧娟的又一种幸运。有文化的农民，总是比没有文化的农民多了些不安分。就像马慧娟说的，她的父亲是一个不甘平庸还能折腾的父亲。就是在黑眼湾那样闭塞贫穷的地方，马慧娟的父亲也属于争强好胜者，他时刻努力让一家老小过得比其他的人家体面些。

这次，马慧娟的父亲听说移民搬迁要到一个视野开阔的川区去，政府不但会给盖房子的宅基地，还会给几亩种粮食的土地；他还听说，迁入地是引黄灌区，玉米有了黄河水的浇灌会长一尺多长。作为一家之主，父亲果断决定搬迁。马慧娟的父亲一想到以后自己的子孙再也不会生活在这个只能看到巴掌大的天地的地方，内心就有几分感慨和激动。

马慧娟说，他们一家离开黑眼湾的时候，都有几分不舍，毕竟黑眼湾养育了他们一家人。黑眼湾尽管贫穷，但却有马慧娟最快乐的童年。

马慧娟一家要搬迁的地方是吴忠市红寺堡开发区。马慧娟至今还记得，父亲带领一家人随搬迁的村民在一个风雨之夜来到了红寺堡。这是承载一家和全村移民希望和梦想的地方。可是万万没有想到，他们来到这里，映入眼帘的是一片漫漫黄沙的荒地。初到这个陌生的地方，狂风夹杂着黄沙就给这些带着梦想的人来了一个巨大的下马威。

马慧娟至今还记得，红寺堡漫天的黄沙在狂风的肆虐下，嘶吼着弥漫在天地之间，白天狂风，夜晚风狂，一片都像在混沌中。

马慧娟一家和村民们，分到一块政府统一规划的长方形宅基地。推土机推起来的一个个沙土堆，大致显示着村庄的雏形。这很像西海固田间地头鼢鼠打洞堆成的土堆。土堆上，一根木桩醒目地标出每家的地界，建路的地方政府早就留了出来，依稀能看得出，这里的路四通八达。马慧娟一家和村民们就要在这块荒芜的土地上开辟和建设出一个新兴的村庄。

盖房子初期，人们因为有梦想，所有人都憋着一股劲儿，想尽快在这片土地上扎根落户。渐渐地，人们的干劲儿和精神头松懈了，大家没有了刚来时的笑脸。因为，白天移民们辛辛苦苦砌好的砖墙，一夜之间被风吹倒了。早晨起来睁眼一看，整个大地都被黄沙重新覆盖住。白天建房的工具也被风刮得不知去向。就这样日复一日，被风刮起的黄沙无孔不入，侵袭着刚来到这里的移民的生活。移民的饭里有沙子，吃的水里有沙子，衣服里有沙子，脸上有沙子，人们的身上都是沙子。风沙里劳作十分钟，人就好似泥塑一样，面貌让人哭笑不得。人们开始犹豫，开始怀疑这个地方能否养得了人。有些抱着试试看态度的人们，索性卷铺盖卷走人，连风也欢呼着为那些要走的人们送行。那些留下来的人们，开始了日复一日与狂风和黄沙艰苦抗争的日子。

一个多月过去了，一座新村庄在这寸草不生的黄沙地里初见形状。人们用黄泥和砖头建起了简陋的平房，尽管房顶上没有一片瓦，几个窗口没有门窗，放门窗处只是几个洞而已；家家屋里没有一件家具，但是这些留下来的人们总算有了自己的家。不久，村庄竟通上了电，有了自来水，这个新兴的村庄此时有了烟火气。

马慧娟回忆，移民的第一个春天，村委会里的大喇叭一遍遍地喊，让大家去村部领杨树苗。人们看着这片黄沙地摇着头，但还是抱着试试看的态度，把一棵棵树苗栽在黄沙里。只几天，这些细小的树苗被一场场沙尘暴无情地撕扯，有些树苗甚至被拦腰截断，只有少数能顽强挺立在风中。挺到初夏，树苗渐渐地长出嫩芽，就像那些留下来的移民，他们看到了生的希望。

对从深山出来的移民来说，这里四月的天气已经炎热，人们开始考虑种地的问题，望着这大片大片的黄沙，移民们却不知道如何种地了。

基层政府这时起到了作用，乡镇干部开始引导移民使用黄河水灌溉。这些在山里靠天吃饭的农民，哪里懂得什么引用黄河水灌溉土地，他们只有摸索着引水浇地。当人们第一次看见黄河水顺着人们挖好的水渠流入田地，有几分兴奋和慌张，甚至手忙脚乱。一会儿，某块流水的水渠被水冲开一个大口子，人们叫喊着跑过来，七手八脚地赶紧填土堵住；一会儿田埂又被泡塌，人们又挥舞着铁锨向田埂冲去。这些男人女人就这样狼狈地奔跑在这片他们不熟悉的土地上。马慧娟也不例外，她同样是这里奔跑的一员。但她知道，这块陌生的土地终将成为他们这一代和下一代、再下一代赖以生存的土地。

浇灌和耕耘过的土地不久就换上了绿装，风的速度也减慢了许多，沙尘暴似乎也变得少了，世界似乎慢慢安静下来。有了党的好政策，有了党中央的统一指挥和领导，有了当地政府的扶持，有了这些坚强的移民，红寺堡终于有了绿意、有了欢笑、有了生活的希望。红寺堡这块土地因为有黄河水的到来，经过移民的辛勤耕耘，最终成为一片沃土。

一年，两年，三年……一座年轻的城镇在红寺堡快速崛起。学校、医院、工厂、商铺使街道变得热闹。饲养牛羊的农家里，牛羊在自家后院悠闲地吃着干草，偶尔会有羊羔或者牛犊发出稚嫩的叫声，它们的叫声告诉人们，这是个年轻的村庄，这里正在向移民的美好生活飞速发展。

几年后，红寺堡大量引进和开发各种利国利民的项目。利用这里的天然资源搞牛羊养殖，种植蔬菜大棚，种植葡萄酿制红酒，大面积种植枸杞等。就是这些项目的出现，使红寺堡的移民有地种，有工打，有钱赚。移民们从此摆脱"等、靠、要"的陈旧观念，纷纷加入自强、自尊、自救的队伍中来。

马慧娟和村民们就是靠着这股决绝的韧劲儿，一点儿一点儿地改变着个人和移民区的命运。

六

七年以后，马慧娟和她的丈夫在红寺堡这片移民区盖起了新房子，圈养起了牛羊。让他们夫妻更满足的是，这几年他们共同养育了一双儿女。马慧娟一家真正成了这块土地上的新主人。

马慧娟说，起初刚来到红寺堡的时候，整天种地打工，打工种地，忙忙碌碌，生儿育女，育女生儿，一年四季疲惫不堪。在漫天黄沙侵蚀和火辣辣太阳的炙烤下，年少时的那点儿文字兴趣，像一滴水早已消失得无影无踪了。眼看着自己和姐妹们的青春就这样被岁月无情地带走，眼看着周围发生了那么多的故事，而自己却被繁重的生活磨去了棱角和锐气，马慧娟突然陷入某种恐慌和焦虑。她常常在夜深人静的时候，或者是打工时望着茫茫的旷野，自己问自己，难道，我这一生就这样默默地成为一粒尘埃，慢慢消失在这滚滚红尘和历史的长河中吗？

时代在进步，科技在飞速发展。就在马慧娟最迷茫的时候，手机和网络来了。马慧娟说，完全是网络打开了她的视野，开阔了她的思想，丰富了她的精神世界。在手机里，她拨通了一条条通往山外的路。

马慧娟讲到最初接触网络的时候，一边摇头，一边叹气，神情满满地透着无奈。我能够理解她的这种无奈。网络在带给人们方便的同时，也给人们带来许多生活弊端。譬如说网聊、网友、黄色和游戏网站等这些常常带有引号的词汇。这些词汇，就是在发达的城市，随时也会听到这样那样的声音，就更不用说是在穷乡僻壤的西北地区了。

马慧娟说，在手机还没有普及的时候，她的外甥女有一部手机。马慧娟每天一有空，就会缠着外甥女，让外甥女给下载一点儿网络小说看。就为这事儿，马慧娟没少挨母亲的训斥。马慧娟用一口地道的西北口气学着她母亲的样子说："你一个女人家，不好好过日子，不好好带娃，每天抱着个手机，看啥嘛，看这看那，咋还能改变你农民的身份？"

但是，倔强的马慧娟并没有被母亲的训斥和责骂所阻挡，因为在那里，马慧娟说，在网络世界里，她终于可以找到失散多年的文字。文学的那一点点水汽不知在哪一天又回到了她的心田。

随着农村经济的发展，手机已经不是经济地位的象征，而逐渐成为每个人必备的通信工具。马慧娟总算买了属于自己的第一部手机，第一分钟就学会了上网。每当有空闲时，她都会拿起手机，浏览网络小说。有时是在田间地头休息，有时是打工空闲，有时是农闲时别人聚在一起聊天儿，有时是她比别人早些起床，有时是比别人晚些睡觉，马慧娟就是利用一切可以利用的"有时"，如饥似渴地阅读网络上的文学作品，正是这些被文学理论界众说纷纭、莫衷一是的网络文学，最终激发了马慧娟书写文字的欲望。

马慧娟胆怯地在网络空间上尝试着写一些笨拙的句子，有时是几句话，有时是一段话，有时是抒发一下内心的状态。随着自己在网络上书写文字的不断娴熟，她开始有意识地在自己的空间里记录西北广阔的天地，记录西北的风土人情，记录她家的牛羊，记录她家的每一个亲人，记录她的打工搭档，记录西北季节的变化，记录庄稼的收成，记录西北狂野的风和沙石，记录移民的喜怒哀乐，记录邻里琐事，记录生活的点点滴滴，记录……

不知不觉，来马慧娟空间浏览的人越来越多，直到有一天，经常浏览马慧娟空间的网友在网络上对马慧娟说，你在网络上勾勒出不一样的西北广阔的天地，同时也书写出别样的风土人情和移民的喜怒哀乐，你让我们好羡慕。

网友的赞美是对马慧娟最大的鼓励，马慧娟想，我为什么不能把我们平时的生活记录下来，让更多的人了解这里发生的故事，关注这里的生活呢！想好了，想定了，马慧娟的网络书写越发不可收拾，她的灵感似乎昼夜不停。关于她生活的土地和她熟悉的人们，马慧娟说，一睁眼是他们，一闭眼还是他们；前天干活谁说了什么，夜里就梦到了；昨天谁和谁闹了矛盾，今天在灶间突然记起来，比当时还清楚。马慧娟说，这种时候一来，她赶紧抓起手机就写，写完了，就贴到网上。大约在两三年时间里，这样的书写已经成为马慧娟的习惯和生活的一部分，甚至是生命的一部分。

马慧娟说，到了第四年，"尽管是短暂的四年，但对于我来说是艰难又享受的过程"。马慧娟这一转折语式，产生了巨大的时空张力。她低着头说，在这期间，我不仅抗拒着来自村子里人们的风言风语和误解，还顶着亲人们的抱怨，尤其是爱人的不理解让我更加痛苦。马慧娟说，我不知道怎样解释，我也不想解释。我问马慧娟，你面对种种压力，动摇过吗？马慧娟说，曾经动摇过，尤其是在我被生活压得喘不过气来的时候，我曾经在心里自问，我的这种坚持对吗？还有意义吗？我还要不要再坚持下去？当我再次拿起手机，再次面对我喜爱的文字，我纷乱的心绪再次静下来，我在心里告诉自己：这辈子注定，文字属于我，我属于文字。马慧娟抬起头说，什么阻力都不会阻拦我书写文字的脚步和梦想。

在这四年里，马慧娟坚持在手机上写作，积累了三十多万字，用坏了七部手机。马慧娟说，为此，爱人一度抱怨说，多好的手机到你的手里都得坏！

听到这里，我下意识地看了一眼马慧娟那根弯曲的中指——我不知道，马慧娟用手机写作时，这根中指是否像正常的手指一样灵活，抑或更充满激情！

马慧娟说，由于网络写作，我认识了越来越多的文友，他们喜欢我的文字，有的给我寄来文学书籍，有的无偿给我买流量，有的无私地帮助我投稿……正是由于文友们的无私帮助，我的文学才华才得以发挥。记得，我发表的第一篇文字也是一位文友推荐的，发表在《黄河文学》杂志上。当我把这一消息在我的空间发布出来后,我的网友们为我欢呼雀跃,纷纷为我喝彩。那个时候,我第一次强烈地感受到自己活着的价值,同时也更加强烈地感受到文字和写作给我带来的无尽力量。

此时,马慧娟有些激动。她较长时间静静地坐在我的面前,我能理解马慧娟内心那份情绪的波澜和感情的激荡。这是一个多么倔强、坚忍的农村女性,正是由于她的这种品质,她才得以用文化自救,走出贫穷落后的大山,走出风沙漫卷的旷野,走出红寺堡,走出大西北,走向荧屏,走向亿万观众,最终走出自己内心那片荒芜的沙漠。

这时我才想起来,对面坐着的这位戴着淡紫色筒帽的西北女子,不仅是一位小有名气的作家,而且是第十三届全国人大代表。人民代表,多么神圣的称号,她的自立、坚强和拼搏精神,不正是西北荒原所有底层女性应该学习的吗?

现在的马慧娟,已经发表一百多万的文字,并出版发行了《西风絮语》《希望长在泥土里》《农闲笔记》等。除了这些散发着泥土芳香的励志文学,马慧娟最引人注目的是2016年7月,参加了北京卫视的《我是演说家》节目,她十几分钟的演说,以真实质朴的生活和毫不夸饰的演讲风格,感动了无数观众。

我有理由相信,作为人大代表的马慧娟,她不仅是一个自由的书写者,她肩上有了更重的责任。事实也是如此,有了这个代表身份,她就有令人望尘莫及的言说平台,几年来,她关注的焦点,是贫困地区成年人的文化教育,她关注文化建设。她说,是社会和网络给了我平台,使我能够文化脱贫。一个人脱贫不算脱贫,我要带领更多的农村妇女实现文化脱贫,使她们了解文化,接受文化,传播文化。文化的提升,能让她们活出自信,活出尊严,活出一个新高度。

夜幕降下来,北京西城区灯火通明,饭馆即将打烊,一个好看的女服务员在我们桌边走过来,又走过去,已经这样走了两次,两次欲言又止,让我不得不结束这次与马慧娟的聊天。我知道最后一个问题不该问,但我还是好奇地问,如今你已经成为文化名人,甚至成为代表一方人民的人,有一天,你会离开那里吗?你还会回乡务农吗?

马慧娟听了这句话,发出爽朗的笑声说:"我明白您的意思,就是来北京上学前,我主动辞掉了在县城的文化馆工作,在所有人不解的目光中,重新回到村里。我不仅不会离开那片土地,我还会永远扎根在那块土地上,我依然会种地,依然会养牛羊,依然会和我的搭档们去打工,我依然会带上我的眼睛和思想书写乡村，书写我的搭档们的酸甜苦辣，我依然属于那片热土。"

在华灯璀璨的夜幕下，我与马慧娟挥手致意。望着她宽厚坚毅的背影，望着她那顶标志性筒帽，我知道，此时的马慧娟已经不是往昔那个只是贪玩儿、天真、浪漫甚至天马行空的西北女子了，在她的身躯和心灵里，充满了无比强大的能量。她会用敏锐的感觉和朴实无华的文字，写出生活在那片土地上的人们的多姿多彩的生活，写出那里女人的挣扎，写出那里泥土的味道，写出居住在那里的人们的情感肌理。更重要的是，马慧娟的出现，会让更多的妇女通过她认识到自己生活、拼搏的价值和尊严，并通过这样一个平凡而有故事的女性，让还不自省的男人认识到，自强自立自尊的女性才是值得呵护和崇敬的。女性是母亲，是妻子，也是女儿，她们的美好生活绵延、影响着一代又一代；她们的强大和付出使一个家庭、一个国家和整个民族不断走向繁荣富强。

（原载于《民族文学》2020 年第 10 期）

风过哀牢

何建安（哈尼族）

一

四驱越野把我们丢在了茫茫原始森林。

我们要从蓬房箐登顶，这个地点也是临时决定的。在哀牢山，天气的秒变就像我们的内心变化无常，很多事情只能临时决定，而非要做出安排。向导小七说，站在山顶上能清晰地看到哀牢山的第二高峰大雪锅山，如果视线不受云雾、山岚的影响，还能在它右边的群峰之中，看到主峰大磨岩峰的雄姿。

哀牢山，彝义为虎豹出没的地方，傣语为有酒喝的地方。哀牢后裔傣族把气味读作"哀"，把酒读作"牢"。如此，"哀牢"就是酒的气味或酒气。

其实它得名于古哀牢国，是古代傣族联盟国家。

公元前五世纪，澜沧江中上游、怒江中上游地区的闽人（傣族先民）小邦以"勐掌"为中心组成联盟国家，"勐掌"因此被其他小邦称作"勐达光"（中心国），"勐掌"君王则被其他君王称作"哀牢"（老大哥）。这个联盟国家被同时期的汉文典籍记作"哀牢国"，傣文典籍记作"勐达光"（掸国）。后世南诏国统治者也是"哀牢夷"。《新唐书·南蛮上》记载："南诏，或曰鹤拓、曰龙尾、曰苴咩、曰阳剑，本哀牢夷后，乌蛮别种也。"

在傣族民间，还流传着很多关于哀牢的传说，其中，有一个关于哀牢开国君主的传说，大意是：有一妇人名沙壶，因到江边捕鱼，触沉水而怀孕，生下十个儿子。后沉木化为龙作人言问："我的儿子何在？"九子惊走，独幼子不去，背龙而坐，因而取名九隆。九隆长大后，雄桀出众被推为王。当时有一妇人，名叫奴波息，也生有十个女儿，九隆兄弟皆娶以为妻，子孙繁衍，散居溪谷。九隆死后，世世相继，分置小王。传说见于《后汉书·南蛮西南夷列传》。

据说，遗留在哀牢群山中的傣族就是九隆兄弟中的一支。

哀牢山博大，连绵五百余里。峰以外还是峰，山以外还是山，连连绵绵，巍然高耸，它们在天际连成线，就像蛰伏的一只只虫或睡龙；山同时又是短浅的，有时，一座山就遮住了人的视线，居于山中，望不见世界。

我们沿蓬房箐攀爬而上，林中没有路，地面上积满了经年沉积的厚厚的泥土，有重楼、大马刺特、过山龙等湿地药材，大血藤、梭罗树等藤本、蕨类植物疯长其间；有一棵一棵的大树因得不到松软泥土的足够纠缠，仰面朝天地倒伏着，不断腐朽的枝条像手臂一样自然断开；长得像电杆一样齐整的铁杉却高大笔直，黑黝黝地指向天际，偶尔飘落的松针，会像一枚小巧的银簪为地面所接受。很奇怪，所有离身的物体，它在生命走向终结的时候，不会飘向天空或另一个方向，最后都要归于泥土：这大约就是天意。

我们攀爬前行，沿蓬房箐探索而上，因为箐沟不是太长，再说又是第一天登山，大家精气十足，你推我拉，一齐发力，都想在第一时间内到达山顶，去仰望传说中哀牢主峰的美丽神话。但就在这个时候，后面传来不好的消息说，徐哥掉队了。

他因为高山反应，脸色苍白，手脚冰凉，一只脚突然不能抬起来跨越前面的树木。我们都劝徐哥赶快原地休息，他不能再向上走了，弄不好，我们这趟行程就要因他而泡汤。

也就在此时，天空中不知什么时候已飘来了几团雨做的云，一道强光过后，一个炸雷猝不及防在林梢上空清脆地炸开，紧接着又是一道强光闪电，一个隐形的闷雷从对面的山脊轰隆隆滚过，倏时，蓬房箐的林子就像天塌地陷般突然暗了下来，豆大的雨星就像冷剑一样落下。

徐哥说，撤下去还来得及，让我们继续上山。尽管我们很担心他的安全，但我们又能怎样呢！冒着还不是十分猛烈的雨粒，我们剩余的近二十个队员继续攀爬而上，好在山顶的森林越来越稀薄，渐渐退化而成的灌木的光亮给了我们前行的希望，很快，我们一鼓作气，跟跟跄跄登上了蓬房箐的山顶，而此时，豆大的雨柱变成了噼噼啪啪的冰雹，打得我们像树倒的猢狲一样四下溃逃。我们能躲哪儿呢？山脊上只有开满了遍地杜鹃花的矮小丛林，还有伴着冰雹涌动而来的层层雾水。

突如其来的冰雹和雨，让雾遮住了对面的山。洗得白亮的雾像迎风甩动的青纱，猛烈地滑动着，从对面掩蔽了的峰顶快速地斜冲下来，至低缓处，前面的雾又像水花一样翻卷起来，直冲云霄。雾不断地涌动，和天相接，让人不明白哪里是山，哪里是天，哪里是雾。我们站在山脊上，像一群迷失的羔羊，冷得瑟瑟发抖而又无可奈何。迎面白蒙蒙一片。一开始还企盼着雾会不会退去，让我们一睹主峰的尊容，但慢慢地，我们也被接踵而至的迷雾掩盖了。雾像无所不能的网，让我们看不清了彼此，只能赶快下山，去找寻掩藏在林中的驿站。

二

我们下山，徐哥已回到了林中的驿站。他蜡白的脸已恢复了先前的血色，落座于一个木椅子上抽烟，细小的烟雾如他的愁绪一样缥缥缈缈，让人捉摸不透他的忧伤。

这是建于哀牢山核心区的一间木房，框架结构，上下两层，用木板隔离出六小间，平时供自然保护区的巡山人员居住。厨房里已飘逸出腊肉的芳香，雨后的冷风就像冰凌一样刺激着每个人的神经。现在，最需要的应该是一盆红旺的炭火来烘烤衣物。

我们认好床，就到厨房围柴火烘烤潮湿的衣衫，男男女女围坐一起，人的体香，像曼妙的爱情，在矮小的厨房里弥漫。火塘里的火舌不断地舔噬着我们的衣角，潮湿的衣服抗争地发出焦臭味，但我们顾不了它了，只愿衣服能早些烤干。

吃晚饭了，我们端着大碗，开始唱祝酒歌。屋内起风。哀牢山的风就像泼妇，满屋乱窜，柴烟呛得眼泪直冒。我们只能走出屋来。风如猎狗，撵着我们，撕拉着我们的衣角，我们无处躲逃，只能任它欺凌、撕扯，最后和它较劲，站着不动，直到它不耐烦了，无声无息地落荒而去。

天暗下来，风突然又静止了，森林也像乖孩子，立刻安静了下来。场地上，漆黑的夜渐渐有了些微的白光，并像幻影一样不断地扩大着微光的面积。是什么光呢？我细细一看，一轮硕大的圆月就像探照灯一样从山脚的群山丛中缓缓升起来了，它的光芒，就像亿万道银辉洒向群山、幽谷、河涧和森林。月的光芒就像哺乳期女人丰盈的乳汁，有部分穿过了云杉与云杉的间隙，沐浴到了密林深处，让人分不清哪里是光，哪里是乳，哪里是林的最深处。有一丝淡淡的云轻柔柔地滑过月面，刹时，云杉的光芒转瞬即逝，森林由白变暗，但就在黑暗要全部吞噬了森林的时候，乳白色的光芒又渐渐穿过了森林，一道黑影从光芒深处惊起，原来是一只火色的候鸟，它迎着月光的指引，向硕大的山月飞翔而去。它飞得那样匆忙，就像要用它的整个身子，把月光全部盖住。

沐浴着月辉，群山安静了下来，大地和森林也安静如初，它们和我们一样，都在静静享受光芒沐浴的静谧。我发觉，哀牢山的月亮像一个大脸盆，是世界上最大的；也是最明亮的，像冰濯过的铜盘。

在哀牢山望月，乡愁，像母亲手中捻的麻线，渐渐生出了惆怅。

我和徐哥回到了房间。坐在床上，我动员他明天就不要随队伍进山去了，四五天的徒步，身体不好，安全第一。徐哥内心矛盾重重，他太想去主峰了，但最后他还是同意留下来，在驿站等我们。

我内心自责极了，我没有想到，我的轻率决定，却给徐哥带来了困难。

首次认识徐哥，那年我才二十六岁，他已是新平文艺界的老把式了。那时，他正值盛年，他的《岁月》《梦幻红河》等一批摄影作品在全国获奖，名气很大。他在县城平山路上开了"摄影之家"，我从乡镇调到县城，没有多少朋友，有事无事，我们会在那儿相聚。徐哥风华正茂，我们抽烟、聊天，谈摄影，谈风情，也谈女人，就是他，让我感受到了摄影是个美好的艺术。徐哥开启了我的艺术人生之路，我爱上了摄影，或者说爱上了相机。

徐哥当老板，"摄影之家"却由他弟弟管理，每半年以上的时间，他一直在外景拍片。他跑遍了新平的山山水水，村村寨寨，拍摄了无以计数的摄影作品。每次回来，他都会挑选部分作品制成展板张贴到"摄影之家"的墙上供大家欣赏。也是从他的镜头里，我了解了新平，爱上了新平。

我在他店里购置了相机，有时间，就跟他出去跑，红河、普洱、临沧、文山，乃至泰国，我们都一起跑过。徐哥手把手教我如何拿机器，如何构图、变焦，如何捕捉大自然的光影，使用 P 档和 M 档，在他的引导下，我进步很大。

徐哥平时话不多，像随时都在思考拍片。但有时却很健谈。他说，他和刘德华是同岁。刘德华是乙肝，而他是结肠炎。刘德华不吃肉，而他不喝茶不喝酒不喝饮料。刘德华吃素，他吃肉。以至于很多年来，我只要一见到电视上的刘德华就想起他，想起他对我说这些话时的情景。

有一年，徐哥带我去哀牢山上的哈尼山寨拍照，夜不能归。我们就住在当地组长安排的一间破烂的瓦平房里安歇。深夜电闪雷鸣，风雨交加，一棵穿破瓦平房顶的大青树被狂风吹得摇摇欲坠，我们就住在树根下的床上，一夜胆战心惊，直到拂晓时分惊雷才从山寨渐渐消失。

跟徐哥拍片，我们很吃了些苦。摄影讲究的是光影艺术，我们常常要在晨昏昼夜的交叉点上找到艺术的契合部分。比如，我们要拍落霞，就要在昼和夜的交汇中找到天际线上的瞬间光亮，当我们把这一光亮用相机呈现下来的时候，黑暗常常已经覆盖了光明。

徐哥很少吃夜宵，哪怕饥肠辘辘。他是结肠炎，晚上不吃东西，我们就在房间翻照片。但他也并没有因此消瘦，而是长得白白胖胖，西装革履，一看就是个文艺范儿……

三

从驿站至平和，我们预计了一天的时间。

把徐哥留在了驿站，我说不清是高兴还是忧愁。一个如此爱好摄影的人，就因为身体的原因失去了攀登哀牢主峰的机会，是不是残忍？但这还有其他办法吗？好在有一个巡山人员老郭愿意陪他留在那里，我心里放心了些。

经历了白天的冰雹和大雨，昨夜的大风，哀牢山一洗如碧。我们在驿站用过早餐，就沿巡山小道出发了。向导小七指着山下的一条河谷说，平和就在河谷的开阔地方。顺着他的手指，我们没看到奔腾的河流，苍茫的群山之外，仍然低伏着苍茫的群山。

前方的人打起了"哦喝"，今天天气好，森林里充满了诗情画意，谁还过多在意平和在哪里呢！

我们肩上各背一个大包，里面装满了饼干、糖果、药品、刀和睡袋，还有饮用水，脖颈上挂着相机，另外还雇了六个护林员帮我们背大米、蔬菜、炊锅和帐篷，二十三人组成的队伍向平和出发。林间不时响起一两只鸟的叫声，红尾燕、黑头翁、大羊雀在枝头叽叽喳喳，我们不走到它们歇的树根，它们根本不愿飞走。特别是深箐里偶尔传出"金嘎嘎"雀的叫声，强烈地调动着我们行走的欲望。

我们队伍里有五个女子，公积金、芹菜、天蓝、何熙和坚妹子，她们五人年龄都差不多，二三十岁，一个个长得像青涩的苹果，刚好是走远路的年龄。男子中有国松、聂难、余兄、老白、老海、我等十二人，其中年龄最大的除了画家老白，就是我。

走了几百米平路，便一直下坡。哀牢山道就是这样，要上坡，先要下坡，下坡是上坡的伏笔。有如人生，有时的向下是为了向上做准备。开始时森林比较茂密，但渐渐地却出现大片大片棍头粗的野竹林，竹林长在疏朗的林木里，就像套种的竹地。

我们渐渐走进竹海里面去了。

越往下面走，太阳越辣，一人多高的竹子无法遮住正午火辣辣的阳光，我们额头全沁出了细密的汗水，并感觉到背包压住的衣裳紧紧地贴住了脊背上的汗。这个时候，正需要一棵高大如荫的树为我们挡住强光。但哪里去找这样天然的绿荫呢！

下坡的巡山路也开始变得越来越陡，并有细碎的石沙砾出现，这种碎片化的石粒，仿佛预示着下面的箐里有沙滩河谷。我们小心翼翼，有女伴开始砍竹棍当拐杖，拄着往坡下走。肩上的背包也开始渐渐往下沉，男男女女，前方和后方的人逐渐拉开了距离，只能听到一两只山雀的鸣叫像婉转的哨子轻捷而来，让人觉得这片苍茫的哀牢山岿巍而神秘。

这时候，一只山鹰出现在对面的蓝天下，原来它一直在那儿盘旋，但一直没有发出叫声。鹰是冷血动物，也是最好的捕食能手，它很少会在天空啼叫，因为它通晓沉默的力量。它啼叫的时候是笑傲蓝天的时候，高翔的蓝天，是鹰的骄傲。

我们大声向鹰嗨了嗨，那只阳光下的山鹰并没有理睬我们，不知它有没有听到？我们的叫声，在空旷的大山传递。

向导小七说，山那边就是老鹰崖，春夏之交，饥饿的老鹰常常倾巢飞出，在山林里找寻山猫小鸟，到山下村寨里捉鸡，它们要捉够食物，才会飞回到老鹰崖。

我们再向山鹰嗨，它同样不理会，相反天空中又出现了一只、两只，甚至三只，几只老鹰本能地在蓝天上划着圈，几片薄云轻柔柔地飘过来，似乎要缚住老鹰的翅膀，但老鹰铁剑般的翅膀滑动着，穿破了那片薄云，一阵风掠过，云逃得无影无踪。

我们大约走了一个半小时，茂密的竹林开始稀疏，渐渐地，我们穿出那片偌大的竹海，来到了一小片疏朗的开阔地带。

当我们看到一棵枝叶繁茂的树出现在眼前的时候，便纷纷卸下背上的行李，坐倒在树阴下不能动了。

休息够了，我们打算继续走，向导说，下方就是平河，今晚我们就要在河对岸露营了。

什么？我们不愿相信自己的耳朵。

我们想再多走一会儿。

不行，小七说，再走就要翻爬对面的大山，直到大雪锅山脚。

我们可以在中途露营呀。我说。

途中没有适合扎营的平地，没有适合的水源，所以今天只能在这里露营。明天要走整整一天，到雪锅山下才好露营。小七说。

好吧，我说，大家就听向导的。

走，到对面草皮上去。

我们跟着小七，往下走了三十多米，前面的草海深处，就出现了一条汩汩流淌的河。

四

一个长满草甸的山间谷地，中间穿梭着一条平淌的河。这就是我们当晚露营的平河。

扒开春天发绿的草秧丛，我们先听到平河哗哗的流淌声，接着一阵沁人肺腑的凉风袭来，平河如一袭温柔的秀发从幽亮亮的灌林深处款款走来，途中不断有一两处冬雪压倒的树枝、水草给它设置了前进的障碍，不断阻挡，不断缠绕，但它还是一往无前，突破了树干和水草的阻碍，向前流来，一直流到我们面前，然后又咕咚咕咚地在石面上欢唱着歌，向前方流去。它的前方，又有一棵倾倒的树干，小片小片的水滩向河流伸出阻碍，但河水依然寻找到了钻过滩涂的隙口，哗哗地往前方流去。

更奇特的是，因为终年的低温和深冬的雪冻，平河水清见底，呈现一河的七彩河床。

平河是七彩河。

河的目标是流向大海。平河也不例外，它一直往南、往南，要流下哀牢山，汇入滔滔奔腾的红河，最后注入北部湾，流入浩瀚的太平洋。

河面上有巡山人员垫好的一排石头。但前方的人员还是落水了，有人尖叫着，狼狈地跳出了河面。

原来，过河的石头上长满了油一样滑腻的青苔。

到我过河时，我变得小心翼翼，想踩稳平整的石头再走，但越是想踩稳，胶鞋越是不听使唤，扑通一声，我的前脚也滑进河里。我狼狈地跳起来，后脚想踩住第三个垫脚石，接着又是扑通一声，双脚全落入水底了。

一股冰凉瞬间传遍全身，我迅速地蹿出了三四米宽的河床，但鞋子就像一叶倾倒的扁舟，已经注满了冰凉的水。

突如其来的湿身，让大家又苦恼又好笑，但我们只能接受现实。一群人中，只有三人没有落水。

我们过了河，西岸就是阔大的草甸。草甸的一方，长着两棵一大一小灰绿的棠梨树。四周森林就像怀抱般随山势包围了过来。再回望我们过来的东岸，篁竹婆娑，轻风徐徐，山黛苍苍，我们仅穿越了哀牢山的半支梁子。

五

这是一个天然的露营的好地方。

平整、避风，又有水。

怎么会有这样一个好地方呢？

老黄说，这是以前马帮扎营的地方。

我望望四周高耸入云的大山，的确，不论向东出大帽耳山，还是向西进大雪锅山，以前过山的马帮，只能在此歇夜。

我们卸下身上的所有背包，然后开始搭建帐篷。

护林员去找煮晚饭的柴，并砍来了两根树杈，栽在临时建起的火塘两边，树杈上横担上一股湿木棍，要煮吊锅饭。

各块工作做得差不多了，大家湿透了的鞋子也干得差不多了。AA户外的小雷开始放音乐，收录机一响，整个平河就像要开音乐会。

大家叽叽喳喳在草甸上跳起来，特别是坚妹子还在草甸上打了四个鹞子翻身，接着又是公积金和芹菜在草甸上表演瑜伽，老海跳霹雳舞，小七吹起了叶子小调，整个平河，陷入了音乐的海洋。

累了，大家才静下来。都说今晚要怎么搭配睡？男女搭配，还是……大家又是一阵起哄，一阵笑。

天晚下来的时候，锣锅饭也熟了，大家围坐在一起，共同享受香肠、洋芋、酸菜等野餐。

吃过饭，大家又在草甸上聊天，放音乐。放松状态下的人们，灵魂是最自由的，就像天上的山鹰，狂傲又奔放。这也是我们进山要寻找到的精神支点吧，如果失去了这仅有的自由，谁还会来山里走这一趟呢！

冷风从林子里悄悄吹过来的时候，天已经暗下来了。

护林员在帐篷周围喷洒雄黄，防蚊蛇。他说今晚水边的火不能给它熄了，防野兽过来偷袭。我们听了心里毛毛的。

是夜，惊雷和大雨不停。雨水还袭击了公积金和芹菜的帐篷，半夜里她们尖叫起来，忙碌了十多分钟才安静下去。

第二早醒来，整个哀牢山冷雾弥漫。冷风就像专和我们作对似的，在草皮上忙上忙下，发出了阵阵战栗。吃早餐的时候，一群人都忧心忡忡，不知今天该何去何从。

向导说，今天要过十八道河，爬大雾弥漫的群山，大约傍晚时分，我们才能到达大雪锅山脚。

我们蹲在地上吃饭，大家都不说话了，都在默默盘算着今天的路程。

正在这时，我们听到林子里传来一两声"哦——哦——"的悠长叫声。

长臂猿叫了！几个护林员立刻站了起来。我们面面相觑，也纷纷站立起来。

"哦——哦——"，"哦——哦——哦——"

开始是一声，接着是第二声，第三声。声音就像独脚鬼，在大雾紧锁的群山里飘浮。

长臂猿叫了，长臂猿叫了！大家欢腾起来。

你们运气真好！小七兴奋地说。

是的，我们运气真好。大家七嘴八舌，同时又屏声静气，生怕吓走了对面山上的长臂猿。

作为灵长类动物，长臂猿因臂特别长而得名。目前，在哀牢山原始森林里一共生活着一千二百多只，有白眉长臂猿、西黑冠长臂猿等。作为人类的始祖，这类动物呈现出与人类共有的特性：一般以家庭成员为单位栖居，一雄一雌加幼小儿女在一起生活，而且，它们终年在树上栖居，一生不会跳下地面。长臂猿的死，还是个谜。迄今人们还没有在森林里发现过它们的尸体，不知是被掩埋在哪个山洞，还是被同伴吃了……

不少科考工作者为了研究长臂猿，捕捉到它的身影和叫声，每年都会在开春季节进山蹲守，一驻就是十多天，但运气不好，叫声都无法听到。

我们很幸运，才进山就听到长臂猿的叫声。

大家兴奋了。

"哦——哦——"，"哦——哦——哦——"

对面的林密深处，长臂猿尖细的叫声一阵阵雄起。但茫茫苍苍的林海，不断涌动的大雾，我们始终没有见到长臂猿的身影。

长臂猿叫了，天要晴了。小七说。

真的吗？何熙快言快语。

就在何熙话音刚落时，一道强风撕破了我们头顶的弥天大雾，阳光就像雷电一样从空中直射下来。紧接着又是一阵大雾，又是一道强光，天空，晴了。

六

二十世纪四十年代，哀牢山富昌乡曾发生了杀人案，当时就像一颗定时炸弹，在山中闹得沸沸扬扬，人人自危。

死者是李家老小，一共四口，只有一个哥哥，当天下坝子赶街，夜里没归免于灾难。杀人者据说是三个江西人，长期帮李家做工，因拿不到架南恩河石拱桥的工钱，遂起杀心。

李家是什么人？是哀牢山大恶霸李润之（俗称"三老爹"）的亲戚，有钱有势，嚣张跋扈。杀人的第二天，三老爹就派出杀手，到红河东磨渡口层层堵卡，四下盘查，围堵江西人过江潜逃，但盘查了一周，均无下落。后来，当地摆渡的花腰傣人说，两个江西人夜里凫水过江了，只有一个没见到，也许也过江跑了，也许他不会水，还潜伏在哀牢山心，没有下山来。

这件事就像一块扔入江里的石头，再也没有冒出泡泡。

新中国成立前后，大雪锅山脚的山神庙住进了一个道士，他道袍飘飘，青冠依然，一双修长的手就像牵动纸鸢的麻线。他皮肤白净，个子不高，住在岑寂的山神庙里就像仙风傲骨的仙人。茶盐古道上过往的人，都喊他小风，也有人称他为山中神仙。他操着一口外地口音，敬香、打坐、唱道。过往的马帮会在山神庙打尖，同时给他一些马驮上的盐巴、茶叶，道士小风感激涕零，一一谢过。

没人的日子，道士小风就在庙里消度漫漫岑寂的时光。

那时，哀牢山的分水岭、飞来寺、三汊河小庙也有道士居住。过往的人们常常好奇，打听道士的身世。

小风哈哈一笑，道家高标清逸，乃是在圆满自己的修行。

一天，一队马帮从哀牢山三章田过大雪锅山，爬行三小时，翻上山垭口，远远的，就见山岚下的山神庙掩映在林荫中。铁黑的森林就像箭镞一样垂满苔藓，风一阵紧接着一阵，摇动着神庙的香烟。听到"铛铛"的马铃的清脆声，但见道士小风转出门来，站在宇台前，给过路的马锅头端水、沏茶，笑盈盈的脸上拂满深深的歉意。

小风说，大家累了，坐下吃茶。

哀牢山的人说吃茶是说喝茶的，小风说吃茶，大家一时还不习惯。

马哥头说，小风，你哪里人呀？

小风说，远呢！

在哪出道的？

大理。

大理？好远呀，单边也要走十多天的路。

是。小风说。

来人盯住小风，说他好面熟。小风便低下头，说出家人修行，远走他乡，哪会面熟呢。

小风继续为来人添水。山神庙外，山风一阵紧，一阵急，柴扉晃荡着，道士小风的心也像烛烟样晃荡着。

来人走后，小风悄悄地撩起道袍，揩拭额头沁出的细密的汗珠。

又一队人马来了，小风继续走出庙门，站着给马帮添茶、倒水。

吃茶，吃茶。小风友好地说。

来人们喝足水，又上路了。他们今天要下山，住平河。这回，小风站在门扉旁，用目光送马帮好远，好远。

"铛、铛"，马铃清脆圆润，就像一面玉石，击打在小风的心上。

冬雪下来了，像雪山飞狐的一幅画，纷纷扬扬，扬扬纷纷。夜里，小风一个人躺在薄木板上，听得到石墙外落雪倾塌的簌簌声，山风比人还熟悉石墙的隙缝，它们见缝插针般穿过石墙的裂缝，在庙堂里尖叫、窜动、奔跑，把冰冷的火发在破庙里面。庙因了山风显得空落，孤单而无奈。庙是孤立的，大山苍苍茫茫，森林无边无际。雪能够覆盖森林，也能够覆盖大山，更能把庙掩埋。小风睡不住了，他起床、添油、敬香，口中念念有词。雪无声地落进了庙里，幻化成水渍。雪积在石阶上，有如山外的年糕。只是雪无味，有的只是冰冷，和见不到的阵阵战栗。小风知道，这样恶劣的天气，苍茫的哀牢山，不知又要冻死多少往来的人。

小风早早地燃旺了屋内的柴火。他惶惶着。整天，他像在等人，也像在等自己。

但这一天，一直没有人来。

直到深夜，他被一阵羁绊的门外响声惊醒。小风打开门，烛火摇曳处，他见到了一个躺在雪中的山民。

呀，无量天尊，罪过，罪过。

小风迅速把来人抬进屋里，给昏迷了的男人喂水，进食，并帮他烘烤身子和手脚。慢慢地，来人苏醒了，他颤抖着手，吃力地抱住小风，泣不成声。

来人叫志得，是过山抬篾笆卖的。路遇大雪，又累又饿，要不是这座山神庙，他必死无疑。

来人在山神庙和小风住了两天。他们一直在等雪停。哀牢山的雪像一部童话，染白了整个世界，大大小小的山岭，高高低低的河流瞬间被神秘的白色覆盖，远远近近，分不清哪里是山，哪里是岭，哪里是神居住的庙堂。

第三天，雪停。来人得走了，小风送行。来人当天要下平河，再翻东边的大帽耳山，回他的坝子老家大田村去。

小风送来人，但见他在古道铺平的雪原上越走越远，最后变成了雪地上的一片雪。雪地上，安放着一片空茫茫的脚印。

冬去春来，大雪锅山化雪了，扑哧扑哧的润雪声先从树梢上落下来，渐渐打碎了雪地的平静。雪就像胆小的精灵，渐渐被泥土，或被森林吞噬了。不几天，森林里露出了黑黑的树根、枯叶、柴皮，以及锃亮亮的石头。一排排的树也开始站立起来，抖去满身的白霜，露出它们原有的墨绿色。

有狍子、狐狸、黑熊出现在对门的山上了，它们低着头，边走边找寻掉落地上的果粒。狡猾的松鼠弓着腰，翘动着粗壮的尾巴，不断地在森林里跳动。它们从这棵树跳到那棵树，从这树枝跳到那树枝，动作敏捷，身影轻灵，仿佛它们一停歇下来，就会被阳光灼伤。

也听说黑熊抓伤了过山的人。黑熊是森林里最暴怒的野兽，也是森林里最邋遢的家伙，它食昆虫、蚂蚁、果子、蛇、鸟蛋，它有一个大肚子，能消化几乎森林里所有的食物。它最灵活的是两只前掌，见树就翻，见石就刨，不断倒腾，树石下面的小动物被它吓出来，它一掌下去，就能把它拍死或拍晕。

被黑熊抓伤的是过山的王七，他路遇黑熊，躲避不及，被站立起来的黑熊掴去了半张脸皮。他连滚带爬，逃入丛林，死里逃生，满面鲜血，捡回了半条命，已经算幸运了。

春暖，雪化，平河涨水了，十里河、南达河、大春河涨水了，水越来越丰盈，就像汪洋在乳房间的暖玉。雪成就了平河、十里河、南达河、大春河的水，它们汇流成河，从森林里流下山，投入滔滔奔腾的红河。

这时候，道士小风要出山化缘了，常常，他得走两天的路，去到新平县的戛洒坝，或镇沅县的者东坝，挨家挨户地化缘。他的袋子里，缀满了沉甸甸的银币。

道士小风出山一载半月，大雪锅山的山神庙依然敞开着门，有人过路，照例进门叩拜山神，也会留下半把茶叶或一二两盐巴，或留下几文公德钱。小风回来时，庙里的烛火依然亮堂堂的，松香袅袅，烛光映象，小风双掌合十，无量天尊。

山神庙里有三个塑得怪怪的神像——山神、龙神和财神，小风燃完香，和它们对视良久。然后才在灶堂前燃火，等待马帮的到来。

傍晚，又有一队马帮出现在山垭口，"铛、铛"，马铃铛清脆空响，吓走了野兽，在大雪锅山顶上回旋，就像过山的清风。

但有一年，白杜鹃花开满了大雪锅山，小风出山化缘，从此再也没有回来。有人说他染了疟疾，死在坝子里了；也有人说他被人识破，逃走了。他就是那个参与杀人的小江西。一时，哀牢山众说纷纭。马帮再过大雪锅山，山神庙前再也见不到道士小风。

大雪锅山的白杜鹃纷纷扬扬。

山神庙依然。

它也许也在等小风回来。

七

我们从平河出发，跨越平河之上弯去拐来的十八道河，走过实心竹纵横八里河滩，爬过大树横倒的一座座群山，走过坍塌破损的茶马古道，看遍沿路的古树名木、奇花异草，途中有不少人在过十八道河时反复落水，弄得满身湿淋淋的。有的人被大雪压倒的残枝剐破了裤子衣衫，露出了白晃晃的屁股和血色的伤痕；有的人越走越乏，上气不接下气瘫坐地上等人帮忙；当然也有人青云直上，性急地想早些到达大雪锅山。总之我们二十余人就像唐僧取经，经历了九九八十一难，于傍晚时分才到达了大雪锅山的山腰上。

当向导小七说今天的目的地到了的时候，我们一个个身不由己地趴在地上，纷纷向高耸入云的大雪锅山顶致敬，是这座神山，它一路默默召唤着我们的灵魂，保佑着我们才能到此与它相逢。

此时，大雪锅山顶上还残余一抹夕阳的金黄，蓝天就像深海般为峰顶镶嵌了明澈的背景。失去光泽的群峰薄暮四合，夜的羽衣就像神灵的眼，渐渐关闭了它不愿张开的羽翅。

给圣山磕完头，我们才发现传说中的山神庙也就在古道路边，它黝黑低矮，破破烂烂，已和灰黑的森林融为一个整体，覆满青苔的石墙还算完整，石面呈现岁月打磨而特有的亮光，木材搭建的瓦顶塌了一大角，瓦砾纷纷倾倒于堂中，多年的风霜雨雪早把山神庙昔日的神采掩盖，岁月漂洗了古道的落寞，也改变了山神庙的前世今生。

岁月是一把残忍的雕刀，同时改变了一座山的命运。

山神庙里三个塑得怪怪的神像——山神、龙神和财神，依然磐石般壁立，长年的雨水顺着木椽滴下，像珠线般落在山神的膝盖上，落在财神的金元宝上，留下了雨渍的苔痕。

庙里已经没有了道士小风。

我试图在庙里找到当年小风留下的痕迹，但庙墙内积满了山水，长满了败草，小风当年睡过的床，用过的器具，什么也不见。就连他点过的油灯，也不知去向。

我一无所获。内心比倾塌的庙屋还空落。

小风是什么？真有其人吗？

我想，也许他从来没有来过，只是个传说。

也许，它就是这穿堂而过的风。

山神庙的台阶上，当年小风就在这里为马帮沏茶，他微笑地站着给马帮添茶、倒水，而现在，地上粘满了乱纷纷的蘸血鸡毛，还有人常来这里祭祀。

相传，哀牢山的茶马古道上，流动着不少当年冤死的孤魂野鬼。他们死在途中，魂回不了家，只能在荒郊野岭游荡。如果照顾不周，不时，他们还会附在某个过山人的身上，回村寨讨饭吃。被他附的人，就是鬼附身。要用桃枝打，黄泡刺枝打，打得遍体鳞伤，他们才会从人身上剥离出来，再次逃往荒郊野岭。

吃饭的时候，小七从锣锅里舀了一勺饭，挑了些菜在饭上，他照例去敬山神，敬龙神，敬财神，虔诚地把一部分饭菜泼在古道边，给那些回不了家的鬼魂享用。他做完了这一切，我们才开始用晚餐。

深夜，我听到森林里传来小孩"咕哇、咕哇"的啼哭声，像一个女人产下私生子。伴随着山风，凄凄惨惨，时远时近。这样的山岭，谁会到这里生孩子呢？接着又是麂子发出大叫，不知是在发情，还是在寻找它的伙伴？不时有一两只大鸟从帐篷顶上"嘎嘎嘎"地叫着飞过，翅膀上下扇动气流的声音划破夜的平静……

我再也睡不住了，担心黑夜里有野兽来攻击，于是壮着胆子爬起来，把电光绑在了一棵小树上，又把向导的背篓堵在路头。

我睡下，迷迷糊糊里，似乎有一个人向我走来。

八

说起夜里的小孩哭闹，小七说那是森林里的红腹稚鸡，有家养的小公鸡那么大，夜里寻伴，叫起来就像婴儿的哭泣。

太凄惨了，就像鬼叫。芹菜说。

鬼是怎么叫呢？我们大家一齐笑起来。

我们又要上路了。

大雪锅山是哀牢山第二高峰，位于新平县和镇沅县交界处，因山顶有块凹地，形似一口锅，故得名大雪锅山。冬季盛满冰雪不化，夏季会盈水，银亮亮的如一口铁锅。山体两侧对称呈锥形，犹如一座巨大的金字塔高耸入云，气势磅礴，景象壮美。

我想起一个梦，一个灼灼燃烧的大球从天空中飞落下来，穿过一个巨大的石门，重重地砸在一座巨型的山上。也许，大雪锅山就是被一燃烧的星球撞击成锅。

我们从山脚向大雪锅峰顶攀登，山峰呈九十度角，不一会儿气喘吁吁，不仅因为海拔高，还因山峰巍峨险要。

山上原始植被矮茂，开满五彩缤纷的杜鹃花，红色的、粉色的、紫色的、白色的、黄色的，我先前见过不少红色、粉红色的杜鹃花，但没想到世上还有紫色、黄色的杜鹃，第一次看到，心旷神怡。

山上还有大片的苔藓栗树林。

哀牢山是元江与阿墨江的分水岭，也是云贵高原和横断山脉两大地貌区的分界线，大雪锅山东西两侧，雨水雨量、地形地貌截然不同。东面青翠，西面光秃；东面平缓，西面陡峭，难怪哀牢山一山分四季，十里不同天。

将近攀登了一个小时，我们爬到了峰顶。

峰顶苔藓叠生，阳光照耀，熠熠生光。缓坡上，一个大铁锅形状的天坑长满了红色的杜鹃花丛，宛如一个天生的繁花盆。走入其中，花丛掩没到胸前。

举目望天，我们似乎来到了天上。我们似乎都成了仙人，长发飘飘，衣袂飘飘。心向远而高远。仿佛只要张开双臂，风就会把我们带到世外。

举目远眺，我们来到了云上。刚才在山腰看到的云雾，此时都似仙气在半山下徘徊。它似云似雾，飘飘往往。再看我们的来处，群峰已变成了矮小低缓的山丘，在云带下蜷曲。

无边无际的林海花丛，在阳光云影之下明暗，神光离合，花海般浪漫的杜鹃花，红艳似火的映山红，洁白如玉的大白杜鹃，格外耀眼。

大家欢呼声一次次盖过旷野，纷纷举起手中的相机和手机，要留住这原始的苍茫。

九

哀牢山里发生了新鲜事，一只饥肠辘辘的金钱豹夜里窜进村子，抬走了好多只羊。

据说，这只金钱豹已经在山里游荡好长时间了，冬去春来，食道里储存的食物已经消化干净，新的食物一时还没有捕捉，它夜里嗅到了一股羊膻味，就窜进村子，神不知鬼不觉地抬走了羊。

金钱豹进的是一个叫大水房的小山村，青山苍苍，森林茂密，流水潺潺，瓜豆满院。这是哀牢山高寒山区的一个十余户人家的村子，靠养殖为生，牛羊猪关了一厩又一厩。

借着黑夜的掩护，金钱豹跨过菜园的栅栏，它走得小心翼翼。

浓浓的羊膻味飘满了村子。

香甜的羊膻味就从一户农家的羊厩里飘出来。这是一个用木栏杆围起的羊厩，木栏杆有一人多高，木门一人高。每早，主人打开木门，羊群便会顺流而出，走过村道，走过溪流，走进密密的草海。

"咩——咩——"，羊的叫声就像发情的女人。

此时，大水房村的主人和牛羊都进入暂时的梦乡，他们不会想到，灾难，已经悄悄降临到了这个小村子。

但他们什么也不知道。羊厩里只短暂地惊慌了几分钟，一切又平静下来。

大水房的羊夜里丢失，引起人们的惊觉。

与此同时，隔着哀牢绵绵群山上百里的鱼可村，夜里也发生了同样的事。有起夜的人看到一只大花猫闯进村子，它身长数尺，满身缀满铜钱大的花纹，夜里甩动的大尾巴，就像一条粗短的眼镜蛇。

听见到的人一描述，人们大惊失色——这是老虎！老虎进村了！

哀牢山老虎伤羊的事就这样不胫而走，传得人心惶惶，神乎其神。据传，这是一只长满花纹的金黄色大虎，它一夜能走百余里，从者竜鱼可到戛洒大水房，中间绵延着大大小小的群山，还隔着大春河、平河两条河，但这只老虎一夜能在两地作案，把农户的羊一声不响地从羊厩里抬出去美餐，找不到半点尸骨。

人们议论纷纷，闹得夜里都不敢开门起夜了。

一天，鱼可村的胡大照例去收豹夹。他有一副二十颗巨齿的钢板大豹夹，常常悄悄地支在他家地头的山林边，收拾那些出没糟蹋庄稼的野兽。一般，出来糟蹋苞谷的是那些小黄猴，有时也有老熊，它们一夜吃不了多少，却能把一片庄稼掰得颗粒无收。胡大恨透了猴子、老熊，他想总有一天要让它们付出代价。

胡大顺着地坡，从地角走向地头。他长得敦敦实实，长眉细眼。因为肥胖，走起路来就像一只晃动的皮球。

远远地，他却看到一只金黄色大虎坐在他支豹夹的地头。而它的身边，林子庄稼已消失了一大片。

胡大以为是在做梦，他揉揉眼，那只金黄色大虎却一动也不动。

胡大吓出了一身冷汗。

胡大藏在苞谷地里，屏声静气，他知道，他的一个轻微响动，就可能引来老虎的猛扑。胡大悄悄往回跑。他从家里抬出了收藏多年的火药枪，又悄悄地潜回到了他家的苞谷地里面。他发现，那只金黄色大老虎依然像刚才一样坐在他的地头，四周一片青葱的庄稼，旺盛的小树，已被它蹂躏得一塌糊涂。

胡大不断地接近老虎，然后他颤巍巍地向它瞄准，"轰"，他开枪了。很奇怪，枪响之后，大老虎依然一动不动，连怒目圆睁的眼睛也不眨一下。

胡大急了，又装弹连向老虎开火，"轰、轰"，老虎依然一动不动。

难道老虎已经被豹夹夹死了？胡大冷汗直冒，但他又不敢近身。最后，他找来一根长竹竿，远远地向老虎用力戳去，稳坐地上的老虎终于倒在了地上……

原来，老虎已被豹夹打断了后腿，流血而死了。作为报复，临死前，老虎愤怒地拔光了地头的庄稼和小树，它坐在地上，直到生命的最后。

鱼可村打死老虎的消息终于传出山外，但他打死的并不是一只老虎，而是一只成年金钱豹。

胡大私下豹夹，私藏枪支，私卖豹胆豹皮，并请全村人吃豹子肉，他被公安机关带走了。

哀牢山又恢复了往日的平静。山寨，没有再发生丢羊的事了。

十

我们的下一个目的地就是大磨岩主峰。

从地图上看，哀牢山位于云南中部，为云岭向南的延伸。形成于中生代燕山运动时期，至第四纪喜马拉雅运动时期，地面大规模抬升，河流急剧下切，形成深度切割的山地地貌。哀牢山自然保护区是全国最大的原始中山湿性常绿阔叶林区，森林覆盖率85.1%，最高主峰大磨岩峰3166米，终年人迹罕至，是徒步登山者梦想的地方。

林海遮天蔽日，山风凛冽，虽然是二十多人的队伍，但放到这样的大山中，前后一不留心就彼此看不到人影，更听不到行进的脚步声，彼此得跟紧了走，以防走失。

核心区的海拔已是 2900 米以上，植被茂密，光线阴暗，气温较低，尽管是赶路，但大家还是要穿得严实，行动并不很方便。哀牢山山有多高，水就有多高。一路上，伴随着莽莽原始林海和迷宫重重的竹林、灌木和山脉，山环水绕，山花、河流常常给我们带来很多惊喜。

我边走边想起了徐哥，山里无信号，我们有三天没有联系了。

前面又出现了一条弯曲的河，叫虼蚤河。河水清澈明亮，河床透出逼人的寒光。河中裸露的石头或细腻、或粗糙，都覆满了碧绿的青苔，河水从光滑圆润的石面上流过，反射的光斑滑过苔面，就像流动的琼浆玉液。我们纷纷俯下身子抄起河水嬉闹，咕咕的河面腾起串串笑声。

这么美丽的河为什么叫虼蚤河？我们都不得而知。哀牢山空气湿润，生态优良，森林常年寄生了蚂蟥、虱子、跳蚤和毒虫，一入雨季就四处出动，以前茶马古道上的马帮深受其害。

这条河是不是一直虼蚤很多呢？

波光潋滟的河水如密林的乳汁，我们根本寻找不到虼蚤乱窜的迹象。

向导小七说，我们这一路行走的地段，四周河水有很多条，如十八道河、十八寨河、咕噜河、十里河、大春河、棉花河……都是哀牢山有名的河流。难怪我们走来绕去，河流一直就像迷宫一样困绕着我们，做着躲猫猫的游戏。

在低缓处走了大约三四个小时，我们又开始沿山脊爬坡，密林里的毛路抬升得很快，有时是悬崖，有时是沟坎，有时是枝枝权权，我们爬得上气不接下气。只能停停走走，走走停停，边走边寻找乐趣。

二十三人的队伍中，最年轻的是女子何熙，她从小在城市家庭长大，很少有行走山路的经历。何熙还是小姑娘，年轻漂亮，我们就用路边的野生重楼名命名她为"七叶一枝花"。"七叶一枝花"，是哀牢山心里最珍贵的药用植物，是云南百药的主药，干纤细，叶七片，花一穗，外表娇弱却长得亭亭玉立，犹如年轻漂亮的何熙姑娘；年龄稍大的有华海，已五十多岁，是摄影师，擅喝酒，我们叫他"哀牢醉翁"。年长了，腿脚不是很灵便，一路行走让大家操了不少心，一直担心他跟不上队伍，专有人负责上坡拉他；天蓝是情感禁闭主义者，她一直难于调和家庭的和谐关系，这次进山，大自然的美让她心情舒畅，心结释怀，明白一切困苦的根源在于内心的放不下，她解开了心结，突然开心很多。她一路走，一路对着大山打"哦喝"，大山也"哦喝哦喝"地回应她，她开心地笑了。芹菜、公积金虽身材苗条秀气，力不足却很顽强，她俩各背着大包行囊，走起路来手脚并用，就像两只爬行的山蟹。芹菜一直崇尚户外登山活动，曾多次随文艺家深入哀牢山腹地采访，踏遍青山人年轻……

越往山上走，原始茂林开始减少，灌木递增，疾风过处，一树树炸开的杜鹃花迎风摆动，就像玉漱穿着漂亮的花裙子在山顶为蒙毅将军跳舞。

路旁不时有白鹇鸟飞起，雪白的羽毛和长长的尾翅划破绿色的山林。还有山鸡、箐鸡啼鸣不断，扑噜噜飞动的剪影就像一幅明丽的山水画。林中的画眉叽叽喳喳地在枝头唱着，开心的要数它们。听得到它们歌唱的地方，也是最开心的地方。成群飞动的是灰鸽子一样的椋鸟，它们前前后后，你追我赶，默默飞行，仿佛是要去赶一趟大自然的盛宴。它们喜欢哀牢山的密林，这里终年气温变化不大，南方的森林本身就是一个天然的保温瓶，它们生活在林中，长得肥胖又轻灵。它们从这座山飞到那座山，从这片天空飞到那片天空，五百里哀牢，是它们自由的家园。

前方一座山峰很高，耸入云霄，大家很兴奋，以为是主峰大磨岩峰了。向导摇摇头说，主峰还在前方。

十一

天亮醒来，林中阴气袭人，大雾迷漫，寒风阵阵。昨夜水洗般皎洁的月夜和早晨的铅云凝重形成鲜明对比，我们的心坎上笼罩上一层不安和担心。

哀牢山天气变化这么快，这是我们始料不及的。最大的变化就是冷雨和密雾，说来就来，说雾就雾。还有风，大起来似乎可以把人从山梁上抬走。溜走时，就像平静的湖面。

简单用过餐，我们顺着一条陡峭的踩踏毛道开始攀登主峰。

大雾在烈焰般山风的牵引下穿行在密密的栗树林，风吹得枝干哗哗作响，看不到主峰的全貌，但我们还是精神抖擞，想尽快登上峰顶，一睹哀牢霸主的雄姿。

密匝的苔藓林并没有钻行多久，我们就钻通树林，面前是些矮棵灌木，还有怒目的石头和长在石岩上的铁杉，盘根错节的小叶杜鹃长满了山崖，待开的白花蕾就像剥开的荔枝，挤满了高高低低的枝头……

越往高处走，陡峭的岩石层层叠叠，刀削的岩面狰狞艰险，好在山脊上有小簇小簇的杜鹃灌木做掩护，我们才有足够的信心向上攀缘而不怕摔下来。因海拔增高，气温急剧降低，雾霜和风力又大，很多忘戴帽子的队员的头发瞬间都露白了，一个个白发白眉，像出入天宫地府的老仙人。

我的头顶上方显露出了一壁巨崖，我以为那是峰顶了，可攀到那里，崖上面还有刀削般更加艰险的山崖延伸向上方。

磨岩峰，从高空俯瞰，是由一形如磨盘的石岩构成的主峰体。但身临其境，我才知道这是由层层叠叠不知多少层岩石构成的险峰。有点像登西岳华山，登上一峰还有一峰，攀上一岭还有一岭，沉默寡言而又巍然高耸，这就是雄霸西南的哀牢主峰吧！

向导大约猜出了我的心思，他向大家介绍，雾天登大磨岩峰也有好处，低处山雾茫茫，我们就不会恐高，要不然，从右边的岩层上往下看，高三百余米的"百丈崖"足够让人惊心动魄……百丈崖是大磨岩峰的一个险点，相传很多野猪、猴子被老虎、豹子追上山，无路可走，最后只能纷纷从百丈崖上跳下葬身山谷。山谷里，全是白花花的尸骨。黑夜，百丈崖下的尸骨会发出斑驳的磷光……我伸头往百丈崖底下看，阴风逼人，雾水茫茫，风推着雾，雾迷茫着风，世间多少事，掩盖了真相。

大磨岩峰的中段长满了满山的矮杜鹃，红的白的，开满了山崖，如果此时能从对面的山上对望过来，我想这座山必定是世界上最美的险峰——红花朵朵，霞光一片……

我突然想起孟子的一句话："孔子登东山而小鲁，登泰山而小天下。"说的就是人的视点越高，视野就越宽广。随着视野的转换，人们对人生也会有更新的领悟。因此，我们这次登大磨岩峰，也可以像孔子一样开阔视野，砥砺意志，放眼世界，实现人生的理想抱负。

大磨岩峰顶宽阔平缓，如一弓男人的平背。其实它就是一块巨大的岩石层，终年风化，岩面落满了厚厚的黑土，细密的杜鹃丛如织毯般连缀一片，包裹了整个弓形的山顶，使你不忍落脚，无处落脚，担心踩踏了这疯长的生命，旺盛的七彩花蕾。

一块醒目的木板插在峰顶，上书："大磨岩峰，3166 米"。

风凛冽而寒冷，有七八级，如浪涌般一刻不停地拍打在我们的身上。

雾疾如电，快如瀑，从深渊的谷底腾起，又轻纱般迅急地跑向远方。

哪来的这么多大风？哪来的这么多雾？

似要吹尽人间的浮躁，驱散人间的浮华，赶走世间的疾苦，留住青山的苍凉。

我们欢呼着，在峰顶展开长长的布标。

我们挥展彩旗，随云驾雾，飘飘向天。我们猫着腰，要躲避风的浪口。

我们把帽子摘下来，迎风挥舞。甚至把帽子抛向空中，去追赶风的疾驰。

十二

在哀牢山核心区行进了五天，我们从开始的不适应，到后来的适应，再到出山时的全身轻松，不愿离开，这不得不让人重新审视这片原始古老的森林。

森林是什么？它绝不是我们仅仅看到的树，而是一个生态系统的概念。在森林生态系统中包括着许多森林生物群落，它们通过吸收阳光，新陈代谢，相生相克，寄生与被寄生，沿袭与被沿袭，变化与被变化，制约着生态系统的完整与平衡。因此，森林里既包含着我们见到的树，也包含着土地、水源和生物，包含着森林里的一切。

哀牢山是云南动植物王冠上的一颗绿宝石，有各种野生动物 460 种。国家一级保护动物有黑长臂猿、黑叶猴、灰叶猴、孟加拉虎；二级保护动物有穿山甲、金猫、黑麂、水獭、金钱豹、绿孔雀、林麝、班犀鸟等；三级保护动物有獐子、大灵猫、小灵猫、鬣羚、斑羚等。经济动物、药用动物和观赏鸟有相思鸟、苍鹭、蛇雕、噪眉鸟、眼镜蛇、大蟾蜍、黑熊、小咬鹃、画眉、啄木鸟、红嘴噪眉、各种太阳鸟。

保护区内植被类型多样，垂直带谱完整，共有高等植物约 1486 种，属国家珍稀濒危保护动植物名录中二级保护植物的有水表树、银杏，三级保护植物有云南七叶树、翠柏、旱地油杉、林生芒果、红花木莲、思茅豆腐柴、景东翅子树、千果榄仁、红椿、蓖齿苏铁、任木等。

哀牢山是绿水青山，是金山银山。

森林里没有废物，即便是腐败的树，也是香菌、蘑菇赖以原生的土壤；那些老树枯洞，是黑熊、狐狸、貂鼠等动物冬眠窝藏的地方；密密的树杈里，栖居着西黑冠长臂猿、白眉长臂猿、马蜂、葫芦蜂、猕猴等昆虫动物；松软的土层里，爬动着穿山甲、蛇和乌龟；还有孟加拉虎、金钱豹、云豹等食肉动物。正是有了丰富的生物群落的存活，它们才能在这片森林里奔跑，永不消亡。

在人类的丰富经历中，人类也在反思自身与森林的关系，不断调整着自身对森林的认识。

从外部看，地球是个球体，也就是一个球。由大洋和陆地所组成，也就是由水和土组成，就像喜马拉雅的一滴水也会牵动着印度洋的风暴一样，喜马拉雅的一滴水也有可能牵动着世界的神经，包括哀牢山的神经。作为云贵高原和横断山脉的分界线，元江和阿墨江的分水岭，哀牢山已存在了上亿年，这期间，它从没有切断和外界的联系。秦汉时期，以昌宁为中心的哀牢山就曾建立哀牢国，国强民庶，震撼朝廷。

始于唐，兴盛于宋，衰于民国的哀牢山茶马古道，是中国古丝绸之路的重要组成部分。新中国成立前，翻越哀牢山古道，每天都有800多匹骡马、1000多商人通过。商客、马帮通过茶马古道翻越哀牢山原始森林，强渡红河，悠悠长队非常壮观。于是，布匹、丝绸、烟丝和小手工制品各种百货就西南而去，驮回来的是洋烟、盐巴、茶叶、野生动物的皮毛等。马帮走一转三个月至半年才回来。无数大马帮在这条古道上默默行走，经历着人间的悲欢离合。

1856年，李文学在哀牢山区发动了彝族农民起义，他自称"彝家兵马大元帅"，在哀牢山区坚持战斗二十年，队伍扩大到五十万人，一度占领哀牢山广大地区，并扩大到周边县份，成为中国农民起义的一部分……

烽烟过后，苍茫的哀牢山又恢复了沉寂，只有岁月留下的营盘、古道似乎有话要说。

但哀牢山默默无语。

我们完全有理由保护好这个可能连动世界的生态系统，让它在和谐的阳光下顺畅呼吸。

保护森林的最有效措施是封山育林。1988年，国务院批准成立哀牢山国家自然保护区，并建立联合国"人与生物圈"森林生态系统观察站。哀牢山国家自然保护区将在自我净化、自我调适中走得更远，它的原始、健壮、沉稳的步伐会不断加快。

哀牢山还是哀牢山。

它涵养着森林、草甸、滩涂、水源、江河，泽润着鲜花、水分、情感、风度、精神、灵魂。

哀牢山承载着时间和使命，书写着不朽与传奇。

十三

我们得从另一条巡山小道下山，这条巡山小道不但不用走回头路，而且可以节省三天的时间出山。从传说中的哀牢十八寨穿过，出山，就有车子在山顶等我们。

哀牢山有很多道门，有很多道出口，如同我们的人生路，并不是只有一条能够抵达成功，有时，另选一条道，或许才是我们的最佳选择。

再没有比下山更快的步伐，再没有比回家再快的脚步，我们从早走到晚，于夕阳落山前来到了哀牢十八寨。密密长拢的树林告诉我这里已经多年没有人烟，大树挨着大树把断垣残墙挤占，就像我老家的村庄，杂草已经把土墙掩盖，风沙已经把土墙掩埋。原来破败的村庄都是相同的，它们的命运要么回归自然，要么就是被另一种现象所代替。

相传，哀牢十八寨是一个种大烟发达的古驿站，烟花开放的季节，罂粟的妖娆曾醉倒多少马哥汉，也使这里的村民腰缠万贯，白银镶鞍。但最终，不断禁止的大烟被另一些物种所替代，这里开始种洋芋、苞谷，和一些薄收的庄稼。曾经热闹一时的古驿道也找不到昔日的繁华。这里的村民开始陆续走出村子，一个个不见回来，他们就像不曾在村庄住过一样，他们远离了村庄，像哀牢山迁徙了的候鸟。

山下河谷边上的人家开始渐渐增多，房屋层层叠叠，像蘑菇一样铺展开来。江岸上新修了好多路，开始有越来越频繁的铁皮车跑动，它们来来往往，载人、拉沙、拉石、运料，就像当年过江的渡船。

我们仅用了一天的时间，就顺利地出山。最明显的区别是，越往山前走，热汗就像细密的溪水哗哗地从身上流，大片大片生机勃勃的植被往后退去，裸露的山地上出现了高高矮矮的稀稀拉拉的庄稼。手机叮叮的响声提示有信号了，我们开始迫不及待地给家人拨通了电话，本想对方会一阵欣喜，或传来一阵百感交集的喜悦声，但听到的却是对方漫不经心的一声：你们出山了。接着就无话可说。

　　和徐哥也通了电话，他从另一个方向回家，和我们一样，已经在下山的车上。我们泪眼迷蒙，相约今夜在河谷小镇聚餐。

　　从山顶到山脚，车子左弯右拐，足足走了一个多小时的蔗区路，磅礴哀牢一路逶迤着，在江东连为起起伏伏的地平线。一江三十二条河奔腾而下，汇入红水滔滔的红河。它们这样蜿蜒向东，汇合后又一路往南，往南，往南，奔腾不止。

　　河流流过了亘古，流过了天荒，流到了岁月的静处。

（原载于《民族文学》2020 年第 11 期）

一个叫蒙古的追梦人群

特·官布扎布（蒙古族）

在感受人类生存历程的文字中，能够谈及自己民族的一段故事，是一件颇让人自豪和激动的事情。不过，我知道，这事不能感情用事，不能天南海北，而是需要冷静、理智和实事求是。毕竟，我的祖先奋力挤向生存资源产地时，东西两大生存圈均有新的发育和变化，不仅更多有天赋的土地被开发成了丰饶的资源产地，大大扩广了引力场的面积，而且已经挤入其中的人们使它趋向饱和，并以不同的形式占有和经略起来了。于是导致我祖先向往迫切，用力猛烈，造成的创伤也很大。所以，也引发了至今仍在延续的冷热迥异的广泛评说。由此，也需要我不被这些左右，冷静而客观地讲述他们的故事。

如上所说，虽然生存圈内在的情况发生了一些变化，资源产地更大了，丰饶程度更高了，但它远远没有惠及生活在草原深处的蒙古人。所以，不甘贫寒于蛮荒之中的他们必然向资源产地奋力挤去。

当匈奴、鲜卑等草原游牧人向资源产地轰轰烈烈挤去时，蒙古人尚在成长的摇篮里。在早期的生活中，他们没有文字，只有口耳相传的记忆。风从草原走过时不知带走了多少记忆，在留存下来的不多记忆中，有一个传说与他们的起源有关：

大约距今三千年左右，北方草原上的各部落之间，发生了一场震天动地的大鏖战，一连打了七七四十九天。结果被称为蒙古的部落被另一个叫突厥的部落打败了。叫突厥的那个部落对被称为蒙古的部落进行了大屠杀，最后只剩下了两男两女。一天夜里，这两男两女借着月光，逃进了一座深山。这座山悬崖峭壁，高耸入云；山上林木茂密，连吃饱的大蛇也难以通过。

这两对逃难的青年男女四处攀寻，终于越过了天险，找到了草地和清泉。于是他们就在这里住了下来，并给这座山起名为"额儿古涅昆"。后来，这四个年轻人结成了两对夫妻，建起了两个帐篷，猎取野猪、麋鹿，驯养野马、山羊。几年后，他们就有了成群的马儿和羊儿，积蓄了许多财富，还生养了几个儿女。

这两户人家，一户叫涅古思，另一户叫乞颜。过了若干年，涅古思和乞颜两家的人户越来越多，这额儿古涅昆山已经不能容纳这么多的人了。于是，他们打算离开这里，向外发展。但是，他们祖先上山的路已经被草木阻塞了，而且那么多的马、牛、羊也带不过去。怎么能翻过这座险峻的山岭呢？他们试用了各种办法，最后终于发现了一处铁矿，便决定化铁铸剑出山，返回祖先的故土。

两族人在一个老人的率领下，砍倒了一片森林，准备了成堆的木柴，又杀了七十头牛马，剥下它们的皮，做成了七十个皮囊式的风箱。然后，他们一起动手，用这七十个风箱鼓风助火，使那里的铁矿全部熔化。他们从那里得到了无数的铁，铸成剑后，开辟了一条通道。

于是，乞颜氏和涅古思氏离开了那个狭窄的土地，回到了他们祖先生活的地方。捕鱼儿海，阔连湖畔的辽阔草原上遍布了他们的人。

与很多其他民族的起源传说相比，这个起源传说并没有太多的神秘色彩，所以可能与原事情并不很远。这个传说不是蒙古人自己写入他们典籍的，而是波斯史家拉施特记入他通史性著作《史集》后流传下来的。也许，对于习惯了口耳相传的蒙古先人来说，这只是他们众多记忆中的普通一则，所以没太在意它关于他们身世的重要意义。可拉施特很敏锐，据他说，这是从一位可靠的老人那里听到的。拉施特从可靠的老人那里听到它时，它肯定是相传了很长时间的记忆了。口耳相传难以克服的一点是日久天长中的流变。这则传说肯定也经历了流变，但被拉施特固定到文字上之后，它的流变就停止了。传说中出现的捕鱼儿海、阔连湖两个地方，就是今中国内蒙古呼伦贝尔市辖的呼伦湖和贝尔湖。

有着这样记忆的蒙古人是调整与土地的关系之后开始获得力量的。他们原先是过着狩猎的，或者被动适应生存资源存在形式的生活，这在他们自己写的《蒙古秘史》中清晰可见。后来他们转型了，从追逐猎物的猎人变成了放牧五畜的牧人。这个时候，他们与大地的关系被调整得很近了，虽然这与利用自然能量生产食物的生存方式差距较大，但他们已经开始用头数众多的牛马羊群来为他们收集大地的滋养，以备随时食用。于是，食物比以往多了，能够养活的人口也比以往多了，力量也就开始增强起来了。

蒙古人这一转型成长的过程，是在契丹人的辽朝统治东方生存圈北部资源产地时进行的。在此期间，他们完成了族民的部落化发育，并开始进入部落联盟的生活形态。现今人们很难想象古代先民进入部落联盟生活的具体情节，《蒙古秘史》记述了其中的一种形式。蒙古人有一位感光生子的祖先，她一共生养了五个儿子，母亲去世后他们互相不和，便演绎了这样一段故事：

　　　　阿阑豁阿过世后，因兄弟五人不和，由别勒古讷台、不古讷台、不忽合塔吉、不合秃撒勒只四人分掉马群等家产后过起了各自的日子。兄弟四人嫌孛端察儿蒙合黑愚拙，不把他当作兄弟看待，没分给他任何家产。

　　　　既被亲人抛弃，何以留在此地！孛端察儿愤然跨上骨瘦如柴的白马，抱定"死就死，活就活"的决心，顺着斡难河水走了下去。走到名叫巴勒谆岛的地方后，他才搭起草棚子住了下来。此间，孛端察儿见一雏鹰正在捕食黑野鸡，便用白马的尾毛做成套子，套住雏鹰后把它带回家养了起来。

　　　　衣食无着的孛端察儿常常靠射杀被狼围困在山崖间的猎物或拾捡被狼吃剩的片肉残骨充饥，并且把捉来的雏鹰喂养起来。这般艰难地熬过了冬天，待到春暖花开雁鸭飞回的时候，他纵鹰捕来的猎物已挂满了林间树枝。

　　　　此间，一群百姓从都亦连山后迁到了统格黎溪边。孛端察儿每天将鹰放飞后，走到他们中间讨喝酸马奶，傍晚时才回自己的草棚子。那群百姓曾向孛端察儿讨要过他的鹰，但他没有给。他们互不探问对方的来历，相隔不远地过着各自的日子。

　　　　孛端察儿的哥哥不忽合塔吉因惦念弟弟，顺着斡难河向着弟弟走去的方向出发了。他走到统格黎溪边，向那群百姓打探弟弟的消息。那群百姓说："有一人，每天来这里喝酸马奶。他的相貌和马匹与你说的完全相同。他养有一只猎鹰。他究竟住在何处，我们也不知道。每当刮起西北风时，都会飞来满天的羽毛。由此看来，他的住处就在附近。不一会儿他就会过来，请你稍等片刻！"

　　　　不一会儿，果然有一人向统格黎溪走来。走过去一看果真是孛端察儿，于是，哥哥不忽合塔吉领着弟弟字端察儿向斡难河上游急奔而去。

字端察儿跟在哥哥的后面，大声说道："兄长，兄长，身必有首，衣必有领啊！"对此，走在前面的不忽合塔吉未予理睬。接着，字端察儿又重复了一遍，但不忽合塔吉仍未答话。当字端察儿再次说起时，他哥哥问道："这句话，你为什么反复唠叨？"

字端察儿回答道："统格黎溪边的那些百姓是一群散民。他们不分大小，不分贵贱，也没有头领。如此游民，我们应去虏获！"

不忽合塔吉说："那好，我们回家与兄弟商议掳取的办法。"

回家后，兄弟五人商定了掳取的办法，并派字端察儿打头。

打头的字端察儿先抓获一孕妇，问："你是什么人？"孕妇答道："我是扎儿赤兀惕·阿当罕·兀良合歹人。"

如此，兄弟五人发起攻击，轻易地征服了对方。他们不仅缴获了牲畜，又将那些百姓带回家中奴役了下来。

就这样，这个家族在蒙古人之中开始获得权力，并被称为黄金家族，成吉思汗就出自这个家族。部落联盟的生活时期，蒙古人有很多的部落，丰美的草场和牛马羊群是这一时期的最大需要。与曾经经历过壮大过程的其他游牧民族一样，蒙古人也毫不例外地投入到了征服其他游牧人群的战斗之中。

不过，蒙古人未能轻易取得胜利，反而被打败了。他们的联盟走向了解体，维系联盟的政治构架也坍塌了下来，又一次回到了部落联盟形成前混乱无序的状态。

这时，有一个人手里握着一块凝血出生了。时间是公元1162年4月。这个人就是后来成长为成吉思汗的铁木真。

古代蒙古人信仰上天，这与现今所说的天神似乎有所不同，他好像更为虚幻和模糊。而且，直到成吉思汗时代，它仍未改变被崇拜的境态，仍未形成具有认知体系的宗教。所以，试图以宗教的元素解读蒙古人的努力都恐难到达真相的身边。因为，他们崇拜的上天，就像威赫·史密特神父所感觉到的苍天之神，而且比他的感觉还模糊。

所以，蒙古人虽然崇拜上天，但更相信自己的身体。而成吉思汗给了他智慧和方向。

成吉思汗没有去试图恢复部落联盟，而是从破解自身遇到的困难开始，把散落草原的蒙古人会集到自己身边，使他们走上了创建帝国的征途。他不像以往所描述的那样英雄无比，而总是保持着冷静、深沉和与众有别的智慧。所以，他除经历过最早期的一次失利外，再没有放走过一次战争的胜利。这样，经过十七年的浴血奋斗，征服北亚草原和森林里的所有民族，于公元 1206 年创建了大蒙古国，成了所有毡帐百姓的最高君主。

　　成吉思汗创建的这个帝国，与当年波斯人居鲁士、马其顿人亚历山大和匈奴人、罗马人以及突厥人建立的帝国一样，是一个被统合起来的巨大需求体。成吉思汗统合起来的这个需求体，与匈奴人、契丹人和女真人所建起来的需求体一样，都位于东方生存圈的广袤土地上。所以，作为这个生存圈中心的资源产区，中国中原地区都会成为他们表达需求的首先方向。尽管，成吉思汗建立帝国的十三世纪那个年代，西部生存圈的情况发生了很大的变化，西欧、中欧以及东欧第聂伯河流域都被开发成了丰饶的资源产地，因而他们不再像原来那样大举向环地中海资源产地拥挤了。可东方生存圈的情况与他们不同，虽然在统合经略的各个朝代都用力推广过农耕，都用力开拓过资源产地的面积，但沿长城存在的 400 毫米降雨线和其外围不能承受农耕使用的北方草原，无情地限制了资源产地面积的向北延展。所以，东方生存圈挤向中心的规律性运动的方向依然照旧地存在着，成了人们生存发展的心灵指向。

　　成吉思汗创建起大蒙古帝国时，东方生存圈中心的资源产地以三分天下的形式被分割占有和经略着。最丰饶的黄河以南至长江两岸地区由宋王朝经略；由黄河中上游的水流渐渐冲积而成的，被民间说成为"天下黄河富河套"的河套地区则由一个叫党项羌人建立的西夏王朝所占有；而在黄河中下游正北的方向上，由那位不肯唱歌的女真人完颜阿骨打所建起的金王朝占有和经略着这边的资源产地。所以，金王朝就存在于成吉思汗必须挤往的方向上。

　　成吉思汗和他的蒙古人，原来是被管辖于金王朝的。虽然，被统辖在生存资源统筹使用的政权框架下，但金王朝只顾对生存资源的独自享用，不仅没有惠及治下的游牧人群，而只让他们承担了进贡朝廷的义务。这种做法引起了蒙古人的反感，已将游牧人的力量汇集到自己麾下的成吉思汗开始寻找一个合适的机会。

　　机会不久就来了。公元 1209 年，金朝皇位更替，由成吉思汗认识并不很看得起的完颜允济继位。每当新帝即位，金朝都会派出使臣到各地宣告，并要求各地头人下跪听宣。成吉思汗向前来宣告的金使问："谁为新的君主？"当金使告诉他新君主就是完颜允济时，成吉思汗不仅没有下跪，反而面朝南方吐唾沫说："我谓中原皇帝是天上人做，此等庸懦亦为之耶，何以拜为！"说罢，不等宣告就上马归去了。

成吉思汗坐骑留下的蹄印，不仅是蒙古对金朝臣属关系的终结符号，更是攻向生存资源产地的战鼓声。

成吉思汗是以复仇的名义，开始攻伐金朝的。在蒙古人正在壮大的部落联盟时期，金朝廷曾杀害过成吉思汗的父辈二人。所以，成吉思汗对占据资源产地的金朝既有满腹的仇恨，也有难以克服的需求向往。

蒙古人开始攻伐金朝的时间是公元 1211 年。关于这一年的攻伐，《蒙古秘史》记述道：

> 成吉思汗于羊儿年发兵金国，攻下抚州，越过野狐岭，直取宣德府后，派者别、古亦古捏克二勇将为先锋攻至居庸关。见有大军把守，者别说："引诱他们出来，然后再战！"便率军后撤。"追！"一见者别大军后退，金兵便冲出关隘，漫山遍野地追了过来。当金兵追至宣德府附近时，者别大军调转马头迎面冲去，打败了陆续到来的金兵。紧接着，从后面到来的成吉思汗所率主力中军乘胜而进，连续打败黑契丹、女真、主因等金兵精锐，势如破竹地杀到了居庸关下。者别顺势攻下居庸关后越过了山岭。成吉思汗则下营龙虎台，向中都及其他各城派出了攻城大军。

面对蒙古人声势浩大的攻伐，金朝开始措手不及。可是，据《蒙古秘史》说，朝廷中的一个丞相非常清楚蒙古人的需求和退回他们的办法。他建议皇帝与蒙古讲和，把美女送给他们的君主，把金银财宝分给他们的兵勇。果然，这位丞相的建议非常奏效，成吉思汗和蒙古兵勇们拿到宫廷里养出的美女和"人尽其力的财宝"后，退回草原去了。

对成吉思汗和蒙古人来说，这是他们挤往资源产地的开始。但在当时，他们并不知道自己的这一历史角色，而只知道自己需要什么，需要的东西在什么地方。这与有史以来的情况一样，难以进入能动利用自然能量生产生存资源之路的人们，他们为解决需求而进行的努力和有方向的活动，在这个地球上呈现出了生存圈现象与清晰可见的规律性运动。由于我们察觉到了这一现象的存在，所以从那些错综复杂的纠葛与冲突中，能够看到他们带有历史方向的脚步。

据《蒙古秘史》记述，成吉思汗从金王朝大门前退回草原后，很快又发动了对西夏王朝的征服。党项羌人没有和他战斗，得知他率大军前来，便不战而降地表示："闻成吉思汗大名我等惧怕已久。如今君威亲临，更是惊恐至极。今惊惧不已的我们唐兀惕百姓愿做您右手，为您效力。"这岂不是成吉思汗最愿意看到的结果吗？他接受了西夏王的归服，把天下黄河养富了的河套这一资源产地愉快地并入了自己的统治之下。

拥有河套后，蒙古人没有放下对金朝的惦记。只是不久前的议和，使笃诚信誉的蒙古人难以无名出师。不过，借口不久便出现了。原来，开始遭受蒙古人攻伐的金朝全面警惕起他们的行为来。金朝人发现，蒙古人派往宋朝的使臣往返时都路过他们的土地。于是，疑虑渐渐多起来的朝廷将他们抓起来扣留了。听到消息，成吉思汗说："既然与我们议和了，为什么还要扣留我派往宋国的使者？"便于公元1214年再度出征金王朝。

据《蒙古秘史》记述，在这次攻防中，双方进行了异常激烈的战斗。结果，成吉思汗取得了胜利，金朝皇帝丢下中都城，跑到南部都城去了。留守中都城的金朝守将没有继续抵抗，而是举城投降了。按照一般的情况和以往胜利者的通常做法，接下来成吉思汗应该举行一个隆重的入城仪式，然后还可以像基辅罗斯斯维亚托斯拉夫大公占领保加尔人都城后宣布定居一样，也把自己安置到这个繁华丰饶的都城之中。可他没有，只是派几名手下进城，接受并进行了接管。这对研究成吉思汗的人们至今都是谜，两次兵临北京，而且均为获胜，他为什么不进一下城呢？

成吉思汗没有进城的原因可能很多。也许，对成吉思汗而言，两次出兵虽然都取得了胜利，拿到了美女、财宝和中都城在内的一些土地，但金王朝远还没有被推翻，所以进城炫耀一下的必要能有多大呢？也许，农耕类型的生活和建筑在其上的王朝运作，对于他很陌生，所以他需要时间去熟悉和把握，然后去一举推翻王朝并对全部版图进行接管，那时才昂首进城并不算晚。也许这就是他没有急着进城的一个原因，可是就这般回到草原后，他用于攻取金朝的精力却被别的事情抢过去了。

这个事情就是"讹答剌惨案"。惨案的制造者是一个叫花剌子模国的中亚突厥人政权。这个政权的创建者是从赛尔柱王朝中派生出的又一部突厥人。当赛尔柱王朝的权力渐渐衰败时，主政花剌子模地区的总督努什特勤日渐发达起来，待到公元 1138 年时，他的后代背叛赛尔柱王朝，建立起了自己的政权。再到公元十三世纪时，他们已经灭掉在印度和波斯土地上的同种人王朝，在占享这些土地上的资源的同时，为挤向更丰饶的资源产地而摩拳擦掌。他们原本属于东方生存圈的先人们，虽然被强大的唐王朝挤出了生存圈，进而挤向了南亚和西部生存圈的资源产地，不过，就他们占据的中亚之位置而言，一旦汇集到足够的冲击力，他们挤往资源产地的方向既可向西，也可向东。可他们没有想到的是，当他们正要大展宏图的时候，在他们的东边成长起了一个叫蒙古的强大力量。对此，他们很是焦虑，不仅派使者，还派商贩了解和探视蒙古人的意图。这时，用力于金朝的成吉思汗均以友善的姿态回应了他们，并曾致信其国王："我知道你的势力十分强大，你的国家也很广阔。我知道尊敬的国王你统治着大地上一块广袤的土地，我深深地希望与你修好……"但花剌子模人的焦虑仍未消除。终于，于公元 1218 年，他们杀死了成吉思汗派往那里的一支 450 人的商队。

尽管成吉思汗以冷静、深沉、智慧闻名，但据《世界征服者史》作者志费尼说，他听到后："以致无法平静下来""万丈怒火致使泪水夺眶而出"。于是，成吉思汗暂缓对金朝的攻略，开启了将蒙古人引向跨生存圈运动的复仇战的序幕。

也许，我在说事后的聪明话。如果当时花剌子模的国王对生存圈现象有点感知，就大致能分析出自己与成吉思汗用力方向的不同，进而就不会引发给自己，也给自己的人民，还给蒙古人带来巨大牺牲的复仇之战。可惜，那时的人类智慧还感知不出生存圈现象的存在，也归纳不出它规律性运动的特征，所以成吉思汗的愤怒征途就难以避免地发生了。

这次征程开始于公元 1219 年春。出征前，成吉思汗做好了各种准备。首先，他抱定宁死报仇的决心，所以指定了三子窝阔台为大位的继承人；其次，金朝是他不可放手的目标，所以留下心腹大将木华黎继续主持对金朝的战争；最后，征召所有归服地区的兵力随同前往。在征召随同兵力时，虽然遭到西夏人的诋毁与拒绝，成吉思汗都将其放在一边后，亲率四路大军约二十万人马，越过阿尔泰山，向花剌子模进击而去。

花剌子模国王也许是高估了自己的力量，或者是低估了蒙古人的能力，他和他的军队遇到成吉思汗及其将领的攻势以后，一个个地都被打败了。而他自己远不像一个国王和军队的主心骨，不仅没有率军抗击入侵的蒙古人，且还带着家眷、亲族和财宝，向自认为安全的地方转移并躲避了起来。士气、国气由此低落，城市、人民和没有了统帅指挥的军队变成了成吉思汗和蒙古人发泄愤怒的对象。城市一个接一个地陷落，反抗者一批又一批地被斩杀，财富一地接一地地被抢掠。他们放任愤怒的行为，甚至让生活在公元1160—1233年间的穆斯林历史学家写下了"在世界走向末日和毁灭之前，人类不可能看到可与这一灾祸相比的灾难"的惊恐之文字。

愤怒被放任着，但成吉思汗没有忘掉这一切的肇事者花剌子模国王摩诃末。他从军中选出最得力的者别、速不台二将专门追击不断转移避战的国王摩诃末。成吉思汗下旨说：必须擒获摩诃末，否则勿回，为期三年。后又派一万骑增援加力。者别、速不台以过人的智谋和超强的执行力，一路尾随追踪摩诃末，约在1220年年中时迫使摩诃末逃入里海的一个小岛，年末时无助地病死在那里。

随着摩诃末的魂飞人灭，这场愤怒的复仇就该结束了。可它没有结束，摩诃末躲逃中的一个决定，又把成吉思汗拖入了另一轮追逐之中。原来，摩诃末在遁入里海小岛时，深感权力已成累赘，便立儿子扎兰丁为新的国王。扎兰丁雄心勃勃，不畏强敌，决心为突厥人雪洗旧耻。他组织统帅新旧兵力，开始与成吉思汗军周旋，并取得一些胜利。见扎兰丁的反击有声有色，绝非自方将领指挥失当那么简单，成吉思汗转而把剿灭扎兰丁当作了自己最重要的任务。

扎兰丁得知成吉思汗亲自来攻伐他，便感到力不能持，从根据地的伽色尼向南退却。扎兰丁可能低估了蒙古骑兵的速度，当他有条不紊地准备渡过印度河，南下避难时，成吉思汗以最快的速度追赶了过来，并在印度河畔包围了他。成吉思汗很想捉到他，于是下达了不准放箭的命令。扎兰丁很想摆脱他，于是进行了猛烈的突围。可是制控权毕竟已被成吉思汗掌握，见蒙古兵勇步步逼近自己，这位年轻有为而壮志未酬的扎兰丁，手握武器和盾牌，从河畔悬崖跃马跳入水中，泅渡对岸而去。见此，成吉思汗拦住了跃马去追的兵士，感慨地对儿子们说："为父者应有这样的儿子！因逃脱水和火的双漩涡，他将是无数伟绩和无穷风波的创造者。一个俊杰怎能不重视他？"就是出于重视吧，成吉思汗随后就派人到印度去追寻，但探寻到中部印度也没有找到他，加之不适应印度的炎热，只好空手而归了。

这下，成吉思汗可以凯旋班师了，可他没有，因为他所放出去的鹰还没有回来。这只鹰就是他派去捉拿摩诃末的者别、速不台及其军队。这两只以三年为归期的雄鹰，在公元1220年的年底，就将摩诃末逼入海岛，迫使其落魄而死后，并没有马上归队复命，而是绕过里海，行掠钦察草原等西部亚洲地区，还纵马驰入欧洲东部已被开发为资源产地的基辅罗斯，并与他们发生战斗还取得了胜利。他们这般即行抢掠，又大开眼界后，于1223年年底东返，与准备班师的成吉思汗会合。

这样，摩诃末给成吉思汗制造的麻烦还没有结束。在出征花剌子模时，成吉思汗为有足够的军力，曾征召归服者们出兵随进。尽管，归服者们大多都出兵随去，但有一个归服者不仅没有出兵相助，还恶语谩骂成吉思汗。这就是曾誓言愿做右手效力的西夏人。成吉思汗耿耿于怀，决心彻底摧毁这个毫无诚信的政权。于是，从花剌子模凯旋的第二年，也就是公元1226年，成吉思汗甚至在尚未休养好的情况下，亲率大军进伐西夏去了。

对正处全盛的蒙古帝国来说，西夏已经不是可以能敌的力量。可是成吉思汗异常坚决地亲自征伐。由于胜算在握，轻松行军的他们在半路上组织了一次狩猎活动。在捕猎中，成吉思汗的兔斑赤马受惊于奔腾而致的野驴群，导致成吉思汗摔地受伤。夫人、儿子和随将们都劝他回去休养，但成吉思汗回绝了。他要说话算话，要让毁掉诚信的人付出代价。于是，战事遂起。

虽然，西夏人为了保住对这块资源产地的占有权而奋起反抗，但在蒙古大军的强大攻势下一步步败下去了。到1227年夏末时，已无力支撑的西夏王廷请求投降，并乞求宽限一月，以准备贡物、图表等。成吉思汗同意了。西夏人这一次没有违背诺言，一月期限将至时，西夏王带着贡物到成吉思汗帐前跪降。可是成吉思汗没有召见他，而是只让他隔着门帘行了跪拜，礼毕便被拉出去了。其实，这个时候，成吉思汗业已病重辞世，已被秘密送往他心爱的北方草原去了。一说是这一年的8月25日，又说是8月18日。

由摩诃末的判断失误所导致的灾难风暴这才趋于结束，但是他让当年人类承受的创伤太过沉重了，使我们不得不寄希望于人类的领袖们冷静、冷静、再冷静！

在一个民族开始崛起时，创业领袖的去世是最关键的一个历史节点。公元410年时，西哥特人在领袖阿拉里克突然病逝后，他带领哥特人永住到丰饶北非的计划就被其继任者搁置了；而公元453年，匈奴首领阿提拉在自己的新婚之夜暴死之后，他的儿子们就把强大的匈奴给败亡了。可不同的是，成吉思汗的孩子们没有那么败家，所以，他把蒙古人带往强大与富足的事业得到了延续和推进。

成吉思汗去世后，按预定三子窝阔台继位。窝阔台厚道忠诚，又喜欢喝酒。他认为自己的职责就是完成父亲成吉思汗未竟的事业。他在位十三年，成就了两件大事。一是灭取金国。窝阔台深知丰饶土地上的金国在他父亲心目中的位置。所以，他继位后便明确拒绝了金朝的示好。金朝人认为，成吉思汗去世了，改变蒙古人对金朝态度的机会也来了。窝阔台继位后，金朝人以哀悼成吉思汗去世为名，送来了用于丧事的赠，对此窝阔台说："汝主久不降，使先帝老于兵间，吾岂能忘也，赠何为哉！"这样，难以违抗自己历史走向的蒙古人又踏上了灭取金国的征途。

窝阔台灭取金国，遵循的是成吉思汗临终所言的战略安排，即联宋灭金。果不其然，一经与宋朝联盟，金国受到腹背夹攻，成吉思汗用时六年，两度用兵都未能攻取的金朝在不到四年的时间里，就完全地灰飞烟灭，其土地的河南地区归了宋朝，北部中原和其他地方全部归到了蒙古人的名下。至此，蒙古人的一只脚稳稳踏进了东方生存圈丰饶的资源产地之上！

窝阔台成就的第二件大事就是长子的西征。在《蒙古秘史》的记述中，有窝阔台一段这样的话："这般派长子出征的主意是察阿歹兄提出的。"由此看，西征之事在当时可能不在窝阔台认为的"父亲未竟"的事业之列，但察阿歹是为他争到大位的功高比山的二兄，所以他照话去执行了。

这次西征出师无名，显然就是以斯拉夫人在东部欧洲开发出的资源产地以及更西的地方为目的地了。虽然那时的蒙古人根本不会有生存圈与资源产地的概念，但他们很清楚富饶丰足的地方对他们的重要性。毕竟，在上一次对花剌子模的征途中，他们有幸看到了草原的西边还有的丰饶土地。可能他们上次过来时，被史书称为基辅罗斯的这个地方已被改称"俄罗斯"了，所以蒙古人开始接触时就称它为俄罗斯。

在当时俄罗斯这个地方，自弗拉基米尔大公儿子们开始的分割占有的内讧和互不统属的分散状态，给了蒙古人一个天大的机会。他们虽然不愿被蒙古人征服，但始终组织不起有效的抗力，让蒙古军队畅行无阻地蹂躏了俄罗斯的城市和村庄，使那些互不统属的公国们统一到了蒙古征服者的统治之下。对俄罗斯的轻取，助长了蒙古人继续西进的激情。他们又策马向西，深入到为分割占有资源产地而四分五裂的中欧地区，到公元 1242 年年底时进占了今波兰、匈牙利等一些地区。

胜利使蒙古人来不及深思，他们天真地以为长生天将从日出到日落的地方都赐给了成吉思汗及其家族。于是，他们从北路推进到中欧后，又从南路向西亚地区发起了攻击。这时，大部分突厥人已经成功挤入了南亚和波斯以西的资源产地，但他们没有给这些地方带来更强大的抗击力，所以蒙古军队攻来时毫无招架之力，到 1259 年时不仅使运转了五百余年的阿拔斯王朝戛然而终，还使地中海东岸的叙利亚等两河流域地区都被蒙古人占领而去。至此，蒙古人还不想止步，他们很想把地中海南岸的埃及也收入囊中。但埃及人拒绝了他们，把他们的脚步限制在了地中海东岸地区。

当蒙古人需要冷静的时候，有一个人出现了。这个人就是忽必烈。忽必烈的冷静体现在蒙古人南下攻取南宋王朝及建立大元王朝的过程之中。

与遥远的中东部欧洲和西部亚洲相比，山水相连的南部中原地区对蒙古人来说就是策马便到的丰饶之地。所以，他们一经灭取北部中原上的金朝以后，一只手马上伸向了宋王朝占据的南中国大地。虽然，在灭取金朝时他们与宋朝联手，并答应把黄河以南的地方还归宋朝，但一向言而有信的蒙古人这次则变卦了。他们不仅没有还归黄河以南的土地，而且还要从宋朝的手中夺去全部的南中国大地。

战争远比西征胶着艰苦。由于志在必得，指向中原的攻伐曾由成吉思汗、窝阔台可汗亲率出征。攻取南宋也亦如此，由第四任大可汗亲率主持。忽必烈是这一战事中的一大主力。忽必烈从早些年开始主持蒙古帝国在北部中原的事务。帝国对宋朝的大规模攻势开始后，忽必烈任东路军统帅。忽必烈攻势迅猛，就要渡过长江纵深发展时，统帅西路的大可汗却战死了。于是，帝位之争骤起，忽必烈当仁不让地登上了可汗大位。

忽必烈的冷静体现在登上大位之后。他没有像前几任可汗那样继续派出西征军，为蒙古人持续四十多年的大规模西征画上了句号。后世的人们无法知道忽必烈当时是怎么想的，不过对于他来说终止西征的理由会是很多的。就从我们如今的观察来说，蒙古人即便占领了生存圈之外的广大地区，但不能提供使被占区人民仰慕和乐于接受的文化与社会存在形式，所以一定会是短命的，而且会累及自身的。可在生存圈里就不同了，因为这是他们世代永居的地方，必须要去做长久的打算和精心的安排。

这些事在忽必烈的头脑里似乎都被盘算过。他根据中国的大部分已归其统治的现状和不久将全部拥有的考量，果断把祖父成吉思汗创建的大蒙古国改建成了大元帝国。他把政治中心从原来的北方草原移到丰饶中原的北京，并在不久灭取宋朝的同时，以"祖述变通"的名义宣布用孔子、孟子的儒家文化来治理自己统治的这个帝国。这样，从大蒙古国到大元帝国，忽必烈为蒙古人完成的不仅是王朝名称的改变，而是以终止西征宣告了自己重心所在的位置，以政治中心的迁移实现了蒙古人挤入资源产地的需要，以对儒家文化的选择开启了这个民族转型的尝试……

随着忽必烈及其蒙古人的这般作为，形成并存在了两千多年的东方生存圈，终于运转出了以生存资源丰饶产地为中心，以广袤的周边地区为幅员，一体完整地统合在一个政权的统治之下，便于生存资源的统筹使用与再行分配的空前局面。而蒙古人对东方生存圈的统合，恰恰为此后的中国版图提供了形态依据。

（原载于《民族文学》2021 年第 1 期）

南方道场上的白虎

谭功才（土家族）

引　言

在湖北、湖南和重庆三省（市）交会处有一个湖北唯一，也是中国最年轻的少数民族自治州——恩施土家族苗族自治州。这里居住着土家、苗、侗、汉、回等 29 个民族。

传说在原始社会末期，位于清江流域的武落钟离山，有一支从洞庭湖迁徙而来的巴人，居住在临清江岩壁的赤、黑两个洞穴里。巴氏之子巴务相生于赤穴，另有樊氏、相氏、谭氏、郑氏四氏之子生于黑穴。未有君长，俱事鬼神。有一天，巴务相率五姓族人来到清江河滩上，约定谁能将剑掷于半岩的石洞中，就奉他为五姓族人的君长。结果，唯独巴务相把剑投掷到了高高的石穴中去，大家齐声喝彩，却并不同意就这样当他们的君长。他们又约定大家各造一艘土船，若谁的土船漂亮，且能浮在水上不沉没就推他为君长。结果又是巴务相获得胜利，于是，大家便一致同意他做五姓人首领，号称廪君。

廪君统一五姓之民后，便建立了一个以父系血统为中心的氏族部落联盟，男人在外打樵渔猎，女人则专司生儿育女，主持家庭内务。这样休养生息一段时间后，廪君部族开始强大起来，不能满足在清江的深山峡谷中生存，廪君决定率族西迁，寻找新的家园。

廪君利用熟练的土船建造技术，率族人建造大批土船，让大家坐在土船上开始举族西迁。他们从武落钟离山出发溯江而上，历尽艰险，来到一个名叫盐阳的地方。盐阳当时还处于母系氏族社会，其首领叫盐水女神。清江古名夷水，又名盐水，发源于利川，从西向东蜿蜒八百余里，在今宜都市注入长江，是长江中上游的第二大支流。清江经恩施境内称为盐水，其北面有一块广袤的坝子，即古盐阳地。此地水草丰茂，盛产鱼盐，人民天性自由，加之地处遐荒，民风淳朴，所以当廪君率族来此地，盐水女神不仅热情款待，还向廪君表示愿意共存枕席。廪君不愿寄人篱下，没有答应盐水女神的请求。盐水女神部落是一个崇信巫术的母系氏族社会，不论是部族事务还是两性关系上，女人都有绝对的权威，所以盐神没有理会廪君愿不愿意，夜晚便来强行男女之欢，白天则化为飞虻，与诸虫群飞，遮天蔽日，使廪君莫辨东西，无法继续西进。到第七天，廪君派人拿着他从头上割下的一缕青丝赠送给盐神，并传话给她说："你把这青丝戴在头上，廪君就与你同居，不然他就要决定离开你！"盐神不知是计，欣然把廪君馈赠的青丝系在头上。这时廪君站在一块阳石上，对着那个系青缕的飞虻一箭射去，正中盐神。盐神死后，漫天飞虫散尽，天地重获光明，被盐神困厄多日的廪君部族在廪君的带领下，占领盐阳，并在此地修筑城池，取名夷城。

廪君死后，传说他的魂魄化为白虎升天，白虎于是成为清江流域土家族世代祭祀的祖宗神灵。

几千年的沧海桑田，白虎仍是那只白虎，唯一变化的是，如今在这片神奇的土地上，已经有400多万土苗儿女，它也因此而成为土家族聚集最为集中的地区。这就是今天的湖北恩施土家族苗族自治州。

由于这里山大人稀，交通闭塞，廪君的后裔们几乎一直在大山的夹击下，过着与世隔绝的生活，直到二十世纪九十年代初期，才有机会一步步走出莽莽大山，进而散落到全国。

恩施地区历史上曾有过一次较大的迁徙，那是三百年前的"湖广填四川"时代，因为恩施与四川交界，不少来自"湖广"的移民因巴山蜀水道阻且长，便在这里安家落户。也有一说，多年前湖北湖南平原地区遭遇战乱或是洪灾，不少人举家逃到恩施大山里避难。那些迁入一族所操持的口音，被称为搬家子腔。搬家子和本地土著蛮子在漫长的生产和交流中互通婚姻，逐渐你中有我我中有你，而成为如今多民族交融的格局。

1985年左右，有些门路广的恩施人，靠着临近318国道的便利，开始前往最近的宜昌、武汉等地，或做点小本生意，或给人打短工做点副业帮补家用。直到1992年后，从恩施到全国各地打工的人，才呈现出逐年递增的趋势，直至形成一股南下打工潮，汇入到全国各地南下的潮流之中，其中尤以广东中山为最。据估算，最高峰期，就有差不多二十万的恩施人在这里工作和生活。

南方词条：沙朗

我老家原来叫鄂西土家族苗族自治州，后改为恩施土家族苗族自治州。2010年高速公路和铁路开通前，还是个极其封闭的少数民族地区。那里有着绵延不绝的山峰，却给人并不太高的错觉，置身其间，才会对那里的生活生发诸多慨叹。但凡世居此地的土家人，都会对那种非"上"即"下"的生活，有着切身的痛。作为过渡的坪坝格外吝啬，而上天又似乎分外青睐下渡坪——八百里清江，不仅最美处在景阳，且景阳又将最好的坪坝给了下渡坪。我就住在离下渡坪尚有二十多公里一个叫鲍坪的村庄。

世居下渡坪清江两岸的原住民以土家族为主，兼有苗族、回族等。这里的民居大多依山而建，且以吊脚楼的木栅子屋为主，最底层多用来饲养牲口，比如年猪，比如牛羊等，典型的人畜混居，颇具民族特色。此地向姓居多，是土家族几大主要姓氏之一。民间流传"向王天子一只角，吹出一条清江河"，清江因此成为土家人的母亲河，而向王天子，实际上就是土家族祖先廪君。传说廪君死后其魂魄化为白虎升天，白虎因此成为鄂西土家族人的祖神，进而成为图腾文化。

大山里的"坪"享受着与生俱来的恩宠。再高的山，如果没有"坪"，这山注定只能成为孤山。山多与石相伴，坪多与土为伍。土与水的最佳组合，就养育了山里人家。

再陡峭凶险的山，也有坪，有时哪怕就巴掌那么大，都起着至关重要的作用。比如青龙河上游挂在山腰上那几个生产队的坡田，要找个稍微像样的坪都难。冬天种洋芋放种子，得一个一个往土里按。夏天挖洋芋，得背着背篓两人合作，挖一窝就往背篓里捡一窝，稍打缓手，那洋芋就顺着陡坡奔往河谷。

从挖角坦和战场坝或者高燎曲折而下，在一个相对较平的坝子里，就这样聚成了一个小小的集镇。这个集镇，于平原而言，顶多就是一座村庄，可对山大人稀的山里人而言，虽然才千多人，也算得上一条不小的街了。四山八岭的山民若来这里赶集便叫作上街，但凡到过下渡坪街上，无疑就是见过世面的人物了。

而渡呢？无论如何都要说到清江。下渡坪那道吊坎下就是当地人称之为景阳河的清江。河介于江与沟之间，河太小我们就叫小河，或者干脆就叫河沟沟。景阳河当然不小，能游得过的人并不多见，即便会水，没点儿胆量的甚至水都不敢下。平缓的水流看似漫不经心，实则很湍急，据说深处可达十几米，要过到对岸江北借此走出大山，过渡是唯一方法。乘车要随车去三公里开外的地方用趸船摆渡，走小路就在吊坎下的中渡口。花上几毛钱，坐那豌豆角小木船，然后爬那弯弯拐拐的泥沙小径到尖石包，缓口气再爬上十来里的坡和石级上景阳关，取道花果坪，再辗转抵达红岩寺。待到你将或陡或平或缓的八十里山路扔在了身后，就有一条318国道展现在眼前，那里可通往宜昌和武汉。我们把宜昌、武汉等地称为大地方，真正称得上见过世面，得去过那里才行。如若乘那笨且缓慢的趸船，过河后则要辗转凤凰、大里、汪家垭、李家坪到花果坪，最后才到红岩寺。清江南岸的景阳人要走出大山，非渡不可，别无他法，下渡坪的名字因此诞生。

下渡坪这个名字于如今的年轻人，或许有点陌生，甚至根本就没听说过。他们习惯叫下坪，而将中间的"渡"字给省略掉了。其中的原因，我觉得不外乎这样几种情况。其一，"下渡坪"三个字对于时时刻刻都在想如何省力的山里人，少念一个字就是一个字；其二，叫起来有点拗口，都明白下坪就是下渡坪，不必多此一举；其三，若干年后修建的那座索道桥居功至伟，不再需要过渡，一日三三日九，"渡"字便在岁月中自然蒸发了。如今的下渡坪，早已随着清江梯级开发水位的遽然上升不得不搬迁到革塘坝，只剩下部分旧址而成为一段历史，永远藏匿于时光深处，乃至成为一个沉潜在水底下的谜。

我所说的下渡坪，就是那个已成历史的景阳政府所在地。无论行政构架怎样变化，"景阳"两个字依旧，"下坪"两个字依旧。眼下人们还在说着下坪，却是新集镇的下坪了。新集镇远离旧集镇，大抵也就两公里左右。如果按照地坝平稳的原则来建新集镇，如今政府所在地的革塘坝并非最佳地段。景阳人都知道兴隆寺坎上有个叫八一的地方最合适，囿于水源问题最终作罢。也有人说清江水位上升一两百米后，八一有大面积山体滑坡的危险。最缺水的地方反而成了最怕水的地方。管它是天意，还是什么意，总之，一切皆成定局，由不得太多假设。

从鲍坪出发，抵达一百多公里外的县城，于许多巴人后裔而言，都是一辈子难以企及的梦想。那条八百多里长名叫清江的河流，横亘在下渡坪和花果坪两个小镇中间，多少人在这里止步。前面还有更高的山更远的路，不断横亘在跋涉者面前。

1993年，还氤氲在新年的热闹中，人还在北京的我，在日复一日的煎熬和期许中，总算登上了南下的列车。目的地是广东省中山市的沙朗镇，一个乌有般的乡村。那个叫黄行的兄弟，就住在沙朗河边一所民房里，每天和一帮老乡在码头上靠搬运水泥度日。在老家那会儿，他在清江边的景阳铁索桥头开了家理发店，我则在附近一所中学，几乎每星期我们都会在一起谈论写作。那是个文学理想遍地燃烧的年代，我们好几个志同道合的文学青年，在下渡坪的一个聚集点创办文学社团，试图闹出一些响动来。这些年轻人中间，有公司职员、教师、农民、手工业者。我们的目标就是作家和诗人，不仅要冲破封锁的大山，还要放出一颗颗卫星，点亮灰暗的山村。

到了中山沙朗才知道，下渡坪来的几十号人，几乎都在码头上卖力气，要不搬水泥，要不扛麻袋。这里不仅热，连蚊子也格外大，叮在身上就起红疙瘩。涌入眼帘的全是从未见过的植物和水果，还有矮小的建筑。那些犹如天书一般的粤语，让我有置身于另一个国度的尴尬和惶惑。尽管身边都是同一地方的老乡，巨大的寂寞和孤独依然充斥着我。

黄行在信中说过这边天气热，尽管每个月能挣上千儿八百的，但确实也很辛苦，要做好心理准备。黄行以他过来人的身份告诉我，挺过最难的开始，当肩上的伤疤结痂而慢慢形成一层水泥茧子，就会逐渐成为一名合格的水泥搬运工，就能成为码头生活的胜利者。

与北京的干燥相比，南方天气别样湿热。汗流过后湿透了的披肩，使得水泥灰迅速溶化而灼伤皮肤，这是每个搬运水泥的人必须历练的前奏。有几个重要的名词就在这期间在我心上烙下了深深的印记：花生油，皮康王，染发水。每天收工回来第一件事情就是马上冲凉，然后赶紧往身上涂抹一层花生油。否则身上一干，立即就会显现出白白的一层水泥斑，用肥皂都洗不掉。水泥包外表有一层细小的泥尘，在来来回回的搬运中，不断扬起而落到头上。它们与汗水相互胶着，迅速将我乌黑的头发灼成黄色，就得将染发水买回来，相互交换着染成墨汁一般的黑发。而被水泥灰灼伤的皮肤，往往会长出毒疮，得等到化脓阶段，先将毒根挤出，然后涂上皮康霜。自愈与治愈的完美配合，是水泥搬运工必须掌握的基本技能。

沙朗的早期是宁静的。我们大概十来人居住在老板为我们租过来的一幢民居里，过着世外桃源般的生活。辛苦自不必说，但只要搬运完一船水泥，老板就会马上给我们结账。若有大吨位的船舶装满水泥来到，一天还能赚到百多块钱，相当于我在学校时一个月的工资。那种喜悦感和幸福感，可以完全冲淡此前所有的心酸和不快。

也就是那年，越来越多的老乡从下渡坪赶来这里投奔亲友，聚集在港口大本营里。不少人的生活圈子基本仍圈定在码头上，僧多粥便少，就有部分人当起了街娃，说得委婉点，叫科长。这些科长们整天东游西荡到处混饭吃，哪家熟了，甚至不用请，他们就会自找碗筷说一句肚子饿哒，便自来熟一般敞开肚皮吃。老乡彼此间拉不下面子，这批人就越来越胆大，最后竟以借生活费为名，实际上就是生要（收税），被收了"税"的人可安安心心在码头上混口饭吃，否则，不安宁的日子就要降临。

这股歪风正在向我们所在地——沙朗蠢蠢欲动。为防患于未然，我们一合计，就在床下准备了许多空啤酒瓶，万一干起来，就将这些鸟人的脑袋砸开花。我们还放出风声，让那些人知道我们准备了硫酸。明白人自然知道我们的意图，所以一直没有哪个长了红毛的来沙朗"收税"，算是过了一段岁月安好的日子。倒是后来，我们这班人中出了个败类。那个整天专练少林拳的家伙，不知怎么被那些收税的人抓到了什么把柄，被人一顿拳头耳刮子加皮鞭，直打得他身上青一块紫一块嘴里还说"打得好"。

1993 年年底，我与许多老乡一样，有生以来第一次远在数千里外过年。年关那段日子相对比较清闲，码头上和工地上的老板们也回家忙年去了，我们把赚来的钱给父母寄了回去，留下一部分去沙朗市场买回鸡鸭鱼肉，准备好好过个年。多少年过去了，我一直记得那个暖暖的下午，阳光斜照，做饭的做饭，玩游戏机的玩游戏机，只听得"加油啊加油啊"的声音反反复复着，一直不肯歇息。同乡中有个叫李佑国的买了部收录机，一遍又一遍播放着那首忧伤的《想你想到梦里头》，直唱得我们心里酸溜溜的，忍不住流出清淡的泪水。

南方词条：土瓜岭

还是说说旧时的下渡坪究竟是个什么样的去处吧。比如说，门朝哪开树往哪栽？比如说，有什么稀奇古怪的事，或者当时的整体面貌和一些人事又如何？318 国道你是知道的，尽管近年来开通了沪蓉高速公路，人们再也不走或少走那条满载着传奇的国道，然而对于这条路的情感，很多年纪稍大的老辈人不可能也没法淡忘。318 这条线上有个被誉为"明珠"的红岩镇，从那里往南近百里有一条鄂西的母亲河——清江，清江南岸有一条黑白相间且格外醒目的建筑群，那就是下渡坪了。根据过往的历史，此处应该是彰显土家民族风格的吊脚楼，如今则是貌似徽式建筑的新集镇了。

若站在清江北岸高高的景阳关口雄视下渡坪，人们心目中的世外桃源，无非就是这个样子，甚至比他们想象的还美好。下渡坪新集镇之所以抢眼，就在于她色彩的亮丽，背靠着绿水青山，恰到好处地呈现出来。下渡坪从来都是以小名的形式，充斥我们的日常生活。事实上，她最准确的称呼叫景阳，无论是景阳公社、景阳区还是如今的景阳镇。说官方点儿，下渡坪就是景阳政府所在地。我们到景阳一直都说去下渡坪。这又有点像父母从来都只唤我们乳名，只有课堂上的老师才会叫我们学名。景阳和下渡坪，正是以一个学名和一个乳名，双双充满了我们的生活。

景阳以下渡坪为核心，辐射清江南北两岸，总面积可达 160 平方公里，人口3 万有余。北岸沿清江自上而下一字长蛇阵摆开，上至大里下抵新河，地势由河边的陡峭到平缓再到陡峭，呈三级阶梯状分布，最后被长达数十公里、高达数百米的景阳大绝壁，与临镇花果坪旗帜鲜明地分成低山和高山。清江南岸与北岸的三级状况相似，唯一区别在于南岸相对开阔，少有绝壁连成一片。绝壁彼此间多有出口，分别通往景阳下辖的硝洞坪、挖角坦、战场坝，以及临镇官店等地。尽管北岸的凤凰观、大里等地相比南岸坎上的硝洞坪、挖角坦等地要低而近，由于清江河水的稳定性太差，时不时就因为清江的暴涨变得极不方便。

清江的河水就如同人的一生，不可能永远原地踏步，也不可能永远晦涩阴暗。

无论在北京常营还是中山沙朗，我基本上都是在出卖自己的力气。这有点像一个胸怀利器的人，在做着一件与自己并无多大关联的工作，颇具悲壮意味。比如在北京，每天三餐是没问题，但跨出工地半步都要钱。所谓一文钱逼死英雄汉，过来人一说便能感同身受。在沙朗，钱的问题似乎不是问题了，实际上最后还是要归结到钱。那时进工厂月收入也就几百块，还得天天加班，这是说普工。上得点台面的，更是要求多多。这个世界究竟强大到了何种程度，谁也无法说清楚，但谁都曾在它面前被撞得头破血流，然后不得不俯首称臣。一方面我的内心与这个世界对峙，另一方面却又不得不回到现实。靠出卖体力的确可以赚到更多钱，但那终究不是我想要拥有的。

1994 年年底，我在东区土瓜岭找到了一个可以暂时安放躯体的地方，尽管里外周边环境比沙朗差得远。那间 10 平方米左右既黑又不透风的小屋里，共安置着上下铺位 8 张床，中间仅剩一条刚好够一个人通行的过道。我们 8 个人，每人一个床位，90 公分宽，仅有一个小小的窗户，也因为床位安放后，被遮掩得只剩下可怜的一点空间。

刚进入 5 月的南方，天气就热到了约 30℃。这里的热是那种没心没肺的热，稍微动一下，浑身大汗淋漓，湿透的衣裳紧贴着皮肉，特别难受。土瓜岭这鬼地方，似乎是城区最不受人待见的，一丝风都很难抵达，蚊子还特别多。我连一台二三十块钱的风扇也买不起，只好支起从沙朗带来的旧蚊帐，如此一来原本窒息的空气就更加凝重，感觉自己就是条晒在沙滩上的鱼，在近乎绝望的挣扎中奄奄一息。很多时候，我们睡下去没多久又爬起来，实在难以忍受闷热和窒息的双重夹击，就从院内水井里打上一桶水，将浑身抹一遭，再躺下，再起来，如此反复后，天色逐渐明朗起来，又一个更为严酷的白天到来了。

就在我们因拮据而省吃俭用的同时，两个表弟却给我上演了极为精彩的一幕。我倾尽那点可怜的积蓄和未婚妻刚收到的工资，勉强凑齐职业介绍费，把几个亲戚送进了工厂，一大班人的吃饭问题和租房问题，一一摆在了面前。我给其中一表弟两餐的伙食费，他却挤出了一半买了烟，隔三岔五从荷包里掏出一支，躲在出租屋外面抽。被我发现后，他却说："一两餐饭不吃还顶得住，没烟抽浑身就一点精神都没有。"我另一个块头较大的表弟还未满十八岁，听他爹也就是我姨父说，他打工就是想挣点钱抽几包好烟的。

或许是那种令人窒息的气氛，又或是一直未能找到较为理想的工作，我常与未婚妻拌嘴。甚至还会为一些鸡毛蒜皮的小事而相持不下，不像现在，即使有些摩擦，也会在悄无声息中化为乌有。一晃二十多年过去。前几年，有位朋友在土瓜岭附近买了新楼，写了一篇《关于土瓜岭》的文章，这才将我记忆中的土瓜岭重新一页一页翻开。当我找出那张早已发霉的旧照，才回想起曾经是有过那么一段灰暗的日子。我们从土瓜岭的小巷子里进进出出，如果用几个特定的意象或者修辞来概括，我想不外乎弯曲、狭窄、窒息、饥饿、奔突和坚守。它们就像我身体内超标的脂肪含量，总会时不时在我体内的某个部分，用一种别样的方式提醒我，激励我。

南方词条：小鳌溪

下渡坪，说穿了就是清江河边一个小坪坝，但你千万别小看这个坝子。早年间清江沿河两岸的政治经济文化中心，在半坡双土地老街那里，因为地势陡峭限制了发展，最后不得不搬迁到现在的下渡坪。据说民国时期的双土地曾红极一时，那里不仅是周边地区南来北往的交通要道，更是影响周边县市的商业中心。当然，用今天商业经济发展的盛况去看当时的双土地，显然难以描摹出昔日兴盛的情景。

那时的记忆里，下渡坪给我最深刻的印象，就是粮所。占地面积之大，粮食之多，超乎了我所有想象的总和。从我的孩童时代到青年时代，饥饿可以说一直都像魔鬼一般缠绕着我。下渡坪除了个别地方出产大米外，其他地方的主粮就是金黄色的苞谷，整个县都一样，所以我们县的别称叫作"金建始"。每每看到金黄色的苞谷，我们内心就有种说不出的温暖。

粮所人不多，地盘却占了下渡坪的一大角，建筑也不高，顶多两层。最显眼的自然是那些圆柱形的粮仓，顶部戴着个大帽子。而那些翻晒粮食的地坝，有数十个篮球场那么大，炎热的夏天想要找个躲荫地，得走好半天。整个景阳上缴国家公余粮的苞谷、油菜籽、小麦，最后都要从清江南北两岸五山四岭集中到这里。每到秋收季节，那些脱了油漆的东方红拖拉机就扑沓扑沓往这里拉，甚至手扶拖拉机也要上阵，小小的车厢堆得像山包。你是知道的，山区公路大坑小坑的，司机在半途补个胎修个车是常事，常常就弄得满身机油，脸上白一块黑一块，像个花王，却看不出半点猥琐。山里人到下渡坪赶场，要走几十里山路，空手一个来回都要走到摸黑，背了沉重的山货走小路，那黑汗直流两腿发软的情景想起来心里都打战。遇到山里人说的"爬爬车"后，就奢望司机能捎带一程，那该减去多少脚力之苦啊。如你所想，司机的屁股翘上了天，给人和颜悦色的时候少得可怜。司机当然也有难处，邻里乡亲，帮得了这个帮不了那个，最后讨撅挨骂的终归还是自己。

这公粮五转六折到了下渡坪粮所这个中转站，经过一番周折，还要用东风汽车往县城转运，其中粮农与粮所收购员间的交涉不用我多费口舌，实在是一言难尽。如果要说农民们还有一丁点欣慰的话，那就是看看汽车也算是一种享受，即便肩上的粮食还歇息在打杆上，也得目送着汽车转过凤凰边那个垭口，然后才想起还要赶下一段更为艰难的路程。下渡坪刚通公路那阵，有个老盲人，听说汽车靠四个轮子一次可拉万多斤粮食，心想什么庞然大物这般了得，硬要十多岁的孙子牵去"看"个究竟。来到下渡坪街上，适逢一辆解放汽车过了清江河趸船，沿之字拐公路往这边开，一路上喇叭不停地叫唤。老人说，比牛叫洪亮呢。汽车在街上停下来，老人过去这儿摸摸那儿捏捏："这家伙好硬啊，掐都掐不动。"

从粮所往西边走百来步，就是白色墙身的邮局。相比粮所的大手笔，邮局却是显得有点寒碜。如果不是邮局正身门面刷了浓浓的绿漆，你一定以为那是居民住所，顶多也就比一般的民居稍大点儿而已。邮局的工作人员个个着一身墨绿色服装，在大街上容易辨认，下到乡里就更为醒目。穿过邮局里面那个不大的窗口，便见一排木柜里装着机子，上有许多细电缆样的东西，值班人员偶尔听到清脆而单一的铃声后，就将那些细电缆，一会儿往这边的孔里插，一会儿又往那边的孔里插，直看得窗口前的人眼睛都不眨。哈，值班人员还对着话筒在那里跟谁说话哩。这时，一位穿制服的同志走过来，在人肩上拍了拍，说，喂，背篓背进来挡住了别人哪。这看稀奇的人回醒过来，方想起自己要做的正经事，不好意思地匆忙离开了邮局。

二十世纪八十年代末九十年代初，邮局可以是一个符号，也可以是一个隐喻。在我看来，邮递员更像一根长长的线，从下渡坪向外无限延伸，总会在某个时段某个时刻，从那个绿色的大挎包里送来我们与外界的某种关联。在摇把子电话尚为稀奇的年代，我们与外界唯一的联系方式，就靠绿色使者——邮递员了。

记忆又将我带回了小鳖溪。翻阅新华字典：鳖者，龟或鳖也。众所周知，鳖者王八是也。如果将我当年在小鳖溪受到的种种待遇联系起来，"小鳖溪者，喂养王八的一条小溪也"，是可以成立的。

1994年，妻在小鳖溪附近的嘉华电子城打工，我还住在沙朗，后来才搬到土瓜岭。那时的嘉华生意好，几乎每晚都要加班，工人们也乐意通过加班的形式拿到更多的工资。嘉华到土瓜岭本不远，但她们公司经常加班到十点，然后排队打卡，再骑十几二十分钟单车，回到住处还要手洗衣服，再快的手脚，睡觉基本都在十二点后。虽说那时年轻，时间长了人还是辛苦的。

一合计，我们决定在嘉华附近的小鳖溪租房子。两个人骑着单车围着村子转悠了好几圈，才在靠近山边的一户农家找到一处比我老家厕所还差的出租屋。房东估计赚到了钱，在老房子不远处建了一幢高大气派的新房。小鳖溪不少东家都是这样，自己住新房，然后将旧房租给电子城打工的靓仔靓女们。之所以说比我老家厕所还差，主要有几个原因：山边蚊虫多，房子也破旧，最根本的问题是附近就是猪圈，蚊虫就更多味道就更难闻。故此，房子的价钱也就矮了不少。

和房东简单交流了一下，当即确定下来。那幢老房子早被东家用薄薄的木板隔离成小小的个体单元，租给了同在嘉华打工的江西人。只剩下后面靠近路边的一间，最低处仅有一人多高，面积七八平方米，月租80元。由于采光严重不足，大白天也要开灯才能看得清楚。床位是现成的，只要将被子和蚊帐之类的简单行李安置上去，再买回煤油炉和锅碗瓢盆，一个简单的家在形式上就成立了。从北京到沙朗到土瓜岭再到小鳌溪前后差不多四年时间，这是第一次拥有真正意义上的二人世界。

那个夜晚，我们躺在硬木板床上，说了很多很多的话，设想着、计划着我们的将来：一定要在老家建起一幢属于自己的房子，至少要两层，还要后面带停车场的那种。积攒足够的资金后，我们还得开一家饭店，或者是一家小小的工厂，通过靠近国道的便利，将山里的农副产品深加工，运到外面的大城市。

我们过上了那种按时上班按时下班具有城市节奏的生活。我供职在城区一家说起来不错的单位，妻则只需要走上几分钟便可到达电子城。那时工资虽说不算太低，但我们必须省下钱从邮局汇到老家。那里，父母正在拼老命实施我们的筑巢计划。为节省开支，每日下班后，我都会在单位用暖水壶装上一瓶热水，挂在单车龙头上带回家晚上给妻喝。即便是牙膏洗发水这类日用品，我们买的也是地摊货，至于晚餐，大部分时候都是面条加蔬菜。

我们的小宝贝在妻的肚里一天比一天大，为了宝宝能顺利而健康地来到这个世界，我还要变着法子挤钱给妻买点水果。几乎每晚我都要守在嘉华门口，用那辆破旧的单车接她回家，然后将洗好的水果递到她手上。妻说只有这个时候才感到自己是真正的女人，直说得我心里酸酸的，眼里暗涌着泪花。是啊，自与妻相恋以来，就是块多钱的纱巾也从没给她买过一条。先前要还读书时欠的债，成家后又要建新房子，为我们的将来考虑。几年来一直手头紧，没让妻吃好一点儿穿好一点儿，妻从没埋怨，反倒时时安慰我，说现在艰苦点儿不为过，将来日子好些了再奢侈点儿吧。我知道妻喜欢吃荔枝和香蕉，即便再便宜也只能偶尔买点儿别人选剩的尾货。为了让妻开心，我甚至给她勾画了一个弥天大饼：等将来有钱了，一定会买一整车的荔枝和香蕉，让她吃个够。妻笑了。我分明看见她眼里闪烁着泪花。

在小鳌溪最深刻最值得引以为傲的事，是我第一次被邀请去五桂山中学讲了一堂公开课。那是我走下讲台三年后第一次再次站在学生面前，和以前的自己相比，多了一份胆怯，也少了一份自信心，哪怕我戴着全市征文大赛获奖的桂冠。

那时我常在工作之余去报刊亭买些报刊杂志回来，一则学习别人的作品，二则借此往外投稿，继续追逐我的作家梦。记得那是一次中山人民广播电台和中山市劳动局等单位联合举办的征文大赛，我在截止日期头一天，才将我们在土瓜岭的那些经历，写成一篇名为《沉默的沧桑》邮寄过去，并在颁奖晚会上认识了在五桂山教书的老吴。老吴是高三语文老师兼学校文学社负责人，他得知我丰富的打工经历后，写信邀我去他们文学社授课。那天，我利用周末，踩着一辆破旧的单车，从小鳌溪出租屋出发，踩了将近一个小时。当时究竟讲了些什么，如今一点印象都没有了。有一点却非常清晰，那晚校方不仅准备了丰盛的晚宴，还用一辆小四轮将我的破单车绑在尾厢，将我送到小鳌溪住处。临了，还将一个封面印有校名的信封递到我手里，说这是学校的一点意思。

回到出租屋，我几乎是迫不及待地打开信封。我知道，里面是给我的酬劳。这种事此前从未见过，也从未经历过，但我已大致明白作为开放城市的广东，人人都在按照某种规矩和节奏办事。我自然免不了在一阵兴奋之后，有了些深层次的期待或者期望，通过这个美好开端的开启，我会逐步踏上广东节奏的旅程。

南方词条：五星和濠头

我觉得，写下渡坪，不仅是下渡坪街上的那些人与事，还要写围绕着它四周的那些子民，写他们是怎样坚韧而顽强地生存下来的，他们都有哪些品质，都有哪些精神质地，浸染着这片土地上一代又一代的土家儿女。

俗话说一方水土养育一方人，下渡坪脚下的清江并未给沿江两岸的土家人带来多少恩泽。清江因两岸山势狭窄陡峭而水流湍急，不仅水产资源匮乏，而且对农田灌溉几乎没起到什么作用。相反，夏季山洪常常暴发，使得河流翻滚，两岸原本就不方便的交通再次中断受阻。靠天吃饭成为一年四季恒定的主题，尤其是翻过清江南北两岸的二高山地带，因土质的贫瘠，人们要付出更多的汗水，才能勉强获得一年的口食。如若遇到风灾、旱灾，或是雨涝，缺吃少穿这件事就更显得无关紧要了。

于是，在包产到户后的那些年，我们常常可以看到不少住在山上或是山腰的人家，都会像当年农业学大寨那样，将分到头上的责任地进行坡改梯，加大平整力度，竭力向那些贫瘠的土地要产量，确保一家人不饿肚子的同时，还能让孩子们读上书。不仅如此，更要力争跨过景阳河，打过马水河，抵达县城的广润河。

大山阻隔了山外的信息，河流拦住了土家人冲向山外的脚步。他们就立足于脚下那块贫瘠的土地，全凭一双长满老茧的手，全凭大山也压不塌的双肩，为儿女们尽量创造出好的读书条件。他们当然没有多大能力辅导孩子，生活本身就已艰难，还要抽出气力传承"棍棒底下出英雄"的古训，在学校不听话的孩子，回家挨揍是必备的功课。如果哪位学生做坏事或是成绩差，老师不打也不问，家长就会自责，必得备上白酒挂面甚至上好的猪蹄，领着孩子去老师家拜年赔不是。整个中国恢复高考的那年，一个叫梅林的土家学子考上清华大学，首次在清江沿河两岸燃放了一颗卫星后，下渡坪似乎就在一夜间驶上快车道。从此，几乎每年都有不少考上名校的学生，他们毕业后就像山里的蒲公英，天女散花，在祖国的大江南北绽放风采。

而我这个另类理想的践行者，也用了差不多十年的时间，在这座城市里，从一个码头上的搬运工，成长为一家国有企业的内刊主编。人一生也不过几个十年的相加而已，在别人的城市里时间一长，难免想家，想那块养育我的土地。尽管当初自己是那样想着法子要逃离那个穷得蛆都不生的下渡坪。

写下渡坪，最不能忘记的当是那座索道桥，山里人要与外界接轨，首先就得在路和桥上下功夫。二十世纪七十年代初期，曾有勘察设计工程队在景阳河沿江一带，花了很长一段时间进行勘察，最终选定了位于十中附近的地段，准备修建一道石拱桥。全区从各乡抽调出来的数百人组成的施工队，开采了大量石头，甚至挖出了几十米深的桥墩。眼看快要进入实质性阶段，却突然停了下来。据传是清江南岸地质不够稳定，这一冷却就是将近十年，直到八十年代末期，政府才再一次确定开建索道桥。

这一次出乎意料地顺利。很快，八百里清江河中游，就建起了一座五百米长的索道桥，可以说这是下渡坪天大的喜事。通车那天，附近不少农民自发买了上万响的鞭炮，和政府的一起炸了个不停。沿河两岸到处都是攒动的人头和拥挤的场面，他们当中许多人，头一回看见了小车长啥模样，县长是胖还是瘦，是高还是矮。他们看见比茶杯口还粗的钢丝绳，驮着厚厚的被桐油煎熬过的松木桥板，从江北一直铺到江南。小心翼翼走在上面，还是觉得晃晃悠悠的。脚下是一百多米深的峡谷，昔日在木船上见过的清江，如今在脚下的深谷里静如溪流。待他们清清楚楚看见列队而过的剪彩车后，这才用粗糙的手背揩了模糊的双眼，这才相信铁索桥上面的木板，铺平了通往未来的捷径。

铁索桥将清江南北两岸一下子拉近到了无以言表的距离，多年来因疏于行走变得陌生的亲戚，终于得以风雨无阻常来常往。那些从未跨出门槛的人，怎么样也要来到大桥边看个究竟。至于原来那些开疍船的工人，自然不再整日风里来雨里去了。政府在桥头堡修建了岗哨，每当有车过时，只需要撕一下过桥票，抬一下栏杆。历经多年沧桑风雨，居然老来还能整天坐在桥头那小屋子里，看南来北往的汽车，欣赏风景一般地看着过桥的男女老少，以及桥头两岸时不时发生的奇特故事。

当初准备修建石拱桥之前，这里还是一片洪荒。清江北岸大树垭一位赤脚医生在南岸采药，曾清清楚楚看见一河之隔的北岸，那峭壁悬崖上有株灿烂鲜艳的灵芝，可当他辗转到清江下游乘坐木船，迂回到北岸那峭壁边时，却什么也没有了。诡异的事情一直等到索道桥正式通车之后真实地发生了。下渡坪后面革塘坝有一女，因抗拒父母包办婚姻，气头上就跑到了索道桥上面纵身而跳，刚好落到赤脚医生看见生长灵芝的地方。那天，守护索道桥的老头正坐在值班室的窗口，眼睛定定地看着南岸的荆棘丛林，怀想远在青龙河畔的老婆。忽然，一只巨大的蝴蝶，好像突然折断了双翅一般，从桥面正中位置斜铲下去，径直撞在了坚硬无比的岩石上，溅成一朵无比鲜艳的灵芝。这是索道桥通车后的第三天，有人说女子专为祭奠这桥而生，那朵灵芝便是她永久的化身。还有版本说，大桥将两岸的龙脉打通，注定了要有一女子为此献身。当然，还有许多不同版本的衍生，都理所当然以下渡坪为中心，犹如清江的涟漪逐渐扩散开去。

这涟漪的光圈随着我的远走，还在不断向外绵延。就像我对下渡坪的情感一样，虽然一直都在想着怎样逃离那个既偏僻又贫穷落后的小山村，但我从来没想过出来后就不再回去。出来就是为了更好地回去。如果一直过着流浪的状态，即使你想回也只能是梦里了。正如一片落叶，下落的过程必然伴随了漂泊的状态，如果一直飘浮，自然无法回归。

一如现在，在别人的城市里稍稍有了点起色，我便与大多数人一样倾尽所有，开始在那个叫根的地方筑起暖巢来。从一开始，我就给自己定下目标——存到一定的钱，就回家发展，哪怕做点儿小小的经营。当年岳父成分不好，曾吃过许多说不出口的亏。后来摘了帽子，凭他的勤劳和智慧而成为包产到户后村里最早的万元户之一。岳父在我们新建的房子正前方用红瓷砖镶了个大大的五角星。每当太阳初升，白得耀眼的墙壁上那红得透彻的五星就一闪一闪地发亮。房子就在318国道边，车辆来来往往，路过的司机们总是忍不住要瞄上几眼。

巧的是，我在南中国这座城市里，也刚刚搬到了一个叫五星的村庄。房东见我单车架上一大箱书，还有我那可爱的眼镜，一下子就和我亲近起来。和房东一交谈，才知道他已退休，在家过着悠闲的日子。那幢旧宅是留给他的哑巴弟弟以后结婚用的。当然，这个前提是接近五十岁的哑巴男人还能讨得到老婆的话。

我们租住的是房东旧居的厨房，看起来的确有些陈旧不堪，但相比小鳌溪而言，起码面积大了点儿，猪屎臭的味道也没了。即便外面是车声隆隆的中港大道，只要跨入五星牌坊，再转个弯，那一路的浮躁便被抛进了浓密林荫之中。

打扫卫生，安好床位，再将瓢盆碗盏那些有限的厨房用具归位，我的"五星"生活就算正式开始了。老家的"五星居"正在装修，自然不能奢求有张书桌，那张床就发挥起多功能作用来。吃饭或偶有来客，它扮演的角色是沙发，晚上则是我伏"案"写作的平台，累极，便又是我驱壳安顿之所在。次日清晨，闹钟准时叫醒我们，起床梳洗后就开始做早餐。如果前一晚加班太累，便去几十米外的市场花上几块零钱安顿好我们的肠胃，然后骑上单车，向各自的工作单位进发。到了夜晚，我们又从这座城市的两个地方往同一地点赶。无论谁先到，都会泡上一杯热茶，等着另一个加班人的晚归，有些忙碌也有些累，心里却很踏实。

我们爱情的结晶也就在这个时节降临，很自然，我们要考虑增加房子的空间。那时我跳槽去了一家事业单位，从事着我喜欢的编辑工作，待遇更高，我也就顺理成章地租下了房东整幢旧居。也就是说，我们不仅有了单独的厨房、客厅，还有了单独的洗手间和冲凉房。我们甚至还可以将老人接来这里小住一段时间。

房子突然变大，一下打乱了我们以往生活的节奏，亲朋好友都像预约了似的，前前后后找上了我们。静静的房子突然间变得热闹起来，变得使我们有点不知所措。常常是一边开着饭，一边就有客人来到，最先来的放了碗筷，最后来的才上桌。空啤酒瓶自然也是一放一大堆，收垃圾的河南佬一个月就要来好几次，老人只会说西南官话，倒也能与河南腔搭上调。一来二去，便与河南佬成了无话不谈的半个老乡了。高潮部分的上演，则是在我买了手机后，多数老乡都转弯抹角地知道了号码，借钱的、找不到工作的、没地方住的全通过手机找到了我，以前认识的、不认识的或转弯抹角的亲戚朋友老乡都通过这个"电子拴狗器"拴住了我。于是，妻成了"三包"人员，请了假包吃包住包借钱，而我也成了"三陪"人员，陪吃陪住陪找厂。

在五星居住的五年多时间，最难忘记的一件事是关于女儿。有一晚我带着刚满二周岁的女儿去散步，走在窄窄的巷道里，灯光拉长了我们父女的身影。女儿说："爸爸，我看到了自己的影子啦。"那一刻，我多么高兴。女儿就是我的影子。女儿的世界是天真透明的，在她的笑声里，我看见辽阔的海洋，看见了蓝天下的飞鸟以及遍野坚韧的小草。我现在温厚平和地面对生活，平静而超然地看待命运，与女儿的纯真分不开。她给我带来的天空，影响了我对生活的态度。

应该说，二十世纪末期到二十一世纪初期，我和妻的收入虽说不是太高，但那时的物价足以让我们的工资在支付一家人的吃喝拉撒外，还有不少结余去想点儿更多的事情。我和妻正是那个时候计划在中山扎根立足的。女儿越来越大，她不可能再跟着我们回到山旮旯儿里，孩子走了回头路，就只能说明我们这一代人彻底失败。妻拉着我，将手里结余出的两万多块钱，支付了如今我们居住的这幢叫作濠景小区的首期。

许多年前，孙文东路还不曾延伸至濠头。石岐到濠头，尚要经齐东兜个圈绕过如今的峰景花园，才能抵达濠头牌坊。齐东至五星的干道贯通后，濠头便有了两个牌坊。新式样的牌坊有"濠头人民欢迎您"的字样，刚开始还有些抢眼，后来就被旁边各式广告淹没。

那时的嘉华电子城有七八千人，厂里的宿舍不够住，就有穿一色厂服的工厂妹在附近的上陂头租房子。原本上陂头与濠头仅一沟之隔，却少有人去那边租房。这有点像当下的濠头，有了新门面便有意无意疏远了旧门楼。不知道濠头历史的人，总觉得这牌坊突兀在那里怪怪的。某次从省报来的记者朋友搭乘公交到了濠头，我开着摩托车，兜了几圈才找到。我说的牌坊是新的，朋友则说是旧的。我想，新与旧肯定曾将许多人都整糊涂过。就像濠头车站，天天从那里路过，并不觉得有一丝怪异，如若仔细看去，就会发现它的"老"来。

结语：作为归宿的南方

恩施本属南方，广东更是南方以南。此间的雨水丰沛得格外直爽，似乎不像典型的南方性格，却是大自然给予他们的恩赐。地处北回归线以南的广东地区，一年四季几乎是一成不变的绿色，年降水量将近 2000 毫升。尤其每年的梅雨季节，伴随着回南天，让人感觉从头到脚都是水。因为靠近伶仃洋口岸，这里的河道交叉纵横，到处密布着水网，出门稍远，必得乘船过渡，否则永远抵达不了诗和远方。

长期生活在水的世界里，这里的人们很自然就和水的通达圆润融为一体，你中有我，我中有你。一条条缓缓流动的江河水，就像一条条脉搏，从高山源头汇入大海，然后又经过海潮返回这里，形成咸淡水交融的区域文化。无论是咸水还是淡水，它们的特质无一例外地呈现出通透旷达的质地。这是我以一个外省人的身份，用了近三十年光阴的砥砺，直至身体里铁或者钉子一般的杂质，几乎完全熔化为水才得出的结论——南方人血液里水一般的质地，看似柔软毫无棱角，实则是一种真正实在的生活。

水，就像身体里的血脉，它可以贯通到人体的每个细小位置，体现出的是柔美通达，即如南方人的性格，柔性占据了主要成分。这种柔，同样是骨子里的。它最大的特点就是不具备攻击性，却又有着极强的自我保护能力。就像南方品质，虽建立在中原文化基础之上，却又在长期的生活中进行改良，在南粤这片土地上，繁衍成一片独特的文化景观。

如我一般早期来这里打拼的恩施人，如今大多已扎根这片热土，成为新中山人。从最初不习惯甚至有些抗拒的语言、饮食、习俗等，逐渐融进了这方水土，直至将恩施人固有的那些缺点一点一滴，在南方雨水的浸染下，形成一种新的文化特质。他们就像一面面旗帜，一方面在第二故乡为打拼的恩施人指引着前进的方向，另一方面又召唤着恩施那片土地上的人们，向着这个更为稳靠的地方进发。他们深深地知道，只要勤劳、坚韧、厚道，一步一个脚印，定能沉稳干练地成为各个行业的栋梁和翘楚。

诗人余丛曾开玩笑说，如果港口镇普选镇长，无疑我会高票当选。他说这话的意思是说港口这地方恩施人多。多到何种程度？举一个例子，港口建达工业区巅峰时期工人高达一万多，里面几乎一半恩施人。每每下班，这里的工人像流水线一般，顺着岐江河边绵延几公里。在这里，随便张开耳朵一听，几乎都是恩施口音。保守估计，顶峰时期这里至少有两万多恩施人。靠近珠海的坦洲镇，那里的恩施人比港口更多，除此外还有好几个镇区都有不少恩施人。

恩施人在中山这些年可以说有了一定的名气，不少人活跃在中山的政界、商界、文化界和教育界，成为各个行业里的精英和翘楚。回想二十几年前的今天，很多人都不知道在中国的版图上还有一个叫恩施的少数民族自治州，如今，不少行业都有了恩施人的身影和足迹，为这座城市的活力增添付出了应有的勤劳和汗水。他们也因此成为这座城市的发展者和见证者。

从莽莽武陵山到中山，三千里征途云和月。细数其间的山川、河流与桥梁，翻越座座山岗，蹚过条条河流，跨过一道道桥梁，每一步都有我们土家人艰难挪动，却又坚实无比的足迹。

从故乡到他乡，三十年光阴荏苒。细数其间的往昔沧桑，我们曾露宿桥底，我们曾夜以继日地加班，我们也曾历经过种种成长必须付出的代价。大山赋予我们厚实的胸膛和挺拔的脊梁，我们正在他乡撑起故土的太阳。

从一座山到另一座山的漫漫征途，实际上就是一个不断回归的旅程。

如果要追溯恩施人大规模来中山的历史，一定要说到如今已赴天国的严奉章老先生。新中国成立不久，严老先生被组织上安排到遥远的广东中山支援当地的建设。此后三十多年里，老先生从一个普通的党员干部，一步步成长为当时尚属中山县的物资局长，直到二十世纪八十年代末期退休。退休前的严老先生曾担任中山市国有企业橡胶厂厂长，八十年代该厂改制，老先生从湖北建始老家招聘了一批流水线工人。从那时起，中山的恩施人渐渐多起来。1992年邓小平南行之后，更多的恩施人南下进入珠三角，其中大部分来了中山。

我曾在《南下先祖陈连升》一文中写道，如果追踪土家族离开家乡来到南方发展的历史，首先应提到的无疑当属陈连升将军了。两百多年前，陈连升将军追随钦差大臣林则徐的脚步，在一个叫虎门的地方，用他六十多岁的身躯，生动地诠释了什么才是真正的土家族精神。而六十多年前的严奉章先生，则是作为一名文职干部来到伟人故里中山市，参与到这里的经济建设洪流中，用他坚忍不拔的毅力和勤劳苦干的精神，不仅在工作中做出了不朽的成绩，更是为这里带来了一大批恩施人，在改革开放的经济大潮中，平添了一份少数民族的新鲜血液，为当地的经济建设书写了一幅美好的画卷。

严奉章老先生来到南方这片热土距今差不多七十年了。几十年来，尤其是二十世纪九十年代以来，一拨又一拨的土家儿女来到这片生机勃勃的土地上，到目前为止至少有 10 万恩施人在这里工作和生活，他们早已将这里当了自己的第二故乡。他们的热情和汗水，他们的勤劳和智慧，他们的团结和执着，浇灌出了一朵朵艳丽的花朵，在南国的版图上熠熠生辉。这是土家民族与南方多民族的交流与大融合，更是 10 万土家儿女集体在南方修炼的必然结果。这个看似并不复杂的过程，他们用了几十年的时间，再一次印证了土家儿女修行的刚毅和执着。

（原载于《民族文学》2021 年第 4 期）

沧浪之水

阮殿文（回族）

陪父亲在田野里散步

我准备去田野里走走。

这片田野有一个时刻牵动我心弦的名字——桃源坝子，它处于滇东北腹地，空气和水源还没有受到任何污染，所以每次回家，我都要去那里走走。

湾湾田是个很小的村子，从东头走到西头只需要五分钟，我很快就出来了，然后就沿着村子旁的一大片麦地往南走去。时间尚早，整个桃源坝子被包裹在一层薄薄的雾气中，已有二指高的麦苗上，每片叶子都挂着至少一滴露水。在麦地间，走上一小段就会突然窜出一小片菜花地来，初升的阳光照在嫩黄色的菜花上，让人觉得这阳光是从天堂里跑着来的，目的就是匍匐在菜花上晃悠。几只早起的蜜蜂，在橘红色光线的引领下，于菜花间嗡嗡地飞来绕去，像在寻找天使们丢失在大地上的黄金。

与几片菜花地擦肩而过后，我很愕然，竟然遇上往回走的父亲。我问他怎么这么早就在这里，他说天麻麻亮就出来了，刚刚去看了一下田。

"又不到栽秧时间，没有必要大清早就出来。"我说。

父亲听了我的话，笑了笑。

"这你就不懂了。早上空气好，出来走走舒服得很，顺便来看看田，想想今年种糯谷好，还是种饭谷好。"他说。

我被父亲的"早上空气好，出来走走舒服得很"惊了一下。

在这片田野上生活了七十多年的父亲，居然还对这片田野怀有一种浪漫情怀，难怪他去到哪里都觉得不自在，待不住，要不了几天就嚷着腰酸腿疼，执意要回到这片田野上。可以想见，对于父亲来说，桃源坝子，或者说桃源坝子上的这几分田地，已经成了父亲的一剂良药，不仅能解决他的饥饿，还能医治他的腰酸和腿痛。我也像是得了他的遗传，一段时间不见这片田野，就想念得厉害，以致每次回家，都要到这片田野上走走。

"心里闷躁，就去田头走走。"有时候，父亲见我一个人坐着，担心我心里孤独，就会这么对我说。我也确实是这样，去田野里走上一圈，心里就亮堂开了。

这些年，母亲不在，虽然后来有个嬢嬢陪伴，但父亲的心里依然是孤苦的。他这么大清早就到田野里来游走，就是为了从田野里获得力量和希望。更何况，在田野里，稍一抬头，就能看见不远处的野石山。山上正对着桃源坝子的一边，有一个隆起的地方，那就是母亲的坟。即便现在，真的，我也没有忘记朝那个地方看上几眼。

"我想去田里走走。"我对父亲说。

"走嘛，我陪你去走走。"父亲说着，转过身，我们就在地埂上一前一后往河埂上走去。

来到大河埂上，父亲指着靠向桃源街方向的一大片田野说："你看，这么漂亮，我每天早上起来走走看看，心情好了，身体也好了。"

"是嘞，在外面很难见到这么美的地方。"我说。

不远处，一个四十岁上下的男子正在犁一块没有水的旱田，他时不时地对牛发出一声吆喝，声音在宁静的田野上空袅袅回荡。即便是他扬起鞭子在空中甩出的声响，也在田野上有着清脆的回声。几只红嘴鸥在新翻犁的田里，从这个犁沟跳到另一个犁沟，欢蹦乱跳地翻寻着食物。看得出来，它们收获颇丰，否则，它们不会叫得那么欢，也不会扑腾得那么有劲。偶尔会有一两只，也许是吃饱了想消化一下，飞到附近的一片水田凫上一阵水，又飞回来继续寻找食物，还一路追打、嬉闹着。

"我前几天才出六十块钱请人帮犁过来。"父亲说。

"这就对了。年纪大了，不能再自己犁了，更不能去帮别人犁了。"我说。

"是不行了，岁月不饶人。要是再年轻几岁，还是要自己来犁，哪里需要深，哪里需要浅，自己认得。"父亲说。

这时，一只天鹅在我们前面的河里觅食。这是冬季，河里断了水，只有一些河段还汪着浅浅的一点，水底是青苔，水旁是一些在冬季依然长得肥绿的水草。我们靠近了，这只天鹅就往前飞一阵，落在几十米外的河段继续觅食，我们再靠近，它再往前飞一段。这可能是一只失去了同伴或伴侣的天鹅，要在平时，天鹅一般都是成双成对出行的。想到这里时，我心里有些不舒服。当然，我希望它的同伴或伴侣不是被人猎杀了，而是正在远处的大黑山上呵护着小天鹅甚至是天鹅蛋，它不得不只身出来为它们准备美食。

田野周边，大桃源、小桃源、赛家院子、龙头山、戚家院子、阮家院子、铁家湾、宝山、马厂、葫芦口、桂家包包、普芝噜、湾湾田、下野石、上野石、白泥沟等十几个村子，俯卧在还没有散尽的薄雾中，像一个个即将睡醒的婴儿，看上去是那么的静美。是的，这十几个婴儿，更像是十几个被造物主点化了的忠诚卫士，把方圆几公里的桃源坝子包围在中间，日夜守卫着，像守卫自己的母亲。

"真是太美了！"我忍不住感叹道。

"美？这算什么美？等秧插上了，才叫美。谷子熟了，更美。"父亲说。

我已经十多年没见到插上秧的桃源坝子了，每次回来，要不就是秋天，谷子都割完了；要不就是冬天，到处都是光秃秃的，有的地方因为是水田，还结了冰，白花花一片。

"我每次来谷子都割完了。"我说。

"你工作忙，忙工作要紧。"父亲说。

我一下子惭愧起来。我忙的都是什么工作啊！在那个浮躁的城市，离大自然很远，每天吸着高污染的空气像机器人一样生活，人的本性和特征正在一点点丧失。正因为这样，这些年来，我一直想念这片田野，甚至想过彻底回到这片田野上，像父亲一样，做个表情严肃，看上去患穷困病一般，内心却浪漫得像个诗人的耕者。

经过桃源河时，我和父亲在河堤上站了一会儿，面对着一块刚犁过来不久的田闲聊着。这块田是父亲在桃源坝子上所拥有的两块田中大的一块，大概一亩多点，就是这小小的一块稻田，让父亲在这片田野上继续着他的后半辈子光阴，并以此为乐，以此为安。自从听说田野里要修建伊斯兰风情园，父亲就担心起来：田地被征用了，以后怎么生活？那点征用费，最多够两三年的开销。更关键的是，哪里还能看到这么美的田野风光？

多年前，曾有传言，桃源坝子要建成飞机场。我当时就想，要真是这样，整个坝子的大气脉将被彻底割断，生态秩序也将被打乱。

我曾跟朋友说起过，桃源坝子的城镇化建设，完全可以沿田野周边修建，这样做既有效利用了周边荒瘠的土地资源，带动周边村（镇）的发展，又保护了自然景观和生态环境。但现在，桃源坝子上的气脉正在被一点点划破。

在返回湾湾田的路上，远处传来"呷呷呷"的欢叫声，循声望去，是一群野鸭正在一块水田里追逐嬉戏。

"它们还能嬉戏多久呢？还有那只寻食的天鹅，还能依靠这片田野继续为它和它的儿女提供美食吗？"我这样想着，禁不住扭头看了看远处位于东南方向的大黑山，"不可能把它们赶到大黑山上吧？那缺少水源的地方，是栖居的理想之地，却不是生存的理想之所。"

在被大黑山日夜守望的桃源坝子上，我是不敢做出半点有损于万物的行为的。我一直担心，在我刚对万物有点行动甚至刚有一点私念时，肃穆的大黑山就会突然坍塌，把整个桃源坝子覆盖。是的，当大黑山看到它日夜守护的生命生不如死时，它会想到让一切重来，要知道，造物主的惩罚是隐蔽的。我始终认为，万物都是有生命的，只是我们没有静下心来倾听它们的心跳，一直以来，我们只顾了我们自身。我们甚至压根就感知不到万物的心跳。随着贪欲之心的日益膨胀，我们的感知力正在一天天减弱、衰退，以致我们常常对一些迹象视而不见，灾难发生在身上了，对其根源也全然不知。

与生命紧密相连的很多东西，离不开田野的养育和承担。只有这片田野活着，桃源坝子周边的乡亲才能更好地活着，并在阳光下尽显人类劳作、强健和坚韧之美。有人认为田地间的劳作是一种卑下的劳动，他怎么就没想到，他每天喂到嘴里的高贵美食，就是出自这"卑下"的劳动。他更不会想到，这种耕作之美，是造物主恩赐身体健全者的最美的礼物。因为，它是耕作者在田野中汲取天地精华即精、气、神的同时，磨砺心性的最佳方式。到了夜晚，桃源坝子上空那清冷的月色和星光，会在人们熟睡时，把田野里的千万种生命以及正一天天成熟的给养，一个个吻遍。

要在田野上建一座钢筋混凝土的城市很容易，但要重建一片田野，却是不可能的。

"娃娃，你又想心事了？"父亲突然问我。

"嗯！"我于惊恐中应了一声，说不清是有心事，还是没有心事。

之后，我一句话也没说。

田野很安静，只有野鸭、白鹳等鸟类时不时发出的欢叫声。我也在此刻听到了我和父亲的呼吸，以及脚底与田野轻触时发出的微妙声。

在原野上遇见三群羊

这是傍晚时分，几分钟前，淅淅沥沥的小雨才稍稍歇息下来。一些草上还挂着水珠，我把它们视作清晨的露水，脚踩上去，因为大多是趴着生长的铁线草，厚厚的，就感觉是踩在刚从原野里冒出来的云雾上。

右边是河道，几乎已断流，来了好多次都不见流水，偶尔看到一股细流，也是看了就让人觉得不舒服的那种，菖蒲和杂草在里面各自守着自己的领地，似乎相处得还很和谐。一只灰鹤在里面探头探脑，分明是在寻找食物，我往前没走几步，它就惶恐地拍着翅膀飞走了。想到是自己惊扰了它，便看着它在天空寻找新落脚点的身影自责起来。左边是一片狭长的苞谷地，部分苞谷壳颜色开始变黄，再过两个礼拜就是中秋，估计中秋一过就会被主人掰了。苞谷地那边就是被荒芜了一季的稻田，今年种上了荷花，现在荷花还在绽放着。据说荷花品种繁多，也不知这些远望去依然很艳的荷花是什么品种。几只白鹭在荷叶间或投足，或静守，或伸缩着脖子东瞅瞅西看看，两群比它们稍大的叫不出名称的鸟从它们头顶飞过，也不见它们中有谁抬头看上一眼。

天上飞的和地上走的就是不一样，不同村子的牛路上遇见了，都会相互看着"哞"一声呢！

这条河埂很宽，可以车来车往，除了两道车辙外，几乎所有路面都铺了厚厚一层以铁线草为主的杂草。我曾对来这里采风写作的孩子们说，哪里都没有这么天然、生态的地毯，把孩子们都逗笑了。有的孩子当真，就蹦起了双脚在上面不停地踩，像进来时花了二十元的门票，非得把二十元的价值都踩了赚回来。河埂两边墙头草居多，草尖都绽放开了，一个劲地洁白，看上去更像毛茸茸的狗尾，正在面向天空表达虔诚。

快要走近那间不知被什么人破坏得通花照亮的红顶小屋时，一群羊低着头吃着草慢慢移动过来，看上去阵势不小。羊群后面只有一个牧羊人，忽前忽后、忽左忽右地挪动着身子，看他的手势，是在驱赶、阻止不听话或是正在偷吃庄稼的羊，偶尔还发出一声呵斥，听得出，他已为某只爱捣蛋的羊恼怒到了极点。

羊群离我越来越近，速度似乎也加快了，每一只羊的形象、轮廓逐渐清晰起来，包括跟在后面敞着深灰色外衣的牧羊人。这分明是刚从画框里跑出来的，谁忍心让这么一幅画流失呢？我赶紧打开手机把它拍进画框里定格下来，接着调到摄像模式，开始站着，然后蹲着，压低镜头对准羊群，等着它们一点点靠近镜头。牧羊人注意到我在拍摄，装作追赶羊的样子转过身去，有意背对着我，但见我依然蹲在地上一动不动地举着手机，就有些无奈地跟着羊群迎着镜头走来。这是一群绵羊，应该有二三十只。一只眼睛四周一团乌黑的羊明显好奇心很强，两米外就径直迎着镜头走过来，用嚼着草的嘴对着镜头呼哧呼哧了几下，一只侧身就走开了。紧接着又走过来一只小羊羔，净头露耳的，在离镜头一米处突然停下来，有点惊慌地对着镜头看了几秒，就羞怯地从右边窜了过去。

最后一只羊走过去后，我收起手机站起身。

"你养的羊真多。"

我对还离我几米远的牧羊男子说。他看上去四十出头。

他没说话，只是不停地笑，笑得很爽朗，近乎大笑。他因为大笑绽放开的脸盘子很开阔，像极了四周连成一片的原野。

等他走近了，突然怔住说："你和你兄弟长得真像，差点把你当成他了，我见过他。"

"噢，我俩从远处看是有点像。"我说，"他是三叔家的，我父亲是他大爹。"

"你父亲是老大嘛！"他居然连这个也知道。

"嗯，是嘞，我还有二叔。"我如实说道。

"你叫什么？"

"殿文。"

"噢，没见过。"与我擦肩而过后，他又转过头来问我，"你照我的羊了？"

"是嘞，还摄了像。"我说，"我准备拍个小视频。"

他没再说话，继续笑着跟在羊群后面走了。开始我有点后悔没问他是哪个村子的，后来想想，桃源坝子原本就是一个大村子，只不过分布零散一点而已，何必要把它分开？这样一想，反倒为没有傻问感到欣慰了。

我还记住了他那张笑得很开阔的脸。

就在我看着他和他的羊群渐渐远去就要走到桥头时，桥头出现了另外一群羊，正从对岸朝着这个方向移动过来，羊群后面还跟着一群牛。羊们低着头吃上一阵草又撒开腿走上一阵，牛群则一直缓慢地匀速跟在后面，肚子圆滚滚的，分明已经吃饱喝足。放牧的男子披着件厚厚的外衣，自由散漫地跟在牛后面。

这个画面也应该被留存下来。

重新打开手机，我没有一开始就对准它们，而是把镜头对准背后野石山前面就是田野的下野石村，等着它们一个个走进镜头。终于闪进来一个羊头，然后第二个、第三个……总共是六只羊，除了两只大的，其余四只都是小的，而且小得高矮不一，让人立马就会认为它们是一家子。几秒钟后，一个牛头神态优雅地闪了进来，直到最后一头进来，才看清共有五头牛，三头大的，两头小的，清一色的黄牛，依然让人认为这是一家子。和第一群羊不一样，这一群羊以及一群牛甚至跟在后面的放牧人，和我没有任何交流，彼此成了隔河而过的陌生人。

　　这么难得的一次遇见，竟然只是为了成全一个事实：我是他们的陌生过客，他们是我镜头中的一道风景。

　　第三群羊的"遇见"更显滑稽——刚刚才要遇见，就已经匆匆而别。

　　这群羊是在对岸迎着第二群羊来的，和第一群羊是同一个方向。与前两群羊相比，它们最突出的一个特点是——行色匆匆，老远就能听见它们嘈杂而忙乱的脚步声，像一支还没有经过训练就推上战场，随后很快就败退下来的部队。即便这么匆忙了，羊群后腿脚显得很灵便的牧羊人还在不停地吆喝、驱赶着。因为他们出现得太突然，加之步伐匆匆，我正要重新打开手机拍摄，它们已经快接近我的正对面了。我原本想让它们同样慢慢进入镜头的。可是，已经来不及了，只能直接正对它们拍摄了，因为不到三秒，它们就已经冲到了正对面，三只黑山羊领头小跑在前面，后面跟着十几只后身沾满羊屎疙瘩的绵羊。

　　我赶紧启动拍摄模式，谁知手机卡住了。急死人，左按右按，还是不见动静。终于启动了，可是，有什么用呢？羊群已经错过几十米了，远远留下几个晃动着匆匆前行的背影，牧羊人被矮矮的羊群衬着，显得更加高大，走路的姿态也变得愈加洒脱了。我两指在手机屏上往外一扒，想把镜头拉近了拍摄，没想到这一扒，竟扒出了一个仙境：原本就灰蒙蒙连成一片的天地，因为模糊更显浑然、飘忽，牧羊人赶着一群羊，就像是漫行在云雾里，正奔赴天上的一场盛宴。

　　这样的幻觉容易乱了神经，于是我赶紧停止了拍摄。

　　晚上十点半后，已经来到城里的我开始感觉到饥饿，本可以在城里吃东西，但突然想去挨近原野的地方就餐，便又驱车来到一个村口的小吃店。遗憾的是，在这里吃到的几样东西，没有一样是出自眼前夜幕下的这片原野，也就更加想念这片原野上的每一种庄稼、蔬菜。永远记得，是这片原野上原汁原味的庄稼和蔬菜，把我养到可以离家远行的年岁。

吃了东西，我又回到拍摄三群羊的地方。

坐在厚厚的草坪上，仰头看着星星被云雾遮盖的夜空，我开始羡慕起这三群羊来——当然，还有一群牛。我羡慕，是因为它们生活在如此美丽的原野上。

威信行记

昨晚刚从北京回来，还没来得及清理、回味北京之行中经历和感受的种种，今天又奔行在赶往威信的路上，以至于刚上车不久，困意就豹子一样袭来，从眼皮拾掇到脚趾。幸好坐的是前排位置，往前挪了一下双脚，稍稍放平椅子就仰头闭上了双眼。恍惚中一觉醒来，车窗外已不再是整齐划一的楼房，更不是嘈杂的街巷，而是绿得让人想立马推开车窗跳出去先做一百个深呼吸的群山、峡谷和坡地。

"这是到哪里了？"

我向前探了一下身子问前面的司机。

"庙沟。"

"庙沟是哪里管？"

"威信。"

我收回身子，没了一点困意，目光早已不在车内，全穿透窗玻璃漫游在了外面蜿蜒起伏的山野间，只差没把身体牵扯出去了。不过，此刻留在车里的，也只是躯壳一个，魂魄已经追随目光溜了出去，像是在一幅长卷水墨画里穿行。这是谁的大手笔呢？还用了大写意的手法，一座座、一个个、一条条筋连着筋、骨连着骨、肉连着肉、血脉连着血脉的山峰、洼地和河流，一看就是丹青高手研墨一气呵成泼出来的。隔三岔五，又在绿色间留出一些青、一些白抑或一些灰，再点以别的颜色，一头头狮子、老虎、豹子，一个个张飞、李逵，就从绿野间探出头来，一个个的毛发、胡须都长势很好，而且造型各具特色，各有神韵。车子往前疾行，它们就一个个朝后疾奔。可我看不够它们呀，就忍不住扭头，目光始终在跟随着它们。越这样做，我越感觉到自己一直在追着车子跑，甚至有时候是车子在拽着我往前跑。这时才深深感受到，灵魂永远追不上现代科技的步伐，你追得越急，灵魂越深感疲惫。

那些散落在绿色间的民居我压根就没看见一条路通向门口，甚至连门都没有看见一道。窗户倒是看到很多。这些民居似乎就是从峭壁、山坳、缓坡间生长出来的，与松竹、果木、苞谷林簇拥在一起，相依相生，互不远离，也互不干扰，各取各的生死和活法。至于它们的主人，想必进出都是踩着竹枝、松叶、苞谷尖、山泉，有时还有可能是踩着飞鸟和蜻蜓的翅膀。真想请司机把车靠一边停下，允许我占用半小时的时间去见识一下这些沾了仙气的主人。我想知道这样的主人是凭着什么样的仙气，一住就是几生几世。

为了不让自己神经质的举动把司机吓呆，我极力控制住了内心的渴望。他也像是感觉到了什么，车速比原来快了许多，即便是在左拐右拐的弯道上，也没有减速的迹象，想是他也感觉到了我的渴望。我突然觉得司机也有些特别，长期在这样的道路上来回奔跑，不跟着沾点仙气才怪呢！

临近傍晚，等着相见的友人也在不断打电话来问到哪里了，我也就盼着早点进入威信县城。

之前到过威信两次，但因为都是自己开车，就没有机会像今天这样，能集中心思细细欣赏这一路的奇景妙象。这时才发现，之前的两次都是白来。

一切都是最好的安排。随着对威信的深入，这幅长卷水墨画的意境越来越开阔，绿意也越来越浓烈。临近城时，夜色开始降临，那位看不见的丹青妙手突然加了点浓墨，让这时的画卷变成了墨绿色，意蕴也深刻了许多。几分钟后，墨绿中又披着了红色，有的地方着了蛋黄，这幅长卷水墨画一下子就有了人间的喜庆。

再往深处走，街道两边各跳出了一排近似牌坊柱的红色灯杆，顶端的设计呈旗帜形，上面是毛体"红色扎西，胜利起点"。华灯初上的威信县城，在这个时候成了长卷水墨画中的"画眼"，抑或隐形画手的点睛之笔，让画卷有了烟火味。

两小时后，也就是和友人们互道了问候吃了晚饭聊了家常后，我就在这个红色"画眼"里，带着一些倦意，做了一夜青山绿水的山河梦。

在这样一个被绿色唤醒的夏天，能有这样一次有意有梦的出行，无论是你，还是我，都是受了自然之神的宠爱。

第二天一早，我们来到了观斗山。

观斗山位于威信县城东北四十公里处的华汾山和罗汉山之间，相传因吴三桂突然脑子发热想当皇帝，欲起兵反清前曾来这里观星斗而得名。另有说法是在吴三桂之前，一个怪异的僧人经常盘腿坐在这里观星斗——实则为观星象，便得了此名。

传说很有趣，能帮助人们放松神经，但我关心的不是这些，我关心的是观斗山的石雕。

出发前，老友只说观斗山很高，站在山巅可"一览众山小"。还说这里的庙宇、道观值得来看看，观斗山一名还与吴三桂有关，等等，没有细说这里有石雕，更没有提及石雕群。但到达山顶后，首先吸引我的，却是散落在杂草间的几座石雕，有大象、山羊等。这些石雕的形象不是单一的，而是在以某种兽为主体的基础上，辅以别的生命的形象，比如在象雕的底部，也就是大象的腿间，就出现了一个人的头像。一看这个人的头部装扮，就知道这是明朝人。后来得知，这些石雕以及观斗山的庙宇、道观明朝时就开始动工，后来又经历了清朝、民国，并多次被毁，多次修复、创建，但最后还是在那个不忍提起的特殊时代被毁了，只有这些从火山中熔炼出来的坚硬之物有幸"存活"了下来。再往山上走，才知道这里并不仅只是散落在杂草间的几个石雕，而是一个庞大的石雕群，其中有十四种动物石雕，十二组石刻浮雕。而且除了动物雕外，还有人雕和人兽合一雕，它们矮则几十厘米，高则十几米，最重的可达数十吨。这些石雕将宗教、传说融为一体，内容涵盖了儒、释、道三种文化。除了少数几个还散落在杂草间被用红线围了起来，其他的都被分成几组供奉于庙堂或道观。

得知这些石雕完工于明末清初，我立马对它们肃然起敬。它们到底见证了世间的多少是非恩怨、悲欢离合啊！包括那些来来往往在此祈福求贵者。

按理，这样的地方是不讲究高低贵贱的，但到这里的人走出去后，难免"土基着水又还原"，最后依然公是公民是民、王是王寇是寇，高贵与低贱依然泾渭分明，唯独这些石雕，除了改变了原有的石头的形象，依然永远保持着它作为石头的本色，并亲眼见着一拨又一拨进出庙宇的人在世间演绎一番后化为尘土。也就是在这个时候，世间万事万物才真正实现了同样的高低。高，也高不过碑石；低，也低不过尘埃。

当然，我还是为这些石雕萌生了几分难过，如果没有带着某种宿命，想必它们也不会远离故土，更不会被割离掉无数碎片。虽然被赋予了某种形象，但这种形象不一定是它们喜欢的，更何况，在它们被赋予现在的形象后，还几度被随便毁坏、遗弃。它们完全有机会成为另一种形象，甚至还是它们自己喜欢的形象，只可惜，它们没有遇到能懂它们的石雕大师。看来，石块也是有宿命的，无论大小。

从观斗山下来，那些散落在绿色群峰中的民居，又成了最吸引我的地方。像昨天奔往威信路上一样，我一开始依然在想象村里沾了仙气的主人的进出，但当车子穿行过半山腰的几座村子后，我就不再关注他们的出行了，而是关注起了他们的生存。了解后得知，威信去年就完成了脱贫任务，而我此刻所担心的那些居住在山水间的孩子，就学问题更是早已解决，离家远的孩子，学校有住宿，离家远与不远的，都在学校免费用餐。村民即便不出去打工，依靠当地资源也能很好维持生计。庄稼粮食自不必说了，仅只是木材、筇竹就能为村民带来不错的收入。据介绍，光观斗山一带就有筇竹四百亩左右，每年盛产筇竹三百吨。由于生态保护好，整个威信森林覆盖率已超过百分之五十，绿色覆盖率在这样的夏天则达到百分之九十五以上。也就是说，除了房院和道路，威信都是绿色的，完全可以称之为绿色威信，抑或生态威信。

在一个名叫新华村的地方，我们走进了一户人家。这是一个重新组合的家庭，男主人姓唐，今年四十九岁，孙子已经上幼儿园了。看得出来，他们家的经济条件不错，家庭也很和睦、美满。这可能与男主人曾经外出打工见多识广，经济上有一定积累有关。现在因为早晚要接送孙子，就没有再外出，刚好附近就有铁路工程，他就在闲时想做就去做点，做一天有二百多元，不想做就在家里带孙子。"家庭条件艰难点，又有一个或几个孩子上大学的，就选择长期在外地打工。"他说。问他有没有享受到国家的扶贫政策，他说："没有，扶贫扶贫嘛，当然只能扶贫，都是针对建档立卡户和易地搬迁户。不过，我们也享受到了基础设施建设与改造的好处，如交通、教育、医疗卫生、水利……就说交通吧，不仅出行方便，还天天有人开车拉着蔬菜、日用百货来卖，生活很方便。"

"一看就知道你幸福感很强。"

"就是了嘛！现在吃得饱，穿得暖，村里就有幼儿园、学校、卫生院。尤其在我们威信，出门就是绿色，没有工业污染，环境、水质都很好。而且冬天不冷，夏天不热，在家里就很凉快，不用开空调，还可以穿外衣。治安也好了，身上装着几千块钱出门，都放心得很……"

这一席话，说得很巴实，藏着深深的感恩，以至于从他家里出来后，我沉默了好一会儿才开口说话。这次，我不想知道别的，只想知道威信的生态为什么会这么好。随行的同伴中有两位是已经认识二十多年的老友，他们很快就懂了我的心思，于是就告诉了我原因：从国家层面来说，基于威信境内的三条河流中，果哈河是赤水河的源头，南广河和白水江是长江的两条支流，所以一直以来生态环境就被列为重点保护。另一方面，一些稻田、庄稼地退耕还林。

好与坏，原来都是有原因的！

接下来，我们先后到了香草坝和厚房。香草坝是接近一座山顶的一块平整草坪，我纯粹是冲着它这个名来的，虽然在这里没有见到香草之类，但经过十多分钟走到山顶又能"一览众山小"，并听随后赶来一起登顶的摄影发烧友小桂说她们有一晚在这里安营扎寨拍到银河时，我突然觉得香草坝这个名放在这里真是再适合不过。这样一个离尘世很远的地方，空气是清新的，花与草是香的，银河自然会降低它的高度与之靠近。正因为这样，在刚下车面对那只俯卧在草丛中的小黑狗、那条低头吃草的壮黄牛以及它俩蹲坐在草丛中的憨厚男主人时，我固执地把它们想象成刚从银河顺着浮云飘下来观赏我们的外星生命。

相对于香草坝，厚房吸引我的又是另外一种景致——当然不是那座厚房之所以得名的有着厚实城墙和碉堡的陶家大院，而是那些可以原样作为院墙、院门框和院中之景的莲花状熔岩石。就在陶家大院的一个有些破旧的别院里，我在一座两米多高的独座莲花石旁待了很久，一方面在想观斗山的那些石雕原材料会不会就是来源于此，另一方面又在想这些莲花石的来历，但到现在也没有想出个所以然。我感觉自己在它们面前什么也不是，即便是一粒尘埃，我也觉得自己是空的。想想看，这样庞大的一座石头，得经历多少亿年的霜冻雨打、风吹日晒！我的生命和它的生命相比，简直就是无。是的，差不多在里面审视了半小时，我才心事重重地离开。是的，心里一个大我和一个小我在较量。

返回路上，错过那一群群相聚成林的莲花石时，我是很想留下来的。我很想请它们送我一个胆子，让我敢在这片群山里挨着它们睡上一夜，切身感受它们在夜里的孤独与疯狂。可山路像是它们的同伴，使劲赶着我们的车轮往前跑，让我没有一丝下车的机会。看来，不是同类，是很难被对方读懂和接受的。也许下次我还会来，但这个下次，谁知道是何年何月呢？我在想，在我下次到来之前，它们会不会被香草坝那位放牛的憨厚主人赶回银河呢？——我确实认为它们是香草坝的那位男子从银河赶到厚房来的。

离开厚房后，这次威信之行就算告一段落了。晚上，住在被一群青山包围着的威信城里，像是住在拒绝风抵达的大海上，人和城安静得像一对孪生婴儿。想想明天就要离开了，只能在心里安慰自己：放心，你还会来的，无论是一路躲藏着老虎、狮子、豹子和张飞、李逵头像的水墨画、观斗山自有宿命的石雕，还是离银河很近的香草坝、厚房能使路赶车的小石林，都会驱使你再来一次，甚至更多，尤其是像你这种曾常年在外疲于奔命的人。

是呀，谁都需要一片绿色来安慰和调养！

正梦见大海的老人

到了老人的家，老人很有孝心的儿子儿媳说，听说你们要来，他老人家早就坐等了。我便为我们的迟来感到些许不安。

这次我是准备好了要与老人好好聊聊的。上次见面因为是第一次，对老人的身体和精神状况不是很了解，担心他闲坐和说话时间长了吃不消，就不敢贸然行事，没有想过要深聊什么，纯粹出于敬重和惦念前去探望。见面后，才发现老人虽然已九十六岁高龄，但身体和精神状态还不错，谈吐和思路也还清晰，只是视力不好，看东西模糊，看电视都是靠听。总之，不像我之前想象的平时见到的八九十岁老人的那种样子：迷糊、迟钝、反应缓慢、表达紊乱。

老人坐在沙发上，很安静，眼睛看上去像是闭着的，像是在回忆，又像是在梦中，正梦见大海。

话题进入得很自然，像温开水，不冷不热，提壶就倒入杯中，进口就喝，无一丝客套与刻意。老人语调轻然、舒缓，像微风在平静的大海上吹起的一小抹微澜。

我就在这微澜起伏间穿越老人平凡而感人的一生。

由于家境贫寒，加之父亲在他年幼时就去世，他没有上过学，十三四岁时，就到与自己家只隔着桃源坝子的下野石帮人家放马。这期间，迫于生计，母亲带着他下面的一个弟弟和一个妹妹，改嫁到同村的谢家。

来马主人家之前，马主人说好要给他缝新衣服新裤子，并拿自己的小儿子赌咒发誓。但放了好长时间的马，马主人一直没给他缝新衣服新裤子，他就走了，母亲又介绍他到与桃源毗邻的布嘎村帮一白姓人家放羊。

没过多久，突然传来消息，下野石马主人家的小儿子得病死了。

在布嘎放了一年多的羊后，他回到家，与弟弟一起去江底买红薯来卖，结果恰逢国民党抓兵，母亲就把他送到鲁甸二舅家躲起来。

躲了一阵，他就开始买旧军衣赶山街子卖，赚不到钱；又与人挑石榴卖，也赚不着钱。

后来，有人约着他帮二舅家去永善挑橘子到昆明卖，结果走了十多天才走到功山，脚都走疼了，他干脆四元钱就把橘子转给别人，买了二两茶叶请人带回家里，就再也没有回家。

经过几番周折，好不容易到了昆明，就在顺城街帮人家卖烧饵块，后又帮另一家守买卖牛皮的铺子。

三个月后，被舅外公叫去帮忙。舅外公不知道马上就要解放，用家里的积蓄买了二十多亩田地，没等到栽秧就遇上土地改革。紧接着舅外公就离开昆明，被人介绍到泸西当了驻寺阿訇，人称赛阿訇。

"舅外公走后不久，大炼钢铁开始，我就被弄到阿拉乡炼铁，一边还要拉竹子来编撮箕供修铁路用。"

这时候，经人介绍，他认识了早期被自己的舅舅从寻甸卖到昆明给人家当丫头、年方二十一岁的女子杨存英并结了婚，为他生了三个儿子。其间两人去寻甸找过杨的亲人，但一个也没有找到。

1958 年 12 月，他被派去修铁路，1962 年才回到昆明。

"回昆明后，吃的是伙食团，只有饭没有菜。后来搬到复兴村，有一家人的草房就倒卖给我。"

他们终于有了一个真正属于自己的家。

1992 年，复兴村拆迁，一家人就搬到丰宁小区，一直住到现在。和他一样孤零漂泊了一生的老伴，却在即将搬新家之前溘然长逝。

老伴去世后，他没有再娶，心态平和地与家人和睦相处着。

离开故土后的第一次返乡，是在 1974 年，这时他已五十二岁，离开家人已有三十五年多。

那是春节前，一出昆明城越过功山，再进入滇东北境内，天气就变得寒冷起来，他带着分别九岁、六岁的二儿子和小儿子，颠簸了三天两夜才到达鲁甸县城。当时的路不像现在这么好走，都是弹石路，还都是单行道。如果遇上暴风雪或道路结冰，就不好说了。

路上的三天三夜，用"归心似箭"来形容他的心情，实在太弱了。

好在到了鲁甸，天突然晴了，太阳亮得发白。

才一下车，他就想到走近路。于是，他带着两个孩子，没有走公路，而是凭记忆沿着山路走。走不动了，就坐在路边的地埂上歇一歇，饿了，就吃一个橙子。走到宽阔澄明的桃源坝子时，他的心也跟着宽阔敞亮了。到了这里，离家就近了，中间只隔着三个小村子。而在紧挨着普芝噜村的南边，就是下野石，是当初他帮别人放过马的地方。经常放马的野石山和桃源坝子，他再熟悉不过。虽然当初没有穿上马主人家的新衣服新裤子，但他此刻的心里依然是感动的。

他甚至想起了马主人家的小儿子。

真想放开自己对着桃源坝子大哭一场，但看着身边的两个孩子，他控制住了自己。

终于远远看到了三十五年来魂牵梦绕的大水塘村，他有点激动了。但是，看着已经变得庞大的村子，他有点蒙了。

家在哪里？他突然意识到自己已经记不起来了。

他一边引领着两个已经疲惫不堪的孩子朝前走，一边使劲回忆着。

村子渐渐近了。

"看，奶奶家就在那里。"他指着前面的村子激动地对两个孩子说，"坚持一下，马上就到了。"

他开始琢磨去哪里找人问问自己的家在哪里。

又往前走了一段后，远远望见路旁的一条田埂上坐着一个人。他松了口气。

"终于有一个人可以问路了。"他对两个孩子说，"看，那里有个人坐在田埂上，看上去年纪不小，应该知道奶奶家在哪里。"

两个孩子的脚步和他一样，变得轻快了起来。

离那个人很近时，他正要走下路埂去向那个人问路，没想到那个人先说话了。

"你们是从哪里来的呀？"

他一下子被家乡人的热情感动了。

"从昆明来的。"他一边说一边朝老人走去，"你坐在这里干什么？"

这时，他才看清这位远远就看见的妇人，是一位快七十岁的老人。

"我来地里拔点蒜苗、白菜。"老人说，"顺便来看看秧田，翻过年又要撒秧了。今天太阳好，就坐在这里晒晒太阳。"

"是的，今天太阳很好。"他抬头看了看天说，"昨天都还冷得要命。"

"你们从昆明大老远赶来，是来亲戚家吧？"老人把手放在脑门上，搭成凉棚，歪头斜着一只眼睛看着他，"那两个娃娃是你家的吧？"

"是的，我老家就是大水塘的。"他说，"两个娃娃都是我的。他们还没见过爷爷奶奶，我带他们来见见。"

这时，他才看清老人的一只眼睛是瞎的。

"娃娃的爷爷奶奶是哪家？"老人问，"你是哪一个？有多少年没回来了？"

"我三十五年没回过家了。"他带着浓重的家乡口音靠近老人的耳朵说，"我叫刘友绍，亲生父亲早就去世了，我妈后来带着我的弟弟妹妹改嫁了。"

这时，两个儿子也下了路埂，走过来站在他俩旁边。

"你家老人叫什么名字还记得吗？"

"记得的，我妈叫李兴芝……"

老人一听，"哇"的一声号啕大哭起来，并把他紧紧抱在怀里。

"儿呀，你终于回来了！"老人一边哭一边拍着他的背说，"我就是你苦命的妈呀……"

时间在这一刻静止了。被云雾掩藏了多日今天才出来的阳光也凝固了。

娘俩抱在一起哭得天昏地暗。

还不知道是怎么回事的两个孩子，被吓得嗷嗷大哭起来。

不知过了多长时间，悲喜交加的娘俩才慢慢平静下来。

"妈，你的眼睛是怎么回事？"在帮母亲擦眼泪时，他突然想起来，母亲的眼睛以前不是这个样子。这也是俩人才见面时，他一点也看不出眼前的人就是自己母亲的缘故。

"儿呀别提了，这是几年前去林场擤松毛时，不小心滑倒，被松针戳瞎的。"老人抹着眼泪说，"赶紧走吧，妈带你们回家！"

老人说完，伸出双手，一只手拉着一个孙子。

一家三代四口人，互相搀扶着，走过田埂，上了公路，随后沿着村外小道，慢慢向村里走去。

老人还在一路抽泣着。

正午的阳光，把村里村外照得白花花的，看什么都觉得刺眼，但让人全身暖乎乎的，一点也不像是冬天。

已经让一家三代四口人掩映其中的村子，也在此刻成了一座宫殿，内外闪着金光……

这就是一位九十六岁的老人在两个多小时里能回忆起来的一些往事，平凡而简单。我惊叹于老人讲述时的安静与淡然，让我感觉我面对的不是一个肉体的人，而是一座含有高品位富矿的高山。而他看上去一直像紧闭着的眼睛，又让人感觉他随时都在梦见大海。大海里没有暗流。

是的，老人家不是什么英雄、劳模，但从他的人生经历里，能深深感受到平凡生活的伟大、人性善良的珍贵以及虔诚信仰的安静。

屈原的溪流

在昆明水边书院的阅读室里，有一个画框被我挂放在了主墙的中间位置。为什么要把它作为重点放在显要位置呢？这得让我用散步时的心境，亦步亦趋，慢慢地从头说起。

就从一本薄薄的小书说起吧，书名叫《屈原的传说》。读这本书时，我还小，十一二岁的样子，懵懵懂懂的，刚刚学会幻想一些美好之物，并已在一个可以随身装在衣兜里的小笔记本上，写下许多歪歪斜斜的类似于诗句的心灵之语。这个时候遇见这本小书，我后来理解为定然。

书里讲了二十七个有关屈原的故事和传说，其中对我影响最大的是《濯缨桥》一篇，说的是三天就要洗一次帽子的屈原，有一天去流入汨罗江的一条小溪流洗帽子，结果汨罗江前两天刚退了山洪，溪流边全是淤泥，根本落不了脚，他就绕到后坡下的池塘里洗。在屈原就要洗好帽子时，当地一个财主家的女佣刚好来到池塘边，并和他打了招呼，并让屈原拿给她，她帮洗。得知她是来为财主家洗衣服，屈原立马跺着脚说："嗨！糟了！糟了！弄脏了我的帽子！弄脏了我的帽子……"

财主家的女佣平时很敬重屈原，就好奇地问屈原怎么了，屈原毫不避讳地说："你家主人是个黑心肝的财主，欺压百姓，鱼肉乡里，无恶不作。他的心是脏的，手是脏的，身子是脏的，衣服自然也是脏的。他的脏衣服常在这里洗，把水都弄脏了，我在这脏水里洗帽子，岂不是把我的帽子弄得更脏了？"

后来，屈原骑着马找到一条清澈见底的溪流，重新把帽子洗了几遍，心情才慢慢好起来。

在屈原看来，冠为衣主，如果戴在头上的帽子都不干净，那人的心灵也不会那么纯洁。所以，无论是洗脸梳头，还是洗衣洗脚，屈原都要选择上游，以免所用的水是那些贪官恶霸用过的。正如他在《渔父》里写的：

沧浪之水清兮，

可以濯吾缨；

沧浪之水浊兮，

可以濯吾足……

那时候，我们家的房后正好有一条小河，常年四季河水清澈流过，只是进入冬季时会显得枯瘦一些，水流较小，就是一小溪流而已。无论什么季节，我都会卷起裤脚，光着脚在里面游走来游走去，甚至吃饭时都喜欢夹满菜坐到河堤上，把双脚泡在流水里边玩边吃。其实那时我们家的房子算得上就在这条小河的上游，村里也没有什么财主，都是乡里乡亲的。但在读了这本小书后，还是学着屈原的样，光着脚走在河岸上，一直走到深藏在野石山里的几个水源地——一个又一个在坎子脚灌木丛中冒着水的小水洼，开始捧饮，然后就在刚流出水洼口的溪流里洗脸洗手，连脚也洗上几遍。每一次或濯或洗，心里自然是敞亮的、清凉的，酷夏不热，寒冬不冷，整匹野石山都变得冬暖夏凉了起来。流经桃源坝子最终注入昭鲁大河进入金沙江的溪流，也变得更加坚硬却柔软了。

尤其让我欣喜的是，一次次寻找，竟然发现了平时踩来踩去的溪流的源头，并看清了一个个源头照见天空、流云以及我的稚嫩面孔时的样子。

这本小书，就这样陪伴了我两三年，几乎随时带在身上，去野石山就在野石山上读，去桃源坝子就在桃源坝子上读。甚至在牛背上读过，在马背上读过，一遍又一遍，每一遍有每一遍的触动和感悟。当时并不懂什么叫"离骚"，只知道是屈原写的作品。也就是说，当时打动我的不是屈原的作品，而是屈原洁身自好、为民请命，以及反抗腐朽政权和堕落"贵族"的品性。这一品性，真正体现了屈原作为士大夫阶层应具有的贵族精神。

后来，读里面的文字内容还觉得不够，又连里面的每一幅插画都临摹了一遍，其中一幅还画成四尺水墨参加了县里的画展。

遗憾的是，这本小书在多年前就被烧毁了……

可以说，在塑造我的个人心性和文学精神方面，阅读《屈原的传说》这段经历，起到了根基作用，在我后来的成长路上所做的每一次选择、决断，都与这份根基有关。很多时候则不是决断，而是反抗，只是这些反抗表现得比较温柔，甚至软弱，和溪流没有二致。

源于这心灵上的相互召唤，我曾两度前往秭归拜谒屈原足迹。第一次是走水路，从重庆乘轮船到宜昌，经过秭归时下船小驻，倾听他远去的足音；另一次是自己驱车前往，只是去看到的"屈原故里"是水淹过后重新搬迁修建的，没有激发多少兴致。这次拜谒，只是想向屈原献上一份敬重。展厅里有多个版本的《屈原的传说》一书，和服务员怎么说她都不卖，这份遗憾就一直像溪流一样在心里激荡着。

就这样，屈原与《屈原的传说》这本小书，很长一段时间以来，成了我生命里极其重要的一部分。

或许，屈原的一生与宿命注定要与溪流有关，以致即便死，他也要选择溪流，只不过最后带走他的，不是玉水和沧浪河这样没有漩涡的平缓的小溪流，而是汨罗江这样激流汹涌的大江河。他本可以继续活着，而且还可以选择另一种看似风光的活法，比如同流合污——假如屈原愿意谄媚楚王，绝对会谄得更有品位，媚得更富雅致，但他不愿意。他不愿放下人性之尊，违背人性之理，更不愿跪求高位，那不但光耀不了祖宗，反而会辱没身为楚国宗祖积攒了几百年的荣光。他宁愿被贬官、被放逐，过颠沛流离的生活，让身体与灵魂纵情于山水之间，获得充分的自由与浪漫，哪怕最后以死的方式活在清澈的溪流里，也不愿以生的形象"死"在污浊的人间。

这就是我把这个画框放在阅读室重要位置的原因——画框里装着《屈原的传说》这本小书的封面。封面看上去斑驳陈旧，像一件打过补丁的旧衣服的衣袖，但却浸透着淡淡的香味。这样做，只是想通过对它的每一次解读，让孩子们从小就懂得塑造一种精神——溪流一样洁净、坚硬而又柔软的精神。

（原载于《民族文学》2021 年第 11 期）

福屯，福屯

冯　艺（壮族）

福屯，是我的祖籍和福地。

辛丑年年初，福屯村委会给我捎信，说我们的老宅空置，无人居住，长期失修，残朽之形有碍观瞻，影响家乡乡村振兴的村容村貌，希望我们拆旧建新。父亲与兄长年少离乡，如今已不在世；姑姑远嫁他地，亦已鲐背，我成了家中长者。拆，还是不拆？拆了后，还建不建？拆了建新宅，花了钱也无人常住。这个问题让我纠结。

我虽不在家乡土地上出生和生活，但福屯之于我，却是父辈所经历与承载的历史、记忆以及由此而产生的情感，也是我内心与故土之间无法切割的血缘纽带。

自二十世纪四十年代初离开老家，历经三十多年风雨，父亲才第一次回老家。我也是那一次跟随着父亲第一次走进福屯。那时候，感觉回老家的路很遥远。先是坐很久的汽车到一条江边，接着搭了一个晚上的轮船，第二天上岸再坐汽车。下了车，沿着一条河的岸边走，直到走不动为止才到家。父亲说，这叫皇吉河，是一条连通很多大山底下的地下河。那时候，刚刚恢复高考，从地理复习的书上，我知道地下河也叫暗河，是碳酸盐岩分布区一种独特的喀斯特现象。这种穿山的地下河，河的水面与地表河的水面等高，往往是连接相邻两个溶蚀盆地中地表河的通道。皇吉河两岸青山耸峙，河面水汽袅袅，氤氲着一种古诗里常常提及的牧歌意境。河水舒缓地流动，顺着蛇一样的山谷流淌，平添了几分清幽和隔世的感觉。

徒步数里，前面突然阔朗起来，一个村落兀然而现。"福屯到了。"父亲说。我家的老宅就在河边，是一座陈旧的"干栏"。"干栏"是老家人称吊脚楼的壮话，意为"栈台上的房子"。因为山里雨量充沛，土地湿润，植被茂盛，为了避免地面潮湿瘴气的侵蚀，人们便在平地或斜坡上立柱架楹，编竹为栈，下层架空，上层居住，自然通风，即使是盛夏，屋内也能舒适宜人。村里的建筑都是这样，从山脚到河边，大小不一，参差不齐；或现于山脚，或隐于林中。

家门前有棵粗大的龙眼树，是有年份感的古树，我猜想是爷爷的爷爷种下的。向着河边伸出的树杈上有一个很大的鸟窝，筑窝的鸟一定很大吧。走到树下，头顶上空鸟儿鸣啭，那是它们在安逸的家里幸福歌唱。我想，鸟儿很聪明，它们在河上的树杈筑巢，可以避开村里那些爱掏鸟窝的调皮小孩儿。

读过鲁迅，熟悉他说的一句话，"世上本没有路，走的人多了，也便成了路"。其实，人类也本没有故乡，某个地方待得久了，便成了故乡。那一次是"三月三"，我与族人们上峒苗山祭拜先祖。族里长者明祥老伯指着最高处的一块高大的墓碑对我说，那是我们的老祖宗。他说北宋皇祐四年，广南边陲反叛，攻陷邕州，继而攻破沿珠江九州，包围广州城，岭南一带动荡不安。宋仁宗遂命名将狄青率官军南下广西，迅速讨平了南疆之乱。平乱之后，因路途遥远，交通不便，盘缠已尽，许多北方士兵便留了下来，与当地土著女子屯田成婚，繁衍后代，于是便有了今日的乡村。

我朝已经风化雨蚀多年的碑刻仔细一看，有模糊的"明嘉靖年"的字样。明祥老伯把用红布包裹着的已经发黄的族谱翻开，横平方正的楷书跃然纸上，记载着我们的先人来自山东青州。人类的迁徙，总有其内在的原因，尤其中国人，不逢大事绝不会轻易离开祖辈生息之地。明祥老伯的说法，丰富了我的想象，脑海便有这样的画面：一个春日的午后，一支刚刚打完仗的北方官军，一路奔波进入南方边陲山里，他们每个人的眼前都交织着青山绿水组成的美景，云霞是绚丽的，大地是宁静的。他们不约而同地寻找到不再离开的理由——疲惫的身体和沉重的行囊已经难以移动了。他们相信这块土地可以生息出一个新的世界，尽管他们的足音带着眷恋、忧伤和无奈，但最终还是止住漂泊的脚步，成为这里的先人。

然而，明嘉靖年与北宋皇祐年相隔几百年，福屯立村真有那么久的历史吗？我想，也许碑刻的明嘉靖年间才更为准确。那时正是田州岑猛之乱，且田州距福屯只有三四百里路，我的先人是否就是那些远离北方家乡、被拉来平定"岑猛之乱"的官军一员？他倦了残杀，与数名同伴躲进山里的福屯过起平常人的日子。我不想当面质疑明祥老伯手上的族谱，这样会伤害他的面子和感情，毕竟，历史上关于迁徙的传说总是模模糊糊，民间的编撰又并非十分准确。但凡族谱，往往经历数百年的传承，岁月的洗刷、时光的积淀，已约定俗成了遥远的风景，留给无数个像明祥老伯这样的长者，作为一代接着一代的谈资。正是有了他们的演绎和传播，才使乡土有了民间的历史和民间的文化。毕竟先人选择这个地方，拾荒拓土，开辟基业，泽被后世，还把这方水土命名为"福屯"。我相信"福屯"的命名不会是随意的，必然少不了关于风水的传说。

明祥老伯谈起福屯的风水时眉飞色舞。他说，明嘉靖年王守仁来到广西，就开始对广西各地实地堪舆。有一天他路过皇吉河，这里的百姓杀鸡捉鱼厚而待之。守仁感到此处人贤礼重，当即前往冯氏先人墓地实地考察，绕墓一周，顺着罗盘眺望远方，即对族老说："脉气地气所在，鲤鱼上树哉。"果然，那天大雨滂沱，河里涨水。瞬间，皇吉河里数百条金鲤跃出水面，有些鲤鱼竟跃上岸树，极为神奇壮观。守仁临别时说："青牛卧波，畅饮河流，此地了得！福矣！"福屯得名，便与这则风水逸闻有所关联。这虽是传说，但听了还是令人心生欢喜。想起父亲历经风雨，大难不死，最终还能回到家乡，定是得到了福屯福气的庇佑。因为这既是先辈们最早的生命力和创造力破土萌芽的根源，也是我生命的源头和灵魂的根系。祖辈们的福地，自然也是我的福地。

平时，父亲总是对我们尽情地说起那些艰难岁月走过的大江大河，却从来没有与我们聊过老家田园的一湾碧水。但我相信，在这之前一个个寂寞和思念煎熬的夜晚，父亲一定会常常梦见这条皇吉河。清澈的河水，一定是他儿时常常玩耍的地方，因为这条小河是村里孩子的游乐场，天天都能掀起一波波喧嚣的水花。天快黑了，忙碌了一天的母亲们记起了孩子，在一片呼唤或责骂声中，玩得正乐的孩子们一个个不舍地从河里走了上来。

可是，那天走进家门，父亲再也回不到过去，面对着老屋中堂墙上爷爷奶奶的相片，走过枪林弹雨和心灵摧残不曾流过一滴眼泪的父亲，却无法关住泪水的闸门。屋外那潺潺的水声，让他感受到无边的寂寞，他那受尽苦难的父母早已如水远去，目之所及，空寂清冷，他的心里阵阵作痛。那天，我懵懵懂懂感受到父亲体内一缕关于故乡的气息。

历史对人类最大的悲痛，就在于人们往往不记得它。我想父亲一定曾经把流过家门的河作为一个可以推心置腹的倾听者，看着身边流过的河水，想要找寻一条可以成就他梦想的奔腾不息和汹涌跌宕的时代大江。终于有一天，他沿着河走，翻山而去，看着远方更高更大的山峦，心一点一点地升腾起一种血性。他知道了"国家""革命"的概念，他要寻找更大的江河，把生命的激情释放于广宇之下、百姓中间。

然而，对许多像父亲这样的人而言，留在老家终日牵肠挂肚的父母，就像墙上的相片，脸上布满深深的皱纹，一如这块土地的沟壑，留存了许多历史的印迹；一如我们的干栏，淡然地看着这个世界和他身边的人，看着这个世界发生的变化。可是，地处荒僻，交通不便，亲人们依然一天两餐玉米粥度日，在世外桃源里素净却苦涩地慢慢凋敝、破败、被遗忘……

好在这个时候，"东方风来满眼春"，风的渗透无所不在，让每一个角落都弥漫着风的气息。我虽然身在城市，但每一份生命履历表上都有着不可抹去的原乡。尽管老家已没什么直系亲人，但远房亲戚还是不少，老家还是我在内心与故土之间无法切割的血缘纽带。四十多年来，每一次回到福屯，都能发现一些新变化。福屯有了高速公路，蜿蜒平阔的大路两旁是逶迤的高山群落，山色由绿及苍。下了高速公路，在连接乡村的柏油马路上，我习惯把车里的空调关了，降下车窗，当风穿身而过，心里满是清爽。这样的风带着木叶的清香、山岚的苍羽、花果的芬芳、山泉的甘洌，温润着所有远归的赤子。

家乡人的生活一天天好起来，饭桌上日常的杂粮、饭、土鸡、土猪等农家菜，倒成了我们这些城里人的馋虫和念想。我尤其钟爱家乡的糍粑。福屯水源丰富，阳光充足。分田到户后，乡亲们种下的糯米粒大洁白，芳香浓郁，是制作糍粑的上好食材。糍粑是家乡最传统的"糕点"。每逢节日，家家户户都会传来春捣糍粑的"咚咚"声。婶嫂们站在春池的四周，按着顺序从左到右，边春边聊，笑声阵阵，在单纯而欢喜的烟火中糍粑就做成了。当亲人们把热乎乎的糍粑递给我时，那股独有的糯香扑面而来，我恨不得将整个糍粑一口塞进嘴里。家乡的糍粑打开了我的味蕾，慢慢咀嚼，唇齿留香。

高速公路拉近了家乡与城市的距离，年轻人走出大山，到大湾区或省会去打工，还把"桂林米粉"开到北上广深。人们走出去，返乡时还把卷舌的普通话带回了家。我好奇地问过他们，怎么说起普通话来了？他们说，在外面闯荡，不说普通话不好交流，普通话不是谁逼你的，而是自然而然学会的。视野拓宽了，有了钱，回家盖栋新房。他们把外出打工中见到的风格各异的房屋，融入了乡土建筑中，不经意间荟萃起一座座不同样式的新楼房，为福屯留下了多元文化的痕迹。如今，乡道铺上了柏油，路边装上了路灯，皇吉河两岸修葺一新，搞起了乡村旅游。福屯变了，卫生、整洁、明亮，新兴的观念也慢慢形成了。

清晨，我在皇吉河边散步，绿树掩映，花草丰茂，河水汩汩流动，水光潋滟，鱼儿游动，鹭鸟翱翔。田野上勤耕早作的身影，在葱绿背景的衬托下映在乡场之上，自然生动。每一块土地都有自己的身世，每一块土地的身世，都是人的前生后世。此时，我们那座破旧多年的干栏，或许从来也没有想到过，有一天它也会被岁月淘洗，淡出一代人的记忆。侄儿遇上好年景，学的是建筑学专业，毕业后一直在建筑行当里打拼，在城市里安居立业，生活有盈余。知道村委会的意思后，他决意把老宅推倒重建。他说，重建就要建一座保留干栏元素的房子，把乡情留着，把根脉留住。于是，他亲自设计，兄弟们齐上阵，返乡监理施工。

秋分时节，老宅已活出了新的模样，它沐浴着几代人的福气，稳稳安放在福屯的土地上。它将成为我对乡村的一个情感牵挂，也成为生活在城市中的我以及儿孙们对乡土的感情延续。有了它，我会常回去看看，多吸纳福屯之福；有了它，门前那棵老龙眼树定会生发新枝；有了它，树上的鸟儿，也会欢快地在新宅上空自由地飞来飞去……生机勃勃的福屯，已成为我和我的家人常常念叨的所在。

（原载于《民族文学》2021 年第 12 期）

凉山少年

冯 良（彝族）

家兄名，单字"维"，初中以前，以为是"伟"，他自己也总在课本的封皮上落以"伟"字。等到小弟出生时起名"瑜"，方知家兄名"维"，取自三国人物姜维；"瑜"也取自三国人物，东吴大将军周瑜是也。

从没问过父亲，三国人物有的是大牌，起码周瑜不如诸葛亮吧，为何给两个儿子一个名之维一个名之瑜，都算不上三国时的大英雄大机灵鬼。

忆当年，冬天的夜里围着红红的炭火盆，门外北风呼啸，冷得侵骨，父亲给我们讲水浒说三国，演义过的版本，最能触发他讲述的热情。我听得多的有王矮虎和扈三娘的故事、武松的故事、浪里白条的故事、李鬼不是李逵的故事，晁盖也在其中。等我有了阅读能力，自己去读书时，才知道我父亲讲到的这些人物只是瞬间的精彩，不像他讲给我的感觉，仿佛他们在全本小说里呼风唤雨，是小说的灵魂所在。最让我失望的是，这些人物，比如王矮虎和扈三娘，他们不打不相识，具备了男女浪漫的基本且十分诱人的情愫，而且女强于男，反传统，按我父亲的讲述，完全是天造一双地设一对，看到终篇，才发现原来在后面捣鼓的是宋公明，不免扫兴！随着年龄渐长，我也越来越认识到，我父亲作为讲述者，是在自己的立场上对故事内容做了发挥的。他对讲述内容的选择和发挥令我钦佩，虽然在日常生活里他常常表现出崇敬大人物大事件的一面，但内心喜好的对象却更多是有个性的配角和小人物，对由这些小人物生发的趣事、囧事津津乐道。天性里的喜剧感让他一生不势利，心疼自己，凡事不那么在乎；跟得上时尚，哪怕一点点，所以也不很在意别人的看法，包括子女的。

说到他对大人物的崇敬，有案可查。比如当他从某个信息源知悉司马迁为避祸，留嘱让自己的后人改姓司或马，甚而姓冯时，他觉得特别光荣，想不到自己竟然可能与司马迁血脉相关。

以上两个方面谈不上是家父的矛盾处，就像我们学的哲学，得辩证地、唯物地来看世界，事物都是波浪式地前进，螺旋式地上升，当然，也会反向行之，人生也如此。

总之，不知道姜维哪里打动了父亲，他用"维"来做了长子的名字。而"维"字在我们的成长阶段不具特殊意义，远不如"伟大"的"伟"通俗易懂。

或者源于姜维的武将身份，父亲对儿子的期望于此，毕竟他是军人出身。

不论"伟"，还是"维"，1959年4月生人，母彝父汉，家兄，展开了只属于他的人间旅途。

家兄，包括我在内的一代人成长的二十世纪六七十年代，从军几乎是我们那偏僻山区男孩们的唯一理想，它展现的荣耀、威武、浪漫，令男孩子们神魂颠倒，孜孜以求。这个理想贯穿于他们对社会、对人生的理解，是学校教育、社会教育，包括历来尚武的民间风气促成的。

小学三五年级时，我哥哥每天进入梦乡前的常规活动基本是一个人的战斗。最常听见的是他模拟的枪炮声，"哒哒哒""轰轰轰"，点射声"啾啾"，子弹随意穿行，余音尚绕梁，已然击中假想敌。随之响起的，是战死者临终前的呼痛声、倒地声。情景也模拟得很充分，你冲锋我掩护，手榴弹支援，竟然还有迂回、包抄、堵截这样的专业作战术语，伴随着他的翻滚声、匍匐声。他还会压低嗓门，略带惊恐地报告连长，有条蟒蛇出现在坑道，正朝他爬来。但他表示自己扛得住，绝对不会弄出动静来被敌人发现。夏天蚊帐里有赶之不尽的蚊子，他如果"啪"的一声打中了的话，会欣喜地欢呼自己打下来敌人的一架飞机。

他当然也会和自己的伙伴们玩实战。箭竹竿、家家必备的红缨枪是他们的武器。他们呼啸着跑过家属区、办公区，通常会招来大人的呵斥，偶尔也有赞扬，说，如果发生战争，如我哥哥一般的男娃娃们有备而上，一定能凯旋而归。

记忆里，我跟着哥哥与邮电局的男孩子们玩过一次他们的"打仗"。我们几个女孩子帮着挖陷阱，再搭上细棍子，铺上竹篾、油毡，最后轻轻地覆上土。为求逼真，潮土上再撒以干土，还缀上几片树叶子。"战斗"爆发在夜间，人影幢幢，声气喧阗，持续的时间不长，以邮电局一个孩子的惨叫结束互殴。按大人们事后所说，那个孩子踏入的陷阱差点折断他的小腿骨。

这起严重的事故，搞得双方的家长对峙了一段时间。至于我哥哥是不是被父亲收拾了一顿，我不记得了。那一仗他就算不是主导者也是战场提供者，我父亲单位的子弟中如他大小的男孩有限，发起和参战的都是他和他的朋友。

他的这些朋友的父母散布在小小县城的各个单位，政府机关、商业局、邮电局、公安局等，所来天南地北，都是凉山解放后随军转业或调干来的。对来自这些单位的子弟，当地人——主要构成者为农民——一般将他们称为机关上的娃儿。这些娃儿年龄相仿、投契者互为玩伴，少有和当地孩子往来的。

家兄终其一生相伴左右的毛根儿朋友，一位是刘雅曦，一位是刘志刚。所谓毛根儿相当于发小，树根草根刚冒芽就做了朋友的意思，感情深厚。刘雅曦长大后做刑警之余还画画，他做的雕塑写实且张力十足，直逼专业人士。

我哥哥少年时也喜欢绘画，不记得他是否和刘雅曦一样跟专业人士学习过。但后来他曾负责所在小学校的美术课，还曾以美术字在乡村的墙壁上挣过外快，想必他的绘画兴趣已攀升为一定程度的技能。

记得少年时的他画过一幅戏谑味十足、漫画类的东西：那是个看戏的场景，基本都是观众的背影，唯有一位只及前排观众腰部的小个子男子，侧仰脸，鼻子眼睛嘴皱成一团，很是难受的样子。特别题曰：高个子看戏矮个子闻屁。

家兄少年有型，长相俊朗，小学中学都是校宣传队的一员。这让与唱歌跳舞根本无缘的我极度膨胀。看演出时，只要家兄出现在舞台上，我就会环顾左右而发声：我哥哥！我哥哥！还不断地以指相点。

小学有段时间，我在课间常向小友们炫耀说，我家哥哥每次演出回来都会给我们带油炸花生米。"我们"，特指的是我和妹妹。那种自豪的语气，仿佛给人感觉花生米取之不尽，其实大概也只有七八粒到十三四粒不等，包在一张作业纸里，还经常沾着稀饭汤。想来那花生米一定是我哥哥捡自演出后所谓宵夜的碗中，以满足他妹妹我的虚荣心。那个年代，一个山区县城少年业余文艺演出者能够吃到的宵夜，也就一两碗黏稠的稀饭配馒头和榨菜丝、泡菜、豆腐乳吧，油炸花生米算是奢侈的。

家兄出演给我留下最多印象的是打"鬼子"的歌舞，一队头扎羊肚毛巾、脸蛋涂得红红的游击队员绕台慢走，一会儿半蹲一会儿直立，要么甩胳膊，要么两手相握朝下压。歌词反复，有两句至今仍随时袭来盘绕脑海："八路军来了烧开水，'鬼子'兵来了埋地雷。"

很多时候，我并不知道哥哥在哪里和谁玩耍，又是怎么消磨成长的烦恼。相对地，他大概也不知道我的生活吧。但回想起来，在他十五岁离家以前，我们在一个屋檐下的时间多过和父亲的相处。

父亲长年不是出差就是下乡、驻村，在他离家的时间里，家政大权一直由家兄掌管，直到他去凉山民族师范学校上学。

　　没有大人管束，不用被催着睡觉，可以躺在床上看书、听趣闻，放学也不着急回家，踢毽子跳房子，可劲玩，再跑去帮农村同学摘猪草、给菜园子浇水，吃人家用新玉米面做的饼子，趴在人家的樱桃树、桑葚树上大吃特吃，再兜着走。还有小钱可以支配，父亲按出门时间的长短，会专门留多则三五元、少则两三元的买菜钱，这是何等愉快！一切喜欢的小玩意儿，吃的，玩的，都可以小遂心愿，代价就是少买或不买所有的蔬菜。如果手头宽裕，家兄偶尔还会带我和妹妹去打一次牙祭，去县城唯一的街道上一家集体性质的面馆吃碗素面，或者臊子面。他还会巧妙地用三五分小钱达成自己的"交易"，免去做饭、洗碗的烦劳，或者指使两个妹妹中的某一个帮自己跑腿。最后，大概率事件是透支了妹妹们的劳动，"等爸爸出差有钱了再补给你们"却成了空头许诺。

　　如此自在的快乐当年的我感受不到，反而羡慕朋友家有母亲按计划进行的各种管理和督促，每天两颗糖、一块饼干，苹果橘子分瓣吃，硬糖含在嘴里别急着吸别急着嚼，硬币存在外形可爱的陶罐里，摇一摇，叮叮当当响，大感富足。我们呢，有就海吃，没有就干瞪眼。比较海吃，干瞪眼的时候多到不计其数。

　　于哥哥而言，更快乐的是，我们家简直变成了他邀集朋友玩耍的乐园。他们借宿在此，动手做吃的，主要用的是我家的库存，也从各自家中摸索一些带来，家兄后来拥有的人人叫好的厨艺也许就奠基在这个时期。家里能够找到的珍藏食品，都被他们翻腾出来吃掉了。印象最深的是一搪瓷盆碗状红糖，有七八块吧，也不幸落入他们腹中。在那个挨饿、缺乏享受的年代，他们可是安逸无比，随便把自己瘫在床上、凳子上，一边咂着红糖甜汁，一边比声高，神乎其神地嚷嚷着自以为是的冒险和胆大。父亲归家，面向那空空的搪瓷盆，心痛到暴跳如雷，我只好掩护哥哥过关。我们常常互相掩护，这一次是我帮他，也挨了几条棍。家兄的那帮朋友一贯奚落我为管家婆，烦我动辄出面干涉他们，哪里晓得我也曾被动地帮过他们。

　　家兄招待客人的大手笔何止于他的朋友，我们的小姨小舅也在其列。他们和家兄年龄相仿，贵为长辈，却更像是玩伴。寒暑假来做客，哥哥热情相待，腊肉成块地取来煮食，家父碍于面子，婉转相告，腊肉有限，一年都得靠它们解馋。家兄全不入耳，父亲终于愤而呼喊，也不顾及长辈小辈："你们这些憨娃儿，不晓得珍惜食物，早晚饿死！"大多数时候，腊肉是各种菜肴的提味儿之物，煎辣椒，炒或烩土豆、南瓜、四季豆、蒜苔，都会有腊肉的影子，晶亮的，干酥的，图的是肉香气。再比如薄薄地切上几片，铺在装满豆豉的碗里，放在蒸笼或者米锅里，靠被腊肉油脂包裹的豆豉下饭。

由小姨小舅讲来，我哥哥总是在调皮捣蛋，说他小时候玩跳房子的游戏，单腿跳到最后一格，不料被推出的一扇窗框碰疼了脑袋，未必破了皮，他却大怒，捡起随处可见的石头便砸了人家的窗玻璃；又说他某一天撕了街墙上的标语纸，一手一大张，舒展开双臂，将标语纸当成翅膀，快速跑起来作飞翔状，对大人经受的惊吓一无感知。

这个时期的家兄，我怎么也回想不起来他在哪里和谁一起玩耍。因母亲突然病逝，我俩被托庇给二姨，一起生活在那个因伐木而兴起繁荣的小镇，那时他九岁我五岁，直到半年后父亲才来接我们回家。两岁多的妹妹被送去了夹江县大伯家，两年后，已经五岁的妹妹才回到凉山和我们一起生活。

反而，我记得的是母亲去世前，某次哥哥带我坐父亲为我们自制的滚珠车，从坡上滑行到坡下，越滑越快，哥哥刹车不及时，连车带人，一块儿跌进了坡底的水沟里。我们的母亲，身着医务人员的白大褂，立在水沟沿上，笑微微的，身后是喜德县两河口区卫生院的一排平房。我甚至记得舔食过从其中的药房里流出的药片上的糖衣。我还记得，哥哥在阳光下晃动着一块小玻璃也可能是小镜子，逗比他年幼的包括我在内的几个小屁孩跳抓映在墙上的光影玩。

然后，至今我还清晰地记得父亲在呼喊我哥哥时眼中含着的泪，"冯维，回来。"他喊的是。我也跟着哥哥往家跑，小小的心眼儿里恐怕有啥好吃好玩的落下我。那一天，我们从早饭后就在院子里玩耍。某个时刻我回去过一趟，我母亲躺在床上，也是笑微微的。我甚至记得她反手叠了叠枕头，为的是让枕头高一点舒服点。隔壁的易阿姨端着一只大碗在吃饭，她好像说，那一天可别让她三顿饭都在我妈妈的床前吃啊！她在等着给我妈妈接生，她希望新生儿快点诞生，好让她回家安心吃午餐和晚餐。其实，她那是在给我妈妈鼓劲。妈妈本来要给我们添一个弟弟的，却留下三个儿女，带着那个可能连眼睛都没睁的婴儿飘逝了。

直到现在，我父亲悲伤时总会说：你妈妈太犟，如果当年她没有追着我从县上调到区里，她就不会因为区卫生院简陋的医疗条件猝然离世。我母亲去世后，父亲从区里又调回了县上，而我母亲却永远留在了那个过去叫两河口区，现在区改成镇的狭小的峡谷里。

时常，我会因为母亲的笑微微怀疑我的记忆可能出错，毕竟那时我只是一个小屁孩，我母亲，她怎么一直都是笑微微的呢？就是我缠着她给我们一众小朋友讲故事，她踞坐在床上，夹在指头间的香烟烟气缭绕，她也是笑微微的。难道是她留在照片上的笑容操纵了我的记忆？

我母亲逝于三十五周岁，年轻、美丽的容颜永驻儿女心间。

年长我四岁的兄长有更多的时间承欢母亲膝下，和母亲的合影也最多。不是那种在照相馆摆姿作势的合影，而是拍自我父亲的相机。那是一部海鸥牌相机，但似乎不等我出生，它已下落不明。按父亲的说法，被朋友借来借去，不知道借哪里去了。

其实，更可能是父亲不再有心情玩了，他的年轻时光随着妻子的早逝悄然而去，落在他肩上的担子是三个年幼的儿女，最小的一个两岁半。

家兄的心情呢？

除了丧母的彻骨哀痛，我哥哥在成为乡村教师前，和邻家男孩无异，顽皮、义气、不和女孩啰唆，因为经常充当临时家长，主意笃定，相对于同龄人更具权威，因而更快乐吧。

成为乡村教师后，他越来越寡言少语。

他任教的第一个小学，当时在团结公社，后来公社改乡，他已经调离那里，去了另一个叫贺波罗的乡，再以后是新联乡，然后就是冕山镇了，他一直在那里工作，从镇小学副校长的位子上退休。

记得他在团结公社小学时，他的一个杨姓同学，也是邻家哥哥约我，准确地说是叫上我，打算去找我哥哥玩耍。那是 1977 年冬天，他们中学的同学，除刘雅曦、杨雪平等几位高中毕业便参了军，余下的有参加当年恢复高考后第一次高考正在等通知的，也有等着招干招工的，反正没人上山下乡了。

大概就在这段等待的时间里，他的杨姓同学想去我哥哥的工作地点探望一番，毕竟家兄是他那一拨同学里第一或第二个挣工资的。

结果只沿着公路边走了三分之一，我们就打道回府了。有明白人看着我直摇头，他们认为杨姓哥哥带着我这样一个拖累，后半夜都未必能到达团结公社，除非能搭上顺风车。

再以后，初三一年和高中两年，我忙学业忙得昏头转向。我的哥哥则辗转在联合乡、贺波罗乡，那时候还叫公社。我知道，也听见他请父亲帮忙，他想转行，想起码调来县上。哪怕转不了行，来城关小学教美术、教体育都可以。他的愿望却好像总是绕着他走，把他一次又一次地甩在他出发的地方。

周末或寒暑假，他回到家里，总像是一个沉默的存在，感觉他是借宿在家里的，事实也如此，家里并没有他特定的一隅。慢慢地，他回家少了，至多吃顿饭，基本常在朋友那里。

他的毛根儿有当完兵回来做了警察的，也有子承父业招工招干的。从州里招干来到县里后来成了他朋友的两位青年，一位进了法院，一位去了新华书店。后来，他们又都陆续调回了州上。

在法院工作的那位，因为某次执行公务的英勇行为声名鹊起。家兄实心赞佩，我回凉山探亲，他给我讲他的这位朋友如何反应灵敏、身手矫健，从已经启动正在加速的火车上钻窗而出，跳落在支棱着石块儿的路基上，伤了腿脚，还是抓住了嫌犯。我哥哥也感叹，怎么让他碰到了呢！他指的是他这位朋友的人生机遇。

家兄的理想坚定，他不停地在做他童年少年的行伍梦，都用不着我挑明。而自从我离家上大学再工作后，我们每一次见面，理想似乎成了我和他的对话戛然而止的一个敏感话题。

然后，我会走开，找我嫂子聊天，或者逗我的侄儿——相差五岁的两个侄儿，渐渐地也开始加入到他们的妈妈与我的聊天中。

我哥哥呢，每一次，他会一直坐在那里，静止的神情、体态，灯光和由窗户漫进来的天光也仿佛都是静止的。正对着他的那堵白墙上挂着幅装饰画，下边摆放的电视机荧光闪跳，却像是更深的沉静笼罩着我哥哥。好几回，我丈夫翟跃飞打赌说他要熬到我哥哥主动找他说话为止，哪能够！

有时，我哥哥也可能随时撇下我，或任何一位打算继续和他交谈的人，比如翟跃飞，嘟囔一句他要去厨房做菜了。

这即便是借口，也让人无法反驳。不单我，和我哥嫂相关的所有亲朋，都很贪他们家的一口菜肴，大菜如鸡鸭鱼的烹调、腊肉香肠的熏制，小菜如豆腐乳、泡腌菜、水豆豉，调料如豆瓣酱，于我们那侧身在云贵川三角地带的口味更多了泼辣中的蕴藉，那一种味道，从舌尖直抵心里，恐怕只有相当级别的食客才能体会得到。所以，谁能阻挡我哥哥去往厨房的脚步呢，又有谁能有我们的幸运呢！

这一种味道，来自我哥哥的独家秘方，是他从少年时代起练就的独门绝技。

我哥哥开始给我和妹妹做饭时，不过十一岁，按童年少年的分期，应该还在童年阶段吧！

那个年代的孩子，六七岁起就被家长催迫着为他们分担家务的不在少数。小学一年级时，我同学的妈妈正教她如何才能不把米饭焖糊，看我在旁边溜达，扣住我，让我也跟着听讲，还示范点燃柴火、翻转灶火的技巧。记得我那同学家的早饭从那时起都是她在做，清晨早于父母和弟妹起床，点火煮烫饭，捞泡菜、豆腐乳，摆好饭桌后，等待父母弟妹陆续就座。

我因为有哥哥，起码小学四五年级以前，也即我哥哥离家去凉山民族师范读书前，有关早上的记忆不是为上学而艰难起床，就是难咽的南瓜或红薯烫饭。

那时候凭粮票买粮食，定量大人多于小孩，男孩又多于女孩，即便这样，女孩子的定量每月也在 20 斤左右，大米白面除外，配以杂粮，放现在，哪里吃得完，但当时即便添上南瓜、红薯、洋芋，也不够吃，因为没有副食。

我们家一般会在做晚饭时，先将煮到五六成熟的大米滤干，米汤待用，再在铁锅里码上切成块儿的南瓜或红薯，铺上半熟的米粒儿，沿着锅边均匀地浇上水，盖严锅盖，小火焖得一锅南瓜或红薯米饭。

要是放在今天，养生人士一定会抢着吃南瓜或红薯，但我们那个时候，物以米为贵，无论如何都想吃上哪怕一口白米饭。

在我们家的晚饭桌上，我和妹妹何止一口米饭，我俩受优待，米饭管饱。而哥哥，在父亲的带领下，吃的是混合在一起的南瓜或红薯米饭。没听见他有怨言，似乎理所当然，做哥哥的就该被当作大人来对待。

家兄也确实在父亲一年到头不断下乡和出差的时间里，是我们家的大人，所谓少年家长。他当然不只负责早饭，父亲不在家时，午饭晚饭也主要由他主持。他的厨艺因此主要奠基在那个时候。

在那个缺油少肉的年代，能做的有限，家兄又只是一个少年。可他炒菜薹、煮青菜豆腐，哪怕做蘸水，从不含糊，如果临时少了葱或者蒜，非要差遣我紧急跑去街上买，父亲留给我们的伙食费告罄时也去邻居家要。总有我拒绝执行他命令的时候，那一顿的某样菜，他就会拿筷子尖敲打着盘子沿说，都怪小良不去买蒜苗，光配点蒜，煎炒豆腐哪有清香味儿嘛！

等他成家后，这份打下手的活儿改由他的妻子承担。那可不是单纯地跑个腿就能奏效的事，连豆瓣酱都得我嫂子来做，因为我哥哥认定只有自家做的当地风味十足的豆瓣酱才能和他的菜品相匹配。

这种自家做的当地风味，具体划归的话可以称为响河坝风味。它还包括另一种佐餐用的豆瓣酱，比较做菜用的，制作更加精细，轻辣，微甜，下饭刚刚好！

不只豆瓣酱，每年家里吃的豆腐乳、水豆豉、糯米辣椒渣、腌菜也都由我嫂子一人包办，按她的响河坝风味。

响河坝，是一处叫深沟的峡谷的出水口，慢坡下来，都是山洪冲泻下来的大小石头，每年夏秋，山区的冷雨急躁地击打在上面，再有裹石夹泥、连带树木花草这样倾泻而下的洪水，不响才怪！也算名副其实。就是不知道起这地名的人是响河坝的哪一代居民，毕竟它是"湖广填四川"的清初才在凉山有的一个小小的汉族人聚落，追寻起来应该容易。

这些汉族人来到这里，在出水口形成的冲积坡顶，靠近山根的地方，栽上果树，围起菜园子，盖起房子，住了进去。在半山腰种玉米、高粱，在石头阵以下入水口的两侧——孙水河畔种水稻、小麦。从此往上是今天的喜德县城，当年叫甘相营；往下，是今天仍然叫冕宁县的地盘，孙水河在这里注入安宁河，再随着安宁河一起流进金沙江。

这个基本形成于清初的汉族人聚落，在公社化时代是喜德县冕山公社下属的一个生产大队。1949 年以前，行政区划和现属的冕山镇、喜德县都归冕宁县辖治。我对冕宁县的认知始终停留在年少时，直到我都老大不小了，仍然以为它的居民几乎是清一色的汉族，也因此，我会想当然地把响河坝当成汉族村子。

它当然是。但冕宁县所辖地区却并非如此，汉族之外，不仅有彝族，还有藏族。我的一个朋友就是冕宁藏族，她告诉我，她家来自于西藏西部的阿里，多遥远的地方啊！时间还得上溯到唐朝，那个时候，西藏正当吐蕃时期。

她的祖先是迁来冕宁的，最有可能是随军征战留在了冕宁，我母亲祖上某一代却由冕宁迁到了大渡河的下游——雅安地区的汉源，那里与中上游的藏族地区近在咫尺。

至于我嫂子家的祖先，据她说是"湖广填四川"时来的凉山。我父亲家祖上也是那个时期从湖南迁来的，去的是内江地区，还算是腹地成都平原的边缘，凉山就距离太远了点。

当我听说我嫂子家祖先也来自湖广一带，为的是填川而来时，惊讶之下，不免赞佩她的先辈跋涉来到山高水险的凉山之筚路蓝缕。

来到凉山后，她的先辈们就在今天的喜德县、冕宁县兜兜转转，到她外公那一代，才定居在了响河坝。

在那个年代，一个僻壤的农人——我嫂子的外公，竟然是开明的父亲，心疼外嫁的女儿在婆家活得艰难，不顾根深叶茂的风俗，连带外孙们都一起接回来，安顿在自己身边相看顾。

我嫂子依照在外婆、母亲做的食物里品尝到的味道，结合在她们的调教下掌握的食物制作方法，制成了独特的响河坝风味。那种风味可不简单，是迁来迁去的人们综合了各地的食材、口味，包括他们填川前老家的，一代一代由自己的刁嘴巴捕捉到的。食材呢，一般而言，有众人皆知的四川人最喜好的辣椒花椒，至于特别的，我不知道是否有专词，反正有我们叫的木姜子、苏子，前者与肉相配，后者为汤圆心子提味儿。

家兄就是苏子的拥趸。我嫂子多少次讲：如今少有人做汤圆心子了，就是做，也几乎没人用苏子了，可你家哥哥就是稀罕它，年年自己调汤圆心子，还都必须要苏子。

如果没有加苏子的汤圆心子，我哥哥他就不会吃汤圆，而他是多么喜爱汤圆的那一口糯和那一口甜啊，早餐吃，夜宵也吃，朋友来家还陪吃。

虽然嫌给我哥哥找苏子麻烦，我嫂子也不得不夸她的响河坝风味在我哥哥的手里变得更有吃头了，也因此她会甘打下手。在她品来，我哥哥从我父亲那里学做的部队伙食大锅烩，尽管食材不变，比较我父亲做的，也香得人饭都要多吃两碗！

他们家盛行大锅炖时，他们刚有了第一个孩子，也刚从更山里的一个乡调到响河坝旁边的冕山镇所在地，家兄在镇小学工作，我嫂子在镇卫生院。

之前，他们把婚房安顿在我嫂子的娘家。接受出嫁的女儿似乎成了我嫂子家的传统。

那年的暑假，我从北京出发，因为宝成线、成昆线遭遇山洪，一直在西安、夹江等地停靠等待，我几乎耗去半个月，才回到凉山家里。我带了一株半寸高的文竹给他们做结婚礼物，一路颠簸，那文竹居然安然无恙，送礼的人和收礼的人为此都很欣喜。

伴随着文竹茎叶的蔓延、蓬勃，五年时间里，两个新生命陆续降临，在乡卫生院那前后套间附一个小厨房的宿舍里，充满了孩子清脆而喜悦的各种声响、气味，一个家庭开始成长，也成了我和妹妹的另一个家。

雨后，我站在窄窄的屋檐下，如缕的云烟就在眼前青绿的山腰冉冉而升，但即便脖子后仰到肩上了，也难以看见它们升到峰顶、融入天空中的景象。

某一次，或者仅有那一次，我哥哥经过那里，他说，换个地方看，就能看到顶。

我不一定非要看到山顶，因而也没听他的话为了看到山顶换个地方。

我听见他在和另一扇门出来的一位自称我应该叫她姐姐的妇女，也是我嫂子的同事，在商量去某家出席葬礼的事。他们说的是彝语，我当然听不懂，但内容我早在之前就已知晓。

不只我不懂彝语，我那些玩伴父母都是彝族的，他们的彝语水平也很有限，几乎不会彝语的不在少数，他们的父母力求用汉语来和他们交流。以我们家的情况为例，父亲汉族，继母虽仍为彝族，但她和我母亲一样，也是在彝汉杂居的地方长大的，汉语不输彝语，也可能和我父亲不间断的争吵使她的汉语表达更有提高！她只在家里来了彝族亲戚时才说彝语。当然，我也听过她在教室里、在田间地头讲课时用彝语。她很长时间都在党校做教员，学员大多数是来自基层的彝族干部，比如生产队的队长、妇女主任等。我继母没有教科书，也不见她备课，她能认识的汉字有限，彝文估计半个字母都不会，那不是给一般人用的，是祭师兼医者的专享。即便如此，我继母口若悬河，要不是太阳下山，肚皮饿了，都收不了尾。她那不是讲课，是在宣讲她能理解的当时的国际国内形势、领导讲话，也包括共产主义的理想，不是背书，全凭发挥。

我继母好像从没想到要教我们中的哪一个说几句彝语。但等社会风潮改变，她就很夸我哥哥了，因为这个时候我哥哥的彝语已经如流水般发乎自然了。

我哥哥在当乡村教师前并不会彝语，至多会几句骂人的话，左不过"傻瓜""笨蛋"这一类的。他如果分在彝汉学生比较平均的乡村小学也未必会说彝语，但他被分配去的乡村小学以彝族孩子为主，即便有一两个汉族孩子也都彝化了，所以他不得不学说彝语，间杂着汉语彝语来教他的学生，他的学生也间杂着学会了汉语。某一次，他带回家来几个彝族学生，他们和我哥哥说彝语，和我说汉语，一个词甚至一个字一个字地往外蹦，也可能害羞，不肯多说。

在我们家，在我众多的表兄弟表姐妹里，我哥哥的彝语可以说是最娴熟自然的。就是我的同学里、我哥哥的同学里，前后都算上，像他这样后天学得彝语还流畅的也少之又少。

初中时来我们班插班的梁小凤也是这少之又少中的一员，她姐姐也是。

小凤来自的尼波区，和我哥哥所在的团结公社相同，也是一色的彝族。她的父母也是 1949 年后分配来凉山工作的汉族干部。一般来说，类似她父母的汉族干部多会因凉山深处自然气候、生活条件的苦寒，把孩子寄养在老家，但小凤和她姐姐是在父母身边，也即偏远的彝族山区长大的，还学得一口流利的彝语，她姐姐更因此在我们县电影院——露天坝子，现场为电影《春苗》做过同声传译。随着她和他们同声传译的春苗姑娘一直深入到彝乡彝寨，赤脚医生也因此在凉山彝族地区遍地开花。

前些年回凉山同学聚会时，曾问过小凤她姐姐的去处，说在乐山工作，具体的单位我记不得了，但和彝语有一些关系。乐山市辖下的马边、峨边两个县是小凉山的一部分，都有世居彝族，峨边为彝族自治县，她的彝语也的确能派上用场，而且是标准音。

我长于此的喜德县和我生于彼的米市镇，是全国彝语标准音所在地——标准到可以落脚在那条峡谷高处的寂寥山乡，作为喜德籍人士，很值得我欢呼！

这是"大我"在欢呼，"小我"也有值得欢呼的，不只欢呼，还有感慨，为我父亲种在镇政府院里的一棵蓬勃如云的核桃树，我见到它时已经是五十年后了。

栽树的人——我父亲也在现场，他比画说，挖来种在这里时，只有指拇这么粗！还说，我哥哥那时四五岁，每天给和自己一样高的核桃树浇水的都是他。"可是，你看，"我父亲自以为幽默地对自己那也已经是他人爷爷的儿子说，"你长不过它吧！"

我哥哥脸上不着任何表情，这在他而言已经是有表情了，与父亲长期龃龉后的表情，微抗拒，父亲却自有一套罔顾的本领，也是渐行渐远的老派为父者的境界，不改说话行事的专断方式，且随着年老尤甚。

我十七岁离家上大学前，父亲郑重地给过我一页纸，上面是他手书的内江市乐至县永胜乡冯姓一族的字辈排序，五言一句，共八句："万紫映景秀，朝政兴良天；学永宗先德，光昌盛大联；文武勋成烈，相道继能贤；太清为有化，琼林宴兆元。"至今已传二十二代。

我们这一代是联字辈，按我父亲的意思，我不如在我的名字里加上"联"字，趁上大学前。他名大舜，号历山，当兵后，所属指导员嫌"历"繁体写起来费劲，做主将"历"改为林，申言山上长林，理所当然。此事我父亲一直耿耿于怀，积年尤甚。社会风潮回流，尘封于他心底的旧规矩"复辟"了。他确也有所得，他的四个孙子延续了字辈里的"文"、大重孙延续了字辈里的"武"。

最近几年，我父亲忘了他曾经给过我他亲笔抄录的字辈，也忘了他当然也给过我哥哥和弟弟。前年，我回家看望他，他当着我的面又给了我嫂子一次，叮嘱她千万保存好。我都没要求，他手一摆，竟然说，你们女儿家不需要！

他还会更多地讲到乡俗对没有男孩人家的嘲笑，比喻为牛没有尾巴。童年相随祖父做客人家和祭祖时的在场感，那一份骄傲也是他常提及的。借养在我家半辈子的二姑对他的担待显而易见。

在谈及他从军来到凉山并留在凉山时，他称自己将冯姓从乐至永顺传至凉山，就像当年他的祖辈将冯姓这一支由湖南带到了四川。说我哥哥就是他在凉山的一脉子息，另一脉是我弟弟。

他在说这话时，我哥哥已经当了爷爷。我哥哥当爹当爷爷都比同龄的朋友早，当爹早四五年，当爷爷得早七八年，或者更多。而那时我弟弟还在上大学，他比哥哥小十八岁。

我父亲当时所说的一脉子息特别指的是我哥哥。至于凉山，算得上是内地的边疆，我父亲称自己就像古代戍边的兵丁，回首、举目，真的是"云横群山家何在"！

怀有我父亲这种乡关情的人，在我成长的年代不在少数，甚至于我还听我中学的老师说过自己是充军来的凉山，又有说某个冬天看着随妻子来探亲的小儿女被凉山的山风吹皲裂了脸皮，心疼之下发声慨叹，啥时候才能离开这个山旮旯儿哦！

离开的时间说来就来，改革开放之初，落实知识分子政策，当真走了不少人。我高考那一年，1980年，我们县中学升学率列榜凉山州（与西昌地区合并之前）的第一名，但还不等我大学毕业，曾经教过我的那些六七十年代从四川大学、四川师范学院、西南师大按国家计划分来凉山的老师已经调离得差不多了。不只教师，医生、行政人员等能回籍贯所在地的也走了不少，还携家带口。单位若以工作需要拦阻，就豁出去地闹，竟有背负老母在教育局唱苦情戏的，可知非离开凉山这个山旮旯儿不可了。

这些调离和 1980 年施行的政策相关，涉及面是全国的民族地区。当时认为民族干部已经成长起来了，陆续来帮助建设的汉族或其他民族的干部可以回老家了。这些人巴不得走似的，以西藏来的为甚，走得太狠，短时期内有些医院都没有做手术的大夫了。西藏的这类调动叫"内调"，调回内地的简称，一说就明白；凉山的叫"下山"，得加注解。

我不认为我父亲也有回他老家的打算，毕竟他的第二任妻子也是彝族，虽然不是喜德本地人。也正因为不是当地人，她的想法和我父亲这样或当兵或调干或学校分配来当医生当教师做行政工作的人一样，喜德只是他们工作的地方。比之她的老家——邻近乐山的雷波县——那土肥水好因而茶果丰饶的地方——喜德不过尔尔。尤其她的童年在她母亲去世前是在土司衙门的后花园度过的，她对老家的美好情感几成永恒。

保持着这种外来人的姿态，他们一开始就在自己和当地人之间划了条界线，这也成了我父亲反对我哥哥婚事的一个理由，我哥哥竟然要娶当地某户人家的女儿做老婆。

哪能拦得住，我哥哥他们可以把新房暂时性地安在妻子的娘家，也难得我嫂子的母亲接纳他们，一如当年她的父母接纳她。

我嫂子之前告诉我，她母亲家先祖走的是"湖广填四川"那一路，为写这篇文章，我在电话里请她核实，她去看望她大舅，经问询后，向我更正说，她娘家先祖是在距今三百多近四百年前的清初，从南京来凉山的移民，她大舅的原话是"皇帝派来的"，且有家谱为证。再往前，说是从河南南迁而至南京的，也不知道是明朝的遗民，还是北宋末年和李清照一起南渡的汉人。如果是后者的话，何其纯正的血统啊！

电话里问我嫂子，她母亲家祖先到底什么时候去的南京。她把她大舅的电话号码给了我，让我自己问。

她从响河坝村她大舅家出来，又到相隔三四里地的冕山街上去看望她伯伯。她在那里翻看了她家的家谱，打电话给我说，那上面记载说，她父亲家祖先也来自南京，和她母亲家一样。

她说得轻描淡写，全然忘记了她告诉过我的湖南版本。

她的这个湖南版本我还和父亲叨叨过，根上毕竟都是湖南老乡嘛，还分啥当地人外地人的。

　　追想起来，也已经是三十年前的事了，那时我父亲还因为我哥哥的婚事带点不忿。过后没多久，大概大侄儿六七岁时，我父亲再聊起这事的后续时，态度有了明显的变化，觉得当个当地人也不错，虽然新情旧谊的各种应酬麻烦，那也抵不上互相有照拂、接济，随便走到谁家的园子里都能摘几个枇杷樱桃吃，掐菜薹、豌豆尖、小葱也都没问题，娃儿们也好耍，亲戚多嘛！然后，他说，活得多热闹啊。还具体告诉我，他在我哥哥家做客的那几天，有几拨喊我哥哥姐夫、姑爷、姨爹的男女来访，甚至于还拽上他一块儿去某家赶了场婚礼，在那里人人争相照顾他，让他很有老爷子的面子。

　　我们兄妹四个对父亲家乡也是我们老家的无视、无感他也慢慢接受了，看我写的那数篇有关凉山、喜德和彝族人、汉族人的散文，他问我，人家问你的老家在哪里，你肯定想不起乐至来，只会说在凉山喜德吧！

　　当然，我回答，您不是也只会说乐至，而不是您祖辈来自的湖南某地嘛。

　　是啊，他带点惆怅说，我记得的都是乐至的故事，你们记得的都是喜德的故事。还有，看你哥哥，和喜德对接得简直天衣无缝！

　　让我父亲感到奇怪的是，连我母亲一方的各路彝族亲戚也和我哥哥有了联系。之前，因我母亲是独生女，我母亲家与我们频繁来往的都只是她在那里长大的叔叔家的子女及孙子女。现在，我父亲说，和我哥哥搭上关系的我母亲家那些近的远的亲戚，其中有些人，恐怕我母亲都不认得，如果她还在世的话。

　　比如说我前面提到的某个夏天的早上，我在雨后的屋檐下望云时，我哥哥正与之商量参加某个葬礼的女邻居，她也是我母亲的一个可能仅仅是相同家支的亲戚。

　　至于是亲到哪个程度的亲戚，通过攀亲一般都能知道，也不一定细追究，知道互为亲戚就足够共同出席相关彼此的仪式了。那一次，说来已是二十世纪八十年代末了，家兄他们商量着要去参加某位共同的亲戚的葬礼。

　　在凉山的彝族礼俗，民间丧葬上致哀者，以枪声来送别德高望重的人（当时尚未绝对禁止）。家兄那一次领队去送别的大概是某位和我母亲家有关联的长者。

　　那位长者关联到的人自然也包括那位自称我姐姐的女邻居，以及其他几位一起去的男女。他们和那位逝者不是同一个家族，就是姻亲，也未必是当世的，都可能不是上一代而是上几代的亲戚关系，这一代一代的，都在心里印刻着彼此错综复杂的关系。这就是谱系，网结一样密密匝匝。

他们商定后，在某一天先乘火车再步行，前往为那位逝去的老人举行葬礼的地方。

这一行十来位行走在山路上时，前后相随的也是一队一队奔丧的人。进到举办丧礼的地方，大家会整饬服装，妇女会取出随身携带的盛装，百褶裙、绣花的上衣、马甲、帽子、银饰，最起码得换上一件绣花上衣，男子的标配是山羊毛织的披风，彝语叫"查尔瓦"，一般都搭在肩头，斜在身体的左边右边，尺长的穗子晃悠在小腿处，行走无碍。

进到现场，各队来宾中的持枪者，各一位，冲天打响送别的枪声，那枪响，瞬间密集，迅即疏落，没有那么多子弹来供他们扣动扳机，却已尖锐地穿云裂空，惊得鸟儿飞兽儿跑。

人们呢，安之若素，轻缓地行走、动作、说话，即便女人的哭诉——倾吐的是逝者一生的荣耀和骄傲。眼睛所向，是松林的空地上那正在熊熊烈火中消散的肉体。

而亡者的灵魂会在葬场留下一个分身，另一个分身会飘去彝族人的故乡，再一个分身，会驻守在家园的上空。这便是传统说法里人逝去后灵魂共有的三个分身。

上述有关葬礼的文字有所不逮，幸有程丛林有关彝族葬礼的画作撼动人心。

四川画家里以彝族为题材的不在少数，我认识还互相引以为朋友的只有一位：程丛林。不用我多嘴，其重量级定论已然。1991 年，我们还在西藏工作，他来拉萨，刚完成《送葬的人们》，告诉说有 10 米长，人物都真人大小。等到 2012 年在中国美术馆见到原作时，尽管有基本信息垫底，仍然被几乎环绕整个展厅的画作惊住了，体量是一方面，最主要的是作品的表现力，那份优美，倾诉的是彝族人万事隐忍的沉静。

葬礼的最后，丧主家杀来招待宾客的牛，牛头会专门留给放最后一枪的那一位来宾，礼仪隆重。那最后一枪，相当于压哨声。谁把别人的子弹消耗掉，挺到最后，谁赢。那一次，牛头归家兄。他不会带回去，当场分而食之，带回去的只是荣誉。

在凉山，二十年前，你总会听见很多这样的故事，带着炫耀，还互相较劲，寡言如家兄，也会放大声音加入热烈的争论。强调自己某一回如何用有限的五颗子弹打熬着、算计着、虚张声势着，简直《孙子兵法》的诈术都用上了，出奇制胜，总算把显然子弹最多、十颗都不止的那一位彻底比下去，打响了最后的一发子弹。之前，他们联手耗掉了其他几位的子弹。又哪一回哪一回……其过程充满了惊险和戏剧性。那种场合上，看对象，主要用彝语，间插着，也喊汉语，给够力度。

这些时候的家兄是快乐幸福的吧！

那一天，我嫂子在电话里回答完我的问询，有关她父母家先人来自何处、何时到的凉山，这些一直以来我们通话的正事后，不像以前，看季节，会安顿我说：回来嘛，樱桃熟了、杜鹃花开满山了、该捡菌子了、火把节到了、快过年了；现在她安顿我的是：回来看你的哥哥！此话她挂在嘴边，一字不减一字不增已经两个年头了。

我嫂子说的"看"，其实指的是祭奠。

家兄因病逝于 2018 年 11 月 11 日，时年六十岁，人世一个甲子。

他的葬礼，家人还是决定按汉族的风俗办。考虑到我们母亲的彝族身份，也给他准备了一套彝族的"查尔瓦"。

家兄葬在水拐子湾湾向阳的山坡上，面朝喜德县最大的坝子，孙水河在这一段冲积出宽阔的河谷。

（原载于《民族文学》2022 年第 1 期）

大河的少年

敏洮舟（回族）

一

2015 年春天，我应兰州一家杂志社的邀请，做了编辑部的主编，忙忙碌碌度过了五六年光阴。印刷杂志的厂子就在黄河边的一条街道里，这让我在杂志排版印刷之余，可以常常亲近黄河，去河边的茶摊上泡个三泡台，吹一吹河风。

从南滨河路往西去，能走到一艘停泊在黄河岸边的大船下。船分两层，二楼船舱里铁板平整，左右摆放着十几张桌子，专供游人喝茶歇息之用。大船的泊位在一个微曲的拐弯里，站在船上，刚好可以尽兴地眺望黄河不尽而来又滚滚远去的气势。在这样的角度喝茶远眺，再卑微的人也似乎能喝出个豪迈、看出个悲壮来。

船已经很旧了，看起来也曾扬过帆起过航，而今退休闲置，被一根铁锚固定在浅滩当作了摆设。为了看傍晚的大河或大河的傍晚，我多半下午才去。各地景观多是日落西山，而在兰州的黄河边却能看到古诗名句中长河落日的景象，这应该是不多见的。

远望过去，夕阳就悬在大河之上一米高，天空、楼群、河床如镀金铜，大河水忽粼粼闪烁光辉，倒像是一河金沙在沉缓流动。突发奇想，兰州古称"金城"，除了"固若金汤"的意指外，该是还有些"流金溢彩"的意思。

在大船二层，我端着茶碗，看见夕阳西下，河水东来，还有日头跌落的层层暮色里，那些兀自涌动不息的，大河的少年时期。

二

逆着黄河的去势，向甘肃版图的西南方走上 314 公里，有一座偏离国道的小县城，静默于枯涩的大山沟里。明初洮州卫址东迁 80 里，定居"新城"之后，这座曾经阔过的小城就有了一个失意的新地名：旧城。

被我走过二十年的旧城南门，曾是这座小城的码头商埠。早年时，从河边进城的农民带着粮草菜蔬，拉到南门贩卖，再用卖货所得买上一罐盐巴、几尺花布，便驾车赶马匆匆回去了。

那时候我还在上小学。清晨走出家门，拐过巷子经过南门时，总被错落盘踞的马车阵仗阻挡，只好从车缝里穿行，小身体绕来绕去，待走出去了，哪辆车上装的是青稞、豌豆、洋芋、油籽，或者桦柴、黄草、羊粪，大致也都清楚了。

父亲没有从南门带过马车回家，都是马车自己来，拉着黄草或羊粪。那时的电还是稀罕物，秋冬春三季寒冷，须用粪草烧炕。马车只在开春和秋后来，到了门口卸了东西把马车往巷子里的电杆上一拴，人便进来了，吃过午饭，又赶车和父亲去了山里。一日的耕种或收割完毕，傍晚又回家吃饭。

来人六十多岁，叫才让。父亲说，这是河边来的"主儿家"。

"主儿家"一词在旧城由来已久，意指住在河边和住在城里的两家人结成了朋友。河边的一家进城办事，由城里的"主儿家"接待，也就是在家吃住几天；城里一家每年的农活儿、柴火，则由河边的"主儿家"解决，当然，会按天按物付钱。如此相交了两三辈人的"主儿家"，在旧城比比皆是。就像我家，才让最早结识的是爷爷，爷爷不管事了，交往便接续到了父亲身上。

已记不清去过河边多少次了。

对了，这河边的河，是洮河。洮河离旧城城区十来公里，因地势比旧城低，气候比旧城热，粮食蔬菜也就比旧城早熟，且品质更好。气候不同产生的时间差异，刚好给河边的农民腾出空隙，每年他们早种早收，把自家的活儿干完了，便赶车来到旧城，替人种收赚上一笔外快。

最近一次看洮河，是在 2010 年。

父亲曾再三嘱托，要把河边才让家的五十元钱还掉。追究原因，是才让拉了一车桦柴卸给我家，然后受雇去别家耕地，通常到了傍晚，他就会回到我家，第二天有活儿当晚就住下来，没活儿就回到河边。可那天一直到天黑，也没见他的身影。自那以后，才让似乎再也没有来过旧城。父亲也出门经商，连续多年一去几个月，二人就此慢慢断了联系。五十元柴钱，成了两家仅存的关系。

后来听说，那天才让头晕不止，硬撑着耕完地便直接回了河边。

那年秋天，我站在洮河边，望着几十米宽的洮河水暗暗惊奇。隔着一条洮河，八竿子打不着的两家，竟能往来相交两辈人几十年？

眼前的洮河水源远流长，不输黄河，自古从未干涸中断，只是到了近年，洮河流域不断递增的水电站筑坝截流，使洮河流量骤减几近一大半，令人扼腕。现代化进程带给人类的，除了便利，还有损耗。

洮河岸边，小村庄一座挨一座。我站在河西琢磨父亲说过的话，才让家就在离洮河最近的那个庄子里。可临河几个村庄都打问过了，不是不知道，就是叫"才让"的很多。我茫然四望，秋日的洮河水清澈明亮，河底的沙砾石子隐隐泛着青泽。上游一座河心岛上篝火飘扬。每年开春、盛夏和农活儿结束的秋天，家家都会相约去河边打几天"平伙"，类似郊游一样，这是藏族村庄常见的风俗。

受洮河水滋养，河心岛上草树异常繁茂。说来也怪，作为黄河上游的第一支流，洮河全长 673 公里，流过了青甘二省十五个县市，像这样的截路小岛并不多见，而到了旧城地界，如血管生瘤，竟被凝滞了通道。已记不清在什么时候，听过当地人说，早年下大雨，洮河水暴涨，两岸的庄稼地全被淹了，庄里人跑到河边，去看自家田地的情况，因走得太靠河岸，岸底被大水涮空导致庄稼地塌方，有人掉进河里，漂了两里地才被救上来。这一截河水泛滥的原因，就是这座河心岛的阻滞。

我从河东的一条简陋石桥上了岛。青草已泛黄尖，树冠上落叶簌簌坠地。我缓缓踩踏过去，一步步触及了时间的脆弱和韧长。

拿着仅仅一个名字的线索，我环岛问了个遍，最后在小岛中央的几棵大树下止了步。他们平均年龄大都在六十岁以上，喝茶聊天坐成了一个圈。当我问出"才让"这个名字，并说出他以前拉着柴火经常跑旧城的时候，对面一人指着另一个说，那估计是他家阿达（父亲）。我上前一步赶紧追问，你家老人叫"才让"吗？他说，就是。我问，那他还有啦？旧城里有个"主儿家"记着啦？他说，殁了几十年了，旧城里有"主儿家"，是南门的敏家，我尕滴会儿（小时候）跟着去过。我"啊"了一声，赶紧伸出手说，我就是敏家的后人，把你寻着太不容易了。他站起来握住我的手有点惊讶，讷讷不知该说什么。

我们过了石桥去了他家。

河边小山半坡上，七分小院，五间土木北房，南墙根的堆山草垛边，几只羊低头踱步。我们坐在小木凳上，隔着一张方桌。我把五百块钱放在他面前，说明了来意。他有些窘迫，低头喃喃自语，1990年的秋后？哦，那一年他受的伤，7月发的大水。

我追问了事由。

那年洮河发大水，淹了洮河沿岸的田地，靠河的几个庄子都受到波及。我曾听说过的有人跑到河边查看，塌方掉进洮河的，竟然正是才让。被救上岸后，当时没觉得什么，只是偶尔会有头晕恶心的症状，那年头人糙厚，也没当回事。秋天收拾完地里的庄稼，依旧跑到城里，帮人干活儿挣些钱。直到那天晕晕乎乎回到河边，在家里昏迷一晚，便再也没有醒过来。

听完心里黯然，两个人都沉默着。

旧事已了，钱放在桌上，我起身告辞。他挽留几句，瞟了一眼桌上的钱，嘴里嗫嚅着，不是五十块柴钱吗？这是五百。我赶忙说，那时的钱值钱，五十说不定比现在的五百还要顶用。他默默地不再言语。我说，到旧城了一定来家里，你知道怎么走。他点点头。

山坡脚下，河道疏阔。洮河蜿蜒奔腾，从青海西倾山东麓出发，经甘南、定西、临夏三州绕了一个圈，终至永靖汇入黄河。

河水清透，我顺着河边往回走。

三

大夏河解冻的时节，不知从哪里飞来的白鹭、天鹅、黑颈鹤们就会来到临夏。不管从哪里飞来，它们循着季节变化，在万水千山的俯瞰寻觅中，总能把纤长的腿脚落在适合生存的地方。临夏人也总以最大的善意迎接着它们的到来。清晨出门，从沉甸甸的手提袋里抓出食物，一把一把撒在大夏河的河滩上，然后回到河岸，静立打量着姿态翩跹的远客们从容啄食，便觉尽到了地主之谊，便觉顺应了天道规律。

曾有一篇新闻里说，一个中年人每天清晨都会骑着自行车来到大夏河边，后座上也一如往常捎带着一个半大纸箱，打开后，里面满满装着麦子、豌豆、粉碎的玉米粒。他抬起箱子走下桥栏，把粮食撒到四处，供贵客们啄食。记者问他，大冷天的你喂了多久了？他转头回答，刚发现它们就开始了，早上从寺里出来也没事干，消磨时间。记者追问，老人尕娃们不在家吗？他说，老人都走了；娃娃出去工作生活，做了外地的客人，没事干，我就喂喂它们，照顾一下远来的贵客。你看，它们多美。他指着河边一只扑开翅膀悠闲散步的黑颈鹤。

年年外出，都与大夏河并肩相随。从旧城出发，经合作，到夏河县地界，也就到了大夏河的源头。河脉脉流淌，人默默前行，一路无语，转眼就进入了临夏的视野。

与我一样，从旧城东去临夏的回族人，从过去到现在，从未断了脚步。相对于旧城的高海拔青藏气候，平均海拔低了七八百米的临夏地区，显然更适宜生活。当然，这是主动的选择，而人的一生，并不是时时都能随心自主。

往事不堪细说。

主动的迁徙则从 1990 年前后开始了。旧城崇商，于宋代以后便是御定"榷"场，是汉民族与藏民族之间的"茶马互市"。二十世纪八十年代经济复苏后，临夏以其重要的地理位置和活络繁荣的市场面貌，迅速占领了买卖份额，慢慢取代旧城，成为贸易的中心。

嗅觉敏锐的旧城商人，再次转过身来，跟随大夏河的脚步，来到了更加温煦灵活的临夏城。

大夏河北岸的滨河路上，随便拐进一条巷子，都能找见旧城人开的民族用品店和加工作坊。绸缎、布料、马鞍、帐篷、地毯、人造毛、酥油机、太阳能……一应全是藏族地区所需，青海、西藏、四川、云南几大藏族地区的客商络绎不绝。这块濒临大夏河的湿地，也在黄土高原的深腹里，越发活泛，充满生机。

旧城南门的录退就是其中一员。1993 年春夏之交，录退已经在大夏河边徘徊了大半月，为了找到合适的铺面他快跑断了双腿，后来经人介绍，终于在河边通往木厂的一个拐角找到了称心的房子。房东是一位老人，正从清真寺慢慢向河边走去，去见要租他房子的旧城年轻人。

录退干脆，老人也爽快，三言两语就把事情敲定了。

录退的铺面背后，就是老人的家，家里只有老两口和一个孙女。孙女的父亲得病去世得早，母亲也改嫁了好多年。孙女长到十七八岁，老人也便更老了，他们在断代的家庭结构里艰难地支撑着，不让日子垮塌。

录退的出现改变了这个结构。他做人勤快，磨面买煤、劈柴挑水，事事主动帮着干，替这个缺乏劳动力的家堵上了难怅的缺口。看着待人热情、生意精干的录退，老人心里喜悦，时日一长，便暗暗生出了一个念头。但他不急于说破，他还得考验他。怎么考验？老人也想不出什么好法子，只有交给时间，一辈子走到末尾了，他最深切的经验就是，只有时间才能检验一个人。

录退没有让人失望。

老人不按成规托请媒人，他直接把录退叫到堂屋，说出了自己的想法。你和我的孙女年纪差不了几岁，你人精干教门也相投，我想把麦颜许给你，你看你愿意啦？录退听了先是一愣，接着又抓耳朵又挠头发，心头翻涌着热浪。其实两年多来，他和麦颜虽然没有过多的交流，但他能看得出麦颜不反感他，而他也在流逝的时光里，悄悄地把这个柔弱温婉的女孩儿装进了心里。

好事就这么成了。

结婚之后，录退经营买卖的同时，侍奉老人，爱惜妻子，挑起了所有家务。老人提供铺面，录退照常去交租，老人哈哈一笑，负手转身就走。麦颜尽量不打搅丈夫，把家务打理得井井有条，录退生意忙碌时，便替他照看铺子，顺便学着做做生意。便这样，日子一天天红火滋润起来。遥远相隔的陌生两家，在生活的迁徙流动中，各自填补了人生结构中的遗缺，成了稳固无间的一体。

大夏河自西向东昼夜不息，走出临夏城一个转身，向北扑向永靖，没多久便汇入黄河，走向了生命的宏大。

四

还是一个初春，我辞别洮河，与大夏河相伴一程，抬脚翻过迎头相撞的南阳山，把漂泊了半生的步履停在了广通河的岸边。是的，往后余生就要在这条河边安顿，如果生活不再横生变数的话。当时的心里，就这么惶惑地认为着。

广通河从和政太子山发源，西进东出，穿过了这座叫广河的小县城。那时常常站在河边无端发想，这河最终去到哪里了？如此昼夜不停地流淌，最后的终点会不会被灌满了、泛滥了？当然，眼下的河自然没有那么大的气量，它东出广河30多公里，便在康家崖与洮河会师，随后过东乡，进永靖，只把绵长的触角一同伸进了黄河。

时间流水互相借喻，是文学上的陈词。因为最不温柔待人的，就是流走无回的时间。于是寻思，这世上有没有永久停留不动的时间和空间呢？我说的不是广河齐家文化博物馆里的那种泥陶瓦罐式的保存，虽然那是四千年前人类活动在广通河边的遗迹，但它是僵硬的标本，我说的，是流水般不息的生动。

后来我遇见了。

广通河边的一个向阳的墙角，长年摆着一张长条桌，桌边的木椅上坐着一个六十岁左右的代笔先生。他戴一副棕色的水晶眼镜，一言不发地聆听着。桌前另一人说一阵儿想一会儿，代笔先生微微点头，等对方说完了，起笔唰唰唰写上十来分钟一两页纸，然后止笔，慢条斯理套上笔帽，拿起信纸压低眼镜儿，一字一句给讲述人念上一遍。念完了，讲述人频频点头，接过信纸装在一个牛皮纸的信封里，掏出三五块钱放在桌上便喜滋滋地去了。

我在阳光很好的时候，喜欢去长条桌跟前坐一坐。三层台阶，每天都被文具店店主打扫得很干净，坐在中间一层，与长条桌边的代笔先生离着两三米。来找代笔先生写信的，都是五六十岁以上的，妇女居多。不识字，是那一代人身上最明显的历史印记。

给我印象最深的，是一位七十多岁的东乡阿婆。我隔三岔五转过去，几乎都能看到她。东乡阿婆很干净，常穿一身黑长衫，戴黑盖头。她拄着手杖坐在代笔先生的对面，口中不停地说着，声音不大，不时夹杂几句东乡话，更像是自语。说完了，代笔先生低头写上一阵儿，待有半页纸了，抬头对东乡阿婆说，写好了，给你念一念吧？东乡阿婆一摆手，不用了，麻烦邮给我儿子。说着手杖一撑，站起身慢慢向河岸走去。

代笔先生望着东乡阿婆瘦小的背影，摇头叹口气。

后来接二连三的一些阳光温暖的下午，东乡阿婆依然拄着棍缓缓诉说，代笔先生提笔写上半页，然后一个离开一个目送，如此往复。心里实在好奇，便上前探了探究竟。代笔先生说，这个阿婆从他支起这张桌子不久便来了，十几年所说的内容几乎没有变过，大致就是给外出未归的儿子说，你阿达归真了。可写完了也没有寄信地址，她也并不知道寄信需要地址，以为只要给儿子写了，信就能收到。你说怪不怪？

东乡阿婆给儿子写的无数封信，内容只停留在一天之内，那一天之前或之后的日子，好像在她的生活中从来没有存在过，她的生命停止在了曾经的某一天，再也没有回溯或者延伸。她的出走未归的儿子，便也只存在于某个特殊的一天。往后的每一日，都是对那一天的无限重复，就像广通河的水，永远保持着昨天的势头和速度，不知疲倦地流淌在特定的范围里，出了这个范围，就不叫广通河了。

如此一来，时空高度集中，被永远存留在一时一地。

我日日徘徊河边，看见了河道结冰，又目睹着冰消河开，一天天迎送着明暗光阴。与河相对的时间长了，便发出与前人一样的感叹，觉得河就像时间，时间就是不息的长河，它是动态的，不管人愿不愿意，今天过去就不会重来，流逝的水不会折回。尽管明天流淌的依旧是今天的河，但水已不是曾经的水。

不信可去试试，今天你看见的河面上泛起的那朵水花，山顶上浮着的那片像马的白云，街头一瞥间偶尔看到的灿烂笑容，是否能在明天找到。

河却与人不同。对河来说，时间只是一种状态，是静止的，在河的流淌中，时间没有意义，意义只在自身的流动不息。唯一的相同，是河与人都有终点。河的最终，是走向更大的河，走向宏大的海洋。人必定也有一个终点，那或是拘泥于黄土之下，却不受时间宰制的另一种令人敬畏的浩瀚。

五

船身轻微晃着。

夕阳落尽，风就悄悄来了，河水前脚跟着后脚，一波一波扑向河滩。河边的游人耐不住清冷，四下扫一眼，离开河滩默默走了。河边空旷起来，安静下来。喧闹散尽之后，河方才逐渐明朗。干净圆润的鹅卵石、潮水抹平的黄土沙、枯荣交叠的矮草高树，和远近几个贪恋暮色未曾离去的游人，组成隔水对望的南北河滩，随着中间的大河浩荡开去，于渐远处微微一顿，调整了一下势头，画出了一个微斜的弯，便继续朝前走了。

大河缓慢流淌着，并不催促年岁古老的身段。它披着一身浑浊的土黄大地的颜色日夜向东，走出了城外，走进了宁夏、陕西，走出了秋日肃杀的大西北，走进了并肩连手的内蒙古、山西、河南、山东，走通了广袤的北方和大半个中国。间或有过三两处汹涌迸发的地段，也是因为环境的逼仄和周遭的限制。它呈现更多的是从容宽和的面相。沿途经过无数的石头、沙土、草树以及伫立的人和沉默的万物时，如暗中履行默契，沙石洁净了，草树发芽了，人群活泛了，万物萌动了……

大河并不留意这些，它依然沉默前行。人也在前行。人类历史中所有的往前一步，一定是依托在一条条或大或小的河流上。

大河汇同千万条小河，滋养、冲撞着两岸的沟壑川原；两岸生息的人们汲取、防范着大河的沉静与鲁莽。河与岸互相涤荡，最终淘洗出一个质地多元的叫"黄河文明"的结晶，在时间和地理的双重纬度里熠熠生辉。

　　摇晃的船身使人晕眩。

　　我站起身来，看见大河嶙峋过尽，随即纵身入海，成为世界文明的少年时期的一支。

（原载于《民族文学》2022 年第 4 期）

粗　陶

徐晓华（土家族）

前些日子，朋友从宜兴回恩施，带给我一把紫砂壶，说出自一位制壶名师之手，泡茶固然好，兼具收藏价值。还不厌其烦地指点，洁具、投茶、注水、温杯、暖壶，一步都不能马虎。言外之意，是我熬茶的砂罐该退休了。

我笑而不语。仍然把砂罐捧出来，在电炉子上烧到罐底见红，投半两老茶入罐翻炒，待茶叶冒出一股淡烟，冲入备好的山泉水，哧的一声，水汽腾起，茶叶在罐中上下腾挪，略带焦味的熟香就漫了满室。再熬几分钟，倒一杯请他尝。他不情愿地咂了一口，开始蹙着眉，慢慢咽下喉，眼里就放出光来，大声道，啊，这味道？！来多回不请我喝，见外哒。我说，晓得你们城里人讲究，喜欢细杯薄味，浅斟慢品，比不得我们农村来的，喝茶是解渴，即如饮牛，哪好意思请。他又喝下一大口，说，看起来土不啦唧的，熬的茶味却醇，就是名字太土了，取么子不好，叫砂罐，哈哈，让人想到盐罐、药罐还有什么罐来的，都是泥巴烧的，瞧别人取的多雅——紫砂壶。我不服气地说，叫壶也好，叫罐也好，不都是为喝口好茶，可惜电火太烈，没柴火熬的软和，不然味道还地道些。你觉得土气，是不晓得它也有个洋气的名字——粗陶。粗陶么，嗯，不错，听着就喜欢，谁取的？我说，能是别人取的吗，一位老窑匠取的，姓罗，我们叫他罗窑匠。

朋友是个打破砂锅问到底的角色，一个下午，缠着我不得消停。陈年旧事和一段久藏心中的秘密，就着一罐老茶，一五一十地说给他听。

得从小时候说起。

我刚有背架子高，就随二哥去阳光头背砂罐卖。见到罗窑匠，他有五十多了，肥胖身材绷着黝黑皮肤，纷扬的砂石灰把头发眉毛染得灰不灰、白不白。坐棚子里讲生意，一双脚跷老高，穿尺把长的松紧口布鞋，新崭崭的。开口就问，两个闷虫虫呢，头回来背窑货？二哥说，是的，放假来挣几个学费钱，能不能赊哦，秋粮收了给您送来结账，要米也行，要苞谷也行。好说哟，米养人苞谷也养人，千人赊万人赊，你们也不是头一个，溜溜货，没背过的路上走慢些，莫泼了本钱。二哥问，要不要打欠条？罗窑匠说，莫浪费纸笔墨砚，你不来还，为几个砂罐钱走家串户，耽搁人不说，我还不好意思开口讨，人活一张脸，碰到不要脸的讨也讨不到。问过名字，从火塘里抓一截木炭头，在身后的板壁上画字，徐老二，大号五口、中号五口、小号十六个、添头十样。赊的人多呢，二哥的名字上，早已密密麻麻写着半壁名字和数目，有些名字画了杠，大致是清了账的。我算去算来，罗窑匠少算了四角钱，便给二哥使眼色。罗窑匠的媳妇——都喊她寡妇的——看见了，笑着说，嗨，这娃娃几多精灵，你以为掌窑师傅算不来账吗，今年阳春不好，来背窑货的都让四角钱。出门时，母亲叮嘱我们凡事要小心，莫被人骗了。没想到外地口音的窑匠，这么大方。

朋友插话道，那时候四角钱不少呢，大米才两角五一斤，这罗窑匠有点儿意思，是哪里的？我说，急么子，听我慢慢讲。朋友赶忙说，好，好，我不打岔，快讲。

办了交接，就在窑坑边支起背架子，罗窑匠拿稻草帮忙打捆，嘱咐我们，要打十字扣，结活套，方便路上调松调紧；路上脚步走匀适，想赶路也行，快在脚头，挺住腰身，稳住肩头，不磕碰就没得损耗。起身时，怀身大肚的"寡妇"给我塞了一捧叫冷饭坨的野果，说路上吃了最解渴。有个老力脚笑道，酸唧唧的，害喜的人才喜欢呢，酸儿辣女，窑匠快有人接班了。我猜果子肯定是罗窑匠摘的，想他那么胖爬上树，不像挂的个砂罐吗。

背窑货无非下凤凰，到偏南，去景阳，往哪个方向都少不了下河上河六十里。那原是下宜昌出荆楚的古道，没少走官老爷的马、抬新姑娘的轿，还有驮盐的骡子、背力的草鞋。石头上留有牲口的蹄印，还有许多打杵窝子，有的积了一汪清水，眼窝一样瞪着盖在悬崖上的天。上路的力脚前前后后出了窑场，过几个弯，翻几道梁，打杵的号子彼此呼应，脚头快的等慢的，慢的赶几步，几里路后大伙儿走成了行。原也不认得，嘴巴一张就熟了，前山后坝的，多问几句，还能扯上转角亲戚。沿路说笑，讲个段子就过了三五里。累了，有力脚就学林子里的鸟儿叫。二哥和它们熟，口哨响起，逗得雀鸟从茅草蓬飞起来，跟着一站一站往前赶。最有意思的是叫沙和尚的鸟，不住嘴地喊"砂——罐，砂——罐"。苞谷雀就高一声低一声地应"破了哦，破了哦——欢喜、欢喜"。二哥在土坎上抓把泥巴撒过去，吼它们，憨鸟蠢鸟，还在半路上，你喊破了，不会说话，不要开口。年纪大的力脚就笑，癫哒么，各人逗口舌，骂它们做啥。

打长杵时，趁大伙儿歇气，我就缠着老力脚东问西问。砂罐不晓得背街上卖啊，背过河那么远。老力脚眯着眼睛说，街上卖给哪个，赶场的没闲钱买，背乡里去能换粮食。再说，砂罐离不得火塘，住街的人屁股大个屋，转身还嫌窄，火塘挖哪里呢。还有呢，街上人、城里人买东西买的是个乖，好看是第一，哪看得上这黑黢黢的货。我说，给他们用砂罐煮顿饭吃，熬罐茶喝，保证都喜欢了。老力脚就不耐烦了，扯淡！城里人也有乡下亲戚，未必没吃过砂罐饭，还用你说。砂罐好用是悠出来的味，熬罐汤要大半天，城里人上班，卡着分秒过日子，哪里等得起。小乡巴佬没进过城，不晓得城里人走路都是跑的。我满不在乎说，长大了开窑场，我就把砂罐搞城里去卖，好东西总有人要。老力脚说，日白佬！砂罐是你烧得出来的？罗窑匠才有这个本事。

没事儿挖苦城里人搞么子，跟你又没仇。这话痨，硬是忌不住嘴。我看了朋友一眼，继续说下去。

当年川上的罗窑匠出外讨生活，走川西进鄂西。爬上阳光头，被满坡满岭细密的阳光拽住了脚后跟，再也不肯往前走。好泥出阳山，做陶人找陶土，抬头看太阳，低头看土脚，打山势的眼力，罗窑匠跟他爷爷练得精熟。随手在林地抄一把泥，一捏成坨，一搓成饼。送一小块泥在舌尖嘬，粟米味直灌喉咙。心里一激灵，往林深处走去，见一个长满栎树的土丘，静卧在莹白的光下，裸露的石缝，溅起阳光之"水"。便暗自点头，分开杂草，以手当锄刨开枯叶，草渣之下，泛黑的砂泥现了出来。往下刨，现了黄砂泥，又现了青砂泥、白砂泥。罗窑匠的心快蹦出来了，再刨，一层砂泥泛着朱红的亚光，像一团窑门泻出的底火，暖气逼人。

老天啊，传说中的五色土会生在这大山里？刨出的砂泥摊在面前，罗窑匠还是不敢相信，就趴下身子一块块掰开看，光泽鲜活，五色分明。他激动得浑身冒汗，起身往四周望了又望，确信没有人，揣几块五色砂泥在口袋，又扯了草叶把刨出的泥坑盖严实。

那时，他才相信他爷爷老罗窑匠没有骗人。他爷爷说，制陶人做梦都在找五色土，用来烧炊具饮具，养人千年不败。可那稀罕之物，传说只产于徐州郊外，地方岁岁纳贡，到冬至日，皇帝封土为社，登坛为祭，五色布五方，东方主青、南方主赤、西方主白、北方主玄、居中为黄，五色与金木水火土五行对应，为天下求福报功，佑国运昌盛，护百姓康泰。罗家几辈人闯北走南做窑匠，找过千山万岭，却没福分遇到。

哈哈，我"百度"了一下，五色土的使用在《山海经》《禹贡》《周礼》《史记》《唐书》中都有记载，多用于诸侯建国立社、帝王封禅等重大仪式。这么神的东西找到了，那罗窑匠要发财了。真是一张碎米嘴，有话憋不住，恨不得抓把茶叶给他堵上。

我索性打住话头，起身又熬了一壶茶，茶泡咕嘟咕嘟的沸腾声中，竟想一吐为快了。

罗窑匠紧攥手中的砂泥，长跪叩首，拜了天地；洒水当酒，敬了四方；撮土为香，祭了神农氏。稠密而柔和的阳光，在罗窑匠心底翻滚升腾。有神仙也找不到的陶土，不怕烧不出好窑器。便毫不犹豫，拔步炊烟起处。

老早，阳光头就有本地人开陶场。海拔 1500 多米的一面坡地，依山临壑，靠东的山峰，有意无意留个半月形的凹，阳光涌过缺口，照得一排排窑门金光闪闪。烧的坛子、水缸、盐罐、土碗、土钵，庄户人家常用。装水要缸，淘米要盆，吃饭要碗，早晚都要用，粗细缺不得，陶场的生意就延续了数百年。如今一个外乡人，又来烧窑，能搞出什么新鲜名堂。周围的人合计，多一个窑口也闹热，指了靠山边的一块荒坝，让罗窑匠搭棚起火，住了下来。

舂砂的石碓嘭嘭响起，看热闹的人就哄笑，见过烧黑泥烧黄泥还有烧红泥的，没见过掺砂烧窑的，又不是太上老君炼丹。有人在石碓窝抓一把砂粉在手里捻，故意大声嚷，硌手呢，只怕烧出来是漏丝瓢。罗窑匠从窑灰里钻出来说，烧出来后，大伙儿再论好歹。

草棚下，赤脚躁泥，石碓舂砂，搅泥拌砂，旋泥做胎，起炉装窑，鉴火上釉，忙了白露赶秋分，到霜降之日，一堆圆溜溜的陶罐出窑了。罗窑匠换来一只土鸡，就窑炉上煨汤。香味追着山风跑，坡上坎下的人闻香而来。罗窑匠早用砂钵盛了浓汤，笑眯眯地递给大家尝。味道是长些呢，罐罐看起像煤炭坨坨，熬的汤色却白。人们的惊叹里，伴着呼呼的吸汤声，把个草棚子乐翻了天。

那时，月悬半空，窑坑未熄的尾火，男客们吧嗒的土烟卷，映着一张张充满惊喜的脸。女人们扎堆站着，把手中砂罐翻过来扣过去看，看着看着爆发出暖洋洋的笑，看这罐子，哈哈，再看罗师傅，长得像两弟兄呢。一群孩子挤在泥塘边，你推我攘抢着抓泥团，捏只瘸腿的岩羊少了角，捏只小鸡没羽毛，捏条青虫弓箭背。也有的学做陶碗，刚放上桌子就塌了。当娘的指着罗窑匠说，快叫干爹，好生跟着学手艺。罗窑匠连忙摇头，烧窑的糊得鼻子嘴巴都没得，这个艺没学头，招呼大了找不到媳妇。有嘴快的婆娘就说，他，怕娃娃抢你的饭碗啊。不是这个意思，一个外乡人，多谢大家收留，让我找一口饭吃，莫说这粗浅的手艺，跟大家做长工也行。说着拍胸口表态，第一窑烧的窑器，不卖也不换，各家各户拣看得起的拿回去，好用，大家帮我喝声彩；不好用，当瓦片砸了听个声响，只当不认得我这个人。

谁知次日早上，几个婆娘拿着坛坛罐罐叽叽喳喳挤进草棚，大声喊，罗窑匠，真是漏丝瓢，罐子沁水，害得早饭米没煮熟。还有的说，不光沁水，还沁油呢。罗窑匠接过来看，连声说，沁水沁油才是好东西，人要出汗，砂罐也要出气哟。用米汤在火上熬半个时辰，抿了缝再用，保管不沁了。见她们将信将疑，又说，要不给你们熬好了再拿回去用，莫败赞我的东西。来的人里有一个婆娘不依账，说，那不行，你得赔我早饭米，屋里几个娃儿还饿着肚子。罗窑匠看那婆娘穿得破烂，一把肥辫子压塌了瘦瘦的肩，嘴里就应承道，要得要得，没得好东西吃，一碗稀饭还能管饱。同来的婆娘们嘻嘻哈哈地笑，你两个正好，一个差盖被，一个缺垫絮，一床捂起了好过冬。那婆娘就红了脸，低声说，何必笑话我孤儿寡母的。一句话落地，草棚子里静了，阳光从棚顶盖的茅草缝里梭下来，落在那婆娘鸭蛋形的脸上。罗窑匠正好扭头，看她掉一地的眼神，像窑炉里初发的火苗，舔在糙咔咔的泥胎上。

不几天，周围的人就看到寡妇在窑坑前帮忙扯风箱。罗窑匠喊，加力！寡妇团成弓的身子就拉直了，如一条风中的布帘，时而飘起来，时而荡过去，炉里的泥胎就在她的沉浮里伴着嗞嗞的火焰红了、紫了，直到一团黄灿灿的金光溢出来。罗窑匠又喊，停手，把刺栎叶递过来。寡妇飞跑去抱一捆刺栎叶，手把手塞给罗窑匠。窑炉里青烟缭绕，两人脸上汗珠滚落，待闭火的泥盖封住窑口，寡妇才喊，哎呀，歇哈嘛，腰杆酸了。罗窑匠说，到底是女人，泥做的胎，禁不起打熬，还没要你舂砂呢，一碓舂下来脚杆都断了。

两个时辰后，罗窑匠启开窑门，用长火钳夹出烧好的砂罐。一色青灰盖面，瓦灰兜底，碰擦有叮当之声。寡妇好奇地问，先前还是黄金亮色的，你又用烟熏得黢黑做么子。罗窑匠小声说，你看本地师傅烧陶，用的全是泥料，泥胎有肉无骨，上的是水釉，谷壳烧成草木灰兑水洒上去，只漂在表皮，不变泥胎本色，皮细肉嫩，并不耐火，只装得东西，架猛火上烧就炸了。说来都是粗陶，做法可不一样，我的砂罐，泥咬砂，砂咬泥，留了气孔，跟人一样会吸气出气。上釉也不同，水釉上过，再上烟釉，用栎树叶做釉引子，透进胎中，看起粗肉糙皮，却是活物，遇火重生，再猛的火也烧不坏。寡妇直摇头，看你说得玄乎，泥巴做的东西，肯定会透气，要不，洋芋、苞谷种下地，早被土闷死了，哪会发芽。一个煮饭熬茶的罐罐，在你这里，讲究还多呢。也是，看别人烧的罐子水嫩，像抹了雪花膏，你把个罐子整得像张飞，偏偏取个文绉绉的名字。把罗窑匠逗得大笑道，人分男女，陶罐也是有灵性之物，或粗陶或细瓷，凑拢来都是一家人，等我把砂罐卖了，买雪花膏给你，敢要不敢要？寡妇说，我一天日晒雨泡的，是粗陶你整不成细瓷，哪里用得着。嘴里说不要，心里却有了计较，做手艺的人，能把压箱底的窍门说出来，就没当自己是外人。这样想，做事倒不利索起来，从模子里取胎晾干时，接连破了两个。罗窑匠只当没看见，自顾踩着木车盘，捏出的泥胎溜溜圆。

看到他们在窑上忙得起劲，几个在窑后坡上晒太阳的老人，谁也没有学往常，指指戳戳，说长道短。大家心知肚明，寡妇和她的孩子们，缓过气来了。

太阳靠山时分，寡妇在水坑里洗把脸，低声说，我回去了哦。罗窑匠坐在木凳上，头也不抬，闷声答道，回吧，屋里娃儿等你做饭吃。寡妇走了几步又回头问，把汗衫脱了我拿回去洗一把。罗窑匠直摇头，唉，早裹泥巴晚裹砂，哪穿得干净，你也不得天天跟我洗。寡妇就不吱声了，望一眼罗窑匠糊满泥浆的赤脚，迈开碎步急忙往屋里走，乌黑的辫子在晚霞里甩起了风。罗窑匠故意不看她的背影，心里却骂了句，蛇妖吗，把人心里甩成了一团稀泥巴。

对面窑场学艺的几个后生，终是不信寡妇没在草棚过夜。林子里夜麻雀咕咕叫起时，轻脚细步绕到草棚后听。哪有寡妇的影子，罗窑匠仰巴拉叉躺在木板上，蛮声蛮气哼歌呢。

> 我是山峁峁上一坨泥——哎嘿
> 你是山沟沟里一碗水——的嘛
> 泥不吃水不成胎
> 水不和泥不成器
> 一坨泥巴一瓢水

烟熏火燎不分啊离，哎嘿呀！

　　翻来覆去，就那几句，唱着唱着，声音小了，没了，粗重的鼾声被一片初升的月光托起，漫了山野。后生们才不爱听他那牛吼，一溜烟走进斑驳的林间小路。他们也哼起了歌，调子高亢而单调，很烈，是窑口里喷出的火苗。

　　　　妹妹磨刀哥砍柴
　　　　砍柴就砍青干柴
　　　　一把猛火窑坑烧
　　　　妹妹吔
　　　　毛铁坨坨也烧成小乖乖

　　寡妇和衣靠在床架上。那几夜桐油灯盏的棉灯芯老是结灯花。才拿针头挑了，一会儿又结一层，屋里一股油味熏人。都说结灯花是有喜事的预兆，未必会有喜事上门？寡妇不敢往好里想。当家的走了六年，一个人拉扯两个娃，没有饿死，就是天照顾，哪里敢想好事呢。把针尖在头发里蹭了几蹭，又开始给手里的布鞋上线。要是灯光亮一点，到鸡叫二遍，可以收针了。把鞋底在脚上比画一回，不由好笑，那人长得像个砂罐，却生一双长脚板，做鞋子的布都多用几寸。不过，脚板大好踩泥，一塘泥巴半个早工就成了软面团。一天打赤脚踩，哪有时候穿鞋，螺丝骨上都是泥浆，泥巴浸了骨，洗得干净吗，可惜我一双好鞋，专门挑的粗麻布打底子，前掌扎的苞谷花，中间扎的芝麻扣，后跟扎的满天星，就怕穿着不透气，烂脚丫子呢。别人问他鞋子来路呢？想到这层，寡妇顺手把鞋子抛进鞋盒里，赌气钻进铺盖，蒙头睡了一阵，又爬起来，看着鞋盒里的布鞋笑开了声。脚头两个小的，睡得实沉。月光不嫌家穷，轻手轻脚爬过木窗格，爬到被子上，被面中间一朵向阳花，花心打了灰色的补巴，像一团泥浆糊了亮爽的云朵。边上的花瓣开得艳，衬着娃娃红扑扑的脸蛋。刺栎叶的清香，随风漫进来，直往鼻孔钻，忍不住要打喷嚏。

　　灯花跳一下，又跳了一下，扑哧一声，油灯灭了。半屋的月光更亮了，楼斗上挂的一串红辣椒，变了窑门里红彤彤的火焰，清寒的夜暖和起来。放案板上的那只砂罐，突然喷出了团团雾气，不停转着圈，越转越快，越转越大，窑坑裏里面了，草棚裹里面了，村子裹里面了，天上的云朵地上的树，都裹里面了，罐顶是破雾而出的一轮红日。寡妇想伸手去抓，怎么也抓不住，罐子越飞越高，越飞越远。

寡妇在梦里握紧了布鞋。

哈哈，是你加了味精的吧。还没听到落头，朋友点评起来。我说，你爱听不听，爱信不信，嘴巴说干了呢，快些倒茶我润润嗓子。一杯茶下肚，声音又亮了。

我们打中伙多半在绵羊口的半崖。望得到悬崖下的清江河，白花花的水，渡口石头上坐着等船的人，河心慢悠悠撑过来的渡船。两岸陡峭的高山，团住了清亮的一河水，左看右看都是一只盛了水的砂罐，罐口，亮一坨蓝幽幽的天。

二哥在背架子上取个砂罐，在岩壁接半罐水，架在三个石头拼的灶上用葛根熬，不漏水了把洋芋放进去煮。我趴在石灶前吹火。背盐的背百货的人就围上来，他们要借砂罐用。带的饭、带的红苕洋芋，煮热了吃比吃冷的舒服。总不能都带着锅灶上路，砂罐，就成了俏货。用过砂罐的都晓得，砂罐有几好，很久烧不热，烧热了半天不冷，前面的人用了，后面的人煮东西就省时间。若是熬汤，熬好后四五个小时不凉。大热天，罐子里盛的食物三天都不变味。村里人编的有个笑话，说有个小媳妇，婆子妈管教严，中午炖好的一罐肉放在灶上，准备下午待客的，见婆子妈出门砍柴，小媳妇在灶屋里忍不住捞了一坨塞嘴巴里，哪晓得还是滚烫的，吞不得又舍不得吐，这时候婆子妈反身回来取镰刀，小媳妇心里慌张，硬生生把坨肉吞了下去，不得了，把喉咙烫坏了，后来说话都是沙哑的。不是讥笑人嘴馋，是说砂罐保温好。老家上了年岁的人，早上起来，地炉子边熬一罐浓茶，一天喝到黑，上床前还抱着罐子咂几口，活到八九十岁，能吃能喝，还能带孙娃，总把功劳归砂罐熬出的养命茶。遇到年岁相仿的老哥老妹，就得意地吹，砂罐是阳光头换的，花二十斤白大米。还有更能吹的，说砂罐是罗窑匠用稀奇东西烧的，用久了，不放茶叶，倒清水进去熬一炷香工夫，当得老茶喝，还能饱肚子，不相信吗，罐底有罗窑匠的题款呢。

吹牛归吹牛，我自小知道砂罐的好，是中了五爷爷的毒。在城里教书的五爷爷，回到清江河边，只带一驮架书，捧一个黑乎乎的砂罐进了老屋。不论晴雨，早中晚三次必抱着砂罐下河打水，回来在火塘上煮到水沸，从枫香树挖的茶罐里用竹勺舀老茶叶投进去熬。挂一副断腿眼镜，穿齐整的长袍，坐在火塘边的藤椅上，一手拿着我看不懂的书，一手抓了茶罐，看一页书，咂几口。给我们补课时，也是一手抱茶罐，一手板书，教一个字，呷一口茶，才讲下文。到茶罐底朝天，再呷不出茶水，就极其扫兴地说，下课下课。河边的孩子淘气，有一回我们趁他进屋拿书，把茶罐偷出来，跑河坝里架了石头灶，捡干柴烧火，把河沟里抓的几条黄鳝剖了，掐一把紫苏叶一起煮。水刚煮开，紫苏叶熏出的鱼香就透罐而出。不得了，香味把五爷爷勾来了，看到他拄着拐棍往河里赶，吓得我们躲进石头屋里不敢出声。他走来往砂罐里看了几眼，就大声喊，都滚出来，去屋里抓一把盐撒进去，紫苏炖鳝鱼，好下酒菜呢。话没说完，折根柳条筷，伸进罐子捞起半生不熟的鳝鱼大嚼起来。不是还没放盐吗，等我们取盐来，只怕吃完了。我们一圈围坐在鹅卵石上，看五爷爷吃鳝鱼时痛快的样子，心里的怕惧早没了踪影。一条鳝鱼没啃完，五爷爷又卖起了嘴，都晓得砂罐好，怎么个好法？万物土里生，万物土里长，人非土不立，民非土不聚，土为何物？土为地肉，石为地骨，石风化而为砂，是故砂罐是土造石捏，拿砂罐煮地上长的、河里生的，这样的吃法就是土味。说着，伸手摸到砂罐，端起就呷了半口，才想起罐里是鱼汤，便尖叫一声，哎呀，我的茶罐哎！一股腥臭，还怎么熬茶喝，毁了，毁了，你们谁要拿回去吧。我们生怕挨打，哪里敢要，一个个飞跑了。

我是你五爷爷，不捶你算便宜了你，看不出你小时候那么淘气。我笑着说，河边的娃，哪个会是死木墩子，不然，也没的故事跟你说了。

我一直搞不明白，家里用砂罐炖肉吃，油花透一层出来在罐壁上嗞嗞炸响，却看不到漏水。问大哥，大哥说不出道道。问学问大的五爷爷，他只打比方说，把你的小嘴捂住不出气，会不会憋坏，砂罐也要出气呢。后来上高中，学到大分子和小分子，就更迷糊了，水是小分子，油脂是大分子，要沁也该先沁水出来啊。砂罐的神秘就一直困惑我许多年。

接力打中伙，岩屋变了食堂饭馆，前面的人坐在石头上吃，后面的饿起肚子还在煮。有仔细的人带个砂钵装的腌辣椒，大方地拿出来放在中间的石礅子上，大伙儿用糯米条做的筷子你夹一箸、我夹一箸。和皮洋芋，或是红薯、玉米棒子，蘸了辣椒吃，满岩屋的汗臭味，就被一股略带辛辣的青草香收了。

等饭吃的人嘴巴并没空。有人说这个岩屋，原是有抢犯的，劫了财就把人扔到天坑里，那天坑后来叫"榨肉罐"。虽是抢犯，却立有规矩，不抢背砂罐的人。念他们苦？不是。是罐子不值钱？也不是。砂罐煮不坏烧不烂，却最怕敲，指节在底子轻轻叩几下，就碎了。人头原与砂罐外形相似，家乡人常用敲砂罐打比方，说犯了死罪的人，命如砂罐。有这说法，抢犯们怕犯了口忌，看到背砂罐的路过，只吓唬吓唬就让他们快走。时间久了，奸猾的商铺老板就把小件的贵重货物，藏在砂罐里，托背砂罐的人带过"榨肉罐"，自己打空手装赶路的，在后面不近不远吊着，万一露馅了，转头就跑，自有背砂罐的人顶包。这个说法，有的力脚不认承，就争辩道，哪是那个道理，当抢犯是把脑壳系在裤腰带上玩的，还怕犯口忌？是怕搞不赢！背砂罐的人上路人多，浑身上下穷得只剩个胆子，哪会怕抢犯，不抢他就是好事。背砂罐的邀帮结伙上路，原是这个讲究。

力脚们说话，那些蹲在石台上的背架子，悄无声息，很自在地护着架子上的货，岩屋穹顶的水滴顺石笋滑下来，一滴赶一滴，掉在砂罐里，叮咚叮咚的声音有节奏地响着。午后阳光从壁陡的岩屋檐口掉下来，被几根倒垂的青藤挂住，随风颤动。我大着胆子拉二哥去岩屋深处想看看"榨肉罐"的样子，老力脚们说，早扔石头填了，现世安宁，来去顺坦，留那东西吓谁呢？

"砂罐，阳光头的砂罐，熬茶炖汤煮锅巴饭——香哦！"入村进户的小路上响着清亮的叫卖声。二哥把砂罐的好讲得天花乱坠，却是问的人多，买的人少。还有人抬杠，反问二哥，阳光头的砂罐确实好，我们认账，不晓得没得米煮得出饭来不？这话问得陡，饶是二哥口齿伶俐，也搭不上腔。还是一个老力脚过来解了围，说，看您家说的，在河那边望到你们这边谷黄稻熟，过河的风都有米香，这才给你们送砂罐过来，赶你们的丰收宴呢。无论年成好坏，人心总是向好的，这样的恭维话暖心窝子。还在犹豫买不买的人，爽快地挑一样两样，乐呵呵地抱回家。

河雾爬进了黄昏，两兄弟才在下偏南找到落脚的人家。入院的小路上，一蓬芭蕉，几篼鲜谷，四五棵挂了果的橘树，织锦样围着竹篱，屋边干净得捡得起来盐。房子不高，瓦顶跑一路炊烟。我们进屋时，那一家人坐在灶屋里，借灶膛里的火光正吃夜饭。木桌中间放一个缺了耳柄的砂罐，炖的红豆酸菜汤，热气直冒。遇饭吃饭，遇汤喝汤，背砂罐的人讲不得客气，要面子就要饿肚子。河东走河西，吃饭和投宿是不算账的，哪怕生活紧张，农家人也不怕添双筷子。客落旺家门，清江两岸人向来就喜客。几碗苞谷饭泡酸菜汤，很快撑饱了肚子。男主人就喊他的大姑娘上茶。大姑娘嘀咕，白天猫儿把茶罐抓翻摔碎了，拿么子熬茶！缸里有凉水，客喝不喝？二哥赶忙说，人亲水也甜呢，来一大碗。大姑娘舀了凉水来，递给二哥喝。那一瓢水，喂头牛也差不多。哪晓得二哥接过来没换气，直往肚子灌。大姑娘忙去抢水瓢，说满山是泉水，几辈子喝不完，肚子撑破了，哪个帮你缝。她和二哥年纪不相上下，穿的衣服补巴连补巴，还不合身，走动中像是胀饱了的豌豆荚。屋里光线暗，看不清她的眉眼，只觉得她呼出的热气，直往身上来，二哥像醉了酒，身子往后偏。男主人家就说，卖砂罐的不容易呢，茅坡都被你们踩出路来了。二哥说，藤子是引路的，砂罐是藤上结的瓜儿，藤牵到哪里，我们的砂罐就卖到哪。男主人家点点头说，大老远过来，百家不落落我家，不就是缘分吗？家里底子窄薄，还是换几样紧用的，茶罐一个、炉锅一口、中号的汤罐一个，三样折粮食好多斤？等月后忙了大姑娘的亲事，就送来。二哥连忙说，不要您跑路，我反正还要来卖，顺便来取，价钱嘛，不得瞎喊，买三样，我送您一个咸菜钵，一起折新米一百斤。

讲好生意后，大姑娘打水我们洗了，又把我们送上楼睡。靠板壁开的连二铺，两张床隔一个木扇，我们两兄弟靠窗睡，大姑娘带她的小妹睡靠门那头。我上铺就眯着了。到三点多起夜，二哥还在翻身，搞得木架子床嘎吱响。他平素瞌睡最大，又背得比我多，未必不累吗？隔壁床上的两姊妹，一点声音都没有，和这陌生农家的夜一样静。窗户望出去，看不到那夜的月亮是圆是缺，月光却好，树有影，竹有荫。

哈哈，你哥哥那时候晓得想媳妇了。要是你们一般大，两兄弟会争打架哦。打你的鬼，我那时候还是个闷虫子，晓得那些么，莫啰唆，听我说完。

次日太阳显山边，二哥就喊我起床。大姑娘用新砂罐熬了半锅小米粥，大碗盛了给我们过早。开新罐，是老规矩。第一罐得挑家里最好的东西煮，有好的开头，日子才越过越红火。殷实人家，用胡萝卜丁、小米、腊肉丁熬一大罐粥，要熬得满罐糊味，全家人一起吃，图个福气满门。那日子有小米粥喝，也算稀奇东西。听大姑娘说，小米是她父亲趁我们睡了，出去找亲戚借的。穷日子藏着过，苦日子不声张，肚子饿得咕咕叫，脸上却一堆祥和。那时候的人过紧日子，比得砂罐炖茶，熬的是一股子气呢。大姑娘把我们送到岩口子，走到半岩里，她唱的姊妹歌飘了下来。

> 对河走个砂罐客，
> 莫怕我家小路劣。
> 砂罐熬汤香喷喷，

正月飘香到腊月。

腊月花轿来娶我，

可惜又可惜啦，

新郎不是砂罐客。

看我听迷了，二哥吼我，快点走，屁大个人，听得懂么子。

也有仔细的人家，要当着卖的人试用，若砂罐漏水，当面要换。损了的罐子力脚背回去还给场里，无须费口舌。也有的力脚吃不起亏，路上不小心把砂罐碰损了，去找罗窑匠换。罗窑匠并不看罐子，只盯着退货的人看几眼，若无其事地说，哦，破了啊，是我老眼昏花，发货不仔细，害你跑了路。换了砂罐的人开始还高兴，背出去走两里路，越想越觉得罗窑匠的笑里，藏着一根捅窑火的铁棍子。多想几遍，那棍子就捅进了心里，火辣辣的，烫人。再往前走，心里发虚，脚也发软。就铆足一口气，埋头往转走，悄悄把罐子稳稳当当放在草棚后檐沟，回头就开跑。以后逢人就说，罗窑匠硬是活得跟砂罐一样通透。

隔个多月，二哥去河那边收账回来，背篓是空的。他给母亲说，那家人遭了孽，当家的背谷子滑下崖摔断了腰，看样子几年也起不了床，买的砂罐做了药罐子。拿什么给窑匠结账呢？母亲愁得要哭。那年欠雨，我家收的稻谷没往年的一半。二哥说，我去找窑匠求情，明年再还吧。母亲说，不兴这样为人，你把谷子称好，一两都不要少，开起窑场做买卖，这个赊，那个欠，人家也要活命呢。家里没得米吃，杂粮也养人。接下来的大半年，顿顿砂罐炖萝卜，吃得我至今看到萝卜就打嗝。

早冬的阳光头，栎树上挂了一层早霜。我随二哥走进工棚，罗窑匠正抱着个胖乎乎的奶娃娃在逗。寡妇我们改口叫老板娘了，她称谷子时问，今年的谷子不饱粒，天干吧。二哥没作声。我少不更事，大声说，水田皴口了，跟你们还了，装谷子的柜子见底子哒。老板娘说，哦，这样啊。就把眼睛往罗窑匠瞄。罗窑匠隔一会儿才搭白，那还过秤做么子，账还是记起，谷子背回去吧，这趟要赊什么东西，还赊就是。二哥说，受灾的不是我们一家，好些人都还不起，你们哪门过日子。罗窑匠说，读书的娃儿莫管这么宽，窑门不闭窑火不熄，我一家人就饿不死。他们说话，我把小娃娃接过来抱，娃娃真乖，长得肥滚滚的，皮色黑又亮，两只耳朵精灵地张着，活脱脱一只才出窑的小砂罐。

我偷偷看板壁上的账，划了的没有几笔。而堆在草棚里的砂罐，一重扣一重，摞得比我还高，乌亮乌亮地耀眼。过去摸一把，那些罐子带着窑炉里的余温，暖烘烘的。

窑场板壁上的账终是没有划掉。我家兄弟姊妹多，挨着上学，一年赶一年，费用越来越大，家里装粮食的柜子经常是空的。想吃的砂罐饭，每年过生才吃得到一次。每到腊月三十夜，母亲总要念一遍，今年又没有还，窑匠肯定当我们不耿直。我在边上没好气地问，又不是耍赖，那家人还欠我们的呢，要不去催催吧。母亲望着我半天，才叹气道，娃儿呢，但凡别人屋里有点办法，哪个愿意把账揽在身上堵在心里，憋着气都出不顺，再不要提这个事，更不准去上门讨，都是困难人，总要让人透口气。二哥没作声，望着对河搓眼睛。

等到二哥和大姐参加工作，家里才宽裕一些。上警校后的一个暑假回家，母亲吩咐我去阳光头还账，要我摘一篮李子带上。母亲说，欠了别人这么多年，算是表达一份心意吧。那季节，山葡萄熟透了，甜丝丝的，为何要送人家酸唧唧的李子？转个背，二哥给我补了聪明，李子李子，礼仪上前，穷不失礼，这也不懂？我不服气地争辩，就你懂，那你晓得砂罐怎么沁油不沁水吗？二哥呵呵一笑说，伪命题，砂罐有气孔，沁水也沁油，只是油沁出来不容易挥发，肉眼可见；水沁出来，遇高温就汽化了，哪里看得见呢。我还是不信，哪怕二哥是化学老师。

我只信罗窑匠。

这时候，朋友蹲下身子，盯着砂罐看，又用手指摸了摸罐壁。是看砂罐沁不沁水吧，不用摸，这罐子我都用豆浆熬了十几遍，肯定不沁水的。我跟他解释。

夏天的阳光头，太阳晒得脸上像搽了辣椒水。陶场长满了一丛丛的野草，工棚顶上盖的茅草，鸟来播种风来撒种，也长出了许多小树苗。砂罐的碎片、塌了的几只未烧的泥胎，散乱地躺在暖阳里。这份冷清让我猜想，窑场到底发生了什么变故？还好，工棚并没有倒塌，午后的阳光不偏不倚照射在记账的那面板壁上。年岁久了，雨水沿板壁渗下来，木炭画的字迹模模糊糊。我走到壁前看，满壁的名字和数目，被烟柴头涂抹得看不清撇捺，活脱脱像是罗窑匠蒙了窑灰的乱发。底账都看不清了，账，还怎么还？去场门口的人家问，笑着说，哈哈，又来个还账的，进屋来坐嘛，这几年一拨接一拨地来，我屋里像是罗窑匠的接待处。

进屋坐下，一杯茶上手，交谈中才晓得人家罗窑匠早就搬走了。问搬到哪去了。说，一家人去了广东的佛山，罗窑匠的儿子当了陶瓷厂的大师傅，这不，寄回来的茶具，上好的细瓷呢。

真没想到，烧粗陶的父亲，养了个烧细瓷的儿。我仔细看手里的茶杯，白釉青花，润泽得很，丝毫看不出有砂罐的粗粝。只是底款上舒展而夸张的"罗记"两字，颜色虽然鲜艳，我却记得与往年砂罐的底款并无二致。"罗"的"夕"字底，一点拉出了头。想想当年罗窑匠的解释，人嘛，哪有背时一辈子的，踏踏实实干，到底是有出头之日的。这样看，罗窑匠一家人的苦日子熬出了头。

说话间，我发现屋角放的一只砂罐，很久没用了，积尘盖住了烟垢，两只耳柄掉了一只，好的那一只努力地张着。听什么呢，时光走过，静寂无声。本想委托这家人帮我把欠款转交给罗窑匠，他却说，甭提了，罗窑匠走前有吩咐，人都没往来了，哪还有往来账。

一晃就是几十年。每年回老家，都要去阳光头转一转。窑场旧址，已长满了密匝匝的栎树。栎树伴五色土而生，罗窑匠在此舂砂躁泥，筛土扬尘，栎树落子生苗，成树成林自是当然。这也让我想通了，为何罗窑匠在外制陶，再也烧不出粗陶来。他本不是阳光头的人，离开时，把五色土的秘密还给了阳光头。

还记得那次账没还成，离开陶场回家时，我没有急着赶班车，想沿着当年背砂罐的老路走一段。没有走多远，发现走的人少，也就没有路了。繁茂的草蓬中，一群沙和尚，被我惊得尖叫"砂——罐、砂——罐"，那声音在山谷里久久回旋。它们倒还记得砂罐。等了半天，没苞谷雀搭腔，我扯起嗓子喊道"破了哦——破了哦——"

"欢喜——欢喜！"还没喊出口，我的声音就嘶哑了。

听到这里，朋友再没吭声，看看我，又意味深长地看看砂罐，然后起身拿起紫砂壶，快步往外走去。等我反应过来去追，哪里还有他的踪影。

我反身进屋，电炉上砂罐熬的茶水还在咕嘟咕嘟响个不停。

（原载于《民族文学》2022年第7期）

四代丹心　千里报国

牙韩彰（壮族）

一

　　我的目光穿越历史烟云，回到宋元明清波谲云诡的旧时光，逐页翻阅东兰州各个有名有姓的土司人生履历，下面这则颇为吊诡的骗官谋官故事首先突兀地跳到了眼前。

　　跑官要官，骗官谋官，这些热词，早在距今六百四十多年前，已经有一个人把它灵活地运用到实际工作中，并取得了实实在在的效果。而且，这个人还是偏僻山区的广西东兰土司州一个没地位、没影响，估计也没有多少粉丝的土司家人。这样的官场逸事，有时真叫人哭笑不得。

　　要说这个故事，我们首先把东兰的来龙去脉简单交代一下。广西东兰，西汉时期称为文兰峒，当地人称为木兰峒，唐代称为朱兰，宋代仍称文兰峒，由世袭头领韦君朝任文兰峒蛮长。到宋徽宗的崇宁五年（1106 年），韦君朝儿子韦宴闹纳土归附，于是，宋王朝在这里设置羁縻兰州，任命韦宴闹为知州，并明确代代相传。因此，要算东兰作为州一级的历史，应该从韦宴闹开始。后来境内分设兰州、文州，由韦姓、罗姓分任首领，名字已无从查考，历史空白了。到元代改称东兰州。"东兰"的名称由此而来。但整个元朝九十八年，东兰的世袭土司名字一个都没有记载，历史又一次陷入空白。接下来就是明、清两朝，而清朝才到第五任皇帝的雍正八年（1730 年），构成东兰的内六哨和外六哨就被分离了，内六哨仍称东兰州，被执行改土归流；外六哨降了一级，改称东兰土州同，后改称凤山土州同。东兰土知州的土司统治历史结束。东兰是广西很早一批改土归流的土知州之一，其有名有姓的土司，从韦宴闹算起，到末代土司韦朝辅，一共是二十七任（其中宋朝和元朝的世袭土官名字史书没有记载，无法计算），时间是六百二十四年。东兰改州为县的时间是 1912 年。

土司的家人到京城骗官谋官的故事，就发生在元朝和明朝更替的关键时间节点上。《明史·广西土司一》记载："洪武十二年，土官韦富挠遣家人韦钱保诣阙，上元所授印，贡方物。钱保匿富挠名，以己名上，因以钱保知东兰州。既而钱保征敛暴急，民不堪命，拥富挠作乱。广西都司讨平之，执钱保正其罪，仍以其地归韦氏。"

　　《明史》的这段话寥寥数语，信息量却很大。洪武十二年就是1379年，朱元璋建立明朝时间是1368年，也就是说，在朱元璋建立明朝后第十一年，东兰州土司韦富挠即派家人韦钱保，拿着上一个朝代元朝发给的土官印和东兰地方土特产去京城，向新朝皇帝表忠心，领受新朝的土司印信。当时交通不便，信息不灵，新朝建立的第十一年才做这个事，应该也不算太晚，如果放到近现代，这么长时间还没有派专人来表明效忠新朝，可能性质就要变了。

　　按常理，土司韦富挠派遣家人韦钱保去京都向皇帝请示汇报工作。这个汇报材料和他的口头汇报，肯定要多说主官的成绩才对，但韦钱保却不按常理出牌，到了京城，拜见皇帝，却故意"忘记"提主官韦富挠的名字。忘了主官名字倒也就罢了，他却没忘记自己的名字，于是堂而皇之地把自己的名字"韦钱保"换上去了，同时把元朝皇帝授予东兰土司的官印和带来的东兰地方土特产（方物）一并呈上。朱元璋看到这么偏僻的广西东兰土司，不远千里万里，派人前来朝贡，那是四方来朝的表现啊，心里肯定是十分高兴，于是马上给韦钱保签发由他担任东兰土知州的任命书，同时肯定也发给新的知州大印。现在看来，这个土司家人韦钱保，长相和派头肯定很有官样，官方通用语言的组织和运用能力也非常出色，而且胆量还真不一般，估计也深得"俍兵"悍不畏死的基因遗传，居然敢在皇上面前玩"欺上瞒下"的伎俩。这下可热闹了，由于新朝刚建立，百废待兴，皇帝事情也多，全国大事小事都得过脑，身边负责监督检查的监察御史和负责干部人事审核的吏部尚书，可能也没太注意，没人记得提醒皇帝，东兰土司是韦富挠，而不是这个韦钱保，于是，就让韦钱保给蒙混过关。韦钱保拿到皇帝任命他为知州的信件和新的大印回来，就跟真正的土司知州老爷韦富挠叫板。这里的戏剧性细节，我们想象一下都能知道，韦富挠土司首先肯定是目瞪口呆，然后是大喊大叫，最后是被韦钱保赶下了土司宝座。

　　当然，欺骗得来的东西最终都有穿帮露馅的时候。韦钱保当了知州后，权一在手便任性，他横征暴敛，民不堪命，搞得老百姓很是恼火，于是众人拥戴韦富挠起来造韦钱保的反。事情的原委应该是到这个时候暴露的。但是，但凡造反都是要被政府镇压的，这是千古不易的大道理。结果朝廷派广西都司带兵前来征讨。《东兰县志》如是记载，韦钱保在永乐九年（1411年）被广西都司捉拿并按律治罪，然后"以其地归韦氏"，即中央政府让韦富挠的儿子韦万目来接任东兰州的知州职务。如果《东兰县志》这个说法没有错，按这个时间推算，韦钱保在这个蒙骗得来的土司岗位上居然能够干了三十二年之久。

二

看了文章开头的这个故事，不要以为东兰州的土司都像韦富挠那样窝囊，那么容易就被家人忽悠掉土司宝座。其实，韦富挠的子孙后代，猛人是很多的，可能也是深刻吸取了祖宗惨痛教训的结果。历史发展到韦富挠的第十二代、第十三代孙，猛人开始出现了。

长期以来，有一个说法，"东兰四代土司持续抗倭六十年"，我细细推敲，觉得不是很准确。以我目前掌握的资料来看，应该是"四代五任土司持续抗倭六十年"。人们之所以说是"四代"，是因为大家都认为韦虎麟和韦虎臣是兄弟，属于同一辈分，所以只算一代。而我觉得，这样对韦虎麟不够公平，同样作为土司，他的抗倭故事完全可以跟他老爹韦正宝、哥哥韦虎臣、侄子韦起云、侄孙韦应龙一样，居于同等地位，值得单独来讲。所以，我这里在"四代"后面加上"五任"两个字。这两个字可不是可有可无，就是这两个字，才把东兰第十四任土司韦虎麟（又写作韦虎林）从哥哥韦虎臣长期以来的光环里拉出来，让他拥有一任土司应有的地位和形象。

权威的书籍是这样记载的：东兰州土司抗倭历史从第十二任土司韦正宝开始，第十三任土司韦虎臣、第十四任土司韦虎麟、第十五任土司韦起云、第十六任土司韦应龙，他们持续不断，前后达六十多年。

当然，广西土司抗倭故事，不独为东兰州所仅有，以著名的田州瓦氏夫人为代表，田州、归顺、思恩、泗城、那地、南丹、忻城等地土司都曾奉诏带领剽悍的"俍兵"（也称"狼兵"，下文如不是引用原文，均统用"俍兵"，不再另注）到东部沿海一带参加抗倭战斗，而且取得的战绩震惊朝野。这已经成为一段公认的历史，而且非常独特，体现了强烈的爱国情怀，所以人人称颂。不过，我却因此想到了另一个问题：中央王朝坐拥上百万训练有素的专业部队，战将也有大家耳熟能详的戚继光、俞大猷、胡宗宪、张经等，要说战斗力也不是没有，历史上也记载诸多抗倭战役打得甚为惊心动魄，却为什么经常出现面对几千个、几百个甚至几十个倭寇在东南海边的州、县、乡、村横冲直撞烧杀掳掠，却常常不怎么搞得定，反而每每要借助偏远山区的广西土司兵来帮忙、来救急？这个问题很多书都没说，我也无法解释，留在这里供专家学者们去研究探讨。

那天，我来到东兰县三石镇的那腊村，那里有一座巨大的公园，公园门楼呈三层飞檐斗拱状，大门上方的牌匾大书"武夷侯公园"几个大字。放眼望去，这个公园可以作为游览、观光、休闲、娱乐场所，当然更可以作为爱国主义、英雄主义教育基地。其实，这是著名抗倭土司之一武夷侯韦虎臣的墓园。走在我身边、话语不多的东兰县土司文化研究会韦锦嵩会长说，这个公园地下就是武夷侯韦虎臣的陵墓。

在武夷侯公园的左上方，有一座茂密竹林掩映下的小坟山。坟山里有一新一旧两块墓碑引起我的注意，它们和周边其他的坟墓一样，静静地立在草丛里，无声无息，跟周边那些水泥砖砌的崭新而气派的坟墓相比，它们极为寒酸的外表，透露出已经很久没什么人来铲草培土了。如果不是当地人带路并认真介绍，谁也不知道这两座坟墓的坟主竟是几百年前叱咤风云的大人物，其中那个旧坟埋的就是韦虎臣的老爹，也就是东兰州最早参加抗倭的土司平北伯韦正宝；新的那座其实是一座空坟，坟头象征性地竖立那块白色大理石墓碑，这是属于韦正宝的老爹韦祖钦的坟。说它"象征性"，是因为韦祖钦真正的坟地是在坟山的下边，由于年代久远，基本无迹可寻，那个地方早已被人用来建房子了。这块白色大理石墓碑是 2017 年东兰韦氏后代新立的，位置在距离韦正宝墓数米的地方，碑文刻录韦祖钦的基本情况，而它的下面是没有韦祖钦的任何骨骸的。围绕在这两个坟墓周边的十几座坟墓，显得崭新和气派很多，那都是韦祖钦、韦正宝他们的后代子孙的坟。

这里要穿插一下了。所谓侯、伯，是周朝定的五个封爵等级"公、侯、伯、子、男"的其中两个。这五个封爵等级也是我国历史上最早出现的正式封爵。而后来一些皇帝与时俱进倒腾出什么九等制，我这里就不讲了。现在我们看到，韦虎臣被封为武夷侯，是侯爵，韦正宝被封为平北伯，是伯爵，儿子比老爸爵位高一等，符合"青出于蓝而胜于蓝"的人才成长规律。

东兰州四代五任土司持续抗倭六十年的历史故事之所以经常为后人津津乐道，那是因为，首先这些土司本身都是非常剽悍而不怕死的土酋头领，其次是他们手上都拥有一支如狼似虎、能打胜仗的"俍兵"。当然，"俍兵"也不是单单东兰土司州所独有，古代广西的壮族地区，甚至中国南方少数民族地区的土司州，都各自拥有一支称雄一方的"地方武装"——称"俍兵"或"狼兵"，或称别的什么名号，等等。

我查阅各类史籍得知，"俍兵"应该是来源于宋代的"土兵""洞兵""壮丁""蛮兵"等，甚至更为久远的年代。南方少数民族土兵的强悍，史书早有记载，雄武如秦始皇，派五十万大军来统一岭南，遇到包括广西土兵在内的"岭南蛮兵"顽强抵抗，秦军三年兵不解甲，主帅还战死沙场了。而《宋史·蛮夷列传一》还记有这样的案例，湖南西部的辰州瑶人头领秦再雄被宋太祖赵匡胤任命为辰州刺史后，"日练土兵，得三千人，皆能被甲渡水，历山飞堑，捷如猿猱"。宋代著名的范成大有一本著名的书，叫《桂海虞衡志》，里面也记录，广西左右江"州县洞五十余所，推其雄长者为首领，籍其民为壮丁。其人物犷悍"。所谓"犷悍"，意思是粗野强悍。其民如此，入伍为兵，经过军旅严格训练，当然不是一般的剽悍，而是有组织、有纪律的剽悍了。《岭南琐记》就说："狼兵鸷悍，天下称最。"《明史·广西土司》也说："广西瑶、僮居多，……而田州、泗城之属，尤称强悍。"泗城州的管辖范围曾包括现今的凤山、巴马、天峨一带，而凤山当年是属于东兰州的一部分，后来才分出去设立凤山土分州的。因此，"尤称强悍"的人群里就包含了东兰州的壮族瑶族同胞兄弟。而郑若曾在《江南经略》卷八里，更是详细描述了"俍兵"在战场与敌拼杀时悍不畏死的情形："偶以二十人当贼二百人，为贼所困，力战得出，杀贼五十余人，狼兵死六人。其间二人尤骁勇，贼至刘家行，单骑追之。"

于是，我们就可以知道，东兰州五任土司所带领远赴东部沿海抗倭的"俍兵"，是怎样的一支悍不畏死的地方部队了。

三

为了写作这篇文章，我细细翻阅二十四史和其他有关史书，才初步搞清楚倭寇剽掠我国沿海的来龙去脉。

长期以来，我们知道著名抗倭英雄戚继光、俞大猷和田州瓦氏夫人率广西"俍兵"远赴东南沿海抗倭的爱国事迹。但那是明朝建立近两百年以后的第十一位皇帝嘉靖年间的事。而倭寇剽掠我国沿海一带，早在朱元璋建立明朝初年就开始了。当时情况是，日本国在"宋以前皆通中国，朝贡不绝"。但从元朝开始就中断跟我国来往了，元世祖忽必烈建立元朝后，多次派遣使者去提醒他们应该来"朝贡"了，结果日本坚决不派人来。忽必烈来火了，就派遣十万大军去征讨，想不到大军到达五龙山突遭暴风，全军尽没。从此以后，日本就屡召不至，整个元朝日本一直没跟我国来往。使臣正道、大道的不来，倭寇却窄门小道"悄悄地干活"！其实，倭寇都是日本各封建诸侯在兼并战争中的溃兵败将以及失掉军职的武士浪人。这些人在国内待不下去，就跟我国的一些沿海"内鬼"勾结起来成为"海盗集团"。而这些"内鬼"也跟倭寇的身份一样，大多都是当年反抗元朝统治失败后逃往海上做海盗营生的强豪之辈。倭寇跟他们一拍即合、狼狈为奸，合伙骚扰我国沿海州县。《明史》说"诸豪亡命，往往纠岛人入寇山东滨海州县"，说的就是这回事。洪武二年，朱元璋派使臣去日本诏谕，并谴责"入寇"之故，但日本不仅不派人来朝贡，反而"复寇山东，转掠温、台、明州旁海民，遂寇福建沿海郡"等。可见，倭寇剽掠我国沿海，早在明朝初年就开始了。到后来变本加厉，十分猖獗，山东、上海、浙江、江苏、福建、广东沿海一带常常被倭寇烧杀掳掠，倭寇问题遂成为明朝一大外患，如蛆附骨，不死不散。我们来看看《明史》的一次记载：嘉靖三十二年（1553 年），大汉奸汪直勾结倭寇，"大举入寇，连舰数百，蔽海而至""破昌国卫。四月犯太仓，破上海县，掠江阴，攻乍浦。八月劫金山卫，犯崇明及常熟、嘉定"。第二年"正月自太仓掠苏州，攻松江，复趋江北，薄通、泰。四月陷嘉善，破崇明，复薄苏州，入崇德县。六月由吴江掠嘉兴，还屯柘林"。《明史》举完这些典型案例之后，接着用一句话概括，即"纵横往来，若入无人之境"。这次倭寇有汉奸带路，人数又很多，攻城略地声势有点大，还算说得过去，但后来很多次入侵，只有几十名倭寇，也照样可以横行霸道。可见当时东南沿海倭寇作乱之猖獗。你看史书记载，在倭寇最猖獗的嘉靖年间，据不完全统计，倭寇袭击中国沿海的次数达到了近六百次。嘉靖三十四年（1555 年）时，甚至出现了七十余名倭寇席卷中国沿海土地数千里，作乱八十余日，造成明朝军民伤亡四千人的夸张事件。这就很不可思议了。正是在这样的背景下，才有朝廷征调各地强悍的土司兵参加抗倭战斗的。东兰州五任土司韦正宝、韦虎臣、韦虎麟、韦起云、韦应龙，持续六十多年参加抗倭战斗的历史，历经了明朝正德、嘉靖、隆庆三任皇帝，也正是在这个大背景下出现的。

四

韦正宝（1478—1510），东兰土知州第十二任知州（土司）。明孝宗弘治七年（1494年），奉调率东兰"俍兵"随两广巡抚邓廷瓒参加平息都匀"苗乱"，擒获首领张世禄，因功被封为平北伯。

明正德四年（1509年），韦正宝奉调率东兰、那地、南丹等地的土州"俍兵"一千余人，驰赴广东惠州、潮州、九连山等地抗倭。韦正宝身先士卒，挥师直捣九连山倭巢。激战中，中箭受伤，据传曾被倭寇抓到山上敌营。当时，韦正宝是带着长子韦虎臣一同出征的。韦虎臣虽然只是一位十五岁的少年，但勇猛异常。他听闻父亲中箭受伤被倭寇抓进敌营，即请求带队的主官派兵抢救其父，但主官拒绝出兵。韦虎臣一怒之下，亲率数百"俍兵"突入敌阵，不仅抢出了父亲，还顺势将该股倭寇全部歼灭，并怒斩敌酋。而韦正宝由于伤势太重，于1510年3月13日在惠州行营去世。韦虎臣护送父亲的灵柩回东兰安葬。

父亲阵亡后，明正德五年（1510年），韦虎臣接任知州职位，成为东兰州第十三任土司。《东兰县志》记载，韦虎臣是1495年出生，1516年去世，年仅二十二岁。但是，举凡英雄，并不以年龄长短来界定。韦虎臣这短短的人生，却仿佛天上炫目的流星，虽划过天际即迅速坠落，却是灿烂无比。韦虎臣年仅十五岁时，即跟随父亲出征，并在剿灭剽掠广东九连山的倭寇中，表现出世代"俍兵"悍不畏死的骁勇特质。正德八年（1513年），韦虎臣奉命带着东兰州"俍兵"，转战江浙闽大帽山、大庾岭、横水、左溪、武夷山诸地，大小数十战，均获胜利，因战功卓著，钦授"哀孝忠勇"匾额。有一些后人写的书里还说，连皇帝都充分肯定并高度赞扬韦虎臣的战功，赞叹曰："今得虎臣和狼兵，东南沿海无忧矣！"不过我却查不到皇帝的这句"重要御批"出自哪里。正德十一年（1516年），韦虎臣率"俍兵"在闽粤一带大败倭寇，在凯旋经过广东时，被当地官员设宴用毒酒害死，时年二十二岁。据说，后来有人据实上奏冤情，韦虎臣得以平反昭雪，朝廷谥封他为"武夷侯"。韦虎臣死时，其长子韦起云才三岁。

这时，韦虎麟出场了。韦虎麟，后来也有不少人写作韦虎林，因为《土司韦正宝墓志铭》里使用韦虎麟,所以我采用这个写法。东兰的很多人都说韦虎麟参加抗倭,但是非常遗憾,有关韦虎麟的事迹书上记载的却非常少,现在能明确看到书里出现韦虎麟名字的,第一次是在《土司韦正宝墓志铭》里,这是由当时三位获得"进士"头衔的知识分子写的。在这个墓志铭里,韦虎麟的名字是这样出现的:"……有家嗣曰虎臣,素有德望,袭世爵……次曰虎麟亦尚义贷,荣荫赐冠带。"这是在介绍韦正宝时,说到他有两个儿子,长子韦虎臣,次子韦虎麟。"荣荫赐冠带",是说韦虎麟也得到朝廷恩赐让他担任一官半职。

我看到韦虎麟名字的再次正式出现,是在近年公开出版的一本书《风云东兰》里。这本书记载当代一位词人写的一首词《浪淘沙·狼兵魂》,词云:"白云舒长卷,浪接云天,田园绿透暖人间。缥缈云烟寻古事,大地留言。往事越千年,狼兵征远,虎麟文光挥马鞭。义旗高举捣倭寇,誉满人间。"这首词中提到的"狼兵征远,虎麟文光挥马鞭。义旗高举捣倭寇"就是指抗倭英雄韦虎麟和黄文光两人随土司老爷奔赴东南沿海抗倭的故事。那么,这里的土司老爷是哪一位呢?

东兰县土司研究会会长韦锦嵩先生给我发来他写的一篇文章,里面说道:"正德八年(1513年),韦虎臣、韦虎麟、韦正道、韦正禄、韦正赐等官族和黄如宿、黄如星、覃炮、陈刚等头目奉命率部北上江西,征剿大帽山、大庾山、横水、左溪等地顽敌之乱,历经大小战役数十仗,仗仗以胜告终。"这里罗列了一批东兰大小土官奔赴东南沿海抗倭的情况,其中就有韦虎麟。这是我看到的第三次用文字正式说到韦虎麟抗倭事迹。这里写到的几个"正字辈"人名和韦虎麟等几个人,按时间推算,是由接任土司不久的韦虎臣带队抗倭的。于是,我们看到,上次是老土司韦正宝带着十五岁的长子出征,这次是新土司韦虎臣又带着一大批亲叔叔和亲弟韦虎麟出征。再过不久,我们还会看到,下一任土司韦起云也一样带着几个儿子和副将黄氏人家的子弟们出征;再下一任土司韦应龙远赴广东南海卫抗倭时,也带着几个亲弟弟前往。这样看来,东兰州土司每次出征,必带子弟和亲人跟随,已经成为多年的传统。有亲兵"俍兵",有亲兄弟,有亲叔叔,有亲儿子,韦正宝、韦虎臣、韦虎麟、韦起云和韦应龙这五任土司的抗倭战斗,那可是真正意义的"打虎亲兄弟,上阵父子兵"。东兰土司不惜兄弟儿子的生命,为了国之大事毅然带领他们一同征战沙场,这让我不禁想到后来的东兰壮族英雄韦拔群。这位被当地群众亲切称为"拔哥"的老一辈革命家,他一家为了革命事业有十七位亲人献出宝贵生命，这些亲人里就有"拔哥"的几个亲生儿子。在东兰这片神奇的土地上，出现这样异乎寻常的相同现象，难道是偶然的吗？绝对不是。

有关韦虎麟的抗倭故事能查到的就是这些。至于韦虎麟是不是接他大哥韦虎臣担任东兰土知州的土司，有人说他只是代行州事，因为他大哥韦虎臣被害死之时，应该接任土司位置的韦虎臣的长子韦起云才三岁，无法管事，就由叔叔韦虎麟代理。但是，清朝庆远府知府英秀等人主持编写的道光版《庆远府志》和后世出版的《东兰县志》以及龚荫先生的《中国土司制度史》等书，都记载韦虎麟接任知州，成为一任土司。《庆远府志》载"韦虎林（麟），正宝次子。虎臣死，子起云幼，乃以弟虎林袭。"《东兰县志》的记载是："韦虎林（麟），韦正宝次子，正德十一年（1516年）继兄立。"这三部书都是权威志书，我采用了他们的说法。正是有这三部书籍为依据，我才敢斗胆说，东兰州是五任土司持续抗倭六十载。

时间跨越到嘉靖三十四年（1555年），抗倭历史进入辉煌时期。这个时期出现了一批著名的抗倭将领，在中华民族抗击外来侵略的斗争中写下了可歌可泣的一页，如谭纶、俞大猷、戚继光、张经、胡宗宪、刘显、瓦氏夫人、李天宠、汤克宽以及赵文华等。这里面好人很多，但也有坏人，比如赵文华；还有不知应该说好还是说坏的人，如胡宗宪。书上说赵文华是大奸臣严嵩的义子，是个太监，在参与指挥抗倭的同时也干了不少陷害抗倭将领的事，张经就是他告黑状才被锦衣卫抓进大牢最后被杀头的。而胡宗宪则比较"诡诈圆滑"，深谙官场门道，知道得罪严嵩的人不会有好结果，于是与赵文华紧密团结共事，结果是，一边抗倭战功卓著，一边靠着赵文华直达严嵩这条通道，而步步高升。当然，张经被抓直到后来被杀掉，那都是得到皇帝签发同意的。而韦虎臣被害死则是赵文华直接下的毒手。写到这里，我又想多说几句，中国历史上好太监确实不多，可是在太监发展史上，明朝却很值得研究一下，这个朝代有最坏的太监——魏忠贤、严嵩、刘瑾，却也有最好的太监——郑和，即大名鼎鼎的"三保太监"。关于这位好太监，大家除了必须记住"七次下西洋"这样的外交壮举之外，还要记住一点就是，他是云南回族人，是一位少数民族英雄，这是非常难能可贵的。

现在，我们回过头看看嘉靖三十三年，当时张经还活着。由于"倭寇猖獗"，他先是被任命为负责处理倭寇问题的总督大臣，总督江南、江北、浙江、山东、福建、湖广诸军，还给他"便宜行事"的特权。此时，张经就开始"征两广俍兵听用"了。为什么张经一上任就征调两广"俍兵"？因为他曾"总督两广军务"，并调用广西土司"俍兵"征剿过大藤峡侯大苟的起义，对广西"俍兵"的勇悍知之甚深。嘉靖三十三年十一月，皇帝接受兵科建议，改任张经为右都御史兼兵部右侍郎，"专办讨贼"。于是张经"以江浙、山东兵屡败，俟狼土兵至用之"。这样，本文第四位抗倭土司韦起云的故事出现了。这个故事太重要，这里我还是直接引用《明史》的原文为好："明年（即嘉靖三十四年的 1555 年）三月，田州瓦氏兵先至，欲速战，经不可。东兰诸兵继至。经以瓦氏兵隶总兵官俞大猷，以东兰、那地、南丹兵隶游击邹继芳，以归顺及思恩、东莞兵隶参将汤克宽，分屯金山卫、闵港，乍浦，犄贼三面，以待永顺、保靖兵之集。"

这里说的"东兰诸兵"，就是东兰州第十五任土司韦起云带领的东兰州、那地州、南丹州的"俍兵"。这三个州都是土司州。据记载，当时田州瓦氏夫人被授予总兵参将之职，韦起云被授予总兵副将之职，并担任先锋。东兰县土司研究会会长韦锦嵩介绍，这次战役，韦起云是带着儿子韦应龙、韦应凤、韦应蛟、韦应虬等以及副将黄家几位子弟出征的。依上述《明史》说法，韦起云率领的三个土州的"俍兵"划归游击将军邹继芳指挥。接下来这些"俍兵"一起参加了浙江嘉兴、石塘、王江泾等地与倭寇的剧烈战斗，歼敌 3000 余人。之后又在陆泾坝斩倭寇 300 余人，烧毁倭船 30 余艘。这就是东兰第十五任土司韦起云抗倭的事迹。张经蒙冤下狱被害死后，"俍兵"纷纷返回本州，韦起云也拒绝朝廷封赏，七月愤而班师返回东兰。

明嘉靖四十二年（1563 年）韦起云的儿子韦应龙接任第十六任东兰州知州。韦应龙跟他祖父韦虎臣一样，少年时即随父出征上海金山卫等地抗倭，立有战功。但是，他后来因故曾被朝廷革去土知州的职务。到隆庆三年（1569 年），韦应龙又奉命赴广东南海卫抗倭前线，他带着三个弟弟以及韦氏土司的副将黄文光的四个孙子共赴沙场，一个月内，歼灭倭寇 1000 余人，为南海卫之战的取胜立下了汗马功劳，朝廷因此恢复了他的土司职位。

五

历史总是留下很多的遗憾，让后人不胜唏嘘。《东兰县志》记载："万历十四年（1586年），东兰州土目陈星起事，囚土官韦应龙及其子韦文奎。右江参议陈性学率兵进剿，擒陈星而杀之，立韦文奎为土官。"作为抗倭有功于国的土司韦应龙，晚年却是如此结局。

东兰州五任土司率领"俍兵"持续抗倭六十载的故事，就这样结束了。这六十多年里，除了韦氏一门，参加到这支"俍兵"队伍里的还有黄、龙、陈、覃、李、冯、牙等诸家。为了保家卫国，东兰州"俍兵"损失惨重，且不说土司韦正宝壮烈阵亡，土司韦虎臣战功卓著后却被官府的人害死，仅韦正宝率兵参战的九连山一役，阵亡牺牲就达1000多人，而土司韦应龙带去的3000多子弟兵，生还东兰者也是寥寥无几。在武夷侯公园里，有一座少年英雄韦虎臣的巨大石雕像，我们抬头仰望，便能看到他银灰色的头盔，在蓝天白云里鲜明光耀。韦虎臣一手持长枪，一手牵缰绳，跃马奔腾，气势雄壮。不过，我仔细观察，韦虎臣并没有我们常常看到的那种英雄气吞万里如虎的昂然英姿，他双眉微微皱起，双目垂注马头前方的土地。我想，他一定是在为那些埋骨他乡的"俍兵"兄弟默默祈祷。

（原载于《民族文学》2022年第8期）

朗月在天

李约热（壮族）

二十年前，我在北京一家电视台打工。那个时候，电视台还是香饽饽，进出这里的人们，衣着光鲜，步履匆忙。怎么说呢，那个时候，在电视台工作，非常风光，每个人的脸上或多或少都挂着优越感，我自然也不例外。这是我一生中最高调的时期，虽然当时我在一个不起眼的栏目打工，也足以使我走起路来目中无人、脚底生风，是二十年后我讨厌的模样——我经常拿着一部诺基亚5110手机，四处跟人联络，好好好，不错不错不错，你知道吗，你知道吗。工作上的事情弄得我晕头转向，很多工作之外的事也都七绕八绕绕到我这里来了，熟人朋友，熟人朋友的熟人朋友，都想方设法找到我，让我帮忙"解决问题"。我一般能躲就躲，躲不掉就敷衍。我就是一个小人物，傍上电视台这个高枝儿，在别人眼里野鸡变凤凰。我能解决什么问题？根本不能。

二十年前，离中秋还有十几天，在北京，我先后接待了两拨人马。

第一拨是表哥陈。

接到他电话时，我还以为他这是和朋友来北京旅游，如果那样的话，我最多请他们吃顿饭，然后他们去观光，我去干活儿。一直以来，这是我接待老家来人的"规定动作"。

我在电视台东门见到表哥陈。他来北京，并不是"一拨"，而是只身一人。

他下身牛仔裤泛着油光，上身灰色的对襟中式粗布衣裳空空荡荡，很抗脏的那种灰；胡子拉碴，头发灰白，跟东门电视台接待室里那些忧伤的上访者没有什么差别。我上次见他是两年前，在广西老家，他回来扫墓，西装笔挺，头发光亮，俨然家族里的成功人士。短短两年，他变了模样。我心想，他是来告状的？

没错，他就是来告状的。

一见到我，就握着我的手，问电视台信访接待室里有没有熟人，让我想办法赶紧帮他递材料解决问题。我翻开厚厚的上访材料，密密麻麻，盖有很多人鲜红的手印（手印密密麻麻地盖在告状信上，表哥陈的身后，就站着一支队伍，所以表哥陈，和告状信上密密麻麻盖着手印的邻居，算是中秋节前我接待的两拨人马的第一拨）。那段时间，因为电视台有一个曝光性栏目风靡全国，各地上访者蜂拥而至，自己遭遇的不公都想让电视台干预，使自己的问题能很快得到解决。表哥陈来北京的目的跟他们一样：因为旧城改造，整条街都被拆掉了，街坊们对赔偿条件不满意，知道表哥陈有一个表弟在电视台，所以就推举他来京告状。后来我请他吃饭，表哥陈跟我说他已经跟街坊们说了，他们的问题，中秋节的时候，肯定能解决。他身上，有他们凑的份子钱，大概一万块。在东门，表哥陈对我说，如果需要请客吃饭，就尽管请，不要心疼钱。

他们的问题我可解决不了，因为我知道，海量的上访材料，最后成为栏目组选题的，寥寥无几。表哥陈来错地方了。但是看到他饥渴的、放手一搏、志在必得的样子，我就心慌，是因为电视台有他的一位表弟吗？他想得太天真了，在电视台有表弟的人成百上千，如果每个人都能"解决问题"，那电视台就乱套了。我跟他说我们还是按规矩去排队递材料，有没有熟人都一样要排队。我带他到东门旁边的接待室，跟他一起排队，排了很久，才把厚厚的材料交给接待人员。表哥陈多嘴，递材料的那一刻，他指着我对接待人员说，他是我表弟，也在电视台上班。接待人员瞟了我一眼，朝我点点头，这让我无地自容。

晚上我请他吃饭，我们喝燕京啤酒，每人喝了三瓶，他就失控了，在小酒馆，抱着我哭，他太委屈了，白天的饥渴、放手一搏、志在必得完全被希望死马能变成活马的哭号所代替，其实他很清楚他此次来京告状成功的概率，从失控前的言谈中，我知道确实是因为有我这个表弟，稻草一样的存在，才让他动了进京的念头。

我这才明白自己责任重大。

但是我又有什么办法，三瓶啤酒下肚，面对情绪失控的表哥陈，我也变得情绪化起来，我恨自己混得不好，我为什么不是一个手握重权的强人？！如果是那样，谁敢欺负我表哥，我就收拾他。我被自己的想法吓了一跳，如果有机会我也可以变成一个狠人呀。再想想无力的自己，唉，变成一个狠人，这辈子恐怕是没有机会了。我突然有片刻的幻觉，似乎某种魔法上身，面对三瓶啤酒下肚就失控哭号醉态尽显的表哥陈，我拍胸脯说，我帮你找人，我帮你找人，争取在中秋节，解决你的问题！

表哥陈停住号啕，整个夜晚，他等的就是我这句话。你要说话算话啊。他说。

我一下子就清醒了。我觉得我闯祸了，接了一个烫手的山芋。我脑子虚空，身子虚脱，大话说过之后，一般就是这样的一种状况。这事怎么办，我也不认识什么人啊。也就清醒片刻，酒劲又涌上来了，先别管这些吧，我想尽快结束这个夜晚。结束这个夜晚最有效的办法，就是往死里喝，喝醉了，夜晚就溜过去了。

从第二天开始，我的手机每天都接到表哥陈的电话，上午一个，下午一个，有时上午两个，下午两个，他在催"办事"的进度。

既然说了大话，那些天，我只好厚着脸皮在台里四处找人，结果可想而知。后来，表哥陈干脆不打电话，而是每天都来电视台东门等我，我一下班，他就撵上来，怎么样，有消息了没有？离中秋节没有几天了啊。天天如此，我心烦意乱，就有了怎么样才能躲开他的想法。这个时候，朋友介绍一个"私活儿"，去西部某地拍一个"风光片"，刚好我也想躲我表哥，就答应了，于是，中秋节前的一个星期，我又见了第二拨人。

还是在东门，这一拨人有六七个，领头儿的中年人是个瘦高个儿，西服的垫肩用得太狠，肩膀几乎要起飞——也不是每个人都适合穿西服，比如说我，比如说他，穿了难免就会产生喜剧效果。中年人跟我握手，介绍他身后的几个人，谁谁谁，谁谁谁，介绍之后，带我到电视台西门对面科技情报所的咖啡厅，边喝咖啡，边商量怎么样去拍"风光片"。

他的老家，西部一个小镇，搞旅游开发，要拍一个十分钟左右的片子。这样的"私活儿"以前我做了好几个，轻车熟路，来回也就四五天时间，不影响台里的工作。没什么废话可说，我一上来就问什么时候出发，有什么样的要求，什么时候交片子。他们也没有讲很多的废话，一一回应之后，把定金给了，一杯咖啡都没喝完我们就散了。

刚出科技情报所的咖啡厅，表哥陈就在门口堵住我，迫不及待地问，他们答应帮我解决问题啦？我一怔，原来他把我跟这些人商量拍"风光片"的情形当成商量怎么帮他解决问题了。我哪有这么神。他也没问我，他们是些什么人。我说，表哥，我们这是在商量工作上的事。他很失望地"哦"了一声。我又跟他说，表哥，我要出差几天。我没有在他那件棘手的事情上停留，我是个软弱分子，我只想逃离。我的表哥毫不气馁，他问，你去多少天，是不是中秋节都不回来。我说是。表哥表情落寞了，说，我的事，中秋节解决不了，中秋节以后也可以，我等你。

中秋节前三天，我和摄像"刘欢"跟那个中年人一起坐火车前往目的地。"刘欢"是电视台技术部的工作人员，有一回老家来朋友吃饭，我邀他参加，朋友们一见他，就觉得他像刘欢，纷纷跟他合影。"刘欢"长头发，扎马尾，在台里，我们并不觉得他长得像歌唱家刘欢，因为歌唱家刘欢经常在台里出现，已经深深刻在脑子里了。我那些远方的朋友，隔山隔水，难得来一回北京，一看到长头发、扎马尾的技术员"刘欢"，就扑上去跟他合影，真是距离产生幻觉啊。写这篇文章的时候，"刘欢"的真名我已经想不起来了。只记得当年他跟我一起到西部小镇干这个"私活儿"的情形。

我和"刘欢"坐软卧，中年男人和他的"那一拨"坐硬座。由此可见这个摄制组经费有多紧张。从北京到那个西部小镇，坐火车要两天一夜，中年男人只是在该吃饭的时候到软卧车厢来，招呼我们去餐车吃饭。跟那天在科技情报所的咖啡厅不一样，在科技情报所咖啡厅，他畏畏缩缩，不敢多说话，大概是怕我不接这个活儿；在餐车里，他大放光芒，神气活现。他给我们介绍即将见到的山乡景色，如何如何漂亮，如何如何美丽。他还是穿那件肩膀要起飞的西装，时而左肩高耸，时而右肩高耸——他的话如此之多，他的肢体语言如此丰富，真是让我大开眼界，他的表现，可以用"上蹿下跳"来形容。开始我们是相信他的，因为北京那两年沙尘暴频频出现，全国人民开始编关于北京污染的段子，从山清水秀的地方来的人，经常在北京人面前展现优越感。可是我们渐渐就有了疑虑，我们到过的地方不可谓不多，见到的美景也数不胜数，都已经麻木了，哪里还有什么景色能把我们镇住？像他这种"自杀性"的推介，我们还是第一次遇到。什么叫"自杀性"推介？就是他拍着胸脯打包票，如果他们那里的景色打动不了全国人民，他就从山上跳下来。这就让我产生疑虑，觉得他有点像卖狗皮膏药的江湖术士。看着他兴高采烈的样子，我没有阻止他胡说八道，装着饶有兴味地听着，也没有让他觉察我对他的不信任。就这样我们从北京一路颠簸来到那个西部村镇。

我们在夜晚到达。月色清凉，一排排房子横着、竖着，灯光从窗口和门缝透出来，打在街道上，把街道衬托得格外朦胧。电视机、收音机、大人小孩儿说话的声音若隐若现。这些光影和声音，汇成这个西部小镇最基本的底色——这几乎是被世界遗忘的地方。

先是吃饭。在一户农家，大概是中年男人的什么亲戚，七八碗菜摆在桌子上，我和"刘欢"没有太多的客套，埋头扒饭，匆匆打发了晚餐。然后睡觉。我们被安排到另一户农家，分睡不同的房间。一座瓦房，有阁楼，有天井，透过房间的窗口能看到天上的月亮。还有两天就是中秋节，月亮还没圆透，但也不算残缺，我突然想起，自己已经许久没有留意头上的月亮了。这些年我匆匆忙忙，搭车赶路，都在忙些什么呀！关了灯，打开窗，让月色铺在房间里，闭上眼，还能感觉到那片清凉。我突然对第二天的拍摄充满期待。

但是第二天我们就失望了。这里根本就没有什么美景。我们坐在一辆吉普车上，被中年男人带到水边，带到山间，带到树林里，带到破旧的庙宇前。所有的景致都不会让人想到"旅游"两个字，倒是"贫困"两个字常常跃上脑际。那个中年男人，如果像他说的，这里的美景镇不住全国人民，那他就从山上跳下来的话，他至少要在我们面前死上五回。在水边，中年男人指着那片水域，对我们说，这里要把两座山之间的豁口用水泥堵住，这样一来，这里就变成可以在上面泛舟的平湖。你说，是不是很美？在树林里，他说，这里以前是个古战场，以后要变成野战游乐场，人们将在这里玩打仗的游戏。在那座古庙前，他说，投资一个亿，建成西部最大的庙宇，最少养五十个和尚……一种被骗的感觉涌上心头。"刘欢"的摄像机在中年男人的指点下扫了一遍之后，再也没有兴趣扫上第二遍。我们大老远从北京来到这里，就是为了拍这些破景致？中年男人到底想干什么？当天晚上，吃过晚饭，回到夜宿的农家，我和"刘欢"聊了起来，"刘欢"很厉害，一下子就猜出中年男人请我们来的用意。其实"刘欢"在火车上就猜出来了，他一直没有说破，拍摄的时候也是很配合。"刘欢"说，他花钱请我们来，就是为了显摆，利用我们电视台人的身份，在这个地方抬高他自己的身价，有可能想利用我们来这里赚地方的钱。我想起来了，在我们"拍摄"的时候，就有当地的官员在陪同，他们对中年男人恭恭敬敬，像对待财神爷一样。

"刘欢"的猜测果然应验。第三天是中秋节，中年男人没有再带我们去看山看水，而是在镇上走，指指画画，街上的人都围了过来。"刘欢"很配合，从始至终都在拍摄，而我，像吃了一只苍蝇，恶心得想吐。我想早点结束这出闹剧，但是又不好发作。街上所有的人都对我们投以羡慕和期盼的眼光，我们这个"摄制组"，在中秋节这一天，被这个小镇寄予多大的希望啊。后来我看到大名鼎鼎的朱塞佩·托纳多雷的一部电影《新天堂星探》，一个假摄制组带着一台摄影机来到西西里，骗钱骗女人，我们无形中是不是也跟他们一样？

当天晚上，朗月在天，我和"刘欢"泡在镇旁边的水渠里，水渠弯弯曲曲，全是月亮的光辉，干净、清亮。四周的野地，野草丰盛，野鸟鸣唱，这样的景致，确实把我们镇住了。"刘欢"说，得了，这一趟，就当中秋野游。我知道他这话的意思。他说得很轻松，但是，这个"片子"我们怎么完成？毕竟是我接的"私活儿"。片子怎么办？我说。"刘欢"说，放心，我们的任务已经完成，那人不会再催你交片子了，你就安心享受这天上的月亮和水里的月亮吧，这样的情形以后不会再有了。"刘欢"比我有经验。我突然想到表哥陈，这些天他都没有跟我联系，是不是已经绝望回家了？

正如"刘欢"所说的那样，中年男人送我们上火车后，再也没跟我们联系，好像这一切，从来没有发生过。回到北京，我又见到表哥陈，他依然对我抱以热望，直到最终的失望。

关于中秋，我不会抒情。月亮清朗，人间辛苦，正是因为有这样的"平衡"，才让我们安之若素。那一年的中秋，我和电视台技术员"刘欢"泡在西部小镇的水渠里，看着头顶的朗月，我忧心忡忡，以至于把两张毫不相干的脸庞投射到月亮上面。一晃二十年过去，表哥陈和中年男人和我再无交集。现在我突发奇想，我们不是很快就能登月吗？我们英勇的登月勇士，当你们在月亮上面进行科学实验的时候，能否替我问候曾经被我投射到月亮上面的两张脸庞？谢谢！

（原载于《民族文学》2022 年第 9 期）

长篇散文及纪实文学作品存目